Alexandre Dumas, père

ASCANIO

*

DON BERNARDO DE ZUNIGA

PRISMA-VERLAG

INHALT

Mit Illustrationen der französischen und deutschen Erstausgabe

ISBN 3-570-05325-3

Buchbinderische Verarbeitung:
Mohndruck Reinhard Mohn GmbH, Gütersloh

Ascanio

1. Kapitel.

Die Straße und die Werkstatt.

Am 10. Juli des Jahres der Gnade 1540 stand um 4 Uhr nachmittags in der Nähe der Universität, an dem Eingang der Kirche des Grands-Augustins in Paris, am Weihkessel neben der Tür ein stattlicher junger Mann von dunkler Gesichtsfarbe, langem schwarzen Haar und großen schwarzen Augen, der mit einfacher Eleganz gekleidet war, und als einzige Waffe einen kleinen Dolch mit wundervoll ziseliertem Griff trug. Wahrscheinlich war er aus frommer Demut nicht von dieser Stelle gewichen, solange die Vesper dauerte. Mit gebeugter Stirn und in frommer andächtiger Haltung flüsterte er so leise sein Gebet, daß nur Gott und er wissen konnten, was er sagte; als aber der Gottesdienst zu Ende ging, erhob er das Haupt und seine Nachbarn konnten folgende halblaut gesprochenen Worte verstehen: „Wie abscheulich diese französischen Mönche doch plärren! Könnten sie denn nicht besser vor Ihr singen, die gewöhnt ist, Engelsgesang zu hören? Na, das ist kein Unglück! Die Vesper ist aus. Gott gib, daß ich heute glücklicher bin als vorigen Sonntag, und daß sie zum mindesten die Augen zu mir erhebt!“

Diese Bitte war gewiß nicht ungeschickt, denn wenn diejenige, an die sie gerichtet war, die Augen auf den Mann erhoben hätte, der sie an sie richtete, so würde sie den liebenswürdigsten Jünglingskopf erblickt haben, von dem sie je beim Lesen der mythologischen Fabeln geträumt hatte, die zu jener Zeit durch die schönen Dichtungen Meister Clement Marots so sehr in Mode waren und in denen die Liebschaften der Psyche und der Tod des Narcissus erzählt werden. In seinem einfachen dunklen Kleid war der junge Mann von ausgezeichneter Schönheit und außerordentlicher Eleganz; außerdem lag in seinem Lächeln unendliche Freundlichkeit und Anmut, und sein Blick, der noch nicht kühn zu sein wagte, war zum mindesten der verliebteste, den zwei große achtzehnjährige Augen zu schleudern vermochten.

Bei dem das Ende des Gottesdienstes ankündigenden Scharren der Stühle trat indessen unser Verliebter ein wenig zur Seite und sah der Menge zu, die sich schweigend verlor und aus ernsten Kirchenvorstehern, ehrbaren, bedächtigen Matronen und reizenden jungen Mädchen bestand. Aber für sie war der schöne junge Mann nicht gekommen, denn sein Blick belebte sich und er ging erst dann rasch vor, als er ein junges, weißgekleidetes Mädchen näherkommen sah, das eine offenbar weltgewandte Duenna begleitete, eine junge heitere Duenna von wenig strengem Aussehen. Als diese beiden Damen sich dem Weihkessel näherten, nahm der junge Mann Weihwasser und bot es ihnen mit edlem Anstand.

Die Duenna lächelte anmutig, machte eine dankbare Verbeugung, berührte die Finger des jungen Mannes und bot — ein böser Strich durch die Rechnung des jungen Mannes — dieses Weihwasser von zweiter Hand selbst ihrer Begleiterin an, die, trotz dem inbrünstigen Gebet des Jünglings, beständig ihre Augen niedergeschlagen hielt, ein Beweis, daß sie die Anwesenheit des schönen jungen Mannes wußte, so daß, als sie sich entfernt hatte, dieser mit dem Fuß stampfte, indem er murmelte: „Da, sie hat mich diesmal wieder nicht gesehen."

Als aber der erste Ärger vorüber, stieg der Unbekannte die Stufen der Kirchtür hinab, und als er sah, daß die hübsche Zerstreute, nachdem sie ihren Schleier herabgeschlagen und ihrer Begleiterin den Arm gegeben, sich nach rechts gewandt hatte, beeilte er sich, sich auch nach rechts zu wenden, indem er außerdem bemerkte, daß das gerade sein Weg war. Das junge Mädchen ging den Kai bis zum Pont Saint-Michel entlang und ging über diese Brücke, das war immer noch der Weg des Unbekannten. Hierauf ging sie über die Rue de la Barillerie und den Pont au Change. Da das nun immer noch der Weg des Unbekannten war, so folgte er ihr wie ihr Schatten. Der Schatten jedes hübschen Mädchens ist stets ein Verliebter.

Aber ach! auf der Höhe des Grand-Châtelet verschwand plötzlich dieser schöne Stern, zu dessen Trabanten sich der Unbekannte gemacht hatte; die Pforte des königlichen Gefängnisses öffnete sich wie von selbst, sobald die Duenna angeklopft hatte, und schloß sich sogleich wieder.

Der Unbekannte blieb einen Augenblick bestürzt, da er aber ein entschlossener junger Mann war, wenn kein hübsches Mädchen mehr da war, um ihm seine Entschlossenheit zu rauben, so hatte er bald seinen Entschluß gefaßt.

Die Hellebarde auf der Achsel, ging ein Wachtmeister mit gewichtigen Schritten vor dem Tor des Châtelet auf und ab. Der Unbekannte machte es wie diese würdige Schildwache, und nachdem er sich in eine gewisse Entfernung zurückgezogen, um kein Aufsehen zu erregen, aber nicht weit genug, um die Pforte aus dem Gesicht zu verlieren, begann er heldenmütig sein verliebtes Postenstehen.

Er vertrieb sich die Langeweile, indem er mit sich selbst plauderte: „Gewiß wohnt sie dort nicht," sagte er. „Heute morgen nach der Messe, und diese beiden letzten Sonntage, wo ich Einfaltspinsel ihnen nur mit den Augen zu folgen gewagt habe, schlugen sie den Kai nicht zur Rechten, sondern zur Linken und nach der Seite des Porte de Nesle und des Préaux-Clercs ein. Was zum Teufel wollen sie im Châtelet! Vielleicht einen Gefangenen, wahrscheinlich ihren Bruder besuchen. Armes junges Mädchen! Dann muß sie sehr leiden, denn ohne Zweifel ist sie ebenso gut, wie sie schön ist. Bei Gott, ich habe große Lust sie anzureden, sie unumwunden zu fragen, wie dem ist, und ihr meine Dienste anzubieten . . . Wenn es ihr Bruder ist, so vertraue ich die Sache dem Patron an und frage ihn um Rat. Wenn man wie er aus der Engelsburg entflohen ist, so weiß man, wie man das Gefängnis verläßt. Abgemacht, ich rette den Bruder. Wenn ich ihm solchen Dienst erweise, wird der Bruder mein Freund auf Leben und Tod . . . Er fragt mich, was er für mich tun könne, der ich so viel für ihn getan habe... Ich gestehe ihm, daß ich seine Schwester liebe. Er stellt mich ihr vor, ich sinke vor ihr auf die Knie, und wir werden schon sehen, ob sie nicht die Augen auf mich erhebt."

Einmal auf diesem Weg, schritt die Phantasie des Verliebten ohne Aufenthalt weiter. Der junge Mann war daher überrascht, als er vier Uhr schlagen hörte und die Schildwache ablösen sah.

Der neue Wachtmeister begann seine Wache, und der junge Mann fing die seine wieder an. Er begann von neuem und über einen nicht minder fruchtbaren Text: „Wie schön sie ist! Welche Anmut in ihren Gebärden, welche Züchtigkeit in ihren Bewegungen, welche Reinheit in ihren Linien! Auf der ganzen Welt gibt es nur den großen Lionardo da Vinci oder den göttlichen Raffael, die würdig gewesen wären, ihr Bild wiederzugeben; und dann hätte es noch in der schönsten Zeit ihres Talentes sein müssen. O, daß ich nicht Maler bin, mein Gott, statt Bildhauer, Vergolder, Goldschmied zu sein! Wenn ich Maler wäre, brauchte ich sie gar nicht vor Augen zu haben, um ihr Porträt zu malen. Ich würde ohne Unterlaß ihre großen blauen Augen, ihr schönes blondes Haar, ihre weiße Haut, ihren feinen Wuchs vor mir sehen. Wenn ich Maler wäre, würde ich sie auf allen meinen Gemälden darstellen, wie Sanzio die Fornarina und Andrea del Sarto die Lucretia. Und welcher Unterschied zwischen ihr und der Lucretia und der Fornarina! Wahrlich, weder die eine noch die andere ist würdig, ihr die Schuhriemen zu lösen. Zumal die Fornarina . . ."

Der junge Mann war noch nicht zu Ende mit seinem Vergleich, der stets zum Vorteil seiner Geliebten ausfiel, als die Glocke schlug.

Die zweite Schildwache wurde abgelöst.

„Sechs Uhr — sonderbar, wie die Zeit so rasch verfliegt," murmelte der junge Mann, „und wenn sie so mit Warten verfliegt, wie muß sie dann erst bei ihr vergehen! O, bei ihr gibt es keine Zeit mehr, bei ihr ist das Paradies! Wenn ich bei ihr wäre, würde ich sie anblicken, und die Stunden, die Tage, die Monate, das Leben verflösse auf diese Weise. Welch glückliches Leben das wäre, mein Gott!" Und der junge Mann blieb in der Begeisterung, denn vor seinem Künstlerauge zog seine, obgleich abwesende Geliebte in der Wirklichkeit vorüber.

Die dritte Schildwache wurde abgelöst.

Von allen Kirchen schlug es acht Uhr und die Dämmerung begann hereinzubrechen. Aber unerschütterlich war die fabelhafte Beharrlichkeit der Liebenden des sechzehnten Jahrhunderts. Alles war damals gewaltig, und die jungen, kräftigen Herzen blieben ebensowenig in der Liebe auf halbem Wege stehen, als in der Kunst und im Kriege.

Übrigens wurde die Geduld des jungen Künstlers, — denn jetzt kennen wir seinen Beruf, — endlich belohnt, als er die Pforte des Châtelets sich zum zwanzigstenmal wieder öffnen sah, aber diesmal, um diejenige, die er erwartete, hinauszulassen. Dieselbe Matrone ging immer noch an ihrer Seite, und außerdem begleiteten sie in einer Entfernung von zehn Schritten zwei Polizeidiener in der Rüstung des Prevot.

Sie schlugen den Weg wieder ein, den sie fünf Stunden zuvor gemacht hatten, nämlich den Pont au Gange, die Rue de la Barillerie, den Pont Saint-Michel und die Kais; nur gingen sie jetzt an den Augustinern vorbei, und dreihundert Schritte weit jenseits blieben sie an einer Mauervertiefung vor einem ungeheuren Tor stehen, an dessen Seite sich eine andere Pforte befand. Die Duenna klopfte an diese, und der Pförtner öffnete. Nach einem ehrerbietigen Gruß gingen die beiden Polizeidiener wieder nach dem Châtelet zurück, und unser Künstler befand sich abermals vor einer verschlossenen Tür.

Wahrscheinlich wäre er bis zum folgenden Morgen da geblieben, denn er hatte den vierten Abschnitt seiner Träume begonnen; aber der Zufall wollte, daß ein des Wegs daherkommender Betrunkener mit dem Kopf an ihn stieß.

„Heda! Freund,“ sagte der Mann, „seid Ihr ein Mensch oder ein Eckstein? Wenn Ihr ein Eckstein seid, so seid Ihr in Eurem Recht, und ich respektiere Euch; wenn Ihr aber ein Mensch seid, so tretet zur Seite, damit ich vorüber kann!“

„Entschuldigt,“ erwiderte der junge Mann zerstreut, „aber ich bin fremd in der guten Stadt Paris und . . .“

„O, dann ist es etwas anderes, der Franzose ist gastfreundlich, und ich bitte Euch um Verzeihung; Ihr seid Ausländer, das ist gut, und da Ihr mir gesagt habt, wer Ihr seid, so ist es billig, daß ich Euch sage, wer ich bin. Ich bin Student und heiße . . .“

„Verzeihung,“ unterbrach ihn der junge Künstler; „bevor ich aber erfahre, wer Ihr seid, möchte ich wohl wissen, wo ich bin.“

„An dem Tor des Hotels de Nesle, mein lieber Freund, hier ist das Hotel,“ sagte der Student, indem er mit den Augen auf das große Tor deutete, von dem der Fremde den Blick noch nicht abgewandt hatte.

„Gut; und um nach der Rue Saint-Martin zu gehen, wo ich wohne,“ sagte unser Verliebter, um etwas zu sagen und in der Hoffnung, sich von seinem Gefährten zu befreien, „welchen Weg muß ich da einschlagen?“

„Rue Saint-Martin, sagt Ihr? Kommt mit mir, ich will Euch begleiten, das ist gerade mein Weg, und am Pont Saint-Michel werde ich Euch Euren Weg zeigen. Ich sagte Euch also, daß ich Student bin, daß ich von Pré-aux-Clercs zurückkomme, und daß mein Name . . .“

„Wißt Ihr, wem das Hotel de Nesle gehört?“ fragte der junge Unbekannte.

„Ei, seht doch! Als ob man seine Universität nicht kenne!

Das Hotel de Nesle gehört dem König, unserem Herrn, und ist gegenwärtig in den Händen des Prevot von Paris, Robert d'Estourville."

„Wie? Dort wohnt der Prevot von Paris?" rief der Fremde.

„Ich habe Euch keineswegs gesagt, daß der Prevot von Paris dort wohnt, mein Sohn," antwortete der Student; „der Prevot von Paris wohnt im Grand-Châtelet".

„Ach! im Grand-Châtelet! Dann ist es so. Aber wie kommt es, daß der Prevot im Grand-Châtelet wohnt, und daß der König ihm das Hotel de Nesle überläßt?"

„Das hat folgende Bewandtnis. Der König, seht, hatte vor Zeiten das Hotel de Nesle unserem Bailli gegeben, einem verehrungswürdigen Mann, der die Privilegien schützte und die Prozesse der Universität aufs väterlichste schlichtete: ein köstliches Amt! Leider war dieser Bailli so gerecht, so gerecht . . . für uns, daß man seit zwei Jahren seine Stelle unter dem Vorwand abgeschafft hat, daß er in den Sitzungen schliefe, als ob Bailli nicht von dem Worte bâiller (gähnen) herkäme. Als sein Amt also aufgehoben war, hat man wieder dem Prevot von Paris die Sorge, die Universität zu beschützen, überlassen. Schöner Beschützer, meiner Treu, wenn wir uns nicht selbst zu beschützen wissen! Dieser Prevot nun, — du folgst mir doch, mein Sohn? — der sehr habgierig ist, dachte, da er das Amt des Bailli übernahm, daß er auch zu gleicher Zeit dessen Eigentumsrechte erben müsse; und er hat unter dem Schutz der Frau von Etampes ganz behutsam von dem großen und dem kleinen Nesle Besitz genommen."

„Aber nach dem, was Ihr mir sagt, wohnt er dennoch nicht hier?"

„Keineswegs, der Filz, und doch glaube ich, daß er daselbst eine Tochter oder Nichte einquartiert hat, der alte Cassander, ein schönes Kind, das Colombe oder Colombine heißt, ich weiß nicht mehr recht, und das er in einem Winkel des kleinen Nesle eingesperrt hält."

„Ah, wahrhaftig," sagte der Künstler, der kaum Atem holte, denn zum erstenmal hörte er den Namen seiner Geliebten; „diese Usurpation scheint mir ein schreiender Mißbrauch. Wie! Dieses unermeßliche Hotel, um nur ein junges Mädchen mit einer Duenna zu beherbergen!"

„Und woher kommst du denn, Fremder, um nicht zu wissen, daß es ein ganz natürlicher Mißbrauch ist, daß wir armen Studenten zu sechs ein elendes Loch bewohnen, während ein vornehmer Herr diesen großen Palast mit seinen Gärten, seinen Kreuzgängen und seinem Ballspielhaus den Brennesseln überläßt?"

„Ah, hier gibt es ein Ballspielhaus?"

„Ein prachtvolles, mein Kind, ein prachtvolles!"

„Aber schließlich ist das Hotel de Nesle doch Eigentum des Königs Franz I.?"

„Ohne Zweifel; aber was soll König Franz I. mit seinem Eigentum machen?"

„Er soll es anderen geben, da es der Prevot nicht bewohnt." — „Ei, so verlange es eben für dich!" — „Warum nicht?" Liebt Ihr das Ballspiel?" — „Zum Rasendwerden." — „Dann lade ich Euch ein, nächsten Sonntag eine Partie mit mir zu spielen." — „Wo?" — „Im Hotel de Nesle." — „Es gilt, gnädiger Herr Großmeister der königlichen Schlösser. Ha, so! Es ist gut, daß du wenigstens meinen Namen weißt; ich heiße . . ."

Da aber der Fremde wußte, was er wissen wollte, und das Übrige ihn wahrscheinlich sehr wenig kümmerte, so hörte er kein Wort von der Geschichte seines Freundes, der ihm indessen ausführlich erzählte, daß er Jacques Aubry hieße, Student der Rechte wäre, und gerade vom Pré-aux-Clercs käme, wo er eine Zusammenkunft mit der Frau seines Schneiders gehabt hätte; wie diese, ohne Zweifel durch ihren unwürdigen Gatten zurückgehalten, nicht gekommen wäre; wie er sich hierauf über Simones Abwesenheit dadurch getröstet habe, daß er Wein von Sureson getrunken, und wie er endlich seine Kundschaft dem groben Kleiderhändler entziehen wollte, der ihn Schildwache stehen ließe und ihn sich zu berauschen zwänge, was ganz gegen seine Gewohnheit wäre.

Als die beiden jungen Leute an die Rue de la Harpe gekommen waren, zeigte Jacques Aubry dem Unbekannten seinen Weg, den dieser besser als er wußte; hierauf verabredeten sie sich für nächsten Sonntagmittag an das Tor des Hotels de Nesle, und trennten sich, der eine singend, der andere träumend. Und der Träumer hatte wahrlich Stoff zu träumen, denn er hatte an diesem Tage mehr erfahren als in den vorhergehenden drei Wochen.

Er hatte erfahren, daß diejenige, die er liebte, den kleinen Nesle bewohnte, daß sie die Tochter des Prevot von Paris, Messire Robert d'Estourville's, war und Colombe hieß. Er hatte, wie man sieht, seinen Tag nicht verloren.

Träumend wanderte er durch die Rue Saint Martin und blieb vor einem Hause von gutem Ansehen stehen, über dessen Tür das Wappen des Kardinals von Ferrara ausgehauen war. Er tat drei Schläge.

„Wer ist da?" fragte von innen und nach einigen Augenblicken des Wartens eine frische, junge und wohlklingende Stimme. — „Ich, Frau Katharina," antwortete der Unbekannte. — „Wer seid Ihr?" — „Ascanio." — „Ah, endlich!"

Die Tür öffnete sich und Ascanio trat ein.

Ein hübsches Mädchen von achtzehn bis zwanzig Jahren, ein wenig braun, ein wenig klein, ein wenig feurig, aber wundervoll schön gebaut, empfing den Herumstreicher mit tausend Freudenbezeugungen. „Da ist der Ausreißer, da ist er!" rief sie und lief, oder sprang vielmehr vor ihm voraus, um ihn zu melden, indem sie die Lampe auslöschte, die sie trug, und die Straßentür offen ließ, die Ascanio, weit minder unbesonnen als sie, wieder schloß.

Trotz der Dunkelheit, in der ihn die Übereilung der Frau Katharina ließ, ging der junge Mann sicheren Schrittes über einen ziemlich großen Hof, auf dem eine Einfassung von Gras jeden Pflasterstein umgab und den hohe Gebäude von finsterem Ansehen mit ihren dunklen Massen überragten. Das war übrigens die strenge und feuchte Wohnung eines Kardinals, obgleich sie ihr Herr schon lange nicht mehr bewohnte. Leichten Fußes schritt Ascanio eine Haupttreppe von mit grünem Moose bewachsenen Stufen hinauf und trat in einen großen Saal, den einzigen des Hauses, der erleuchtet war; eine Art von klösterlichem Refektorium, traurig, finster und sonst mit kahlen Wänden, aber seit zwei Monaten glänzend, lebendig und mit Gesang erfüllt.

In dieser kalten, weiten Halle bewegte sich, arbeitete und lachte in der Tat seit zwei Monaten eine ganze Welt von Tätigkeit und guter Laune; zehn Werktische, zwei Ambosse, und im Hintergrund eine Schmiede hatten das ungeheure Zimmer verkleinert; Zeichnungen, Modelle, mit Zangen, Hämmern und Feilen bedeckte Planken, Bündel von Schwertern mit wundervoll ziselierten Griffen und mit Klingen von durchbrochener Arbeit, Trophäen von Helmen, Panzern und in Gold damaszierten Schilden, auf denen die Liebschaften der Götter und der Göttinnen in erhabener Arbeit hervortraten, als ob man durch die Gegenstände, die sie darstellten, den Gebrauch hätte vergessen machen wollen, zu denen sie bestimmt waren, hatten die grauen Wände bekleidet; die Sonne hatte reichlich durch die offenen Fenster eindringen können, und die Luft hatte sich an den Gesängen der flinken und gesunden Arbeiter erheitert. Das Refektorium eines Kardinals war die Werkstatt eines Goldschmieds geworden.

Während dieses Abends, des 10. Juli 1540, hatte indessen die Heiligkeit des Sonntags dem Saal für den Augenblick die Ruhe wiedergegeben, in der er während eines Jahrhunderts geschmachtet hatte. Aber eine in Unordnung gebrachte Tafel, auf der man die Überreste eines vortrefflichen Abendessens beim Schein einer Lampe sah, von der man hätte glauben können, daß sie bei den Ausgrabungen in Pompeji entwendet worden sei, so zierlich war sie, bewies, daß, wenn die augenblicklichen Bewohner des Hauses des Kardinals zuweilen die Ruhe liebten, sie darum keineswegs Anhänger des Fastens waren.

Als Ascanio eintrat, befanden sich vier Personen in der Werkstatt.

Diese vier Personen waren eine alte Magd, die den Tisch abdeckte, Katharina, die die Lampe wieder anzündete, ein junger Mann, der in einer Ecke zeichnete und der diese Lampe erwartete, um mit dem Zeichnen fortzufahren, und der Meister, der mit gekreuzten Armen und an die Schmiede gelehnt dastand.

Dieser Letztere war es, den jeder, der die Werkstatt betreten hätte, zuerst bemerkt haben würde. Er war ein magerer, großer und kräftiger Mann von ungefähr vierzig Jahren; aber es hätte Michelangelos Meißel oder Ribeiras Pinsel bedurft, um dieses feine und energische Profil darzustellen, oder um diese braune und belebte Gesichtsfarbe zu malen; kurz, um dieses ganze kühne und gleichsam königliche Ansehen wiederzugeben. Seine hohe Stirn war von Augenbrauen beschattet, die sich leicht runzelten; sein freier, offener und durchdringender Blick warf zuweilen erhabene Blitze; sein Lächeln voll Güte und Huld, aber mit etwas spöttischen Falten, entzückte und schüchterte zu gleicher Zeit ein; mit einer Bewegung, die ihm eigentümlich war, strich er mit seiner Hand seinen schwarzen Bart und die Enden seines Schnurrbarts; die Hand war nicht gerade klein, sondern kräftig, geschmeidig, lang, arbeitsam, fest drückend, und bei alledem fein, aristokratisch, zierlich; und endlich ließ sich in seiner Art zu blicken, zu sprechen, den Kopf zu wenden, in seinen lebhaften, und, ohne beleidigend zu sein, ausdrucksvollen Gebärden, bis selbst in der nachlässigen Haltung, die er angenommen hatte, als Ascanio eintrat, die Kraft fühlen: der Löwe in der Ruhe war darum nicht minder der Löwe.

Was Katharina und den zeichnenden Lehrling anbetrifft, so bildeten sie unter sich den sonderbarsten Kontrast. Dieser war finster, wortkarg, mit niedriger, bereits gerunzelter Stirn, die Augen halb geschlossen, die Lippen zusammengekniffen; jene war lustig wie ein Vogel, aufgeblüht wie eine Blume, und ihre Wimpern ließen immer das schelmische Auge sehen, ihr Mund zeigte ohne Unterlaß schneeweiße Zähne. In seine Ecke vergraben, langsam und schmachtend, schien der Lehrling seine Bewegungen zu sparen; Katharina ging, drehte sich, schweifte herum, indem sie keine Sekunde auf derselben Stelle blieb, so sehr strotzte das Leben in ihr, so sehr bedurfte diese junge und feurige Natur in Ermangelung von Gemütserschütterungen der Bewegung.

Sie war demnach auch der Kobold des Hauses, eine wahre Lerche durch ihre Lebendigkeit und durch ihre helle und schmetternde Stimme, kurz, sie führte mit hinreichender Schnelligkeit, Zuversicht und Sorglosigkeit dieses Leben, in das sie kaum eintrat, um vollkommen den Beinamen Scozzone zu rechtfertigen, den ihr der Meister gegeben hatte, und der damals im Italienischen soviel wie Wagehals bedeutete. Im übrigen voll Lieblichkeit und Anmut, trotz diesem kindlichen Mutwillen, war Scozzone die Seele der Werkstatt; wenn sie sang, schwieg man, wenn sie lachte, lachte man mit ihr, wenn sie gebot, gehorchte man, und das ohne ein Wort zu sagen, da ihr Eigensinn oder ihre Einfälle außerdem gewöhnlich nicht sehr anmaßend waren; und dann war sie so offen und so ungekünstelt glücklich, daß sie ihre gute Laune um sich verbreitete, und daß man sich vergnügt fühlte, wenn man sie vergnügt sah.

Was ihre Geschichte anlangt, so ist das eine alte Geschichte, auf die wir vielleicht noch zurückkommen. Waise und aus dem Volk entsprungen, hatte man ihre Kindheit dem Zufall überlassen; aber Gott beschützte sie. Bestimmt, eine Freude für alle zu sein, war sie einem Mann begegnet, für den sie ein Glück wurde.

„Ah, wo kommst du her, Herumstreicher?“ sagte der

Meister zu Ascanio. — „Woher ich komme? Ich komme vom Herumstreichen für Euch, Meister.“ — „Seit heute morgen?“ — „Seit heute morgen.“ — „Sage vielmehr, daß du irgendeinen Liebeshandel gesucht hast!“ — „Welches Liebesabenteuer soll ich suchen, Meister?“ murmelte Ascanio. — „Was weiß ich?“ — „Ei, und wenn dem nun auch so wäre, was wäre es für ein großes Unglück!“ sagte Scozzone. „Außerdem ist er hübsch genug, daß, wenn er der Liebe nicht nachläuft, die Liebe ihm nachlaufen wird.“ — „Scozzone!“ unterbrach sie der Meister, die Augenbrauen runzelnd. — „Geht, geht, wollt Ihr nicht auch noch auf diesen eifersüchtig werden? Armes, liebes Kind!“ Und sie faßte Ascanios Kinn mit der Hand. „Ei nun, das fehlte nur noch! Aber, Jesus, wie seid Ihr bleich! Hättet Ihr etwa noch nicht gegessen, Herr Landstreicher?“ — „Nein,“ rief Ascanio, „ich habe es vergessen.“ — „O, dann trete ich der Meinung des Meisters bei: er hat vergessen, daß er noch nicht gegessen hätte, gewiß, er ist verliebt. Ruperta! Ruperta! Schnell, schnell, Abendessen für Messire Ascanio.“

Die Magd brachte vortreffliche Überreste, über die der junge Mann herfiel, der nach seinem Aufenthalt in freier Luft wohl das Recht hatte, hungrig zu sein.

Scozzone und der Meister sahen ihm lächelnd zu, die eine mit geschwisterlicher Zuneigung, der andere mit väterlicher Zärtlichkeit. Der Arbeiter in der Ecke hatte den Kopf erhoben, als Ascanio eingetreten war; aber sobald Scozzone die Lampe wieder vor ihn gestellt hatte, hatte er von neuem den Kopf auf seine Arbeit gebückt.

„Ich sagte Euch also, Meister, daß ich für Euch den ganzen Tag über herumgeschwärmt bin,“ begann Ascanio wieder, als er die schelmische Aufmerksamkeit gewahr wurde, die ihm der Meister und Scozzone schenkten, und mit dem Wunsche, die Unterhaltung auf ein anderes Kapitel als seine Liebschaft zu bringen. — „Und warum bist du den ganzen Tag für mich herumgeschwärmt? Laß sehen!“ — „Ja, habt Ihr gestern nicht gesagt, daß das Licht hier schlecht wäre, und daß wir eine andere Werkstatt brauchten?“ — „Gewiß!“ — „Nun, ich habe eine gefunden.“ — „Hörst du, Pagolo?“ wandte der Meister sich nach dem Arbeiter um. — „Was ist gefällig, Meister?“ erhob dieser abermals den Kopf. — „Geh, verlaß doch ein wenig deine Zeichnung und komme, das anzuhören. Er hat eine Werkstatt gefunden, verstehst du?“ — „Verzeihung, Meister; aber ich kann von hier aus sehr gut verstehen, was mein Freund Ascanio sagt. Ich möchte diese Studie fertig machen; ich meine, daß kein Unrecht darin liegt, sich in seinen Mußestunden Sonntags mit irgendeiner nützlichen Übung zu beschäftigen, wenn man gewissenhaft seine Christenpflicht erfüllt hat: Arbeiten ist Beten.“

„Pagolo, mein Freund,“ sagte der Meister kopfschüttelnd und mehr betrübt als ärgerlich, „glaubt mir, Ihr würdet besser tun, die Woche über fleißiger und anhaltender zu arbeiten und Euch Sonntags wie ein guter Gesell zu belustigen, statt wochentags zu faulenzen und Euch heuchlerischerweise vor den anderen dadurch auszuzeichnen, daß Ihr an den Festtagen so viel Eifer vorgebt. Doch das ist Eure Sache, tut, wie es Euch gut dünkt; und du, Ascanio, mein Sohn," fuhr er mit einer Stimme fort, in der unendliche Sanftmut und Zärtlichkeit lag, „du sagtest also?" — „Ich sagte, daß ich eine prachtvolle Werkstatt gefunden habe. Kennt Ihr das Hotel de Nesle?" — „Gewiß, das heißt so weit, daß ich an ihm vorübergekommen bin, denn ich bin niemals darin gewesen." — „Aber dem Ansehn nach gefällt es Euch?" — „Ich glaube es bei Gott wohl, aber . . ." — „Aber, was?" — „Aber ist es denn von niemand bewohnt?" — „Doch, von dem Herrn Prevot von Paris, Messire Robert d'Estourville, der sich seiner bemächtigt hat, ohne ein Recht dazu zu haben. Um Euer Gewissen zu beruhigen, glaube ich außerdem, daß wir ihm ganz gut den kleinen Nesle, wo, wie ich glaube, jemand von seiner Familie wohnt, überlassen und uns mit dem großen Nesle mit seinen Höfen, seinen Kreuzgängen, seinem Kugel- und seinem Ballspielhaus begnügen können." — „Es gibt dort ein Ballspielhaus?" — „Schöner als das von Santa-Croce in Florenz." — „Per Bacco, das ist mein Lieblingsspiel, du weißt es, Ascanio." — „Ja und dann, Meister, außerdem eine köstliche Lage: überall Luft und welche Luft, Landluft; das ist nicht wie in diesem abscheulichen Winkel, wo wir verschimmeln und wo die Sonne uns vergißt; dort ist der Pré-aux-Clercs auf der einen Seite, die Seine auf der anderen und der König, Euer großer König, zwei Schritte weit in seinem Louvre." — „Wem gehört aber dieses Teufelshotel?" — „Wem? Bei Gott, dem König!" — „Dem König! . . . Sag das noch einmal, mein Sohn: — das Hotel de Nesle gehört dem König?" — „In Person; jetzt brauchen wir nur noch zu wissen, ob er einwilligen wird, Euch eine so prachtvolle Wohnung zu geben." — „Wer, der König? Wie heißt er, Ascanio?" — „Ei, Franz I., wie ich meine." — „Was so viel sagen will, als daß in acht Tagen das Hotel de Nesle mein Eigentum sein wird." — „Aber der Prevot von Paris wird vielleicht bös werden." — „Was liegt mir daran!" — „Und wenn er nicht herausgeben will, was er hat?" — „Wenn er es nicht will! . . . Wie heiße ich, Ascanio?" — „Man nennt Euch Benvenuto Cellini, Meister." — „Was so viel sagen will, daß, wenn dieser würdige Prevot es nicht gutwillig tun will, man ihn mit Gewalt dazu zwingen wird. Damit laßt uns schlafen gehn! Morgen werden wir weiter darüber reden, und da es Tag sein wird, so werden wir auch sehen."

Auf die Aufforderung des Meisters zogen sich alle zurück, bis auf Pagolo, der noch da blieb, um in seiner Ecke zu arbeiten; aber sobald er glaubte, daß jedermann im Bett war, stand der Gesell auf, blickte sich um, trat an die Tafel, schenkte sich ein großes Glas Wein ein, das er auf einen Zug austrank, und ging nun auch zu Bett.

---

2. Kapitel.

Ein Goldschmied des sechzehnten Jahrhunderts.

Da wir sein Bild entworfen und den Namen Benvenuto Cellini genannt haben, so möge der Leser, damit er tiefer in den künstlerischen Gegenstand, den wir behandeln, eindringen kann, uns eine kleine Abschweifung über diesen außerordentlichen Mann gestatten, der seit zwei Monaten Frankreich bewohnte, und der eine Hauptperson unserer Geschichte ist.

Sagen wir aber zunächst, was ein Goldschmied im sechzehnten Jahrhundert war.

Es gibt in Florenz eine Brücke, die man die alte Brücke nennt, und die noch heutzutage mit Häusern besetzt ist: diese Häuser waren Goldschmiedläden.

Aber das waren keine Goldschmiede, wie wir es heute verstehen: der heutige Goldschmied ist ein Handwerker, einst aber war er ein Künstler.

Nichts war demnach auch schöner als diese Läden oder vielmehr die Gegenstände, die sie enthielten. Da waren runde Onyxschalen, um die sich Drachenschweife ringelten, während die Köpfe und Leiber dieser phantastischen Tiere sich gegeneinander aufrichteten, ihre ganz mit Goldsternen bedeckten azurnen Flügel ausbreiteten und sich mit offenem Rachen wie fabelhafte Ungeheuer mit ihren Rubinenaugen bedrohten. Da waren Kannen von Achat, an deren Fuße sich ein Efeugewinde hinschlängelte, das in Form eines Henkels aufsteigend, sich weit über ihrer Mündung abrundete, indem es unter seinen Smaragdblättern einen wundervollen, ganz in Schmelz gekleideten tropischen Vogel verbarg, der zu leben und zu singen schien. Da waren Urnen von Lasurstein, in die sich, wie um zu trinken, zwei so kunstvoll ziselierte Eidechsen neigten, daß man das Schillern ihrer Goldpanzer zu sehen glaubte und meinen könnte, daß sie bei dem geringsten Geräusch entfliehen und in eine Mauerspalte flüchten würden. Da waren ferner Kelche, Monstranzen, Medaillen von Bronze, Silber und Gold, alles mit kostbaren Edelsteinen bedeckt, als ob man zu jener Zeit Rubinen, Topase, Karfunkel und Diamanten im Flußsande oder im Straßenstaub gefunden hätte. Da waren endlich Nymphen, Najaden, Götter, Göttinnen, ein glänzender Olymp, untermischt mit Kruzifixen, Kreuzen, Schädelstätten, Statuen der Mater dolorosa und der Venus, Christus- und Apollobüsten, Blitze schleudernde Jupiter und die Welt erschaffende Jehova, und alles das nicht allein kunstvoll ausgeführt, sondern auch poetisch aufgefaßt; nicht allein wundervoll als Schmucksachen, um das Boudoir einer Frau zu zieren, sondern auch prachtvoll als Meisterstücke, um die Regierung eines Königs oder den Charakter einer Nation unsterblich zu machen.

Freilich hießen die Goldschmiede jener Zeit Donatello Ghiberti, Ghirlandajo und Benvenuto Cellini.

Nun aber hat Benvenuto Cellini selbst in weit interessanteren Memoiren, als die spannendsten Romane es vermöchten, dieses abenteuerliche Künstlerleben des fünfzehnten und sechzehnten Jahrhunderts erzählt, wo Titian im Panzer malte und Michelangelo mit dem Schwert an der Seite den Meißel führte, wo Masaccio und Dominichino an Gift starben und Cosmus I. sich einschloß, um die Härtung eines Stahles wieder zu entdecken, mit dem man Porphyr spalten könnte.

Um diesen Mann kennen zu lernen, greifen wir nur eine Episode seines Lebens heraus, nämlich diejenige, die ihn nach Frankreich führte.

Benvenuto befand sich in Rom, wohin ihn Papst Clemens VII. berufen hatte, und er arbeitete mit Liebe an dem schönen Kelch, den Seine Heiligkeit bei ihm bestellt hatte; da er aber alle Sorgfalt auf dieses kostbare Werk verwenden wollte, so rückte die Arbeit nur langsam vor. Nun aber hatte Benvenuto gar viele Neider, sowohl wegen der schönen Aufträge, die er von Herzögen, Königen und dem Papst empfing, als auch wegen des großen Talents, mit dem er diese Arbeiten ausführte. Daraus ging hervor, daß einer seiner Zunftgenossen, ein gewisser Pompeo, der nichts zu tun hatte, als ihn zu verleumden, diese Verzögerung benutzte, um ihm bei dem Papst so viel Possen zu spielen, als er vermochte, und das täglich, bald im geheimen, bald ganz offen, indem er versicherte, daß Cellini niemals damit fertig würde, und daß er andere Aufträge zum Nachteil Seiner Heiligkeit ausführe, da er mit Arbeit überhäuft sei.

Dieser würdige Pompeo sagte und tat so viel, daß Benvenuto Cellini, als er ihn eines Tages in seinen Laden treten sah, sogleich aus seiner lachenden Miene schloß, daß er der Überbringer einer schlimmen Nachricht sei.

„Nun, mein lieber Kollege," sagte er, „ich komme, um Euch von einer drückenden Verpflichtung zu befreien. Seine Heiligkeit hat wohl gesehen, daß, wenn Ihr so lange zögert, ihm seinen Kelch zu liefern, das nicht aus Mangel an Eifer, sondern aus Mangel an Zeit geschieht. Er hat daher gemeint, daß er Eure Tage von einer schweren Sorge befreien müsse, und aus eigenem Antrieb nimmt er Euch das Amt als Münzgraveur ab. Das sind acht armselige Golddukaten, die Ihr monatlich weniger, aber eine Stunde, die Ihr täglich mehr haben werdet."

Benvenuto Cellini fühlte eine geheime und grimmige Lust, den Spötter hinauszuwerfen, aber er hielt an sich, und Pompeo, der keine Muskel seines Gesichts sich verziehen sah, glaubte, daß der Schlag nicht getroffen hätte.

„Außerdem, und ich weiß nicht warum," fuhr er fort, „fordert Seine Heiligkeit trotz allem, was ich zu Euren Gunsten sagen konnte, sogleich seinen Kelch von Euch zurück. Ich bin wahrlich bange, mein lieber Benvenuto, und ich sage Euch das als Freund, daß er wohl die Absicht haben dürfte, ihn von einem anderen fertig machen zu lassen."

„O, was das betrifft, nein!" richtete der Goldschmied sich diesmal wie von einer Schlange gebissen auf. „Mein Kelch gehört mir, wie das Münzamt dem Papst. Seine Heiligkeit hat kein anderes Recht, als die fünfhundert Taler zu verlangen, die er mir im voraus auszahlen ließ, und ich werde mit meiner Arbeit machen, was mir gut dünkt." — „Nehmt Euch in acht, Meister, denn vielleicht liegt das Gefängnis hinter dieser Weigerung." — „Pompeo, Ihr seid ein Esel," antwortete Benvenuto Cellini.

Pompeo ging wütend fort.

Am andern Morgen kamen zwei Camerieri des heiligen Vaters zu Benvenuto Cellini. „Der Papst sendet uns zu dir," sagte der eine, „damit du uns den Kelch übergibst, oder wir müssen dich ins Gefängnis führen." — „Ihr Herren," antwortete Benvenuto, „ein Mann wie ich verdiente nicht geringere Häscher wie euch. Führt mich ins Gefängnis, hier bin ich. Aber ich sage euch im voraus, daß das den Kelch des Papstes um keinen Grabstichelstoß weiter bringt."

Und Benvenuto ging mit ihnen zum Gouverneur, der, da er ohne Zweifel seine Weisung bereits empfangen hatte, ihn einlud, sich mit ihm zu Tisch zu setzen. Während des ganzen Mittagessens forderte der Gouverneur Benvenuto durch alle möglichen Gründe auf, den Papst dadurch zufriedenzustellen, daß er ihm seine Arbeit überbrächte, indem er ihm übrigens versicherte, daß, wenn er dies tue, Clemens VII., so heftig und so hartnäckig er auch wäre, durch diese Unterwerfung besänftigt würde. Aber Benvenuto antwortete, daß er dem heiligen Vater bereits sechsmal seinen angefangenen Kelch gezeigt hätte, und daß das alles sei, was der Papst von ihm verlangen könne; daß er außerdem Seine Heiligkeit genug kenne, um zu wissen, daß man ihm nicht vertrauen könne, und daß er den Umstand, daß er ihn zu seiner Verfügung hätte, wohl benutzen würde, um den Kelch zurückzunehmen und ihn zum Fertigmachen irgendeinem Esel zu geben, der ihn verpfuschen würde. Dagegen erkläre er von neuem, daß er bereit wäre, dem Papst die fünfhundert Taler zurückzuzahlen, die er ihm vorgeschossen hätte.

Auf alles weitere Dringen des Gouverneurs antwortete Benvenuto nur, indem er seinen Koch lobte und seine Weine pries.

Nach dem Essen kamen seine Landsleute, seine teuersten Freunde und seine Lehrlinge, um ihn zu bitten, nicht in sein Verderben zu rennen, indem er Clemens VII. trotze; aber Benvenuto Cellini antwortete, daß er seit langem schon die große Wahrheit festzustellen wünschte, daß ein Goldschmied noch hartnäckiger sein könnte als ein Papst; daß er also, da sich dazu eine so günstige Gelegenheit böte, sie nicht ungenutzt vorübergehen lassen würde.

Seine Landsleute entfernten sich achselzuckend, seine Freunde, indem sie erklärten, daß er ein Narr wäre, und Ascanio weinend.

Zum Glück vergaß Pompeo Cellini nicht, und während dieser Zeit sagte er zum Papst: „Laßt Euren Diener machen, Allerheiligster Vater, ich will diesem Starrkopf sagen lassen, daß, weil er es durchaus will, er die fünfhundert Taler mir zu senden hätte, und da er ein Vertuer und Verschwender ist, der diese Summe nicht zu seiner Verfügung hat, so wird er wohl gezwungen sein, mir den Kelch zu übergeben."

Clemens VII. fand das Mittel vortrefflich und antwortete Pompeo, daß er nach seiner Einsicht handeln möge. Demnach kam noch am selben Abend, und gerade, als man Benvenuto in das für ihn bestimmte Zimmer führen wollte, ein Cameriere und sagte zu dem Goldschmied, daß Seine Heiligkeit seine Erklärung annähme und augenblicklich die fünfhundert Taler oder den Kelch verlange.

Benvenuto antwortete, daß man ihn nur in seinen Laden zurückzuführen brauchte, und daß er die fünfhundert Taler herausgeben würde.

Von dem Cameriere begleitet, führten vier Schweizer Benvenuto nach seiner Wohnung. In seinem Schlafzimmer zog Benvenuto einen Schlüssel aus seiner Tasche, öffnete einen kleinen Wandschrank, senkte seine Hand in einen großen Beutel, nahm die fünfhundert Taler heraus, und nachdem er sie dem Cameriere eingehändigt hatte, warf er ihn und die vier Schweizer vor die Tür.

Diese empfingen sogar, man muß es zum Lobe Benvenuto Cellinis sagen, vier Taler für die gehabte Mühe und entfernten sich, indem sie ihm die Hände küßten.

Der Cameriere kehrte sogleich zum heiligen Vater zurück und übergab ihm die fünfhundert Taler, worauf Seine Heiligkeit in heftigen Zorn geriet und Pompeo auszuschelten begann.

„Geh du selbst zu meinem großen Meister in seinen Laden, Dummkopf," sagte er zu ihm, „mach ihm alle die Schmeicheleien, deren deine eselhafte Einfalt fähig ist, und sag ihm, daß, wenn er einwillige, meinen Kelch anzufertigen, ich ihm alle Nachsicht zugestehen wolle, die er verlangen möchte." — „Aber, Eure Heiligkeit, würde es damit nicht Zeit bis morgen früh haben?" — „Es ist heute abend schon spät, Schafskopf, aber ich will nicht, daß Benvenuto mit Groll im Herzen einschläft; tu daher sofort, was ich befehle; morgen beim Aufstehen will ich eine gute Antwort haben!"

Pompeo verließ mit hängenden Ohren den Vatikan und ging nach Benvenutos Laden, er war verschlossen.

Er blickte durch das Schlüsselloch, durch die Spalten der Tür, musterte alle Fenster, um zu sehen, ob nicht eines erleuchtet wäre, als er aber sah, daß alles finster war, wagte er einmal an die Tür zu klopfen, dann ein zweitesmal stärker, dann endlich ein drittesmal noch kräftiger.

Nun öffnete sich ein Fenster des ersten Stockwerkes und Benvenuto erschien im Hemd und seine Büchse in der Hand. „Wer ist da?" fragte er. — „Ich!" antwortete der Bote. — „Wer bist du?" erwiderte der Goldschmied, der seinen Mann längst erkannt hatte. — „Ich, Pompeo." — „Du lügst," sagte Benvenuto, „ich kenne Pompeo genau; er ist eine zu große Memme, um sich um diese Stunde auf die Straßen von Rom zu wagen." — „Aber, mein lieber Cellini, ich versichere Euch . . ." — „Schweig! Du bist ein Dieb, der den Namen dieses armen Teufels angenommen hat, um dir meine Tür öffnen zu lassen und mich zu bestehlen." — „Meister Benvenuto, ich will sterben . . ." — „Noch ein Wort," legte Benvenuto die Büchse auf Pompeo an, „und dieser Wunsch wird erfüllt werden!"

Hilferufend entfloh Pompeo und verschwand an der nächsten Straßenecke.

Benvenuto schloß sein Fenster, hing seine Büchse wieder an ihren Nagel, und sich über die Furcht, die er dem armen Pompeo verursacht, ins Fäustchen lachend, legte er sich zu Bett.

Am folgenden Morgen, in dem Augenblick, wo er in seinen bereits seit einer Stunde von seinen Lehrlingen geöffneten Laden hinabging, erblickte Benvenuto Cellini auf der anderen Seite der Straße Pompeo, der seit Tagesanbruch auf der Lauer wartete, daß er herabkäme.

Als er Cellini erblickte, grüßte ihn Pompeo freundschaftlich mit der Hand.

„Ah," sagte Cellini, „Ihr seid es, mein lieber Pompeo. Meiner Treu, ich habe heute nacht einen Schelm teuer die Unverschämtheit bezahlen lassen, Euren Namen anzunehmen." — „Wahrhaftig," bemühte sich Pompeo zu lächeln und näherte sich nach und nach dem Laden.

Benvenuto erzählte nun dem Boten Seiner Heiligkeit, was vorgefallen war; da ihn aber sein Freund Benvenuto in dem nächtlichen Gespräch als Memme erklärt hatte, so wagte dieser nicht zu gestehen, daß er es gewesen sei, mit dem er zu tun gehabt hätte. Dann fragte Cellini Pompeo, welcher glückliche Umstand ihm so früh die Ehre seines angenehmen Besuches verschaffe.

Nun entledigte sich Pompeo des Auftrages, den ihm Clemens VII. gegeben hatte.

In dem Maße, als er sprach, erheiterte sich Benvenuto Cellinis Gesicht. Clemens VII. gab also nach. Der Goldschmied war starrköpfiger gewesen als der Papst.

„Antwortet Seiner Heiligkeit," sagte Benvenuto, „daß ich glücklich wäre, ihm zu gehorchen und alles zu tun, um seine Gnade wieder zu verdienen, die ich nicht durch meine Schuld, sondern durch die Bosheit von Neidern verloren habe. Was Euch anlangt, Messire Pompeo, so fordere ich Euch, da es dem Papst nicht an Bedienten fehlt, in Eurem Interesse auf, mir in Zukunft einen anderen als Euch zu schicken. Bei Eurem Leben, Messire Pompeo, mischt Euch nicht mehr in meine Geschäfte, aus Mitleid für Euch, laßt Euch nicht mehr auf meinem Wege treffen, und für das Heil meiner Seele, Pompeo, betet zu Gott, daß ich nicht Euer Kaiser sei."

Pompeo verlangte nichts weiter und ging fort, um Clemens VII. die Antwort Benvenuto Cellinis zu überbringen, wobei er indessen die letzten Worte wegließ.

Um sich völlig mit ihm auszusöhnen, bestellte Clemens VII. einige Zeit nachher bei ihm eine Denkmünze. Benvenuto schlug sie ihm in Bronze, Silber und Gold und überbrachte sie ihm dann. Der Papst war so entzückt darüber, daß er in seiner

Bewunderung ausrief, die Alten hätten niemals eine so schöne Denkmünze gemacht.

„Nun denn, Eure Heiligkeit, wenn ich inzwischen nicht ein wenig Festigkeit gezeigt hätte, so wären wir in diesem Augenblick gänzlich entzweit, denn ich hätte Euch niemals verziehen, und Ihr hättet einen treuen Diener verloren. Seht, Allerheiligster Vater," fuhr Benvenuto warnend fort, „Eure Heiligkeit würde nicht übel tun, sich zuweilen der Meinung gewisser Leute von derbem, gesundem Verstand zu erinnern, die sagen, daß man siebenmal zur Ader lassen müsse, bevor man einmal schnitte, und Ihr würdet auch wohl tun, Euch weniger leicht von bösen Zungen, Neidern und Verleumdern hintergehen zu lassen; das sei Euch zur Befolgung gesagt, doch reden wir nicht mehr davon, Allerheiligster Vater."

Auf diese Weise verzieh Benvenuto Clemens VII., was er gewiß nicht getan, wenn er ihn weniger geliebt hätte, aber der Papst war ja sein Landsmann.

Sein Schmerz war daher auch groß, als einige Monate nach dem eben erzählten Abenteuer der Papst plötzlich starb. Der so eiserne Mann brach bei dieser Nachricht in Tränen aus und weinte acht Tage wie ein Kind.

Übrigens wurde dieser Todesfall dem armen Benvenuto Cellini doppelt verhängnisvoll, denn an dem Tage der Beisetzung des Papstes begegnete er Pompeo, den er nicht mehr wiedergesehen hatte, seit er ihn aufgefordert, ihn mit seiner zu häufigen Gegenwart zu verschonen.

Wir müssen hier bemerken, daß seit den Drohungen Benvenuto Cellinis der arme Pompeo nur in Begleitung von zwölf wohlbewaffneten Männern auszugehen wagte, denen er denselben Sold wie der Papst seiner Schweizer Garde bezahlte, so daß ihn jeder Gang durch die Stadt zwei bis drei Taler kostete, und dennoch zitterte er noch inmitten seiner zwölf Häscher, Benvenuto Cellini zu begegnen, da er wohl wußte, daß, wenn ein Streit aus diesem Zusammentreffen entstände und Benvenuto ein Unglück zustöße, der Papst, der im Grunde seinen Goldschmied sehr liebte, ihm den Prozeß machen würde; wie wir bemerkt, war aber Clemens VII. gestorben, und dieser Tod gab Pompeo einige Kühnheit wieder.

Benvenuto war nach Sankt Peter gegangen, um die Füße des verstorbenen Papstes zu küssen, und als er durch die Strada bei Banchi, von Ascanio und Pagolo begleitet, zurückkehrte, sah er sich Pompeo und seinen zwölf Mann gegenüber. Bei der Erscheinung seines Feindes wurde Pompeo leichenblaß; als er aber um sich blickte und sich wohl umringt sah, während Benvenuto nur zwei Knaben bei sich hatte, faßte er wieder Mut und grüßte Benvenuto spöttisch mit dem Kopf, während seine rechte Hand mit dem Griff seines Dolches spielte.

Bei dem Anblick dieser Gruppe, die seinen Meister bedrohte, legte Ascanio die Hand an sein Schwert, während Pagolo tat, als ob er anderswo hinblickte, aber Benvenuto wollte seinen Lieblingszögling keinem so ungleichen Kampf aussetzen. Er legte die Hand auf die seine, und das von Ascanio halb gezogene Schwert in die Scheide zurückstoßend, setzte er seinen Weg fort, als ob er nichts gesehn oder als ob es ihn durchaus nicht verletzt hätte. Ascanio erkannte seinen Meister nicht mehr, aber da sein Meister sich zurückzog, so zog auch er sich zurück.

Pompeo grüßte triumphierend Benvenuto und setzte seinen Weg fort, von seinen Häschern umringt, die seine übermütigen Prahlereien nachäfften.

Im Inneren biß sich Benvenuto die Lippen blutig, aber nach außen zeigte er eine lächelnde Miene. Für jeden, der den reizbaren Charakter des berühmten Goldschmieds kannte, war das unbegreiflich.

Kaum hatte er aber hundert Schritte getan, als er in den Laden eines seiner Kollegen ging, unter dem Vorwand, eine antike Vase zu sehen, die man kürzlich in den etruskischen Gräbern von Corneto gefunden hatte, indem er seinen beiden Zöglingen ihren Weg fortzusetzen befahl und ihnen versprach, sie in einigen Minuten im Laden einzuholen.

Wie man wohl begreifen wird, war das nur ein Vorwand, um Ascanio zu entfernen; denn kaum hatte er gedacht, daß der junge Mann und sein Gefährte, für den er weniger besorgt war, weil er die Überzeugung hatte, daß ihn sein Mut nicht zu weit fortreißen würde, um die Straßenecke gegangen waren, als er die Vase wieder auf das Brett stellte, wo er sie gefunden hatte, und aus dem Hause stürzte.

In drei Sprüngen war Benvenuto in der Straße, wo er Pompeo begegnet war; aber Pompeo war nicht mehr da. Glücklicher- oder mehr unglücklicherweise war dieser von seinen zwölf Häschern umringte Mann allgemein aufgefallen; als Benvenuto demnach fragte, welchen Weg er eingeschlagen habe, gab ihm die erste Person, die er darum bat, sofort Auskunft, und gleich einem Hund, der die Fährte gefunden, stürzte Benvenuto seiner Spur nach.

Pompeo war an der Ecke der Chiavica an der Tür eines Apothekers stehen geblieben, und er erzählte dem würdigen Herrn seine Heldentaten, die er soeben vollbracht hatte, als er den Gefürchteten plötzlich mit glühenden Augen und schweißtriefender Stirne an der Straßenecke erscheinen sah.

Als Benvenuto ihn erblickte, stieß er einen Freudenschrei aus, und Pompeo brach mitten in seiner Unterhaltung kurz ab.

Es war offenbar, daß sich etwas Schreckliches ereignen würde.

Die Bravos scharten sich um Pompeo und zogen ihre Schwerter.

Es war unsinnig von einem Mann, dreizehn Männer anzugreifen, aber Benvenuto war eine jener Löwennaturen, die ihre Feinde nicht zählen. Er zog gegen diese dreizehn Schwerter, die ihn bedrohten, einen kleinen Dolch, den er immer an seinem Gürtel trug, stürzte in die Mitte des Haufens, indem er mit einer Hand zwei bis drei Schwerter packte und mit der andern ein bis zwei Mann niederwarf, so daß er bis zu Pompeo gelangte, den er beim Kragen packte; aber sogleich schloß sich die Gruppe wieder um ihn.

Nun sah man nichts mehr als ein verworrenes Handgemenge, über dem Schwerter blitzten. Während eines Augenblickes rollte diese lebende Gruppe gestaltlos und verworren auf dem Boden, dann erhob sich ein Mann, stieß einen Siegesschrei aus und verließ mit einer gewaltigen Anstrengung, wie er in sie gedrungen, die Gruppe wieder, selbst blutig, aber triumphierend seinen blutigen Dolch emporhaltend — es war Benvenuto Cellini.

Ein anderer wälzte sich im Todeskampf auf dem Pflaster. Er hatte zwei Dolchstöße erhalten, den einen unter das Ohr, den andern zwischen Brustbein und Schulter. Nach Verlauf einiger Sekunden war er tot; das war Pompeo.

Ein anderer als Benvenuto wäre, nachdem er einen solchen Streich ausgeführt, im vollen Laufe entflohen, aber Benvenuto nahm seinen Dolch in die linke Hand, zog mit seiner rechten sein Schwert und erwartete entschlossen die zwölf Häscher.

Aber die Häscher hatten nichts mehr mit Benvenuto zu tun. Derjenige, der sie bezahlt hatte, war tot und konnte sie also nicht mehr bezahlen. Sie entflohen wie Hasen, indem sie den Leichnam Pompeos im Stich ließen.

In diesem Augenblick erschien Ascanio und warf sich in die Arme seines Meisters; er hatte sich durch die etruskische Vase nicht täuschen lassen und war umgekehrt; aber so schnell er auch herbeieilte, so war er doch ein paar Sekunden zu spät gekommen.

---

3. Kapitel.

Dädalus.

Benvenuto entfernte sich mit ihm, besorgt, nicht über die drei Wunden, die er empfangen hatte, denn sie waren alle drei zu leicht, als daß er sich darum bekümmerte, aber besorgt darüber, was jetzt wohl geschehen würde. Er hatte bereits sechs Monate zuvor Guasconti, den Mörder seines Bruders, getötet, aber er hatte sich aus diesem schlimmen Handel durch die Gunst des Papstes Clemens VII. gezogen; außerdem war dieser Mord nur eine Wiedervergeltung; aber diesmal war Benvenutos Beschützer gestorben, und der Fall wurde bei weitem kitzlicher.

Von Gewissensbissen war indes keinen Augenblick die Rede, denn Benvenuto hatte ganz einfach nur das getan, was damals allgemein üblich war; Pompeo war Benvenuto Cellini lästig, und Benvenuto Cellini hatte Pompeo beseitigt.

Aber die Polizei bekümmerte sich zuweilen um diese Beseitigungen; sie würde sich wohl gehütet haben, einen Menschen während seines Lebens zu beschützen, aber einmal unter zehn wandelte sie die Lust an, ihn zu rächen, wenn er tot war.

Diese Empfindlichkeit ergriff sie in bezug auf Benvenuto Cellini. Als er, nach Haus zurückgekehrt, einige Papiere ins

Feuer warf und ein paar Taler in seine Tasche steckte, nahmen ihn die päpstlichen Häscher fest und führten ihn in die Engelsburg, ein Ereignis, über das sich Benvenuto beinahe durch den Gedanken tröstete, daß man sonst nur Edelleute in die Engelsburg setzte.

Aber ein anderer Trost, der nicht minder heilsam auf Benvenuto Cellini wirkte, war der Gedanke, daß ein so erfindungsreicher Geist wie der seine, bald wieder aus dem Gefängnis herauskommen werde.

Bei seinem Eintritt sagte er zu dem Gouverneur, der vor einem grünen Tisch saß, und der auf diesem Tisch eine gute Anzahl Bücher ordnete: „Verdreifacht die Riegel, die Gitter und die Schildwachen, Herr Gouverneur, sperrt mich in Euer höchstes Zimmer oder in Euren tiefsten Kerker, laßt Eure Leute den ganzen Tag über wach bleiben und die ganze Nacht über kein Auge zutun — ich sage Euch im voraus, daß ich trotz alledem entfliehen werde.“

Der Gouverneur erhob die Augen auf den Gefangenen, der ihn mit so wunderbarer Zuversicht anredete, und erkannte Benvenuto Cellini, den er drei Monate zuvor schon an seinem Tisch hatte.

Trotz dieser Bekanntschaft, und vielleicht gerade wegen dieser Bekanntschaft, verursachte diese Anrede dem Gouverneur die höchste Bestürzung; er war ein Florentiner, namens Georgio, Ritter von Ugolini, ein vortrefflicher Mensch, aber von etwas schwachem Verstand. Indessen kam er von seinem ersten Erstaunen bald wieder zu sich und ließ Benvenuto in das höchste Zimmer der Engelsburg bringen. Die Decke dieses Zimmers war das flache Dach selbst; eine Wache war auf diesem Dach, eine andere stand am Fuß der Mauer.

Der Gouverneur machte den Gefangenen auf diese Umstände aufmerksam, und als er glaubte, daß der Gefangene sie gewürdigt hätte, sagte er: „Man kann Schlösser öffnen, mein lieber Benvenuto, man kann Türen sprengen, den Boden eines unterirdischen Kerkers aushöhlen, eine Mauer durchbrechen, Schildwachen bestechen, Kerkermeister einschläfern, aber wenn man keine Flügel hat, so kann man sich nicht von dieser Höhe in die Tiefe hinablassen.“

„Und ich werde doch hinabkommen,“ sagte Benvenuto Cellini.

Der Gouverneur blickte ihm ins Gesicht und begann zu glauben, daß sein Gefangener wahnsinnig wäre.

„Aber dann wollt Ihr also davonfliegen?“ — „Warum nicht? Ich bin immer der Meinung gewesen, daß der Mensch fliegen könne; nur hat es mir an Zeit gefehlt, die Sache zu versuchen. Hier werde ich Zeit dazu haben, und bei Gott, ich will darüber ins Reine kommen. Das Abenteuer des Dädalus ist eine Geschichte und keine Fabel.“ — „Nehmt Euch vor der Sonne in acht, mein lieber Benvenuto,“ antwortete der Gouverneur, „nehmt Euch vor der Sonne in acht.“ — „Ich werde nachts davonfliegen,“ sagte Benvenuto.

Der Gouverneur war auf diese Antwort nicht gefaßt, so daß

er nicht das geringste zu erwidern fand und sich außer sich entfernte.

In der Tat, er mußte um jeden Preis entfliehen. Zu anderen Zeiten hätte sich Benvenuto nicht um einen getöteten Menschen bekümmert, und er wäre damit durchgekommen, der Prozession des Marienfestes im August in Wams und Mantel von blauem Armesin zu folgen. Aber der neue Papst Paul III. war sehr rachsüchtig, und als er noch Kardinal Farnèse war, hatte Benvenuto einen Handel wegen einer Silbervase mit ihm gehabt, die er aus Mangel an Bezahlung abzuliefern sich weigerte, und die Seine Eminenz mit Gewalt holen wollte, was Benvenuto in die harte Notwendigkeit versetzt hatte, die Leute Seiner Eminenz ein wenig zu mißhandeln; außerdem war der heilige Vater neidisch, daß König Franz I. durch Herrn von Montluc, seinen Gesandten beim heiligen Stuhl, Benvenuto bereits zweimal von ihm begehrt hatte. Als er Benvenutos Gefangenschaft erfuhr, hatte Herr von Montluc, in der Meinung, dem armen Gefangenen einen Dienst zu erweisen, um so mehr darauf gedrungen; aber er hatte sich sehr über den Charakter des neuen Papstes geirrt, der noch starrköpfiger als sein Vorgänger Clemens VII. war. Paul III. hatte geschworen, daß ihm Benvenuto seinen Streich bezahlen solle, und wenn er auch nicht gerade den Tod riskierte, denn ein Papst hätte sich zu jener Zeit zweimal besonnen, einen solchen Künstler hängen zu lassen, so riskierte er zum mindesten, in seinem Kerker vergessen zu werden. Unter solchen Umständen war es demnach sehr wichtig, daß Benvenuto sich nicht selbst vergaß, und deshalb hatte er zu fliehen beschlossen, ohne die Verhöre und Urteile abzuwarten, die leicht niemals hätten kommen können, denn der durch das Dazwischentreten König Franz I. gereizte Papst wollte nicht einmal mehr den Namen Benvenuto Cellini aussprechen hören. Der Gefangene wußte das alles von Ascanio, der sein Geschäft fortführte, und der die Erlaubnis erlangt hatte, seinen Meister zu besuchen; wohlverstanden fanden diese Besuche nur hinter Gittern und in Gegenwart von Zeugen statt, die darüber wachten, daß der Schüler seinem Meister weder eine Feile, einen Strick, noch ein Messer zustecke.

Von dem Augenblick an, wo der Gouverneur seine Zimmertür wieder hinter Benvenuto geschlossen hatte, hatte Benvenuto demnach auch die Untersuchung seines Zimmers begonnen.

Die vier Wände seiner neuen Wohnung enthielten ein Bett, einen Kamin, in dem man Feuer machen konnte, einen Tisch und zwei Stühle; zwei Tage nachher erlangte Benvenuto Ton und ein Werkzeug zum Modellieren. Der Gouverneur hatte anfangs diese Gegenstände seinem Gefangenen verweigert, aber er hatte sich anders besonnen, indem er bedachte, daß er dadurch, daß er den Geist des Künstlers beschäftigte, ihn vielleicht von diesen hartnäckigen Fluchtgedanken abbrächte. Noch am selben Tage begann Benvenuto eine kolossale Venus.

An einem Dezembertag, als es sehr kalt war, und man Feuer in Benvenuto Cellinis Kamin angezündet hatte, sollte seine Bettwäsche gewechselt werden; dabei vergaß man die

Bettücher auf dem zweiten Stuhl. Benvenuto zog aus seinem Strohsack zwei Hände voll Maisstroh heraus, steckte die Tücher an ihren Platz, kehrte an seine Statue zurück und begann von neuem zu arbeiten. Im selben Augenblick kehrte der Knecht zurück, um die vergessenen Tücher zu holen, suchte überall, indem er Benvenuto fragte, ob er sie nicht gesehen hätte; aber Benvenuto antwortete nachlässig und ganz in seine Modellierarbeit vertieft, daß wahrscheinlich einer seiner Kameraden sie geholt oder daß er sie selbst ohne darauf zu achten mitgenommen hätte. Der Knecht schöpfte keinen Verdacht, so kurze Zeit war seit seinem Hinausgehen und seinem Zurückkommen verflossen, und besonders, weil Benvenuto seine Rolle so natürlich spielte. Da die Tücher sich nicht wiederfanden, so hütete er sich davon zu reden, aus Furcht, sie bezahlen zu müssen oder fortgejagt zu werden.

Sobald der Knecht fort war, warf sich Benvenuto auf die Knie und dankte Gott für die Hilfe, die er ihm gesandt hatte.

Hierauf ließ er, da man sein Bett, wenn es einmal gemacht war, niemals vor dem andern Morgen wieder berührte, die entwendeten Tücher ruhig in dem Strohsack.

Sobald die Nacht hereingebrochen war, begann er diese Tücher, die ziemlich derb waren, in drei bis vier Finger breite Streifen zu zerschneiden; dann flocht er sie so fest als möglich zusammen; dann endlich öffnete er den Bauch seiner Statue, die aus Ton war, höhlte ihn gänzlich aus, stopfte seinen Schatz hinein, deckte auf die Wunde eine Hand voll Ton, die er mit dem Daumen und seinem Werkzeug glättete, so daß der geschickteste Praktiker nicht erkennen konnte, daß man an der armen Venus eine Operation vollzogen hätte.

Am folgenden Morgen trat der Gouverneur unversehens in das Zimmer des Gefangenen, aber wie gewöhnlich sah er ihn ruhig arbeiten. Jeden Morgen zitterte der arme Mann, das Zimmer leer zu finden. Zum Lob seiner Offenherzigkeit müssen wir sagen, daß er jeden Morgen, wenn er es bewohnt fand, seine Freude nicht verbarg.

„Ich gestehe Euch, Benvenuto," sagte der arme Gouverneur zu dem Gefangenen, „daß Ihr mich beunruhigt, indes fange ich an zu glauben, daß Eure Fluchtdrohungen eitel waren." — „Ich drohe Euch nicht, Meister Georgio," antwortete Benvenuto, „ich warne Euch." — „Hofft Ihr denn immer noch davonzufliegen?" — „Zum Glück ist das nicht nur eine einfache Hoffnung, sondern bei Gott eine Gewißheit." — „Aber zum Teufel, wie wollt Ihr's denn anfangen?" rief der arme Gouverneur, den dieses scheinbare oder wirkliche Vertrauen Benvenutos verwirrte. — „Das ist mein Geheimnis, Meister. Aber ich warne Euch, meine Flügel wachsen."

Der Gouverneur richtete unwillkürlich seine Augen auf die Schultern seines Gefangenen.

„So ist es, Herr Gouverneur," begann dieser wieder, indem er an seiner Statue modellierte, deren Schenkel er auf eine Weise abrundete, daß man hätte sagen können, er wolle eine Nebenbuhlerin der Venus Kallipige aus ihr machen. „Es besteht

Kampf und Herausforderung unter uns. Ihr habt ungeheure Türme, dicke Türen, erprobte Riegel, tausend immer bereite Wächter für Euch: ich habe nur Kopf und Hände für mich und sage Euch ganz einfach, daß Ihr besiegt werdet. Nur, da Ihr ein gewandter Mann seid, da Ihr alle Vorsichtsmaßregeln getroffen habt, wird Euch der Trost bleiben, daß es nicht Eure Schuld war, Messire Georgio, daß Ihr Euch nicht den geringsten Vorwurf zu machen und daß Ihr nichts vernachlässigt habt. So, jetzt sagt, was Ihr von dieser Hüfte haltet, denn Ihr seid Kunstliebhaber.“

So viel Zuversicht brachte den armen Kommandanten außer sich. Sein Gefangener war für ihn eine fixe Idee geworden, in der sich sein Verstand verwirrte; er mochte nicht mehr essen und erschrak jeden Augenblick wie ein Mensch, den man plötzlich aufweckt. Eines Nachts hörte Benvenuto ein lautes Getümmel auf dem Dach, dann kam der Lärm auf seinem Vorplatz näher, endlich hielt er vor seiner Tür an; sie öffnete sich, und er erblickte Messire Georgio in Schlafrock und Nachtmütze, der, begleitet von vier Kerkermeistern und acht Wächtern, mit ganz entstelltem Gesicht auf ihn zustürzte. Benvenuto setzte sich auf seine Matratze und lachte ihm ins Gesicht. Ohne sich um dieses Lächeln zu bekümmern, atmete der Gouverneur auf wie ein Taucher, der wieder auf die Oberfläche des Wassers kommt.

„Ah!“ rief er, „Gott sei gelobt, er ist noch da, der Unglückselige! Es stimmt: Traum — Schaum.“ — „Nun, was gibt's denn,“ sagte Benvenuto Cellini, „was ist das für ein glücklicher Umstand, der mir das Vergnügen verschafft, Euch zu einer solchen Stunde zu sehen, Meister Georgio?“ — „Jesus, mein Gott! Es ist nichts, und ich komme diesmal noch mit der Furcht davon. Habe ich nicht geträumt, daß Euch diese verfluchten Flügel gewachsen wären? Aber ungeheure Flügel, mit denen Ihr ruhig über der Engelsburg schwebtet, indem Ihr mir sagtet: ‚Lebt wohl, mein lieber Gouverneur, Gott befohlen! Ich habe nicht fortgehen wollen, ohne Abschied von Euch zu nehmen; ich gehe, auf das Vergnügen, Euch niemals wiederzusehen.‘“ — „Wie, ich sagte Euch das, Meister Georgio?“ — „Das waren Eure eigenen Worte . . . Ach, Benvenuto, Ihr seid ein Unglück für mich!“ — „O, ich hoffe, Ihr glaubt, daß ich nicht so ohne Lebensart bin. Zum Glück ist es nur ein Traum, denn sonst würde ich es Euch nicht vergeben.“ — „Aber zum Glück ist es nichts. Ich halte Euch, mein lieber Freund, und obgleich, wie ich sagen muß, Eure Gesellschaft mir nicht die angenehmste ist, so hoffe ich doch, Euch noch lange zu behalten.“ — „Ich glaube nicht,“ antwortete Benvenuto mit jenem vertrauensvollen Lächeln, das seinen Wirt fluchen ließ.

Benvenuto zu allen Teufeln schickend, ging der Gouverneur hinaus, und am folgenden Tage gab er den Befehl, daß man bei Tag und Nacht alle zwei Stunden sein Gefängnis untersuche. Diese Untersuchung dauerte einen Monat; da man aber keinen sichtlichen Grund hatte, daß sich Benvenuto mit seiner Flucht beschäftigte, so ließ die Aufsicht nach.

Diesen Monat hatte Benvenuto inzwischen zu einer schrecklichen Arbeit verwandt.

Benvenuto hatte seine Zelle auf das genaueste untersucht und war über sein Mittel zur Flucht mit sich einig. Sein Fenster war vergittert, und die eisernen Stangen waren zu stark, um mit der Hand herausgerissen oder mit seinem Modellierstab, dem einzigen eisernen Werkzeug, das er besaß, ausgehoben werden zu können. Was seinen Kamin anbelangt, so wurde er dermaßen eng, daß der Gefangene, wie die Fee Melusine, das Vorrecht gehabt haben müßte, sich in eine Schlange verwandeln zu können, um durchzukommen. Es blieb also nur die Tür übrig.

Die Tür bestand aus zwei Finger dickem Eichenholz, die durch zwei Schlösser verschlossen, durch vier Riegel verriegelt und innen mit eisernen Platten versehen, die unten und oben eiserne Nägel befestigten.

Durch diese Tür mußte er hindurch.

Denn Benvenuto hatte bemerkt, daß einige Schritte von dieser Tür auf dem Vorplatz, der nach ihr führte, sich die Treppe befand, durch die man die Wache auf dem platten Dach ablöste. Alle zwei Stunden hörte Benvenuto demnach die heraufgehenden Schritte, dann gingen sie wieder herab, und es blieben ihm zwei Stunden, ohne durch ein Geräusch gestört zu werden.

Es handelte sich demnach ganz einfach darum, sich auf der anderen Seite dieser zwei Zoll dicken, durch zwei Schlösser verschlossenen, durch vier Riegel verriegelten und außerdem von innen durch eine oben und unten mit Nägeln befestigte eiserne Platte bedeckten eichenen Tür zu befinden.

Benvenuto hatte sich nun folgender Arbeit während dieses verflossenen Monats gewidmet.

Mit seinem Modellierwerkzeug, das von Eisen war, hatte er alle Nägelköpfe abgesprengt, mit Ausnahme von vier oben und vier unten, die er für den letzten Tag aufbewahrte; dann, damit man ihre Abwesenheit nicht bemerkte, hatte er sie durch ganz ähnliche Nägelköpfe ersetzt, die er aus Ton geformt und mit Eisenspänen bedeckt hatte, so daß es dem geübtesten Auge unmöglich war, die echten Nägelköpfe von den falschen zu unterscheiden. Da sich nun sowohl oben als unten an der Tür sechzig Nägel befanden und das Köpfen jedes Nagels zuweilen eine, selbst zwei Stunden wegnahm, so wird man begreifen, welche Zeit die Ausführung einer solchen Arbeit dem Gefangenen kostete.

Dann zündete er jeden Abend, wenn alles zu Bett gegangen war und er kein Geräusch mehr hörte als die Schritte der über seinem Haupt herumwandelnden Wache, in seinem Kamin ein großes Feuer an und trug einen Haufen glühender Kohlen an die eiserne Platte seiner Tür; nun wurde das Eisen rot und verkohlte nach und nach das Holz, auf dem es befestigt war, ohne daß man indes auf der entgegengesetzten Seite der Tür dies gewahr werden konnte.

Benvenuto widmete sich einen Monat lang dieser Arbeit; aber dann war sie auch beendet, und der Gefangene erwartete nur noch eine günstige Nacht zu seiner Flucht. Nun mußte er aber noch einige Tage warten, denn zu der Zeit, wo er diese Arbeit beendet hatte, war gerade Vollmond.

An demselben Tage kam der Gouverneur, tiefsinniger als jemals, zu ihm. „Mein lieber Gefangener," sagte der wackere Mann, der beständig auf seine fixe Idee zurückkam, „rechnet Ihr noch immer darauf fortzufliegen? Laßt hören, antwortet mir offenherzig." — „Mehr als jemals, mein lieber Wirt," antwortete ihm Benvenuto. — „Hört," sagte der Gouverneur, „Ihr mögt mir alles, was Ihr wollt, weiß machen, aber offenherzig gestanden, ich halte die Sache für unmöglich." — „Unmöglich, Meister Georgio, unmöglich!" antwortete der Künstler. „Aber Ihr wißt wohl nicht, daß ich dieses Wort nicht kenne, da ich mich immer geübt habe, unmögliche Dinge auszuführen, und das mit Erfolg. Unmöglich, mein lieber Wirt? Habe ich mich denn nicht zuweilen damit belustigt, die Natur eifersüchtig zu machen, daß ich aus Gold, Smaragden und Diamanten eine Blume geschaffen habe, die schöner als jede Blume war, die der Tau benetzt? Glaubt Ihr, daß derjenige, der Blumen macht, nicht auch Flügel machen könnte?" — „Gott stehe mir bei," sagte der Gouverneur, „aber mit Eurem unverschämten Vertrauen werdet Ihr mich um meinen Kopf bringen! Aber damit Euch diese Flügel in der Luft tragen könnten, was mir unmöglich scheint, welche Gestalt würdet Ihr ihnen geben?" — „Ei nun, wie Ihr wohl denken könnt, habe ich darüber viel nachgedacht, da die Sicherheit meiner Person von der Gestalt dieser Flügel abhängt." — „Nun denn?" — „Ich kenne nur die Fledermaus, die man mit Erfolg nachahmen könnte." — „Aber, Benvenuto," begann der Gouverneur wieder, „wenn Ihr die Mittel hättet, Euch ein Paar Flügel anzufertigen, würde Euch dann nicht in dem Augenblick Euch ihrer zu bedienen, der Mut fehlen?" — „Gebt mir, was ich zu ihrer Anfertigung bedarf, mein lieber Gouverneur, und ich werde Euch im Davonfliegen antworten." — „Aber was braucht Ihr denn?" — „O, mein Gott, fast nichts: einen kleinen Hammer, Ambos, Feilen und große und kleine Zangen, um die Federn anzufertigen, und zwanzig Ellen Wachsleinewand, um die Haut zu ersetzen." — „Gut, gut," sagte Meister Georgio, „jetzt bin ich ein wenig beruhigt, denn wie groß auch Euer Verstand sein möge, so wird Euch doch die Anschaffung aller dieser Dinge niemals gelingen." — „Das ist bereits geschehen," antwortete Benvenuto.

Der Gouverneur sprang von seinem Stuhl auf; aber im selben Augenblick überlegte er, daß das unmöglich wäre. So unmöglich diese Sache übrigens auch war, so ließ sie dennoch seinem armen Kopf keinen Augenblick Ruhe. Bei jedem Vogel, der an seinem Fenster vorüberflog, bildete er sich ein, es wäre Benvenuto Cellini.

Noch am selben Tage ließ Meister Georgio den geschicktesten Mechaniker von Rom holen und befahl ihm, Maß zu ein Paar Fledermausflügeln zu nehmen.

Erstaunt blickte der Mechaniker den Gouverneur ohne ihm zu antworten an, indem er dachte, Meister Georgio wäre verrückt geworden.

Da aber Meister Georgio darauf bestand, und reich genug war, daß, wenn er Torheiten machte, er auch die Mittel besaß, sie zu bezahlen, so machte sich der Mechaniker nichtsdestoweniger an das bestellte Werk, und acht Tage nachher überbrachte man ihm ein Paar prachtvolle Flügel, die durch ein eisernes Mieder am Körper befestigt wurden und sich mit Hilfe von sinnreichen Federn mit beruhigender Regelmäßigkeit bewegten.

Meister Georgio bezahlte dem Mechaniker den vereinbarten Preis, maß den Raum, den dieser Apparat einnehmen konnte, ging zu Benvenuto Cellini hinauf, und ohne etwas zu sagen, suchte er das ganze Zimmer durch, indem er unter das Bett blickte, in den Kamin schielte, den Strohsack durchsuchte, und nicht den kleinsten Winkel ununtersucht ließ.

Hierauf ging er ohne etwas zu sagen wieder fort, überzeugt, daß Benvenuto, wenn er kein Hexenmeister wäre, in seinem Zimmer nicht ein paar den seinen gleiche Flügel verbergen könne.

Offenbar wurde der Verstand des armen Gouverneurs immer ärger verwirrt.

Als er in seine Wohnung hinabging, war der Mechaniker da; er war zurückgekehrt, um ihm zu erklären, daß sich am Ende eines jeden Flügels ein eiserner Ring befände, der bestimmt sei, die Beine des Mannes in wagerechter Lage zu halten.

Kaum war der Mechaniker fort, als Meister Georgio sich einschloß, sein Mieder anlegte, seine Flügel entfaltete, seine Beine befestigte und sich auf den flachen Bauch legend davonzufliegen versuchte.

Aber trotz aller Anstrengungen konnte er nicht den Boden verlassen.

Nach ein paar weiteren Versuchen ließ er von neuem den Mechaniker rufen.

„Ich habe Eure Flügel versucht, Meister,“ sagte er, „sie taugen nichts.“ — „Wie habt Ihr sie denn versucht?“

Meister Georgio erzählte ihm seinen dreimaligen Versuch. Der Mechaniker hörte ihm ernsthaft zu, und als jener ausgesprochen hatte, sagte er zu ihm: „Das wundert mich nicht. Auf dem Boden liegend könnt Ihr nicht eine hinlängliche Masse Luft auffassen; Ihr hättet auf die Engelsburg steigen und Euch von dort aus dreist in den Raum hinauswagen müssen.“ — „Und Ihr glaubt, daß ich dann fliegen könnte?“ — „Ich bin davon überzeugt,“ sagte der Mechaniker. — „Aber wenn Ihr dessen so sicher seid,“ fuhr der Gouverneur fort, „wäre es Euch dann nicht einerlei, einen Versuch damit zu machen?“ — „Die Flügel sind nach dem Gewicht Eures Körpers und nicht nach dem meinen angefertigt,“ antwortete der Mechaniker. „Für mich bestimmte Flügel müßten anderthalb Fuß breiter sein.“

Und der Schlaukopf grüßte und ging fort.

Den ganzen Tag über konnte man an Meister Georgio verschiedene Spuren von Geistesverwirrung bemerken, die andeuteten, daß sein Verstand immer mehr in eingebildeten Regionen herumirrte.

Am Abend rief er alle Knechte, Kerkermeister und Soldaten zusammen.

„Wenn Ihr bemerkt, daß Benvenuto davonfliegen will," sagte er, „so laßt ihn fort und zeigt es mir nur an, denn ich werde ihn wohl selbst während der Nacht wieder erwischen, da ich eine wahre Fledermaus bin, während er, was er auch sagen mag, nur eine falsche Fledermaus ist."

Der arme Gouverneur war gänzlich verrückt; da man aber hoffte, daß die Nacht ihn beruhigen würde, so beschloß man den anderen Tag abzuwarten, um den Papst zu benachrichtigen.

Außerdem war es eine abscheuliche, regnerische und finstere Nacht, und niemand hatte wohl Lust, in einer solchen Nacht auszugehen. Ausgenommen Benvenuto Cellini, der ohne Zweifel aus Widerspruchsgeist gerade diese Nacht zu seiner Flucht gewählt hatte.

Sobald er es demnach zehn Uhr hatte schlagen und die Wache ablösen hören, sank er auf die Knie, und nachdem er andächtig zu Gott gebetet, machte er sich ans Werk.

Zunächst riß er die noch übrigen vier Nägelköpfe ab, die allein noch die eiserne Platte hielten. Der letzte hatte soeben nachgegeben, als es Mitternacht schlug.

Benvenuto hörte die Schritte der auf die Terrasse steigenden Runde; er blieb atemlos an die Tür geheftet; dann kam die Runde herab, die Schritte entfernten sich und alles wurde wieder still.

Der Regen wurde heftiger, und mit vor Freude klopfendem Herzen hörte ihn Benvenuto seine Fenster peitschen.

Er versuchte die eisernen Platten abzureißen; da sie nichts mehr zurückhielt, gaben sie nach, und Benvenuto stellte eine nach der anderen an die Wand.

Hierauf legte er sich auf den Bauch, indem er das untere Ende der Tür mit seinem Modelierwerkzeug angriff, das er in Gestalt eines Dolches zugespitzt und durch ein Stück Holz mit einem Griff versehen hatte. Der untere Teil der Tür gab nach: das Eichenholz war vollkommen verkohlt.

Nach Verlauf eines Augenblickes hatte Benvenuto unten an der Tür eine Aushöhlung angebracht, die groß genug war, daß er durch sie herauskriechen konnte.

Nun öffnete er den Bauch seiner Statue, nahm seine geflochtenen Leinwandstreifen heraus, wickelte sie als Gürtel um sich, bewaffnete sich mit seinem Werkzeug, warf sich wieder auf die Knie und betete ein zweites Mal.

Dann steckte er den Kopf unter der Tür hervor, dann die Schultern, dann den übrigen Körper, und er befand sich auf dem Vorplatz.

Er stand auf, aber seine Knie wankten dermaßen, daß er sich an die Wand lehnen mußte, um nicht zu Boden zu sinken. Sein Herz klopfte, als wenn seine Brust sprengen wollte, sein Kopf stand in Flammen. Ein Schweißtropfen zitterte an jedem Haar, und er drückte den Stiel seines Dolches in seiner Hand, als ob man ihn ihm entreißen wollte.

Da indes alles ruhig war und sich nichts regte, erholte sich Benvenuto bald wieder, und mit der Hand vor sich hintastend folgte er der Wand des Vorplatzes, bis sie zu Ende war. Sogleich trat er vor und berührte die erste Stufe der Treppe oder vielmehr der Leiter, die auf das flache Dach führte.

Bei dem Knarren des unter seinen Füßen stöhnenden Holzes erbebend, kletterte er hinauf; dann fühlte er die Luft und den Regen, der ihm ins Gesicht schlug, dann ragte sein Kopf aus dem Boden des Daches hervor, und da er sich seit einer Viertelstunde in der tiefsten Dunkelheit befand, so konnte er sogleich alles überblicken, was er zu fürchten oder zu hoffen hatte.

Die Waage neigte sich auf die Seite der Hoffnung.

Um sich vor dem Regen zu schützen, hatte sich die Wache in ihr Schilderhaus zurückgezogen. Da nun die Posten auf der Engelsburg nicht das flache Dach zu beaufsichtigen hatten, sondern in den Graben blicken und das flache Land überschauen mußten, so befand sich die geschlossene Seite des Schilderhauses gerade der Treppe gegenüber, aus der Benvenuto Cellini heraufkam.

Sich auf Händen und Füßen fortschleppend, näherte sich Benvenuto schweigend dem Punkt des Daches, der am weitesten von dem Schilderhaus entfernt war. Dort befestigte er das eine Ende seiner Streifen an einem aus der Mauer vorragenden Backstein, und sich dann ein drittes Mal auf die Knie werfend, murmelte er: „Herr, mein Gott, hilf mir, da ich mir selbst helfe!"

Und als er dieses Gebet verrichtet, ließ er sich, an den Händen hängend, und ohne auf das Wundwerden seiner Knie und seiner Stirn zu achten, die von Zeit zu Zeit die Mauer streiften, bis auf den Boden herabgleiten.

Als er den Boden unter seinen Füßen fühlte, erfüllte ein Gefühl unendlicher Wonne und Stolzes seine Brust. Er betrachtete die ungeheure Höhe, die er herabgekommen war, und konnte sich nicht enthalten leise zu sagen: „Jetzt bin ich also frei!" Dieser Augenblick der Hoffnung war jedoch kurz.

Er wandte sich um, und seine Knie wankten: vor ihm erhob sich eine kürzlich erbaute Mauer, die er nicht kannte; er war verloren.

Alles schien in seinem Innern vernichtet, und trostlos ließ er sich zu Boden sinken; aber im Fallen stieß er auf etwas Hartes — es war ein langer Balken. Er war gerettet.

Benvenuto ergriff den Balken, wie ein Schiffbrüchiger den Mast, der ihn über dem Wasser halten soll. Unter gewöhnlichen Umständen hätten zwei Männer Mühe gehabt, den Balken aufzuheben, er schleppte ihn nach der Mauer und richtete ihn an ihr auf.

Dann kletterte er mit der Kraft der Hände und der Knie auf die Mauer, aber dort fehlte ihm die Kraft, den Balken heraufzuziehen und ihn auf der anderen Seite wieder herabzulassen.

Einen Augenblick wurde er schwindlig, alles drehte sich um ihn, er schloß die Augen und es schien ihm, als ob er in einem Flammenmeer kämpfe.

Plötzlich dachte er an seine Leinwandstreifen, mit deren Hilfe er von dem Dach herabgekommen war.

Er ließ sich längs des Balkens herabgleiten und eilte nach dem Ort, wo er sie hängen gelassen hatte; aber er hatte sie an dem anderen Ende so festgeknüpft, daß er sie nicht von dem Backstein losreißen konnte.

Benvenuto hing sich verzweifelt an das äußerste Ende dieser Streifen, indem er in der Hoffnung, sie zu zerreißen, aus allen seinen Kräften zog. Glücklicherweise ging ein Knoten auf, und Benvenuto fiel rücklings zu Boden, indem er ein ungefähr zwölf Fuß langes Stück des Seiles nach sich zog.

Das war alles, was er brauchte, voll neuer Kraft erhob er sich wieder, stieg von neuem auf seinen Balken, setzte sich ein zweites Mal rittlings auf die Mauer und befestigte am äußersten Ende des Balkens den Leinwandstreifen.

Dort ließ er den Strick los und befand sich auf der Erde.

Nun legte er sich einen Augenblick hin. Er war erschöpft, seine Beine und Hände waren zerschunden. Minutenlang betrachtete er stumpfsinnig sein blutiges Fleisch; aber da schlug es fünf Uhr, und er sah, daß die Sterne zu erbleichen begannen.

Als er aber aufstand, ging ein Posten, den er nicht bemerkt hatte, und der wahrscheinlich sein ganzes Treiben mit angesehen, einige Schritte auf ihn zu. Benvenuto sah, daß er verloren war und daß er töten müsse oder selbst getötet werde. Er ergriff sein Werkzeug, das er in seinen Gürtel gesteckt hatte, und ging mit so entschlossener Miene auf den Soldaten los, daß dieser ohne Zweifel sah, daß er eine schreckliche Verzweiflung zu bekämpfen haben werde. In der Tat, Benvenuto war entschlossen, nicht zurückzuweichen, aber plötzlich wandte ihm der Soldat den Rücken, als ob er ihn nicht gesehen hätte; der Gefangene verstand, was das sagen wollte.

Er eilte an den letzten Wall. Dieser Wall ging nach dem Graben und war ungefähr zwölf bis fünfzehn Fuß hoch; ein solcher Sprung konnte einen Mann wie Benvenuto Cellini nicht aufhalten, und da er den ersten Teil seines Strickes an dem Backstein, den zweiten an dem Balken gelassen hatte, so daß ihm kein Stück mehr übrig blieb, an das er sich hängen konnte, und er keine Zeit zu verlieren hatte, so klammerte er sich an einen Ring, und zu Gott betend, ließ er sich fallen.

Diesmal blieb er ohnmächtig liegen.

Ungefähr eine Stunde verfloß, ohne daß er wieder zu sich kam; aber die bei Tagesanbruch herrschende Frische rief ihn wieder zu sich. Er blieb noch einen Augenblick wie betäubt, dann fuhr er mit der Hand über seine Stirn, und alles kam ihm wieder ins Gedächtnis.

Er empfand einen heftigen Schmerz am Kopf, zu gleicher

Zeit sah er Blutstropfen, die, nachdem sie wie Schweißtropfen über sein Gesicht gerieselt waren, auf die Steine fielen, wo er lag. Er legte die Hand ein zweites Mal daran, aber nicht um seine Gedanken zu sammeln, sondern um seine Wunden zu untersuchen; die Wunde war leicht, sie hatte die Haut geritzt, aber verletzte den Schädel nicht. Benvenuto lächelte und wollte aufstehen, aber er sank sogleich wieder zu Boden, er hatte über dem Knöchel das rechte Bein gebrochen.

Das Bein war dermaßen betäubt, daß er anfangs den Schmerz gar nicht gefühlt hatte.

Nun zog er sein Hemd aus und zerriß es in Streifen; damit verband er, so gut es eben ging, die Bruchstelle.

Hierauf schleppte er sich auf allen Vieren nach einem der Tore Roms, das fünfhundert Schritte entfernt war.

Als er nach einer halben Stunde fürchterlicher Qualen dorthin gelangt war, fand er, daß dieses Tor geschlossen war. Aber er bemerkte einen dicken unter diesem Tor befindlichen Stein; er zog an dem Stein, der leicht nachgab, und schlüpfte durch die Öffung hindurch.

Kaum aber hatte er einige dreißig Schritte zurückgelegt, als ein Haufen herrenloser und ausgehungerter Hunde, die an der Witterung des Blutes merkten, daß er verwundet war, über ihn herfielen; aber er zog sein Werkzeug und mit einem Stoß in die Weichen tötete er den größten. Die anderen fielen sogleich über diesen her und verzehrten ihn.

Benvenuto schleppte sich nun bis zur Kirche de la Transportina; dort begegnete er einem Wasserträger, der eben seinen Esel beladen und seine Töpfe gefüllt hatte. Er rief ihn.

„Höre," sagte er zu ihm, „ich befand mich bei meiner Geliebten; ich mußte sie durch das Fenster verlassen, bin aus dem ersten Stock herabgesprungen und habe dabei das Bein gebrochen; trage mich auf die Stufen der Sankt Peterskirche und ich gebe dir einen Goldtaler."

Ohne ein Wort zu sagen, lud der Wasserträger den Verwundeten auf seine Schultern und trug ihn nach dem bezeichneten Ort. Als er die versprochene Summe erhalten hatte, setzte er hierauf seinen Weg fort, ohne sich nur einmal umzusehen.

Immer fortkriechend erreichte Benvenuto nun das Haus des Herrn von Montluc, des französischen Gesandten, der einige Schritte weit von da wohnte.

Und Herr von Montluc machte seine Sache so gut und wandte soviel Eifer an, daß Benvenuto nach Verlauf eines Monats geheilt, daß er nach Verlauf von zwei Monaten begnadigt war, und daß er nach vier Monaten mit Ascanio und Pagolo nach Frankreich reiste.

Der arme, wahnsinnig gewordene Gouverneur aber lebte und starb in dem Wahn, daß er eine Fledermaus sei, die sich bis an sein Ende alle Mühe gab, durch die Luft davonzufliegen.

4. Kapitel.

Die Scozzone.

Als Benvenuto Cellini nach Frankreich kam, befand sich Franz I. mit seinem ganzen Hof in Fontainebleau; der Künstler begegnete also demjenigen, den er aufsuchen wollte, und verweilte in der Stadt, indem er dem Kardinal von Ferrara seine Ankunft melden ließ. Der Kardinal, der wußte, daß der König Benvenuto mit Ungeduld erwartete, überbrachte diese Nachricht sogleich Seiner Majestät. Noch am selben Tage wurde Benvenuto vom König empfangen, der sich in der lieblichen und kräftigen Sprache, die der Künstler so schön schrieb, zu ihm sagte: „Bringt einige Tage vergnügt zu, Benvenuto, um Euch von Eurem Kummer und Euren Mühsalen zu erholen, ruht Euch aus, belustigt Euch, und inzwischen werden Wir daran denken, irgendein schönes Werk bei Euch zu bestellen." Als er hierauf dem Künstler eine Wohnung im Schloß angewiesen hatte, befahl Franz I., daß es ihm an nichts fehlen sollte.

Benvenuto befand sich also vom ersten Augenblick an im Mittelpunkt der französischen Zivilisation, die damals noch gegen Italien zurück war, mit dem sie bereits in die Schranken trat und das sie bald übertreffen sollte . . . Wenn er um sich blickte, so konnte er leicht glauben, daß er Toscanas Hauptstadt nicht verlassen hätte, denn er befand sich wieder inmitten der Künste und der Künstler, die er in Florenz gekannt hatte, und auf Leonardo da Vinci und auf Meister Rosso war soeben Primaticcio gefolgt.

Es handelte sich demnach für Benvenuto darum, in die Fußtapfen dieser berühmten Vorgänger zu treten und in den Augen des galantesten Hofes von Europa die Bildhauerkunst zu der gleichen Höhe zu erheben, wie diese drei großen Meister die Malerei erhoben hatten. Benvenuto wollte auch aus eigenem Antrieb den Wünschen des Königs entgegenkommen und die versprochene Bestellung dieses schönen Werkes nicht abwarten, sondern es aus eigenem Antrieb und allein mit seinen Hilfsmitteln ausführen. Er hatte bemerkt, wie sehr die Residenz, wo er den König angetroffen hatte, diesem am Herzen lag, und er beschloß also seiner Vorliebe durch die Ausführung einer Statue zu schmeicheln, die er die Nymphe von Fontainebleau nennen wollte.

Die Ausführung dieser zugleich mit Eichenlaub, Ähren und Weinlaub bekränzten Statue war ein schöner Gedanke, denn Fontainebleau stößt an das flache Land, ist von Wäldern beschattet und erhebt sich inmitten von Weingärten. Die Nymphe, von der Benvenuto träumte, sollte zugleich eine Ceres, Diana und Erigone sein, drei wundervoll ineinander verschmolzene Vorbilder, und die, immerhin voneinander unterschieden, doch nur ein einziges werden sollten.

Aber es ist ein großes Unglück für den Künstler, daß, wenn

er auch schon das ideale Gefühl der Schönheit in seinem Innern trägt, er doch für den materiellen Teil seines Werkes noch ein menschliches Modell bedarf. Wo nun aber dieses Modell finden, das in sich allein die dreifache Schönheit der drei Göttinnen vereinigen sollte?

Gewiß, wenn wie in den Tagen des Altertums, wenn wie zu den Zeiten des Phidias und des Apelles die Schönheiten des Tages, diese Königinnen der Form, von selbst gekommen wären, um dem Künstler zu stehen, so hätte Benvenuto am Hofe selbst gefunden, was er suchte; es befand sich da ein ganzer Olymp in der Blüte des Lebens: da war Katharina von Medici, die damals erst einundzwanzig Jahre alt war, da war Margarethe von Valois, Königin von Navarra, die man die vierte Grazie und die zehnte Muse nannte; da war endlich die Frau Herzogin von Etampes, die man die schönste der Gelehrten und die gelehrteste der Schönen nannte. Es war da mehr vorhanden, als der Künstler bedurft hätte; aber man lebte nicht mehr in der Zeit des Apelles und des Phidias.

Benvenuto mußte also anderswo ein Modell suchen.

Er erfuhr mit großer Freude, daß der Hof nach Paris aufbrechen würde; leider aber reiste damals der Hof, wie Benvenuto Cellini selbst sagt, wie ein Leichenzug: mit zwölf- bis fünfzehnhundert Pferden, an einem Ort sich aufhaltend, wo es kaum zwei bis drei Häuser gab, jeden Abend vier Stunden mit dem Aufschlagen seiner Zelte, und vier Stunden jeden Morgen, um sie wieder abzubrechen, verlierend, so daß, obgleich kaum sechzehn Stunden die Residenz von der Hauptstadt trennten, man doch fünf Tage damit zubrachte, um von Fontainebleau nach Paris zu gehen.

Zwanzigmal geriet Benvenuto Cellini während der Reise in Versuchung, vorauszugehen, aber jedesmal hatte ihn der Kardinal von Ferrara zurückgehalten, indem er ihm sagte, daß der König, wenn er ihn einen Tag nicht sähe, gewiß fragen würde, was aus ihm geworden sei, und daß, wenn er erführe, daß er fort wäre, er dieses Fortgehen ohne Urlaub als ein Vergehen gegen den ihm schuldigen Anstand betrachten würde. Benvenuto verschluckte also seinen Ärger, und während dieser langen Ruhezeit versuchte er die Langeweile damit zu töten, daß er Skizzen seiner Nymphe von Fontainebleau zeichnete.

Endlich kam er nach Paris. Sein erster Besuch galt Primaticcio, der damit beauftragt war, in Fontainebleau das Werk Leonardos da Vinci und Meister Rossos fortzusetzen. Primaticcio, der Paris seit langem bewohnte, mußte ihm den Weg zu dem, was er suchte, zeigen können und ihm sagen, wo er Modelle finden würde.

Francesco Primaticcio, den man damals nach seinem Geburtsort Bologna nannte, und den wir Primaticcio, den Schüler Giulio Romanos, unter dessen Leitung er sechs Jahre lang studiert hatte, nennen, war seit acht Jahren in Frankreich, wohin ihn Franz I. auf den Rat des Marquis von Mantua, seines großen Künstlerwerbers, berufen hatte. Wie man in Fontainebleau sehen kann, war er ein Mann von einer wunderbaren

Fruchtbarkeit, von einer mächtigen und großartigen Manier und einer untadelhaften Reinheit der Linien. Man hat Primaticcio lange Zeit verkannt, er war ein unerschöpflicher Geist von großer Fassungskraft, ein vielseitiges Talent, das alle Arten der Malerei umfaßte. Kurz, wenn wir dieses hohe Talent ermessen, seine Mannigfaltigkeit berechnen und seine Werke zusammenzählen wollen, so finden wir, wie er in achtundneunzig großen und in hundertdreißig kleineren Gemälden Landschaften, Seestücke, Geschichte, religiöse Motive, Porträts, Allegorien und Heldengedichte dargestellt hat.

Dieser Mann war würdig, Benvenuto Cellini zu verstehen. Kaum in Paris angelangt, eilte demnach auch Benvenuto mit offenen Armen zu Primaticcio.

Nach der ersten Begrüßung zweier Freunde, die sich in einem fremden Land wiederfinden, öffnete Benvenuto Primaticcio seine Kartons, erklärte ihm seine Ideen, zeigte ihm seine Skizzen und fragte ihn, ob sich unter den Modellen, deren er sich bediente, irgendeines befände, das seine Bedingungen erfüllen könnte.

Aber mit traurigem Lächeln schüttelte Primaticcio den Kopf.

In der Tat, man war nicht mehr in Italien, dieser Tochter Griechenlands, der Nebenbuhlerin ihrer Mutter. Frankreich war zu jener Zeit, wie heutzutage, das Land der Anmut, der Lieblichkeit und der Koketterie; aber man suchte auf dem Boden der Valois vergebens jene mächtige Schönheit, an der sich an den Ufern der Tiber und des Arno Michelangelo und Raffael, Giovanni die Bologna und Andrea del Sarto begeisterten. Gewiß, wenn der Maler oder Bildhauer sein Modell unter dem Adel hätte auswählen können, so hätte er bald das von ihm gesuchte Vorbild gefunden; aber gleich den jenseits des Styx zurückgehaltenen Schatten mußte er sich damit begnügen, diese schönen und edlen Gestalten, die Gegenstände seiner künstlerischen Erziehung, in den elysäischen Gefilden vorüberwandeln zu sehen, zu denen ihm der Zutritt untersagt war.

Was Primaticcio vorausgesehen hatte, geschah also auch: Benvenuto ließ das Heer seiner Modelle Revue passieren, ohne daß ein einziges die zu dem Werke, das ihm vorschwebte, nötigen Eigenschaften besaß.

Nun ließ er in das Hotel des Kardinals von Ferrara, in dem er sich eingerichtet hatte, alle Ebenbilder der Venus für einen Taler zur Sitzung kommen, aber keine von ihnen erfüllte seine Erwartung.

Benvenuto war demnach trostlos; als er eines Abends, da er vom Essen mit drei seiner Landsleute zurückkehrte, die er in Paris getroffen hatte, und die die Herren Peter Strozzi, der Graf von Anguillara, sein Schwager Galeotto Pico, ein Neffe des berühmten Jean Pic de la Mirandola waren, allein die Rue des Petits-Champs entlang ging, fiel ihm ein schönes und anmutiges junges Mädchen ins Auge. Benvenuto erbebte vor Freude: dieses Mädchen war das beste, was er bis jetzt angetroffen, um seinem Traum einen Körper zu verleihen. Er folgte also diesem Mädchen. Sie ging über die Butte des Orties an der Kirche Saint-Honoré vorüber in die Rue du Pelican. Dort wandte sie sich um, um zu sehen, ob man ihr immer noch folge, und als sie Benvenuto einige Schritte hinter sich erblickte, stieß sie hastig eine Tür auf und verschwand. Benvenuto drückte an die Tür, sie gab nach, und das zeitig genug, um noch an der Wendung einer durch eine schwelende Lampe erleuchteten Treppe den Saum des Kleides derjenigen zu sehen, der er folgte.

Er gelangte in den ersten Stock, eine Zimmertür war halbgeöffnet, und in diesem Zimmer erblickte er diejenige, der er gefolgt war.

Ohne ihr den Beweggrund seines künstlerischen Besuches zu erklären, selbst ohne ihr nur ein einziges Wort zu sagen, ging Benvenuto, der sich überzeugen wollte, ob die Formen des Körpers den Gesichtszügen entsprächen, ein paarmal um das arme verwunderte Mädchen herum, die maschinenmäßig gehorchte, als ob er um eine antike Statue herumgegangen wäre, indem er sie die Arme über den Kopf erheben ließ, die Stellung, die er seiner Nymphe von Fontainebleau zu geben gedachte.

Es lag in dem Modell, das Benvenuto vor Augen hatte, wenig von der Ceres, weniger noch von der Diana, aber viel von der Erigone. Der Meister faßte nun seinen Entschluß, und da er die Unmöglichkeit sah, diese drei Grundzüge zu vereinigen, so beschloß er, sich an die Bacchantin zu halten.

Aber für die Bacchantin hatte er wirklich gefunden, was er suchte: feurige Augen, Korallenlippen, Perlenzähne, einen gutangesetzten Hals, runde Schultern, feinen Wuchs und mächtige Hüften; endlich hatten die Füße und Hände in den feinen Gelenken der Knöchel und der Hand und in der länglichen Form der Finger einen aristokratischen Zug, der den Künstler vollends bezauberte.

„Wie heißt Ihr, Jungfer?“ fragte Benvenuto mit seinem ausländischen Akzent das erstaunte arme Kind. — „Katharina, Euch zu dienen, Herr,“ antwortete sie. — „Nun, Jungfer Katharina,“ fuhr Benvenuto fort, „hier ist ein Goldtaler für die Mühe, die Ihr Euch gegeben habt; kommt morgen zu mir in die Rue Saint-Martin in das Hotel des Kardinals von Ferrara, und ich werde Euch für dieselbe Bemühung ebensoviel geben.“

Das junge Mädchen zögerte einen Augenblick, denn sie glaubte, daß der Fremde spotten wolle; aber der Goldtaler war da, um zu bestätigen, daß er im Ernst sprach; nach kurzem Bedenken fragte daher Katharina: „Um wieviel Uhr?“ — „Um zehn Uhr vormittags; ist Euch die Stunde recht?“ — „Vollkommen.“ — „Ich darf also auf Euch rechnen?“ — „Ich werde kommen.“

Benvenuto grüßte, als ob er eine Herzogin gegrüßt hätte, und kehrte, das Herz mit Freude erfüllt, nach Hause zurück. Daheim verbrannte er seine Skizzen und machte sich daran, wieder eine Skizze voll Wirklichkeit zu zeichnen. Als er hierauf diese Skizze gezeichnet hatte, nahm er Wachs, das er auf ein Fußgestell legte und das unter seiner mächtigen Hand die

Gestalt der Nymphe annahm, von der geträumt hatte, so daß, als Katharina am andern Morgen an die Tür der Werkstatt klopfte, bereits ein Teil der Arbeit geschehen war.

Wie wir bemerkt, hatte Katharina Benvenutos Absichten durchaus nicht verstanden. Sie war demnach sehr erstaunt, als Benvenuto, nachdem er die Tür hinter ihr verschlossen hatte, auf seine angefangene Statue deutete und ihr erklärte, warum er sie habe kommen lassen.

Katharina war ein lustiges Mädchen; sie begann über ihr Mißverständnis aus vollem Halse zu lachen; dann ganz stolz, für eine für den König bestimmte Göttin zu stehen, zog sie ihre Kleider aus und stellte sich von selbst in die ihr von der Statue angedeutete Stellung, und das mit so viel Anmut und Richtigkeit, daß der Meister, als er sich umwandte und sie so richtig und so natürlich stehen sah, einen Freudenschrei ausstieß.

Benvenuto machte sich begeistert ans Werk. Er hatte sein Wams abgelegt und mit freiem Hals und nackten Armen, vom Modell nach der Kopie, von der Natur zu der Kunst übergehend, schien er gleich Jupiter bereit, alles durch seine Berührung zu entflammen. An gewöhnliche Wesen gewöhnt oder durch Leute aus dem Volk oder junge Herren geschändet, für die sie ein Spielwerk gewesen war, betrachtete Katharina diesen Mann mit begeistertem Auge, mit feurigem Atem, mit geschwellter Brust, mit einer ungekannten Bewunderung. Sie selbst schien sich zu der Höhe des Meisters zu erheben: ihr Blick strahlte, die Begeisterung ging von dem Künstler auf das Modell über.

Die Sitzung dauerte zwei Stunden; dann gab Benvenuto Katharina ihren Goldtaler und in derselben Form wie gestern von ihr Abschied nehmend, bestimmte er ihr die nächste Zusammenkunft für den folgenden Tag um dieselbe Stunde.

Katharina kehrte nach Haus zurück und ging den ganzen Tag über nicht aus. Am andern Morgen war sie zehn Minuten vor der bestimmten Zeit in der Werkstatt.

Dieselbe Szene wiederholte sich, Benvenuto war wieder erhaben an Begeisterung, unter seiner Hand atmete die Erde wie unter der des Prometheus. Der Kopf der Bacchantin war bereits modelliert und schien ein aus einer unförmlichen Masse hervortretender Kopf. Katharina lächelte dieser himmlischen Schwester, der aufbrechenden Knospe ihres Bildes zu; sie war niemals so glücklich gewesen, und das Seltsame dabei war, daß sie sich keine Rechenschaft von den Gefühlen abzulegen vermochte, die ihr dieses Glück einflößte.

Am nächsten Morgen fanden sich Meister und Modell wieder um dieselbe Stunde zusammen; aber durch eine Regung, die sie tags zuvor nicht empfunden hatte, fühlte sie in dem Augenblick, wo sie sich entkleidete, die Schamröte ins Gesicht steigen. Das arme Kind begann zu lieben, und die Liebe brachte die Schamhaftigkeit mit.

Nachdem Benvenuto am Abend des zehnten Tages die letzte Hand an seine Statue gelegt hatte, dankte er Katharina für ihre Gefälligkeit und gab ihr vier Goldtaler; aber Katharina ließ das

Gold aus ihrer Hand auf den Boden gleiten. Alles war für das arme Kind aus, sie sank von diesem Augenblick an wieder zu ihrem früheren Gewerbe zurück, und von dem Tage an, wo sie die Werkstatt des Meisters betreten hatte, war ihr dieses Gewerbe verhaßt geworden. Benvenuto, der nicht ahnte, was in dem Herzen des jungen Mädchens vorging, hob die vier Goldtaler wieder auf, überreichte sie ihr von neuem, drückte ihr die Hand, indem er sie ihr zurückgab und sagte ihr, daß, wenn er ihr jemals behilflich sein könnte, er erwartete, daß sie sich nur an ihn wende; hierauf ging er in die Werkstatt der Gesellen, um Ascanio zu holen, dem er seine fertige Statue zeigen wollte.

Allein geblieben, küßte Katharina alle Werkzeuge, deren sich der Meister bedient hatte, und ging dann weinend fort.

Am folgenden Tage trat Katharina in die Werkstatt, während Benvenuto allein war, und da er, ganz erstaunt, sie wiederzusehen, sie eben fragen wollte, was sie herführe, sank sie vor ihm auf die Knie und fragte ihn, ob er keine Magd brauche.

Benvenuto hatte ein Künstlerherz, das alles fühlte; er erriet, was in demjenigen des armen Kindes vorging, hob sie wieder auf und drückte ihr einen Kuß auf die Stirn.

Von diesem Augenblick an gehörte Katharina zu der Werkstatt, die sie durch ihren kindlichen Frohsinn verklärte und durch ihre ewige Regsamkeit belebte. Sie war also auch fast jedermann unentbehrlich geworden und Benvenuto mehr als jedem anderen. Sie war es, die alles machte, die alles anordnete, Ruperta schmählend und liebkosend, die sie erst mit Schrecken kommen sah und sie dann wie alle liebte.

Die Erigone hatte dadurch nichts verloren. Benvenuto, der von nun an sein Modell stets vor sich hatte, hatte sie mit einer Sorgfalt verbessert und beendigt, die er bisher vielleicht noch auf keine Statue verwandt hatte; hierauf hatte er sie König Franz I. gebracht, der darüber entzückt war und deren Ausführung in Silber bei Benvenuto bestellt hatte; dann hatte er sich lange mit dem Goldschmied unterhalten, ihn gefragt, wie er sich in seiner Werkstatt befände, wo diese läge und ob sie schöne Dinge enthielte, worauf er Benvenuto Cellini entließ, indem er sich vornahm, ihn eines Morgens in seiner Wohnung zu überraschen, aber ohne ihm etwas von dieser Absicht zu sagen.

Am Morgen nach dem Tage, wo Ascanio wegen seines Ausfluges in die Umgebung des Hotels de Nesle so spät nach Hause gekommen war, hörte man laut an das Straßentor klopfen; Frau Ruperta stand sogleich auf, um zu öffnen, aber Scozzone war mit zwei Sprüngen an der Tür.

Einen Augenblick nachher hörte man ihre Stimme, die halb freudig, halb entsetzt rief: „O, mein Gott, Meister, mein Gott! Der König ist es! Der König in Person, der Eure Werkstatt besuchen will . . .“

Und alle Türen hinter sich offen lassend, erschien die arme Scozzone wieder bleich und zitternd auf der Schwelle des Saales, in dem Benvenuto inmitten seiner Schüler und Gesellen arbeitete.

5. Kapitel.

König und Künstler.

Wirklich trat hinter Scozzone König Franz I. mit seinem ganzen Gefolge in den Hof. Er führte die Herzogin von Etampes am Arm. Der König von Navarra folgte mit der Dauphine Katharina von Medici. Der Dauphin, der spätere Heinrich II., folgte mit seiner Tante Margarethe von Valois, der Königin von Navarra. Beinahe der ganze Adel begleitete sie.

Benvenuto ging ihnen entgegen und empfing ohne Verlegenheit und Verwirrung die Könige und Prinzen, die großen Herren und die schönen Damen, wie ein Freund Freunde empfängt. Es waren darunter die berühmtesten Namen Frankreichs und die glänzendsten Schönheiten der Welt. Margarethe bezauberte, Frau von Etampes entzückte, Katharina von Medici setzte in Erstaunen, Diana von Poitiers blendete. Aber Benvenuto war mit den Grundsätzen des Altertums und des italienischen sechzehnten Jahrhunderts vertraut, wie auch der geliebte Schüler Michelangelos an Könige gewöhnt war.

„Ihr werdet uns erlauben müssen, gnädige Frau, an Eurer Seite zu bewundern,“ sagte Franz I. zu der Herzogin von Etampes, die lächelte.

Anna von Pisseleu, Herzogin von Etampes, die seit der Rückkehr des Königs aus seiner Gefangenschaft in Spanien der Gräfin von Châteaubriant in seiner Gunst gefolgt war, befand sich damals in dem ganzen Glanz einer wahrhaft königlichen Schönheit. Gerade und wohlgebaut in ihrem feinen Wuchs, trug sie ihren reizenden Kopf mit einer Würde und mit einer schmeichelnden Anmut, die zugleich katzen- und pantherartig war, sie hatte auch deren unerwartete Sprünge und mörderische Begierden; dabei verstand die königliche Buhlerin unschuldige Mienen anzunehmen, durch die sie selbst den Mißtrauischsten getäuscht hätte. Nichts war veränderlicher und falscher als das Antlitz dieser Frau mit bleichen Lippen, mit zuweilen buhlerischem und schrecklichem Lächeln, mit für Augenblicke lächelndem und verheißendem Blick, der gleich darauf funkelnd und zornig war. Sie verstand ihre Augen so langsam aufzuschlagen, daß man niemals wußte, ob sie diese schmachtend oder drohend erhob. Hochmütig und herrschsüchtig beherrschte sie Franz I. dadurch, daß sie ihn berauschte; stolz und eifersüchtig, hatte sie von ihm verlangt, daß er von der Gräfin von Châteaubriant die Juwelen zurückfordert, die er ihr geschenkt hatte, und die schöne schwermütige Gräfin hatte wenigstens dadurch, daß sie diese eingeschmolzen zurücksandte, gegen die Entweihung protestiert. Endlich, schmiegsam und gleißnerisch, hatte sie mehr als einmal die Augen geschlossen, wenn der König irgendein junges und reizendes Mädchen am Hofe auszeichnete, das er in der Tat bald wieder verließ, um zu seiner schönen und reizenden Zauberin zurückzukehren.

„Es drängte mich, Euch zu sehen, Benvenuto, denn, wie ich

glaube, sind es jetzt bald zwei Monate her, daß Ihr in unserem Königreich seid, doch die traurigen Sorgen der Geschäfte haben mich gerade seit dieser Zeit verhindert, an die edlen Sorgen der Kunst zu denken. Grollt meinem Bruder und Vetter, dem Kaiser, darüber, daß er mir keinen Augenblick Ruhe läßt." — „Wenn Ihr wollt, Sire, so will ich ihm schreiben und bitten, Euch einen großen Freund der Künste sein zu lassen, da Ihr ihm bereits bewiesen habt, daß Ihr ein großer Feldherr seid." — „Kennt Ihr denn Karl V.?" fragte der König von Navarra. — „Ich habe die Ehre gehabt, Sire, Seiner geheiligten Majestät vor vier Jahren in Rom ein Missal zu überreichen und Ihr eine Rede zu halten, über die sie sehr gerührt war." — „Und was hat Seine geheiligte Majestät zu Euch gesagt?" — „Daß sie mich bereits kenne, da sie vor drei Jahren am Chorrock des Papstes ein goldenes Schloß gesehen hätte, das mir Ehre mache." — „Ei, ich sehe, daß Ihr in bezug auf königliche Komplimente verwöhnt seid," sagte Franz I. — „Es ist wahr, Sire, daß ich so glücklich gewesen bin, manchen Kardinal, Großherzog, Prinzen und König zufriedenzustellen." — „So zeigt mir denn Eure schönen Arbeiten, damit ich sehe, ob ich nicht ein strengerer Richter als die andern sein werde." — „Ich hatte leider sehr wenig Zeit, Sire, hier ist indessen eine Vase und ein Becken von Silber, die ich angefangen habe und die vielleicht nicht unwürdig sind, Eurer Majestät Aufmerksamkeit auf sich zu ziehen."

Fast fünf Minuten prüfte der König, ohne ein Wort zu sagen. Es schien, als ob das Werk ihn den Meister vergessen ließ; endlich, als die Damen neugierig herzutraten, rief Franz I.: „Seht, meine Damen, welches Wunder! Eine neue und kühne Vasenform; mein Gott, wie fein und musterhaft sind diese Basreliefs und diese erhabenen Figuren! Ich bewundere besonders die Schönheit dieser Linien; seht, wie die Stellungen dieser Figuren mannigfaltig und klar sind. Seht diese da, die den Arm über ihren Kopf erhebt; diese flüchtige Gebärde ist so natürlich aufgefaßt, daß man sich wundert, daß sie die Bewegung nicht fortsetzt. Wahrlich, ich glaube, daß die Alten nie etwas so Schönes geschaffen haben. Ich erinnere mich der besten Werke der Antike und der geschicktesten Künstler Italiens, aber nichts hat größeren Eindruck auf mich gemacht als dieses. Königin von Navarra, sehen Sie doch dieses hübsche, in Blumen verlorene Kind und seinen kleinen Fuß, den es in der Luft bewegt; wie das lebendig, anmutig und hübsch ist!"

„Mein großer König," rief Benvenuto, „die andern machten mir nur Komplimente, Ihr aber versteht mich!"

„Zeigt noch etwas anderes," sagte der König begierig.

„Hier ist eine Medaille, die Leda mit dem Schwan vorstellt, ich habe sie für den Kardinal Gabriele Cäsarini gemacht; hier ist ein Petschaft, in das ich den heiligen Johannes und den heiligen Ambrosius geschnitten habe; ein von mir emailliertes Reliquienkästchen . . ."

„Wie! Ihr prägt auch Medaillen?" fragte Frau von Etampes. — „Wie Cavadone von Mailand, gnädige Frau." —

„Ihr emailliert Gold?“ fragte Margarethe. — „Wie Amerigo von Florenz.“ — „Ihr stecht Petschafte?“ fragte Katharina.

„Wie Lantico von Perouse. Glaubt Ihr denn, gnädige Frau, daß mein Talent sich auf feinen Goldschmuck und große Silbergefäße beschränkt? Ich verstehe, Gott sei Dank, ein wenig von allem. Ich bin auch Militäringenieur und habe zweimal verhindert, daß Rom erobert wurde. Ich kann auch Sonette zusammensetzen, Eure Majestät braucht nur ein Gedicht bei mir zu bestellen, und vorausgesetzt, daß es zu Ihrem Lobe sei, mache ich mich anheischig, es nicht mehr und nicht weniger gut auszuführen, als ob ich Clement Marot hieße. Was die Musik anbelangt, die mein Vater mich mit Stockschlägen gelehrt hat, so hat die Methode mir Nutzen gebracht, und ich blase einigermaßen Flöte und Horn, so daß Clemens VII. mich mit vierundzwanzig Jahren unter die Zahl seiner Musiker aufgenommen hat. Ich habe außerdem ein Geheimmittel erfunden, um vortreffliches Pulver zu bereiten, und ich kann auch wundervolle Stutzbüchsen und chirurgische Instrumente anfertigen. Wenn Eure Majestät Krieg führt und sie will mich als Soldat verwenden, so wird sie sehen, daß ich ebensogut eine Büchse zu handhaben, als eine Feldschlange zu richten verstehe. Als Jäger habe ich bis zu fünfundzwanzig Pfauen in einem Tage geschossen, und als Schütze habe ich den Kaiser von dem Prinzen von Oranien und Eure Majestät von dem Connetable von Bourbon befreit, da Verräter offenbar kein Glück mit mir haben.“

„Ah, worauf seid Ihr am stolzesten,“ unterbrach ihn der junge Dauphin, „darauf, den Connetable getötet oder darauf, fünfundzwanzig Pfauen geschossen zu haben?“

„Ich bin weder auf das eine noch auf das andere stolz, gnädiger Herr. Die Geschicklichkeit kommt, wie alle andern Gaben, von Gott, und ich habe nur meine Geschicklichkeit angewandt.“

„Aber ich wußte tatsächlich nicht, daß Ihr mir bereits einen solchen Dienst erwiesen habt,“ sagte der König, „einen Dienst, den Euch übrigens meine Schwester Margarethe nur schwer verzeihen wird. Ihr also seid es, der den Connetable von Bourbon getötet hat? Und wie ist das zugegangen?“

„Mein Gott! Auf die einfachste Weise. Das Heer des Connetable war unversehens vor Rom erschienen und bestürmte die Wälle. Ich ging mit einigen Freunden hin, um zuzusehen. Als ich meine Wohnung verließ, hatte ich unwillkürlich meine Büchse auf die Schulter genommen. Als ich auf der Mauer anlangte, sah ich, daß es dort nichts zu tun gab. Für so weniges wollte ich indes nicht gekommen sein. Indem ich nun meine Büchse nach der Stelle richtete, wo ich eine zahlreichere Truppe beisammen sah, zielte ich genau auf denjenigen, der die andern um Kopfeshöhe überragte. Er fiel, und plötzlich entstand ein großes Getümmel, das mein Schuß verursacht hatte. Ich hatte in der Tat den Connetable von Bourbon getötet. Wie man seitdem erfahren hat, war er derjenige, der größer als die andern war.“

Während Benvenuto dies vollkommen gleichgültig erzählte, hatte sich der Kreis der Damen und Herren um ihn nach und nach erweitert, und alle betrachteten mit Achtung und fast mit Entsetzen den Helden. Nur Franz I. war Cellini allein zur Seite geblieben. „Ich sehe also, mein Lieber," sagte er, „daß, bevor Ihr mir Euer Genie gewidmet, Ihr mir Eure Tapferkeit geliehen habt."

„Seht, Sire," erwiderte Benvenuto heiter, „ich glaube, daß ich zu Eurem Diener geboren bin. Ein Erlebnis aus meiner ersten Kindheit hat es mich immer glauben lassen. Ihr habt einen Salamander zum Wappen, nicht wahr?"

„Ja, mit dem Wahlspruch: Nutrisco et extinguo."

„Nun, ich war damals ungefähr fünf Jahre alt; ich befand mich mit meinem Vater in einem kleinen Zimmer, wo man Lauge gemacht hatte und wo noch ein tüchtiges Feuer von jungen Eichen flammte. Es war sehr kalt. Durch Zufall in das Feuer blickend, wurde ich mitten in den Flammen ein kleines Tier gleich einer Eidechse gewahr, das sich an der glühendsten Stelle ergötzte. Ich zeigte es meinem Vater, und mein Vater gab mir eine derbe Ohrfeige und sagte freundlich: ‚Ich schlage dich nicht, weil du unrecht getan, liebes Kind, sondern damit du dich erinnerst, daß diese kleine Eidechse, die du im Feuer gesehen hast, ein Salamander ist. Niemand hat vor dir dieses Tier gesehen.' Sire, ist das nicht eine Prophezeiung des Schicksals? Ich glaube, daß es Vorherbestimmungen gibt. Mit zwanzig Jahren wollte ich nach England reisen, als der Ziseleur Peter Toreggiano, der mich mitnehmen wollte, mir erzählte, wie er als junger Mensch bei einem Streit in der Werkstatt eines Tages unsern Michelangelo ins Gesicht geschlagen hatte. O, alles war aus; für einen Fürstentitel wäre ich nicht mit einem Mann gegangen, der Hand an meinen großen Bildhauer gelegt hatte. Ich blieb in Italien, und anstatt nach England zu gehen, komme ich von Italien nach Frankreich."

„Stolz, von Euch gewählt zu sein, wird Frankreich so handeln, daß Ihr Euch nicht nach Eurem Vaterland sehnt."

„O, mein Vaterland ist die Kunst, mein Fürst, es ist dasjenige, das mich die kostbarsten Kelche ziselieren läßt."

„Und habt Ihr jetzt ein schönes Werk in Arbeit, Cellini?"

„Jawohl, Sire, einen Christus. Keinen Christus am Kreuz, sondern einen Christus in seiner Glorie und in seinem Glanz, und ich werde so viel als möglich diese unendliche Schönheit nachahmen, unter der er mir erschienen ist."

„Wie," sagte die ungläubige Margarethe lachend, „außer allen Königen der Erde habt Ihr auch den König des Himmels gesehn?"

„Ja, gnädige Frau," antwortete Benvenuto mit kindlicher Einfachheit.

„O, erzählt uns das noch," bat die Königin von Navarra.

„Sehr gern, gnädige Frau," antwortete Benvenuto Cellini mit einem Vertrauen, das andeutete, daß er nicht einmal glaubte, daß man irgendeinen Teil seiner Erzählung in Zweifel ziehen könnte.

„Ich hatte einige Zeit zuvor," fuhr Benvenuto fort, „Satan und alle Legionen des Teufels gesehen, den ein Geister bannender Priester meiner Bekanntschaft vor mir im Colosseum beschworen hatte und von dem wir uns kaum losmachen konnten. Aber die schreckliche Erinnerung an diese höllischen Gesichter war bald aus meinem Geist verwischt, als auf mein inbrünstiges Gebet mir der göttliche Erlöser der Menschen inmitten der Sonne und von ihren Strahlen gekrönt, um mich wieder zu stärken, in meinem Gefängnis erschien."

„Und Ihr seid wirklich überzeugt," fragte die Königin von Navarra ohne jeden Zweifel, „daß Euch Christus erschienen ist?"

„Ich zweifle nicht daran, gnädige Frau."

„Nun denn, Benvenuto, so macht uns also einen Christus für unsere Kapelle," begann Franz I. mit seiner gewöhnlichen guten Laune.

„Sire, wenn Eure Majestät die Güte haben will, so bestellt sie bei mir irgend etwas anderes, und ich werde dieses Werk noch aussetzen." — „Und warum das?" — „Weil ich Gott gelobt habe, es für keinen anderen Herrscher als für ihn zu machen." — „Ah! Nun denn, Benvenuto, ich brauche zwölf Kandelaber für meine Tafel." — „O, das ist etwas anderes, und in dieser Beziehung werdet Ihr Gehorsam finden, Sire." — „Diese Kandelaber sollen zwölf Statuen von Silber sein." — „Sire, das wird prachtvoll." — „Diese Statuen sollen sechs Götter und sechs Göttinnen vorstellen, genau von meiner Größe." — „Wirklich, von Eurer Größe, Sire?" — „Aber das ist ja eine ganze Dichtung, was Ihr da bestellt," sagte die Herzogin von Estampes, „ein erstaunliches Wunder, nicht wahr, Messire Benvenuto?" — „Ich erstaune niemals, gnädige Frau." — „Ich würde mich wundern," erwiderte die Herzogin gereizt, „wenn andere Bildhauer als die des Altertums ein solches Werk zustande brächten." — „Ich hoffe es indessen ebensogut auszuführen, wie es die Alten vermocht hätten," antwortete Benvenuto kaltblütig. — „O, rühmt Ihr Euch nicht ein wenig, Meister Benvenuto?" — „Ich rühme mich niemals, gnädige Frau."

Indem Cellini dies mit Ruhe sagte, blickte er Frau von Etampes an, und die stolze Herzogin schlug unwillkürlich unter diesem festen, freimütigen Blick, der nicht einmal erzürnt war, die Augen nieder. Anna faßte einen geheimen Groll gegen Cellini wegen dieser Überlegenheit, der sie widerstrebend und ohne zu wissen, worin sie bestand, unterlag. Sie hatte bis dahin geglaubt, daß die Schönheit die erste Macht auf Erden sei; aber sie hatte das Genie vergessen.

„Welche Schätze," sagte sie bitter, „würden dann genügen, ein Talent wie das Eure zu bezahlen?"

„Das werden gewiß die meinen nicht sein," begann Franz I. wieder, „und bei dieser Gelegenheit erinnere ich mich, Benvenuto, daß Ihr bis jetzt erst fünfhundert Taler Willkomm bezogen habt. Würdet Ihr mit dem Gehalt zufrieden sein, das ich meinem Maler Leonardo da Vinci gab, das heißt mit siebenhundert Goldtalern jährlich? Außerdem bezahle ich Euch alle Werke, die Ihr für mich anfertigt."

„Sire, dieses Anerbieten ist eines Königs wie Franz I. würdig, und ich wage zu sagen, eines Künstlers wie Cellini. Ich habe indessen die Kühnheit, noch eine Bitte an Eure Majestät zu richten."

„Sie ist Euch im voraus bewilligt, Benvenuto."

„Sire, ich wohne zu eng in diesem Hotel, um zu arbeiten. Einer meiner Schüler hat eine besser eingerichtete Stätte als diese hier für die großen Arbeiten gefunden, die mein König bei mir bestellen kann. Dieses Gebäude gehört Eurer Majestät. Es ist der große Nesle. Es steht zur Verfügung des Prevot von Paris, aber er bewohnt es nicht; er hat nur den kleinen Nesle inne, den ich ihm gern überlassen würde."

„Gut! es sei, Benvenuto," sagte Franz I., „richtet Euch im großen Nesle ein, und ich brauche nur über die Seine zu gehen, um mit Euch zu plaudern und Eure Meisterwerke zu bewundern."

„Wie, Sire," unterbrach ihn Frau von Etampes, „Ihr beraubt da ohne Grund einen mir ergebenen Edelmann seines Gutes!"

Benvenuto sah sie an, und zum zweitenmal schlug Anna die Augen unter diesem seltsamen und durchdringenden Blick nieder. Cellini begann wieder mit derselben Treuherzigkeit wie von seinen Erscheinungen zu reden. „Auch ich bin von Adel, gnädige Frau; meine Familie stammt von einem Ehrenmann, Julius Cäsars erstem Feldherrn, namens Fiorino ab, der aus Cellino bei Montefiascone gebürtig war und der Florenz seinen Namen gegeben hat, während Euer Prevot und seine Ahnen, wenn ich mich recht erinnere, ihrem Namen noch nichts gegeben haben. Indessen," fuhr er zu Franz I. gewandt fort und indem er zu gleicher Zeit Blick und Stimme veränderte, „vielleicht habe ich mich ein wenig kühn gezeigt, vielleicht werde ich mächtigen Haß gegen mich erregen, der mich trotz des Schutzes Eurer Majestät schließlich überwältigen könnte. Wie man sagt, hat der Prevot von Paris ein Heer unter seinen Befehlen."

„Man hat mir erzählt," unterbrach ihn der König, „daß eines Tages in Rom ein gewisser Goldschmied Cellini wegen Mangel an Bezahlung eine Silbervase behalten hatte, die Monsignore Farnese, damals Kardinal und heute Papst, bei ihm bestellt hatte." — „Das ist wahr, Sire." — „Man fügte hinzu, daß das ganze Haus des Kardinals mit dem Degen in der Faust auszog, um den Laden des Goldschmieds zu belagern und die Vase mit Gewalt zu nehmen." — „Das ist auch wahr." — „Aber hinter der Tür im Hinterhalt liegend und die Büchse in der Faust, hatte sich dieser Cellini tapfer verteidigt, die Leute des gnädigen Herrn in die Flucht gejagt und war am andern Tage vom Kardinal bezahlt worden." — „Das alles ist die genaue Wahrheit, Sire." — „Nun, seid Ihr nicht dieser Cellini?" — „Ja, Sire, möge Eure Majestät mir nur Ihre Gunst bewahren, und nichts vermag mich zu erschrecken." — „So geht denn geraden Weges," sagte der König, sich ins Fäustchen lachend, „geht, da Ihr Edelmann seid."

Frau von Etampes schwieg, aber von diesem Augenblick an schwor sie Cellini tödlichen Haß, den Haß einer beleidigten Frau.

„Eine letzte Gunst, Sire," sagte Cellini nochmals. „Ich kann Euch nicht alle meine Arbeiter vorstellen; es sind ihrer zehn, ebensoviel Franzosen als Deutsche, alles wackere und geschickte Gesellen; aber hier sind meine beiden Schüler, die ich aus Italien mitgebracht habe, Pagolo und Ascanio. Tretet näher, Pagolo, und erhebt ein wenig den Kopf und den Blick, nicht unverschämt, aber wie ein rechtschaffener Mann, der über keine schlechte Tat zu erröten braucht. Diesem mangelt es vielleicht an Erfindungsgabe, Sire, und auch ein wenig an Eifer, aber er ist ein pünktlicher und gewissenhafter Künstler, der langsam arbeitet, aber gut, der meine Ideen vollkommen auffaßt und sie getreulich ausführt. Hier ist Ascanio, mein edler und freundlicher Schüler und mein geliebter Sohn. Dieser da besitzt ohne Zweifel nicht die Kraft der Schöpfung, die in einem Basrelief die Scharen zweier Heere aufeinanderstoßen und sich zerfleischen, oder die am Rand einer Vase die Klauen eines Löwen oder die Zähne eines Tigers kräftig anheften lassen würde. Er hat auch nicht die originelle Phantasie, die fabelhafte Ungeheuer oder unmögliche Drachen erfindet; nein, aber seine Seele, die seinem Körper gleicht, hat den Instinkt eines fast göttlichen Ideals. Verlangt von ihm einen Engel aufzustellen oder Nymphen zu gruppieren, und niemand wird seine köstliche Poesie und seine erlesene Anmut erreichen. Mit Pagolo habe ich vier Arme, mit Ascanio habe ich zwei Seelen; und dann liebt er mich, und ich bin glücklich, ein reines und ergebenes Herz wie das seine bei mir zu haben."

Während sein Meister so sprach, stand Ascanio bescheiden, aber ohne Verlegenheit, voller Anmut neben ihm, und Frau von Etampes konnte ihre Blicke nicht von dem jungen, liebenswürdigen Italiener mit schwarzen Augen und Haaren losmachen, der eine lebende Kopie des Apollo zu sein schien.

„Wenn Ascanio sich so gut auf anmutige Dinge versteht und er eines Morgens in mein Hotel d'Etampes kommen will," sagte sie, „so werde ich ihm Edelsteine und Gold geben, aus denen er mir eine wundervolle Blume erblühen lassen könnte."

Ascanio verbeugte sich mit einem freundlichen Blick des Dankes.

„Und ich," sagte der König, „weise ihm wie auch Pagolo hundert Goldtaler jährlich an."

„Ich übernehme es, Sire, sie dieses Geld verdienen zu lassen," sagte Benvenuto.

„Aber wer ist denn dieses schöne Kind mit langen Wimpern, die sich in dieser Ecke versteckt?" begann Franz I. wieder, indem er Scozzone zum erstenmal gewahr wurde.

„O, achtet nicht darauf, Sire," antwortete Benvenuto, die Stirn runzelnd: „das ist die einzige schöne Sache dieser Werkstatt, von der ich nicht gern habe, daß man sie bemerkt." —

„Ah! Ihr seid eifersüchtig, lieber Benvenuto?" — „Mein Gott, Sire, ich habe nicht gern, daß man mein Eigentum anrührt; das ist, ohne einen Vergleich machen zu wollen, als ob es sich jemand einfallen ließe, an Frau von Etampes zu denken. Ihr würdet gewiß wütend, Sire. Scozzone ist meine Herzogin."

Auf diese Weise plötzlich unterbrochen, biß sich die Herzogin, die Ascanio betrachtete, auf die Lippen. Viele Hofherren konnten sich des Lächelns nicht enthalten, und alle Damen zischelten. Der König selbst lachte unverhohlen.

„Schön, so wahr ich Edelmann bin! Eure Eifersucht ist berechtigt, Benvenuto, Künstler und König verstehen einander . . . Lebt wohl, mein Freund, ich empfehle Euch meine Statuen. Ihr werdet natürlich mit Jupiter anfangen, und wenn Ihr das Modell fertig habt, mir es zeigen. Lebt wohl! Viel Glück im Hotel de Nesle!" — „Daß ich es Euch zeige, Sire, das ist leicht gesagt; wie werde ich aber in den Louvre kommen?" — „Euer Name soll an den Toren mit dem Befehl abgegeben werden, Euch bis zu mir zu führen."

Cellini verbeugte sich und, von Pagolo und Ascanio gefolgt, begleitete er den König und den Hof bis an die Straßentür. Dort kniete er nieder und küßte Franz I. die Hand.

„Sire," sagte er innig, „Ihr habt mich bereits durch die Vermittlung des Herrn von Montluc aus der Gefangenschaft, vielleicht sogar vom Tode gerettet. Ihr habt mich mit Reichtum überhäuft, Ihr habt meine arme Werkstatt mit Eurer Gegenwart beehrt; aber was das alles übertrifft, was macht, daß ich nicht weiß, wie ich Euch danken soll, das ist, daß Ihr so prachtvoll allen meinen Träumen entgegenkommt. Wir arbeiten gewöhnlich nur für ein durch Jahrhunderte zerstreutes auserlesenes Geschlecht, aber ich werde das Glück haben, bei Lebzeiten einen immer gegenwärtigen, immer aufgeklärten Richter zu finden. Bis jetzt bin ich nur der Arbeiter für die Zukunft gewesen, vergönnt mir, mich künftig den Goldschmied Eurer Majestät zu nennen."

„Meinen Meister, meinen Goldschmied, meinen Künstler und meinen Freund, Benvenuto, wenn Euch dieser Titel nicht unwürdiger als die anderen scheint. Gott befohlen oder vielmehr auf Wiedersehen!"

Es versteht sich von selbst, daß alle Fürsten und Herren, mit Ausnahme der Frau von Etampes, das Beispiel des Königs nachahmten und Cellini mit Freundschaftsbezeugungen und Lobeserhebungen überhäuften.

Als alle fort und Benvenuto mit seinen beiden Schülern allein in dem Hofe geblieben war, dankte ihm Ascanio mit Rührung, Pagolo fast gezwungen.

„Dankt mir nicht, meine Kinder, das ist nicht der Mühe wert. Aber seht, wenn ihr wirklich einige Verpflichtung gegen mich zu haben glaubt, so will ich, da heute die Rede auf diesen Gegenstand gekommen ist, euch um einen Dienst bitten, um etwas, das das Innerste meines Herzens betrifft. Ihr habt gehört, was ich dem König über Katharina gesagt habe. Dieses Kind ist ein Bedürfnis meines Lebens, liebe Freunde, meines

Künstlerlebens, weil sie sich, wie ihr wißt, so willig hingibt, mir zum Modell zu dienen; meines Lebens als Mann, weil ich glaube, daß sie mich liebt. So bitte ich euch denn, obgleich sie schön ist und ihr junge Leute seid, wie sie jung ist, eure Gedanken nicht auf Katharina zu richten; es gibt wohl genug andere hübsche Mädchen auf der Welt. Martert mein Herz nicht, beleidigt meine Freundschaft nicht dadurch, daß ihr auf meine Scozzone einen zu freien Blick werft, bewacht sie selbst in meiner Abwesenheit und ratet ihr wie Brüder. Ich beschwöre euch darum, denn ich kenne mich, ich fühle es und schwöre bei Gott, daß wenn ich irgend etwas Unrechtes bemerkte, ich sie umbringen würde, sie und ihren Buhlen."

„Meister," sagte Ascanio, „ich ehre Euch als meinen Meister und ich liebe Euch wie meinen Vater; seid unbesorgt."

„Heiliger Jesus!" rief Pagolo mit gefalteten Händen, „Gott möge mich bewahren, an eine solche Schändlichkeit zu denken! Weiß ich denn nicht recht gut, was ich Euch schuldig bin, und wäre es nicht ein abscheuliches Verbrechen, das mir von Euch bewiesene heilige Vertrauen dadurch zu mißbrauchen, daß ich Eure Wohltaten durch eine so niederträchtige Falschheit vergälte!"

„Danke, meine Freunde," drückte Benvenuto ihnen die Hände, „tausend Dank. Jetzt, Pagolo, mache dich wieder an deine Arbeit, da ich Herrn von Villeroy für morgen das Petschaft versprochen habe, an dem du arbeitetst; während Ascanio und ich das Haus besuchen wollen, mit dem uns unser huldreicher König soeben begnadigt hat und das wir zu unserer Erholung am nächsten Sonntag mit Güte oder mit Gewalt in Besitz nehmen werden." Dann wandte er sich an Ascanio: „Komm, Ascanio, laßt uns sehen, ob das berühmte Hotel de Nesle, das dir von außen so gut gefallen hat, auch im Inneren seines Rufes würdig ist."

Bevor Ascanio Zeit hatte, die geringste Einwendung zu machen, warf Benvenuto einen letzten Blick in die Werkstatt, um zu sehen, ob jeder Arbeiter an seinem Platz war, gab Scozzone einen sanften Schlag auf die runde und rosige Wange, und den Arm seines Schülers ergreifend, ging er mit ihm hinaus.

---

6. Kapitel.

Der Zweck der Duennas.

Kaum hatten sie zehn Schritte in der Straße getan, als sie einem Mann von ungefähr zwanzig Jahren begegneten, dessen Wuchs ziemlich klein, dessen Gesichtszüge aber lebendig und fein waren.

„Ich wollte zu Euch, Benvenuto," sagte der Fremde, den Ascanio mit großer Ehrerbietung grüßte und dem Benvenuto herzlich die Hand bot.

„War es wegen wichtiger Geschäfte, mein lieber Franzesco?“ fragte der Goldschmied. „Dann kehre ich mit Euch um; oder war es nur um mich zu besuchen? dann kommt mit mir.“

„Es war, um Euch einen Rat zu geben, Benvenuto.“ — „Redet. Es ist immer gut einen Rat anzunehmen, wenn er von einem Freund kommt.“ — „Aber der, den ich Euch zu geben habe, kann Euch nur allein gegeben werden.“ — „Dieser junge Mann ist mein anderes Ich, Francesco; redet.“ — „Ich hätte es bereits getan, wenn ich es gewagt hätte,“ antwortete Benvenutos Freund. — „Verzeihung, Meister,“ sagte Ascanio, indem er sich mit Bescheidenheit entfernte. — „Nun, so gehe allein hin, wohin ich mit dir gehen wollte, mein lieber Sohn,“ sagte Benvenuto; „du weißt, daß das, was du gesehen hast, ebenso gut ist, als ob ich es gesehen hätte. Untersuche alles genau; sieh, ob die Werkstatt, gute Beleuchtung hat, ob der Hof bequem für eine Schmelze ist, ob sich unsere Werkstatt von der der anderen Gesellen trennen läßt. Vergiß auch das Ballspiel nicht.“

Und Benvenuto schlang seinen Arm unter den des Fremden, machte Ascanio ein Zeichen mit der Hand und schlug den Weg nach der Werkstatt wieder ein, indem er den jungen Mann in der Rue Saint-Martin stehen ließ.

In der Tat lag in dem ihm soeben von seinem Meister gegebenen Auftrag mehr, als es bedurfte, um in Ascanios Geist große Verwirrung hervorzurufen.

Er also, der an zwei Sonntagen Colombe gesehen, ohne daß er es gewagt hatte, ihr zu folgen, er, der ihr am dritten gefolgt war, ohne daß er es gewagt hatte, sie anzureden, er stand im Begriff zu ihr zu gehen, und warum? Um das Hotel de Nesle zu besuchen, das Benvenuto am folgenden Sonntag Colombes Vater im Guten oder mit Gewalt zu nehmen gedachte.

Die Lage war schwierig für jedermann; sie war schrecklich für einen Verliebten.

Zum Glück war es von der Rue Saint-Martin nach dem Hotel de Nesle ziemlich weit. Wenn es nur zwei Schritte weit entfernt gewesen wäre, so wäre Ascanio sie nicht gegangen; es war aber ein halbe Stunde, und so machte er sich auf den Weg.

Nichts macht uns mit der Gefahr vertrauter, als die Zeit oder die Entfernung, die uns von ihr trennt. Für alle starken Seelen oder für alle glücklichen Naturen ist die Überlegung ein mächtiger Bundesgenosse. Damals war es noch nicht üblich, lebensüberdrüssig zu sein, bevor man das Leben genossen hatte. Alle Empfindungen waren offenherzig und zeigten sich offen, Freude durch Lachen, Schmerz durch Tränen. Die Manier war im Leben wie in der Kunst beinahe unbekannt, und ein hübscher junger Mann von zwanzig Jahren schämte sich keineswegs einzugestehen, daß er glücklich wäre.

In dieser Unruhe Ascanios lag nun ein gewisses Glück: Er hatte nur damit gerechnet, Colombe am folgenden Sonntag wiederzusehen, und jetzt stand er im Begriff, sie am selben Tage wiederzusehen. Das waren sechs gewonnene Tage, und man weiß, daß sechs Tage der Erwartung nach der Rechnung der Verliebten sechs Jahrhunderte sind.

Als er sich dem Hotel näherte, erschien ihm die Sache auch viel einfacher. Freilich hatte er Benvenuto den Rat gegeben, vom König das Hotel de Nesle zu verlangen, um seine Werkstatt daraus zu machen. Konnte ihm aber Colombe deshalb böse sein, weil er sich ihr zu nähern versucht hatte? Dieses Einnisten des florentinischen Goldschmieds in den alten Palast Amaurys konnte allerdings nur zum Nachteil von Colombes Vater geschehen, der ihn als sein Eigentum betrachtete; aber war es wirklich ein Schaden, da Messire Robert d'Estourville ihn gar nicht bewohnte? Hatte nicht außerdem Benvenuto tausend Mittel seine Miete zu bezahlen? — Ein Becher als Geschenk für den Prevot, ein Halsband für seine Tochter — und Ascanio wollte diese Halskette anfertigen — konnte und mußte in dieser Zeit der Kunst gar manches ausgleichen. Ascanio hatte gesehen, wie Großherzöge, Könige und Päpste bereit waren, Krone, Zepter oder Tiara herzugeben, um eines jener wundervollen Kleinodien zu kaufen, die aus den Händen seines Meisters hervorgingen. Also mußte Messire Robert, vorausgesetzt, daß sich der Streit auf diese Weise schlichten ließ, Meister Benvenuto noch verpflichtet sein — denn Meister Benvenuto war so großmütig, daß, wenn Messire d'Estourville höflich handelte, Ascanio überzeugt war, daß Meister Benvenuto auf königliche Weise handeln würde.

Am Ende der Rue Saint-Martin betrachtete sich Ascanio demnach als einen vom Herrn erkorenen Friedensboten, um die Eintracht zwischen den beiden Mächten zu erhalten.

Trotz dieser Überzeugung ging indessen Ascanio, dem es nicht unlieb war, seinen Weg um zehn Minuten zu verlängern, statt über die Seine zu fahren, längs des Kais hinauf und über den Pont-aux-Moulins. Vielleicht hatte er diesen Weg auch deshalb eingeschlagen, weil er ihn gestern zurückgelegt hatte, als er Colombe folgte.

Nach zwanzig Minuten stand er vor dem Hotel de Nesle.

Als er aber die kleine Bogentür sah, durch die er gehen mußte, als er den kleinen gotischen Palast erblickte, der seine kühnen Türmchen über die Mauer streckte, als er daran dachte, daß hinter diesen der Hitze wegen halbgeschlossenen Läden seine schöne Colombe wäre, sank das ganze Gerüst der unterwegs gebauten goldenen Träume wieder zusammen gleich jenen Gebäuden, die man in den Wolken erblickt und die der Wind mit einem Flügelschlag umstürzt: Er befand sich wieder der Wirklichkeit gegenüber, und die Wirklichkeit schien ihm nicht sehr beruhigend.

Doch nach einer Pause von einigen Minuten, als er sich bei der großen Sonnenhitze allein auf dem Kai befand, sah Ascanio ein, daß er irgendeinen Entschluß fassen müsse. Es blieb nichts anderes übrig, als in den Palast hineinzugehen. Er hob daher den Klopfer der Tür auf. Aber Gott weiß, wann er ihn wieder hätte zurückfallen lassen, wenn nicht gerade in diesem Augenblick und durch einen Zufall die Tür aufgegangen wäre und er sich einem Mann von etwa dreißig Jahren, der halb Bedienter, halb Bauer war, gegenüber befunden hätte. Das war der Gärtner des Messire d'Estourville.

Ascanio und der Gärtner wichen zurück. „Was wollt Ihr?“ fragte der Gärtner. „Was ist Euer Begehr?“

Ascanio sammelte seinen Mut und antwortete herzhaft: „Ich will das Hotel besichtigen.“ — „Wie, das Hotel besichtigen?“ rief der Gärtner verwundert, „und in wessen Namen?“ — „Im Namen des Königs!“ antwortete Ascanio. — „Im Namen des Königs!“ rief der Gärtner. „Jesus, mein Gott! Will es uns der König etwa wieder nehmen?“ — „Vielleicht!“ antwortete Ascanio. — „Aber was soll das bedeuten?“ — „Ihr begreift, mein Freund,“ sagte Ascanio mit einer Sicherheit, über die er sich selbst freute, „daß ich Euch keine Rechenschaft abzulegen habe.“ — „Da habt Ihr recht. Mit wem wollt Ihr sprechen?“ — „Mit dem Herrn Prevot. Ist er da?“ fragte Ascanio, der vollkommen wußte, daß der Prevot nicht da war. — „Nein, Herr, er ist im Châtelet.“ — „Nun, wer vertrittt in seiner Abwesenheit seine Stelle?“ — „Seine Tochter, Fräulein Colombe ist anwesend.“ Ascanio fühlte sich bis an die Ohren erröten. „Und dann,“ fuhr der Gärtner fort, „ist auch noch Frau Perrine hier. Will der Herr mit Frau Perrine oder mit Fräulein Colombe reden?“

Diese Frage war sehr einfach, und dennoch rief sie einen schrecklichen Kampf in Ascanios Herzen hervor. Er öffnete den Mund, um zu sagen, daß er Fräulein Colombe zu sprechen wünsche, und dennoch, als ob sich so verwegene Worte über seine Lippen zu treten weigerten, war es Frau Perrine, nach der er verlangte.

Der Gärtner, der nicht ahnte, daß seine Frage eine so große Verwirrung verursachen konnte, neigte den Kopf zum Zeichen des Gehorsams und schritt über den Hof nach der Seite der inneren Tür des kleinen Nesle. Ascanio folgte ihm.

Er mußte über einen zweiten Hof, dann durch eine zweite Tür, dann durch einen kleinen Garten, darauf die Stufen einer Haupttreppe ersteigen und endlich über einen langen Vorplatz gehen, worauf der Gärtner eine Tür öffnete und sagte: „Frau Perrine, ein junger Mann verlangt das Hotel im Namen des Königs zu besichtigen.“

Und zur Seite tretend, machte er Ascanio Platz, der ihm auf die Schwelle der Tür folgte.

Ascanio stützte ich an die Wand, eine Wolke war ihm vor die Augen getreten; eine ganz einfache Sache, die er indessen nicht vorausgesehen, hatte sich zugetragen: Frau Perrine war nämlich mit Colombe zusammen, und er befand sich beiden gegenüber.

Frau Perrine saß am Rocken und spann. Colombe arbeitete an ihrem Stickrahmen.

Beide erhoben zu gleicher Zeit den Kopf und blickten nach der Tür.

Colombe erkannte sofort Ascanio. Sie erwartete ihn, obgleich ihre Vernunft ihr gesagt hatte, daß er nicht wiederkehren dürfe. Er selbst glaubte, daß er sterben würde, als er die Augen des jungen Mädchens auf sich gerichtet sah, obgleich dieser Blick unendliche Freundlichkeit verriet.

Das kam daher, weil er tausend Schwierigkeiten vorhergesehen, weil er von tausend Hindernissen geträumt hatte, bevor er zu seiner Geliebten gelangen würde. Diese Hindernisse sollten ihn anfeuern, diese Schwierigkeiten sollten ihn stählen, und jetzt war es im Gegenteil ganz einfach gegangen, als ob Gott, von der Reinheit ihrer Liebe gerührt, von Anfang an sie ermutigt und gesegnet hätte; jetzt befand er sich in dem Augenblick ihr gegenüber, wo er es am wenigsten erwartet, so daß er von der ganzen schönen Rede, die er vorbereitet hatte, und deren feurige Beredsamkeit sie in Erstaunen versetzen und rühren sollte, keinen Satz, kein Wort, keine Silbe mehr fand.

Colombe ihrerseits blieb regungslos und stumm. Diese beiden jungen und reinen Wesen, die, wie im voraus im Himmel verheiratet, bereits fühlten, daß sie einander angehörten, und die sich miteinander verschmelzen und wie Salmacis und Hermaphroditus nur noch eines bilden mußten, zitterten, zögerten, und standen, ganz entsetzt über dieses erste Zusammentreffen, einander sprachlos gegenüber.

Frau Perrine richtete sich halb auf ihrem Stuhl auf, zog ihre Spindel aus dem Mieder, stützte sich auf ihren Spinnrocken und brach zuerst das Schweigen. „Was sagte uns dieser Tölpel Rembault?“ rief die würdige Duenna. „Habt Ihr verstanden, Colombe?“ Da Colombe nicht antwortete, fuhr sie, indem sie auf Ascanio zuging, fort: „Was verlangt Ihr hier, junger Meister? Aber, Gott verzeihe mir!“ rief sie plötzlich, als, sie denjenigen erkannte, mit dem sie zu tun hatte, „das ist ja der hübsche Kavalier, der mir die letzten drei Sonntage an der Kirchentür so artig Weihwasser angeboten hat! Was ist gefällig, mein schöner Freund?“

„Ich möchte mit Euch reden,“ stammelte Ascanio.

„Mit mir allein?“ fragte Frau Perrine geziert. — „Mit Euch . . . allein . . .“ — „Dann kommt hierher, junger Mann,“ sagte Frau Perrine, indem sie eine Seitentür öffnete und Ascanio ein Zeichen gab ihr zu folgen.

Ascanio folgte ihr, aber dabei warf er auf Colombe einen langen Blick, in den die Verliebten so vieles hineinzulegen wissen, und der, so weitschweifig und so unverständlich er für die Unbeteiligten auch sein mag, doch von der Person, an die er gerichtet ist, verstanden wird. Ohne Zweifel verlor Colombe kein Wort von seiner Bedeutung; denn sobald ihre Augen denen des jungen Mannes begegnet waren, wurde sie feuerrot, und da sie sich erröten fühlte, schlug sie ihre Augen auf ihre Stickerei nieder und begann eine arme Blume zu verhunzen, die nichts dafür konnte. Ascanio sah diese Röte; er blieb plötzlich stehen und ging einen Schritt auf Colombe zu, aber in diesem Augenblick wandte sich Perrine um und rief den jungen Mann, der ihr folgen mußte. Kaum war er über die Türschwelle getreten, als Colombe ihre Nadel fahren, ihre Arme herabsinken ließ, und einen langen Seufzer ausstieß, in dem sich durch eines jener unerklärlichen Geheimnisse des Herzens das Bedauern über

Ascanios Weggang mit einem gewissen Behagen darüber vereinigte, daß sie ihn nicht mehr sah.

Der junge Mann war unverhohlen übler Laune: er ärgerte sich über Benvenuto, der ihm einen so seltsamen Auftrag gegeben hatte, er ärgerte sich über sich selbst, daß er ihn nicht besser zu benutzen verstand, und besonders war er gegen Frau Perrine aufgebracht, die das Unrecht begangen hatte, ihn gerade in dem Augenblick hinausgehen zu lassen, wo es ihm schien, daß Colombes Augen ihn bleiben hießen.

Als die Duenna sich mit ihm allein befand und ihn nach dem Zweck seines Besuches fragte, antwortete ihr Ascanio, entschlossen sich an ihr über seine eigene Ungeschicklichkeit zu rächen, trotzig: „Der Zweck meines Besuches, meine liebe Frau, ist Euch zu bitten, mir das Hotel de Nesle zu zeigen." — „Euch das Hotel de Nesle zeigen!" rief Frau Perrine. „Und warum, wollt Ihr es besuchen?" — „Um zu sehen, ob es uns gefällt, ob wir uns gut darin befinden, und ob es der Mühe wert ist, daß wir ausziehen, um es zu bewohnen." — „Wie, um es zu bewohnen? Ihr habt es also von dem Herrn Prevot gemietet?" — „Nein, sondern Seine Majestät hat es uns geschenkt." — „Seine Majestät hat es Euch geschenkt!" rief Frau Perrine mehr und mehr verwundert. — „Ganz als Eigentum," antwortete Ascanio. — „Euch?" — „Nein, nicht ganz, liebe Frau, aber meinem Meister." — „Und wer ist Euer Meister, wenn ich fragen darf, junger Mann? Gewiß irgendein fremder großer Herr?" — „Mehr als das, Frau Perrine, — ein großer Künstler, der eigens aus Florenz gekommen ist, um seiner Allerchristlichen Majestät zu dienen." — „Ah! ah!" sagte die gute Frau, die ihn nicht recht verstand; und was macht Euer Meister?" — „Was er macht? Er macht alles: Ringe, um sie an die Hände junger Mädchen zu stecken; Kannen, um sie auf die Tafel der Könige zu setzen, Statuen, um sie in Gottes Tempel zu stellen; in seinen freien Augenblicken belagert oder verteidigt er Städte, je nachdem es seine Laune ist, einen Kaiser erzittern zu lassen, oder einen Papst zu beruhigen." — „Jesus mein Gott!" rief Frau Perrine, „und wie heißt Euer Meister?" — „Er heißt Benvenuto Cellini." — „Das ist drollig, ich kenne diesen Namen nicht," murmelte die gute Frau, „und was ist sein Beruf?" — „Er ist Goldschmied."

Frau Perrine blickte Ascanio mit erstaunten Augen an. „Goldschmied!" murmelte sie, „Goldschmied! und Ihr glaubt, daß der Herr Prevot so mir nichts, dir nichts seinen Palast ... einem ... Goldschmied abtritt?" — „Wenn er ihn nicht abtritt, werden wir ihn nehmen." — „Mit Gewalt?" — „Ganz recht." — „Aber ich meine, Euer Meister wird dem Herrn Prevot die Spitze nicht zu bieten wagen!" — „Er hat drei Herzögen und zwei Päpsten die Spitze geboten." — „Jesus, mein Gott! zwei Päpsten! Er ist doch nicht etwa ein Ketzer?" — „Er ist Katholik wie Ihr und ich, Frau Perrine, beruhigt Euch, und Satan ist nicht unser Verbündeter, aber statt des Teufels haben wir den König für uns." — „Ah! Ja, aber der Herr Prevot hat mehr noch als das." — „Und was hat er denn?" —

„Er hat Frau von Etampes auf seiner Seite." — „Dann ist die Partie gleich." — „Und wenn Messire d'Estourville sich weigert?" — „Wird Meister Benvenuto das Hotel mit Gewalt nehmen. — „Und wenn Messire Robert sich wie in einer Zitadelle einschließt?" — „Wird Meister Cellini ihn belagern." — „Bedenkt, daß der Herr Prevot vierundzwanzig Wachtmeister hat." — „Meister Benvenuto hat zehn Gesellen; wie Ihr seht, Frau Perrine, ist die Partie immer gleich." — „Aber Messire d'Estourville ist persönlich ein wackerer Kämpfer; bei dem Turnier, das bei der Vermählung des Königs stattgefunden, ist er Sieger gewesen, und alle die, die sich mit ihm zu messen gewagt haben, sind in den Sand geworfen worden." — „Desto besser, Frau Perrine. Das ist gerade der Mann, den Benvenuto suchte, der niemals seinen Meister in den Waffen gefunden, und der wie Messire Estourville alle seine Gegner in den Sand geworfen hat, indessen mit dem Unterschied, daß diejenigen, die gegen Euren Prevot gekämpft haben, vierzehn Tage nachher wieder gesund und munter auf den Beinen waren, während diejenigen, die mit meinem Meister zu tun hatten, nie wieder aufgestanden sind und drei Tage nachher tot und begraben waren." — „Das wird ein böses Ende nehmen!" murmelte Frau Perrine. „Man sagt, junger Mann, daß in den eroberten Städten schreckliche Dinge vorgehen." — „Beruhigt Euch, Frau Perrine," antwortete Ascanio lachend, „Ihr werdet mit gnädigen Siegern zu tun haben." — „Was ich davon halte, mein liebes Kind," antwortete Frau Perrine, der es vielleicht nicht unlieb war, sich unter den Belagerern eine Stütze zu sichern, „ist, daß ich bange bin, es möchte Blut vergossen werden; denn was Eure Nachbarschaft betrifft, so begreift Ihr wohl, daß sie mir nur sehr angenehm sein kann, da es in dieser verwünschten Einöde an Gesellschaft fehlt, in der Messire Estourville uns, seine Tochter und mich, wie zwei arme Nonnen eingesperrt hat, obgleich, Gott sei Dank, weder sie noch ich das Gelübde abgelegt haben. Nun aber ist es nicht gut, daß der Mensch allein sei, sagt die Schrift, und wenn die Schrift sagt, der Mensch, so versteht sie darunter auch das Weib, ist das nicht Eure Meinung, junger Mann?" — „Das versteht sich von selbst." — „Und wir sind ganz allein und daher sehr traurig in diesem ungeheuren Hotel." — „Aber empfangt Ihr denn hier gar keinen Besuch?" fragte Ascanio. — „Jesus, mein Gott! Schlimmer als Nonnen, wie ich Euch sagte. Die Nonnen haben wenigstens Verwandte, sie haben Freunde, die sie besuchen. Sie haben das Refektorium, wo sie sich unterhalten und miteinander plaudern. Das ist freilich nicht sehr ergötzlich, ich weiß es; aber es ist doch noch etwas. Wir haben nur den Herrn Prevot, der hin und wieder kommt, um, wie ich glaube, seine Tochter darüber zu schelten, daß sie zu schön wird, denn das ist des armen Kindes einziges Verbrechen, und um mich zu tadeln, daß ich sie nicht streng genug beaufsichtige. Gott behüte mich! wo sie keine lebendige Seele der Welt sieht, und wo sie, bis auf die Worte, die sie an mich richtet, nur den Mund aufmacht, um ihre Gebete an den lieben Gott zu richten. Ich bitte Euch

also, junger Mann, sagt niemand, daß Ihr hier empfangen worden seid, daß Ihr den großen Nesle mit mir besucht und dabei einen Augenblick mit unserer Kleinen geplaudert habt."
— „Wie!" rief Ascanio, „nachdem ich den großen Nesle besucht, werde ich also mit Euch nach dem kleinen Nesle zurückkehren? Ich werde also . . ." Er hielt inne, da er sah, daß seine Freude zu weit ging.

„Nachdem Ihr Euch Fräulein Colombe vorgestellt, junger Mann, die in der Abwesenheit ihres Vaters die Herrin des Hauses ist, und nachdem Ihr mit mir allein zu sprechen begehrt habt, glaube ich, daß es wenig höflich wäre, das Hotel de Nesle zu verlassen, ohne ihr ein Wort des Abschiedes zu sagen. Wenn Euch das übrigens nicht zusagt, so steht es Euch frei, geraden Weges aus dem großen Nesle fortzugehen, der einen Ausgang hat."

„Nicht doch, nicht doch!" rief Ascanio. „Zum Henker, Frau Perrine, ich rühme mich, ebenso gut als irgend jemand auf der Welt erzogen zu sein und zu verstehen, mich höflich gegen Damen zu benehmen. Besuchen wir also, Frau Perrine, das Hotel ohne einen Augenblick zu verlieren, denn ich habe große Eile."

Und in der Tat hatte Ascanio jetzt, wo er wußte, daß er durch den kleinen Nesle zurückkehren sollte, die größte Eile, mit dem großen fertig zu werden. Da aber auch Perrine fürchtete, von dem Prevot in einem Augenblick überrascht zu werden, wo sie am wenigsten daran dachte, so wollte sie Ascanio nicht aufhalten. Sie nahm daher ein hinter einer Tür hängendes Schlüsselbund herab und ging ihm voraus.

Werfen wir mit Ascanio einen Blick auf das Hotel de Nesle, wo sich von nun an die Hauptereignisse der Geschichte zutragen werden, die wir erzählen.

Das Hotel, oder vielmehr die Residenz Nesle, wie man es damals meist nannte, nahm auf dem linken Ufer der Seine den Platz ein, auf dem sich später das Hotel de Nevers erhob, und auf dem seitdem die Münze und das Institut erbaut wurden. Es begrenzte die Stadt auf dieser Seite des Stroms nach Nordwesten, denn jenseits seiner Mauern sah man nur noch die Stadtgräben und den grünen Rasen des Pré-aux-Clercs. Amaury, Herr von Nesle in der Pikardie, hatte es gegen Ende des achten Jahrhunderts erbauen lassen. Philipp der Schöne kaufte es im Jahre 1308 und benutzte es als königliches Schloß. Im Jahre 1520 war der Nesleturm, blutigen und wollüstigen Andenkens *), von ihm getrennt worden, um den Kai, die Brücke über den Graben und die Porte de Nesle zu bilden, so daß der finstere Turm gleich einer büßenden Sünderin abgesondert und traurig am Ufer des Flusses geblieben war.

---

*) In diesem Turm soll Jeanne von Burgund mit ihren Liebhabern sadistische Orgien gefeiert und sie danach ermordet und die Leichen in die Seine geworfen haben. Dumas und Gaillardet haben in „La Tour de Nesle" (1832) die schauerlichen Abenteuern und Legenden, die sich um dieses Gebäude ranken, im romantischen Stil dramatisiert.

Aber das Hotel de Nesle war zum Glück geräumig genug, so daß man diese Verkleinerung kaum bemerkte. Das Hotel war groß wie ein Dorf: eine hohe, durch eine breite Kreuzbogenhalle und eine kleine Nebentür durchbrochene Mauer umgab es nach der Seite des Kais. Man trat zuerst in einen geräumigen, ganz mit Mauern umgebenen Hof; diese zweite viereckige Mauer hatte eine Tür zur Linken und eine Tür im Hintergrund. Wenn man wie Ascanio durch die Tür zur Linken eintrat, so fand man ein allerliebstes kleines Gebäude im Stil des vierzehnten Jahrhunderts: das war der kleine Nesle, der gegen Mittag seinen Garten hatte; wenn man dagegen durch die Tür im Hintergrund eintrat, so sah man zur Rechten den ganz aus Stein erbauten und mit zwei Türmen besetzten großen Nesle, mit seinen steilen, mit Geländern besetzten Dächern, seiner eckigen Fassade, seinen hohen, bunten Fenstern und seinen zwanzig im Winde kreischenden Wetterfahnen. Drei Bankhäuser von heute hätten darin Platz gehabt.

Wenn man weiter ging, verlor man sich in Gärten, und fand dort ein Ballspielhaus, ein Ringelrennen, eine Gießerei und ein Zeughaus, worauf die Viehhöfe, die Schäfereien, die Kuh- und Pferdeställe kamen — da war Raum, um drei Gutspächter unserer Zeit unterzubringen.

Das Ganze war sehr vernachlässigt und in sehr schlechtem Zustand, da Raimbault und seine beiden Gehilfen kaum für die Instandsetzung des Gartens des kleinen Nesle genügten, in dem Colombe Blumen zog und Frau Perrine Kohl baute. Aber das Ganze war geräumig, gut erhellt, dauerhaft gebaut, und mit ein wenig Mühe und Kosten konnte man daraus die prachtvollste Werkstatt machen.

Und wäre es auch viel weniger günstig gewesen, so wäre Ascanio dennoch davon entzückt gewesen, da die Hauptsache für ihn darin bestand, sich Colombe zu nähern.

Übrigens war der Besuch kurz: wie im Handumdrehen hatte der flinke junge Mann alles gesehen, alles durchwandert, alles gehörig geschätzt. Als Frau Perrine, die ihm vergebens zu folgen suchte, das sah, hatte sie ihm ganz einfach das Schlüsselbund gegeben, das er ihr am Ende seiner Untersuchung getreulich zurückgab.

„Und jetzt, Frau Perrine," sagte Ascanio, „stehe ich zu Euren Diensten." — „So laßt uns für einen Augenblick in den kleinen Nesle zurückkehren, junger Mann, da Ihr, gleich mir, meint, daß es anständig sei." — „Es wäre die größte Unhöflichkeit, anders zu handeln!" — „Aber still vor Colombe über den Grund Eures Besuches." — „O, mein Gott, wovon soll ich dann mit ihr reden?" rief Ascanio. — „Da seid Ihr also jetzt recht in Verlegenheit, schöner junger Herr! Habt Ihr mir nicht gesagt, daß Ihr Goldschmied wäret?" — „Gewiß." — „So redet denn von Schmucksachen, das ist eine Unterhaltung, die das Herz auch der Sittsamsten immer erfreut. Wenn man Evas Tochter ist, so liebt man alles, was glänzt. Außerdem hat das arme Kind so wenig Zerstreuung in ihrer Zurückgezogenheit, daß es ein Glück ist, sie ein wenig zu erheitern. Freilich wäre die beste Unterhaltung, die für ihr Alter paßt, eine gute Heirat. Messire Robert kommt demnach auch kein einziges Mal zu uns, ohne daß ich ihm ins Ohr flüstere: ‚Verheiratet doch diese arme Kleine, verheiratet sie doch.‘ “

Und ohne gewahr zu werden, zu welchen Schlüssen das Geständnis dieser Vertraulichkeit über ihre Stellung den Herrn Prevot veranlassen könnte, schlug Frau Perrine den Weg nach dem kleinen Nesle wieder ein und kehrte, von Ascanio begleitet, in das Zimmer zurück, in dem sie Colombe gelassen hatte.

Colombe verharrte noch nachdenkend und tiefsinnig in derselben Stellung. Nur hatte sich vielleicht zwanzigmal ihr Kopf erhoben und ihr Blick auf die Tür gerichtet, zu der der schöne junge Mann hinausgegangen war, so daß jemand, der diesem wiederholten Blick gefolgt wäre, hätte glauben können, daß sie ihn erwarte. Kaum hatte sie indessen die Tür auf ihren Angeln sich drehen sehen, als sich Colombe wieder mit solchem Eifer an die Arbeit machte, daß weder Frau Perrine noch Ascanio ahnen konnten, daß sie ihre Arbeit unterbrochen hatte.

Wie hatte sie erraten, daß der junge Mann die Duenna begleitete? Das hätte der Magnetismus allein erklären können, wenn er damals schon entdeckt gewesen wäre.

„Ich bringe Euch unseren Weihwasserspender zurück, meine liebe Colombe, denn er ist es in Person, und ich hatte ihn wohl erkannt. Ich wollte ihn durch das Tor des großen Nesle hinauslassen, als er mir sagte, daß er sich von Euch noch nicht verabschiedet habe. Das war wahr, denn Ihr habt Euch vorhin nicht ein einziges armseliges Wörtchen gesagt. Gott sei Dank seid Ihr beide nicht stumm.“

„Frau Perrine . . .“ fiel Colombe ganz verwirrt ein.

„Nun, was gibt's? Ihr braucht nicht so zu erröten. Herr Ascanio ist ein ehrbarer junger Mann, wie Ihr ein sittsames Fräulein seid. Außerdem ist er, wie es scheint, ein tüchtiger Künstler in Schmucksachen und kostbaren Steinen, wofür die hübschen Mädchen gewöhnlich Geschmack haben. Wenn es Euch beliebt, mein Kind, wird er Euch davon zur Ansicht bringen.“

„Ich brauche nichts,“ flüsterte Colombe.

„In diesem Augenblick, das ist möglich; aber hoffentlich werdet Ihr nicht als Nonne in dieser verwünschten Zurückgezogenheit sterben. Ihr seid sechzehn Jahre alt, Colombe, und der Tag wird kommen, wo Ihr eine schöne Braut seid, der man Geschmeide aller Art schenken wird; dann eine vornehme Dame, die Schmuck aller Art braucht. Es wäre also ebensogut, den Waren dieses jungen Mannes den Vorzug zu geben, als denen irgendeines anderen Künstlers, der ihn gewiß nicht verdienen würde.“

Colombe war auf der Folter. Ascanio, den die Voraussagungen der Frau Perrine nur sehr wenig erfreuten, wurde es gewahr und kam dem armen Kind zu Hilfe, das eine direkte

Unterhaltung tausendmal weniger in Verlegenheit setzte, als dieser verdolmetschte Monolog.

„Fräulein," sagte er, „schlagt mir die Gunst nicht aus, Euch einige meiner Arbeiten zu bringen; ich meine jetzt, daß ich sie für Euch gemacht und bei ihrer Anfertigung an Euch gedacht hätte. O ja, glaubt es nur; denn wir Künstler vermischen zuweilen mit dem Gold, dem Silber und den kostbaren Steinen unsere eigenen Gedanken. In die Eure Häupter krönenden Diademe, in die Eure Arme umschließenden Bänder, in die Eure Schultern liebkosenden Halsbänder, in die Blumen, in die Vögel, in die Engel, in die fabelhaften Ungeheuer, die wir in Eure Ohren flüstern lassen, legen wir zuweilen unsere ehrerbietige Verehrung."

Bei diesen süßen Worten ging Colombes Herz auf, denn der so lange stumm gewesene Ascanio sprach endlich, und sprach, wie sie geträumt hatte, daß er sprechen müßte; denn ohne die Augen zu erheben, fühlte das junge Mädchen den glühenden Strahl seiner Blicke, und alles, selbst der fremde Akzent dieser Stimme, verlieh dieser für Colombe neuen und unbekannten Rede einen besonderen Zauber, und dieser leichten und harmonischen Sprache der Liebe, die junge Mädchen verstehen, bevor sie sie sprechen, einen innigen und unwiderstehlichen Ausdruck.

„Ich weiß wohl," fuhr Ascanio, die Blicke auf Colombe geheftet, fort, „ich weiß wohl, daß wir Eurer Schönheit nichts hinzufügen können. Man macht Gott nicht reicher, wenn man seinen Altar schmückt. Aber zum mindesten umgeben wir Eure Anmut mit allem, was lieblich und schön gleich ihr ist, und wenn wir armen und demütigen Verfertiger von Zauber und Glanz Euch aus der Tiefe unserer Finsternis in Eurem Licht vorüberkommen sehen, so trösten wir uns darüber, so tief unter Euch zu stehen, durch den Gedanken, daß unsere Kunst Euch noch mehr erhebt."

„O Herr," antwortete Colombe ganz verwirrt, „Eure schönen Sachen werden mir wohl immer fremd, oder zum mindesten nutzlos bleiben; ich lebe einsam in der Verborgenheit, und weit entfernt, daß dies mir drückend wäre, gestehe ich, daß ich sie liebe, daß ich immer darin bleiben möchte, und dennoch gestehe ich auch, daß ich wohl Eure Geschmeide sehen möchte, nicht für mich, sondern um ihrer selbst willen; nicht um sie anzulegen, sondern um sie zu bewundern."

Und zitternd, bereits zu viel darüber gesagt zu haben und vielleicht noch mehr darüber zu sagen, grüßte Colombe, als sie diese Worte gesprochen hatte, und ging so rasch hinaus, daß es in den Augen eines in solchen Dingen erfahreneren Mannes ganz einfach als Flucht hätte gelten können.

„Ah! So lasse ich mir's gefallen," sagte Frau Perrine, „jetzt ist sie ein wenig mit der Koketterie ausgesöhnt. Freilich muß man auch sagen, junger Mann, daß Ihr wie ein Buch sprecht. Ja, wahrhaftig, man muß glauben, daß man in Eurem Vaterland das Geheimnis, Menschen zu bezaubern, besitzt; der Beweis ist, daß Ihr mich, die ich mit Euch rede, sogleich in

Euer Interesse gezogen habt, und auf Ehre, ich wünsche, daß der Herr Prevot Euch nicht zu arg mitspielen möge. Auf Wiedersehen, junger Mann, und sagt Eurem Meister, er solle sich in acht nehmen. Benachrichtigt ihn, daß Messire d'Estourville teufelmäßig hart und sehr mächtig bei Hof ist. Wenn Euer Meister mir folgen wollte, so würde er lieber darauf verzichten, den großen Nesle zu beziehen, und vor allem ihn mit Gewalt zu nehmen. Was Euch betrifft, so werden wir Euch wiedersehen, nicht wahr? Vor allem aber glaubt Colombe nicht; sie ist allein durch das Vermögen ihrer seligen Mutter so reich, daß sie sich zwanzigmal kostspieligere Wünsche, als die Ihr nanntet, nicht zu versagen brauchte. Dann, hört mich an, bringt auch einige einfachere Sachen mit; vielleicht wird sie daran denken, mir ein kleines Geschenk zu machen. Ich bin, Gott sei Dank, noch nicht in dem Alter, wo man sich alle Koketterie zu versagen braucht. Ihr versteht mich doch?“

Und in der Meinung, es sei zu besserem Verständnis notwendig, die Gebärde mit den Worten zu verbinden, legte Frau Perrine ihre Hand auf den Arm des jungen Mannes. Ascanio erbebte wie ein plötzlich erwachender Mensch. In der Tat, es schien ihm, als ob alles ein Traum wäre. Er begriff nicht, daß er bei Colombe war, und er zweifelte, daß diese glänzende Erscheinung, deren melodische Stimme noch in seinen Ohren klang, deren leichte Gestalt vor seinen Augen dahinschwebte, wirklich diejenige war, von der er gestern und noch heute morgen einen Blick mit seinem Leben bezahlt hätte.

Voll Glück und Hoffnung für die Zukunft, versprach er auch Frau Perrine alles, was sie wollte, ohne selbst zu hören, was sie von ihm begehrte. Was lag ihm daran! War er nicht bereit, alles, was er besaß, hinzugeben, um Colombe wiederzusehen?

Dann nahm er, da er selbst dachte, daß ein längerer Besuch unpassend wäre, von Frau Perrine mit dem Versprechen Abschied, am folgenden Tag wiederzukommen.

Als er den kleinen Nesle verließ, stieß Ascanio fast auf zwei Männer, die eben hineingehen wollten. Mehr noch an der Art, wie ihn der eine der beiden anblickte, als an der Kleidung, erkannte Ascanio, daß es der Prevot sein müßte.

Bald wurde seine Vermutung zur Gewißheit, als er sah, daß die beiden Männer an dieselbe Tür klopften, aus der er eben gekommen war, und er bedauerte nun, nicht früher aufgebrochen zu sein, denn wer konnte sagen, ob seine Unvorsichtigkeit nicht auf Colombe zurückfallen würde.

In der Voraussetzung, daß der Prevot darauf geachtet hätte, entfernte sich Ascanio, um seinem Besuch allen Charakter von Wichtigkeit zu nehmen, ohne sich nach diesem kleinen Winkel umzuwenden, der in diesem Augenblick der einzige war, dessen König er hätte sein mögen.

Als er in die Werkstatt zurückkehrte, fand er Benvenuto sehr nachdenkend. Der Mann, der sie auf der Straße angehalten hatte, war Primaticcio, und er hatte als guter Kollege Cellini benachrichtigt, daß der unvorsichtige Künstler sich während des Besuches, den ihm Franz I. am Morgen abgestattet, sich die Frau Herzogin von Etampes zur Todfeindin gemacht hatte.

---

7. Kapitel.

Bräutigam und Freund.

Einer der beiden Männer, die das Hotel de Nesle betraten, als Ascanio es verließ, war wirklich Messire Robert d'Estourville, der Prevot von Paris.

Fünf Minuten nach Ascanios Aufbruch, und als Colombe, die horchend in ihrem Zimmer, in das sie sich geflüchtet hatte, noch ganz versonnen stehen geblieben war, trat hastig Frau Perrine ein, indem sie dem jungen Mädchen meldete, daß ihr Vater sie im Nebenzimmer erwarte.

„Mein Vater!" rief Colombe erschrocken. Dann fügte sie leiser hinzu: „Mein Gott! mein Gott! Sollte er ihm begegnet sein?"

„Ja, Euer Vater, mein liebes Kind," erwiderte Frau Perrine, indem sie nur auf das antwortete, was sie gehört hatte, „und mit ihm ein anderer alter Herr, den ich nicht kenne."

„Ein anderer alter Herr!" sagte Colombe instinktiv schaudernd. „Mein Gott, Frau Perrine, was bedeutet das? Es ist seit zwei oder drei Jahren vielleicht das erstemal, daß mein Vater nicht allein heimkommt."

Da indessen das junge Mädchen trotz ihrer Furcht gehorchen mußte, weil sie den ungeduldigen Charakter ihres Vaters kannte, so nahm sie allen Mut zusammen und kehrte in das Zimmer, das sie soeben verlassen hatte, mit dem Lächeln auf den Lippen zurück; denn trotz dieser Furcht, die sie zum erstenmal empfand und über die sie sich keine Rechenschaft geben konnte, liebte sie Messire d'Estourville mit wahrhaft kindlicher Liebe und trotz der Wortkargheit des Prevot gegen sie waren doch die Tage, wo er das Hotel de Nesle besuchte, Festtage in ihrem traurigen und einförmigen Leben.

Mit herabhängenden Armen und halbgeöffnetem Mund kam Colombe, aber der Prevot ließ ihr nicht Zeit, ihn zu umarmen noch zu sprechen. Er ergriff ihre Hand und führte sie zu dem Fremden, der sich an den großen mit Blumen besetzten Kamin lehnte, und sagte zu ihm: „Ich stelle dir meine Tochter vor, teurer Freund." Dann wandte er sich an seine Tochter und fügte hinzu: „Der Graf von Orbec, Colombe, Schatzmeister des Königs und Euer künftiger Gatte."

Colombe stieß einen leisen Schrei aus, den das Schicklichkeitsgefühl sogleich erstickte; aber ihre Knie wankten und sie stützte sich auf die Lehne eines Stuhles.

Um in der Stimmung, in der sich Colombe befand, alles zu begreifen, was in dieser unerwarteten Vorstellung lag, mußte man in der Tat wissen, wer der Graf von Orbec war.

Gewiß war Messire d'Estourville, Colombes Vater, nicht schön; seine dicken Augenbrauen, die er bei dem geringsten physischen oder moralischen Hindernis, dem er begegnete, runzelte, gaben ihm ein hartes Aussehen, und in seiner ganzen untersetzten Person lag etwas Schwerfälliges und Linkisches, das sehr wenig zu seinen Gunsten einnahm; aber neben dem Grafen von Orbec glich er dem Erzengel Michael neben dem Drachen. Zum mindesten zeugten der vierschrötige Kopf, die stark hervortretenden Züge des Prevot von Entschlossenheit und Kraft, während seine kleinen grauen und feurigen Luchsaugen Verstand andeuteten, aber der hagere, dürre und magere Graf von Orbec mit seinen langen Spinnenarmen, seiner leisen, schrillenden Stimme und seiner Schneckenlangsamkeit, war nicht allein häßlich, sondern abscheulich: er besaß eine zugleich alberne und boshafte Häßlichkeit. Sein Kopf, den er gebückt und auf die Achsel geneigt trug, hatte ein gemeines Lächeln und einen verräterischen Blick.

Bei dem Anblick dieses abscheulichen Geschöpfes, das man ihr als Gatten vorstellte, während ihr Herz, ihre Gedanken und ihre Augen noch voll von dem schönen jungen Mann waren, der eben erst dieses Zimmer verlassen, hatte Colombe nur ihren ersten Schrei unterdrücken können, aber darauf hatte sich ihre Kraft beschränkt, und sie war bleich und starr geblieben, indem sie ihren Vater mit Entsetzen anblickte.

„Ich bitte dich wegen der Verlegenheit Colombes um Verzeihung, teurer Freund," fuhr der Prevot fort; „zuvörderst ist sie sehr schüchtern, da sie seit zwei Jahren nicht hier herausgekommen ist, denn, wie du weißt, war die Luft der Zeit den hübschen Mädchen nicht zuträglich; dann habe ich, um die Wahrheit zu sagen, das Unrecht begangen, sie nicht in unsere Pläne einzuweihen, was außerdem unnötig war, da die von mir beschlossenen Dinge zu ihrer Ausführung niemandes Zustimmung bedürfen; endlich weiß sie nicht, wer du bist und daß du mit deinem Namen, deinem Reichtum und der Gunst der Frau von Etampes imstande bist, alles zu erreichen. Aber wenn sie darüber nachdenkt, wird sie die Ehre zu würdigen wissen, die du uns durch deine Einwilligung deinen alten Glanz mit unserem jungen Adel zu verbinden erweisest; sie wird erfahren, daß Freunde seit vierzig Jahren . . ."

„Genug, mein Lieber, genug, ich bitte," unterbrach ihn der Graf, der sich mit der vertraulichen und unverschämten Zuversicht, die so sehr gegen die Schüchternheit des armen Ascanio abstach, an Colombe wand und zu ihr sagte: „Ei, ei, mein Kind, erholt Euch, und ruft wieder diese schönen Farben auf Eure Wangen, die Euch so wohl stehen. Mein Gott! Ich weiß, wie das mit einem jungen Mädchen ist, und selbst mit einer jungen Frau, denn ich bin bereits zweimal verheiratet gewesen, meine Kleine. Ihr müßt Euch nicht so aufregen, ich hoffe, ich mache Euch keine Furcht, he?" fügte der Graf geckenhaft hinzu, indem er sich aufrichtete und mit seinen Händen über seinen dünnen Schnurrbart und über seinen dürren Knebelbart fuhr. „Euer Vater hat unrecht gehabt, mir so hastig den Titel des Gatten zu geben, der ein junges Herz immer ein wenig außer Fassung bringt, wenn es ihn zum erstenmal hört, aber Ihr werdet Euch daran gewöhnen, meine Kleine, und Ihr werdet ihn am Ende selbst mit Eurem hübschen Mund aussprechen. Nun! nun! Ihr erbleicht noch mehr . . . Gott verzeihe mir, ich glaube, sie wird ohnmächtig!“

Und der Graf von Orbec streckte die Arme aus, um Colombe zu unterstützen, aber diese richtete sich wieder auf, indem sie einen Schritt zurücktat, als ob sie seine Berührung gleich der einer Schlange fürchtete, und wieder Kraft fand, einige Worte auszusprechen: „Verzeihung, Herr, Verzeihung, mein Vater,“ sagte sie stammelnd; „Verzeihung, es ist nichts; aber ich glaubte, ich hoffte . . .“

„Und was habt Ihr geglaubt, was habt Ihr gehofft? Laßt hören, sagt rasch,“ richtete der Prevot seine feurigen und zornigen kleinen Augen auf seine Tochter.

„Daß Ihr mir erlauben würdet, immer bei Euch zu bleiben, mein Vater,“ erwiderte Colombe. „Seit dem Tode meiner armen Mutter habt Ihr nur noch meine Liebe, nur noch meine Pflege, und ich hatte gedacht . . .“

„Schweigt, Colombe,“ antwortete der Prevot befehlend. „Ich bin noch nicht alt genug, um eine Wärterin nötig zu haben, während Ihr in dem Alter seid Euch zu verheiraten.“

„Ei, du gütiger Gott!“ mischte sich der Graf von Orbec von neuem in die Unterhaltung, „nehmt mich ohne viele Umstände an. Mit mir werdet Ihr so glücklich wie man nur sein kann, und ich versichere Euch, daß mehr als eine Euch beneiden wird. Bei Gott, ich bin reich und ich verlange, daß Ihr mir Ehre macht. Ihr werdet an den Hof gehen, und Ihr werdet mit Juwelen hingehen, um, ich will nicht sagen die Königin, aber selbst Frau von Etampes neidisch zu machen.“

Die Röte erschien wieder auf Colombes Wangen und sie fand trotz des strengen Blickes, mit dem der Prevot sie bedrohte, Kraft, dem Grafen zu antworten: „Gnädiger Herr, ich werde mir von meinem Vater zum mindesten Zeit ausbitten, um Euren Antrag in Ruhe zu überlegen.“

„Was soll das heißen?“ rief Messire Estourville heftig. „Keine Stunde, keine Minute! Ihr seid von diesem Augenblick an die Verlobte des Grafen, versteht Ihr wohl, und Ihr würdet noch heute seine Gattin sein, wenn er nicht noch heute abend nach seiner Grafschaft in der Normandie reisen müßte. Ihr wißt, daß mein Wille ein Befehl ist. Überlegen! Graf von Orbec, lassen wir diese Närrin. Von diesem Augenblick an ist sie dein, mein Freund, und du kannst sie verlangen, wann du willst. Besuchen wir nun eure zukünftige Wohnung.“

Der Graf von Orbec wollte bleiben, um noch ein Wort zu seinen früheren Worten hinzuzufügen; aber der Prevot nahm seinen Arm und zog ihn brummend fort; er begnügte sich also Colombe mit seinem garstigen Lächeln zu grüßen und ging mit Messire Robert hinaus.

Hinter ihnen trat Frau Perrine durch die Tür im Hintergrunde ein; sie hatte den Prevot laut sprechen hören, und sie war in der Meinung herbeigeeilt, daß er seine Tochter wieder auf seine gewohnte Weise ausgescholten hätte. Sie kam gerade noch recht, um Colombe in ihren Armen aufzufangen.

„O, mein Gott! mein Gott!“ hielt das arme Kind die Hand auf ihre Augen, als wollte sie diesen abscheulichen Grafen von Orbec, obgleich er abwesend war, nicht mehr sehen. „O, mein Gott! So sollte es also enden? O, meine süßen Träume! O, meine schwärmerischen Hoffnungen; alles ist also verloren, zerronnen und es bleibt mir nichts mehr übrig als zu sterben!“

Man braucht nicht zu fragen, ob ein solcher Ausruf, verbunden mit Colombes Schwäche und Blässe, Frau Perrine erschreckte, und trotz des Schreckens gleichwohl auch ihre Neugierde erweckte. Da nun auch Colombe das Bedürfnis fühlte ihr Herz zu erleichtern, so erzählte sie unter bitteren Tränen ihrer würdigen Gouvernante alles, was soeben zwischen ihrem Vater, dem Grafen von Orbec und ihr vorgefallen war. Frau Perrine gab zu, daß der Bräutigam weder jung noch schön war, da aber nach ihrer Meinung das ärgste Unglück, das einer Frau begegnen konnte, das war, ledig zu bleiben, so behauptete sie, daß es doch besser sei, einen alten und häßlichen, aber reichen und mächtigen Gatten zu haben, als gar keinen. Da nun aber diese Theorie Colombes Herz empörte, so zog sich das junge Mädchen in ihr Zimmer zurück, indem sie Frau Perrine, deren Einbildungskraft sehr lebhaft war, tausend Pläne für ihre Zukunft für den Tag bauen ließ, der sie von der Stelle als Hofmeisterin des Fräuleins Colombe zu dem Grade einer Gesellschaftsdame der Gräfin von Orbec erheben würde.

Inzwischen begannen der Prevot und der Graf die gleiche Musterung des großen Nesle, die Frau Perrine und Ascanio vor einer Stunde gemacht hatten.

„Wahrhaftig,“ sagte der Schatzmeister, indem er durch den Hof ging, der von dem kleinen nach dem großen Nesle führte, „wahrhaftig, die Kleine ist sehr hübsch; sie ist eine Frau, wie ich sie brauche, mein lieber d'Estourville; sittsam, unwissend und wohlerzogen. Glaubt mir, wenn der erste Sturm vorüber ist, wird das Wetter wieder beständig schön. Ich verstehe mich darauf; alle kleinen Mädchen träumen von einem jungen, schönen, geist- und geldreichen Mann. Ei, mein Gott, ich besitze zum mindesten die Hälfte der von mir verlangten Eigenschaften. Wenig Männer können ebensoviel von sich sagen, das ist also schon viel.“ Dann von seiner zukünftigen Frau auf sein zukünftiges Eigentum übergehend und mit derselben matten und lüsternen Stimme von dem einen wie von der anderen sprechend, fuhr er fort: „Das ist also der alte Nesle, bei meiner Ehre ein prachtvolles Hotel, und ich mache dir mein Kompliment darüber. Meine Frau, ich und meine ganze Schatzkammer werden da vortrefflich wohnen. Das hier ist meine persönliche Wohnung, dort mein Bureau und das dort für das Bedientenvolk. Nur ist alles etwas sehr heruntergekommen. Aber mit einigen Kosten, die Seine Majestät schon bezahlen wird, werden wir einen schönen Vorteil daraus ziehen. Apropos, d'Estourville, bist du überzeugt, daß du dieses Grundstück da behalten wirst? Du solltest deine Ansprüche bestätigen lassen; soviel ich mich erinnere, hat es dir der König nicht gegeben."

„Er hat es mir nicht gegeben, das ist wahr," erwiderte der Prevot lachend; „aber er hat es mich nehmen lassen, und das ist ziemlich dasselbe."

„Ja, aber wenn irgendein anderer dir den Streich spielte, in aller Form bei ihm darum anzuhalten?"

„O, der würde übel ankommen, ich stehe dir dafür, wenn er seine Rechte geltend machen wollte, und sicher, wie ich des Schutzes der Frau von Etampes und des deinigen bin, würde ich ihm seine Anmaßung bitter bereuen lassen. Nein, sei ruhig, ich bin unbesorgt, das Hotel de Nesle gehört ebenso wahr mir, teurer Freund, als meine Tochter Colombe dein ist; reise deshalb ruhig ab und komme bald wieder."

Als der Prevot diese Worte sagte, an deren Wahrhaftigkeit weder er noch sein Begleiter irgendeinen Beweggrund zu zweifeln hatten, erschien in Begleitung des Gärtners Raimbault eine dritte Person auf der Schwelle der Tür, die aus dem viereckigen Hof in die Gärten des großen Nesle führte. Das war der Vicomte von Marmagne.

Auch er war ein Bewerber um Colombe, aber ein unglücklicher Freier. Er war groß, hatte feurig-blondes Haar, war eingebildet, unverschämt, schwatzhaft und voll Anmaßung den Frauen gegenüber, denen er zuweilen als Deckmantel zum Verbergen ihrer wahrhaften Liebschaften diente, voll Stolz über seinen Posten als Schreiber des Königs, welche Stellung ihm erlaubte, sich Seiner Majestät so zu nähern, wie sich ihre Windhunde, Papageien und Affen ihr näherten. Der Prevot hatte sich demnach auch über diese scheinbare Gunst und diese grundlose Vertraulichkeit, die er bei Seiner Majestät genoß, nicht getäuscht. Außerdem hatte der Vicomte von Marmagne längst sein väterliches Erbe verzehrt und hatte kein anderes Vermögen als die Wohltaten Franz I. Diese Wohltaten konnten aber von einem Tage zum anderen versiegen, und Messire Robert d'Estourville war nicht so töricht, in so wichtigen Angelegenheiten den Launen eines sehr wankelmütigen Königs zu vertrauen. Er hatte demnach die Werbung des Vicomte von Marmagne höflich abgewiesen, indem er ihm im Vertrauen und unter dem Siegel des Geheimnisses eingestand, daß die Hand seiner Tochter schon an einen anderen versagt sei. Dank dieser Mitteilung, die der abschlägigen Antwort des Prevot einen Grund gab, waren der Vicomte von Marmagne und Sir Robert d'Estourville scheinbar die besten Freunde geblieben, obgleich seitdem der Vicomte den Prevot haßte, und der Prevot seinerseits dem Vicomte nicht traute, der unter seiner freundschaftlichen und lächelnden Miene seinen Groll nicht vor einem Mann verbergen konnte, der wie Messire Robert daran gewöhnt war, in dem Schatten der Höfe und in der Dunkelheit der Herzen zu lesen. So oft er den Vicomte sah, erwartete der Prevot demnach unter seiner freundschaftlichen und zuvorkommenden Miene einen Überbringer schlimmer Nachrichten zu empfangen, die er mit Tränen in den Augen und mit jenem geheuchelten und berechneten Schmerz aufzutischen pflegte, der das Gift tropfenweise auf eine Wunde träufelt.

Mit dem Grafen von Orbec hatte der Vicomte von Marmagne so ziemlich gebrochen: es bestand unter ihnen sogar eine seltene, dem bloßen Auge sichtbare Hoffeindschaft. Der Graf von Orbec verachtete Marmagne, weil Marmagne kein Vermögen hatte und keinen Rang einnehmen konnte. Marmagne verachtete den Grafen, weil der Graf alt war und demzufolge das Vorrecht verloren hatte, den Frauen zu gefallen, endlich haßten sich beide, weil jedesmal, wenn sie sich auf demselben Wege befanden, der eine dem anderen etwas weggeschnappt hatte.

Sobald sie sich also erblickten, grüßten sich die beiden Hofleute mit jenem spöttischen und kalten Lächeln, das man nur in den Vorzimmern der Paläste antrifft, und das sagen will: ‚Wenn wir nicht zwei Memmen wären, wie lange schon würde da einer von uns nicht mehr leben!‘

Sie beschränkten sich freilich auf diesen Gruß und auf dieses Lächeln und wechselten kein Wort mit dem Vicomte von Marmagne, der Graf von Orbec ging unmittelbar zur selben Tür hinaus, die eben seinen Feind eingelassen hatte.

Trotz des Hasses, der sie trennte, waren die beiden Männer nötigenfalls doch bereit sich für den Augenblick wieder zu versöhnen, um einem dritten zu schaden.

Sobald der Graf von Orbec fortgegangen war, befand sich der Prevot allein mit dem Vicomte von Marmagne.

Dieser schritt mit vergnügtem Gesicht auf ihn zu, der ihn mit trauriger Miene erwartete.

„Nun, mein lieber Prevot,“ brach Marmagne zuerst das Schweigen, „Ihr seht sehr vergnügt aus.“ — „Und Ihr, mein lieber Marmagne,“ antwortete der Prevot, sehr traurig.“ — „Das kommt daher, mein armer Estourville, daß, wie Ihr wißt, das Unglück meiner Freunde mich ebensosehr betrübt wie das meine.“ — „Ja, ja, ich kenne Euer Herz,“ sagte der Prevot. — „Und als ich Euch so vergnügt mit Eurem zukünftigen Schwiegersohn gesehen habe, denn die Heirat Eurer Tochter mit ihm ist kein Geheimnis mehr, und ich wünsche Euch Glück dazu, mein lieber Estourville . . .“ — „Ihr wißt, daß ich Euch schon früher sagte, daß Colombes Hand versagt ist, mein lieber Marmagne.“ — „Ja, ich weiß wahrhaftig nicht, wie Ihr einwilligen könnt, Euch von einem so reizenden Kind zu trennen.“ — „O, ich trenne mich nicht von ihm,“ erwiderte Meister Robert. „Mein Schwiegersohn, der Graf von Orbec, wird mit seiner Schatzkammer über die Seine gehen und den großen Nesle bewohnen, während ich in meinen freien Augenblicken den kleinen bewohnen werde.“ — „Armer Freund!“ schüttelte Marmagne mit einer tiefbekümmerten Miene den Kopf, indem er eine Hand auf den Arm des Prevot legte und mit der andern über seine Augen fuhr, um eine Träne abzutrocknen, die gar nicht da war.“ — „Wieso, armer Freund?“ sagte Messire Robert. „Was habt Ihr mir denn wieder zu melden?“ — „Bin ich denn der erste, der Euch diese verdrießliche Neuigkeit meldet?“ — „Welche? laßt hören, redet!“ — „Ihr wißt, mein lieber Prevot, daß man in dieser Welt Philosoph sein muß, und es gibt ein altes Sprichwort, das unser armes Menschengeschlecht beständig im Mund führen sollte, denn es enthält für sich allein die ganze Weisheit von Nationen." — „Und was ist das für ein Sprichwort?" — „Der Mensch denkt, mein lieber Freund, der Mensch denkt und Gott lenkt." — „Und was habe ich gedacht, das Gott lenken wird? Laßt hören, sprecht." — „Ihr habt das Hotel des großen Nesle für Euren Schwiegersohn und für Eure Tochter bestimmt?" — „Gewiß, und wie ich hoffe, werden sie noch vor drei Monaten hier einziehen." — „Täuscht Euch nicht, mein lieber Prevot! Das Hotel de Nesle ist in diesem Augenblick nicht mehr Euer Eigentum. Entschuldigt mich, wenn ich Euch Verdruß verursache, aber ich habe gedacht, daß es bei Eurem etwas feurigen Charakter, den ich kenne, besser wäre, daß Ihr diese Nachricht aus dem Munde eines Freundes erführet, der bei ihrer Mitteilung alle Schonung anwendet, als sie aus dem Munde irgendeines Tölpels zu erfahren, der entzückt über Euer Unglück, sie Euch roh und ohne Umstände ins Gesicht gesagt hätte. Ach nein, mein Freund, der große Nesle ist nicht mehr Euer!" — „Und wer hat ihn mir denn wieder genommen?" — „Seine Majestät." — „Und wann denn?" — „Heute morgen. Wenn mich mein Dienst nicht im Louvre zurückgehalten hätte, so würdet Ihr es schon früher erfahren haben." — „Man wird Euch getäuscht haben, Marmagne, es ist irgendein falsches Gerücht, das meine Feinde verbreiten, und zu dessen Echo Ihr Euch voreilig gemacht habt." — „Ich wollte viel darum geben, wenn dem so wäre, aber leider hat man mir es nicht gesagt, sondern ich habe es selbst gehört." — „Ihr habt es selbst gehört, wie?" — „Ich habe gehört, wie der König mit eigenem Munde den großen Nesle einem anderen gegeben hat." — „Und wer ist dieser andere?" — „Ein italienischer Abenteurer, ein Goldschmied, den Ihr vielleicht dem Namen nach kennt, ein Ränkeschmied, der sich Benvenuto Cellini nennt, der seit zwei Monaten von Florenz gekommen, von dem der König eingenommen ist, ich weiß nicht warum, und den er heute mit seinem ganzen Hof im Hotel des Kardinals von Ferrara besucht hat, wo dieser angebliche Künstler seine Werkstatt aufgeschlagen hat." — „Und Ihr waret anwesend, sagt Ihr, Vicomte, als der König diesem Elenden den großen Nesle zum Geschenk gemacht hat?" — „Ich war anwesend," antwortete Marmagne, indem er diese Worte langsam aussprach und mit Wohlbehagen betonte. — „Ah!" sagte der Prevot; „nun denn, ich erwarte Euren Abenteurer, er soll nur kommen, um sein königliches Geschenk in Empfang zu nehmen!" — „Wie! Ihr hättet die Absicht, Widerstand zu leisten?" — „Gewiß." — „Einem Befehl des Königs?" — „Einem Befehl Gottes, einem Befehl des Teufels; kurz, allen Befehlen, die mich von hier vertreiben wollten." — „Nehmt Euch in acht, nehmt Euch in acht, Prevot," erwiderte der Vicomte von Marmagne; „außer dem Zorn des Königs, dem Ihr Euch aussetzt, ist dieser Benvenuto Cellini selbst mehr zu fürchten, als Ihr meint." — „Wißt Ihr, wer ich bin, Vicomte?" — „Zuvörderst besitzt er die volle Gunst Seiner

Majestät — freilich nur für den Augenblick, das ist wahr — aber er besitzt sie." — „Wißt Ihr, daß ich der Prevot von Paris, Seine Majestät im Châtelet vertrete, daß ich dort unter einem Thronhimmel sitze, im kurzen Rock und Mantelkragen, das Schwert an der Seite, den mit Federn geschmückten Hut auf dem Haupt und in der Hand einen Kommandostab von blauem Sammet!" — „Dann will ich Euch sagen, daß dieser verwünschte Italiener gern den Kampf mit allen Fürsten, Kardinälen und Päpsten annimmt." — „Wißt Ihr, daß ich ein besonderes Siegel habe, das die Gültigkeit der Akten ersetzt?" — „Es heißt ferner, daß dieser verdammte Raufbold ohne Bedenken alle verwundet und umbringt, die ihm im Wege stehen." — „Wißt Ihr nicht, daß eine Garde von vierundzwanzig Wachtmeistern Tag und Nacht zu meiner Verfügung steht?" — „Man sagt, daß er einen Goldschmied, auf den er erzürnt war, inmitten einer Schar von sechzig Mann erstochen hat." — „Ihr vergeßt, daß das Hotel de Nesle befestigt ist, daß es Zinnen auf den Mauern und Schießscharten über den Toren hat, ohne das Fort der Stadt zu rechnen, das es von einer Seite uneinnehmbar macht." — „Man versichert, daß er sich auf Belagerungen wie Bayard oder Antonio de Leyra versteht." — „Das wollen wir sehen." — „Ich bin bange davor." — „Und ich warte es ab." — „Soll ich Euch einen Rat geben, mein lieber Freund?" — „Gebt ihn, vorausgesetzt, daß er kurz ist." — „Versucht nicht mit Leuten zu kämpfen, die stärker sind als Ihr." — „Mit Stärkeren als ich? Ein armseliger Handwerker aus Italien! Vicomte, Ihr beleidigt mich." — „Weil Ihr es auf Ehre bereuen könntet. Ich sage es Euch im Ernst." — „Vicomte, Ihr bringt mich außer Fassung." — „Bedenkt, daß dieser Mann den König für sich hat." — „Wohlan! Ich habe Frau von Etampes." — „Seine Majestät könnte es übel aufnehmen, daß man seinem Willen widersteht." — „Ich habe es bereits getan, Herr, und zwar mit Erfolg." — „Ja, ich weiß, in der Angelegenheit des Brückenzolles von Nantes. Aber . . ." — „Aber was?" — „Aber man wagt nichts, zum mindesten nicht viel, einem König zu widerstehen, der schwach und gut ist, während man alles wagt, gegen einen starken und schrecklichen Mann wie Benvenuto Cellini in die Schranken zu treten." — „Alle Teufel! Vicomte, Ihr wollt mich also närrisch machen!" — „Im Gegenteil, ich will Euch vernünftig machen." — „Genug, Vicomte, genug! Ah, ich schwöre Euch, der Schuft soll mir den Augenblick teuer bezahlen, den Eure Freundschaft mich soeben durchmachen ließ." — „Gott gebe es, Prevot, Gott gebe es!" — „Es ist gut! Ihr habt mir sonst nichts zu sagen?" — „Nein, nein, ich glaube nicht," sagte der Vicomte, als ob er sich auf irgendeine Neuigkeit besänne, die ein Gegenstück zu der ersten bilden könnte. — „Nun denn, Gott befohlen!" rief der Prevot. — „Gott befohlen, mein armer Freund. Ich habe Euch zum mindesten gewarnt." — „Gott befohlen!" — „Gut Glück! Aber ich muß Euch sagen, daß ich zweifle, ob dieser Wunsch in Erfüllung gehen wird."

Und mit von Seufzern geschwelltem Herzen, mit vor

Schmerz entstelltem Gesicht, nachdem er die Hand des Prevot gedrückt hatte, als ob er für immer von ihm Abschied nähme, entfernte sich der Vicomte von Marmagne, indem er die Arme gen Himmel erhob.

Der Prevot verschloß selbst hinter ihm die Straßentür.

Man wird begreifen, daß diese freundschaftliche Unterhaltung das Blut des Messire d'Estourville gereizt und seine Galle aufgeregt hatte. Er suchte demnach nach einem Gegenstand, an dem er seine üble Laune auslassen könnte, als er sich plötzlich des jungen Mannes erinnerte, den er den kleinen Nesle in dem Augenblick verlassen sah, als er mit dem Grafen von Orbec hinein wollte. Da Raimbault anwesend war, so brauchte er nicht lange nach jemand zu suchen, der ihm Auskunft über diesen Unbekannten geben sollte. Er ließ den Gärtner rufen und fragte ihn, was er über den jungen Mann wisse.

Der Gärtner antwortete, daß dieser im Namen des Königs gekommen sei, um den großen Nesle zu besehen, daher habe er geglaubt, es nicht auf sich nehmen zu dürfen, und ihn an Frau Perrine verwiesen, die ihn überall herumgeführt hätte.

Der Prevot eilte nach dem kleinen Nesle, um von seiner würdigen Duenna eine Erklärung zu verlangen; aber leider war sie ausgegangen, um Einkäufe zu machen.

Nun blieb noch Colombe; da er aber nach dem strengen Verbot, das er Perrine hinsichtlich des jungen Mädchens gegeben hatte, nicht einmal vermuten konnte, daß sie den jungen Fremden gesehen hätte, so sprach er gar nicht mit ihr davon.

Da seine Amtsgeschäfte ihn ins Châtelet zurückriefen, so ging er fort, indem er Raimbault bei Strafe sofortiger Entlassung befahl, niemand, wer es auch sein möchte und in wessen Namen er auch käme, weder den großen noch den kleinen Nesle betreten zu lassen, und vor allem nicht den elenden Abenteurer, der sich hier einnisten wolle.

Als Ascanio am andern Tage, wie ihn Frau Perrine eingeladen hatte, mit seinen Schmucksachen kam, beschränkte sich Raimbault darauf, ein kleines Guckfenster zu öffnen und ihm durch die Gitter zu sagen, daß das Hotel de Nesle für jedermann und besonders für ihn geschlossen wäre.

Ascanio entfernte sich trostlos; aber er beschuldigte Colombe keinen Augenblick wegen dieses seltsamen Empfanges; das junge Mädchen hatte ihm nur einen Blick geschenkt, hatte nur einige Worte fallen lassen, aber in diesem Blick lag so viel schüchterne Liebe und in diesen Worten so viel liebender Wohlklang, daß in Ascanios Herzen seit gestern etwas gleich einer Engelstimme sang.

Er glaubte demnach mit Recht, daß, da er gestern von Messire Robert d'Estourville gesehen worden war, der Prevot es sei, der diesen schrecklichen Befehl gegeben hätte, dessen Opfer er war.

8. Kapitel.

Angriff und Verteidigung.

Kaum war Ascanio in das Hotel zurückgekehrt und hatte Benvenuto von dem Teil seines Ausganges Rechenschaft abgelegt, der auf die Beschreibung der Örtlichkeit des Hotels de Nesle Bezug hatte, als dieser, der sah, daß die Wohnung ihm in jeder Beziehung behagte, sich beeilte, sich zu dem ersten Finanzsekretär des Königs, dem Herrn de Neufville, zu begeben, um von ihm einen Akt über die königliche Schenkung zu verlangen. Neufville hatte Frist bis zum folgenden Tag verlangt, um sich von der Richtigkeit der Behauptungen Meister Benvenutos zu überzeugen, und obgleich dieser es ziemlich unverschämt gefunden hatte, ihm nicht aufs Wort zu glauben, so hatte er doch die Rechtmäßigkeit dieses Verlangens eingesehen und nachgegeben, aber mit dem festen Entschluß, Herrn de Neufville für den folgenden Tag keine halbe Stunde zu erlassen.

Am andern Tag ging er demnach auch auf die Minute zu ihm. Er wurde auf der Stelle eingeführt, was ihm eine gute Vorbedeutung schien.

„Nun, Herr," sagte Benvenuto, „ist der Italiener ein Lügner, oder hat er Euch die Wahrheit gesagt?" — „Die volle Wahrheit, mein lieber Freund. Und der König hat mir befohlen, Euch den Schenkungsakt in guter Form auszustellen." — „Er soll willkommen sein." — „Indessen . . ." fuhr der Finanzsekretär zögernd fort. — „Nun, was gibt es noch? Laßt hören." — „Indessen, wenn Ihr mir erlaubtet, Euch einen guten Rat zu geben . . ." — „Einen guten Rat! Zum Teufel! Das ist eine seltene Sache, Herr Sekretär." — „Nun denn, der wäre, Euch für Eure Werkstatt einen andern Ort als den großen Nesle zu suchen." — „Wahrhaftig," antwortete Benvenuto mit einer komischen Miene, „Ihr glaubt, daß dieser da nicht passend sei?" — „O ja! Und die Wahrheit nötigt mich sogar zu sagen, daß Ihr große Mühe haben würdet, einen besseren zu finden." — „Nun, was ist's denn sonst?" — „Daß dieser einer zu hohen Person gehört, als daß Ihr derselben ungestraft zu nahe trätet." — „Ich gehöre selbst dem edlen König von Frankreich an," antwortete Cellini, „und ich werde niemals zurückweichen, solange ich in seinem Namen handle." — „Ja, aber in unserem Lande, Meister Benvenuto, ist jeder große Herr König in seinem Haus, und bei dem Versuch, den Prevot aus dem von ihm bewohnten Hause zu verjagen, lauft Ihr Lebensgefahr." — „Früh oder spät muß man doch sterben," antwortete Cellini durch einen Spruch. — „Ihr seid also entschlossen . . ." — „Den Teufel umzubringen, bevor der Teufel mich umbringt! Verlaßt Euch darin auf mich, Herr Sekretär. Möge der Herr Prevot sich demnach gut halten, so wie alle, die versuchen sollten, dem Willen des Königs Widerstand zu leisten, besonders wenn Meister Benvenuto Cellini beauftragt ist, seinen Willen durchzusetzen."

Hierauf stellte Messire Nicolas de Neufville seine menschenfreundlichen Bemerkungen ein und schützte allerlei Formalitäten vor, ehe er den Akt aushändigte; aber Benvenuto hatte sich ganz ruhig gesetzt und erklärte, daß er den Platz nicht eher verlassen würde, als bis der Akt ausgehändigt wäre, und daß er selbst hier schlafen würde.

Als Messire Nicolas de Neufville das sah, hatte er sich auf die Gefahr hin, was auch geschehen möge, entschlossen und Benvenuto Cellini den Schenkungsbrief ausgehändigt, indem er jedoch Robert d'Estourville von dem in Kenntnis setzte, was er teils durch den Willen des Königs, teils durch die Beharrlichkeit des Goldschmieds zu tun gezwungen war.

Benvenuto Cellini war nach Haus zurückgekehrt, ohne jemand etwas von dem, was er soeben getan hatte, zu sagen, hatte seine Schenkung in den Schrank gelegt, in dem er seine Edelsteine einzuschließen pflegte, und sich wieder ruhig an seine Arbeit gemacht.

Die Nachricht des Finanzsekretärs bewies Messire Robert, daß Benvenuto, wie ihm der Vicomte von Marmagne gesagt hatte, auf seinem Vorhaben beharre, sich im Guten oder mit Gewalt des Hotels de Nesle zu bemächtigen. Der Prevot war demnach auf seiner Hut, ließ seine vierundzwanzig Wachtmeister kommen, stellte Schildwachen auf die Mauern und ging nur noch nach dem Châtelet, wenn er durch die Pflichten seines Amtes dazu gezwungen war.

Die Tage verflossen inzwischen, und Cellini, der ruhig mit seinen begonnenen Arbeiten beschäftigt war, wagte nicht den mindesten Angriff. Aber der Prevot war überzeugt, daß diese scheinbare Ruhe nur eine List sei, und daß sein Feind seine Wachsamkeit nur täuschen wollte, um ihn unversehens anzugreifen. Beständig auf der Lauer, wurde Messire Robert durch diesen Zustand, der weder Friede noch Krieg war, vom Fieber der Erwartung ergriffen, das, wenn dieser Zustand sich verlängerte, ihn wahnsinnig zu machen drohte: er aß nicht mehr, schlief fast nicht mehr und magerte sichtlich ab.

Von Zeit zu Zeit zog er plötzlich sein Schwert und begann gegen eine Wand zu fechten, indem er rief: „Wenn er doch aber nur käme, der Bösewicht! Ich erwarte ihn!"

Aber Benvenuto kam nicht.

Messire d'Estourville hatte also auch ruhige Augenblicke, indem er dachte, daß die Zunge des Goldschmieds länger sei als sein Schwert, und daß er seine Pläne niemals ausführen würde. In einem dieser Augenblicke geschah es, daß Colombe, die zufällig ihr Zimmer verlassen hatte, die kriegerischen Vorbereitungen sah und ihren Vater fragte, worum es sich handle.

„Einen Schelm zu züchtigen, weiter nichts," hatte der Prevot geantwortet.

Da es nun das Amt des Prevot war, zu züchtigen, so hatte Colombe nicht einmal gefragt, wer der Schelm wäre, dessen Züchtigung man vorbereitete, indem sie zu sehr mit sich selbst beschäftigt war, um sich nicht mit dieser einfachen Erklärung zu begnügen.

In der Tat hatte Messire Robert mit einem Wort eine schreckliche Veränderung in dem Leben seiner Tochter hervorgerufen: dieses bis dahin so friedliche Leben mit stillen Tagen und mit ruhigen Nächten glich einem düsteren, vom Sturm aufgewühlten See. Zuweilen hatte sie bis dahin dunkel gefühlt, daß ihre Seele eingeschlafen und ihr Herz leer war, aber sie meinte, daß diese Traurigkeit von ihrer Einsamkeit herrühre, oder sie schrieb diese Öde dem Umstand zu, daß sie als kleines Kind ihre Mutter verloren hätte; doch jetzt war mit einemmal in ihrem Dasein, in ihren Gedanken, in ihrem Herzen und in ihrer Seele alles gefüllt — aber durch den Schmerz.

Wie sehr bedauerte sie nun diese Zeit der Unwissenheit und der Ruhe, während die gemeine, aber sorgsame Freundschaft der Frau Perrine fast für ihr Glück ausreichte, diese Zeit der Hoffnung und des Glaubens, in der sie auf die Zukunft rechnete, wie man auf einen Freund rechnet, diese Zeit kindlichen Vertrauens, in der sie an die Liebe ihres Vaters glaubte. Ach, diese Zukunft war jetzt die abscheuliche Liebe des Grafen von Orbec; die Zärtlichkeit ihres Vaters war nur Ehrgeiz. Warum war sie, statt die einzige Erbin eines edlen Namens und eines großen Vermögens zu sein, nicht als die Tochter eines unbekannten Bürgers zur Welt gekommen, der sie gepflegt und geliebt hätte? Dann hätte sie diesem jungen Künstler begegnen können, der mit soviel Gefühl und Zauber sprach, diesem schönen Ascanio, der ihr soviel Glück und Liebe zu geben schien.

Wenn aber das Klopfen ihres Herzens, wenn die Röte ihrer Wangen Colombe sagten, daß das Bild des Fremden ihre Gedanken schon zu lange beschäftigten, versuchte sie diesen süßen Traum zu verscheuchen, und es gelang ihr dadurch, daß sie sich die trostlose Wirklichkeit vor Augen hielt. Sie hatte übrigens, seit ihr Vater ihr seine Heiratspläne eröffnet hatte, Perrine ausdrücklich verboten, Ascanio, unter welchem Vorwand es auch sein möchte, zu empfangen, indem sie drohte, alles ihrem Vater zu sagen, wenn sie ungehorsam wäre, und da die Gouvernante, aus Furcht, mitschuldig zu werden, es vorgezogen hatte, die feindlichen Pläne von Ascanios Meister zu verschweigen, so hielt sich die arme Colombe von dieser Seite für wohlverteidigt.

Indes war das sanfte Kind keineswegs bereit, willenlos den Befehlen seines Vaters als Opfer zu gehorchen. Ihr ganzes Wesen empörte sich vielmehr bei dem Gedanken ihrer Verbindung mit dem Mann, den sie gehaßt hätte, wenn sie dieses Gefühl gekannt hätte. Unter ihrer schönen bleichen Stirn wogten tausend ihrem Geist bis dahin fremde Gedanken der Auflehnung und der Empörung, die sie als Verbrechen betrachtete und für die sie Gott um Vergebung bat. Sie dachte daran, sich Franz I. zu Füßen zu werfen. Aber sie hatte gehört, daß bei einer noch weit schrecklicheren Veranlassung Diana von Poitiers denselben Gedanken gehabt hatte und daß diese ihre Ehre dabei gelassen hätte. Auch Frau von Etampes konnte sie beschützen und retten, wenn sie wollte. Aber würde sie wollen?

Würde sie nicht die Klagen eines Kindes mit einem Lächeln aufnehmen? Sie hatte dieses geringschätzende und spöttische Lächeln schon auf den Lippen ihres Vaters gesehen, als sie ihn angefleht hatte, sie bei sich zu behalten, und dieses Lächeln hatte ihr bitteren Schmerz verursacht.

Colombe hatte also nur noch Gott als einzige Zuflucht; sie warf sich täglich hundertmal vor ihrem Betstuhl nieder, indem sie den Herrn beschwor, ihrer Schwäche vor Ablauf der drei Monate, die sie noch von ihrem gefürchteten Bräutigam trennten, Beistand zu senden, oder, wenn alle menschliche Hilfe vergebens wäre, sie zu ihrer Mutter eingehen zu lassen.

Auch Ascanios Leben verlief nicht minder unruhig als das Leben derjenigen, die er liebte. Zwanzigmal seit dem Augenblick, wo ihm Raimbault den Zutritt zum Hotel de Nesle untersagt hatte, ging er morgens, wenn noch niemand aufgestanden war, und abends, wenn schon alles schlief, träumend um die hohen Mauern, die ihn von seinem Leben trennten. Aber nicht ein einziges Mal, weder offen noch verstohlen, hatte er versucht, in diesen verbotenen Garten zu dringen. Er besaß noch die jungfräuliche Ehrfurcht der ersten Jahre, die das geliebte Weib selbst gegen die Liebe schützt, die sie späterhin zu fürchten hat.

Aber selbst das Ziselieren seines Goldes, das Einfassen seiner Perlen, das Einsetzen seiner Diamanten hielt Ascanio nicht ab, gar manchen sinnlosen Traum zu haben. Diese Träume bezogen sich auf den anfangs gefürchteten und jetzt so ersehnten Tag, wo sich Benvenuto zum Herrn des Hotels de Nesle machen würde; denn Ascanio kannte seinen Meister, und dieser ganze Anschein von Ruhe war nur die Ruhe eines Vulkans, der über einen Ausbruch brütet. Cellini hatte angekündigt, daß dieser Ausbruch am folgenden Sonntag stattfinden sollte; Ascanio zweifelte demnach keinen Augenblick daran, daß Cellini am nächsten Sonntag seinen Plan auch wirklich ausführen würde.

Aber soviel er bei seinen Spaziergängen um das Hotel de Nesle urteilen konnte, würde dieser Plan wegen der ständigen Wache auf seinen Mauern nicht ohne Schwierigkeiten zur Ausführung gelangen. Wenn ein Angriff stattfände, würde also auch eine Verteidigung stattfinden, und da die Festung nicht geneigt schien, sich zu ergeben, so würde man sie im Sturm nehmen müssen.

In diesem wichtigen Augenblick war es nun, wo Ascanios Ritterlichkeit sich zeigen sollte. Es würde dabei Kampf, vielleicht auch eine Feuersbrunst geben. O, das war es, was er bedurfte! Eine Feuersbrunst vor allem! eine Feuersbrunst, die Colombes Leben in Gefahr brachte! Dann stürzte er über wankende Treppen, über brennende Balken, durch flammende Wände. Er hörte ihre hilferufende Stimme; er gelangte bis zu ihr, hob sie sterbend und fast ohnmächtig in seine Arme, trug sie, an sich gedrückt, ihr Herz an seinem Herzen fühlend, ihren Atem einsaugend, durch Flammenschlünde. Dann, nach tausend Gefahren, legte er sie zu den Füßen ihres aufatmenden Vaters, der, solchen Mut belohnend, sie demjenigen gab, der sie gerettet hatte. Oder aber sein Fuß glitt aus, wenn er über irgendeine schwankende, über das Feuer geworfene Brücke eilte, und beide sanken, sich im Sterben umarmend, hinab, indem sich ihre Herzen in einem letzten Seufzer, in einem ersten und letzten Kuß verschmolzen. Und dieser schlimmste Fall war für einen Mann, der nicht mehr Hoffnung als Ascanio hatte, noch nicht zu verschmähen; denn nach der Glückseligkeit, füreinander zu leben, ist das größte Glück, miteinander zu sterben.

So verbrachten also alle sehr unruhige Tage und Nächte, mit Ausnahme Benvenutos, der seine feindlichen Pläne auf das Hotel de Nesle gänzlich vergessen zu haben schien, und der Scozzone, die sie nicht kannte.

Als indessen die ganze Woche verflossen war und Benvenuto Cellini während dieser Zeit gewissenhaft gearbeitet und das Modell seines Jupiters beinahe beendet hatte, legte er am Samstag gegen fünf Uhr abends sein Panzerhemd an, zog sein Wams darüber, und ging, nachdem er Ascanio aufgefordert hatte, ihn zu begleiten, nach dem Hotel de Nesle zu. An dem Fuße der Mauern angelangt, machte Cellini die Runde um den Platz, indem er die schwachen Seiten musterte und einen Belagerungsplan überlegte.

Wie der Prevot seinem Freund Marmagne gesagt, wie Ascanio seinem Meister versichert hatte und wie endlich Benvenuto mit eigenen Augen sehen konnte, mußte der Angriff mehr als eine Schwierigkeit bieten. Das Schloß hatte Zinnen und Schießscharten, eine doppelte Mauer nach der Uferseite, und außerdem die Gräben und die Wälle der Stadtbefestigung auf der Seite des Pré-aux-Clercs. Es war eine jener festen und imposanten Feudalburgen, die, wenn ihre Tore gut verschlossen waren, sich durch ihre eigene Masse verteidigen und ohne Hilfe von außen Spitzbuben und nächtliche Einbrecher, und sogar die Leute des Königs zurückweisen konnten.

Als er seine Rekognoszierung beendet hatte, klopfte er in der Meinung, daß er den Platz zur Übergabe auffordern müsse, bevor er ihn belagere, an die kleine Pforte des Hotels, durch die Ascanio einmal eingetreten war. Für ihn wie für Ascanio, öffnete sich das Guckfenster; aber statt des friedlichen Gärtners erschien diesmal ein Soldat.

„Was wollt Ihr?“ fragte er den Fremden, der soeben an die Pforte des Hotels de Nesle geklopft hatte. — „Besitz von dem Hotel ergreifen, dessen Eigentum mir, Benvenuto Cellini, bewilligt ist,“ antwortete der Goldschmied. — „Es ist gut, wartet,“ antwortete der ehrbare Wachtmeister, und er beeilte sich, Messire d'Estourville davon zu benachrichtigen.

Gleich darauf kehrte er mit dem Prevot zurück, der ohne sich zu zeigen, und von einem Teil seiner Besatzung umringt, sich in einem Winkel auf der Lauer hielt.

„Wir verstehen nicht, was Ihr sagen wollt,“ antwortete der Wachtmeister.

„Dann übergebt dem Herrn Prevot dieses Pergament,“

sagte Benvenuto Cellini, „es ist die beglaubigte Abschrift der Schenkungsurkunde."

Und er reichte das Pergament durch das Guckfenster.

Der Wachtmeister verschwand abermals, aber diesmal brauchte er nur die Hand auszustrecken, um dem Prevot die Abschrift zu überreichen, das Guckfenster öffnete sich fast auf der Stelle wieder. — „Hier ist die Antwort," sagte der Wachtmeister, indem er das zerrissene Pergament durch das Gitter warf." — „Es ist gut," erwiderte Cellini ruhig. „Auf Wiedersehen."

Und entzückt über die Aufmerksamkeit, mit der Ascanio seiner Musterung des Platzes gefolgt war, und zufrieden mit den richtigen Bemerkungen, die der junge Mann über den künftigen Handstreich machte, kehrte er in die Werkstatt zurück, indem er seinem Schüler versicherte, daß er ein großer Feldherr geworden wäre, wenn er nicht bestimmt gewesen sei, ein noch größerer Künstler zu werden, was in Cellinis Augen unendlich höheren Wert hatte.

Am folgenden Morgen ging die Sonne prachtvoll auf. Benvenuto hatte schon gestern die Arbeiter gebeten, sich, obgleich es Sonntag wäre, in die Werkstatt zu begeben, und alle kamen der Aufforderung nach.

„Meine Kinder," sagte der Meister zu ihnen, „ich habe euch angenommen, um als Goldschmiede zu arbeiten, nicht, um zu kämpfen. Aber seit den zwei Monaten, die wir beisammen sind, kennen wir uns bereits hinlänglich genug, als daß ich nicht bei einer ernsten Notwendigkeit auf euch rechnen könnte, wie auch ihr immer auf mich rechnen könnt. Ihr wißt, worum es sich handelt: wir wohnen hier nicht bequem, ohne Luft und ohne Raum, wir haben unsere Arme nicht frei, um große Arbeiten zu unternehmen, oder nur um tüchtig zu schmieden. Ihr seid alle Zeuge gewesen, daß der König huldvollst geruhte, mir eine geräumigere und bequemere Wohnung zu schenken; da es ihm aber an Zeit fehlt, sich mit so unbedeutenden Kleinigkeiten abzugeben, so hat er mir die Sorge überlassen, mich selbst darin einzurichten. Nun will man mir aber diese durch die Großmut des Königs bewilligte Wohnung nicht überlassen; ich muß sie also selbst nehmen. Der Prevot von Paris, der sie gegen den Befehl Seiner Majestät zurückhält — das scheint in diesem Lande so Sitte zu sein — weiß nicht, mit wem er zu tun hat: von dem Augenblick an, wo man mir etwas verweigert, verlange ich es; von dem Augenblick an, wo man mir Widerstand leistet, brauche ich Gewalt. Seid ihr bereit, mir zu helfen? Ich verhehle euch nicht, daß es gefährlich sein wird, es zu tun; wir müssen eine Schlacht liefern, einen Sturm unternehmen, und andere wenig unschuldige Belustigungen. Wir brauchen dabei nichts von der Polizei, noch von der Scharwache zu fürchten, denn wir haben die Vollmacht Seiner Majestät; aber es kann Totschlag dabei geben, meine Kinder. Mögen also diejenigen, die sich anderswohin wenden wollen, keine Umstände machen, diejenigen, die zu Hause bleiben wollen, sich nicht genieren; ich verlange nur entschlossene Herzen. Wenn ihr mich mit

Pagolo und Ascanio allein laßt, so beunruhigt euch deshalb nicht. Ich weiß nicht, wie ich es machen werde, aber so viel weiß ich, daß ich deshalb nicht mit Schanden bestehen werde. Aber, bei Christi Blut! Wenn ihr mir, wie ich hoffe, euren Mut und eure Arme leihet, so mag sich der Prevot und die Prevotei in acht nehmen! Und jetzt, wo ihr über die Sache unterrichtet seid, laßt hören, redet, wollt ihr mir folgen?"

Nur ein Ruf wurde laut: „Überall hin, Meister, wohin Ihr uns führen wollt!" — „Bravo, meine Kinder! Dann seid ihr also alle dabei?" — „Alle."

„Dann Sturm und Ungewitter! Wir wollen uns belustigen!" rief Benvenuto, der sich endlich wieder in seinem Element befand; es ist lange genug her, daß ich verroste. Heraus mit Mut und Schwertern! Ah! Gott sei Dank, wir werden also einige gute Stöße geben und empfangen! Hurtig, meine lieben Kinder, hurtig, meine wackeren Freunde, wir müssen uns rüsten, müssen einen Plan verabreden, müssen unsern Streich vorbereiten; haltet euch bereit, euch tüchtig zu schlagen, und immer munter! Ich will euch alles geben, was ich an Angriffs- und Verteidigungswaffen außer denen besitze, die hier an der Wand hängen, und unter denen jeder nach Belieben wählen kann. Ah, eigentlich sollten wir auch eine gute Feldschlange haben! Aber was tut's, hier ist ihre Münze in Büchsen, Streitäxten und Piken, Schwertern und Dolchen; in Panzerhemden, Helmen und Harnischen. Vorwärts! Eilt euch, eilt euch, kleiden wir uns zum Tanz; der Prevot muß die Musik bezahlen."

„Hurra!" riefen alle Gesellen.

Nun herrschte in der Werkstatt ein Treiben, ein Getümmel, ein buntes Durcheinander; der Witz und die Munterkeit des Meisters beseelte alle Herzen und Gesichter. Man probierte Harnische, man schwang Schwerter, man zog Dolche, man lachte, man sang, daß man hätte glauben können, es handele sich um eine Maskerade oder um ein Fest. Benvenuto ging hin und her, indem er den einen einen Stoß lehrte, dem andern ein Wehrgehänge festschnallte und sein Blut frei und heiß in seinen Adern fließen fühlte, als ob er sein wahres Leben wiedergefunden hätte.

Die Gesellen und Arbeiter lachten selbst ohne Ende über ihre kriegerischen Mienen und ihre bürgerliche Ungeschicklichkeit.

„Ei, Meister, seht doch," rief der eine, „seht doch Simon den Linkshänder, der sein Schwert auf dieselbe Seite hängt wie wir! Auf die rechte! auf die rechte!" — „Und Jean," antwortete Simon, „der seine Hellebarde hält, wie er seinen Krummstab tragen wird, wenn er erst Bischof ist!" — „Und Pagolo!" sagte Jean, „der ein doppeltes Panzerhemd anzieht!" — „Warum nicht?" antwortete Pagolo, „Hermann der Deutsche kleidet sich auch wie ein Ritter aus Barbarossas Zeiten."

In der Tat, derjenige, den man Hermann den Deutschen nannte, hatte sich von Kopf bis zu den Füßen mit Eisen bedeckt und glich einer jener riesenhaften Statuen, die die Bildhauer dieser schönen Zeit der Kunst auf die Gräber legten.

Trotz der in der Werkstatt sprichwörtlich gewordenen Kraft dieses wackeren rheinischen Gesellen erklärte ihm Benvenuto, daß er in einem solchen Panzer sich nur mühsam bewegen, und daß seine Kraft, statt dabei zu gewinnen, dabei nur verlieren würde. Aber statt aller Antwort sprang Hermann so leicht, als ob er in Sammet gekleidet wäre, auf einen Werktisch, schwang einen ungeheuren Hammer über seinem Haupt und tat drei so wuchtige Schläge auf den Amboß, daß der Amboß bei jedem Schlag einen Zoll tief in den Boden sank. Auf eine solche Antwort gab es nichts zu erwidern: Benvenuto machte mit Kopf und Hand einen ehrerbietigen Gruß zum Zeichen, daß er zufrieden war.

Ascanio allein hatte seine kriegerische Toilette schweigend und allein gemacht; er dachte mit banger Sorge an die Folgen des Streiches, den er unternahm; denn schließlich konnte es ihm Colombe wohl nicht verzeihen, daß er ihren Vater angegriffen hatte, besonders wenn der Kampf eine ernste Katastrophe herbeiführte, und wenn er ihren Augen auch näher war, würde er sich vielleicht ihrem Herzen ferner sehen.

Die Scozzone, die halb lustig, halb besorgt war, weinte auf der einen Seite, und lachte auf der anderen; Getümmel und Schlacht gefielen ihr, aber Hiebe und Wunden behagten ihr nicht; die Vorbereitungen zum Kampfe ließen den Kobold vor Freude springen, die Folgen des Kampfes das Weib erzittern.

Benvenuto bemerkte, wie sie zugleich lachte und weinte; er ging zu ihr: „Scozzone," sagte er zu ihr, „du wirst mit Ruperta zu Haus bleiben und Charpie für die Verwundeten und ein gutes Mittagessen für die Unverletzten bereiten." — „Nein!" rief Scozzone, „ich folge Euch! Mit Euch bin ich tapfer, dem Prevot und seinen Leuten Trotz zu bieten, aber hier allein mit Ruperta würde ich vor Angst und Furcht sterben."

„O, darein werde ich nimmer willigen," antwortete Benvenuto, „der Gedanke, daß dir ein Unglück zustoßen könnte, würde mich zu sehr beunruhigen. Du wirst uns erwarten und für uns zu Gott beten, liebe Kleine."

„Hört, Benvenuto," erwiderte das junge Mädchen, wie von einem plötzlichen Gedanken erleuchtet, „Ihr begreift wohl, daß ich den Gedanken nicht ertragen kann, ruhig hier zu bleiben, während Ihr dort verwundet, vielleicht sterbend daliegt. Aber es gibt ein Mittel, alles auszugleichen: statt in der Werkstatt zu Gott zu beten, will ich in der dem Kampfplatz am nächsten gelegenen Kirche beten. Auf diese Weise vermag die Gefahr mich nicht zu erreichen, und ich werde den Sieg, wie die Niederlage erfahren."

„Gut, es sei," antwortete Benvenuto. „Übrigens versteht es sich von selbst, daß wir nicht hingehen werden, um andere umzubringen, oder uns selbst umbringen zu lassen, ohne vorher frommerweise eine Messe zu hören. Wohlan denn, wir werden in die Kirche des Grands-Augustins gehen, die die nächste des Hotels de Nesle ist, und dich dort lassen, Kleine."

Nachdem diese Verabredungen getroffen und die Vorbereitungen beendigt waren, trank man ein Glas Burgunderwein.

Dann nahmen sie zu den Schutz- und Trutzwaffen Hämmer, Brecheisen, Leitern und Stricke und machten sich auf den Weg, nicht in einem Haufen, sondern zwei zu zwei, und in gehöriger Entfernung, um nicht die Aufmerksamkeit auf sich zu ziehen.

Das geschah nicht etwa, weil zu jenen Zeiten ein Handstreich etwas Selteneres war als in unseren Tagen ein Auflauf oder ein Ministerwechsel, sondern, um die Wahrheit zu sagen, man wählte weder den heiligen Sonntag, noch den Nachmittag zu derartigen Erholungen, und es bedurfte der ganzen durch das Gefühl seines guten Rechtes gestärkten Kühnheit Benvenuto Cellinis, um einen solchen Versuch zu wagen.

Unsere Helden gelangten einer nach dem anderen in die Kirche des Grands-Augustins, und nachdem sie ihre Waffen und ihre Werkzeuge beim Sakristan niedergelegt hatten, der ein Freund Simons des Linken war, wohnten sie dem heiligen Meßopfer bei, um von Gott die Gnade zu erbitten, so viele Polizeiknechte als möglich auszurotten.

Trotz der Bedenklichkeit seiner Lage, trotz seiner Andacht und trotz der Aufrichtigkeit seiner Gebete, verriet Benvenuto doch, als er kaum die Kirche betreten hatte, eine außerordentliche Zerstreuung: das kam daher, weil hinter ihm, auf der Seite des gegenüberliegenden Schiffes, ein junges Mädchen mit einem so wundervollen Gesicht in einem illuminierten Meßbuch las, daß sie wahrhaftig die Aufmerksamkeit eines Heiligen, und um wie viel mehr die eines Bildhauers gestört hätte. Der gute Cellini konnte sich nicht enthalten, seine Bewunderung zu teilen, und da die zu seiner Linken stehende Katharina ohne Zweifel mit dieser Zerstreuung Meister Benvenutos wenig einverstanden gewesen wäre, so wandte er sich an Ascanio, der sich zu seiner Rechten befand, mit der Absicht, ihn die Augen auf diesen wundervollen Jungfrauenkopf richten zu lassen.

Aber Ascanios Augen hatten in dieser Hinsicht nichts mehr zu tun: von dem Augenblick an, wo der junge Mann die Kirche betreten, hatte sich sein Blick auf das junge Mädchen gerichtet und sich nicht mehr von ihr abgewandt.

Benvenuto, der ihn in dieselbe Verzückung wie sich selbst, versunken sah, begnügte sich demnach, ihn mit dem Ellbogen zu stoßen.

„Ja," sagte Ascanio, „es ist Colombe, nicht wahr, Meister, sie ist schön?"

Es war in der Tat Colombe, der ihr Vater, der keinen Angriff am hellen Mittag erwartete, erlaubt hatte, ihre Andacht in der Augustinerkirche zu verrichten. Freilich hatte Colombe inständig darum gebeten, denn es war der einzige Trost, der ihr übrig blieb. Frau Perrine befand sich an ihrer Seite.

„Wer ist Colombe?" fragte Benvenuto.

„Ah, es ist wahr, Ihr kennt sie nicht. Colombe ist die Tochter des Prevot, des Messire d'Estourville selbst. Nicht wahr, sie ist schön?" sagte er ein zweitesmal.

„Nein," erwiderte Benvenuto, „nein, das ist Colombe nicht. Ascanio, das ist Hebe, die Göttin der Jugend, Hebe, die mein großer König Franz I. bei mir bestellt hat. Hebe, von der ich träumte, die ich von Gott erflehte, und die auf mein Gebet auf die Erde herabgestiegen ist."

Und ohne die wunderliche Vermengung gewahr zu werden, die der Begriff einer betenden und ihr Herz zu Jesus erhebenden Hebe bot, setzte Benvenuto seine Hymne an die Schönheit und sein Gebet zu Gott und seine kriegerischen Pläne fort: der Goldschmied, der Christ und der Feldherr gewann einer um den andern in seinem Geist die Oberhand.

„Vater unser, der du bist im Himmel ... Aber sieh doch, Ascanio, welcher feine und liebliche Schnitt des Gesichts! ... Geheiligt werde dein Name, zu uns komme dein Reich, dein Wille geschehe, wie im Himmel, also auch auf Erden ... Wie reizend ist diese wellenförmige Linie des Leibes! ... Unser tägliches Brot gib uns heute ... Und du sagst, daß ein so reizendes Kind die Tochter dieses Filzes von Prevot sei, den ich mit eigener Hand umbringen will? ... Und vergib uns unsere Schuld, wie wir vergeben unsern Schuldigern ... Müßte ich auch das Hotel verbrennen, um ihn zu erreichen ... Amen!"

Und Benvenuto machte das Zeichen des Kreuzes, indem er nicht daran zweifelte, daß er eine vortreffliche Sonntagsandacht beendigt hätte.

Die Messe endete unter diesen verschiedenen Gedanken, die bei einem Mann von anderem Charakter und einer anderen Zeit sehr profan sein konnten, die aber bei einem so wenig überlegenden Charakter wie Cellini, und in einer Zeit, wo Clement Marot die sieben Bußpsalmen in galante Verse brachte, ganz natürlich war.

Als das Ite, missa est ausgesprochen, drückten Benvenuto und Katharina sich die Hand. Dann, während das junge Mädchen eine Träne abtrocknete und auf dem Platz blieb, wo sie den Ausgang des Kampfes abwarten sollte, gingen Cellini und Ascanio, die Blicke auf Colombe geheftet, die die Augen nicht von ihrem Buch erhoben hatte, von ihren Gesellen begleitet einen Tropfen Weihwasser zu nehmen, worauf man sich trennte, um sich wieder in einer öden, zwischen der Kirche und dem Hotel de Nesle gelegenen Sackgasse zu versammeln.

Katharina hörte noch die große Messe, wie es auch Colombe und Frau Perrine taten, die diesen ersten Gottesdienst nur als Vorbereitung auf die feierliche Messe angehört hatten. Sie ahnten nicht, daß Benvenuto und seine Gesellen im Begriff waren, ihnen die Verbindung mit dem Hause, das sie so unvorsichtigerweise verlassen hatten, abzuschneiden.

9. Kapitel.

Die Belagerung.

Der entscheidende Augenblick war gekommen. Benvenuto teilte seine zehn Mann in zwei Haufen; der eine sollte durch alle möglichen Mittel das Tor des Hotels zu sprengen suchen, der andere die Tätigkeit der Arbeiter beschützen und durch Büchsenschüsse die Belagerten von den Mauern vertreiben, die auf den Zinnen erschienen oder diejenigen mit Schwertstreichen zu bekämpfen, die einen Ausfall versuchen sollten. Benvenuto übernahm selbst die Führung des letzteren Haufens und wählte Ascanio zu seinem Leutnant; dann stellte er an die Spitze des anderen Hermann, jenen wackeren Deutschen, der eine Eisenstange mit einem Hammerschlag breit-, und einen Menschen mit einem Faustschlag niederschlug, der zu seinem Leutnant den kleinen Jehan nahm, einen Schelm von fünfzehn Jahren, hurtig wie ein Eichhörnchen, schelmisch wie ein Affe, und verwegen wie ein Page, für den der Goliath ohne Zweifel aus dem Grunde eine besondere Vorliebe gefaßt hatte, weil das mutwillige Kind beständig den gutmütigen Deutschen plagte. Der kleine Jehan trat stolz zur Seite seines Anführers, zum großen Ärger Pagolos, der in seinem doppelten Panzer infolge seiner steifen Bewegungen der Statue des Komthurs glich.

Nachdem alles angeordnet, und eine letzte Musterung der Waffen und der Kämpfenden gehalten war, richtete Benvenuto einige Worte an diese wackeren Leute, die für ihn so bereitwillig Gefahren, und vielleicht dem Tode entgegengingen; hierauf drückte er allen die Hand, machte das Zeichen des Kreuzes und rief: „Vorwärts!“ — Sogleich setzten sich beide Abteilungen in Bewegung und längs des um diese Stunde und an diesem Ort einsamen Kais der Augustiner hingehend, gelangten sie rasch vor das Hotel de Nesle.

Da er seinen Feind nicht angreifen wollte, ohne alle in einem solchen Fall üblichen Höflichkeitsformen erfüllt zu haben, so trat Benvenuto, der sein weißes Taschentuch an der Spitze seines Schwertes befestigt hatte, vor die kleine Pforte des Hotels, an die er bereits gestern gekommen war, und klopfte an. Wie gestern, fragte man ihn durch die vergitterte Öffnung, was er begehre. Benvenuto wiederholte dieselbe Formel, indem er sagte, er käme, um von dem Schlosse Besitz zu nehmen, das ihm der König geschenkt habe. Aber diesesmal wurde ihm nicht einmal die Ehre einer Antwort zuteil.

Nun sagte er mit lauter und fester Stimme, und indem er sich an die Pforte richtete: „Dir, Robert d'Estourville, Herr von Villebon, Prevot von Paris, tue ich, Benvenuto Cellini, Goldschmid, Bildhauer, Maler, Mechanikus und Ingenieur, zu wissen, daß Seine Majestät der König Franz I. mir aus freiem Antrieb, und wie es sein Recht war, den großen Nesle zum Eigentum gegeben hat. Da du ihn mir unverschämterweise vorenthältst und dich gegen den königlichen Wunsch weigerst, ihn mir zu übergeben, so erkläre ich dir, Robert d'Estourville, Herr von Villebon, Prevot von Paris, daß ich gekommen bin, um ihn mit Gewalt zu nehmen. Verteidige dich also, und wisse, daß, wenn aus deiner Weigerung ein Unglück entsteht, du es bist, der dafür auf Erden und im Himmel, vor den Menschen und vor Gott verantwortlich ist.“

Hierauf hielt Benvenuto wartend inne; aber alles blieb stumm hinter den Mauern. Nun lud Benvenuto seine Büchse, befahl seiner Abteilung, ihre Waffen instand zu setzen; dann versammelte er Hermann, Ascanio und Jehan um sich und sagte: „Kinder, ihr seht, es gibt kein Mittel mehr, den Kampf zu vermeiden. Auf welche Weise müssen wir ihn jetzt beginnen?" — „Ich werde das Tor einschlagen," sagte Hermann, „und ihr werdet mir folgen, das ist alles."

„— — Und womit, mein Simson?" fragte Benvenuto Cellini.

Hermann blickte um sich und entdeckte auf dem Kai einen Zimmerbalken, den vier Männer nur mit Mühe aufheben konnten.

„Mit diesem Balken," sagte er.

Und er ging ganz ruhig hin, hob den Balken auf, nahm ihn unter den Arm, legte ihn zurecht und kam zu seinem Feldherrn zurück.

Unterdessen sammelte sich eine Menschenmenge an, und von ihr angefeuert, wollte Benvenuto eben den Befehl zum Beginn des Angriffs geben, als der ohne Zweifel von irgendeinem friedliebenden Bürger benachrichtigte Hauptmann der königlichen Scharwache mit sechs seiner Leute zu Pferd an der Straßenecke erschien. Dieser Hauptmann war ein Freund des Prevot, und obgleich er wohl wußte, worum es sich handelte, so näherte er sich doch Benvenuto Cellini, ohne Zweifel in der Hoffnung ihn einzuschüchtern, und während seine Leute Hermann den Weg versperrten, sagte er: „Was verlangt Ihr, und warum stört Ihr auf diese Weise die Ruhe der Stadt?" — „Der, welcher wirklich die Ruhe stört," antwortete Cellini, „ist derjenige, der sich weigert, den Befehlen des Königs zu gehorchen, und nicht derjenige, der sie ausführt." — „Was wollt Ihr damit sagen?" fragte der Hauptmann. — „Ich will damit sagen, daß hier eine in guter und gültiger Form von Herrn de Neufville, Sekretär der Finanzen, ausgefertigte Verfügung Seiner Majestät ist, die mir das Hotel des großen Nesle zum Geschenk macht. Aber die Leute, die darin wohnen, weigern sich, diese Verfügung anzuerkennen und versagen mir also mein Eigentum. Da aber die Schrift sagt, daß man dem Kaiser geben müsse, was des Kaisers ist, so habe ich mir in den Kopf gesetzt, daß Benvenuto Cellini das Recht hat, auf eine oder die andere Weise das zu nehmen, was Benvenuto Cellini gehört." — „Ei, statt uns abzuhalten, unser Hotel zu erobern, solltet Ihr uns im Gegenteil dazu behilflich sein," rief Pagolo. — „Schweig, Tor!" sagte Benvenuto mit dem Fuß stampfend, ich bedarf niemandes Hilfe, verstehst du?" — „Dem Buchstaben nach habt Ihr recht," antwortete der Hauptmann, „aber der Sache nach habt Ihr unrecht." — „Wieso?" fragte Benvenuto, der das Blut zu Kopf steigen fühlte.

„Ihr habt recht, Euer Eigentum in Besitz zu nehmen, aber Ihr habt unrecht, es auf diese Weise zu versuchen; denn ich sage Euch im voraus, Ihr werdet nicht viel dabei gewinnen, wenn Ihr gegen diese Mauern fechtet. Wenn ich Euch einen Rat geben darf, einen Freundesrat, glaubt mir, so wendet Euch an die Gerechtigkeit, und verklagt den Prevot von Paris. Das ist mein Rat, Gott befohlen und gut Glück."

Und der Hauptmann der königlichen Scharwache ritt höhnisch lächelnd davon, was veranlaßte, daß die Menge, die die Obrigkeit lachen sah, auch zu lachen begann.

„Wer zuletzt lacht, lacht am besten," sagte Benvenuto Cellini. „Vorwärts, Hermann, vorwärts!"

Hermann nahm seinen Balken, und während Cellini, Ascanio und drei der besten Schützen des Haufens die Büchse in der Hand sich bereit hielten, um Feuer auf die Mauer zu geben, rückte er gleich einem lebendigen Mauerbrecher gegen die kleine Pforte vor, die man leichter einzuschlagen hoffte als das große Tor.

Als er sich aber der Mauer näherte, stürzte ein Hagel von Steinen herab, ohne daß man jemand sah; denn der Prevot hatte diese Steine gleich einer zweiten Mauer oben aufschichten lassen, und man brauchte die Steine nur mit den Fingerspitzen zu berühren, um sie auf die Belagerer herabprasseln zu lassen.

Bei diesem Hagel wichen sie einen Schritt zurück und so unerwartet diese schreckliche Verteidigung auch sein mochte, so gab es doch keinen Verwundeten außer Pagolo, der infolge seines doppelten Panzers sich nicht so rasch wie die anderen zurückziehen konnte und an der Ferse getroffen wurde.

Hermann kümmerte sich um diesen Regen von Quadersteinen nicht mehr als eine Eiche um den Hagel; er setzte seinen Weg nach der Pforte fort und begann, nachdem er Stellung genommen, mit solcher Wucht dagegen zu stoßen, daß sie solche Erschütterungen gewiß nicht lange aushalten konnte.

Benvenuto und die seinen hielten sich, die Büchse in der Faust, bereit, auf jeden, der auf der Mauer erscheinen würde, Feuer zu geben; aber es zeigte sich niemand, der große Nesle schien von einer unsichtbaren Besatzung verteidigt zu werden. Benvenuto ergrimmte, daß er seinem wackeren Deutschen nicht zu Hilfe kommen konnte. Plötzlich fiel ihm der alte Turm des Nesle ein, der auf der anderen Seite des Kais stand und dort einsam seine Füße in der Seine badete.

„Warte, Hermann," rief Cellini. „Warte, mein wackerer Junge, das Hotel de Nesle ist so wahr unser, als ich Benvenuto Cellini heiße und von Beruf Goldschmied bin."

Indem er hierauf Ascanio und zwei Gesellen ein Zeichen gab, ihm zu folgen, eilte er nach dem Turm, während Hermann, den Befehlen seines Meisters getreu, vier Schritte zurückwich und seinen Balken wie ein Schweizer seine Hellebarde aufrichtete außerhalb des Bereichs der Steine die Wirkung des Versprechens des Anführers erwartete.

Wie Benvenuto vorausgesehen, hatte der Prevot in der Tat vergessen, den alten Turm bewachen zu lassen; er bemächtigte sich seiner ohne Widerstand, und vier Stufen auf einmal nehmend, gelangte er in einem Augenblick auf die Terrasse; diese überragte die Mauern des großen Nesle wie ein Turm eine Stadt, so daß die eben noch hinter ihren Wällen geschützten Belagerten mit einem Male ungedeckt waren.

Ein Büchsenschuß, der knallte, eine Kugel, die pfiff, ein Schütze, der taumelnd zu Boden sank, verkündeten dem Prevot, daß aller Wahrscheinlichkeit nach die Dinge eine andere Wendung für ihn nehmen würden.

Da Hermann einsah, daß er freies Feld haben würde, nahm er zu gleicher Zeit seinen Balken wieder vor und begann von neuem die Pforte zu erschüttern, welche die Belagerten übrigens während dieser Ruhepause wieder befestigt hatten.

Als die Menschenmenge mit ihrem wundervollen Selbsterhaltungstrieb einsah, daß das Gewehrfeuer in den Kampf eingreifen würde und daß die Zuschauer des Trauerspieles wohl einige blutige Splitter davontragen könnten, hatte sie sich bei Benvenutos Büchsenschuß und dem Schrei des verwundeten Soldaten gleich einem Taubenschwarm zerstreut.

Eine einzige Person war geblieben.

Das war Jacques Aubry, der Student, der in der Hoffnung gekommen war, seine Ballpartie zu machen, zu der ihn Ascanio am vorhergehenden Sonntag eingeladen hatte.

Er brauchte nur einen Blick auf das Schlachtfeld zu werfen, und er sah sofort, um was es sich handelte.

Der Entschluß, den Jacques Aubry fassen mußte, war bei seinem Charakter nicht zweifelhaft. Mit dem Ball oder mit der Büchse spielen, war immer ein Spiel; da er erriet, daß seine Freunde unter den Angreifenden waren, so schloß er sich ihnen an.

„Nun, meine Jungens," ging er auf die Gruppe zu, die wartete, bis die Pforte eingeschlagen war, um sich in den Palast zu stürzen, „wir machen also eine kleine Belagerung? Zum Henker! Ihr greift kein Nest an, und ihr versucht da ein schwieriges Unternehmen, da ihr eurer so wenig vor einem so festen Platze seid."

„Wir sind nicht allein," sagte Pagolo, der seine Ferse verband, indem er auf Benvenuto und seine vier Gesellen deutete, die auf der Mauer ein so wohl unterhaltenes Feuer fortsetzten, daß die Steine weniger dick als im Anfang herabregneten.

„Ich begreife, ich begreife, Herr Achilles," sagte Jacques Aubry, „denn Ihr habt außer einer Menge anderer Ähnlichkeiten, an denen ich nicht zweifle, die, an derselben Stelle verwundet zu sein. Ich begreife, ja, es ist mein Kamerad Ascanio, und dann gewiß der Meister dort oben auf dem Turm." — „Ganz recht," sagte Pagolo. — „Und der andere da, der so tüchtig an der Pforte rüttelt, ist auch einer der eurigen, nicht wahr?" — „Das ist Hermann," sagte der kleine Jehan stolz. — „Den Henker! wie er losgeht," sagte der Student. „Ich muß ihm mein Kompliment machen."

Und die Hände in den Taschen, schritt er, ohne sich im mindesten um die über seinem Kopf pfeifenden Kugeln zu kümmern, auf den wackeren Deutschen zu, der sein Werk mit derselben Regelmäßigkeit fortsetzte wie eine durch vortreffliches Räderwerk angetriebene Maschine.

„Braucht Ihr etwas, mein lieber Goliath," fragte Jacques Aubry. „Ich stehe zu Eurer Verfügung." — „Ich habe Durst," sagte Hermann, ohne seine Angriffe zu unterbrechen. — „Den Henker, ich glaube es wohl, Ihr treibt da ein Gewerbe, um rasend zu werden, und ich wünschte Euch ein Faß Bier oder Kräuterbier anbieten zu können." — „Wasser," sagte Hermann, „Wasser." — „Ihr wollt Euch mit diesem Getränk begnügen? Gut, wir haben da den Fluß, in einer Minute sollt Ihr bedient sein."

Und Jacques Aubry lief nach der Seine, füllte seine Mütze mit Wasser, und brachte sie dem Deutschen. Dieser stellte seinen Balken auf, trank auf einen Zug das Wasser und gab dem Studenten seine leere Mütze zurück.

„Ich danke," sagte er, und seinen Balken ergreifend, machte er sich wieder ans Werk.

Nach einem Augenblick sagte er: „Meldet dem Meister, wie es hier zugeht; er soll sich bereithalten."

Jacques Aubry schlug den Weg nach dem Turm ein, und befand sich bald darauf zwischen Ascanio und Benvenuto Cellini, die, ihre Büchsen in der Hand, ein so wohl unterhaltenes Feuer gaben, daß sie bereits mehrere Männer kampfunfähig gemacht hatten. Die Soldaten des Messire Prevot begannen sich zweimal zu besinnen, bevor sie auf die Mauer stiegen.

Da indessen, wie Hermann Benvenuto melden ließ, die Pforte nachzugeben drohte, beschloß der Prevot ein äußerstes zu versuchen und ermutigte seine Leute so sehr, daß wieder ein Hagel von Steinen zu fallen begann, aber zwei fast zu gleicher Zeit gefallene Büchsenschüsse dämpften von neuem das Feuer der Belagerten, die, trotz aller Vorstellungen und Versprechungen Messire Roberts sich ruhig und versteckt hielten; als der Prevot dies sah, ging er selbst vor, und einen ungeheueren Stein mit seinen Händen packend, schickte er sich an, ihn auf Hermann herunter rollen zu lassen.

Aber Benvenuto war nicht der Mann, sich überrumpeln zu lassen; kaum hatte er den Unvorsichtigen gesehen, der sich dorthin wagte, wo sich niemand mehr hintraute, als er seine Büchse anlegte; es wäre um Messire Robert geschehen gewesen, wenn nicht in dem Augenblick, wo Cellini abdrücken wollte, Ascanio einen Schrei ausgestoßen und den Lauf mit seiner Hand aufgehoben hätte. Der Schuß ging in die Luft. Ascanio hatte Colombes Vater erkannt.

Als Benvenuto wütend von Ascanio eine Erklärung über das, was er soeben getan hatte, verlangen wollte, fiel der von dem Prevot geschleuderte Stein mit voller Wucht auf Hermanns Helm. Wie groß auch die Kraft des modernen Titanen sein mochte, so konnte er diesem neuen Pelion doch nicht widerstehen, er ließ den Balken fallen, den er hielt, streckte die Arme aus, um eine Stütze zu suchen, und da er nichts fand, um sich zu halten, sank er zu Boden.

Belagerte und Belagerer stießen zu gleicher Zeit einen lauten Schrei aus: der kleine Jehan und die drei bis vier Gesellen, die sich in Hermanns Nähe befanden, stürzten auf ihn zu, um ihn von der Mauer fortzutragen und ihm Hilfe zu leisten; aber zu gleicher Zeit öffnete sich das große Tor und die kleine Pforte des Hotels de Nesle, der Prevot stürzte an der Spitze von fünfzehn Mann heraus, und hieb so wütend mit seinen

Leuten auf die Belagerer ein, daß Jehan und die drei Gesellen trotz Benvenutos Ermutigung, der ihnen zurief standzuhalten, zurückweichen mußten. Der Prevot benutzte diesen Augenblick, acht Mann packten den immer noch ohnmächtigen Hermann, die einen bei den Armen, die anderen bei den Beinen, sieben Mann gingen voraus, um den Transport des Gefangenen zu decken, so daß während Cellini, Ascanio, Jacques Aubry und die drei Gesellen, die sich auf der Terrasse des Turmes befanden, herabstiegen, Hermann und seine Träger in den großen Nesle zurückkehrten, und daß, als Cellini, seine Büchse in der Hand, an der Tür des Turmes erschien, die des Hotels sich hinter dem letzten Mann des Prevots schloß.

Man konnte sich nicht darüber täuschen, daß das ein ernster Verlust war. Cellini, Ascanio und ihre Begleiter hatten wohl durch ihre Büchsen drei bis vier der Belagerten kampfunfähig gemacht, aber dieser Verlust war für den Prevot längst nicht so wichtig, als der Verlust Hermanns für Cellini.

Einen Augenblick herrschte Bestürzung unter den Belagerern.

Plötzlich sahen Cellini und Ascanio einander an. „Ich habe einen Plan," sagte Cellini, der nach der Seite der Stadt blickte. — „Und ich auch," sah Ascanio nach der Seite des Feldes. — „Ich habe ein Mittel gefunden, um die Besatzung herauszulocken." — „Wenn Ihr die Besatzung herausbringt, so habe ich ein Mittel, Euch das Tor zu öffnen." — „Wieviel Mann brauchst du?" — „Ein einziger wird mir genügen." — „Wähle." — „Jacques Aubry," fragte Ascanio, „wollt Ihr mit mir kommen?" — „Bis ans Ende der Welt, lieber Freund. Nur wäre ich nicht bös, irgendeine Waffe, etwas wie ein Stück von einem Schwert, eine Idee von einem Dolch, vier bis fünf Zoll Eisen zu haben, um, wenn die Gelegenheit sich bietet, es irgendwo hineinzustoßen." — „Gut," sagte Ascanio, „nehmt Pagolos Schwert, der sich seiner nicht mehr bedienen kann, da er sich mit der rechten Hand die Ferse hält und mit der linken Hand das Zeichen des Kreuzes macht." — „Und hier, um Eure Rüstung zu vervollständigen, nehmt meinen eigenen Dolch," sagte Cellini. „Stoßt damit zu, junger Mann, aber vergeßt ihn nicht in der Wunde, Ihr würdet sonst dem Verwundeten ein zu schönes Geschenk machen, weil er von mir ziseliert und der Griff hundert Goldtaler wert ist." — „Und die Klinge?" fragte Jacques Aubry. „Ohne Zweifel hat der Griff seinen Wert, aber in solchen Fällen ist es die Klinge, die ich schätze." — „Die Klinge hat keinen Wert, es ist die, mit der ich den Mörder meines Bruders getötet habe." — „Vivat!" rief der Student. „Vorwärts, Ascanio, laßt uns gehen." — „Ich bin bereit," sagte Ascanio, indem er fünf bis sechs Klafter Stricke um seinen Hals wickelte und eine Leiter auf seine Schulter lud, hier bin ich."

Und die beiden waghalsigen jungen Leute gingen ungefähr hundert Schritte den Kai hinab, wandten sich dann links und verschwanden an der Ecke der Mauer des großen Nesle hinter den Stadtgräben. — — — — — — — — — — — — — — —

Was Cellini zur Linken, das heißt auf der Seite der Stadt

erblickte, während Ascanio zur Rechten, das heißt, nach der Seite des Feldes erblickte, das waren in der Mitte einer Volksgruppe, die sich in der Entfernung hielt, zwei Frauen, in denen er die Tochter des Prevot und ihre Gouvernante zu erkennen glaubte.

In der Tat, es war Colombe und Frau Perrine, die von der Messe zurückkehrten, und die über das, was man ihnen von der Belagerung des Hotels sagte, und das, was sie mit ihren eigenen Augen sahen, bestürzt, in der Mitte der Menge zitternd stehen geblieben waren.

Kaum aber hatte Colombe bemerkt, daß zwischen den Kämpfenden ein kurzer Waffenstillstand herrschte, der ihr den Durchgang frei ließ, als sie, trotz den Bitten der Frau Perrine, durch die Sorge angetrieben, die ihr die Gefahr ihres Vaters einflößte, entschlossen auf das Hotel zueilte, indem sie es Frau Perrine frei ließ, ihr zu folgen oder zurückzubleiben; da aber Frau Perrine im Grunde des Herzens Colombe zärtlich liebte, so entschloß sich die Duenna, sie trotz ihrer Furcht zu begleiten.

Beide verließen die Gruppe, als Ascanio und Jacques Aubry um die Ecke der Mauer bogen.

Jetzt wird man den Plan Benvenuto Cellinis verstehen.

Kaum hatte er die beiden Frauen auf das Hotel des Prevot zukommen sehen, als er selbst ihnen entgegenging und Colombe höflich den Arm bot:

„Fürchtet nichts, Fräulein," sagte er, „und wenn Ihr meinen Arm annehmen wollt, so will ich Euch zu Eurem Vater zurückführen."

Colombe zögerte, aber Frau Perrine ergriff den Arm, der sich an ihrer Seite befand. „Nehmt, liebe Kleine," sagte sie, „nehmen wir den Schutz dieses edlen Kavaliers an. Seht, da ist der Herr Prevot, der sich ohne Zweifel aus Sorge um uns über die Mauer beugt."

Colombe nahm Benvenutos Arm und alle drei gingen nach der Pforte.

Dort blieb Cellini stehen, und Colombe am einen und Perrine am andern Arm, rief er mit lauter Stimme: „Hier ist Eure Tochter, die Einlaß begehrt, Herr Prevot; ich hoffe, daß Ihr die Pforte öffnen werdet, wenn Ihr nicht einwilligt, eine so reizende Geisel in den Händen Eurer Feinde zu lassen."

Hinter seiner Verschanzung hatte der Prevot seit zwei Stunden mehr als zwanzigmal an seine Tochter gedacht, die er so unvorsichtigerweise hatte ausgehen lassen. Er hoffte, daß sie, zeitig genug benachrichtigt, ihn im großen Châtelet erwarten würde, als er Cellini die Gruppe seiner Gesellen verlassen und auf zwei Frauenzimmer zuschreiten sah, in denen er Colombe und Frau Perrine erkannte.

„Die kleine Närrin," brummte der Prevot, „ich kann sie indes nicht unter diesen Ungläubigen lassen." Dann sagte er laut, indem er das Fenster öffnete und sein Gesicht an das Gitter preßte: „Nun, laßt hören, was verlangt Ihr?" — „Mein Vorschlag ist folgender," sagte Benvenuto. „Ich werde Fräulein Colombe mit ihrer Gouvernante einlassen, aber Ihr rückt mit Eurer ganzen Mannschaft aus, und wir werden außen und im Freien kämpfen. Denjenigen, denen das Schlachtfeld bleibt, soll das Hotel gehören, und dann um so schlimmer für die Besiegten, vae victis, wie Euer Landsmann Brennus sagte." — „Ich nehme es an," sagte der Prevot, „aber unter einer Bedingung." — „Welche?" — „Daß Ihr und Euer Haufen Euch zurückzieht, um meiner Tochter Zeit zu lassen, hineinzugehen, und meinen Leuten, um herauszukommen." — „Es sei!" sagte Cellini, „aber rückt zuerst aus, Fräulein Colombe wird nachher eintreten; dann werdet Ihr, um Euch jeden Rückzug abzuschneiden, den Schlüssel über die Mauer werfen." — „Einverstanden," sagte der Prevot. — „Euer Wort?" — „So wahr ich Edelmann bin! Das Eurige?" — „So wahr ich Benvenuto Cellini bin!"

Als dieses Versprechen gegeben war, öffnete sich die Pforte; die Leute des Prevot rückten heraus und stellten sich, Messire d'Estourville an ihrer Spitze, in zwei Reihen auf. Es waren noch neunzehn Mann. Ascanios, Hermanns und Jacques Aubrys beraubt, da Ascanio und Jacques Aubry an anderer Stelle waren und Hermann gefangen war, hatte Benvenuto Cellini seinerseits nur noch acht Streiter, und von diesen war noch Simon der Linkshänder verwundet, zum Glück nur an der rechten Hand; aber Benvenuto, der Pompeo inmitten von zwölf Sbirren erstochen hatte, war nicht der Mann, der seine Feinde zählte. Er hielt mit Freuden sein Versprechen, denn er wünschte nichts so sehr, als einen allgemeinen und entscheidenden Kampf.

„Ihr könnt jetzt zurückkehren, Fräulein," sagte er zu seiner hübschen Gefangenen.

Rasch wie der Vogel, dessen Namen sie trug, durcheilte Colombe den Raum, der die beiden feindlichen Haufen trennte und warf sich in die Arme des Prevot. — „Mein Vater! Mein Vater! Im Namen des Himmels, setzt Euch keiner Gefahr aus!" rief sie weinend. — „Geschwind, tretet ein," sagte der Prevot barsch, indem er sie beim Arm ergriff und nach der Pforte führte, „Eure Albernheiten haben uns zu diesem Äußersten gebracht."

Von Frau Perrine gefolgt, der die Furcht, wenn auch nicht Flügel, wie ihrem hübschen Schützling, so doch zum mindesten Beine gegeben hatte, die sie seit zehn Jahren verloren zu haben glaubte, trat Colombe ein. Der Prevot schloß hinter ihr die Tür.

„Den Schlüssel! den Schlüssel" rief Cellini.

Getreu seinem Wort zog der Prevot den Schlüssel ab und warf ihn über die Mauer, so daß er in den Hof zurückfiel.

„Und jetzt," rief Benvenuto Cellini, indem er sich auf den Prevot und seinen Haufen stürzte, „jeder für sich! Gott für alle!"

Es entstand ein schreckliches Handgemenge, denn bevor die Soldaten Zeit hatten, ihre Gewehre anzuschlagen und Feuer zu geben, war Benvenuto mit seinen sieben Gesellen mitten unter sie gefallen, indem er rechts und links mit seinem schrecklichen

Schwert einhieb, das er so geschickt führte, und das, von ihm selbst gehärtet, nur wenig Panzerhemden und selbst Harnische fand, die ihm zu widerstehen vermochten. Die Polizisten warfen ihre nutzlos gewordenen Büchsen fort, zogen ihre Schwerter und begannen nun auch darauf loszuhauen. Aber trotz ihrer Zahl, trotz ihrer Stärke waren sie bald auf dem Platz zerstreut; zwei der Tapfersten unter ihnen waren schwerverwundet und mußten sich zurückziehen.

Der Prevot erkannte die Gefahr, und da er ein tapferer Mann war, so warf er sich dem schrecklichen Benvenuto Cellini entgegen, vor dem alles zurückwich. — „Zu mir," rief er, „zu mir, schändlicher Dieb, möge sich alles unter uns beiden entscheiden! Laßt sehen!" — „O bei meiner Seele, ich verlange nichts mehr, Messire Robert," antwortete Benvenuto. „Und wenn Ihr Euren Leuten sagen wollt, uns nicht zu stören, so bin ich Euer Mann." — „Haltet Euch ruhig," sagte der Prevot. — „Daß keiner sich rührt," rief Cellini.

Die Kämpfenden blieben schweigend und regungslos auf ihrem Platz, gleich den Kriegern Homers, die ihren eigenen Kampf unterbrachen, um den Kampf der beiden berühmten Heerführer zuzusehen.

Der Prevot war ein geschickter Fechter, aber Cellini war ein Meister. Seit zwölf Jahren hatte der Prevot keine einzige Gelegenheit gehabt, das Schwert zu ziehen. Seit zwölf Jahren war dagegen vielleicht nicht ein Tag verflossen, ohne daß Benvenuto den Flamberg gezogen hatte. Bei den ersten Gängen wurde demnach auch der Prevot, der zu sehr auf sich selbst gerechnet hatte, die Überlegenheit seines Feindes gewahr.

Das kam daher, weil auch Benvenuto Cellini, als er einen Widerstand fand, den er bei einem Beamten nicht erwartet hatte, alle Kraft, alle Gewandtheit und List seiner Kunst entwickelte. Es war wunderbar zu sehen, wie sein Schwert, das die dreifache Zunge einer Schlange zu sein schien, zugleich den Kopf und das Herz bedrohte und seinem Gegner nur Zeit zum Parieren ließ, ohne ihm Gelegenheit zu geben, ihm nur einen einzigen Stoß zu versetzen. Da er einsah, daß er es mit einem Stärkeren als er zu tun hatte, begann der Prevot zurückzuweichen, indem er sich dabei freilich immer noch verteidigte. Unglücklicherweise hatte Messire Robert den Rücken gegen die Mauer gewandt, so daß er nach einigen Schritten vor der Tür stand, die er aus Instinkt gesucht hatte, obgleich er wohl wußte, daß er den Schlüssel über die Mauer geworfen hatte.

Dort fühlte sich der Prevot verloren; gleich einem von den Hunden gestellten Eber sammelte er seine Kräfte, und drei oder vier Finten folgten rasch aufeinander, so daß jetzt Benvenuto parieren mußte; dabei parierte er einmal zu spät, so daß das Schwert seines Gegners ihm trotz des vortrefflichen Panzerhemdes, das er trug, die Brust ritzte; aber gleich dem verwundeten Löwen hatte Benvenuto kaum die Eisenspitze gefühlt, als er sich zusammennahm und den Prevot mit einem schrecklichen Stoß durchbohrt hätte, wenn nicht gerade in diesem Augenblick die Tür hinter ihm nachgegeben hätte, so daß

Messire d'Estourville rücklings zu Boden sank und der Stahl denjenigen traf, der ihn dadurch gerettet hatte, daß er die Tür so unversehens geöffnet hatte.

Aber im Gegenteil von dem, was man erwarten durfte, war es der Verwundete, der schwieg, und Benvenuto, der einen schrecklichen Schrei ausstieß. Er hatte in demjenigen, den er getroffen, Ascanio erkannt.

Nun sah er weder Hermann noch Jacques Aubry mehr, die hinter dem Verwundeten standen. Er warf sich wie ein Wahnsinniger an den Hals des jungen Mannes, indem er seine Wunde mit den Augen, mit der Hand, mit dem Mund suchte und rief: „Getötet, durch mich getötet! Ascanio, mein Kind, ich bin es, der dich getötet hat!" Und er brüllte und schluchzte, wie Löwen brüllen und schluchzen.

Inzwischen zog Hermann den Prevot unversehrt zwischen Ascanios und Cellinis Beinen hervor, nahm ihn wie ein Kind unter den Arm und trug ihn in einen Schuppen, in dem Raimbault Gartengerätschaften aufbewahrte. Dann verschloß er die Tür, zog sein Schwert aus der Scheide und stellte sich davor, um seinen Gefangenen gegen jeden zu verteidigen, der es versuchen sollte, ihn ihm wieder abzunehmen.

Jacques Aubry sprang vom Pflaster des Hofes auf die Mauer, schwang seinen Dolch zum Zeichen des Triumphes und rief: „Hurra, hurra, der große Nesle ist unser!"

---

10. Kapitel.

Der Kampf um den Nesle.

Das Hotel de Nesle wurde in dem Teil, der längs des Pré-aux-Clercs hinlief, doppelt durch die Mauern und Gräben der Stadt verteidigt, so daß es von dieser Seite für uneinnehmbar galt. Ascanio hatte nun klugerweise bedacht, daß man selten daran denkt, etwas zu bewachen, was nicht eingenommen werden kann, und er hatte beschlossen, einen Angriff auf den Punkt zu versuchen, wo man nicht an den Widerstand dachte.

In dieser Absicht hatte er sich mit seinem Freund Jacques Aubry entfernt, ohne zu ahnen, daß in diesem Augenblick seine geliebte Colombe auf der anderen Seite erscheinen und Benvenuto ein Mittel liefern würde, den Prevot zu einem Ausfall zu zwingen.

Ascanios Plan war schwer auszuführen. Es handelte sich darum, einen tiefen Graben zu überschreiten, eine fünfundzwanzig Fuß hohe Mauer zu erklimmen und schließlich von da aus vielleicht mitten unter die Feinde zu geraten. Ascanio sah die ganze Schwierigkeit erst ein, als er an den Rand des Grabens gelangte. Sein Entschluß, so fest er anfangs auch gewesen war, schwankte einen Augenblick.

Was Jacques Aubry anlangte, so war er ganz ruhig zehn Schritte weit hinter seinem Freund stehen geblieben, indem er bald die Mauer, bald den Graben anblickte; als er dann beide mit den Augen gemessen hatte, sagte er: „Mein lieber Freund, ich bitte dich, jetzt sage mir, warum zum Teufel du mich hierher führst, wenn es nicht geschieht, um Frösche zu fischen? O, ja . . . du betrachtest deine Leiter . . . Sehr schön, ich verstehe. Aber deine Leiter ist zwölf Fuß lang, die Mauer fünfundzwanzig Fuß hoch und der Graben zehn Fuß breit: das sind dreiundzwanzig Fuß Unterschied, wenn ich zu rechnen verstehe."

Ascanio war einen Augenblick über die Wahrheit dieser Rechnung bestürzt. Dann schlug er sich plötzlich vor die Stirn und rief: „O, welcher Einfall, seht!" — „Wohin?" — „Dorthin," sagte Ascanio, „dorthin!" — „Das ist kein Einfall, was Ihr mir da zeigt," sagte der Student, „das ist eine Eiche."

In der Tat wuchs eine ungeheure Eiche fast am Rand des Grabens kräftig aus dem Boden hervor und schaute neugierig über die Mauer des Hotels de Nesle.

„Wie, Ihr versteht mich nicht?" fragte Ascanio.

„Doch! doch! ich begreife allmählich. Ja, so ist es, die Eiche beginnt mit der Mauer den Brückenbogen, dessen Ergänzung diese Leiter bilden kann. Aber der Abgrund ist darunter, Kamerad, und ein Abgrund voll Schmutz und Schlamm. Teufel! wir müssen uns in acht nehmen. Ich habe meine besten Kleider an, und Simones Mann will mir keinen Kredit mehr geben." — „Helft mir die Leiter hinaufschaffen," sagte Ascanio, „das ist alles, was ich von Euch verlange." — „So ist's recht," sagte der Student, „und ich soll unten bleiben. Danke schön!"

Und indem sie sich zu gleicher Zeit an einen Zweig des Stammes klammerten, befanden sich beide in einem Augenblick auf der Eiche. Nun zogen sie gemeinsam die Leiter herauf und gelangten in den Gipfel des Baumes. Dort ließen sie die Leiter wie eine Zugbrücke herab und sahen mit Freuden, wie das eine Ende sich fest auf einen dicken Zweig stützte, während das andere fest auf der Mauer lag, die sie um zwei bis drei Fuß überragte.

„Aber wenn wir auf der Mauer sind?" sagte Aubry. — „Ei, wenn wir erst auf der Mauer sind, ziehen wir die Leiter nach und steigen auf ihr hinab." — „Gewiß. Es gibt dabei nur eine Schwierigkeit, nämlich daß die Mauer fünfundzwanzig Fuß hoch ist und die Leiter nur zwölf." — „Das habe ich voraus gesehen," sagte Ascanio, indem er den Strick abrollte, den er um seinen Hals gewickelt hatte. Dann befestigte er das eine Ende an dem Baumstamm und warf das andere über die Mauer.

„O, großer Mann, ich begreife dich," rief Jacques Aubry, „und ich bin glücklich und stolz, mir mit dir den Hals zu brechen." — „Nun, was macht Ihr da?" — „Ich gehe hinüber," sagte Aubry, indem er sich anschickte, den Raum zu überschreiten, der ihn von der Mauer trennte.

„Nicht doch!" erwiderte Ascanio, „mir steht es zu, zuerst hinüberzugehen." — „Wer den nassen Finger hat," hielt Aubry seinem Gefährten seine Hand mit zwei offenen und drei geschlossenen Fingern hin. — „Es sei," sagte Ascanio, und er berührte einen Finger des Studenten. — „Ihr habt gewonnen," sagte Aubry. „Geht hinüber, aber kaltblütig, ruhig, hört Ihr!" — „Seid unbesorgt," erwiderte Ascanio.

Und er begann auf der fliegenden Brücke vorzurücken, die Jacques Aubry dadurch im Gleichgewicht hielt, daß er auf das eine Ende drückte; die Leiter war schwach, aber der kühne junge Mann war leicht. Kaum Atem schöpfend glaubte der Student Ascanio einen Augenblick wanken zu sehen, aber dieser legte die vier Schritte, die ihn noch von der Mauer trennten, im Lauf zurück und kam wohlbehalten an. Dort lief er noch eine ungeheure Gefahr, wenn ihn einer der Belagerten gewahr wurde; aber er hatte sich in seinen Berechnungen nicht getäuscht, und einen raschen Blick in die Gärten des Hotels werfend, rief er seinem Gefährten zu: „Niemand, niemand!" — „Dann ran ans Seiltanzen!" sagte Jacques Aubry.

Und er betrat den schmalen und zitternden Weg, während Ascanio die Leiter festhielt. Da er aber weder weniger geschickt noch weniger flink als sein Gefährte war, so befand er sich in einem Augenblick bei ihm.

Beide sprangen nun rittlings auf die Mauer und zogen die Leiter nach sich, befestigten sie dann am Ende des Strickes, dessen anderes Ende an die Eiche geknüpft war und ließen sie längs der Mauer hinab. Endlich ergriff Ascanio den Strick mit beiden Händen und ließ sich bis auf die erste Stufe der Leiter hinabgleiten; eine Sekunde nachher befand er sich auf dem Boden.

Jacques Aubry folgte ihm mit demselben Glück und die beiden Freunde waren im Garten.

Jetzt war es das beste, rasch zu handeln. Alle diese Manöver hatten eine gewisse Zeit verlangt und Ascanio zitterte, daß seine Abwesenheit und die des Studenten nachteilig für seinen Meister gewesen sein könnten. Sie zogen ihre Schwerter und eilten auf die Pforte zu, die in den ersten Hof führte, wo sich die Besatzung aufhalten mußte, vorausgesetzt, daß sie ihre Stellung nicht verändert hatte. Als Ascanio an der Pforte anlangte, sah er durch das Schlüsselloch und bemerkte, daß der Hof leer war.

„Es ist Benvenuto gelungen," rief er. „Die Besatzung ist hinaus, das Hotel ist unser." Er versuchte zu öffnen, aber die Pforte war verschlossen.

Alle beide machten sich daran, sie mit aller Kraft zu rütteln.

„Kommt hier herum, kommt hier herum," sagte eine Stimme, die das Herz des jungen Mannes erbeben ließ, „kommt hierher, Herr!"

Ascanio wandte sich um und erblickte Colombe an einem Fenster des Erdgeschosses. In zwei Sprüngen war er bei ihr.

„Aha!" sagte Jacques Aubry ihm folgend, „es scheint, daß wir Einverständnisse mit dem Feind haben. Ihr habt mir das nicht gesagt, Herr Geheimniskrämer."

„O, rettet meinen Vater, Messire Ascanio!" rief Colombe, ohne sich zu wundern, daß sie diesen jungen Mann hier sah, als ob seine Anwesenheit etwas ganz Natürliches gewesen wäre.

„Sie schlagen sich draußen, hört Ihr, und das wegen mir! O mein Gott! mein Gott! verhindere, daß sie ihn umbringen!"

„Seid ruhig," sprang Ascanio in das Zimmer, das einen Ausgang nach dem kleinen Hof hatte, „seid ruhig, ich stehe für alles."

„Seid ruhig," schlug Jacques Aubry denselben Weg ein, „seid ruhig, wir stehen für alles."

Auf der Türschwelle wurde Ascanio ein zweitesmal angerufen, aber diesmal von einer minder süßen Stimme.

„Wer ruft mich?" fragte Ascanio. — „Ich, mein junger Freund," wiederholte dieselbe Stimme mit deutschem Akzent.

„Ei, bei Gott!" rief Jacques Aubry, „das ist ja unser Goliath! Was, Teufel, macht Ihr denn in diesem Hühnerstall, mein tapferer Riese?"

Er hatte Hermann durch die kleine Luke des Schuppens erkannt.

„Ich habe mich hier wiedergefunden, aber ich weiß nicht, wie ich hierhergekommen bin. Schiebt den Riegel zurück, damit ich mich in den Kampf stürzen kann. Geschwind, geschwind, die Hand juckt mich."

„Da!" sagte der Student, indem er Hermann den Dienst erwies, den er von ihm verlangte.

Inzwischen eilte Ascanio nach der Pforte des Kais, wo sich Schwertergeklirr vernehmen ließ. Als er von den Kämpfenden nur noch durch das Holz der Tür getrennt war, fürchtete er, daß, wenn er sich unversehens zeige, er in die Hände seiner Feinde fallen möchte, und er blickte durch das vergitterte Guckfenster. Nun sah er den gegen die Pforte gelehnten Prevot, er sah ihm gegenüber den rasenden Cellini; da erkannte er, daß Messire Robert verloren war. Er raffte den am Boden liegenden Schlüssel auf, öffnete hastig die Pforte, und nur an das Colombe gegebene Versprechen denkend, empfing er den Stich in die Schulter, der ohne ihn den Prevot unfehlbar durchbohrt hätte.

Wir haben gesehen, was die Folge dieses Ereignisses war. Benvenuto hatte sich verzweifelt in Ascanios Arme geworfen. Hermann hatte den Prevot in das Gefängnis gesperrt, das er selbst einen Augenblick zuvor verlassen, und auf dem Wall sitzend, schlug Jacques Aubry mit den Flügeln und krähte Viktoria.

Der Sieg war in der Tat vollständig; als sie ihren Herrn gefangen sahen, versuchten die Leute des Prevot nicht einmal mehr, ihn streitig zu machen und streckten die Waffen.

Also zogen die Gesellen in den Hof des großen Nesle, der von nun an ihr Eigentum war, und schlossen die Tür hinter sich, indem sie die Polizisten und die Wachtmeister draußen ließen.

Benvenuto hatte an nichts von dem, was vorgefallen war, teilgenommen. Er hielt immer noch Ascanio in seinen Armen, er hatte ihm sein Panzerhemd ausgezogen, er hatte ihm sein Wams zerrissen und war endlich an die Wunde gelangt, deren Blut er mit seinem Taschentuch stillte.

„Ascanio, mein Kind," wiederholte er ohne Unterlaß, „verwundet, verwundet durch mich; was wird deine Mutter dort oben sagen? Verzeihung, Stefana, Verzeihung! Wo leidest du? antworte. Tut dir meine Hand weh? Will das Blut sich denn nicht stillen? Einen Wundarzt, schnell! . . . Will niemand einen Arzt holen?"

Jacques eilte fort.

„Es ist nichts, mein teurer Meister, es ist nichts," antwortete Ascanio, „nur der Arm ist getroffen . . . Seid nicht so untröstlich, ich wiederhole Euch, es hat nichts zu bedeuten."

In der Tat erklärte fünf Minuten nachher der von Jacques Aubry geholte Arzt, daß die Wunde, obgleich tief, nicht gefährlich wäre, und begann den ersten Verband anzulegen.

„O, von welcher Last befreit Ihr mir das Herz, Meister," sagte Benvenuto Cellini. „Mein teures Kind, ich werde also nicht dein Mörder sein. Aber was hast du denn, Ascanio, dein Puls klopft, das Blut steigt dir ins Gesicht . . . Meister, man muß ihn von hier fortschaffen, das Fieber befällt ihn."

„Nein, nein, Meister," sagte Ascanio, „im Gegenteil, ich fühle mich besser. O laßt mich, laßt mich hier, ich bitte Euch inständigst darum."

„Und mein Vater?" sagte plötzlich hinter Benvenuto eine Stimme, die ihn erbeben ließ, „was habt Ihr mit meinem Vater gemacht?"

Benvenuto wandte sich um und sah, wie Colombe bleich und regungslos den Prevot zu gleicher Zeit mit den Augen suchte, als sie mit der Stimme nach ihm fragte.

„O, munter und gesund, Fräulein, munter und gesund, dem Himmel sei Dank," rief Ascanio.

„Durch dieses arme Kind, das den Stoß empfangen hat, der ihm bestimmt war," sagte Benvenuto, „denn Ihr könnt wohl sagen, daß dieser Wackere Euch das Leben gerettet hat, Messire Prevot. — Nun! wo seid Ihr denn, Messire Robert?" suchte Cellini den Prevot mit den Augen, da er sein Verschwinden nicht begreifen konnte.

„Er ist hier, Meister," sagte Hermann. — „Wo hier?" — „Hier, in dem kleinen Gefängnis." — „O, Herr Benvenuto!" eilte Colombe nach dem Schuppen. — „Macht auf, Hermann," sagte Cellini.

Hermann schloß auf, und der Prevot erschien beschämt über seine Niederlage auf der Schwelle. Colombe warf sich in seine Arme.

„O, mein Vater, mein Vater!" rief sie, „seid Ihr nicht verwundet? Fehlt Euch nichts?" Und während sie dies sagte, blickte sie Ascanio an.

„Nein," sagte der Prevot mit seiner rauhen Stimme, „nein, dem Himmel sei Dank, es ist mir nichts zugestoßen." — „Und . . . und . . ." fragte Colombe zögernd, „ist es wahr, daß dieser junge Mann es gewesen?"

„Ich kann es nicht leugnen, er ist zur rechten Zeit gekommen." — „Ja, ja," sagte Cellini, „um einen Degenstoß zu bekommen, den ich für Euch bestimmt hatte, Herr Prevot. Ja,

Fräulein Colombe, diesem wackeren jungen Mann verdankt Ihr das Leben Eures Vaters. Und wenn der Herr Prevot es nicht laut erklärt, so ist er nicht allein ein Lügner, sondern auch noch ein Undankbarer.“

„Zum mindesten hoffe ich, daß er es nicht zu teuer bezahlen wird,“ antwortete Colombe errötend. — „O, Fräulein,“ rief Ascanio, „ich hätte es mit meinem Blut erkauft.“ — „Aber seht doch, Herr Prevot,“ sagte Cellini, „welche Liebe Ihr den Leuten einflößt! Ach, mein Ascanio könnte schwach werden. Der Verband ist nun angelegt, und ich meine, daß es gut wäre, daß er jetzt ein wenig Ruhe genösse.“

Was Benvenuto dem Prevot über den Dienst sagte, den ihm der Verwundete erwiesen hatte, war die reine Wahrheit; da nun aber jede Wahrheit ihre Kraft in sich selbst trägt, so konnte sich der Prevot im Grunde des Herzens nicht verhehlen, daß er Ascanio das Leben verdankte; er gestand also sein Unrecht freiwillig ein, und auf den Verwundeten zugehend, sagte er: „Ich stelle in meinem Hotel eine Wohnung zu Eurer Verfügung, junger Mann.“ — „In Eurem Hotel? Messire Robert,“ sagte Benvenuto Cellini lachend, dessen gute Laune zurückkehrte, als er für Ascanio nicht mehr zu fürchten brauchte, „in Eurem Hotel? Ihr wollt also durchaus, daß der Kampf von neuem beginnt?“ — „Wie!“ rief der Prevot, „Ihr besteht also darauf, uns, meine Tochter und mich, fortzujagen?“ — „Nein, wahrhaftig nicht, Messire. Ihr bewohnt den kleinen Nesle, wohlan denn! behaltet den kleinen Nesle, und laßt uns als gute Nachbarn leben. Messire, Ihr werdet nichts dagegen haben, daß Ascanio den großen Nesle sogleich bezieht, wo wir noch heute abend zu ihm kommen werden. Wenn Ihr übrigens den Krieg vorzieht . . .“

„O, mein Vater!“ rief Colombe. — „Nein, den Frieden,“ sagte der Prevot. — „Es gibt keinen Frieden ohne Bedingungen, Herr Prevot,“ sagte Benvenuto. „Erzeigt mir die Ehre, mir nach dem großen Nesle zu folgen, oder die Freundschaft, mich in dem kleinen zu empfangen, und wir wollen unseren Vertrag aufsetzen.“ — „Ich will mit Euch gehen, Herr,“ sagte der Prevot. — „Gut!“ antwortete Cellini. — „Erweist mir das Vergnügen, Fräulein,“ wandte Messire d'Estourville sich an seine Tochter, „in Eure Wohnung zurückzukehren und dort meine Rückkehr abzuwarten.“

Trotz des Tones, mit dem dieser Befehl gegeben war, bot Colombe ihrem Vater ihre Stirn zum Kuß, und mit einem Blick grüßend, den sie an jedermann richtete, damit Ascanio das Recht hatte, seinen Teil davon zu nehmen, entfernte sie sich.

Ascanio folgte ihr mit den Augen, bis sie verschwunden war. Da ihn jetzt nichts mehr in dem Hof zurückhielt, so verlangte er selbst, in das Haus zurückzukehren. Hermann nahm ihn auf seine beiden Arme wie ein Kind und trug ihn in den großen Nesle.

„Meiner Treu, Messire Robert,“ sagte Benvenuto, der dem jungen Mädchen gleichfalls bis zu dem Augenblick, wo sie verschwunden, mit den Augen gefolgt war, „meiner Treu, Ihr hattet Recht, meine Gefangene von vorhin zu entfernen, und bei meiner Ehre, ich danke Euch für diese Vorsicht; ich versichere Euch, Fräulein Colombes Gegenwart hätte meinen Interessen schaden können, da sie mich zu schwach gemacht und mich hätte vergessen lassen können, daß ich Sieger bin, um mich nur daran zu erinnern, daß ich Künstler, das heißt ein Liebhaber jeder vollkommenen Form und jeder göttlichen Schönheit bin."

Messire d'Estourville antwortete auf das Kompliment durch eine sehr wenig freundliche Grimasse; indessen folgte er dem Goldschmied, ohne seine üble Laune offen zu zeigen. Aber indem er leise eine geheime Drohung murmelte und Cellini zu allen Teufeln wünschte, bat ihn dieser noch, mit ihm die Runde durch seine neue Wohnung zu machen. Die Einladung erfolgte in so höflicher Form, daß Messire Robert sie nicht ausschlagen konnte. Gern oder ungern begleitete also der Prevot seinen Nachbar, der ihm weder einen Winkel des Gartens noch ein Zimmer des Schlosses schenkte.

„Ei, alles ist vortrefflich," sagte Benvenuto, als die Wanderung beendet war, die jeder von ihnen mit sehr entgegengesetzten Gefühlen gemacht hatte. „Jetzt, Herr Prevot, begreife und entschuldige ich Euer Widerstreben, dieses Hotel zu verlassen; aber ich brauche Euch nicht zu sagen, daß Ihr mir immer willkommen sein werdet, wenn Ihr mir wie heute die Ehre erzeigen wollt, meine arme Wohnung zu besuchen."

„Ihr vergeßt, Herr, daß ich heute nur deshalb hierher komme, um Eure Bedingungen zu empfangen und Euch die meinen anzubieten."

„Messire Robert, ich bin es, der zu Euren Diensten steht. Wenn Ihr mir erlauben wollt, Euch zunächst meine Wünsche mitzuteilen, so steht es Euch frei, nachher Euren Willen kundzugeben." — „Redet." — „Vor allem den Hauptpunkt: Messire Robert d'Estourville, Prevot von Paris, erkennt die Rechte Benvenuto Cellinis auf das Eigentum des großen Nesle an, überläßt ihm diesen aus freien Stücken und verzichtet für immer für sich und die Seinen darauf."

„Angenommen," antwortete der Prevot. „Nur wenn es dem König gefallen sollte, Euch wieder zu nehmen, was er mir genommen hat, und irgendeinem anderen zu geben, was er Euch gegeben hat, so bin ich wohlverstanden nicht dafür verantwortlich."

„Potztausend," sagte Cellini, „das muß irgendeinen bösen Vorbehalt verbergen, Herr Prevot. Aber, gleichviel; ich werde zu behalten wissen, was ich erobert habe. Gehen wir weiter."

„Jetzt ist die Reihe an mir," sagte der Prevot. „Benvenuto Cellini verpflichtet sich, keinen Versuch auf den kleinen Nesle zu machen, der die Wohnung und das Eigentum Robert d'Estourvilles ist; noch mehr, er wird nicht einmal als Nachbar oder unter dem Schein der Freundschaft in ihn einzudringen suchen."

„Es sei," sagte Benvenuto, „obgleich die Bedingung wenig artig ist; nur versteht es sich wohl von selbst, daß, wenn man mir die Tür öffnet, ich nicht unhöflich genug sein werde, um den Eintritt zu verweigern.“

„Ich werde dementsprechende Befehle geben,“ antwortete der Prevot. — „Gehen wir weiter.“ — „Ich fahre fort. Der erste zwischen dem großen und dem kleinen Nesle gelegene Hof soll den beiden Grundstücken gemeinschaftlich gehören.“ — „Das ist nur gerecht,“ sagte Benvenuto, „und Ihr erweist mir wohl die Gerechtigkeit, zu glauben, daß, wenn Fräulein Colombe ausgehen will, ich sie nicht als Gefangene zurückhalten werde.“ — „O, seid unbesorgt, meine Tochter wird durch eine Tür aus- und eingehen, die ich eigens machen lasse; ich will mir nur eines Nebenausganges für die Kutschen und Lastwagen sichern.“

„Ist das alles?“ fragte Benvenuto. — „Ja,“ antwortete Messire Robert. „Übrigens,“ fügte er hinzu, „ich hoffe, daß Ihr mich meine Möbel fortschaffen laßt?“ — „Das ist nur zu gerecht. Eure Möbel gehören Euch, wie der große Nesle mir. . . . Jetzt, Herr Prevot, einen letzten Zusatz zu dem Vertrag, einen sehr günstigen Zusatz. Messire Robert d'Estourville und Benvenuto Cellini legen allen Groll ab und schließen unter sich einen rechtschaffenen und aufrichtigen Frieden.“ — „Recht gern,“ sagte der Prevot, „aber soweit, als das mich indessen nichts verpflichtet, Euch Hilfe und Beistand gegen diejenigen zu leisten, die Euch angreifen sollten. Ich willige ein, Euch nicht zu schaden, aber ich verpflichte mich nicht, Euch zu dienen.“

„Was das anbelangt, Herr Prevot, so wißt Ihr vollkommen, daß ich mich wohl allein verteidigen kann, nicht wahr? Wenn Ihr nur diesen Einwand habt,“ reichte Cellini ihm die Feder, „so unterschreibt denn, Herr Prevot.“

„Ich unterschreibe,“ sagte der Prevot seufzend.

Der Prevot unterschrieb und jeder der Kontrahenten behielt eine Abschrift des Vertrages.

Hierauf kehrte Messire d'Estourville in den kleinen Nesle zurück, denn es drängte ihn, die arme Colombe über ihren unvorsichtigen Ausgang auszuzanken. Colombe senkte den Kopf und ließ ihn reden, ohne ein einziges Wort zu hören; denn während der ganzen Zeit war das junge Mädchen nur von dem Verlangen beseelt, sich bei ihrem Vater nach Ascanios Befinden zu erkundigen. Welche Mühe sie sich aber auch gab, der Name des schönen Verwundeten vermochte nicht über ihre Lippen zu dringen.

Während diese Dinge auf der einen Seite der Mauer vorgingen, hielt Katharina, die man geholt hatte, auf der anderen ihren Einzug in den großen Nesle und warf sich mit ihrer reizenden Torheit in Cellinis Arme, drückte Ascanio die Hand, wünschte Hermann Glück, neckte Pagolo, lachte, weinte, sang und fragte bunt durcheinander; das kam daher, weil auch sie schreckliche Angst hatte, denn das Knallen der Büchsen war zu ihr gedrungen und hatte manchmal ihre Gebete unterbrochen. Aber schließlich war doch alles gut gegangen, alle, mit Ausnahme von vier Gefallenen und drei Verwundeten, waren wohlbehalten davonkommen, und Scozzones Frohsinn fehlte weder den Siegern noch dem Siege.

Als das Beifallsgeschrei, das Katharinas Ankunft erregt hatte, verstummt war, erinnerte sich Ascanio des Beweggrundes, der den Studenten zu rechter Zeit herbeigeführt hatte, um ihnen hilfreiche Hand zu leisten, und indem er sich an Benvenuto wandte, sagte er: „Hier ist mein Kamerad Jacques Aubry, Meister, mit dem ich heute eine Ballpartie spielen sollte. Aufrichtig gesagt, bin ich leider nicht imstande, sein Partner zu sein, wie unser Freund Hermann sagt. Aber er hat uns so tapfer beigestanden, daß ich Euch zu bitten wage, für mich einzutreten."

„Von ganzem Herzen," sagte Benvenuto, „Ihr braucht Euch nur gut zu halten, Meister Jacques Aubry."

„Ich werde mir alle Mühe geben, Messire."

„Nur, da wir nachher zu Nacht essen, müßt Ihr wissen, daß der Sieger verpflichtet ist, dann zwei Flaschen mehr zu trinken als der Besiegte."

„Das will heißen, daß man mich toll und voll betrunken von Euch wegtragen muß, Meister Benvenuto. Immer lustig! das gefällt mir. Ah! der Teufel! und Simonne, die mich erwartet! Bah! ich habe sie vorigen Sonntag auch erwartet; mag heute die Reihe an ihr sein, um so schlimmer für sie."

Und indem sie Bälle und Raketten nahmen, eilten beide in den Garten.

---

11. Kapitel.

Eulen, Elstern und Nachtigallen.

Da es Sonntag war, begnügte sich Benvenuto mit dem Ballspiel, ruhte danach aus und besichtigte seinen neuen Besitz. Am andern Tag begann der Umzug, der dank der tätigen Mithilfe seiner neuen Gesellen schon am übernächsten Tag beendet war. Am dritten Tage hatte Benvenuto seine Arbeit wieder aufgenommen — mit solcher Ruhe und Selbstverständlichkeit, als wenn überhaupt nichts vorgefallen wäre.

Als der Prevot sah, daß er vollkommen aus dem Felde geschlagen war und er hörte, daß Benvenuto sich mit seinem Atelier und seinen Leuten im großen Nesle eingerichtet hatte, erwachte sein Zorn aufs neue und er begann auf Rache zu sinnen. Inmitten seiner Rachepläne überraschte ihn der Vicomte von Marmagne — es war am dritten Tage gegen Mittag, also am Mittwoch. Marmagne konnte sich nicht versagen, den Triumph der Eitelkeit auszukosten, den der Feigling und Dummkopf über den Schmerz und die Niederlage seiner Freunde empfindet.

„Nun," begrüßte er Estourville, „ich hatte es Euch ja vorausgesagt, mein lieber Prevot, zum Glück brauche ich mir nichts vorzuwerfen, denn ich habe Euch genug gewarnt."

„Ist der König wieder im Louvre?"

„Gewiß; Seine Majestät ist aus Fontainebleau zurück und bedauert nur, daß sie nicht schon am Sonntag nach Paris gekommen ist, um von den Türmen des Louvre aus, Augenzeuge des Sieges ihres Goldschmiedes über ihren Prevot sein zu können."

„Und was sagt man am Hofe darüber?"

„Man sagt, daß Ihr vollkommen geschlagen worden seid."

„Hm, hm!" brummte der Prevot, den diese Wendung des Gesprächs allmählich beunruhigte.

„Aber er hat Euch doch auf schmähliche und entehrende Art besiegt," fuhr Marmagne fort. „Er hat ferner zwei von Euren Leuten getötet. Wenn Ihr dafür Ersatz braucht — — ich wüßte zwei wackere Burschen für Euch, Italiener, ausgekochte Raufbolde; sie lassen sich freilich gut bezahlen, aber dafür sind es auch zuverlässige Leute. Wenn Ihr die gehabt hättet, wäre die Sache wohl anders ausgegangen."

„Wir wollen sehen; ich sage nicht nein. Wenn ich sie nicht für mich brauchen kann, dann wenigstens für meinen Schwiegersohn, den Grafen von Orbec."

„Übrigens habe ich trotz allem Gerede niemals glauben können, daß dieser Benvenuto Euch persönlich geschlagen haben soll."

„Wer hat das gesagt —?"

„Ei, das sagen alle Leute. Die einen, und dazu gehöre ich, sind darüber empört, die andern lachen dazu, wie es der König getan hat."

„Genug! Noch ist nicht alles zu Ende."

„Ihr tatet auch Unrecht, Euch mit dem schäbigen Gesellen zu behängen, und noch dazu aus solchem Anlass."

„Nun, jetzt werde ich um meine Ehre kämpfen."

„Schön, wenn es sich noch um eine Mätresse gehandelt hätte. Da hättet Ihr ruhig mit solchen Leuten den Degen kreuzen können, nicht aber wegen einer Wohnung — —."

„Das Hotel de Nesle ist eine fürstliche Wohnung!"

„Immerhin, aber sich wegen einer fürstlichen Wohnung wie ein Troßknecht prügeln lassen!"

„Ah, ich habe eine Idee, Marmagne!" rief der Prevot. „Ihr seid mir so ergeben, daß ich Euch meinerseits auch einen Freundschaftsdienst erweisen will, und ich freue mich, daß sich mir dazu eine günstige Gelegenheit bietet. Als Edelmann und Sekretär des Königs ist Eure Wohnung in der Rue de la Huchette entschieden zu schlecht, lieber Vicomte. Nun hatte ich kürzlich die Herzogin von Etampes, die mir, wie Ihr wißt, nichts abschlägt, für einen Freund um eine Wohnung in einem königlichen Schloß gebeten. Es war nicht leicht, die Genehmigung zu erhalten. Nun wurde aber mein Freund in dringenden Geschäften plötzlich nach Spanien abberufen. Ich kann also über das Wohnungsdekret des Königs frei verfügen. Ich selbst brauche es nicht, aber wollt Ihr davon Gebrauch machen? Ich würde mich freuen, wenn ich auf diese Weise mich für Eure ehrliche Freundschaft und für Eure Gefälligkeit erkenntlich erweisen könnte."

„Aber lieber Estourville, welchen Gefallen erweist Ihr mir da! Ich wohne wirklich sehr schlecht und habe mich schon oft genug darüber beim König beklagt."

„Ich stelle nur eine Bedingung: Da Euch die Wahl unter den königlichen Schlössern freisteht, sollt Ihr euch für das Hotel de Nesle entscheiden."

„Ah, das wäre eine Falle!"

„Nicht im geringsten! Und zum Beweis dafür gebe ich Euch hier das vom König eigenhändig unterzeichnete Dekret. Der Name des Mieters und des Schlosses ist freigelassen — — gut, ich schreibe das Hotel de Nesle hinein und überlasse es Euch, den Namen des Mieters nach Eurem Belieben auszufüllen."

„Aber dieser verdammte Benvenuto?"

„Der ist nicht im geringsten auf seiner Hut, da er sich durch sein Abkommen mit mir sicherfühlt. Wer hereinwill, findet alle Türen offen, und wenn er am Sonntag kommt, sind alle Räume leer. Außerdem handelt es sich ja gar nicht darum, Benvenuto hinauszuwerfen, sondern nur den großen Nesle mit ihm zu teilen. Und in dem haben drei bis vier Familien Platz. Benvenuto wird schon Vernunft annehmen. Nun, was tut Ihr?"

„Ihr seht es ja: ich schreibe meinen Namen auf das Dekret."

„Seid aber vorsichtig, denn dieser Benvenuto ist vielleicht gefährlicher als Ihr glaubt."

„Gut, da werde ich meine beiden Raufbolde holen, und wir überraschen ihn dann an einem Sonntag."

„Wie, Ihr wollt Euch mit einem Flegel wegen eines schäbigen Vorteils herumschlagen?"

„Der Sieger hat immer recht, und außerdem räche ich einen Freund."

„Nun, denn viel Glück! Aber ich habe Euch gewarnt, Marmagne."

„Seid zweimal dafür bedankt: einmal für das Geschenk und einmal für die Warnung."

Und Marmagne steckte frohen Mutes das Dekret in die Tasche und begab sich schnurstraks zu seinen beiden Raufbolden.

„Gut," rieb Estourville sich die Hände und sah ihm wohlgefällig nach. „Geh nur, Vicomte, entweder wirst du mich für Benvenutos Sieg rächen oder Benvenuto rächt sich an dir für deinen Spott. Auf alle Fälle steht die Sache günstig für mich. Ich mache meine Feinde unter sich zu Gegnern, daß sie sich schlagen und umbringen, und ich will zu allen Hieben Beifall klatschen, denn ich freue mich darüber."

Während so der Haß des Prevot die Bewohner des großen Nesle bedrohte, setzen wir über die Seine und sehen uns ein wenig um, unter welchen Voraussetzungen die Gegenpartei die kommenden Dinge erwartete. Benvenuto hatte sich im Vertrauen und im sicheren Gefühl seiner Überlegenheit wieder an seine Arbeit gemacht, ohne jedoch über die Tücke des Messire d'Estourville im Zweifel zu sein. Vom frühen Morgen an arbeitete er bis zum Mittag an einer kleinen Hebestatue. Am Nachmittag beschäftigte er sich mit seinem Jupiter, gegen Abend spielte er entweder Ball oder machte zur Erholung einen Spaziergang. Katharina ihrerseits setzte ihr altgewohntes Tagewerk fort, sie putzte, nähte, sang und fühlte sich im großen

Nesle viel glücklicher als im Palast des Kardinals von Ferrara. Ascanio, den seine Verwundung noch an der Arbeit hinderte, langweilte sich trotz seines lebhaften Geistes nicht, denn er träumte.

Und wie Ascanio, so träumte auch Colombe in ihrer Kammer im kleinen Nesle, aber während Ascanios Träume rosenrot waren, waren Colombes Träumereien düster wie die Nacht. Perrine ging jeden Tag aus, um Einkäufe zu machen. Zu diesem Zweck mußte sie über den Hof gehen, der den beiden Wohnungen gemeinsam gehörte. Der Zufall wollte, daß Ruperta, Benvenutos alte Magd, fast stets zur selben Zeit ausging, um die Mahlzeit ihres Herrn zu besorgen. Die beiden würdigen Frauen, die über die Verhältnisse ihrer Herrschaft sehr gut Bescheid wußten, gingen stets im besten Einvernehmen miteinander und verkürzten sich gegenseitig durch ihr Geplauder den Weg.

Erst sprachen sie von gleichgültigen Haushaltfragen, dann wurde das Gespräch allmählich interessanter und intimer.

„Ist Euer Herr wirklich ein so schrecklicher Mensch?" fragte Perrine. — „O, wenn er nicht beleidigt wird, ist er mild und gütig wie das Jesuskind selbst. Wehe aber, wenn man ihm seinen Willen nicht tut, und das ist oft sehr schwer, denn er verlangt, daß man tun soll, was er haben will. Das ist nun seine Art, und wenn er sich erst mal etwas in den Kopf gesetzt hat, vermögen ihn alle Teufel der Hölle nicht mehr davon abzubringen. Im übrigen läßt er sich aber wie ein Kind lenken, wenn man ihm nur den Willen tut." — „Und doch soll er Menschen umbringen . . ." — „O, das tut er wohl, wenn man sich ihm widersetzt. Das ist so Brauch in seiner Heimat, aber er tut es nur, wenn er angegriffen wird und sich verteidigen muß. Sonst ist er seelenvergnügt und liebenswürdig." — „Ich habe ihn noch nie gesehen. Hat er wirklich rote Haare, wie man sagt?" — „Durchaus nicht. Seine Haare sind schwarz wie die unsern auch, oder vielmehr wie die meinen waren. Ihr habt ihn also noch gar nicht gesehen? Gut, kommt mal zu mir, unter dem Vorwand, daß ich Euch etwas leihen soll, und dann werde ich ihn Euch zeigen. Er ist ein hübscher Mann und wäre gewiß ein schneidiger Kriegsheld geworden." — „Wie geht es übrigens dem höflichen Kavalier? Ihr wißt doch, unserm Verwundeten, dem jungen Gehilfen mit dem liebenswürdigen Wesen, der einen schlimmen Hieb bekommen hat, als er den Prevot retten wollte?" — „Ascanio? Wie, Ihr kennt ihn?" — „Und ob ich ihn kenne! Er hat ja meiner Herrin Colombe und mir versprochen, uns seine Schmucksachen zu zeigen. Erinnert ihn doch daran, liebe Frau. Aber ich weiß noch immer nicht, wie es ihm geht und Colombe wäre doch so froh, wenn sie wüßte, daß sich der Retter ihres Vaters nicht in Lebensgefahr befindet." — „Ah, Ihr könnt ihr sagen, daß es ihm sehr gut geht. Er ist heute früh schon wieder aufgestanden, nur hat ihm der Arzt noch verboten das Zimmer zu verlassen, obwohl er recht gern etwas frische Luft schöpfen würde. Aber bei dieser Hitze geht es eben nicht. Euer Garten im großen Nesle ist eine wahre

Wüste. Kein schattiger Winkel, kein Blumen- oder Gemüsebeet, nur ein paar Bäume ohne Blätter. Das ist wenig einladend zum Spaziergehen. Mein Herr entschädigt sich dafür durch das Ballspiel, aber der arme Ascanio kann noch keinen Ball schlagen und muß sich daher zu Tode langweilen. Der arme Junge ist so lebhaft und ich habe ihn so gern, weil er immer höflich gegen ältere Leute ist. Ganz anders als dieser Bär Pagolo oder die leichtfertige Katharina." — „Und Ihr sagt, daß der arme junge Mann . . ." — „Sich das Herz zerreißt, weil er tagaus tagein an den Lehnstuhl in seinem Zimmer gefesselt ist." — „Aber du lieber Gott," fuhr die mitleidige Perrine fort, „sagt doch dem armen Menschen, daß er in den Garten des kleinen Nesle kommen soll, wo es so schön schattig ist. Ich will ihm gern die Tür aufmachen, obwohl es der Prevot ausdrücklich verboten hat. Aber um seinem Retter eine Wohltat zu erweisen, ist es keine Sünde, wenn man ungehorsam ist. Und dann redet Ihr von Langeweile. Ei, die wollen wir ihm schon vertreiben! Der galante Gehilfe soll uns zerstreuen, er soll uns Geschichten aus seiner Heimat Italien erzählen, uns seine Halsketten und Armbänder zeigen und mit Colombe plaudern. Junge Leute wollen sich sehen und miteinander schäkern, und zwar für sich in der Einsamkeit. Abgemacht! Sagt also Eurem Benjamin, daß er kommen und spazierengehen kann, soviel er Lust hat, nur muß er allein und in Eurer Begleitung kommen, Frau Ruperta. Klopft viermal ans Tor, zweimal leise und zweimal stärker; ich weiß dann, was das bedeutet und mache Euch auf."

„Ich danke Euch in meinem und in Ascanios Namen. Ich werde ihm Euer liebenswürdiges Anerbieten mitteilen und er wird gewiß gern davon Gebrauch machen."

Die beiden Frauen machten einander einen tiefen ehrfürchtigen Knicks und gingen entzückt nach Hause.

Der Garten des großen Nesle war wirklich dürr und öde wie die Heide, aber auf der andern Seite frisch und schattig wie ein Wald. Der Geiz des Prevot hatte den Garten verkommen lassen, denn die Unterhaltung war ihm zu teuer und dann hatte er keine Lust für seinen späteren Nachfolger neue Bäume anzupflanzen an Stelle der alten, die er bei seinem Einzug abgeschlagen und zu Geld gemacht hatte. Nur die Anwesenheit seiner Tochter im kleinen Nesle hatte ihn bestimmt, die schattigen Laubgänge und Beete zu erhalten, als einzige Erholung, die sich das arme Kind gönnen durfte. Raimbauld und seine beiden Gehilfen genügten vollkommen, um Colombes Garten instand zu halten und ihn sogar zu verschönern.

Hier zog Colombe ihre Blumen und Rosen. Von dem Zimmer über der Gießerei des großen Nesle konnte man ohne selbst gesehen zu werden, jede Bewegung der schönen Gärtnerin beobachten. Hier hielt sich Colombe gewöhnlich am Morgen auf. In der Mittaghitze zog sie sich in eine schattige Laube zurück, um zu lesen oder zu sticken. Nach dem Abendessen ging sie unter der frischen Kühle einer dreifachen Lindenallee spazieren, die das äußerste Ende des Gartens einnahm.

Diese Allee hielt Perrine für besonders geeignet für Ascanios baldige Genesung. Gleichwohl hütete sie sich wohl, Colombe in ihre menschenfreundlichen Pläne einzuweihen, denn diese, die nur allzu willfährig den Befehlen ihres Vaters gehorchte, hätte sich entschieden geweigert, dem Ungehorsam der Duenna Folge zu leisten. Und was sollte Frau Ruperta dann von dem Ansehen und dem guten Ruf ihrer Nachbarin denken? Nein, da sie nun einmal, vielleicht etwas zu voreilig, den ersten Schritt gewagt hatte, mußte sie die Sache auch zum Ziel führen. Das war wohl verzeihlich, wenn man bedenkt, daß die gute Frau den ganzen Tag über nur Colombe hatte, mit der sie sich unterhalten konnte.

Man kann sich leicht Ascanios Freude vorstellen, als er hörte, daß die Pforte seines Paradieses ihm offenstand, und mit welchen Segenswünschen er Ruperta überhäufte. Er wollte auf der Stelle sein Glück genießen und Ruperta hatte alle Mühe, ihn zu überreden, daß er damit wenigstens bis zum Abend warten müsse. Er glaubte nicht anders, als daß dieses Anerbieten von Colombe ausgegangen wäre, und das machte ihn halb wahnsinnig vor Freude. Voll Ungeduld, in die sich freilich eine gewisse unbewußte Angst mischte, zählte er die Stunden, die ihm nur allzu langsam vergingen. Endlich, endlich schlug es fünf. Die Arbeiter gingen fort, Benvenuto war seit Mittag nicht mehr in die Werkstatt gekommen; man glaubte, er wäre in den Louvre gegangen.

„Nun die Stunde geschlagen hat, folgt mir, junger Mann," sagte Ruperta feierlich zu dem Jüngling und betrachtete ihn mit einem sonderbaren Blick, wie sie ihn schon lange nicht mehr angesehen hatte.

„Sagt aber dem Meister nichts davon, liebe Ruperta," erwiderte Ascanio, da er wußte, daß Cellini ein Spötter war, der nicht an die Macht der Liebe glaubte und der daher seine züchtige und reine Leidenschaft nicht durch rohe Scherze entweihen sollte.

Ruperta versicherte ihm ihre Verschwiegenheit, als die Tür sich öffnete und Perrine erschien.

„Kommt nur herein, junger Herr," sagte sie. „Wie geht es Euch? Die bleiche Farbe steht ihm wirklich gut, seht nur. Kommt auch mit, Frau Ruperta, geht nach der Allee zur Linken, junger Mann. Colombe wird in den Garten kommen, es ist die Stunde, wo sie täglich ihren Spaziergang macht, und sorgt, daß sie nicht allzu ungehalten ist, daß ich Euch hier eingeführt habe."

„Wie," rief Ascanio, „Fräulein Colombe weiß also nicht..."

„Ei, sie sollte ungehorsam gegen ihren Vater sein? Grundsätzen untreu werden, in denen ich sie erzogen habe? Ich nehme den Ungehorsam für beide auf mich. Man kann nicht beständig abgeschlossen von der Welt wie im Gefängnis leben. Raimbault sieht nichts, und wenn er doch etwas merkt, so weiß ich schon, wie ich ihn zum Schweigen bringe. Außerdem habe ich schon mehr als einmal dem Herrn Prevot Trotz geboten."

Auf Kosten ihres Herrn war Perrine sehr geschwätzig, aber

nur Ruperta hörte ihren Ergüssen zu. Ascanio stand abseits und fühlte nur sein Herz schlagen. Dennoch hörte er, wie Perrine ihm zuflüsterte, ehe sie sich entfernte: „Das ist die Allee, wo Colombe jeden Abend spazieren geht. Sie wird auch heute kommen. Die Sonne kann Euch hier nicht behelligen, mein liebenswürdiger Patient."

Ascanio dankte ihr und versank nach wenigen Schritten wieder in seine Träumereien und in seine zarten Gedanken voll Angst und Ungeduld.

Von fern hörte er noch Perrine zu Ruperta sagen: „Dort ist Colombes Lieblingsbank." Er ließ die beiden schwätzen und sank lautlos und beseligt auf den geheiligten Sitz. Was wollte er? Woran dachte er? Er wußte es selbst nicht. Er suchte Colombe, weil sie jung und hübsch war wie er selbst. Ehrgeizige Gedanken waren ihm fremd. Sich ihr nähern, war der einzige Gedanke, der ihn beschäftigte. An mehr dachte er Gott sei Dank noch nicht.

Colombe ihrerseits hatte mehr als einmal an den jungen Ausländer gedacht, der ihr in ihrer Einsamkeit erschienen war wie der Erzengel Gabriel Maria. Ihn wiedersehen war vom ersten Tag an der geheime Wunsch dieses Kindes, das bisher noch keine Wünsche gekannt hatte. Von ihrem unvorsichtigen Vater ihrer eigenen Weisheit überlassen, war sie doch zu großmütig, um sich nicht selbst den Zwang aufzuerlegen, von dem edle Seelen sich nicht freimachen können, wenn man ihrer freien Willensäußerung Fesseln anlegt. Sie lenkte also tapfer ihre Gedanken von Ascanio ab, aber diese Gedanken überstiegen leichter den dreifachen Wall, mit dem sie ihr Herz umgürtet hatte, als Ascanio über die Mauern des großen Nesle geklettert war. In den drei bis vier Tagen, die seitdem vergangen waren, hatte sich Colombe mit sonderbaren Gegensätzen beschäftigt: mit der Angst, Ascanio nicht mehr zu sehen, und mit der bangen Furcht, sich ihm plötzlich gegenüber zu befinden. Ihr einziger Trost war, daß sie während ihrer Arbeit und ihrer Spaziergänge träumen konnte. Tagsüber blieb sie in ihrer Wohnung, zum größten Leidwesen der guten Perrine, erst gegen Abend, wenn die ärgste Hitze vorüber war, ging sie in den Garten, wandelte unter den Bäumen und saß auf der Bank, auf der sich jetzt Ascanio niedergelassen hatte, in traulicher Zwiesprache mit ihren Gedanken, bis die Sterne entflammten und Perrine sie abholte.

Zur gewohnten Stunde sah Ascanio plötzlich Colombe mit einem Buch in der Hand auf sich zukommen. Sie las die Geschichte der Heiligen, einen gefährlichen Glaubens- und Liebesroman, der wohl auf die grausamen Leiden des Lebens vorbereitet, aber gewiß nicht auf die rauhe Wirklichkeit der irdischen Welt. Colombe beachtete Ascanio zuerst nicht, als sie jedoch Perrine im Gespräch mit einer fremden Frau sah, blickte sie erstaunt auf. In diesem Augenblick schoß Perrine wie ein entschlossener Feldherr kühn auf das Ziel los. „Liebe Colombe, ich weiß, wie gütig Ihr seid, und so glaubte ich Euch nicht erst um Eure Einwilligung fragen zu müssen, ob ein armer Verwundeter die schattige Kühle dieser Bäume genießen darf, der um Eures Vaters willen verletzt wurde. Ihr wißt, daß es im großen Nesle keinen Schatten gibt, und der Arzt sagte, das Leben des jungen Mannes hänge davon ab, ob er jeden Tag eine Stunde spazieren gehen könne."

Während Perrine diese handgreifliche Lüge vortrug, hatte Colombe ihre Augen auf Ascanio gerichtet und eine tiefe Röte trat plötzlich auf ihre Wangen. Er selbst hatte nicht die Kraft, sich zu erheben, als Colombe auf ihn zukam. „Nicht ich habe diese Erlaubnis zu geben, sondern mein Vater, Perrine," erwiderte Colombe traurig, aber entschlossen. Inzwischen war sie bis an die Bank gekommen, wo Ascanio saß. Dieser hörte die Worte, sprang auf und stammelte: „Verzeihung, Madame, ich glaubte . . . ich hoffte . . . Eure Güte hätte Perrines Einladung genehmigt. Aber da dies nicht der Fall ist," fuhr er halb stolz, halb zärtlich fort, „bitte ich Euch um Verzeihung ob meiner Vermessenheit und ziehe mich zurück."

„Es ist nicht meine Schuld, ich bin nicht Herrin meines Tuns," erwiderte Colombe bewegt. „Bleibt heute wenigstens da, obwohl das Verbot meines Vaters auch seinem Lebensretter gilt; bleibt, Herr, damit ich Euch danken kann."

„O, Madame," flüsterte Ascanio, „ich habe Euch aus tiefstem Herzen zu danken. Doch störe ich auch nicht Euren Spaziergang, wenn ich dableibe? Der Platz, den ich aussuchte, war schlecht gewählt." — „Durchaus nicht," erwiderte Colombe und setzte sich mechanisch und ohne darauf zu achten auf das äußerste Ende der Bank, so bestürzt war sie. Perrine, die bis jetzt nicht von der Stelle gewichen war, nahm Rupertas Arm und entfernte sich leise.

Die beiden jungen Leute waren allein.

Colombe, deren Augen auf das Buch gerichtet waren, hatte den Rückzug ihrer Duenna nicht beachtet, obwohl sie nicht las, denn eine Wolke umflorte ihren Blick. Sie war noch immer erregt und bestürzt. Was sie instinktmäßig tun konnte, war nur, ihre Erregung zu verbergen und das heftige Pochen ihres Herzens zu unterdrücken. Auch Ascanio war bestürzt und hatte einen tiefen Schmerz empfunden, als er sah, daß Colombe ihn fortschicken wollte; darauf war aber eine ebenso große Freude gefolgt, als er die Verwirrung seiner Geliebten bemerkte. Er war wie betäubt, und obwohl seine Gedanken sich in wirrem Durcheinander überstürzten, sagte er sich beständig: Sie verachtet mich! Sie liebt mich! Und er betrachtete Colombe, die stumm und unbeweglich dasaß, und Tränen rannen, ohne daß er es merkte, über seine Wangen. Über ihnen sang ein Vogel in den Zweigen. Kaum bewegten sich die Blätter im Luftzug. Leise klang das Angelusläuten von der Augustinerkirche durch die friedliche Abendluft. Still und schweigsam war die Julinacht. Es war ein feierlicher Augenblick, in dem die Seele sich in lichte Höhen emporschwingt und an die man das ganze Leben hindurch denkt. Die beiden Liebenden, die für einander geschaffen waren und die sich im voraus gehörten, brauchten nur ihre Hände ineinander zu legen und doch schien eine tiefe Kluft sie zu trennen.

Nach einer Weile erhob Colombe den Kopf. „Ihr weint!" rief sie mit einer Erregung, die eigentlich ungewollt war.

„Ich weine nicht," sank Ascanio auf die Bank. Aber seine Hände, die er vor das Gesicht hielt, waren mit Tränen benetzt. „Ja, ich weine wirklich," sagte er. — „Warum? Was fehlt Euch? Ich will jemand rufen. Leidet Ihr?" — „Ich sage mir, daß es wohl besser für mich wäre, wenn ich tot wäre." — „Ihr sprecht vom Sterben? Wie alt seid Ihr denn?" — „Neunzehn Jahre. Aber das Alter des Schmerzes sollte das Alter des Todes sein." — „Aber Eure Eltern würden um Euch weinen," fuhr Colombe fort, begierig, in die Vergangenheit dieses Menschen einzudringen, dessen Zukunft, wie sie bereits fühlte, ihr gehörte.

„Ich habe weder Vater noch Mutter. Nur mein Meister Benvenuto könnte mich beweinen." — „Arme Waise!" — „Ja, ich bin eine Waise. Mein Vater hat mich nie geliebt und meine Mutter verlor ich, als ich erst zehn Jahre alt war. Mein Vater . . . aber wozu soll ich davon sprechen, denn wie können meine Eltern Euch interessieren?" — „O doch, fahrt fort, Ascanio!" — „Gott im Himmel, Ihr erinnert Euch meines Namens!" — „Fahret fort!" flüsterte Colombe und verbarg ihre gerötete Stirn in den Händen.

„Mein Vater war Goldschmied und meine Mutter war die Tochter des Goldschmiedes Raffael del Moro aus Florenz; sie stammte aus adliger Familie, denn in unseren italienischen Republiken entehrt die Arbeit nicht; Ihr könnt dort mehr als einen berühmten und alten Namen auf dem Ladenschild einer Trödelbude finden. So ist mein Meister Cellini von ebenso edler, wenn nicht besserer Herkunft als der König von Frankreich. Meine Mutter und Benvenuto liebten sich, aber sie hatten kein Vermögen. Benvenuto ging in die Welt hinaus, um sich einen Namen machen und Geld zu verdienen. Er war fern, er konnte diese Ehe nicht verhindern. Gismondo Gaddi, so hieß mein Vater, haßte seine Frau, da sie ihn nicht liebte, obwohl er nicht wußte, daß ihr Herz einem andern gehörte. Er war ein eifersüchtiger und gewalttätiger Mann. Oft flüchtete sich meine Mutter vor seiner Rohheit hinter meine Wiege, aber nicht immer achtete er dieses Asyl. Bisweilen schlug er sie sogar . . . Gott verzeihe mir! während sie mich auf ihrem Arm hielt, und bei jedem Schlag gab mir meine Mutter einen Kuß, um den Schmerz weniger zu fühlen. O, ich erinnere mich noch recht gut an die Schläge, die meine Mutter erhielt, und an die Küsse, die sie mir gab.

Gott ist gerecht. Er traf meinen Vater an der Stelle, die ihm das liebste auf Erden war: an seinem Reichtum. Kurz hintereinander erlitt er mehrere schwere Verluste. Er starb aus Kummer über den Verlust seines Vermögens und meine Mutter folgte ihm wenige Tage später, da sie glaubte, daß sie nicht mehr geliebt würde.

Ich stand allein da auf der Welt. Die Gläubiger meines Vaters bemächtigten sich des gesamten Nachlasses. Eine alte

Magd nahm sich meiner an und pflegte mich ein paar Tage, aber sie war arm und hatte kaum Brot genug für sich selbst. Sie wußte nicht, was sie mit mir anfangen sollte, als ein staubbedeckter Mann ins Zimmer trat, mich unter Tränen umarmte und mit sich nahm, nachdem er der Magd eine Handvoll Geld gegeben hatte. Das war Benvenuto Cellini, der eigens von Rom nach Florenz gekommen war, um mich zu suchen. Er liebte mich, er unterrichtete mich in seiner Kunst, er behielt mich stets bei sich, und ich sage Euch, er allein würde meinen Tod beweinen."

Colombe hatte mit gesenktem Haupt und schmerzzerrissenem Herzen die Erzählung dieses Waisenkindes und dieser armen Mutter angehört, deren Schicksal eines Tages auch das ihre werden konnte, denn auch sie sollte einen Mann heiraten, der sie haßte, weil sie ihn nicht lieben konnte.

„Ihr seid ungerecht gegen Gott," sagte sie zu Ascanio, „ein Mensch wenigstens liebt Euch, Euer guter Meister, und Ihr habt Eure Mutter gekannt, während ich mich der meinen nicht mehr entsinnen kann, denn sie starb, als sie mir das Leben schenkte. Eine Schwester meines Vaters zog mich auf, eine unfreundliche, zänkische Frau, die ich gleichwohl aufrichtig beweint habe, als ich sie vor zwei Jahren verlor, da sich meine ganze Liebe an diese Frau geklammert hatte wie der Efeu an den Felsen. Seitdem wohne ich hier mit Perrine und troțz meiner Einsamkeit und obwohl mein Vater mich nur selten besucht, sind diese beiden Jahre doch die glücklichste Zeit meines Lebens gewesen."

„Ihr habt viel gelitten, das ist wahr," erwiderte Ascanio, „aber warum verzweifelt Ihr an der Zukunft, wenn die Vergangenheit voll Trauer und Schmerz gewesen ist? Ach, Eure Zukunft ist doch glänzend. Ihr seid von Adel, seid reich und schön, und der Schatten, der auf Eure Jugend gefallen ist, wird Euer späteres Leben nur umso herrlicher erstrahlen lassen."

Traurig schüttelte Colombe das Haupt. „Ach, meine Mutter! Meine Mutter!" seufzte sie.

Ascanio betrachtete sie mit unendlicher Zärtlichkeit und sie ertrug den Blick mit wahrhaft göttlichem Vertrauen; ihre Hände fanden sich und mit weicher Stimme, wie man zu Gott betet, sagte der junge Geselle: „Hört, Colombe, wenn Ihr etwas wünscht, wenn Euch ein Unheil bedroht, das man abwenden kann, wenn man sein Herzblut hingibt, wenn dieses Unheil nur ein Leben verlangt, so braucht Ihr nur ein Wort zu sagen, wie einem Bruder, und ich wäre glücklich."

„Dank, Dank," erwiderte Colombe. „Auf ein Wort von mir habt Ihr schon einmal großmütig Euer Leben aufs Spiel geseţzt, aber diesmal kann nur Gott allein mich retten."

Doch sie wurden in ihrem Gespräch unterbrochen; Ruperta und Perrine standen wieder vor ihnen. Die beiden Frauen hatten ihre Zeit ebensogut angewandt und intime Freundschaft geschlossen. Perrine hatte Ruperta ein unfehlbares Mittel gegen Frostbeulen mitgeteilt und Ruperta, die ihrerseits auch nicht zurückstehen wollte, hatte ihrer Freundin verraten, wie man Birnen am besten einmachen kann.

Perrine ging auf die Bank zu. „Nun, Colombe, braucht Ihr mich noch immer? Wäre es nicht eine Schande gewesen, demjenigen die Tür zu weisen, ohne dessen Hilfe das Haus jetzt keinen Herrn mehr hätte? Müssen wir schließlich nicht den jungen Mann von einer Verwundung heilen, die er für uns erlitten hat? Nun, Frau Ruperta, sagt selbst: sieht er nicht schon besser aus und ist er nicht mehr so blaß wie vorhin, als er kam.“

„Das stimmt,“ bestätigte Ruperta, „er hat nie besser und frischer ausgesehen.“ — „Bedenkt, Colombe, es wäre wahrlich ein Mord, eine Genesung zu verhindern, die so günstig begonnen hat. Der Zweck heiligt die Mittel. Nicht wahr, er darf morgen abend wieder kommen? Für Euch selbst wird das eine Zerstreuung sein, mein Kind, Gott sei Dank, eine unschuldige, denn wir sind ja da. Und Ihr braucht wirklich ein wenig Zerstreuung, Colombe. Wer soll dem Herrn Prevot verraten, daß seine Befehle etwas weniger streng durchgeführt werden? Außerdem hattet Ihr ja schon früher Ascanio erlaubt, Euch seine Geschmeide zu zeigen, und da er sie heute vergessen hat, wird er sie eben morgen mitbringen.“

Colombe sah Ascanio an; er war blaß geworden und wartete ängstlich auf ihre Antwort.

Für ein junges Mädchen, das tyrannisiert und wie eine Gefangene behandelt wurde, war dieses demütige Benehmen eine ungeheure Schmeichelei. Sie hatte also doch einen Menschen auf der Welt, der von ihr abhing und dem sie mit einem einzigen Wort Freude oder Leid bereiten konnte. Jeder Mensch liebt seine Macht. Die arme Gefangene vermochte nicht dem Verlangen zu widerstehen, ein freudiges Aufleuchten in Ascanios Augen zu sehen. Errötend und lächelnd fragte sie Perrine: „Was schlagt Ihr mir da vor?“

Ascanio wollte antworten, aber er konnte nur seine Hände mit tiefer Erregung zusammenpressen; seine Knie wankten.

„Dank, meine schöne Dame,“ verneigte sich Ruperta tief. „Vorwärts, Ascanio, Ihr seid noch schwach, es ist Zeit, heimzugehen. Gebt mir Euren Arm.“

Der Gehilfe fand kaum die Kraft, sich zu verabschieden und zu bedanken, aber er begleitete seine Worte mit einem Blick, in dem seine ganze Seele lag, und folgte freudetrunkenen Herzens willig der alten Haushälterin.

Colombe sank in Gedanken vertieft auf die Bank, durchdrungen von einem Rausch, den sie noch nie empfunden hatte.

„Auf morgen!“ sagte Perrine mit triumphierender Miene. als sie fortgingen. „Wenn Ihr wollt, könnt Ihr jeden Tag wiederkommen, und zwar drei Monate lang, junger Mann.“

„Warum nur drei Monate?“ fragte Ascanio erstaunt, da er schon von einem immerwährenden Wiedersehen geträumt hatte.

„Ei, weil in drei Monaten Colombe den Grafen Orbec heiratet.“

Ascanio bedurfte seiner ganzen Willenskraft, um nicht zu Boden zu sinken.

„Colombe heiratet den Grafen Orbec!“ flüsterte er. „Ach

Gott, mein Gott, ich habe mich also getäuscht, Colombe liebt mich nicht!“

Da aber in diesem Augenblick Perrine die Tür wieder hinter ihm schloß und Ruperta vorausging, konnte keine der Frauen diese Worte verstehen.

---

12. Kapitel.

Die Königin des Königs.

Benvenuto hatte gegen elf Uhr seine Werkstatt verlassen, ohne zu sagen, wohin er ging. Er wollte im Louvre dem König Franz I. den Besuch erwidern, den Seine Majestät ihm im Palais des Kardinals Ferrara gemacht hatte.

Der König hatte Wort gehalten. Der Name Benvenuto Cellini war überall bekannt und alle Türen öffneten sich vor ihm, bis auf die Tür der Ratssitzung. Franz I. beriet sich mit den ernsten Männern seines Reiches über Staatsangelegenheiten und so bestimmt auch die Befehle des Königs lauteten, wagte doch niemand, Cellini in diese wichtige Sitzung zu führen, ohne die vorherige ausdrückliche Genehmigung Seiner Majestät.

Karl V. war nach dem erfolgreichen Zug gegen Tunis in Südfrankreich eingefallen und wollte, da er Marseille nicht erobern konnte, auf Avignon vorstoßen, aber der Konnetabel von Montmorency hatte mit seinen Truppen zwischen Rhone und Durance den Vormarsch des Kaisers mit Erfolg abgewehrt. Karl V. wurde schließlich zum Rückzug gezwungen, der allmählich in Flucht ausartete, wobei er fast selbst in Gefangenschaft geraten wäre wie vordem sein Gegner Franz I. bei Pavia. Der Mißerfolg Karls V. in der Provence hatte mit einem Schlag die politische Lage wieder zugunsten Frankreichs verändert. Heinrich VIII. von England hatte seine Gemahlin Catharina von Arragonien verstoßen, um seine Mätresse Anna Boleyn zu heiraten. Gleichzeitig griffen die Türken neuerdings das Königreich Neapel und Ungarn an. Die protestantischen Fürsten Deutschlands hatten sich zu einem gemeinsamen Vorgehen gegen den Kaiser vereinigt. Schließlich hatte sich die Stadt Gent, die der fortgesetzten Steuer- und Tributzahlungen für die Kriege Karls V. müde war, empört und eine Gesandtschaft an Franz I. geschickt, um ihm ein Bündnis anzutragen.

Inmitten dieser allgemeinen Verschwörung gegen das Kriegsglück Karls V. waren doch wieder neue Verhandlungen zwischen dem Kaiser und Franz I. angebahnt worden. Die beiden Herrscher waren in Aigues-Mortes zusammengekommen und Franz I., der genau wußte, daß Frankreich dringend des Friedens bedurfte, war entschlossen, die alten Streitigkeiten nicht mit gepanzerter Faust, sondern auf freundschaftlichem Wege direkter Verhandlungen zu schlichten.

Er unterrichtete also Karl V. von dem Angebot der Genter Bürgerschaft und bot ihm zugleich freien Durchzug durch Frankreich nach Flandern an. Über diese Angelegenheit verhandelte der Staatsrat, als Benvenuto Cellini an die Tür klopfte und Franz I., seinem Versprechen getreu, sofort Befehl gab, seinen berühmten Goldschmied vorzulassen. Benvenuto trat in den Saal, als die Verhandlung gerade zu Ende ging.

„Ja, meine Herren," sagte Franz I., „ich bin der Ansicht des Herrn von Montmorency, und mein Wunsch ist, ein dauerndes Bündnis mit dem Kaiser zu schließen, um unsere beiden Throne über alle Herrscherhäuser der Christenheit zu erheben, damit vor unserer Macht alle Verbände, Stadtregierungen und Volksversammlungen verschwinden, die unserer königlichen Macht Grenzen gebieten wollen, indem sie uns Heeresfolge und Geldzuschüsse verweigern. Mein Traum ist, in den Schoß unserer Religion zurückzukehren und durch die kirchliche Einheit alle Ketzereien zu vernichten, die unsere heilige Kirche verwüsten. Mein Traum ist schließlich, meine ganze Kraft gegen die Feinde der Christenheit zu vereinigen, um den Sultan aus Konstantinopel zu vertreiben, nicht nur um zu zeigen, daß er nicht, wie man behauptet, mein Verbündeter ist, sondern auch um in Konstantinopel ein zweites Reich zu errichten, das dem ersten an Macht, Glanz und Größe gleichkommt. Das ist mein Traum, meine Herren, ich nenne ihn absichtlich so, um mich nicht allzusehr von der Hoffnung auf Erfolg hinreißen zu lassen, und um nicht zu sehr enttäuscht zu sein, wenn die Zukunft mir vielleicht die Unmöglichkeit dieses Planes zeigen sollte. Aber wenn es gelingt, Konnetabel, wenn ich Frankreich und die Türkei in meine Gewalt bekäme, Paris und Konstantinopel, Orient und Okzident, dann, meine Herren, werden Sie zugeben, daß es herrlich, daß es erhaben wäre!"

„Also ist es Ihr fester Entschluß, Sire, auf die Oberhoheit zu verzichten, die Ihnen die Bürgerschaft von Gent anbietet, und ebenso die ehemaligen Domänen des Hauses Burgund preiszugeben?" fragte der Herzog von Guise.

„Das ist mein fester Wille. Der Kaiser soll sehen, daß ich ebenso ritterlich als Verbündeter wie als Feind bin. Zunächst aber, verstehen Sie mich wohl, verlange ich, daß mir das Herzogtum Mailand zurückgegeben wird; es gehört mir durch das Erbrecht wie durch das Lehensrecht, und ich werde es bekommen, auf Edelmannswort, und zwar, wie ich hoffe, ohne deshalb die Freundschaft mit meinem Bruder Karl brechen zu müssen."

„Und Sie bieten Karl V. freien Durchzug durch Frankreich an, damit er die aufständischen Genter züchtigen kann?" fragte Poyet.

„Jawohl, Herr Kanzler," erwiderte der König. „Herr von Fréjus soll heute noch abreisen und ihn in meinem Namen dazu einladen. Wir wollen zeigen, daß wir zu allem entschlossen sind, um Frieden zu halten. Aber wenn er den Krieg haben will . . ." Eine drohende und majestätische Geste unterbrach diese Worte, denn Franz I. hatte seinen Künstler erblickt, der bescheiden unter der Tür stand.

„Aber wenn er den Krieg haben will," fuhr der König fort, „so schwöre ich bei meinem Jupiter, von dem mir Benvenuto soeben neue Nachrichten bringt, daß er blutig und schrecklich werden soll! Nun, Benvenuto, wie steht es mit meinem Jupiter? Was macht er?"

„Sire," erwiderte Cellini, „ich bringe Euch das Modell Eures Jupiters. Wißt Ihr auch, wovon ich träumte, als ich Euch eben sah und sprechen hörte? Ich träumte von einem Brunnen in Eurem Fontainebleau, von einem Brunnen, den eine Riesenfigur von sechzig Fuß Höhe überragen soll, die in der Rechten eine zerbrochene Lanze hält und sich mit der Linken auf den Degen stützt. Diese Figur soll Mars darstellen, das heißt Eure Majestät, denn Sie besitzen den Mut des Kriegsgottes, aber Sie gebrauchen ihn mit Klugheit und zur Verteidigung Ihres Ruhms. Doch das ist noch nicht alles, Sire; an den vier Seiten des Piedestals sollen vier Gestalten sitzen, die Poesie, die Malerei und Bildhauerkunst und die Freigebigkeit. Davon träumte ich, als ich Sie sah und hörte, Sire."

„Und Ihr sollt Euren Traum in Marmor und Erz verwirklichen, Benvenuto, das ist mein Wille," rief der König mit befehlender Stimme, indem er dabei freundlich lächelte.

Der versammelte Staatsrat applaudierte, so sehr fand jeder den König der Statue und die Statue des Königs würdig.

„Doch hier sehen Sie unsern Jupiter, Sire," zog Benvenuto das Modell unter seinem Mantel hervor und stellte es auf den Tisch, an dem die Schicksale Europas entschieden wurden.

Franz I. betrachtete es einen Augenblick mit einem Gefühl der Bewunderung, über das man sich nicht täuschen konnte.

„Ich habe also doch endlich einen Menschen nach meinem Herzen gefunden," klopfte er Benvenuto auf die Schulter. „Mein Freund, ich weiß nicht, wer glücklicher ist: der Fürst, der einen Künstler findet, der allen seinen Gedanken vorauseilt, ein Künstler wie Ihr es seid, oder der Künstler, der einen Fürsten findet, der fähig ist, ihn zu verstehen. Offengestanden, ich glaube, daß mein Glück das größere ist."

„Ich wage Eurer Majestät nicht zu widersprechen; indes ..."

„Vorwärts, sagt mir, was unsere Freude wert ist, mein Freund."

„Sire, Ihr habt mich Euren Freund genannt," erwiderte Benvenuto. „Das ist ein Wort, das hundertfältig alles an Wert aufwiegt, was ich für Eure Majestät bereits getan habe und künftig noch für Sie tun kann."

„Gut, ich will dir beweisen, daß ich kein leeres Wort gesagt habe, und daß wenn ich dich meinen Freund genannt habe, du es auch wirklich bist, Benvenuto. Bringe mir meinen Jupiter, vollende ihn so rasch als möglich, und bei meinem Edelmannswort, was du dann verlangst, du sollst es haben, wenn die Hand eines Königs es gewähren kann. Sie haben es gehört, meine Herren," wandte sich der König an den Staatsrat. „Wenn ich es je vergessen sollte, so erinnern Sie mich daran!"

„Sire," rief Benvenuto, „Ihr seid ein großer und edler König, und ich schäme mich, daß ich so wenig für Euch tun kann, da Ihr soviel für mich tut."

Nachdem Cellini die Hand geküßt hatte, die der König ihm

reichte, nahm er die Statue des Jupiters wieder unter seinen Mantel und verließ voll Freude und Stolz den Saal.

Als er eben aus dem Louvre gehen wollte, traf er Primaticcio, der gerade hineinwollte.

„Wo eilt Ihr so freudig hin, mein lieber Benvenuto?“ fragte er, als Cellini an ihm vorüberging, ohne ihn zu beachten. — „Ah, Ihr seid es, Francesco!“ rief Cellini. „Ihr habt recht, ich bin fröhlich, denn eben habe ich unsern großen, unsern erhabenen und göttlichen König gesehen . . .“ — „Habt Ihr auch Frau von Etampes gesehen?“ fragte Primaticcio. — „Er hat mir Dinge gesagt, die ich nicht zu wiederholen wage, Francesco, obwohl man behauptet, daß Bescheidenheit nicht gerade meine Stärke ist.“ — „Aber was hat Euch denn Frau von Etampes gesagt?“ — „Er hat mich seinen Freund genannt, versteht Ihr wohl, Francesco! Er hat du zu mir gesagt wie zu seinen Marschällen. Und schließlich hat er mir gesagt, daß ich ihn um jede Gunst bitten kann, die ich mir wünsche, und daß sie mir im voraus bewilligt sein soll, wenn ich ihm nur seinen Jupiter bringe.“ — „Aber was hat Euch denn Frau von Etampes versprochen?“ — „Ei, was seid Ihr für ein sonderbarer Kauz, Francesco!“ — „Warum denn?“ — „Ihr redet in einem fort von Frau von Etampes, während ich nur vom König spreche.“ — „Ei, das tue ich, weil ich den Hof besser kenne als Ihr, Benvenuto, weil Ihr mein Landsmann und mein Freund seid, weil Ihr mir etwas von der Luft unseres schönen Italien mitgebracht habt und weil ich Euch aus Dankbarkeit dafür aus einer großen Gefahr retten will. Hört mich an, die Herzogin von Etampes ist Eure Todfeindin, ich habe es Euch schon einmal gesagt, denn damals befürchtete ich es, während ich es jetzt bestimmt weiß. Ihr habt diese Frau beleidigt, und wenn Ihr Euch nicht mit ihr versöhnt, wird sie Euch verderben. Höret wohl, Benvenuto, was ich Euch sage: Frau von Etampes ist die Königin des Königs.“

„Großer Gott, was sagt Ihr da!“ rief Benvenuto lächelnd. „Ich hätte Frau von Etampes beleidigt? Wieso denn?“

„O, ich kenne Euch, Benvenuto, und ich zweifle nicht, daß Ihr besser als ich und sie den Grund ihrer Abneigung gegen Euch kennt. Aber was läßt sich dagegen tun? Die Frauen sind nun einmal so: sie hassen, wie sie lieben, ohne zu wissen warum. Gut, die Herzogin von Etampes haßt Euch also.“

„Was soll ich dagegen tun?“

„Was ich will? Ich will, daß der Höfling den Bildhauer retten soll.“

„Ich soll der Höfling einer Kurtisane sein . . .!“

„Ihr habt unrecht, Benvenuto,“ lachte Primaticcio, „Frau von Etampes ist sehr schön; jeder Künstler wird mir beistimmen.“ — „Auch ich,“ sagte Benvenuto. — „Gut, sagt ihr das, ihr selbst, nicht mir. Ihr habt sie durch eine Künstlerlaune verletzt, deshalb müßt Ihr jetzt auch den ersten Schritt zu ihr machen.“ — „Wenn ich sie verletzt habe,“ erwiderte Cellini, „so ist das ohne jede Absicht und noch viel mehr ohne jede Bosheit geschehen. Sie sagte mir ein paar bissige Worte, die ich nicht verdient hatte; ich habe ihr das mit gleicher Münze heimgezahlt und sie hatte es verdient." — „Einerlei! Vergeßt, was sie Euch gesagt hat, Benvenuto, und laßt sie vergessen, was Ihr erwidert habt. Nochmals: sie ist herrschsüchtig und rachgierig, sie hat das Herz des Königs in ihrer Hand, des Königs, der die Kunst, der aber noch mehr die Weiber liebt. Sie wird dafür sorgen, daß Ihr Eure Kühnheit bereut, Benvenuto, sie wird Feinde auf Euch loslassen; sie hat schon den Prevot ermutigt, Euch Widerstand zu leisten. Ich selbst reise nach Italien, nach Rom, und zwar auf ihren Befehl. Diese Reise richtet sich gegen Euch, Benvenuto; ich selbst, Euer Freund, muß ihr als Werkzeug ihres Grolles dienen."

„Und was wollt Ihr in Rom tun?" — „Was ich dort tun soll? Ihr habt dem König versprochen, daß Ihr die Künstler der Antike in die Schranken fordern wollt, und ich weiß, daß Ihr der Mann seid, ein solches Versprechen zu halten. Die Herzogin aber glaubt, daß Ihr Euch dessen zu Unrecht rühmt. Und gewiß um Euch durch den Vergleich zu vernichten, schickt sie mich, den Maler, nach Rom, um ihr dort Abgüsse der schönsten Bildwerke des Altertums zu besorgen."

„Das ist wahrlich ein geradezu teuflischer Haß," sagte Benvenuto, der trotz der hohen Meinung, die er von sich selbst hatte, doch nicht ganz frei von Bedenken war, wenn es sich um einen Vergleich seiner Werke mit denen der größten Meister der Antike handelte. „Aber einer Frau nachgeben — nein, das werde ich nie tun!" schüttelte er trotzig die Faust.

„Wer sagt etwas von nachgeben! Halt, ich weiß einen Ausweg. Ascanio hat ihr gefallen; er soll für sie arbeiten und sie hat mich beauftragt ihm zu sagen, daß er zu ihr kommen soll. Ei, was ist da einfacher für Euch, als daß Ihr Euren Schüler zu Frau von Etampes führt, um ihn ihr selbst vorzustellen. Benutzt die Gelegenheit und bringt ihr eine der wunderbaren Arbeiten, wie nur Ihr sie herzustellen versteht. Zeigt ihr zuerst den Schmuck, und wenn Ihr seht, daß ihr Auge mit Wohlgefallen darauf ruht, dann bietet ihr das Kleinod als Tribut dar, der ihrer würdig ist. Sie wird es annehmen und Euch liebenswürdig dafür danken, sie macht Euch ein Geschenk, das Euer würdig ist und Ihr gewinnt ihre volle Gunst wieder. Ist diese Frau dagegen Eure Feindin, so verzichtet ruhig auf alle großen Pläne, von denen Ihr träumt. Auch ich mußte mich einen Augenblick beugen, um mich dann zu voller Höhe zu erheben. Bis dahin wurde mir dieser Schmierer Rosso vorgezogen; überall wurde er über mich gestellt und sogar zum Kronintendanten ernannt."

„Ihr seid ungerecht gegen ihn, Francesco," erwiderte Cellini, der nie seine Gedanken verbergen konnte, „er ist ein großer Künstler."

„Findet Ihr das?"

„Es ist meine Überzeugung."

„Es ist auch die meine," sagte Primaticcio, „und gerade deshalb hasse ich ihn. Nun, man bediente sich seiner, um mich zu verdrängen; ich habe aber ihrer erbärmlichen Eitelkeit geschmeichelt und bin heute, wo man sich meiner bedient, um Euch zu vernichten, der große Primaticcio. Macht es also wie ich, Benvenuto; Ihr werdet es nicht bereuen, wenn Ihr meinem Ratschlag folgt. Ich bitte Euch darum im Interesse Eures Ruhmes und Eurer Zukunft, die Ihr beide aufs Spiel setzt, wenn Ihr in Eurem Starrsinn beharrt."

„Das ist bitter," meinte Cellini, der indes sichtlich nachzugeben begann.

„Und wenn Ihr es nicht um Euretwillen tut, Benvenuto, so tut es doch unserem großen König zuliebe. Wollt Ihr ihm das Herz zerreißen, indem Ihr ihn zwingt, zwischen einer Mätresse, die er liebt, und einem Künstler zu wählen, den er bewundert?"

„Gut, es sei! Dem König zuliebe will ich es tun," rief Cellini froh, daß er eine Entschuldigung gefunden hatte, die seiner Eigenliebe entsprach.

„Viel Glück! Und nun wißt, daß ich verloren bin, wenn die Herzogin auch nur ein einziges Wort unseres Gespräches erfahren sollte."

„O, ich hoffe, daß Ihr deshalb außer Sorge seid."

„Benvenuto gibt mir sein Wort und damit ist alles gesagt," erwiderte Primaticcio. — „Ihr habt es!" — „Nun denn, lebt wohl, Bruder." — „Gute Reise dort unten!" — „Und viel Glück hier oben!"

Nachdem sich die Freunde einander zum letztenmal die Hand geschüttelt hatten, ging jeder seines Wegs.

---

13. Kapitel.

Immer anders sind die Frauen . . .

Das Hotel d'Etampes war nicht weit vom Hotel de Nesle entfernt. Es lag am Kai der Augustiner und nahm die ganze Front der Rue Gilles-le-Guene ein; sein Hauptportal ging auf die Rue des Hirondelles. Franz I. hatte es seiner Mätresse geschenkt zum Dank dafür, daß sie eingewilligt hatte, die Gemahlin des Jacques Desbrosses, Grafen von Penthièvre, zu werden, wie dieser das Herzogtum Etampes und die Statthalterschaft der Bretagne erhalten hatte, weil er die Mätresse des Königs geheiratet hatte. .

Der König hatte sich bemüht, sein Geschenk der schönen Anna von Heilly würdig zu gestalten. Das alte Hotel wurde nach dem modernsten Geschmack eingerichtet. An seiner düsteren und ernsten Front blühten wie ebensoviele Liebesgedanken die zarten Blumen der Renaissance. Bei der Inneneinrichtung war der König darauf bedacht, alles so zu gestalten, als wenn das Hotel ebenso für ihn wie für die Herzogin als Wohnung dienen sollte. Die Zimmer waren mit wahrhaft königlichem Prunk ausgestattet, und der ganze Palast glich gewiß viel eher dem Heim einer Königin als die Wohnung der ausgezeichneten und keuschen Königin Eleonore, der Schwester Karls V., und legitimen Gemahlin Franz I., von der bei Hofe wie in Gesellschaft so herzlich wenig die Rede war.

Frau von Etampes lag auf einem Sofa, ihr reizendes Köpfchen war auf ihre schmale linke Hand gestützt, während die rechte an den Locken ihres kastanienbraunen Haares nestelte, das von goldenen Fäden durchzogen war. Annas bloße Füße erschienen noch kleiner und weißer in den schwarzen Samtpantoffeln und das weite, in nachlässigen Falten herabwallende Kleid verlieh der koketten Frau einen unwiderstehlichen Reiz.

Der König stand am Fenster und trug ein Gedicht vor, das er eben selbst improvisiert hatte und dessen galante Verse der Schönheit seiner Geliebten huldigten. Die Herzogin hörte ihm gleichgültig zu.

„Was fehlt Ihnen, schöne Dame?“ fragte Franz I., der wenigstens eine Anerkennung erwartete.

„Sire, ich wiederhole Ihnen mit noch größerer Berechtigung, was ich Ihnen schon gestern abend sagte: Ein Dichter darf noch viel weniger als ein galanter König seine Dame beschimpfen lassen, denn sie ist zugleich seine Herrin und seine Muse.“

„Immer noch verstimmt!“ erwiderte der König mit einem leichten Anflug von Ungeduld. „Wie können Sie darin eine Beleidigung erblicken, du lieber Gott! Ihr Haß ist wahrlich unversöhnlich, meine schöne Nymphe, daß Sie darüber sogar meine Verse vergessen.“

„Gnädigster Herr, ich hasse, wie ich liebe.“

„Ei, und doch bat ich Sie, Benvenuto nicht mehr zu hassen. Er ist ein Narr, der nicht weiß, was er sagt; er schwätzt so unbesonnen, wie er sich schlägt. Aber ich wiederhole Ihnen nochmals: er dachte nicht daran, Sie zu beleidigen. Milde ist die Mitgift der Göttinnen, verzeihen Sie also diesem Unbesonnenen aus Liebe zu mir!“

„Unbesonnen?“ wiederholte Anna leise.

„Ja, er ist im höchsten Grade unbesonnen, wahnsinnig,“ sagte Franz I., „ich habe es gestern gesehen und er hat mir Wunderdinge versprochen. Einen Künstler wie ihn gibt es nicht noch einmal, der meinen Ruhm in der Nachwelt ebenso fortleben lassen wird wie Andrea del Sarto, Tizian und Leonardo da Vinci. Sie wissen, wie sehr ich meine Künstler liebe, angebetete Herzogin, seien Sie ihm also eine wohlwollende Gönnerin, ich beschwöre Sie darum. Bei Gott, Aprilwetter, Frauenlaune und Künstlerstreiche sind doch eher unterhaltend als langweilig. Gewähren Sie also Verzeihung dem, was mir gefällt, meine Geliebte.“

„Sire, ich bin Ihre Dienerin und werde Ihnen gehorchen.“

„Und zum Dank für die Gnade, die mir Ihre Güte bewilligt, dürfen Sie verlangen, was nur immer in der Macht des Königs steht. Ach, die Stunden eilen; ich muß Sie verlassen. Ich habe heute wieder eine wichtige Sitzung. Mein Bruder Karl V. macht mir den Herrscherberuf recht schwer. Es ist eine Schande, er gebraucht die List an Stelle der Ritterlichkeit, die Feder statt des Schwertes. Lebt wohl, meine Geliebte, ich will der Sache ein Ende machen. Wie glücklich seid Ihr, daß Ihr weiter nichts zu tun braucht als schön zu bleiben und daß der Himmel alles für Euch tut. Bleibt ruhig liegen, mein Page erwartet mich im Vorzimmer. Auf Wiedersehen! Denkt an mich!"

„O, das tue ich immer, Sire!"

Sie warf ihm mit der Hand einen letzten Abschiedsgruß zu, Franz I. hob den Türvorhang in die Höhe und verließ die schöne Herzogin, die auf der Stelle ihrem Versprechen getreu an alles andere dachte als an ihn, denn sie war eine lebhafte, leidenschaftliche und ehrgeizige Frau. Nachdem sie erst die Liebe des Königs gewonnen hatte, genügte das bald nicht mehr ihrem unruhigen Geist und sie begann sich zu langweilen. Der Admiral Brion und der Graf von Longueval, den sie eine Zeitlang liebte, und Diana von Poitiers, die sie verachtete, beschäftigten sie nicht genügend, aber seit einer Woche füllte sich die Leere, die sie empfand; neuer Haß und neue Liebe ließen sie wieder aufleben. Sie haßte Benvenuto Cellini und liebte Ascanio, und damit beschäftigte sie sich, während ihre Zofen sie ankleideten.

Als sie frisiert wurde, wurde der Prevot von Paris und der Vicomte von Marmagne gemeldet. Beide gehörten zu den getreuesten Anhängern der Herzogin. Freunde sind stets willkommen, wenn man sich gerade mit seinen Feinden beschäftigt. Und so reichte Frau von Etampes mit bezaubernder Grazie dem mürrischen Prevot ihre Hand zum Kusse und lächelte den Grafen an.

„Herr Prevot," begann sie mit gut gespielter Entrüstung, „ich habe gehört, wie gemein dieser italienische Bauer Euch behandelt hat, Euch, meinen besten Freund, und ich bin darüber empört. Er hat auch mich beleidigt, aber der König, der nur zu nachsichtig gegen diese unverschämten Ausländer ist, bat mich es zu vergessen und so vergesse ich es eben."

„Wenn es so ist, dann wird die Bitte, die wir Euch vortragen wollten, gewiß schlecht angebracht sein, und wir bitten Euch daher uns zurückziehen zu dürfen, ohne sie erst auszusprechen."

„Ei, Messire d'Estourville, gehöre ich Euch nicht jederzeit, was auch geschehen mag? Redet, wenn ich mich nicht über einen Freund ärgern soll, der so wenig Zutrauen besitzt."

„Hört also, Madame, um was es sich handelt. Ich habe geglaubt, zugunsten des Grafen von Marmagne von meinem Recht auf eine Wohnung in einem königlichen Schloß, was ich Eurem Wohlwollen verdanke, Gebrauch machen zu dürfen, und dabei haben wir natürlich an das Hotel de Nesle gedacht, das jetzt in so schlechte Hände gekommen ist."

„Ah, ich höre Euch aufmerksam zu," sagte die Herzogin.

„Der Graf hatte meinen Vorschlag erst begeistert angenommen, aber nachdem er sich die Sache reiflich überlegt hat, hat er Bedenken wegen des schrecklichen Benvenuto."

„Verzeihung, mein edler Freund," unterbrach ihn Marmagne, „Ihr schildert die Sache nicht richtig. Ich fürchte nicht Benvenuto, sondern den Zorn des Königs. Ich habe keine Angst, von dem ungehobelten Italiener getötet zu werden, sondern nur, weil unser König einen Diener verlieren könnte, auf den er viel zu geben scheint."

„Ich habe daher gewagt, ihm Hoffnung zu machen, daß Ihr ihm Eure Hilfe nicht versagen würdet."

„Ich habe sie meinen Freunden nie versagt," erwiderte die Herzogin. „Und habt Ihr nicht den besten Freund auf Eurer Seite, nämlich das Recht? Handelt Ihr in Wirklichkeit nicht nach den Wünschen des Königs?"

„Aber Seine Majestät hat ausdrücklich bestimmt, daß das Hotel de Nesle von keinem andern als von Benvenuto bewohnt werden soll, so daß also unsere Wahl fast wie ein Racheakt aussehen könnte. Und wenn ich dann, was ich bestimmt hoffe, denn ich habe zwei zuverlässige Leute, Cellini umbringe?"

„Du lieber Gott," lachte die Herzogin und zeigte ihre weißen Zähne, „der König beschützt in erster Linie die Lebenden, während ihm wohl wenig daran liegt, die Toten zu rächen. Und wenn er seine Begeisterung für die Kunst nach dieser Seite hin nicht mehr entfalten kann, wird er, wie ich wohl hoffe, sich nur noch seiner Liebe zu mir erinnern. Ach, dieser Mensch hat mich vor aller Öffentlichkeit schmählich beleidigt. Werden Sie es vergessen, Marmagne?"

„Madame, ich muß Euch gestehen, daß wir unsere Zuflucht zur List genommen haben. Wenn er unsern Bravi auch am hellen Tage in seiner Wohnung entkommt, so werden sie ihn doch einmal zufällig in der Nacht in irgendeiner finsteren Gasse wiederfinden und . . . sie haben nicht nur Degen, sondern auch Dolche."

„Ich verstehe," sagte die Herzogin ruhig, ohne daß ihr schönes Gesicht bei diesem Vorschlag eines Mordes erbleichte. „Ich sehe, daß Ihr ein vorsichtiger Mann seid und daß es nicht gut ist, Euer Feind zu sein!"

„Aber was haltet Ihr von der Sache selbst, Madame?"

„O, das ist eine ernste Sache, und es lohnt sich schon der Mühe, darüber nachzudenken. Aber was ich Euch schon sagte: jeder weiß es und der König erst recht, daß dieser Mensch meinen Stolz aufs schwerste verletzt hat. Ich hasse ihn . . . ebenso wie meinen Gatten oder wie Diana . . . und meiner Treu, ich glaube wohl, daß ich Euch versprechen kann . . . Was gibt es, Isabeau, warum unterbrecht Ihr uns?" wandte sich die Herzogin an ihre Zofe, die bestürzt ins Zimmer trat.

„Ach Gott, Madame, ich bitte um Verzeihung, aber der Florentiner Künstler Benvenuto Cellini ist da und hat eine wunderbare goldene Vase mitgebracht. Er sagte sehr höflich, daß er sie der gnädigsten Frau überreichen wolle und er bittet inständig um die Gunst, Euch eine Minute sprechen zu dürfen."

„Sehr gut," wandte sich die Herzogin mit stolzer Genugtuung an den erstaunten Prevot, „unser Feind scheint sich zu bessern und zu erkennen, was wir wert sind und was wir vermögen. Doch er soll nicht so leichten Kaufes mit mir fertig werden, wie er sich vielleicht einbildet. Mit seinem Geschenk und seiner Entschuldigung bin ich noch nicht zufrieden. Er muß seine Beleidigung und unsern Zorn besser zu fühlen bekommen. Isabeau, sagt ihm, daß er warten soll. Graf," wandte sich die Herzogin, deren Zorn sich schon etwas gelegt hatte, an Marmagne, „ich sage Euch, was Ihr mir da erzählt, erscheint mir doch etwas gefährlich und ich kann Euch nicht versprechen, mich an einem Mord und Überfall zu beteiligen."

„Aber die Beleidigung war so schwer!" legte der Prevot wieder los.

„Die Genugtuung soll es nicht minder sein, Messire. Der stolze Mann, der Herrschern, gekrönten Häuptern Trotz bot, wartet demütig in meinem Vorzimmer auf die Huld einer Frau. Zwei Stunden dieses Fegefeuers sind gewiß eine hinreichende Sühne für ein unverschämtes Wort. Man darf nicht ganz ohne Mitleid sein, Prevot. Verzeiht ihm, wie ich ihm in zwei Stunden verzeihen werde — oder sollte ich über Euch weniger vermögen, als der König über mich?"

„Wollt Ihr uns nun gestatten, daß wir uns verabschieden dürfen, Madame?" verneigte sich der Prevot, „denn ich möchte meiner gnädigen Herrin nichts versprechen, was ich später doch nicht halten kann."

„Ihr wollt Euch zurückziehen?" rief die Herzogin, die mit aller Gewalt Zeugen ihres Triumphes um sich sehen wollte. „Messire le Prevot, ich erwarte, daß Ihr der Demütigung Eures Feindes beiwohnt, damit wir beide zugleich gerächt werden . . . Es heißt, daß Ihr Eure Tochter mit dem Grafen von Orbec verheiraten wollt . . . Wahrlich eine gute Partie. Aber, Messire, wißt Ihr auch, daß Ihr zu dieser Ehe meine Einwilligung braucht? Ihr habt mich noch nicht darum gebeten, aber ich gebe sie Euch, denn Orbec ist mir ebenso ergeben wie Ihr. Ich hoffe, daß wir dann auch Eure hübsche Tochter sehen und daß ihr Gemahl sie an den Hof bringen wird. Wie heißt sie übrigens, Messire?" — „Colombe." — „Ein hübscher, süßer Name. Namen sollen Einfluß auf das Schicksal ihrer Träger haben — wenn das wirklich der Fall ist, dann muß das arme Kind ein weiches und empfindsames Herz haben . . . Nun, was ist, Isabeau?" — „Nichts, Madame; er sagt, daß er warten will." — „Ach ja, sehr gut, ich dachte schon gar nicht mehr daran . . . Ja, ja, Messire d'Estourville, hütet Colombe gut! Der Graf ist ein Ehemann wie der meine, ebenso ehrgeizig wie der Herzog von Etampes und wohl fähig, seine Gemahlin gegen ein Herzogtum einzutauschen, besonders wenn sie so hübsch ist, wie es allgemein heißt. Ihr werdet sie mir doch vorstellen, Messire?"

Strahlend in der sicheren Erwartung ihres Sieges plauderte die Herzogin noch lange mit ihren Besuchern, während sich ungeduldige Freude in allen ihren Bewegungen kundgab.

„Noch eine halbe Stunde," sagte sie schließlich, „und die zwei Stunden sind vorüber. Der arme Benvenuto wird von seiner Folter befreit. Er muß gewiß schrecklich leiden, denn er ist eine solche Behandlung nicht gewohnt. Für ihn ist der Louvre stets offen und der König jederzeit zu sprechen. Er tut mir wirklich leid, obwohl er es verdient hat. Er wird sich die Finger blutig beißen, weil er seine Wut nicht zeigen darf. Ah, darüber werde ich noch lange lachen. Aber, mein Gott, was höre ich? Dieses Geschrei . . . Lärm . . .“

„Sollte sich der Verdammte im Fegefeuer langweilen?“ meinte der Prevot, der wieder Hoffnung schöpfte.

„Ich will selbst nachsehen,“ sagte die Herzogin, die plötzlich bleich wurde, „kommt mit, meine Herren.“

Benvenuto, der sich endlich entschlossen hatte, mit der allmächtigen Favoritin Frieden zu schließen, hatte nach seiner Aussprache mit Primaticcio die kleine Vase aus vergoldetem Silber als Lösegeld für seine Ruhe mitgenommen und sich mit Ascanio, der noch bleich und schwach war, nach dem Hotel d'Etampes begeben.

Die Dienerschaft weigerte sich anfangs, ihn zu so früher Stunde ihrer Herrin zu melden, und er brauchte eine halbe Stunde, bis er nur eingelassen wurde. Schon dieser Umstand versetzte ihn in nicht geringe Erregung. Endlich meldete ihm Isabeau, daß die Herzogin sich ankleide und er daher etwas warten müsse. Geduldig setzte er sich neben Ascanio, der erschöpft von dem Weg, vom Fieber und seinen Gedanken einen Schwächeanfall erlitt.

So verging eine Stunde. Benvenuto zählte die Minuten. Da aber die Toilette einer Herzogin offenbar ein sehr wichtiges Geschäft war, fügte er sich in Geduld. Immerhin zählte er jetzt die Sekunden.

Unterdessen wurde Ascanio immer blasser. Er wollte dem Meister sein Leid nicht klagen und war ihm daher heldenmütig gefolgt, ohne ein Wort zu sagen. Aber er hatte noch nichts gegessen, und obwohl er es nicht zugeben wollte, fühlte er doch, daß ihm die Kräfte schwanden. Benvenuto war aufgestanden und durchmaß mit großen Schritten das Gemach.

Eine Viertelstunde verging.

„Hast du Schmerzen, mein Kind?“ fragte Cellini.

„Nein, Meister, durchaus nicht; aber Ihr leidet. Habt Geduld, ich bitte Euch darum, denn es kann gewiß nicht mehr lange dauern.“

In diesem Augenblick kam Isabeau wieder. „Eure Herrin braucht recht lange,“ meinte Benvenuto. Das boshafte Mädchen ging ans Fenster und sah nach der Uhr im Hofe. „Aber Ihr wartet ja erst anderthalb Stunden,“ erwiderte sie. „Worüber beklagt Ihr Euch denn?“

Und als Cellini die Stirn in Falten zog, lief sie laut lachend fort.

Benvenuto tat sich Gewalt an und wartete. Aber er mußte sich wieder setzen; er kreuzte die Arme und verharrte stumm und ernst. Er schien völlig ruhig zu sein, aber sein Zorn gärte in der Stille. Vor der Tür standen unbeweglich zwei Diener und betrachteten ihn mit einem Ernst, den er für Spott hielt.

Die Uhr schlug; Benvenuto sah nach Ascanio, der totenbleich und fast ohnmächtig war. Da konnte Benvenuto sich nicht länger halten. „Ah, ich habe wohl geglaubt, was man mir sagte, und habe aus Höflichkeit gewartet. Aber wenn das eine Beschimpfung sein soll — ich bin so wenig an dergleichen gewöhnt, daß ich gar nicht daran gedacht habe — so bin ich nicht der Mann, der sich von einer Frau verhöhnen läßt. Komm, Ascanio, wir gehen."

Mit diesen Worten ergriff Benvenuto mit seiner kräftigen Hand die ungastliche Bank, auf der die Tücke der Herzogin ihn, ohne daß er es wußte, fast zwei Stunden gedemütigt hatte, und zertrümmerte sie. Die Diener eilten herbei, aber Benvenuto zog seinen Dolch zur Hälfte aus der Scheide, und sie wichen zurück. Ascanio, der um seinen Meister besorgt war, wollte aufstehen, aber die Aufregung hatte ihm seine letzte Kraft geraubt. Bewußtlos sank er zurück.

In diesem Augenblick erschien die Herzogin bleich und voll Zorn auf der Schwelle.

„Ja, ich gehe," wiederholte Benvenuto mit Donnerstimme, „sagt dieser Frau, daß ich mein Geschenk wieder mitnehme und es dem nächstbesten Bettler gebe, der seiner würdiger ist als sie. Sagt ihr, daß sie sich getäuscht hat, wenn sie mich für einen ihrer Domestiken hält, sagt ihr, daß wir Künstler unsern Gehorsam und unsere Achtung nicht verkaufen wie sie ihre Liebe. Und jetzt Platz gemacht! Komm, Ascanio!"

Er wandte sich nach seinem geliebten Schüler um und gewahrte erst jetzt, daß seine Augen geschlossen waren und sein Kopf an die Wand gelehnt war. „Ascanio!" schrie Benvenuto. „Ascanio, mein Kind, ohnmächtig, vielleicht schon tot! Ach, mein geliebter Ascanio, und dieses Weib . . ." Benvenuto wandte sich mit einer drohenden Gebärde nach der Herzogin von Etampes, dann nahm er Ascanio in seinen Arm, um ihn fortzutragen.

Außer sich vor Wut und Empörung hatte die Herzogin bisher kein Wort über ihre Lippen gebracht. Als sie aber sah, daß Ascanio weiß wie Marmor war, den Kopf zur Seite geneigt, mit wirr herabhängenden schwarzen Locken so schön trotz seiner Blässe und bezaubernd trotz seiner Ohnmacht, eilte sie auf ihn zu und kniete fast vor Benvenuto, indem sie wie dieser Ascanios Hand ergriff.

„Das Kind stirbt! Wenn Ihr es forttragt, Herr, tötet Ihr es. Es braucht sorgfältige Pflege. Jérôme, hole sofort Meister André. Der junge Mann darf in diesem Zustand nicht fort, ich lasse es nicht zu. Geht allein oder bleibt da, aber gebt ihn frei."

Benvenuto warf einen durchdringenden Blick auf die Herzogin und sah Ascanio besorgt an. Er wußte, daß er seinen geliebten Schüler ruhig der Pflege der Frau von Etampes überlassen konnte. „Ihr bürgt mir für ihn, Madame!" sagte er. „O, bei meinem Leben!" rief die Herzogin.

Dann küßte er den Gehilfen auf die Stirn, warf seinen Mantel um die Schultern und verließ, die Hand am Griff seines Dolches, den Saal, nachdem er der Herzogin noch einen Blick voll Haß und Verachtung zugeworfen hatte. Um die beiden Diener an der Tür kümmerte er sich nicht.

Anna folgte ihrem Feind mit wütendem Blick; dann neigte sie sich voll Trauer über den Kranken: der Zorn wich der Liebe, die Tigerin wurde zur Gazelle.

Inzwischen kam der Arzt. „Meister André," rief sie, „untersucht ihn, rettet ihn. Er ist verwundet, er stirbt." — „Es ist nur ein vorübergehender Schwächeanfall," konstatierte der Arzt. Und er befeuchtete Ascanios Lippen mit einem stärkenden Mittel.

„Er bewegt sich, er kommt wieder zu sich!" rief die Herzogin. „Nicht wahr, Meister, er braucht jetzt Ruhe? Bringt ihn hierher ins Zimmer, legt ihn auf das Bett," befahl sie den Dienern. Dann sagte sie leise zu ihnen: „Wenn ihr ein Wort von dem verratet, was ihr eben gesehen und gehört habt, sollt ihr mit eurem Hals für eure Zunge büßen."

Die Lakaien verneigten sich bestürzt und trugen Ascanio vorsichtig hinaus.

Als die Herzogin mit dem Prevot und dem Grafen von Marmagne, den beiden Zeugen der ihr widerfahrenen Beschimpfung, allein war, warf sie ihnen einen flüchtigen Blick voll Verachtung zu. „Ich sagte Euch also," wiederholte sie mit kühler Ruhe, „daß es sich um eine ernste Sache handelt; gleichwohl, ich denke nicht mehr daran. Ich bin mächtig genug, um allein einen Verräter zu bestrafen. Ich hoffe, der König wird mir diesmal seine Einwilligung nicht versagen. Aber ich will mich auch rächen. Die Bestrafung würde die Beleidigung der Öffentlichkeit preisgeben, die Rache aber wird sie verdecken. Ihr, meine Herren, wolltet die Rache aufschieben, um sie nicht bloßzustellen; ich lobe Euch deshalb. Ich rate Euch aber auch, klug zu sein und sie Euch nicht entgehen zu lassen, damit ich nicht andere um ihre Hilfe bitten muß. Marmagne, ich sichere Euch wie einem Scharfrichter völlige Straflosigkeit zu; ich empfehle Euch und Euren Sbirren, Euch nicht des Degens zu bedienen, sondern Euch nur auf Eure Dolche zu verlassen. Keine überflüssigen Worte, handelt lieber — das ist die beste Antwort. Lebt wohl, meine Herren."

Die Herzogin stieß die Worte hervor; dann streckte sie die Hand aus, als wollte sie den beiden Edelleuten die Tür weisen. Sie verneigten sich verlegen, und ohne ein Wort der Entschuldigung zu finden, gingen sie.

„O, warum bin ich auch eine Frau, die sich solcher Feiglinge bedienen muß!" blickte Anna ihnen nach, und ein verächtliches Lächeln zuckte um ihre Lippen. „Ach, wie verachte ich diese Männer — den königlichen Liebhaber, den feilen Gatten, diese Lakaien, alle, bis auf den einen, den ich trotz alledem bewundere, und den andern, den ich liebe."

Und sie ging in das Zimmer, in dem der hübsche Patient lag. Als sie sich seinem Bett näherte, schlug Ascanio die Augen auf. „Wo bin ich?" fragte er, als er wieder zu sich kam. — „Ihr seid bei mir, Ascanio!" sagte die Herzogin. — „Bei Euch, Madame? Ah, jetzt erkenne ich Euch erst, Ihr seid Frau von Etampes . . . Aber wo ist Benvenuto? Wo ist mein Meister?"

„Bleibt ruhig liegen, Ascanio, Euer Meister befindet sich in Sicherheit. Er ist zu Hause und wird just in aller Ruhe speisen."

„Aber wie kommt es, daß er mich hier allein gelassen hat?"

„Ihr hattet das Bewußtsein verloren und er vertraute Euch meiner Pflege an."

„Und Ihr versichert mir, Madame, daß ihm keine Gefahr droht, daß er unversehrt und heil von hier fortgegangen ist?"

„Ich wiederhole und versichere es Euch, Ascanio, er hat nicht das mindeste zu befürchten. Aber ich beschütze und pflege Euch, die Herzogin von Etampes pflegt Euch mit der Hingabe einer Schwester, und der undankbare Mensch denkt nur an seinen Meister!"

„O, Madame, verzeiht mir und nehmt meinen Dank entgegen!" erwiderte Ascanio.

„Es war wirklich Zeit!" warf die Herzogin mit feinem Lächeln ihr schönes Haupt zurück. Und dann plauderte sie mit ihm, stellte Fragen und wartete begierig auf jedes Wort, als hänge ihr Leben und ihre Zukunft davon ab. Sie schmeichelte ihm und liebkoste ihn wie eine Katze, spielte ihre Rolle wie eine Schauspielerin, und als der junge Mann sich abermals erheben und fortgehen wollte, hielt sie ihn gewaltsam zurück. „Ascanio, Ihr erzählt mir so begeistert von Eurer Goldschmiedekunst, daß es für mich geradezu eine Offenbarung ist, von der ich bisher keine Ahnung hatte. Und Ihr meint, Benvenuto wäre der größte Meister dieser Kunst?"

„Madame, er hat selbst den göttlichen Michelangelo übertroffen."

„Ich gebe Euch recht. Eure Worte lassen meine Erbitterung ob seines schlechten Benehmens gegen mich schwinden."

„Ach, Ihr dürft nicht auf sein derbes Wesen achten, Madame. Unter dieser rauhen Schale verbirgt sich ein glühendes, hingebendes Herz; Benvenuto ist zugleich der ungeduldigste und aufbrausendste Mensch. Er dachte, Ihr würdet ihn zum Spaß warten lassen, und diese Beleidigung . . ."

„Sagt lieber Bosheit," unterbrach ihn die Herzogin mit der geschickt gespielten Verwirrung eines verwöhnten Kindes. „Ich war nur noch nicht angekleidet, als Euer Meister kam, ich mußte also erst meine Toilette beenden. Und ich wußte nicht, daß Ihr bei ihm wart," fügte sie lebhaft hinzu.

„Cellini, der nicht so weit denkt und der schon oft zum besten gehalten wurde, hielt Euch — ich darf es Euch wohl verraten, da Ihr so aufmerksam und gütig zu mir seid — für niederträchtig und schrecklich, und in einer Kinderei sah er eine Beleidigung."

„Glaubt Ihr das?" fragte die Herzogin, die nicht ganz ihr spöttisches Lächeln verbergen konnte.

„O verzeiht ihm, Madame! Glaubt mir, er ist edelmütig — wenn er Euch kennen würde, er würde Euch auf den Knien um Verzeihung für seinen Irrtum bitten."

„Ei, schweigt doch! Bildet Ihr Euch etwa ein, daß ich ihn jetzt liebe? Ich will ihn dazu bringen, und deshalb will ich ihm einen Nebenbuhler geben."

„Das wird schwer sein, Madame."

„O, durchaus nicht, denn der Rivale seid Ihr, sein Schüler

Ascanio. Laßt mir wenigstens indirekt dem großen Genie, das mich verabscheut, eine Ehre erweisen. Cellini rühmt selbst Eure Erfindungsgabe — würdet Ihr Euch weigern, sie in meinen Dienst zu stellen? Und da Ihr nicht die Abneigung Eures Meisters gegen mich teilt, beweist Ihr damit nicht selbst, daß Ihr auf meiner Seite steht?"

„Madame, alles, was ich vermag und was in meinen Kräften steht, soll Euch gehören. Ihr seid so gütig gegen mich, Ihr nehmt soviel Anteil an meiner Vergangenheit, an allen meinen Wünschen und Hoffnungen, daß ich Euch fortan mit Leib und Seele gehöre."

„Kind, das alles habe ich bis jetzt noch gar nicht getan. Habt Ihr schon einmal im Traum ein wunderbares, köstliches Kleinod gesehen? Ich habe eine Idee: als ich Euch daliegen sah, bleich und mit zurückgesenktem Haupt, dachte ich an eine Lilie, deren Blütenkelch sich im Winde neigt. Wohlan, Ihr sollt mir eine Lilie aus Silber und Perlen machen, die ich an meinem Mieder tragen will," legte die Zauberin ihre Hand aufs Herz.

„Ach, Madame, soviel Güte . . ."

„Ascanio, wollt Ihr Euch für diese Güte, wie Ihr es nennt, erkenntlich zeigen? Dann laßt mich Eure Vertraute, Eure Freundin sein, vor der Ihr keine Geheimnisse habt und nichts von Euren Plänen und Sorgen verbergt, denn ich sehe, daß Ihr Kummer habt. Versprecht mir, daß Ihr zu mir kommen wollt, wenn Ihr Rat und Hilfe braucht."

„Aber was Ihr von mir verlangt ist ja eine neue Gunst, die Ihr mir erweist, und kein Beweis meiner Dankbarkeit."

„Nun, wollt Ihr es mir versprechen?"

„Ach, gestern hätte ich es noch getan, gestern hätte ich noch Eure Großmut anrufen können — heute aber vermag niemand mehr mir zu dienen."

„Wer weiß? Ihr leidet, ich sehe es, Ascanio!"

Er schüttelte traurig den Kopf.

„Ihr habt eine Freundin, Ihr verstellt Euch — das ist nicht schön von Euch, Ascanio," drückte die Herzogin zärtlich seine Hand.

„Madame, mein Meister sorgt sich um mich und ich belästige Euch. Ich fühle mich wieder vollkommen wohl. — Erlaubt, daß ich heimgehen darf."

„Ei, Ihr habt es recht eilig, mich zu verlassen! Wartet wenigstens, bis ich eine Sänfte für Euch bestellt habe. Keine Widerrede — ich befehle es Euch als Arzt!"

Anna rief einen Diener und gab ihm Anweisungen, dann mußte Isabeau ihre Perlen und mehrere Edelsteine bringen, die sie Ascanio gab.

„Jetzt schenke ich Euch wieder die Freiheit," sagte sie. „Aber sobald Ihr wieder völlig hergestellt seid, soll meine Lilie die erste Arbeit sein, die Ihr anfangt. Inzwischen denkt daran, und wenn Eure Zeichnung fertig ist, laßt sie mich sehen."

„Jawohl, Frau Herzogin."

„Und soll ich nicht auch daran denken, wie ich Euch dienen kann, soll ich mich, da Ihr meine Wünsche erfüllt, nicht auch um die Euren kümmern? Laßt hören, Ascanio, was wünscht Ihr, liebes Kind? In Eurem Alter hilft es nichts, dem Herzen Gewalt anzutun, die Augen niederzuschlagen und die Zähne zusammenzubeißen — man wünscht sich doch immer etwas. Und Ihr traut mir wohl soviel Macht und Ansehen zu, daß Ihr mich Eures Zutrauens würdig haltet?"

„Madame, ich weiß, daß Ihr alle Macht besitzt, die Ihr verdient. Aber trotzdem vermag mir in meiner augenblicklichen Lage keine irdische Macht zu helfen."

„Endlich! Vertraut es mir nur an, ich will es wissen!" Und dann klang ihre Stimme weich und lockend: „Ich bitte Euch darum."

Da brach Ascanios Schmerz mit Gewalt durch. „Ach, Madame, da Ihr so gütig zu mir seid und da mein Weggang Euch meine Schande und meine Tränen erspart, so will ich nicht, wie ich es gestern getan hätte, eine Bitte an die Herzogin richten, sondern einer Frau ein Geständnis machen. Gestern hätte ich Euch gesagt: Ich liebe Colombe und bin glücklich! ... Heute aber muß ich Euch sagen: Colombe liebt mich nicht und so muß ich sterben! ... Lebt wohl, Madame, bedauert mich!"

Ascanio sprang auf und küßte rasch die Hand der Herzogin, die stumm und unbeweglich blieb. Dann eilte er hinaus.

„Eine Rivalin, eine Nebenbuhlerin!" flüsterte Anna, als erwache sie aus einem schweren Traum. „Aber sie liebt ihn nicht, während er mich lieben wird ... Ja, ich schwöre es, er soll mich lieben und ich will Benvenuto umbringen!"

---

14. Kapitel.

Liebesschmerzen.

Als Cellini wieder im großen Nesle war, dachte er nicht mehr an den Zorn der Herzogin von Etampes, sondern beschäftigte sich unablässig mit seinem Schüler. Wie groß war daher seine Freude, als plötzlich die Tür aufging und eine Sänfte hereingetragen wurde, aus der Ascanio stieg und ihm mit der Versicherung die Hand schüttelte, daß er sich wieder vollkommen wohl fühle. Aber Benvenutos Stirn umwölkte sich bei den ersten Worten des Gehilfen aufs neue und er hörte mit bekümmerter Miene, was dieser erzählte.

„Meister," begann Ascanio, „Ihr müßt ein Unrecht wieder gutmachen, und Ihr werdet mir gewiß danken, daß ich es Euch sage. Ihr täuscht Euch über Frau von Etampes; weder verachtet sie noch haßt sie Euch, sondern sie achtet und bewundert Euch, und Ihr habt sie als Frau und Herzogin wirklich recht brutal behandelt. Meister, Frau von Etampes ist nicht nur schön wie eine Göttin, sie ist auch gütig wie ein Engel, bescheiden, einfach und großmütig, und besitzt ein weiches mitfühlendes Herz. Was Ihr heute früh für eine absichtliche Beschimpfung gehalten habt, war weiter nichts als eine harmlose

Kinderei. Ich bitte Euch um Euretwillen, der Ihr niemals ungerecht seid, und ebenso um meinetwillen, den sie mit rührender Hingabe gepflegt hat, verharret nicht länger in Eurer schimpflichen Verachtung. Ich bürge Euch dafür, daß es Euch nicht schwer fallen wird, das vergessen zu machen . . . Aber warum antwortet Ihr mir nicht, teurer Meister? Ihr schüttelt den Kopf . . . Sollte ich Euch am Ende gar beleidigt haben . . .?"

„Höre mich an, mein Kind," erwiderte Benvenuto ernst, „ich habe dir oft gesagt, daß ich auf Erden nur einen Gegenstand kenne, der ewig schön, jung und fruchtbar ist: die göttliche Kunst. Immerhin gebe ich zu, daß, ja ich hoffe sogar, daß für gewisse zartbesaitete Menschen auch die Liebe ein großes, tiefes Gefühl ist, das ein ganzes Leben glücklich machen kann — aber das kommt nur selten vor. Was ist denn gewöhnlich die Liebe? Eine vergängliche Laune des Augenblicks, eine angenehme Kameradschaft, bei der man sich gutgläubig gegenseitig täuscht. Ich verspotte diese Liebe gern, wie du weißt — ich mache mich lustig über ihre Anmaßung und über ihre Sprache. Ich habe meinen Spaß daran; die Liebe gewährt alle Freuden und Leiden, die ganze Eifersucht einer ernsthaften Leidenschaft, aber ihre Wunden wirken nicht tödlich. Ob Lust- oder Trauerspiel, nach einer gewissen Zeit denkt man daran nur wie an ein Theater zurück. Und dann siehst du, Ascanio, die Frauen sind wohl reizend, aber ich meine, sie sind nur solcher Spielerei wert. Wer ihnen mehr gibt, handelt unklug und unbesonnen. Die Scozzone ist ein Beispiel dafür: wenn sie in mein Herz schauen könnte, würde sie sich gewiß entsetzen. Ich verschließe es ihr daher und sie ist fröhlich, singt und ist glücklich. Bedenke noch, daß diese vorübergehenden Liebschaften ebenso dauerhaft sind und dem Künstler alles gewähren: den Kultus der Form und die Anbetung der reinen Schönheit. Das ist ihre ernste Seite und deshalb verachte ich die Liebe nicht, wenn ich auch darüber spotte. Aber es gibt noch eine andere Liebe, und vor der zittere ich, denn sie ist schrecklich, sinnlos und unmöglich wie ein Traum."

„O mein Gott, sollte er etwas von meiner verrückten Leidenschaft zu Colombe wissen!" dachte Ascanio.

„Diese Liebe bringt weder Freude noch Glück," fuhr Cellini fort, „manchmal raubt sie dem Menschen sogar beides. Sie ist wie ein Vampir, der langsam unser Blut schlürft, und nach und nach unsere Seele verzehrt. Sie hält uns fest in ihren Fängen und wir können uns nicht mehr aus ihrer Umstrickung losmachen. Hüte dich wohl vor dieser Liebe, Ascanio. Oft sind es nur Chimären, mit denen man nichts gewinnen kann; der Mensch weiß es selbst, und doch gibt er sich ihnen mit Leib und Seele hin und opfert ihnen fast freudig sein Leben."

„Er weiß alles!" dachte Ascanio.

„Liebes Kind," fuhr Benvenuto fort, „wenn es noch Zeit ist, so entsage dieser Leidenschaft, die dich sonst für immer fesseln wird; du wirst Wunden davontragen, aber suche wenigstens dein Leben zu retten."

„Aber wer sagt Euch denn, daß ich liebe?" fragte Ascanio.

„Gott sei gelobt, du liebst nicht!“ rief Benvenuto, der Ascanios Frage für eine Verneinung hielt. „Aber sei trotzdem auf deiner Hut, denn ich sah heute morgen, daß sie dich liebt.“

„Heute morgen? Von wem sprecht Ihr denn?“

„Von wem ich spreche? Ei, von Frau von Etampes.“

„Frau von Etampes . . .“ wiederholte Ascanio erstaunt. „Aber das ist doch unmöglich, Ihr täuscht Euch, Meister. Ihr wollt gesehen haben, daß Frau von Etampes mich liebt?“

„Ascanio, ich bin vierzig Jahre alt, ich kenne das Leben. Bei den Blicken, die dieses Weib dir zuwarf, wie sie sich dir näherte, schwöre ich dir, daß sie dich liebt, und die Begeisterung, mit der du sie jetzt verteidigst, läßt mich befürchten, daß du ihre Liebe erwiderst. Doch dann bist du verloren, Ascanio, denn diese Liebe, deren Glut dich verzehrt, wird dir jede Illusion, jeden Glauben und jede Hoffnung rauben, diese Liebe ist verhängnisvoll, denn sie wird nach dir auch noch andere Herzen verbrennen.“

„Meister, ich weiß nicht, ob Frau von Etampes mich liebt, auf alle Fälle aber liebe ich sie nicht.“

Ascanios aufrichtige Antwort konnte Benvenuto indes nicht völlig überzeugen, denn er glaubte, daß er sich selbst täuschen könnte. Er sprach nicht mehr davon, aber von nun an sah er seinen Schüler oft traurig an.

Und doch schien er sich um Ascanio keine Sorgen zu machen. Ihn selbst mußte offenbar auch ein persönlicher Kummer bedrücken. Er hatte seinen Frohsinn verloren, sein ganzes früheres derbes Wesen. Den ganzen Morgen schloß er sich in der Erzgießerei ein und verbot ausdrücklich, ihn zu stören, den übrigen Tag arbeitete er mit gewohntem Feuereifer an der Riesenfigur des Mars, aber er sprach nicht mehr mit seiner sonstigen Lebhaftigkeit davon. Besonders düster, niedergeschlagen und beschämt zeigte er sich, wenn Ascanio zugegen war. Er schien seinen geliebten Schüler wie einen Gläubiger oder Richter zu meiden und ihm aus dem Wege zu gehen. Es schien ihn sogar zu befriedigen, wenn er sah, daß ein gewisses großes Leid, eine schreckliche Leidenschaft seine starke Seele verzehrte.

Auch Ascanio war nicht glücklich. Wie er Frau von Etampes gestanden hatte, war er jetzt selbst überzeugt, daß Colombe ihn nicht liebe. Der Graf von Orbec, den er nur dem Namen nach kannte, wurde in seiner Eifersucht zu einem jungen eleganten Kavalier, und die Tochter des Herrn von Estourville, die glückliche Braut des schneidigen Edelmanns, hätte gewiß keinen Augenblick an einen unbekannten Künstler gedacht. Hätte er die unbestimmte und flüchtige Hoffnung gehütet, die niemals ein von Liebe beseeltes Herz verläßt, so hätte er sich selbst jede Aussicht geraubt, wenn er Frau von Etampes, falls diese ihn wirklich liebte, den Namen ihrer Nebenbuhlerin verraten hätte. Diese Ehe, die sie leicht hätte verhindern können, würde sie dann erst recht beschleunigen und mit ihrem ganzen Haß die arme Colombe verfolgen. Ja, Benvenuto hatte recht: die Liebe dieses Weibes war furchtbar und tödlich, während Colombes Liebe dem erhabenen, himmlischen

Gefühl entsprach, das der Meister zuerst genannt hatte, aber ach — diese Liebe, dieses ganze Glück war einem andern bestimmt . . .

Ascanio verzweifelte; er hatte an die trügerische Freundschaft der Frau von Etampes geglaubt, aber es war eine gefährliche Liebe; er hatte auf Colombes Liebe gehofft, aber sie war nur belanglose Freundschaft. Er empfand etwas wie Haß gegen beide Frauen, die so wenig seinen Träumen entsprachen, indem jede ihn so liebte, wie er von der andern geliebt sein wollte.

In seiner tiefen Entmutigung dachte er selbst nicht mehr an die Lilie, die Frau von Etampes bestellt hatte, und in seiner eifersüchtigen Verstimmung wollte er nicht mehr in den Garten des kleinen Nesle gehen, ungeachtet Rupertas Bitten und Vorwürfen, auf deren fortgesetzte Fragen er gar nicht mehr antwortete. Bisweilen freilich bereute er schmerzlich seinen etwas voreiligen Entschluß. Er wollte Colombe wiedersehen, Rechenschaft von ihr verlangen, aber worüber . . . ? Er würde ihr gewiß seine Liebe wie ein Verbrechen gestehen und sie würde ihn vielleicht trösten, als wenn ihm ein Unglück zugestoßen wäre. Aber wie konnte er in den Augen des jungen Mädchens sein Fernbleiben rechtfertigen?

Mit diesen kindischen und schmerzlichen Betrachtungen verging die Zeit und Ascanio vermochte keinen Entschluß zu fassen. Colombe erwartete Ascanio am Tage nach seinem ersten Besuch mit Furcht und Freude, aber vergebens zählte sie Stunden und Minuten, vergebens hielt Perrine Ausschau: Ascanio, der Colombes freundliche Einladung benutzen konnte, kam nicht mit Ruperta und klopfte nicht, wie vereinbart, an das Tor des kleinen Nesle. Was hatte das zu bedeuten?

Ascanio mußte gewiß krank sein, vielleicht war er dem Tode nahe, und zu schwach, um kommen zu können. So dachte wenigstens Colombe. Jeden Abend kniete sie vor ihrem Betstuhl und vergoß bittere Tränen. Sie entsetzte sich vor dem Gedanken, daß Ascanio in kaum einem Monat so völlig Herr ihres Herzens geworden war, daß sie darüber Gott, ihren Vater und ihr eigenes Unglück vergessen konnte.

Nur wenige Schritte von ihr litt Ascanio; er konnte sterben, ohne daß es ihr möglich war, ihn noch einmal zu sehen.

Am andern Tag paßte Perrine Ruperta ab, und als sie diese ausgehen sah, stürzte sie sich sogleich auf sie, um sie zu begleiten und Neuigkeiten zu erfahren, worum es ihr viel mehr zu tun war, als Einkäufe für den Haushalt zu machen. Perrine erfuhr auf diese Weise von ihrer geschwätzigen Freundin, daß Ascanio nicht mehr ernstlich krank war; er hatte sich nur ganz einfach geweigert, in den Garten zu gehen, ohne indes auf die dringenden Vorstellungen der guten Ruperta zu achten, noch auf ihre Fragen zu antworten. Sein ganzes Verhalten erschien den beiden Frauen sonderbar und unbegreiflich.

Colombe brauchte nicht lange nach einer Erklärung dafür zu suchen; sie sagte sich auf der Stelle: Er weiß alles. Er hat erfahren, daß ich die Frau des Grafen von Orbec werden soll und deshalb will er mich nicht mehr wiedersehen. Ihr erster Gedanke war eigentlich, ihren Freund ihren Zorn fühlen zu lassen. Bald aber kam sie zu der Überzeugung, es wäre zweckmäßiger, daß Ascanio erfahre, daß die geplante Verbindung mit dem Grafen sie keineswegs so unglücklich mache. Schließlich wollte sie Ascanio überhaupt nicht mehr sehen, aber sie redete sich das nur ein, denn im Grunde ihres Herzens wartete sie doch auf ihn, um sich vor ihm zu rechtfertigen.

Und so quälte sie ihr ängstliches Gewissen und ihre verschmähte Liebe.

Aber es war nicht die einzige Liebe, die Ascanio verkannte. Es gab noch eine andere, mächtigere, ungestümere Liebe, die vom Glück träumte wie der Haß von der Rache.

Frau von Etampes wollte nicht an Ascanios leidenschaftliche Liebe zu Colombe glauben. „Ein Kind, das noch nicht weiß, was es will, ist in das nächstbeste hübsche Mädchen verliebt, das ihm begegnet," sagte sie sich. „Er läßt sich durch die Gleichgültigkeit einer dummen Gans abschrecken, deren alberner Stolz sich an irgendeinem Hindernis stößt. Ach, wenn er erst wüßte, daß es nur eine wahre, heiße und beständige Liebe gibt, wenn er wüßte, daß die Herzogin von Etampes, deren Laune ein Königreich regiert, ihn liebt . . . Er soll es erfahren!"

Wie Frau von Etampes und Colombe unter ihrer Liebe litten, so bereitete dem Prevot und dem Grafen von Marmagne der Haß manche ruhelose Stunde. Marmagne verfolgte Benvenuto mit tödlichem Haß. Der hatte ihn vor einer Frau verächtlich gemacht und ihn gezwungen, ihm mutig entgegenzutreten, denn vor dem Zwischenfall im Hotel d'Etampes hätte der Vicomte ihn noch ruhig von seinen Banditen auf der Straße niederstechen lassen können, während er jetzt geradezu verpflichtet war, ihn persönlich in seiner Wohnung anzugreifen. Bei diesem Gedanken überlief den wackeren Marmagne die Gänsehaut. Der Feigling aber verzeiht niemals einem Menschen, der ihn fühlen ließ, daß er keinen Mut besitzt.

So litten alle, selbst die Scozzone. Das unbesonnene, ausgelassene Mädchen lachte und sang nicht mehr und bisweilen waren ihre Augen von Tränen gerötet. Benvenuto liebte sie nicht mehr, er war kühl, oft sogar hart gegen sie.

Die arme Scozzone hatte sich nämlich in den Kopf gesetzt, Benvenutos Frau zu werden. Als sie in sein Haus gekommen war, glaubte sie, sie wäre für ihn nur ein Spielzeug. Benvenuto aber hatte sie vom ersten Augenblick an nicht wie eine Dirne, sondern wie eine Frau behandelt. Diese unerwartete Achtung und unverhoffte Ehre hatten dem armen Ding den Kopf verdreht und sie empfand zugleich eine aufrichtige Dankbarkeit gegen ihren Wohltäter und einen naiven Stolz über die vornehme Behandlung, die ihr zuteil wurde. Nicht auf Benvenutos Befehl, sondern auf seine Bitte hin stand sie ihm frohen Herzens Modell, und als sie sah, daß sie so oft dargestellt und in Gold, Silber und Bronze bewundert wurde, schrieb sie sich ganz einfach die Hälfte des Erfolges des Goldschmiedes zu, da die reizenden Körperformen, die so großen Beifall fanden, doch viel mehr ihr als dem Meister gehörten. Sie errötete gern, wenn man vor Benvenuto die Reinheit seiner Linien oder die Schönheit einer Gestalt lobte, sie bildete sich wohlgefällig ein, daß sie für den künstlerischen Ruf ihres Liebhabers unentbehrlich wäre, daß sie ein Teil seines Ruhmes wie seines Herzens geworden war.

Das arme Kind wußte ja nicht, daß sie für den Künstler niemals die geheime Seele noch die stille Gottheit war, die seinen Schöpfergeist befruchtete. Weil Benvenuto ihren Körper und ihre Grazie abbildete, meinte sie schon, ihm alles zu sein, und so schmeichelte sie sich mit dem kühnen Gedanken, er werde, nachdem er die Dirne zu seiner Mätresse erhoben habe, nun die Geliebte zu seiner Gattin machen.

Und da sie sich nicht verstellen konnte, hatte sie ihm ganz offen ihre Vermutung gestanden. Cellini hatte ihr ernst zugehört und dann nur gesagt: „Wir wollen sehen."

In Wirklichkeit hätte er gewiß vorgezogen, wieder in der Engelsburg eingesperrt zu werden, selbst auf die Gefahr hin, sich bei der Flucht nochmals das Bein zu brechen. Nicht weil er etwa seine geliebte Scozzone verachtete — er liebte sie vielmehr zärtlich und sogar ein wenig eifersüchtig, aber vor allem betete er doch die Kunst an, die seine wahre und rechtmäßige Geliebte war. Würde ihm nicht die Ehe seinen fröhlichen Künstlerhumor vergällen? Würde der Familienvater sich noch mit dem Goldschmied vertragen? Und dann — wenn er seine sämtlichen Modelle hätte heiraten wollen, müßte er längst einen ganzen Harem um sich haben.

„Wenn ich die Scozzone als Geliebte und als Modell satt habe, wird sich schon irgendein braver Junge finden, der über der Zukunft die Vergangenheit vergißt und in einer hübschen Frau nur eine annehmbare Mitgift sieht, die er mir verdankt," dachte sich Benvenuto. „So werde ich ihr Verlangen nach dem Namen einer Ehefrau am besten befriedigen." Denn Benvenuto war überzeugt, daß die Scorzone nur einen Mann haben wollte, wer es auch sei.

Vorläufig ließ er das ehrgeizige Mädchen ruhig in ihren Luftschlössern schwelgen. Seitdem er aber in den großen Nesle übersiedelt war, machte er ihr keine Hoffnungen mehr, und obwohl die arme Scozzone einsehen mußte, daß sie für Cellinis Leben und Arbeit doch nicht von so großer Bedeutung war, wie sie geglaubt hatte, vermochte sie nicht mehr durch ihre heitere Laune die ernste Wolke von der Stirn des Meisters zu verscheuchen. Er hatte das Wachsmodell einer Hebe begonnen, ohne daß sie ihm dazu stehen mußte. Sie hatte versucht, mit Ascanio in Cellinis Gegenwart zu kokettieren, ohne daß auch nur ein strenger Blick die geringste Spur von eifersüchtigem Zorn auf des Meisters Gesicht verriet. Mußte sie da nicht ihren schönen Träumen entsagen und die arme, verachtete Dirne bleiben wie zuvor?

Auch Pagolo hatte sich verändert und er war seit einiger Zeit noch finsterer und einsilbiger geworden als zuvor.

War wenigstens nicht der lebensfrohe Schüler Jacques Aubry von der allgmeinen Niedergeschlagenheit und Verstimmung verschont geblieben? Mit nichten! Auch er nahm seinen Anteil an dem allgemeinen Schmerz. Simonne war, nachdem sie an dem Sonntag, an dem die Erstürmung des Nesle stattfand, lange auf ihn gewartet hatte, wütend in ihr eheliches Heim zurückgekehrt und wollte unter keiner Bedingung mehr den unverschämten Burschen empfangen. Dieser hatte freilich aus Rache dafür dem Mann der launenhaften Frau seine Kundschaft entzogen, aber der unverschämte Schneider hatte das nur als Genugtuung empfunden, denn wenn Aubry auch sehr rasch und häufig seine Kleider abtrug, so zeigte er sich doch insofern äußerst sparsam, als er sie niemals bezahlte. Und da Simonnes Einfluß fehlte, um die unbezahlten Rechnungen ins Gleichgewicht zu bringen, fand der egoistische Schneider, daß die Ehre, Herrn Jacques Aubry kleiden zu dürfen, doch nicht den Schaden aufwog, der ihm entstand, wenn er ihm die Anzüge umsonst lieferte.

So war der Ärmste auf einmal seine Geliebte und seine neuen Kleider los geworden. Zum Glück war er nicht dazu geschaffen, um sich von seinem Kummer umbringen zu lassen. In einem Mädchen namens Gervaise hatte er einen reizenden Trost gefunden. Gervaise aber versteifte sich auf alle möglichen Grundsätze, die er höchst abgeschmackt und dumm fand. Beständig hielt sie ihn zum Narren und so suchte er verzweifelt nach einem Mittel, um die Kokette endlich festzuhalten. Darüber vergaß er fast ganz das Essen und Trinken, zumal der infame Wirt, der zu allem Unglück der Vetter des elenden Schneiders war, ihm keinen Kredit mehr geben wollte.

---

15. Kapitel.

Intrigen.

Aber endlich hatte Jacques Aubry doch das goldene Band gefunden, das das leichtfertige junge Mädchen fesseln sollte. Diese goldene Kette war ein herrlicher Ring, der zwei verschlungene Hände darstellte und den Benvenuto selbst ziseliert hatte.

Seit dem Kampf um den Nesle empfand Aubry eine lebhafte Zuneigung zu der freimütigen und gebieterischen Tatkraft des Florentiner Künstlers. Er unterbrach ihn nicht mehr, wenn er sprach, sondern hörte ihm ehrerbietig zu und bewunderte mit warmer und aufrichtiger Begeisterung seine Werke. Aber auch Cellini hatten sein offenes Wesen, sein Mut und sein guter Humor gefallen. Kurz, der Goldschmied und er waren allmählich die besten Freunde geworden und Cellini, der immer großmütig war, weil sein Reichtum unerschöpflich war, hatte ihm eines Tages diesen Ring geschenkt, der so entzückend gearbeitet war, daß er gewiß an Stelle des Apfels auch eine Eva in Versuchung geführt hätte.

Am andern Tag ging der Ring bereits von Aubrys Hand an Gervaises Finger über; sie gab dafür ihr ernstes Wesen auf und der Schüler hoffte nun, daß sie ihm gehöre, während der arme Narr ihr jetzt erst recht verfallen war.

Der Scozzone war es endlich gelungen, in Benvenutos Herzen wenigstens einen Funken von Eifersucht zu entfachen. Das hatte sich so zugetragen. Eines Abends, als ihre Koketterie und ihr Werben wieder an dem ernsten Wesen des Meisters abgeblitzt waren, nahm sie plötzlich eine feierliche Miene an.

„Benvenuto," sagte sie, „Ihr scheint offenbar gar nicht mehr an das Versprechen zu denken, das Ihr mir gegeben habt."

„Was meinst du damit, liebe Kleine?" fragte Benvenuto, als suche er die Antwort darauf an der Decke des Zimmers.

„Ei, habt Ihr mir denn nicht hundertmal versprochen, daß Ihr mich heiraten wollt?" — „Nicht, daß ich wüßte. Ich glaube, ich habe nur einmal gesagt: Wir wollen sehen." — „Gut, und was habt Ihr gesehen?" — „Daß ich noch zu jung bin, um mehr zu sein als dein Liebhaber, beste Scozzone. Wir wollen später wieder darauf zurückkommen." — „Aber ich bin nicht mehr so albern, daß ich mich mit leeren Versprechungen abspeisen lasse und noch länger auf Euch warte, Herr." — „Mache, was du willst, Kleine, und wenn es dir hier nicht mehr paßt, so gehe!" — „Aber warum sträubt Ihr Euch denn immer noch gegen die Ehe? Was sollte denn das an Ihrem bisherigen Leben ändern? Ihr würdet ein armes Mädchen, das Euch liebt, glücklich machen, weiter nichts." — „Was das an meinem Leben ändern würde, Scozzone?" sagte Cellini mit Nachdruck. „Du siehst hier die Kerze, deren flackerndes Licht spärlich den Saal erleuchtet, in dem wir uns befinden. Stülpe einen Löscher darauf, und es herrscht ringsum dunkle Nacht. Die Ehe gleicht diesem Löscher. Zünde die Kerze wieder an, Scozzone, ich liebe die Finsternis nicht." — „Ich verstehe," rief Scozzone unter Tränen, „Euer Name ist zu berühmt und angesehen, als daß Ihr ihn einem armen Mädchen schenken könntet, das Euch seine Seele, sein Leben, alles, was es besaß, gegeben hat, das alles für Euch erdulden würde, das nur für Euch lebt, nur Euch allein liebt!"

„Ich weiß es, Scozzone, und ich versichere dir, daß ich dir dafür ewig dankbar sein werde."

„Wer hat Euch in Eurer Einsamkeit aufgeheitert, wer hat, als Ihr eifersüchtig wurdet, nie mehr die schneidigen Soldaten angesehen, wer hat beständig seine Ohren süßen Schmeichelworten verschlossen, die selbst bis hierher gedrungen sind . . ."

„Wie, selbst bis hierher?" unterbrach sie Benvenuto.

„Jawohl, selbst bis hierher, versteht Ihr?"

„Scozzone," rief Benvenuto, „ich hoffe nicht, daß einer meiner Gefährten es gewagt hat, mir darin zu nahe zu treten!"

„O, er würde mich heiraten, wenn ich wollte," fuhr die Scozzone fort, da sie Cellinis Zorn dem Wiedererwachen seiner Liebe zuschrieb.

„Sprich, Scozzone! Wer ist der Unverschämte . . . ? Hoffentlich nicht Ascanio!"

„Es gibt einen Mann, der hat mir mehr als hundertmal

gesagt: ‚Katharina, der Meister nutzt Euch nur aus, er wird Euch niemals heiraten, obwohl Ihr so gut und schön seid, denn er ist viel zu stolz dazu. Ach, wenn er Euch liebte, wie ich Euch liebe, oder wenn Ihr mich lieben würdet, wie Ihr ihn liebt'."

„Wie heißt er? Nenne den Namen des Verräters!" schrie Benvenuto wütend.

„Aber ich habe ihn nicht erhört," fuhr Scozzone begeistert fort, „seine süßen Worte waren vielmehr vergebens und ich drohte ihm, daß ich Euch alles sagen würde, wenn er nicht aufhöre. Ich liebte ja nur Euch, ich war blind. Ja, stellt Euch nur gleichgültig, tut nur, als wenn Ihr es nicht glauben könnt, es ist trotzdem die Wahrheit, was ich sage."

„Ich glaube dir nicht, Scozzone," sagte Benvenuto, da er einsah, daß er ein anderes Mittel anwenden müsse, wenn er den Namen seines Nebenbuhlers erfahren wollte.

„Wie, Ihr glaubt mir nicht?" schrie Scozzone. „Ihr denkt wohl, ich würde lügen? Meint Ihr etwa wohl, ich würde keinen Mann mehr finden?" — „Das habe ich nicht gesagt." — „Aber Ihr denkt es vielleicht . . ."

Benvenuto lachte, denn er hatte das Mittel gefunden, das die Zunge der Scozzone lösen sollte.

„Und doch werde ich geliebt, das ist die Wahrheit," fuhr sie fort.

Benvenuto machte eine zweifelnde Bewegung.

„Ich werde sogar mehr geliebt, als Ihr mich je geliebt habt, noch mich jemals lieben könntet, Herr."

Benvenuto lachte laut auf. „Ich bin doch wirklich neugierig, wer dieser schöne Medor ist." — „Er heißt nicht Medor, sondern Pagolo, wenn Ihr es durchaus wissen wollt." — „Aha, also Herr Pagolo!" flüsterte Cellini. — „Jawohl, Herr Pagolo," bestätigte Scozzone, da sie sich verletzt fühlte, weil Cellini den Namen seines Nebenbuhlers mit so verächtlicher Betonung ausgesprochen hatte. „Pagolo ist ein braver Junge von guter Herkunft, kein Brausekopf, sondern ein frommer Mensch, der das Muster eines Ehemannes sein wird." — „Und du hast ihm niemals irgendwelche Hoffnung gemacht?" — „Nein, ich hörte ihn nicht einmal an. O, was war ich dumm! Aber in Zukunft . . ." — „Du hast recht, Scozzone, du mußt ihn anhören und ihm antworten, wenn er von der Liebe spricht. Das übrige ist meine Sache." — „Aber . . ." — „Sei unbesorgt, ich habe eine Idee." — „Ich hoffe aber, daß Ihr nicht allzu streng mit dem armen Teufel ins Gericht geht, wenn er sein Verbrechen eingesteht, daß er mich liebt. Spielt ihm immerhin einen tüchtigen Tanz auf, aber nicht mit Eurem Degen. Ich bitte Euch um Gnade für ihn." — „Du wirst mit meiner Rache schon zufrieden sein, Scozzone, denn sie bringt dir Vorteil." — „Inwiefern?" — „Sie wird deinen heißesten Wunsch erfüllen." — „Was wollt Ihr damit sagen, Benvenuto?" — „Das ist vorläufig mein Geheimnis."

„O, Ihr müßt sehen, was er für ein drolliges Gesicht macht, wenn er zärtlich sein will," fuhr das ausgelassene Mädchen fort, das nicht fünf Minuten lang traurig sein konnte. „Also, du Böser, das interessiert dich doch noch, wenn man mir die

Kur schneidet? Du liebst die arme Scozzone also immer noch ein klein wenig?"

„Gewiß. Aber was Pagolo anlangt, so mußt du mir aufs Wort folgen und dich buchstäblich an die Verhaltungsmaßregeln halten, die ich dir gebe."

„O, habt keine Angst, ich verstehe mich wie jede andere aufs Komödienspielen. Er wird schon wieder fragen: ‚Katharina, seid Ihr denn immer noch grausam?' Und ich werde antworten: ‚Wieso, immer noch, Herr Pagolo?' Natürlich tue ich recht verstimmt und entmutigend, versteht Ihr. Wenn er dann sieht, daß ich nicht mehr so zurückhaltend bin, wird er sich als Sieger dünken. Und was werdet Ihr mit ihm machen, Benvenuto? Wann wollt Ihr Euch an ihm rächen? Wird das lange dauern? Wird es lustig sein und werden wir dabei auch lachen?"

„Ja, wir werden dabei lachen," erwiderte Benvenuto.

„Und Ihr werdet mich immer lieben?"

Benvenuto gab ihr einen kräftigen Kuß auf die Stirn — eine Antwort, die alles, aber auch ebensogut nichts bedeuten konnte.

Die arme Scozzone aber zweifelte keinen Augenblick, daß Cellinis Kuß der Anfang seiner Rache wäre.

Der Graf von Marmagne traf Benvenuto allein an. Das trug sich folgendermaßen zu:

Angesport vom Haß des Prevot und von der Erinnerung an die Verachtung der Frau von Etampes und vor allem getrieben von seiner unersättlichen Habsucht, beschloß der Graf mit Hilfe seiner beiden Sbirren den Löwen in seiner Höhle anzugreifen. Hierzu hatte er den Tag des heiligen Alois, des Schutzpatrons der Goldschmiede ausersehen, da an diesem Tag die Werkstatt leer sein mußte. Er begab sich also mit hocherhobenem Kopf und klopfendem Herzen nach dem Kai, während seine beiden Häscher zehn Schritte hinter ihm folgten.

„Ei, der schneidige junge Kavalier geht gewiß auf eine galante Eroberung aus. Sein strammer Blick gilt seiner Dame und die beiden Sbirren sind für den Ehemann da," sagte jemand neben ihm.

Marmagne wandte sich um, da er glaubte, es wäre einer seiner Freunde, aber er sah nur einen Unbekannten, der in derselben Richtung ging wie er, und den er in seinem Eifer bisher gar nicht beachtet hatte.

„Ich wette meine Börse, daß ich das Richtige getroffen habe, mein Ritter," fuhr der Fremde jetzt fort. „O, antwortet nicht, denn in Liebessachen muß man verschwiegen sein. Mein Name ist Jacques Aubry und ich befinde mich gerade auf dem Weg zu einem Stelldichein mit meiner Geliebten Gervaise Philipot. Ein liebes Kind fürwahr, freilich ein wenig unerbittlich, aber ihre Keuschheit ist schließlich doch an einem Ring gescheitert. Allerdings war das auch kein gewöhnlicher Ring, sondern ein wahres Kleinod, ein wunderbares Werk von Benvenuto Cellini!"

Der Vicomte von Marmagne hatte bisher kaum auf die

vertraulichen Ergüsse des zudringlichen Schwätzers gehört und sich wohl gehütet, ihm zu antworten. Bei dem Namen Benvenuto Cellini aber erwachte plötzlich seine Aufmerksamkeit.

„Ein Werk von Benvenuto Cellini . . . Teufel, das ist ein wahrhaft königliches Geschenk für einen Schüler!"

„Ah, versteht Ihr, mein lieber Baron . . . Seid Ihr übrigens Baron, Graf oder Vicomte?"

„Vicomte," biß Marmagne sich auf die Lippen, ärgerlich über die unverschämte Zutraulichkeit, die sich der Schüler ihm gegenüber herausnahm, aber er wollte doch sehen, ob er daraus nicht einen Vorteil für sich ziehen könnte.

„Wohlverstanden, mein lieber Vicomte, ich habe den Ring nicht gekauft. Wenn ich auch selbst Künstler bin, so gebe ich mein Geld doch nicht für solche Lappalien aus. Benvenuto hat mir den Ring vielmehr geschenkt, und zwar zum Dank für die Hilfe, die ich ihm am vorigen Sonntag leistete, als er dem Prevot den großen Nesle wegnahm."

„Ihr seid also ein Freund Cellinis?" fragte Marmagne.

„Sein bester Freund sogar, Vicomte, und ich bin stolz darauf. Wir gehören einander auf Leben und Tod. Ihr kennt ihn gewiß auch?"

„Ja." — „Da könnt Ihr glücklich sein. Welch erhabenes Genie, mein Lieber. Doch Verzeihung, wenn ich so mit Euch rede, aber ich glaube, daß ich selbst ein Edelmann bin; meine Mutter sagte es wenigstens stets zu meinem Vater, wenn er sie schlug. Wie ich Euch schon sagte, bin ich der Vertraute des großen Benvenuto Cellini, und somit der Freund seiner Freunde und der Feind seiner Feinde, und mein erhabener Meister hat deren wahrlich genug: Voran Madame d'Etampes, dann der Prevot von Paris, ein alter Pedant, und schließlich ein gewisser Marmagne, ein langer dürrer Kerl, den Ihr vielleicht auch kennt. Er will, wie es heißt, sich im großen Nesle einnisten. Na, er mag nur kommen! Er soll gut empfangen werden!"

„Benvenuto kümmert sich also nicht um dessen Ansprüche?" fragte Marmagne, den das Gespräch mit dem Schüler plötzlich außerordentlich zu interessieren begann.

„Er hat es im voraus gewußt, aber . . . Doch ich darf es nicht sagen, damit der bewußte Marmagne nicht der wohlverdienten Abreibung entgeht."

„Nach alledem ist Benvenuto also auf seiner Hut?" — „O, das ist er zu jeder Zeit. In seiner Heimat sollte er schon wer weiß wie oft umgebracht werden, aber Gott sei Dank ist er noch jedesmal mit heiler Haut davongekommen." — „Nun, wie sieht er sich denn vor?" — „O, er hat keine Besatzung zur Verfügung wie der alte Feigling von Prevot, im Gegenteil, er ist ganz allein, wenigstens zu dieser Stunde, da seine Gehilfen einen Ausflug nach Vanves gemacht haben. Ich sollte heute eine Partie Ball mit meinem lieben Benvenuto spielen. Leider war aber schon Gervaise meinem großen Meister zuvorgekommen und so gab ich, wie Ihr wohl begreifen werdet, natürlich meiner Gervaise den Vorzug.“

„In diesem Fall will ich Euren Platz einnehmen,“ sagte Marmagne.

„Gut, geht nur hin, Ihr begeht eine verdienstvolle Tat, mein lieber Vicomte; sagt meinem Freund Benvenuto, daß ich ihn heute abend besuchen werde. Ihr wißt: drei kräftige Schläge an die Tür, das ist das Zeichen. Er gebraucht diese Vorsicht wegen dieses Schnapphahns von Marmagne, der ihm einmal einen schlechten Streich spielen könnte. Kennt Ihr übrigens diesen Vicomte von Marmagne?“ — „Nein.“ — „Schade, Ihr hättet ihn mir sonst beschreiben können.“ — „Und wozu das?“ — „Ei, damit ich ihm, wenn er mir begegnen sollte, zu einer Partie einladen kann. Ich weiß nicht warum, aber ohne daß ich ihn jemals gesehen habe, verabscheue ich Euren Marmagne, und wenn er mir einmal in die Hand fallen sollte, will ich ihn schon gehörig ausklopfen. Doch Verzeihung, wir sind jetzt bei den Augustinern und ich muß Euch verlassen. Wie heißt Ihr übrigens, mein Lieber?“

Der Vicomte entfernte sich, als wenn er diese Frage gar nicht gehört hätte.

„Aha,“ dachte Jacques Aubry, indem er ihm nachsah, „wir scheinen offenbar inkognito bleiben zu wollen, mein lieber Vicomte. Doch wie Ihr wollt.“

Und er steckte die Hände in die Taschen und schlenderte, wie gewöhnlich ein Lied pfeifend, nach der Rue du Battoir, in der Gervaise wohnte.

Der Vicomte von Marmagne begab sich unterdessen nach dem großen Nesle. Benvenuto war wirklich, wie Aubry gesagt hatte, allein zu Hause. Ascanio war irgendwohin gegangen um zu träumen, Katharina machte mit Ruperta einer Freundin einen Besuch und die Gesellen feierten den heiligen Alois in Vanves.

Der Meister war im Garten, wo er an dem Tonmodell der riesenhaften Marsstatue arbeitete, deren ungeheurer Kopf bis an die Dächer des großen Nesle reichte, während der kleine Jehan, der an diesem Tage den Türhüterdienst versah, sich durch Marmagnes Klopfen täuschen und ihn und seine beiden Sbirren eintreten ließ, da er sie für Freunde hielt.

Wenn Benvenuto auch nicht, wie Tizian, im Panzer arbeitete, so doch wie Salvatore Rosa, nämlich mit dem Degen an der Seite und mit der Büchse in der Hand. Marmagne sah also ein, daß er nichts gewonnen hatte, als er Cellini überraschte.

Er versuchte seine schamlose Feigheit so gut als möglich zu verbergen, und als Cellini ihn mit seiner gebieterischen Stimme, die keine ausweichende Antwort zuließ, nach seinem Begehr fragte, stellte er sich ihm also vor: „Ich habe mit Euch nichts zu tun; ich bin der Vicomte von Marmagne, Sekretär des Königs, und hier ist ein Befehl Seiner Majestät, der mir einen Teil des großen Nesle als Wohnung bewilligt. Ich will also meine Maßnahmen treffen, um die Wohnung, die ich künftig beziehen werde, nach meinem Geschmack einzurichten.“

Mit diesen Worten ging Marmagne, gefolgt von seinen Häschern, auf das Tor zu.

Benvenuto griff sofort nach seiner Büchse und mit einem Sprung war er vor dem Tor. „Halt!“ schrie er mit furchtbarer Stimme und streckte die Hand nach Marmagne aus. „Noch einen Schritt und Ihr seid des Todes!“

Dieser blieb in der Tat sofort stehen, als er die gebieterische Stimme des Goldschmieds vernahm; er begriff, daß Büchse, Degen und Dolch, womit Benvenuto bewaffnet war, ihm und seinen Häschern den Tod bringen würden. Marmagne fühlte, daß er das Spiel verloren hatte und froh wäre, wenn er wieder heil aus dem Wespennest herauskäme, in das er geraten war.

„Es ist gut, Herr Goldschmied,“ sagte er. „Wir wollten nur sehen, ob Ihr bereit wäret, den Befehlen Seiner Majestät Folge zu leisten. Ihr verachtet sie, Ihr weigert Euch, ihnen zu willfahren. Nun, wir werden uns an denjenigen wenden, der Euch schon zwingen wird, ihnen zu gehorchen. Aber bildet Euch nicht etwa ein, daß wir Euch die Ehre antun werden, uns mit Euch zu schlagen. Guten Abend!“

„Guten Abend!“ lachte Benvenuto. „Jehan, führe die Herren hinaus.“

Der Vicomte und seine beiden Sbirren verließen beschämt den großen Nesle, eingeschüchtert von einem einzigen Mann und hinausgeleitet von einem Knaben. So hatte der Wunsch des Vicomte, Benvenuto allein zu Hause anzutreffen, ein trauriges und klägliches Ende gefunden.

Da sich Marmagne noch grausamer in seinen Wünschen getäuscht sah als Jacques Aubry und die Scozzone, die wenigstens noch nicht die Ironie des Schicksals kannten, raste er vor Wut. „Frau von Etampes hatte also doch recht,“ dachte er, „ich muß ihrem Rat folgen: ich muß meinen Degen zerbrechen und den Dolch in die Scheide stecken, denn dieser Teufelskerl ist wirklich das, wofür er gilt. Doch ich werde mich schon für meine Niederlage rächen. Haltet Euch gut, Meister Benvenuto!“

Er nahm seine Sbirren zur Seite und sprach mit ihnen; sie versicherten ihm, daß sie bei einem Hinterhalt wohl mehr Glück hätten. Marmagne aber erklärte ihnen, daß er seine Ehre nicht so aufs Spiel setzen dürfe, weshalb er sie bei diesem Überfall nicht begleiten könnte; sie müßten sich selbst so gut als möglich aus der Schlinge ziehen. Die Sache auf eigene Faust zu Ende zu führen und so den vereinbarten Lohn zu verdienen, war aber ihr sehnlichster Wunsch.

Nachdem er ihnen Schweigen geboten hatte, begab er sich zu dem Prevot und gestand ihm ganz offen, daß er recht gehabt hatte, als er ihm riet, um jeden Argwohn zu vermeiden, mit Benvenutos Züchtigung zu warten, bis der Goldschmied einmal mit einer größeren Summe in der Tasche oder mit einer kostbaren Arbeit zufällig durch eine einsame und enge Gasse gehe. Dann würde jedermann glauben, Benvenuto sei von Räubern überfallen und ermordet worden.

---

16. Kapitel.

Die Liebe der Herzogin von Etampes.

Ascanio hatte inzwischen den Entwurf der Lilie beendet und sich, sei es aus Neugierde, oder aus Zuneigung der Unglücklichen zu denen, die sie beklagen, unverzüglich in das Hotel d'Etampes begeben. Es war gegen zwei Uhr nachmittags und also just die Stunde, wo die Herzogin Cercle hielt; aber wie Cellini im Louvre, so hatte auch Ascanio im Hotel d'Etampes zu jeder Zeit Zutritt. Die Herzogin bebte vor Freude, daß der Jüngling sie in ihrem vollen Glanz sehen sollte und gab daher ihrer Zofe Isabeau Befehl, Ascanio sofort hereinzuführen. Das Mädchen ging hinaus, nahm Ascanio bei der Hand und führte ihn ohne ein Wort zu sagen über einen Gang, hob dann einen Türvorhang in die Höhe und schob ihn sanft hinein. Ascanio befand sich im Empfangssalon der Herzogin, dicht hinter ihrem Sessel. Sie fühlte seine Nähe, weniger am Rauschen des Vorhangs hinter ihr, als an dem zitternden Hauch, der ihre Schulter berührte.

Die höchsten Würdenträger des Königreiches, die Gesandten des Kaisers waren um die Favoritin des Königs versammelt, in deren Boudoir die Schicksale Frankreichs und Europas entschieden wurden. Jetzt erhob sie sich und mit ihr die ganze Gesellschaft. Mit der hoheitsvollen Würde einer Königin verabschiedete sie die Gäste, die ehrfurchtsvoll wie vor einer Herrscherin ihre Knie beugten und sich zurückzogen.

„Bleibt da," wandte sie sich leise nach Ascanio um.

Jetzt, nachdem die Gäste fort waren, war sie nicht mehr die stolze, hochmütige Königin, sondern das leidenschaftliche, demütige Weib. Ascanio, der in bescheidenen Verhältnissen geboren und fern von der großen Welt im Dämmerlicht der Künstlerwerkstatt aufgewachsen war, ein ungewohnter Besucher der Paläste, die er nur selten in Begleitung seines Meisters betreten hatte, war von der Pracht und dem Glanz, die ihn umgaben, betäubt und geblendet. Es flimmerte vor seinen Augen, als er Frau von Etampes so leichthin und kokett von wichtigen Staatsgeschäften sprechen hörte und er das Schicksal der Herrscher und Reiche hier in traulichem Familienkreise versammelt sah. Dieses Weib glich der Vorsehung, die jedem sein Maß an Leid und Freud zuteilt, die mit derselben Hand Ketten und Kronen verleiht. Und diese Gebieterin höchsten irdischen Glückes, die so stolz zu ihren vornehmen Schmeichlern war, wandte sich jetzt nicht nur mit dem zärtlichen Blick eines liebenden Weibes, sondern noch mehr mit der demütigen Miene einer furchtsamen Sklavin zu ihm. Ascanio war plötzlich aus einem einfachen Zuschauer zur Hauptperson der ganzen Handlung geworden. Die Herzogin hatte geschickt und mit Berechnung diesen Effekt herbeigeführt. Ascanio fühlte die Macht, die diese Frau auf sein Herz und seine Sinne besaß, und wie ein Kind, das er ja noch war, wappnete er sich mit Kaltblütigkeit und Zurückhaltung, um seine Erregung zu verbergen. Vielleicht hatte er auch zwischen sich und der Herzogin wie einen Schatten seine keusche Colombe in ihrem weißen Kleid vorübergleiten sehen . . .

„Madame," begann Ascanio, „wie Ihr wißt, habt Ihr eine Lilie bestellt. Sobald der Entwurf fertig wäre, sollte ich ihn Euch bringen. Heute morgen habe ich die Zeichnung beendet, hier ist sie."

„Wir haben Zeit, Ascanio," lächelte die Herzogin mit ihrer Sirenenstimme. „Setzt Euch doch. Was macht Eure Wunde?"

„Ich bin wieder vollkommen hergestellt, Madame." — „Die Schulter ist zwar geheilt, aber hier . . ." und die Herzogin legte ihre Hand voll Grazie und gefühlvoll auf das Herz des Jünglings.

„Ich flehe Euch an, Madame, vergeßt die Torheiten, mit denen ich Ihre Gnaden belästigt habe." — „Oho, was soll dieser Ton bedeuten? Diese umwölkte Stirn? Nicht wahr, Euch langweilen alle diese Leute, Ascanio? Nun, ich hasse, ich verabscheue sie. O, wie habe ich mich beeilt, mit Euch allein zu sein — habt Ihr nicht gesehen, wie ich sie verabschiedet habe?"

„Ihr habt recht, Madame; ich fühlte, daß ich nicht in diese erlauchte Gesellschaft passe, ich, der arme Künstler, der nur hierher gekommen ist, um Euch den Entwurf der Lilie zu zeigen."

„Gleich, gleich, Ascanio," schüttelte die Herzogin den Kopf. „Ihr seid recht kühl und kurz zu Eurer Freundin. Und damals wart Ihr doch so unterhaltend und liebenswürdig! Warum seid Ihr heute so ganz anders, Ascanio? Gewiß ist daran Euer Meister schuld, der mich nicht leiden kann. Was sagt er über mich, Ascanio? Gesteht es ganz offen: Ihr habt mit ihm über mich gesprochen. Er hat Euch gesagt, daß es gefährlich wäre, mir zu vertrauen, daß hinter der Freundschaft, die ich Euch bezeigte, sich eine Schlinge verberge; er hat gesagt, daß ich Euch verachte — redet!"

„Er hat gesagt, daß Ihr mich liebt, Madame," erwiderte Ascanio mit festem Blick auf die Herzogin.

Frau von Etampes blieb einen Augenblick stumm unter der Flut der Gedanken, die in ihrem Herzen auftauchten. Gewiß hatte sie gewünscht, daß Ascanio ihre Liebe erkennen sollte, aber sie wollte ihn langsam darauf vorbereiten und nach und nach ihn von seiner Liebe zu Colombe abbringen. Jetzt, da ihr Plan entdeckt war, konnte sie nur noch in offener Schlacht bei hellem Tageslicht siegen. Dazu war sie schon im nächsten Augenblick entschlossen.

„Ja, ich liebe dich," sagte sie. „Ist das etwa ein Verbrechen? Kann man seiner Liebe oder seinem Haß Einhalt gebieten? Du hättest niemals gewußt, daß ich dich liebe. Wozu hätte ich es dir auch sagen sollen, da du doch eine andre liebst? Aber dieser Mann hat dir jetzt alles entdeckt, er hat dir mein Herz enthüllt und er tat recht daran, Ascanio. Schau her, du wirst eine so tiefe Hingabe fühlen, daß sie dich rühren muß. Und nun mußt du mich auch lieben, Ascanio."

Angesichts einer so offenen, furchtbaren Liebe fühlte Ascanio sich zugleich hingerissen, bestürzt und entsetzt. Benvenuto hatte es ihm gesagt und er begriff jetzt, daß es sich nicht mehr um eine vorübergehende Laune handelte; aber ihm fehlte weniger die Kraft zu widerstehen, als vielmehr die Erfahrung, um zu täuschen und zu unterwerfen. Er war kaum zwanzig Jahre alt und noch zu rein, um sich zu verstellen: das arme Kind bildete sich ein, daß die bloße Erinnerung an Colombe, die Anrufung ihres Namens ihm als Waffe zum Angriff und zur Abwehr, als Schwert und Schild dienen würde, während er doch im Gegenteil damit erst recht das Herz der Frau von Etampes entflammte, die eine Liebe ohne Nebenbuhlerin und ohne Streit gewiß bald ermüdet und gelangweilt hätte.

„Nun, Ascanio," fuhr die Herzogin ruhiger fort, als sie sah, daß der Jüngling unter dem Eindruck ihrer Worte schwieg, „vergessen wir für heute meine Liebe, die ein unbesonnenes Wort von Euch so ungeschickt wieder erweckt hat. Wir wollen jetzt nur an Euch denken. Ach, ich liebe Euch mehr um Euretals um meinetwillen, ich schwöre es Euch. Ich will Euer Leben erleuchten, wie Ihr das meine verklärt habt. Ihr seid Waise, laßt mich Eure Mutter sein. Ich bin ehrgeizig, gewiß, aber nur um Euretwillen. Seit wann träume ich davon, einem Franzosen im Herzen Italiens ein unabhängiges Herzogtum zu verschaffen? Von dem Augenblick an, seit ich Euch liebe. Und wenn ich dort Königin bin, wer wird der wahre König sein? Ihr. Für Euch werde ich Kronen und Throne stürzen. Ach, Ihr kennt mich noch nicht, Ascanio, Ihr wißt nicht, wen Ihr vor Euch habt. Doch Ihr seht es, ich sage Euch die reine Wahrheit, ich enthülle Euch meine sämtlichen Pläne. Laßt sehen, Ascanio, was Ihr mir zu offenbaren habt. Was auch Eure Wünsche sind, ich will sie erfüllen, was auch Eure Leidenschaft sein mag, ich will ihr dienen!"

„Madame, ich will offen und freimütig sein wie Ihr und Euch die Wahrheit sagen. Ich wünsche und begehre nichts als Colombes Liebe."

„Aber du hast mir ja selbst gesagt, daß sie dich nicht liebt!"

„Damals war ich allerdings fast verzweifelt. Aber heute, wer weiß . . ." Ascanio schlug die Augen nieder und fuhr leise fort: „Ihr liebt mich ja."

Die Herzogin war wie vernichtet ob dieses ehrlichen Geständnisses, das die Leidenschaft offenbart hatte. Sie schwieg einen Augenblick, um sich zu sammeln.

„Ascanio," fuhr sie dann fort, „wir wollen heute nicht von Herzensangelegenheiten sprechen. Ich habe Euch schon einmal darum gebeten und ich tue es jetzt nochmals. Für euch Männer bedeutet die Liebe nicht das ganze Leben. Habt Ihr Euch niemals nach Ehre, Reichtum und Ruhm gesehnt?"

„O doch, seit einem Monat begehre ich das alles mit Inbrunst," antwortete Ascanio, der unwillkürlich immer nur von dem einen Gedanken beherrscht wurde.

Eine neue Pause entstand.

„Liebt Ihr Italien?" fragte die Herzogin eindringlich.

„Ja, Madame. Dort blühen die Orangenbäume, in deren Schatten es sich so süß plaudern läßt, dort ist der Himmel so blau und umkost und verklärt die ernste Schönheit der Natur."

„Ach, dorthin möchte ich mit dir allein ziehen! Ganz für dich leben, wie du für mich!" rief die Herzogin, die sich selbst unwiderstehlich von ihrer Liebe hinreißen ließ. Doch als fürchte sie Ascanio noch mehr abzustoßen, faßte sie sich und fuhr fort: „Ich dachte, Ihr würdet vor allem die Kunst lieben."

„Ja, in erster Linie liebe ich," sagte Ascanio. „Ach, nicht ich, mein Meister Cellini haucht seinen Schöpfungen sein ganzes Wesen ein. Das kann nur der große, wunderbare, erhabene Künstler. Ich aber bin nur ein armer Lehrling, weiter nichts. Ich bin ihm nach Frankreich gefolgt, nicht um Reichtum zu erwerben noch um dem Ruhm nachzujagen, sondern weil ich ihn liebte und nicht ohne ihn sein kann, denn damals war er alles für mich. Ich habe keinen eigenen Willen, keine eigene Kraft mehr. Ich bin Goldschmied geworden, nur ihm zuliebe, weil er es wünschte."

„Gut!" sagte die Herzogin, „höre: in Italien leben, mächtig und unabhängig sein, fast wie ein König, Kunst und Künstler fördern, vor allem Cellini, ihm Erz, Silber und Gold für seine Arbeiten geben, lieben und dabei auch wieder geliebt werden — ist das nicht ein schöner Traum, Ascanio?"

„Es ist das Paradies, wenn es Colombe ist, die ich liebe und die mich liebt."

„Immer wieder Colombe!" rief die Herzogin. „Es sei, da dieser Gegenstand beständig in unseren Seelen und Worten wiederkehrt, aber sie liebt dich doch gar nicht, wie du selbst weißt."

„Nein, ich weiß es nicht mehr, Madame."

„Aber sie heiratet doch einen andern!" rief die Herzogin.

„Ja, aber ihr Vater zwingt sie vielleicht dazu," erwiderte Ascanio.

„Ihr Vater zwingt sie dazu! Glaubst du denn, wenn du mich so lieben würdest, wie du sie liebst, glaubst du etwa, wenn ich an ihrer Stelle wäre, es gäbe auf der Welt eine Gewalt, eine Macht, einen Willen, die uns trennen könnten? Ich würde alles verlassen, ich würde zu dir eilen, dir meine Liebe, meine Ehre, mein Leben hingeben! Nein, nein, ich sage dir, sie liebt dich nicht, und ich will dir noch mehr sagen: du liebst sie selbst nicht mehr!"

„Wie, ich sollte Colombe nicht mehr lieben?"

„Nein, du liebst sie auch nicht. Du täuschst dich selbst. In deinem Alter hält man das Verlangen nach Liebe schon für die Liebe selbst. Wenn du mich zuerst gesehen hättest, würdest du mich statt ihrer lieben. Ach, wenn ich daran denke, daß du mich lieben könntest! Ach nein, noch besser, daß du mich gewählt hättest! Ich kenne diese Colombe nicht näher; sie mag hübsch, rein und alles sein, was du willst, aber diese jungen Dinger verstehen noch nicht zu lieben. Deine Colombe würde dir nicht sagen, was ich dir sage, die du verschmähst; sie wäre dazu zu stolz, zu zurückhaltend, vielleicht auch zu verschämt.

Meine Liebe jedoch ist einfach und ich spreche ganz offen darüber. Du verachtest mich, du meinst, ich würde meine Rolle als Frau vergessen und das alles nur, weil ich nicht heucheln, weil ich mich nicht verstellen kann. Wenn du erst die Welt besser kennst, wirst du dein Unrecht einsehen und mich bewundern. Aber ich will gar nicht bewundert sein, Ascanio, ich will nur geliebt werden. Wenn ich dich weniger lieben würde, könnte ich falsch, gefällig und kokett sein, aber ich liebe dich zu sehr, als daß ich dich verführen könnte. Du sollst mir dein Herz schenken, aber ich will es nicht rauben. Weshalb verschwendest du deine Liebe an dieses Kind? Es bringt dir nur Leid, mein Vielgeliebter. Ich kann dir in vielen Dingen helfen; meinen Reichtum, meine Macht, meine Erfahrung, alles lege ich dir zu Füßen. Mein Leben füge ich zu deinem; alles soll dir gehören. Um zu Glück und Ruhm zu gelangen, muß der Künstler sich oft demütigen, muß er arm, bescheiden sein. Das alles brauchst du an meiner Seite nicht durchzumachen. Ich werde dich ohne Aufenthalt zur Höhe emporführen, ich werde dein Schrittmacher sein. Mit mir wirst du stolz, vornehm, rein bleiben, Ascanio.“

„Aber Colombe, Madame! Ist sie nicht auch eine reine, unbefleckte Perle?“

„Liebes Kind,“ erwiderte die Herzogin, indem sie von der Begeisterung zur Melancholie überging, „glaube mir, deine reine, unschuldige Colombe würde dir das Leben unfruchtbar und langweilig gestalten. Ihr beide seid viel zu ideal veranlagt; Gott schafft die Engel nicht, damit sie sich zu ihresgleichen gesellen, sondern damit sie die Bösen besser machen.“

Die Herzogin sprach so beredt und sicher, daß Ascanio unwillkürlich zartes Mitgefühl zu empfinden begann.

„Ach, Madame,“ sagte er, „ich sehe, daß Ihr mich sehr liebt und das bewegt mich tief, aber es ist doch besser, selbst zu lieben.“

„Ei, da hast du vollkommen recht. Mir ist deine Geringschätzung viel lieber als die süßesten Worte des Königs. Ach, ich liebe zum erstenmal, zum allerserstenmal, ich schwöre es dir!“

„Ihr liebt den König also nicht, Madame?“

„Nein. Ich bin seine Herrin, ohne daß er jedoch mein Herr ist.“

„Aber er liebt Euch doch!“

Anna sah Ascanio starr an und umklammerte seine beiden Hände. „Mein Gott, sollte ich wirklich so glücklich sein, daß du eifersüchtig würdest? Bisher war ich für dich die reiche, vornehme, mächtige Herzogin, die dich mit Zepter und Kronen spielen lassen wollte. Ist dir die arme, einfache, alleinstehende Frau mit bescheidenem Kleid und einer Feldblume im Haar lieber? Dann wollen wir Paris, den Hof, die Gesellschaft verlassen. Wir wollen reisen, wir wollen uns in einen Winkel deines schönen Italien flüchten, unter die Pinien von Rom, in die Nähe des Golfes von Neapel. Ich bin bereit dazu. Ach, Ascanio, wird es deinen Stolz befriedigen, wenn ich dir einen gekrönten Liebhaber opfere?“

Ascanio fühlte, wie diese große Liebe sein Herz entflammte. „Madame," sagte er, „mein Stolz verlangt mehr: Ihr könnt mir die Vergangenheit nicht wiedergeben."

„Die Vergangenheit! Ach, ihr Männer seid doch stets grausam! Eine unglückliche Frau sollte sich um die Vergangenheit kümmern, da es fast immer Ereignisse und Dinge sind, die viel stärker sind als sie, die diese Vergangenheit geschaffen haben? Angenommen, ein Sturmwind entführte dich nach Italien; wenn du in ein, zwei oder drei Jahren wiederkommst, wirst du dann noch etwas dagegen haben, wenn deine Colombe ihren Eltern gehorcht und den Grafen von Orbec geheiratet hat? Würdest du sie deshalb bestrafen? Und wenn sie sich deiner nicht mehr erinnert, da sie dich vielleicht kaum gekannt hat; wenn sie der ewigen Langeweile müde, vom Schmerz gebeugt einen Begriff von dem Paradies haben wollte, das Liebe heißt und dessen Tor ihr verschlossen war, wenn sie einen andern geliebt hat als ihren Gatten, den sie nicht lieben konnte, wenn sie in einem Augenblick der Ekstase ihre Seele einer andern geschenkt hat . . . dann ist sie in deinen Augen ein gefallenes, entehrtes Weib, während sie doch nicht mehr länger auf das Glück hoffen durfte, weil sie nicht mehr ihre Vergangenheit dir für dein Herz geben konnte! O, das ist ungerecht, das ist grausam!"

„Madame . . ."

„Wer sagt dir denn, daß das nicht meine Geschichte ist? Höre also, was ich dir sage, glaube, was ich dir versichere. Ich habe für zwei gelitten. Gott verzeiht einer solchen Frau, während du es nicht tust. Du begreifst nicht, daß es größer und schöner ist, sich aus dem Abgrund zu erheben, nachdem man hinabgestürzt ist, als wenn man mit verbundenen Augen unbewußt am Abgrund vorübergeht. Ascanio, ich dachte immer, du wärest besser als die andern, weil du jünger, weil du schöner bist als sie . . ."

„Madame . . ."

„Gib mir deine Hand, Ascanio, und ich werfe mich mit einem Sprung aus der Tiefe des Abgrundes an dein Herz. Willst du? Dann breche ich schon morgen mit dem König, mit dem Hof, mit der ganzen Welt. Ja, ich bin tapfer, wenn es sich um die Liebe handelt! Glaube mir, ich opfere dir nur wenig. Alle diese Männer wiegen nicht einen Blick von dir auf. Wenn du mir aber Glauben schenkst, dann gönne mir meine Macht und laß mich fortfahren, meine Pläne für dich auszuführen. Sorge dich nicht um die Liebe des Königs: ich werde sie auf eine andere Frau lenken, der er sein Herz schenkt, während ich seinen Geist weiter beherrsche. Entscheide dich also, Ascanio. Du kannst entweder mächtig werden durch mich und mit mir, oder ich erniedrige mich durch dich und mit dir. Vor wenigen Augenblicken saß ich noch hier auf diesem Stuhl und die Mächtigen des Hofes lagen zu meinen Füßen. Setze dich hierher, und ich liege vor dir. Ach, wie schön ist das, Ascanio, wie glücklich bin ich, daß ich dich so vor mir sehe! Doch du erbleichst, Ascanio — ach, wenn du mir doch sagen wolltest, daß du mich liebst . . ."

„Madame, Madame!“ rief Ascanio, indem er sein Gesicht in den Händen barg und Augen und Ohren zugleich schloß, so sehr fühlte er den bestrickenden Zauber der Sirene.

„Du sollst mich nicht Madame nennen, sag Anna zu mir,“ zog die Herzogin seine Hände an sich, „sag Luise zu mir. So heiße ich auch, aber so nennt mich niemand, und diesen Namen sollst allein du mir geben. Luise, Luise! Ist das nicht süß, Ascanio?“

„Ach, ich kenne einen noch süßeren Namen,“ erwiderte Ascanio.

„Nimm dich in acht, Ascanio!“ fuhr die verwundete Löwin auf. „Wenn du mich zu sehr leiden läßt, werde ich dich vielleicht ebenso hassen, wie ich dich jetzt liebe!“

„Mein Gott, Ihr verwirrt mir meine Sinne und betört meine Seele,“ rief der Jüngling. „Bin ich rasend? Habe ich Fieber? Äfft mich ein Traum? Verzeiht, wenn ich unziemliche Worte zu Euch sagte, denn es geschah nur, um mich wieder zur Besinnung zu bringen. Ich sehe Euch zu meinen Füßen, Euch, die strahlende, angebetete Königin! Nein, eine solche Versuchung muß die Seele verderben. Ihr sagt, daß Ihr Euch in einem Abgrund befindet, aber statt Euch daraus zu befreien, zieht Ihr mich hinab. Stellt meine Schwäche nicht auf eine solche Probe!“

„Es handelt sich um keine Probe, um keine Versuchung, noch um einen Traum, sondern um helle, strahlende Wirklichkeit: ich liebe dich, Ascanio, ich liebe dich!“

„Ihr liebt mich, aber Ihr werdet diese Liebe später bereuen, Ihr werdet mir vorwerfen, was Ihr durch mich geworden seid oder was ich aus Eurem Leben gemacht habe.“

„Ach, du kennst mich nicht, wenn du glaubst, ich wäre schwach genug, um zu bereuen!“ rief die Herzogin. „Willst du einen Beweis dafür?“

Und sie setzte sich an den Tisch, nahm ein Papier zur Hand und schrieb mit zitternder Hand ein paar Worte darauf.

„Da, zweifle noch, wenn du es wagst.“ Ascanio nahm und las: „Ascanio, ich liebe dich; folge mir, wohin ich gehe, oder lasse mich dir folgen, wohin du gehst. Anna d'Heilly.“

„Aber das geht doch nicht, Madame! Meine Liebe wäre ja eine Schande für Euch.“

„Eine Schande?“ schrie die Herzogin. „Ich kenne keine Schande, ich bin zu stolz dazu. Mein Stolz ist meine Tugend!“

„Ich kenne aber noch eine reinere, heiligere Tugend,“ erwiderte Ascanio, indem er mit verzweifelter Kraftanstrengung die Erinnerung an Colombe heraufbeschwor.

Dieser Schlag traf Frau von Etampes mitten ins Herz. Zitternd vor Empörung sprang sie auf.

„Ascanio, Ihr seid ein halsstarriges, grausames Kind,“ stieß sie keuchend hervor. „Ich wollte Euch viele Schmerzen ersparen, aber ich sehe, daß Ihr das Leben nur durch den Schmerz kennen lernt. Ihr werdet wieder zu mir kommen, Ascanio, verwundet, blutend, zerrissen, und dann wißt Ihr, was Eure Colombe ist und was ich wert bin. Ich werde Euch verzeihen, weil ich Euch liebe, aber bis dahin werdet Ihr Furchtbares durchmachen. Auf Wiedersehen, Ascanio!“

Und Frau von Etampes ging bebend vor Haß und Liebe hinaus und vergaß, daß sie in Ascanios Hand die beiden Zeilen zurückließ, die sie in einem Anfall von Liebeswahnsinn geschrieben hatte.

---

17. Kapitel.

Liebestraum.

Als Ascanio allein war, verflog der trügerische Einfluß, den dieses Weib um sich verbreitete; er begann wieder klar um und in sich zu sehen. Zwei Dinge fielen ihm ein, die er ihr gesagt hatte. Colombe konnte ihn lieben, da die Herzogin von Etampes ihn liebte. Von nun an gehörte sein Leben nicht mehr ihm, seine Ahnung hatte ihn nicht betrogen, als sie ihm diesen Gedanken eingab, aber er hatte sich doch getäuscht. Wenn der aufrechte Jüngling sich verstellen und heucheln konnte, war alles gerettet, aber er mußte dann vor der unerbittlichen Herzogin auf der Hut sein. Der Kampf, der ihm bevorstand, war um so gefährlicher, als er sich allein gegen Colombe richtete.

Auf alle Fälle nützte Ascanio diese Scene voll Glut und Gefahr mit der Herzogin in einer Hinsicht. Sie verlieh ihm eine eigenartige Begeisterung und ein gewisses Vertrauen. Seine Gedanken, die das Schauspiel, dessen Augenzeuge er gewesen, berauscht hatte, erfüllten sich mit Tatkraft und Mut. Wozu sollte er sich mit der Herzogin streiten, wenn Colombe wirklich den Grafen von Orbec liebte? Wenn er ehrgeizig war, wozu sollte er finster und gehässig werden? Er wollte nicht länger daran zweifeln und entschlossen seinem Schicksal entgegensehen. Die Verbindung mit der Herzogin gab ihm ja die Antwort auf die Zukunft.

Ascanio faßte diesen Entschluß, als er am Kai entlangging und die Sonne blutigrot hinter dem schwarzen Nesleturm untertauchen sah. Als er in das Schloß kam, raffte er einige Schmucksachen zusammen und klopfte viermal wie vereinbart an das Tor des kleinen Nesle.

Zufällig war Perrine in der Nähe. Neugierig und erstaunt beeilte sie sich zu öffnen. Als sie den Gehilfen sah, nahm sie sogleich eine freundliche Miene an. „Ah, Ihr seid es, Herr Ascanio,“ sagte sie. „Was ist Euer Begehr?“

„Liebe Frau Perrine, ich möchte diese Schmucksachen Fräulein Colombe zeigen. Ist sie im Garten?“

„Gewiß, dort in der Allee. Aber wartet doch auf mich, junger Mann!“

Ascanio, der den Weg noch kannte, eilte sofort hin, ohne sich um die Haushälterin zu kümmern. Diese hielt es für angebracht, die beiden Liebenden nicht zu stören und blieb diskret zurück.

Seit zwei Tagen hatte sich Colombe nicht mehr gefragt, warum Ascanio ihr liebster Gedanke geworden war. Das reine, unschuldige Kind kannte noch nicht die Liebe, die bereits ihr ganzes Herz erfüllte. Sie hielt es für unrecht, sich ihren Träumen hinzugeben, aber sie entschuldigte sich damit, daß sie Ascanio wahrscheinlich nicht mehr wiedersehen würde und also auch nicht den Trost hätte, sich vor ihm zu rechtfertigen.

An diesem Abend war Colombe wie gewöhnlich damit beschäftigt, sich die selige Stunde, die sie mit Ascanio verlebt hatte, ins Gedächtnis zurückzurufen, als sie die Augen aufschlug und einen Schrei ausstieß.

Er stand vor ihr und sah sie schweigend an.

Sie hatte sich verändert, aber sie war noch schöner geworden. Ihr bleiches trauriges Gesicht verklärte ihre Gestalt, die kaum noch der Erde anzugehören schien. Konnte diese himmlische Erscheinung ihn jemals lieben?

Sie standen einander gegenüber, die beiden Kinder, die sich schon solange liebten, ohne es sich zu gestehen, und die schon soviel gelitten hatten. Er sagte: „Verzeihung, Fräulein, Ihr hattet mir erlaubt, Euch meine Schmucksachen zu zeigen," während sie erwiderte: „Ich sehe mit Freuden, daß Ihr wieder vollkommen genesen seid, Herr Ascanio."

„Wie, Ihr seid so gütig, Euch noch an meine Verwundung zu errinnern?"

„Perrine und ich waren erstaunt und besorgt, als wir Euch nicht mehr sahen," erwiderte Colombe.

„Ich wollte nicht mehr kommen."

„Ei, warum denn?"

In diesem entscheidenden Augenblick mußte Ascanio sich an einen Baum lehnen; dann nahm er alle Kraft zusammen und flüsterte leise:

„Jetzt darf ich es Euch wohl gestehen: ich liebte Euch."

„Und nun?"

Dieses Wort belebte wieder ein wenig Ascanios Hoffnungen.

„Ach, jetzt habe ich erkannt, welche Kluft uns trennt, ich weiß, daß Ihr die glückliche Braut eines vornehmen Grafen seid."

„Die glückliche Braut!" wiederholte Colombe mit bitterem Lächeln.

„Wie, Ihr solltet den Grafen nicht lieben? Großer Gott, sprecht, sollte er Euer nicht würdig sein?"

„Er ist reich und mächtig und steht hoch über mir; aber habt Ihr ihn schon gesehen?"

„Nein, und ich wage nicht nach ihm zu fragen. Ich weiß nicht warum, aber ich glaubte nicht anders, als daß er jung und hübsch wäre und Euch gefiele."

„Er ist älter als mein Vater und ich fürchte mich vor ihm," verbarg Colombe ihr Gesicht wie abwehrend in den Händen.

Außer sich vor Freude sank Ascanio auf die Knie; er rang die Hände, seine Augen waren halb geschlossen, aber ein strahlender, beseligender Blick leuchtete durch die Lider und ein Lächeln verklärte seine bleichen Lippen.

„Was ist Euch, Ascanio?" fragte Colombe bestürzt.

„Was ich habe?" rief der Jüngling, der im Übermaß seiner Freude den Mut wiederfand, den ihm anfangs der Schmerz gegeben hatte. „Was ich habe? Ich liebe dich, Colombe!"

„Ascanio, Ascanio!“ flüsterte Colombe halb tadelnd, halb freudig.

Sie hatten sich verstanden, ihre Herzen hatten sich gefunden. Ehe sie noch zur Besinnung kamen, brannten ihre Lippen aufeinander.

„Mein Freund,“ schob Colombe Ascanio sanft zurück.

„Ihr liebt also den Grafen Orbec nicht? Ihr könnt mich wirklich lieben?“

„Mein Freund,“ erwiderte Colombe ernst und doch zärtlich, „bisher hatte nur mein Vater mich auf die Stirn geküßt, und selbst das geschah leider nur selten. Ich bin noch ein Kind, das nichts vom Leben weiß, aber an der Erregung, die Euer Kuß mir verursacht, fühle ich, daß ich künftig nur Euch oder Gott angehören kann. Jede andere Liebe wäre für mich ein Verbrechen. Eure Lippen haben mich zu Eurer Braut und Gattin geweiht, und wenn sich auch mein Vater weigern sollte, so würde Gott mir doch recht geben. Nehmt meine Hand, sie gehört fortan Euch.“

„Engel des Paradieses, hört sie und beneidet mich!“ rief Ascanio.

Wenn die erste Liebe erwacht, sucht man sein ganzes Leben, Gegenwart, Vergangenheit und Zukunft mit ihr in Einklang zu bringen. Und so erzählten Ascanio und Colombe einander ihre Leiden und Hoffnungen der letzten Tage. Sie hatten soviel durchgemacht, und doch gedachten sie lächelnd ihrer Schmerzen.

Doch als sie von der Zukunft sprachen, wurden sie ernst und traurig. Nach Gottes Gesetz waren sie füreinander geschaffen, aber das Gesetz der Menschen erklärte ihre Verbindung für unerlaubt und unmöglich. Was sollten sie tun? Wie konnten sie den Grafen Orbec zum Verzicht auf seine Frau bestimmen? Und wie den Prevot dazu bewegen, daß er seine Tochter einem Künstler geben sollte?

„Ach, mein Freund, ich verspreche Euch, daß ich nur Euch oder Gott gehöre . . . ach, ich sehe wohl, daß ich nur Gott angehören kann,“ sagte Colombe.

„Nein, nur mir. Zwei Kinder wie wir können freilich nicht allein die Welt aus ihren Angeln heben. Aber ich werde mit meinem Meister Benvenuto Cellini sprechen. Er ist mächtig, Colombe, er sieht alle Dinge von höherer Warte aus. Er schaltet auf Erden wie Gott im Himmel, und was er will, setzt er auch durch. Er wird dich mir geben. Wie er das machen wird, weiß ich nicht, aber er wird es tun. Er liebt Hindernisse. Er wird mit dem König sprechen, er wird deinen Vater überreden. Benvenuto überbrückt Abgründe. Das einzige, was er nicht hätte tun können, hast du selbst vollbracht, ohne daß er sich einmischte, nämlich daß du mich liebst. Was noch zu tun ist, ist nicht mehr schwer. Jetzt, meine Vielgeliebte, glaube ich an Wunder.“

„Lieber Ascanio, du hoffst und ich hoffe mit dir. Soll auch ich etwas unternehmen? Es gibt jemand, der alles über meinen Vater vermag. Soll ich an Frau von Etampes schreiben?“

„Frau von Etampes!“ rief Ascanio. „Mein Gott, ich hatte sie vergessen!“

Und Ascanio erzählte ganz offen, wie er die Herzogin gesehen, wie sie ihm noch erst vor einer Stunde ihre Liebe gestanden und ewige Feindschaft derjenigen geschworen hatte, die ihn lieben sollte. Benvenuto würde es gewiß nicht leicht haben, aber er schrak ja vor keinem Gegner zurück.

„Mein Freund, du vertraust auf deinen Meister, während ich auf dich baue,“ sagte Colombe. „Sprich so bald als möglich mit Cellini, damit er unser Schicksal entscheidet.“

„Morgen will ich ihm alles anvertrauen. Er liebt mich und wird mich verstehen. Aber was hast du, Colombe? Warum bist du so betrübt?“

In Colombes Herz war bei Ascanios Erzählung die Eifersucht erwacht. „Ach, Frau von Etampes ist so hübsch, und ein großer König liebt sie. Hat sie denn gar keinen Eindruck auf dich gemacht?“

„Ich liebe nur dich!“

„Warte einen Augenblick!“ sagte Colombe. Gleich darauf kam sie mit einer weißen Lilie zurück, die sie gepflückt hatte. „Wenn du an der goldenen und mit Edelsteinen besetzten Lilie für diese Frau arbeitest, sollst du die bescheidene Lilie aus dem Garten deiner Colombe vor Augen haben.“

Und ebenso kokett, wie Frau von Etampes es getan hätte, drückte sie einen Kuß auf die Blume und reichte sie dem Künstler.

Perrine erschien am Eingang der Allee.

„Lebewohl und auf Wiedersehen!“ preßte Colombe ihre Hand auf die Lippen ihres Geliebten.

„Na, habt Ihr nun den Flüchtling genug ausgezankt und unter seinen Schmucksachen gewählt?“ fragte Perrine.

„Da, nehmt, Frau Perrine,“ gab Ascanio der Duenna das Schmuckkästchen, das er mitgebracht, aber nicht geöffnet hatte. „Fräulein Colombe und ich haben bestimmt, daß Ihr selbst auswählen sollt, was Euch am besten davon gefällt. Morgen werde ich die übrigen Sachen abholen.“

Und freudig ging er von dannen, indem er Colombe noch einen letzten Blick zuwarf, der ihr alles sagte.

Colombe kreuzte die Arme auf der Brust, als wollte sie ihr ganzes Glück, das sie beseelte, darin einschließen, und blieb unbeweglich stehen, während Perrine neugierig die wunderbaren Schmucksachen Ascanios musterte.

Ach, das arme Kind sollte bald grausam aus seinen Träumen erwachen!

An der Seite eines Dieners des Prevot erschien eine Frau.

„Der Herr Graf von Orbec, der übermorgen zurückkommt, stellt mich von heute an in Madames Dienst,“ sagte die Frau. „Ich verstehe mich auf die neuesten und schönsten Kleider und der Herr Graf und der Herr Prevot haben mir befohlen, für Madame ein prachtvolles Brokatkleid anzufertigen, da die Frau Herzogin von Etampes Madame der Königin vorstellen will.

Das wird in vier Tagen geschehen, wenn Seine Majestät nach St. Germain fährt."

---

18. Kapitel.

Gegenseitige Aussprache.

Am andern Morgen begab sich Ascanio, der entschlossen war, sein Schicksal in die Hände des Meisters zu legen, in die Gießerei, wo Cellini jeden Tag arbeitete. Schon wollte er an die Tür des Zimmers klopfen, das Benvenuto seine Zelle nannte, als er die Stimme der Scozzone hörte. Er dachte, sie stünde ihm Modell und zog sich daher zurück, um später wieder zu kommen. Er ging in den Garten und dachte darüber nach, was er Cellini sagen sollte und vor allem, was der Meister ihm wohl antworten würde.

Die Scozzone tat indes alles andere, als Modell stehen. Ihr Fuß hatte bisher niemals die Schwelle des Zimmers überschritten, das für jedermann verschlossen war, denn Benvenuto wollte bei der Arbeit nicht gestört werden. Der Meister war daher nicht wenig aufgebracht, als er plötzlich Katharina vor sich sah, die ihre großen Augen noch weiter aufriß als sonst. Ihre Erwartung, hier geheimnisvolle Dinge zu sehen, wurde freilich enttäuscht. Ein paar Zeichnungen an der Wand, ein grüner Vorhang am Fenster, eine angefangene Statue der Hebe und verschiedene Bildhauerwerkzeuge bildeten die ganze Einrichtung des Zimmers.

„Was willst du, kleine Schlange? Warum kommst du hierher? Bei Gott, du würdest mir gewiß bis in die Hölle nachlaufen!" rief Benvenuto, als er Katharina erblickte.

„Meister," begann die Scozzone schmeichelnd, „ich bin doch keine Schlange. Freilich, um Euch nicht zu verlassen, würde ich Euch gern bis in die Hölle folgen. Ich komme hierher, weil es der einzige Platz ist, wo man Euch unter vier Augen ungestört sprechen kann."

„Gut, so lege los. Was hast du mir zu sagen?"

„Ach Gott, welch wunderbare Figur, Benvenuto," rief die Scozzone, als sie den Entwurf der Statue betrachtete. „Es ist Eure Hebe. Ich dachte wirklich nicht, daß Eure Hebe schon so weit fertig wäre. Sie ist sehr schön und ich verstehe, daß Ihr mich dazu nicht als Modell brauchen konntet. Wer hat Euch aber dafür gestanden? Ich habe doch kein Weib kommen oder gehen sehen."

„Schweig, Kleine. Du bist doch nicht gekommen, um von meiner Statue zu sprechen."

„Nein, Meister, sondern von unserem Pagolo. Nun, ich habe Euch gehorcht, Benvenuto. Gestern abend hat er Eure Abwesenheit benutzt, um mir wieder ewige Liebe zu schwören, und Eurem Befehl gemäß habe ich ihn ruhig angehört."

„Ei, sieh da, der Schlingel! Und was hat er dir denn gesagt?"

„Ach, es ist zum Totlachen und ich wünschte nur, Ihr wäret

dabei gewesen. Während er mit mir plauderte, arbeitete er an dem Beschlag, den er für Euch anfertigen sollte, und mit der Feile, die er in der Hand hielt, begleitete er schwungvoll seine Rede. ‚Liebe Katharina,' sagte er, ‚ich sterbe vor Liebe zu Euch; wann werdet Ihr endlich einmal Mitleid mit meiner Qual haben? Ich bitte Euch ja nur um ein einziges Wort. Seht doch, was ich um Euretwillen alles auf mich nehme: wenn ich diese Arbeit nicht fertig mache, würde der Meister mich im Zorn umbringen. Aber ich würde alles um Eurer schönen Augen willen erdulden. Ach, die verdammte Arbeit geht nicht vorwärts! Nun, Katharina, was habt Ihr denn davon, daß Ihr Benvenuto liebt? Er macht sich ja nichts daraus, denn er ist immer gleichgültig gegen Euch. Und ich würde Euch so heiß und aufrichtig lieben! Niemand würde etwas davon merken und Ihr würdet Euch nicht bloßstellen, denn Ihr könnt doch in allen Stücken auf meine Verschwiegenheit rechnen. Halt,' fuhr er fort, da mein Schweigen ihn ermutigte, ‚ich habe schon einen Platz gefunden, wo ich Euch verstecken und jederzeit ungestört besuchen kann.' Ach, Benvenuto, Ihr erratet gewiß nicht, welchen Schlupfwinkel der Duckmäuser ausgesucht hat. Man braucht dazu schon seine niedrige Stirn und seine schielenden Augen, um es zu entdecken. Wißt Ihr, wo er unser Liebesnest aufschlagen wollte? Im Kopf Eurer großen Marsstatue! Man könnte mit einer Leiter hinaufsteigen, meinte er. Er versicherte, das wäre ein allerliebstes Kämmerlein, in dem einen niemand sehen könnte, während man die schönste Aussicht auf die Umgegend hätte."

„Die Idee ist wirklich großartig," meinte Benvenuto lächelnd. „Und was hast du dazu gesagt, Scozzone?"

„Ich habe ihn aus Leibeskräften ausgelacht und das hat Herrn Pagolo gar nicht gefallen. Er warf mir mit weinerlicher Stimme vor, daß ich herzlos wäre und seinen Tod wolle, und dabei fuchtelte er mit seinem Hammer und Meißel wohl eine halbe Stunde lang herum, denn er ist ein altes Plappermaul, wenn er erst mal anfängt."

„Und was hast du denn zum Schluß gesagt, Scozzone?"

„Was ich ihm gesagt habe? Nun, in dem Augenblick, als Ihr an die Tür klopftet und er seine Arbeit, die endlich fertig war, auf den Tisch legte, ergriff ich bedächtig seine Hand und sagte: ‚Pagolo, Ihr habt wie ein Kleinod gesprochen!' Deshalb hat er ein so verdutztes Gesicht gemacht, als Ihr kamt."

„Du tust unrecht, Scozzone, du darfst ihn nicht so entmutigen."

„Ihr habt verlangt, daß ich ihn anhören soll, und das habe ich getan. Glaubt mir, es ist gar nicht so leicht, den hübschen Burschen nur zuzuhören! Wenn dann nämlich eines Tages etwas passiert . . ."

„Du sollst ihn aber nicht nur anhören, mein Kind, sondern ihm auch antworten. Das gehört unbedingt zu meinem Plan. Sprich also zunächst ohne Zorn mit ihm, sei dann nachgiebig und schließlich gefällig. Wenn du dann so weit bist, werde ich dir schon sagen, was du tun mußt."

„Wißt Ihr aber auch, wohin das führen kann? Ihr müßt wenigstens dabei sein."

„Sei unbesorgt, Scozzone, ich werde schon im rechten Moment erscheinen. Du brauchst dich nur auf mich zu verlassen und genau meine Anweisung zu befolgen. Geh jetzt, Kleine, und laß mich arbeiten."

Katharina ging hinaus, lachend und voll Freude über den Streich, den Cellini dem Pagolo spielen wollte und von dem sie doch noch keine Ahnung hatte . . .

Als sie fort war, beschäftigte sich Benvenuto nicht mehr mit seiner Arbeit. Er stand am Fenster und blickte hinaus in den Garten des kleinen Nesle, wo Colombe gerade spazieren ging und sich mit ihren Blumen beschäftigte. Er sah das reizende junge Mädchen nicht zum erstenmal; schon längst war das Interesse des Künstlers wie des Mannes für das reine, bezaubernde Wesen erwacht, das er als Weib begehrte. Während er sich wohlgefällig mit Ascanios Geliebten beschäftigte, kam dieser in das Zimmer, um dem Meister seinen Wunsch vorzutragen.

Er wagte nicht gleich aufs Ziel loszugehen und Cellini zu gestehen, daß er die Tochter des Prevot und die Braut des Grafen von Orbec liebe, da er wußte, daß diese beiden die Todfeinde seines geliebten Meisters waren. So sprach er denn erst allgemein von Colombe und Cellini benutzte diese Gelegenheit, um in seiner augenblicklichen Stimmung die Erinnerung an seine erste und einzige wahre Liebe heraufzubeschwören. Das war Ascanios Mutter, die einen andern geheiratet hatte und dann unglücklich geworden war.

„Ascanio," sagte Cellini, „sie sollte mir nie gehören. Gott hat sie mir nur gezeigt, aber er hat niemals irdische Liebe zu ihr in mein Herz gelegt. Ich habe nie empfunden, was sie für mich war, da sie schon diese Erde verlassen hatte. Sie lebt nur als Erinnerung, als halbverblaßtes Bild in meinem Leben fort. Colombe aber steht meinem Herzen und meinem Leben viel näher; ich wage sie zu lieben und zu sagen: sie soll mir gehören!"

„Aber sie ist doch die Tochter des Prevot," wandte Ascanio bebend ein.

„Und wenn sie auch die Tochter eines Königs wäre, du weißt, was mein Wille vermag, Ascanio. Ich habe bisher alles erreicht, was ich wollte. Ich weiß freilich noch nicht, wie ich diesmal ans Ziel gelange, aber sie soll und muß mein Weib werden!"

„Euer Weib! Colombe Eure Gattin!"

„Ich werde mich an meinen großen König wenden," fuhr Benvenuto fort. „Wenn er will, werde ich ihm den Louvre und Chambord mit Statuen bevölkern. Ich will seine Tische mit Kannen und Kandelabern bedecken, und wenn ich dafür als Belohnung Colombe verlange, so müßte er wahrlich nicht Franz I. sein, wenn er meine Bitte abschlüge. Ich hoffe, Ascanio, ich hoffe! Ich werde ihn inmitten seines Hofstaates aufsuchen. In drei Tagen, wenn er nach St. Germain reist, sollst du mit mir kommen. Wir bringen ihm das silberne Salzfaß, das ich jetzt fertig habe, und den Entwurf für das Tor von Fontainebleau. Alle werden es bewundern und er am meisten. Nun, eine solche Überraschung will ich ihm dann jede Woche bereiten. Noch nie war mein Geist so fruchtbar und schaffensfreudig. Tag und Nacht ist mein Gehirn tätig; diese Liebe hat mich vervielfältigt und verjüngt. Wenn Franz I. sieht, daß seine Wünsche schon in Erfüllung gehen, kaum daß er sie geäußert hat, dann brauche ich nicht mehr zu bitten, sondern kann fordern. Er wird mich groß machen und ich werde reich, und der Prevot wird sich durch die Verbindung mit mir geehrt fühlen. Ach, ich werde wahnsinnig, Ascanio. Dieser Gedanke raubt mir den Verstand. Sie soll mir gehören — ein himmlischer Traum! Begreifst du das, Ascanio? Umarme mich, mein Kind, denn seitdem ich dir alles gestanden habe, glaube ich an meine Hoffnungen. Mein Herz schlägt jetzt ruhiger; du hast meiner Freude Rückhalt gegeben. Was ich dir heute sage, wirst du erst später verstehen. Ich liebe dich noch mehr, seitdem ich dir alles anvertraut habe. Umarme mich doch, Ascanio!"

„Aber Ihr denkt gar nicht daran, daß sie Euch vielleicht nicht liebt . . ."

„Schweig doch, Ascanio! Freilich habe ich daran gedacht und wollte dich schon um deine Jugendfrische beneiden. Wer sollte sie wohl lieben? Irgendein blöder Geck vom Hofe, der ihrer unwürdig ist. Und wer es auch sein mag, ich bin ein ebensoguter Edelmann!"

„Es heißt, Graf Orbec sei ihr Bräutigam."

„Graf Orbec? Um so besser, denn ich kenne ihn. Er ist der Schatzmeister des Königs, er muß mir das Gold und Silber geben, das ich für meine Arbeiten brauche, und die Gelder auszahlen, die mir die Güte Seiner Majestät bewilligt. Der alte mürrische und verbrauchte Geizhals zählt nicht und es gehört nicht viel dazu, ihn aus dem Sattel zu heben. Nein, mich liebt sie, nicht um meinetwillen, sondern um ihretwillen, denn nur ich verstehe sie, ich bete sie an und mache sie unsterblich. Ich habe gesagt, daß ich es will, und so oft ich dieses Wort ausgesprochen habe, habe ich auch mein Ziel erreicht. Keine irdische Macht vermag meiner Leidenschaft zu widerstehen. Unbeugsam wie immer gehe ich auf mein Ziel los. Sie wird mir gehören, sage ich dir, und müßte ich ganz Frankreich auf den Kopf stellen. Und sollte ein Nebenbuhler mir in den Weg kommen, so werde ich ihn mit dieser Hand, die jetzt die deine drückt, niederstechen. Doch verzeihe mir, Ascanio. In meinem Egoismus vergesse ich ganz, daß auch du mir ein Geheimnis anvertrauen und von mir einen Dienst verlangen willst. Sprich also endlich, mein Kind. Auch für dich werde ich erreichen, was ich will."

„Ihr täuscht Euch, Meister, es gibt Dinge, die nur Gott vermag, und ich weiß jetzt, daß ich nur noch auf ihn bauen kann. Ich vertraue also mein Geheimnis seiner Allmacht an." Und Ascanio ging hinaus.

Kaum hatte sich hinter ihm die Tür geschlossen, als Cellini den grünen Vorhang beiseite schob und frohen Herzens und voll Zuversicht an dem Modell seiner Hebe weiterarbeitete.

---

19. Kapitel.

Käufliche Ehre.

Es war an dem Tag, da Colombe der Königin vorgestellt werden sollte. Der ganze Hof war im Louvre versammelt; nach der Messe wollte man sogleich nach St. Germain aufbrechen, und alles wartete nur noch auf das Königspaar. Brokat- und Seidenroben rauschten vorüber, die Degen der Kavaliere klirrten auf dem Pflaster, Blicke voll Haß und Liebe kreuzten sich, man forderte sich gegenseitig zum Duell und traf galante Verabredungen. Alles strahlte in Pracht, Reichtum, Eleganz und Schönheit; der Hof Franz I. war ein immerwährender Frühling, der die schönsten und kostbarsten Blumen erblühen ließ.

Die Schar der Höflinge und Damen war in zwei Parteien gespalten, die schon äußerlich an der Farbe ihrer Kleidung kenntlich waren: diejenigen, die lila bevorzugten, waren die Anhänger der Herzogin von Etampes, während die Parteigänger der Diana von Poitiers weiße Kleider trugen. Die ersteren waren geheime Anhänger der Reformation, die andern gläubige Katholiken. Unter ihnen bemerkte man die unansehnliche Gestalt des Dauphin und den geistreichen blonden Karl von Orleans, den zweiten Sohn des Königs.

Diana und Anna, die beiden Feindinnen, saßen an den beiden Enden des Saales und trotz ihrer Entfernung erfuhr jede dank der bereitwilligen Liebdienerei ihrer Höflinge in wenigen Sekunden jede spöttische Bemerkung, die über sie gemacht wurde.

Da sah man auch Benvenuto und Ascanio und ein wenig abseits den Grafen von Orbec, den Vicomte von Marmagne, Herrn von Estourville und Colombe, die ihren Vater gebeten hatte, sich nicht unter die Menge der Kavaliere zu mischen, die sie heute zum erstenmal sah und in deren Gesellschaft sie sich nicht wohl fühlte. Aus Höflichkeit wollte Orbec seine Braut nicht allein lassen, die der Prevot nach der Messe der Königin vorstellen sollte.

Ascanio und Colombe hatten einander gleich erkannt und warfen sich bisweilen verstohlene Blicke zu. Die beiden reinen Kinder, die in der Einsamkeit aufgewachsen waren, hätten sich in dieser glänzenden und verderbten Menge allein und verlassen gefühlt, wenn sie sich nicht gegenseitig durch ihre Blicke Mut zugesprochen hätten.

Seitdem sie sich ihre Liebe gestanden, hatten sie einander nicht mehr gesehen. Ascanio hatte wohl zehnmal vergebens versucht, wieder in den kleinen Nesle zu gelangen. Die neue Zofe, die Orbec seiner Braut geschickt hatte, war jedesmal an Stelle Perrines da, wenn er geklopft hatte, und wies ihn barsch zurück. Ascanio war weder reich noch kühn genug, um sich die Gunst dieser Frau zu erkaufen. Und dann wagte er auch nicht, seiner Geliebten die traurige Nachricht mitzuteilen, die sie ohnedies noch früh genug erfahren sollte, nämlich das Geständnis, das Benvenuto ihm über seine Liebe zu Colombe gemacht hatte, und die bittere Notwendigkeit, die sich für sie daraus ergab, daß sie künftig nicht mehr auf seine Hilfe rechnen konnten, vielmehr sogar auch ihn als Feind betrachten mußten.

Ascanio wußte, wie er bereits Cellini gesagt hatte, daß ihm jetzt nur noch Gott helfen konnte. In seiner Einfalt war er entschlossen, Frau von Etampes zu erweichen — es war ein letzter, verzweifelter Rettungsanker, an den er sich klammerte. Mit der ganzen Zuversicht seiner Jugend wollte er die Großmut und die zärtliche Zuneigung der Herzogin anflehen, um das Mitgefühl der Frau zu erwecken, die ihn liebte. Versagte auch noch diese letzte und wenig aussichtsreiche Hoffnung, so gab es keine Rettung mehr für den armen Jüngling, er mußte sich dann in sein Schicksal fügen und ihm seinen Lauf lassen.

Die Herzogin kam, mit ihren Kavalieren plaudernd, vorüber, als sie den Künstler gewahrte.

„Ah, Ihr seid da, Ascanio,“ sagte sie ziemlich kühl.

„Ja, Frau Herzogin; ich kam mit meinem Meister hierher und wage mich Euch zu nahen, da ich neulich im Hotel d'Etampes die Zeichnung der Lilie vergessen hatte, die Ihr in Eurer Güte bei mir bestellen wolltet. Ich möchte gern wissen, ob Ihr mit meinem Entwurf nicht allzu unzufrieden seid.“

„Nein, im Gegenteil, er hat mir sogar sehr gut gefallen,“ erwiderte die Herzogin freundlicher. „Kenner, denen ich den Plan zeigte, haben mir dasselbe gesagt. Wird aber die Ausführung auch so gut gelingen wie der Entwurf? Meint Ihr wohl? Und werden meine Edelsteine auch dafür ausreichen?“

„Gewiß, Madame, ich hoffe es wenigstens. Ich möchte als Kelch der Lilie einen großen Diamanten anbringen, der darin wie ein Tautropfen funkeln würde, aber das wäre wohl eine zu große Ausgabe für die bescheidene Arbeit eines unbedeutenden Künstlers wie mich.“

„O, ich kann mir das schon leisten, Ascanio.“

„Aber ein Diamant von dieser Größe würde wohl zweihunderttausend Taler kosten, Madame.“

„Gut, ich werde Euch das Geld überweisen.“ Dann sagte sie leiser: „Nun müßt Ihr mir einen Dienst leisten, Ascanio. Eben sah ich am andern Ende des Saals den Grafen Orbec. Geht zu ihm und sagt ihm, daß ich ihn sprechen will.“

„Was, Madame . . .“ stammelte Ascanio, beim Namen des Grafen jäh erbleichend.

„Ei, ich dachte, Ihr wolltet Euch mir zur Verfügung stellen?“ erwiderte die Herzogin stolz. „Und wenn ich Euch damit beauftrage, so geschieht es, weil Euch mein Gespräch mit Orbec interessieren und Euch Anlaß zum Nachdenken geben wird, wenn Verliebte überhaupt etwas überlegen.“

„Ich gehorche, Madame," erwiderte Ascanio, da er fürchtete, die Gunst der Frau zu verlieren, von der er sein Heil erwartete.

„Gut; sprecht aber Italienisch mit dem Grafen; ich habe meine Gründe dafür. Und macht, daß Ihr ihn zu mir führt."

Um seine furchtbare Feindin nicht aufs neue gegen sich aufzubringen, beeilte er sich, den Grafen zu suchen. Er fragte einen jungen Kavalier mit Lilabändern am Rock nach ihm. „Ah," erwiderte der, „das ist der alte Affe, der dort mit dem Prevot von Paris und dessen reizender Tochter plaudert."

Die reizende Tochter war Colombe, die alle jungen Kavaliere voll Neugier bewunderten. Ascanio ging also auf den „alten Affen" zu, sprach ihn zu Colombes größtem Erstaunen an und forderte ihn auf Italienisch auf, zu der Herzogin von Etampes zu kommen. Orbec entschuldigte sich bei seiner Braut und seinen Freunden und folgte Ascanio, der rasch noch einen Blick mit der armen Colombe wechselte, die sich in diesem Trubel und vor allem beim Erscheinen dieses sonderbaren Pagen recht unbehaglich fühlte.

„Ah, willkommen, Graf," begrüßte Frau von Etampes Orbec, „ich freue mich, daß Ihr kommt, denn ich habe wichtige Dinge mit Euch zu besprechen. Meine Herren," wandte sie sich an ihre Umgebung, „wir haben noch eine Viertelstunde Zeit, bis die Majestäten kommen. Wenn Sie gestatten, werde ich mich solange mit meinem alten Freund Orbec unterhalten."

Die Kavaliere beeilten sich, dieser Aufforderung Folge zu leisten und zogen sich diskret zurück, so daß die Herzogin und der Schatzmeister allein blieben. Ascanio wollte den andern folgen, aber ein Wink der Herzogin hielt ihn zurück.

„Wer ist der junge Mann?" fragte der Graf.

„Ein italienischer Page, der kein Wort Französisch versteht. Ihr könnt ruhig in seiner Gegenwart sprechen, es ist genau so, als wenn er nicht da wäre."

„Gut, Madame," erwiderte Orbec, „ich folge blindlings Euren Befehlen, ohne mich um die Gründe zu kümmern. Ihr habt den Wunsch geäußert, meine künftige Frau zu sehen, die heute der Königin vorgestellt werden soll. Colombe ist mit ihrem Vater da. Aber nun ich Eurem Wunsch entsprochen habe, möchte ich auch gern wissen, was Ihr damit wollt. Wäre es unbescheiden, Euch um eine kleine Erklärung zu bitten, Madame?"

„Orbec, Ihr seid mein treuester und ergebenster Freund und ich bin glücklich, daß ich noch vieles für Euch tun kann. Ich weiß freilich noch nicht, ob mir alles gelingen wird, aber versuchen will ich es wenigstens. Der Posten als Schatzmeister des Königs, den ich Euch verschafft habe, ist nur der Grundstein, auf dem ich Euer Glück aufbauen will. Ich rede ganz offen mit Euch, aber zunächst muß ich Euch erst mal ein Kompliment machen. Ich habe vorhin Eure Colombe gesehen — sie ist wirklich entzückend. Noch etwas schüchtern, aber das verleiht ihr besonderen Reiz. Doch unter uns: ich verstehe nicht recht, was Ihr, ein ernster, kluger, vorsichtiger und nicht übermäßig begüterter Mann, mit dieser Ehe bezwecken wollt. Und einen besonderen Zweck müßt Ihr dabei doch im Auge haben, denn Ihr seid ein Kaufmann, der nicht auf gut Glück Geschäfte macht.“

„Madame, der Vater ist ein alter Kauz, der seiner Tochter mal eine hübsche Summe Dukaten hinterläßt.“

„Aber wie alt ist er denn?“

„Etwa fünf- bis sechsundfünfzig.“ — „Und Ihr, Graf?“ — „O, ich bin fast ebenso alt, nur ist er schon viel mehr verbraucht und abgelebt.“

„Ich verstehe und begreife Euch allmählich. Ich wußte wohl, daß Ihr über gewöhnliche Gefühle erhaben seid und Euch nicht die körperlichen Vorzüge der Kleinen verführt haben.“

„Ei, Madame, daran habe ich nicht einmal gedacht. Sie hätte ebensogut auch häßlich sein können. Sie ist aber hübsch, nun, um so besser. Doch nun Ihr alles wißt, habt Ihr wohl die Güte, mir Eure Pläne mitzuteilen ...“

„O, ich baue schöne Luftschlösser für Euch,“ unterbrach ihn die Herzogin. „Ihr wißt, daß ich Euch an Poyets Stelle sehen möchte, den ich verabscheue,“ warf die Herzogin einen haßerfüllten Blick auf den Kanzler, der in Begleitung des Konnetabel an ihr vorüberging.

„Wie, Madame, eine der höchsten Würden der Krone ...“

„Ei, seid Ihr denn nicht selbst ein bedeutender Mann, Graf? Aber leider ist meine Macht sehr beschränkt; ich herrsche ja am Rande eines Abgrundes. Gerade jetzt befinde ich mich in tödlicher Verlegenheit. Der König hat als Mätresse die Frau eines unbedeutenden Mannes, eines Richters namens Féron. Wenn dieses Weib ehrgeizig ist, bin ich verloren. Ich hätte dieses Abenteuer des Königs inspirieren müssen. Ach, ich finde leider keine zweite Herzogin von Brissac mehr, die ich Seiner Majestät besorgt hatte: ein süßes, schwaches Weib, fast noch ein Kind. Ich traure noch immer um sie: sie war nicht gefährlich, sie sprach mit dem König in einem fort nur von meinen Vorzügen. Die arme Marie! Sie hatte alle Lasten meiner Stellung übernommen, aber alle Vorteile mir gelassen. Aber diese Féronnière müßte man mit aller Gewalt von Franz I. trennen. Leider habe ich schon meinen ganzen Vorrat an Verführungskünsten umsonst verschwendet. Ich kann nur noch den Geist fesseln, aber nicht mehr das Herz. Ich brauche dazu eine Bundesgenossin. Aber wo finde ich eine ergebene, durchaus sichere Freundin, auf die ich mich felsenfest verlassen kann? Ich würde sie mit Gold und Ehren aufwiegen. Helft mir sie suchen, Graf. Ihr wißt nicht, wie nahe sich bei Franz I. der König und der Mann steht und wie leicht der Mann den König mit fortreißt. Wenn wir zu zweit wären, nicht als Nebenbuhlerinnen, sondern als Verbündete, nicht als Mätressen, sondern als Freundinnen, wenn die eine von uns den Mann, die andere den König beherrschte, dann würde Frankreich uns gehören, und zwar in dem Augenblick, wo Karl V. selbst in unsere Netze läuft, wo man nach Belieben Lösegeld von ihm fordern und seine Unbesonnenheit ausnützen kann, um sich selbst eine glänzende Zukunft zu sichern. Ich will Euch meine Pläne auseinandersetzen . . . doch da kommt der König!“

Ein Diener meldete das Erscheinen der Majestäten. Alles schwieg und verneigte sich feierlich vor dem Königspaar. Als der König mit sichtlich wohlgemuter Laune die Anwesenden begrüßt hatte, trat der Prevot von Paris mit Colombe vor die Königin Eleonore. „Majestät, wollet gütigst gestatten, daß ich Euch unter so glücklichen Vorzeichen wie dem bevorstehenden Besuch des Kaisers meine Tochter Colombe vorstellen darf, die Ihr unter Eure Ehrendamen aufzunehmen geruht habt.“

Die gute Königin richtete ein paar aufmunternde Worte an die arme bestürzte Colombe, die der König unterdessen mit sichtlichem Wohlgefallen betrachtete.

„Auf Edelmannswort, Herr Prevot,“ lachte Franz I., „wißt Ihr auch, daß Ihr ein Verbrechen des Hochverrats begangen habt, weil Ihr eine Perle, die so trefflich in die Kette von Schönheiten paßt, die Ihre Majestät die Königin umgibt, solange unseren Blicken entzogen habt? Wenn Ihr dafür nicht bestraft werdet, so verdankt Ihr das nur der stummen Fürbitte dieser schönen züchtigen Augen.“

Der König grüßte galant das entzückende Mädchen und begab sich dann mit seinem Hofstaat in die Kapelle.

„Madame,“ reichte der spanische Gesandte, der Herzog von Medina Sidonia, der Herzogin von Etampes den Arm, „lassen wir die Menge vorübergehen und bleiben wir etwas zurück, damit ich ein paar wichtige Dinge mit Euch unter vier Augen besprechen kann.“

„Ich stehe Euch zur Verfügung, Herr Botschafter,“ erwiderte die Herzogin. „Bleibt nur da, Graf Orbec. Ihr könnt Euch vor meinem alten Freund, der mein zweites Ich ist, und vor dem jungen Mann, der nur Italienisch versteht, ungeniert aussprechen.“

Das Gespräch nahm eine politische Wendung; es drehte sich um das Herzogtum Mailand, den alten Zankapfel zwischen Frankreich und dem Kaiser, das sowohl Franz I. als Karl V. als rechtmäßigen Besitz begehrten. Um dem langen Hader ein Ende zu machen, war der Kaiser jetzt bereit, dieses Gebiet gegen eine jährliche Rente als Friedenspfand an seinen Schwager abzutreten. Der Herzog von Medina Sidonia suchte die Favoritin des Königs für diesen Plan seines Herrn zu gewinnen. Wider Erwarten fand dieser Vorschlag jedoch nicht den Beifall der Herzogin. Ihr Vorschlag ging dahin, daß Karl V. ein unabhängiges Herzogtum Mailand schaffen sollte, das der jüngere Sohn Franz I., Karl von Orleans, erhielt. Auf diese Weise würde der Kaiser nicht die Macht seines Rivalen vergrößern und doch den alten Streit aus der Welt schaffen. In diesem Sinne wollte die Herzogin vermitteln, natürlich unter der Voraussetzung, daß für sie ein entsprechender Anteil bei diesem Handel heraussprang.

Bestürzt von diesen geheimnisvollen, verwegenen Plänen stand Ascanio zur Seite; er hatte jedes Wort verstanden. Jetzt wandte sich die Herzogin an ihn. „Das geschieht alles für dich,

Ascanio," flüsterte sie. „Um dein Herz zu gewinnen, verliere ich Frankreich. Nun, was ist Ihre Antwort, Herr Botschafter?" fragte sie den Herzog.

„Der Kaiser allein kann in einer so wichtigen Angelegenheit eine Entscheidung fällen," erwiderte er. „Doch glaube ich, daß er den Vorschlag annehmen wird, der mich so vorteilhaft für uns dünkt."

„Das ist er auch für mich, und ich will Euch ganz offen sagen, daß ich mich nur aus dem Grunde beim König dafür verwenden werde. Auch wir Frauen treiben Politik, die oft tiefer und gründlicher ist als die Eure. Doch ich kann Euch versichern, daß meine Pläne Euch keine Gefahr bringen. Seid unbesorgt, auch wenn es aussieht, als würde ich Partei gegen Euch ergreifen. Als Diplomat müßt Ihr wissen, daß es für mich die Hauptsache ist, jeden Verdacht einer Verführung von mir abzulenken. Wenn ich offen für Euch eintrete, würde ich Eurer Sache nur schaden. Laßt mich also ruhig Eure Feindin sein und gegen Euch sprechen, Herr Herzog. Ihr wißt doch, wozu man die Sprache hat. Wenn Karl V. meinen Vorschlag ablehnt, sage ich zum König: ‚Sire, verlaßt Euch auf meinen Fraueninstinkt. Ihr dürft nicht vor gerechten und notwendigen Repressalien zurückschrecken'. Und wenn der Kaiser ihn annimmt, dann sage ich: ‚Sire, glaubt meinem weiblichen Katzeninstinkt: Ihr müßt Euch in eine notwendige Gemeinheit fügen'."

„Schade, daß Ihr eine Königin seid," verneigte sich der Herzog von Medina Sidonia. „Ihr wäret ein ausgezeichneter Diplomat geworden."

Dann verabschiedete er sich von der Herzogin und zog sich zufrieden über die unerwartete Wendung, die die Verhandlung genommen hatte, zurück.

„Jetzt kann ich endlich frei und ohne Rückhalt sprechen," wandte sich Frau von Etampes an Orbec, als sie mit dem Grafen und Ascanio allein war. „Graf, Ihr wißt jetzt dreierlei: erstens, daß es für mich und meine Freunde wichtig ist, daß meine Macht gefestigt und vor jedem Schlag bewahrt bleibt; zweitens, daß wir die Zukunft nicht mehr zu fürchten brauchen, wenn wir diese Sache erst hinter uns haben; dann wird Karl von Orleans Franz I. ablösen und der Herzog von Mailand, den ich dazu mache, wird mir mehr Dank schulden als der König von Frankreich, der mich zu dem gemacht hat, was ich heute bin; drittens, daß die Schönheit Eurer Colombe tiefen Eindruck auf Seine Majestät gemacht hat. Nun, Graf, ich wende mich an Eure geistige Überlegenheit, denn Ihr haltet in diesem Augenblick Euer Schicksal in Händen: Wollt Ihr, daß der Schatzmeister Orbec Nachfolger des Kanzlers Poyet und Colombe die Nachfolgerin der Herzogin von Brissac wird?"

Ascanio machte unwillkürlich eine Bewegung des Abscheus, die Orbec nicht entging, der einen boshaften Blick mit Frau von Etampes wechselte.

„Ich will Kanzler werden!" erwiderte er einfach.

„Gut, dann sind wir gerettet. Aber der Prevot . . ."

„Ach, Ihr werdet schon irgendeinen guten Posten für ihn finden," meinte der Graf. „Nur müßte er mehr gewinnbringend als ehrenvoll sein, damit für mich etwas Ordentliches übrig bleibt, wenn der alte Gichtbrüchige mal abgeht."

Ascanio konnte sich nicht mehr länger bezähmen.

„Madame!" keuchte er und trat einen Schritt vor.

Er konnte nicht weitersprechen und der Graf nicht erstaunen, denn die Tür öffnete sich — der Hof kehrte zurück.

Frau von Etampes ergriff Ascanio bei der Hand und zog ihn rasch mit sich zurück. „Nun, junger Mann," flüsterte sie, „jetzt siehst du, wie man die Mätresse eines Königs wird und wohin das Leben uns oft gegen unsern Willen führt."

Franz I. strahlte vor Freude. Karl V. hatte seinen Besuch angesagt — da gab es Empfänge, Feste, Überraschungen und Vergnügen aller Art. Die Augen der ganzen Welt waren auf Paris und den König gerichtet. Deshalb war Franz I. heute liebenswürdiger und heiterer als je. Im Vorübergehen sah er Pietro Strozzi, den edlen Verbannten.*)

„Herr Strozzi," sprach der König ihn an, „ich glaube, Ihr habt mich schon lange um Eure Naturalisationsurkunde gebeten. Es ist wahrlich eine Schande für uns, daß Ihr, nachdem Ihr so tapfer in Piemont als Franzose für Frankreich gekämpft habt, noch nicht durch Euren Mut unserm Vaterland angehört, nachdem das Eure Euch verstoßen hat. Noch heute abend wird Messire Le Maçon, mein Staatssekretär, Eure Naturalisationsurkunde ausfertigen. Dankt mir nicht dafür, Karl V. muß Euch als Franzosen sehen, zu Eurer und meiner Ehre . . . Ah, da seid ja auch Ihr, Cellini, und Ihr kommt wahrlich nie mit leeren Händen. Was habt Ihr da unter Euerm Arm, mein Freund? Wartet einen Augenblick; auf Edelmannswort, es soll nicht heißen, daß ich Euch an Großzügigkeit nachstehe. Messire Antoine Le Maçon, Ihr werdet mit der Urkunde für den großen Pietro Strozzi auch die für meinen Freund Benvenuto ausfertigen und sie ihm gebührenfrei aushändigen. Ein Goldschmied verdient nicht so leicht 500 Dukaten wie ein Strozzi."

„Sire, ich danke Eurer Majestät, aber verzeiht meine Unwissenheit: was bedeutet diese Naturalisationsurkunde?"

„Wie?" fragte Antoine Le Maçon gewichtig, während der König wie närrisch lachte, „Meister Benvenuto, wißt Ihr nicht, daß die Naturalisationsurkunde, die Euch zum Franzosen macht, die höchste Ehre ist, die Seine Majestät einem Ausländer erweisen kann?"

„Ich begreife und ich danke Euch, Sire," sagte Cellini. „Aber verzeiht: da ich schon mit meinem Herzen Untertan Eurer Majestät war, wozu bedarf es da noch einer Urkunde?"

„Wozu es der Urkunde bedarf?" meinte der König noch immer gut gelaunt. „Damit Ihr jetzt tatsächlich Franzose seid

---

*) Der italienische Condottiere Pietro Strozzi war in französische Heeresdienste getreten. Von Franz I. und Heinrich II. protegiert, zeichnete er sich vor allem als Kriegsingenieur aus. Er fiel als Marschall von Frankreich 1558 bei der Belagerung von Thionville.

und ich Euch zum Herrn des großen Nesle machen kann, was mir vorher nicht möglich war. Messire Le Maçon, Ihr verbindet die endgültige Belehnung des Schlosses mit der Naturalisationsurkunde. Nun, Benvenuto, wißt Ihr, wozu diese Urkunde dient."

„Tausendfachen Dank, Sire! Man soll sagen, daß unsere beiden Herzen sich ohne Worte verstehen, denn diese Gnade, die Ihr mir eben erwiesen habt, ist das Vorspiel einer ungeheuren Gunst, um die ich vielleicht Eure Majestät einmal bitten werde."

„Du weißt, was ich dir versprochen habe, Benvenuto. Bringe mir meinen Jupiter, dann kannst du verlangen."

„Ja, Eure Majestät hat wahrlich ein gutes Gedächtnis und ich hoffe, sie wird auch ebenso Wort halten. Eure Majestät kann wohl einen Wunsch erfüllen, der ein Stück meines Lebens bedeutet."

„Es soll geschehen, wie Ihr wünscht, mein großer Goldschmied. Nun zeigt uns aber mal, was Ihr da in Euren Händen habt."

„Sire, es ist ein silbernes Salzfaß, das zu der Vase und Schale gehört."

Der König prüfte eingehend und schweigend wie immer das wunderbare Werk, das Cellini ihm überreichte.

„Welcher Mißgriff! Welcher Widerspruch!" sagte er endlich.

„Wie, Sire," rief Benvenuto in tiefster Verzweiflung, „Eure Majestät wäre so wenig zufrieden . . ."

„Ei gewiß, mein Herr. Ihr führt eine so hübsche Idee in Silber aus, statt in Gold, wie es sich gehörte. Deshalb bin ich ärgerlich, Cellini, aber Ihr werdet die Sache nochmals machen."

„Ach, Sire," sagte Benvenuto traurig, „stellt keine so hohen Ansprüche an meine bescheidenen Arbeiten. Ich fürchte, die Kostbarkeit des Materials wird die Schätze meiner Gedanken zugrunde richten. Für einen dauerhaften Ruhm ist es besser, Silber zu verwenden als Gold. Wer weiß, ob man für diese silberne Schale, die Eurer Majestät 10 000 Dukaten kostet, Euch 10 Taler geben würde?"

„Ei, glaubt Ihr denn, der König von Frankreich würde jemals sein Tafelgeschirr den Wucherern verpfänden?"

„Sire, der Kaiser von Konstantinopel mußte wohl oder übel den Venetianern die Dornenkrone des Heilands verpfänden."

„Aber ein König von Frankreich hat sie wieder eingelöst, Herr!"

„Ja, ich weiß es, Sire. Denkt aber an Revolutionen und Verbannung! Ich stamme aus einem Land, das die Mediceer dreimal vertrieben und wieder zurückgerufen hat. Könige wie Eure Majestät müssen sich einen Ruhm begründen, den man nicht rauben kann."

„Einerlei, Benvenuto, ich will ein Salzfaß aus Gold und mein Schatzmeister soll Euch heute noch tausend alte Goldtaler dafür auszahlen. Versteht Ihr, heute noch, Graf Orbec, denn Cellini soll keine Minute versäumen. Lebt wohl, Benvenuto, und arbeitet weiter, der König denkt an Jupiter. Lebt wohl, ihr Herren, denkt an Karl V.!“

Während Franz I. die Treppe hinabstieg, wo die Königin ihn schon im Wagen erwartete, wandte sich Benvenuto an den Grafen Orbec: „Haltet das Gold für mich bereit, Herr Schatzmeister. Ich gehe jetzt nach Hause, um einen Sack für das Gold zu holen, in einer halben Stunde bin ich wieder bei Euch.“

Der Graf verneigte sich zustimmend und Benvenuto ging fort, nachdem sein Blick vergebens Ascanio gesucht hatte.

Zur selben Zeit sprach Marmagne leise mit dem Prevot, der immer noch Colombes Hand hielt. „Das ist eine prachtvolle Gelegenheit,“ meinte er, „ich werde gleich meine Leute rufen. Sagt Orbec, daß er Benvenuto möglichst lange aufhalten soll.“

Damit ging er fort, während Messire d'Estourville den Grafen Orbec aufsuchte und leise mit ihm sprach. „Inzwischen werde ich Colombe in den Nesle bringen,“ sagte er dann.

„Gut,“ erwiderte Orbec, „teilt mir aber noch heute abend das Ergebnis mit.“

Sie verabschiedeten sich. Der Prevot schlug in der Tat langsam mit seiner Tohter den Weg nach dem kleinen Nesle ein, während ihnen Ascanio nachschlich, der sie keinen Augenblick aus den Augen verloren hatte und der von fern seiner geliebten Colombe nachblickte.

---

20. Kapitel.

Nächtlicher Überfall.

Benvenuto eilte rasch über die Seine und holte zu Hause statt eines Sackes, wie er dem Grafen Orbec gesagt hatte, einen kleinen Arbeitsbeutel, den ihm in Florenz einmal eine Base geschenkt hatte, die Nonne geworden war. Dann machte er sich, ohne auf Ascanio noch auf seine Arbeiter zu warten, die gerade Mittagspause machten, nach der Rue Froid-Manteau auf, wo Graf Orbec wohnte. Obwohl er sich unterwegs mehrmals aufmerksam umsah, bemerkte er doch nichts Verdächtiges, was ihm die geringste Unruhe verursachen konnte.

Als er zu Orbec kam, sagte ihm dieser, er könne das Gold nicht sofort mitnehmen, da vorher erst verschiedene unerläßliche Formalitäten erledigt werden müßten; er erwarte noch den Notar, um den Vertrag auszufertigen. Der Graf entschuldigte sich mit äußerster Höflichkeit, denn er wußte, daß Cellini nicht gerade geduldig war. Doch er zeigte sich so zuvorkommend, daß Benvenuto ihm die Verzögerung nicht übel nahm und geduldig wartete.

Er wollte nur einige seiner Arbeiter kommen lassen, die ihn auf dem Heimweg begleiten und ihm das Gold tragen helfen sollten. Orbec beeilte sich, seinen Diener in das Hotel de Nesle zu schicken, um die Leute zu holen; dann kam er auf Benvenutos Arbeiten, auf die Gunstbezeugungen des Königs und auf alle möglichen Dinge zu sprechen, um Benvenuto zu beruhigen und seinen Argwohn einzuschläfern, daß er sein Feind sei. Cellini hatte wohl den Wunsch, den Grafen bei Colombe auszustechen, aber nur er und Ascanio wußten darum. Er ließ sich daher nichts merken und antwortete dem Grafen in höflicher Weise.

Es dauerte indes sehr lange, bis endlich der Notar erschien. Auch die Ausfertigung des Vertrages verzögerte sich. Kurz, als Benvenuto endlich so weit war, daß er in das Hotel de Nesle zurückkehren konnte, begann es bereits dunkel zu werden. Er fragte nach dem Diener, der seine Leute holen sollte. Dieser sagte, sie hätten nicht kommen können, aber er würde gern Cellinis Gold tragen. Doch jetzt wurde Benvenuto mißtrauisch und lehnte daher das Anerbieten des Lakaien ab.

Er packte das Gold in den Beutel, schob seinen Arm durch die beiden Träger, so daß sein Schatz besser verwahrt war, als wenn er ihn in einem Sack getragen hatte. Er trug unter seinem Rock ein Panzerhemd, er hatte einen kurzen Degen an der Seite und ein Dolch stak in seinem Gürtel. Raschen, aber sicheren Schrittes machte er sich auf den Heimweg. Beim

Hinausgehen fiel ihm jedoch auf, daß mehrere Diener leise flüsternd beisammen standen und dann rasch fortgingen, wobei sie allerdings eine andere Richtung einschlugen als er.

Damals führte der Weg vom Louvre zum Hotel de Nesle, an dessen Stelle heute das Institut de France steht, durch ein Labyrinth dunkler und enger Gassen, die von Spitzbuben und Straßenräubern wimmelten. Trotz seines Mutes war Benvenuto doch wegen der großen Summe, die er im Arm trug, ein wenig besorgt, und seine Furcht war in der Tat nicht unbegründet.

Seit Einbruch der Dunkelheit trieben sich vier Burschen von verwegenem Aussehen, die in weite Mäntel gehüllt waren, in der Nähe der Augustinerkirche herum. Das Ufer war hier nur von Mauern begrenzt und zu dieser Stunde völlig menschenleer. Von ihrem Versteck aus sahen die Kerle nur den Prevot mit seiner Tochter vorübergehen, den sie ehrerbietig wie einem Vorgesetzten grüßten.

Die Hüte tief in die Stirn gedrückt, plauderten sie leise miteinander in einem Winkel der Kirche. Zwei von ihnen kennen wir bereits: es waren die beiden Bravos, die Marmagne bei seinem mißglückten Besuch im großen Nesle begleitet hatten; sie hießen Ferrante und Fracasso. Ihre beiden Gefährten, die von demselben ehrenvollen Beruf lebten, nannten sich Procop und Maledent; der erstere stammte aus Böhmen, während Maledent Picarde war. Sie sprachen von ihren dunklen Taten und stritten sich, ob sie Benvenutos Goldstücke dem Vicomte von Marmagne abliefern oder als gute Prise lieber selbst behalten sollten.

„Pst!“ rief Procop plötzlich. „Ich höre Schritte. Achtung! Unser Mann kommt!“

„Gut,“ meinte Maledent, indem er einen prüfenden Blick um sich warf, „ringsum ist alles still und ruhig, die Sache steht günstig für uns.“

Sie verharrten stumm und unbeweglich und ihre dunklen, verwegenen Gestalten waren im Dämmerlicht kaum zu erkennen. Nur ihre Augen funkelten und ihre Hände zuckten unter den Rapieren.

Es war wirklich Benvenuto, der sich ihnen raschen Schrittes näherte. Er hatte bereits Verdacht geschöpft und sein scharfes Auge suchte vorsichtig die Dunkelheit zu durchdringen. Zwanzig Schritte vor sich sah er die vier Banditen aus ihrem Versteck hervorkommen. Ehe sie sich noch auf ihn stürzen konnten, hatte er rasch den Beutel unter seinem Mantel versteckt und den Degen gezogen. Mit gewohnter Kaltblütigkeit stellte er sich mit dem Rücken gegen die Mauer der Kirche und sah seinen Angreifern ins Gesicht.

Sie setzten ihm wacker zu — er hatte keine Möglichkeit zur Flucht und Rufen war zwecklos, denn das Schloß war noch gut fünfhundert Schritte entfernt. Benvenuto aber war kein Anfänger mehr; er wehrte sich energisch gegen die Banditen.

Plötzlich durchzuckte ein Gedanke sein Gehirn: Gewiß galt dieser hinterhältige Überfall nur ihm. Wenn er seine Mörder über die Spur täuschen konnte, war er gerettet. Unter ihren Degenhieben begann er sie also zu verspotten. „Was wollt ihr denn, meine Braven? Seid ihr närrisch? Was hofft ihr denn von einem armen Militär wie mir zu gewinnen? Wollt ihr meinen Mantel haben? Oder gefällt euch mein Degen? Vorsicht, paß auf deine Ohren auf! Wenn ihr meine gute Klinge haben wollt, müßt ihr sie schon erbeuten, aber für Diebe, die sicher nicht ihr erstes Ding drehen, habt ihr wahrlich eine schlechte Nase, Kinder."

Mit diesen Worten drang er auf sie ein, ohne vor ihnen zurückzuweichen, aber er ging immer nur wenige Schritte von der Mauer weg, um sogleich wieder Deckung nehmen zu können. Er beeilte sich, sie in die Flucht zu schlagen und sie glauben zu machen, daß er kein Gold bei sich hätte, ehe die Diener des Grafen Orbec ihnen zu Hilfe kämen, die er hatte fortgehen sehen und die dabei waren, als er das Gold zählte. Die Sicherheit seiner Worte und die Art, wie er den Degen führte, während er tausend Goldtaler unter dem Arm trug, machten in der Tat die Banditen stutzig.

„Sollten wir uns wirklich täuschen, Ferrante?" meinte Fracasso.

„Ich befürchte es. Der Mann kommt mir weniger groß vor, oder wenn er es doch ist, so hat er kein Gold bei sich und der verdammte Vicomte hat uns betrogen."

„Ich soll Gold haben?" rief Benvenuto, indem er tapfer drauflos schlug. „Ich habe nur eine Handvoll Kupfer in der Tasche und wenn es euch danach gelüstet, Kinder, so werdet ihr es teurer bezahlen als wenn es wirkliches Gold wäre, das einem andern gehört."

„Teufel! das ist wirklich ein Militär," meinte Procop. „Ein Goldschmied soll solche Waffen führen? Verliert ihr den Atem, wenn es euch Spaß macht, ich schlage mich nicht um der Ehre willen."

Procop begann sich zurückzuziehen, während der Angriff der übrigen erlahmte. Benvenuto benützte diese Gelegenheit, um sich herauszuhauen und sich nach dem Hotel zu begeben, indem er seinen Gegnern weiterhin die Stirn bot und sie mit seinem Degen im Zaum hielt.

„Ei, so kommt doch mit mir, meine Braven," sagte Benvenuto. „Begleitet mich nach dem Pré-aux-Clercs, nach Maison-Rouge, wo mich heute abend meine Kleine erwartet. Ihr Vater hat eine Weinkneipe; der Weg soll nicht ganz sicher sein und ich wäre wahrlich nicht ungehalten, wenn ich eine Begleitung bei mir hätte."

Dieser Spott bestimmte auch Fracasso, die Verfolgung aufzugeben und Procop zu folgen.

„Wir sind Narren, Ferrante!" sagte Maledent. „Geh, der da ist gewiß nicht dein Benvenuto!"

„Doch, doch, er ist's!" rief Ferrante, der endlich den Beutel unter Benvenutos Arm erblickt hatte, als eine rasche Bewegung den Mantel zurückschlug.

Aber es war schon zu spät. Das Hotel war kaum noch

fünfzig Schritte entfernt und Benvenuto schrie mit seiner Stentorstimme laut durch die Stille der Nacht: „Zu mir, ihr Leute vom Nesle! Zu Hilfe!“ Fracasso hatte kaum Zeit, sich aus dem Staub zu machen, Procop fortzulaufen und Ferrante und Maledent ihre Schritte zu verdoppeln, denn die Arbeiter, die ihren Meister erwarteten, eilten herbei. Beim ersten Ruf öffnete sich das Tor des Schlosses und der gewaltige Hermann, der kleine Jehan, Simon der Linkshänder und Jacques Aubry stürmten mit Piken bewaffnet auf die Straße.

Bei ihrem Anblick ergriffen die Banditen die Flucht.

„Wartet doch, meine Freunde!“ rief Benvenuto ihnen nach. „Wollt ihr mich nicht noch ein Stück begleiten? Ach, ihr Idioten könnt nicht mal einem einzelnen Mann tausend Goldtaler abnehmen, die seinen Arm ermüdeten!“

In der Tat hatten die Banditen ihrem Gegner nur eine leichte Wunde an der Hand beigebracht, während Fracasso heulend davonrannte. Der Ärmste hatte bei den letzten Hieben das rechte Auge eingebüßt, so daß er für den Rest seines Lebens einäugig blieb, was sein melancholisches Aussehen noch mehr verdüsterte.

„So, meine Kinder,“ sagte Benvenuto zu seinen Gefährten, als die Schritte der Banditen in der Ferne verhallten, „nach dieser schönen Tat wollen wir jetzt zu Abend essen. Trinkt auf meine Befreiung, meine wackeren Retter! Aber, bei Gott, ich sehe ja Ascanio nicht unter euch. Wo ist er denn?“

„Ich weiß, wo er ist,“ sagte der kleine Jehan. „Er geht seit einer halben Stunde im Garten des großen Nesle spazieren. Ich war bei ihm und wollte mit ihm plaudern, aber er bat mich, ihn allein zu lassen.“

„Das ist sonderbar. Hat er mich nicht rufen hören? Warum ist er nicht mit den andern herbeigeeilt?“ dachte Benvenuto. „Wartet nicht auf mich, eßt allein, Kinder,“ wandte er sich an seine Gefährten. „Ah, du bist auch da, Scozzone?“

„Ach Gott, was ist denn los? Man hat Euch ermorden wollen, Meister?“

„Ja, um etwas Ähnliches hat es sich wohl gehandelt. Doch es ist nichts, mein liebes Kind,“ suchte Benvenuto sie zu beruhigen, denn die arme Katharina war totenbleich. „Jetzt wollen wir aber vom besten Wein für unsere braven Leute holen. Scozzone, laß dir von Ruperta die Kellerschlüssel geben und wähle selbst die Sorten aus.“

„Aber Ihr geht doch nicht mehr fort?“ fragte die Scozzone.

„Nein, sei unbesorgt, ich will nur Ascanio suchen, der im Garten ist, denn ich habe wichtige Dinge mit ihm zu besprechen.“

Scozzones Kameraden kehrten in die Werkstatt zurück, während Benvenuto nach der Gartentür ging.

In diesem Augenblick trat der Mond hinter den Wolken hervor und der Meister konnte Ascanio deutlich erkennen. Der Jüngling ging aber nicht spazieren, sondern stieg eine Leiter hinauf, die an die Mauer des kleinen Nesle gelehnt war. Als er oben war, zog er die Leiter hinauf, ließ sie auf der andern Seite hinabgleiten und verschwand.

Benvenuto hielt die Hand über die Augen, wie einer, der nicht glauben kann, was er sieht. Dann faßte er plötzlich einen Entschluß, ging geradewegs nach der Gießerei, schwang sich auf das Fensterkreuz und sprang mit einem wohlberechneten Satz auf die Mauer des kleinen Nesle. Dort klammerte er sich an die Ranken eines Weinstockes und glitt geräuschlos in Colombes Garten; es hatte unter Tag geregnet und die Feuchtigkeit des Bodens fing den Schall seiner Schritte auf.

Dann hielt er das Ohr an die Erde und lauschte, als wollte er die Stille der Nacht befragen. Endlich hörte er in der Ferne leises Flüstern; vorsichtig tastete er sich nach der Richtung, woher der Lärm kam. In der zweiten Allee des Gartens erkannte er endlich im Schatten Colombe; sie trug ein weißes Kleid und saß neben Ascanio auf der Bank. Die beiden unterhielten sich leise, aber ausdrucksvoll.

Gedeckt durch eine Baumgruppe schlich Benvenuto heran und lauschte.

---

21. Kapitel.

Dreibund des Herzens.

Es war eine schöne, klare und stille Herbstnacht. Der Mond hatte fast alle Wolken vertrieben und die wenigen, die noch am Himmel standen, segelten langsam am blauen, sternenbesäten Himmelszelt dahin. Tiefer Friede herrschte rings um die beiden Liebenden, deren Herzen in höchster Erregung zitterten.

Benvenuto stand bleich und fröstelnd hinter ihnen und hörte ihre Worte mehr mit dem Herzen als mit den Ohren. „Meine vielgeliebte Colombe," sagte Ascanio, „meine teure Braut, welches Unheil habe ich über dich gebracht! Wenn du wüßtest, was ich dir berichten muß, würdest du mir ob dieser Botschaft gewiß fluchen."

„Du täuschst dich, mein Freund," erwiderte Colombe. „Was es auch sei, ich werde dich dafür segnen, denn ich betrachte dich als Gottes Bote, der zu mir kommt. Ich habe nie die Stimme meiner Mutter vernommen, aber ich glaube sie jetzt zu hören, seit ich dich höre. Sprich also, Ascanio, und wenn du mir Schreckliches mitzuteilen hast, so wird deine Stimme mich schon über deine Worte trösten."

„Nimm also allen Mut und alle Kraft zusammen," fuhr Ascanio fort.

Und er erzählte, was sich in seiner Gegenwart zwischen Frau von Etampes und dem Grafen Orbec zugetragen hatte; er enthüllte ihr die ganze Intrige, die sich gegen die Interessen des Landes wie gegen die Ehre eines Kindes richtete, er verhehlte auch nicht dem unschuldigen Mädchen den schmählichen Plan des Schatzmeisters, er mußte dem reinen Kind, das in seiner Unschuld bei diesen Worten nicht einmal erröten konnte, die grausame Hinterlist und Feigheit offenbaren, die verschmähte Liebe der Favoritin eingegeben hatte. Colombe begriff nur, daß ihr Freund von Verachtung und Haß erfüllt war und sie zitterte und schauderte wie er.

„Mein Freund," sagte sie, „mein Vater muß diesen schändlichen Anschlag gegen meine Ehre erfahren. Mein Vater wird an unsere Liebe glauben, denn du hast ihm das Leben gerettet, und er wird dich erhören. O, sei unbesorgt, er wird mich aus den Händen des Grafen Orbec befreien."

Ascanio seufzte.

Colombe verstand, welche Gefühle ihn beseelten. „Glaubst du, mein Vater wäre fähig, der Mitwisser einer so häßlichen Intrige zu sein? Das wäre schlecht von dir, Ascanio. Nein, mein Vater weiß nichts, ich bin davon überzeugt, und obwohl er nie besonders zärtlich gegen mich gewesen ist, wird er mich doch niemals mit eigener Hand in Schande und Unglück stoßen wollen."

„Verzeihung, Colombe," erwiderte Ascanio, „aber dein Vater ist nicht gewohnt, Reichtum und Wohlhabenheit als Unglück zu betrachten. In seinem Ehrgeiz als Höfling hält er dich als die Mätresse eines Königs für glücklicher als die Frau eines einfachen Künstlers. Ich darf dir nichts verheimlichen, Colombe: Graf Orbec sagte Frau von Etampes, daß er im Namen deines Vaters spräche."

„Gerechter Gott, sollte es möglich sein!" rief das Mädchen. „Ascanio, kann es denn wirklich Väter geben, die ihre Kinder verkaufen?"

„Mein süßer Engel, das hat es zu allen Zeiten und in allen Ländern gegeben und heute ist es erst recht Mode und zwar vor allem in Frankreich. Beurteile die Welt nicht nach deiner Seele und die Gesellschaft nicht nach deiner Tugend. Ja, Colombe, die Träger der vornehmsten Namen Frankreichs haben ohne Scham den Gelüsten des Königs die Jugend und Schönheit ihrer Frauen und Töchter geopfert. Das ist bei Hof so üblich und dein Vater kann sich auf viele erlauchte Beispiele berufen, wenn er sich überhaupt die Mühe machen und sich deshalb rechtfertigen will. Verzeihe, Geliebte, daß ich deine keusche und heilige Seele so rücksichtslos mit der häßlichen Wirklichkeit vertraut gemacht habe, aber ich mußte dir den Abgrund zeigen, in den man dich stoßen will."

Colombe barg ihr Gesicht an der Schulter des Jünglings. „Ascanio, warum ist mein Vater so wider mich? Wohin soll ich mich flüchten? In deine Arme, Ascanio, denn du mußt mich retten! Hast du schon mit deinem Meister gesprochen, mit Benvenuto, der so stark, so gütig und mächtig ist, wie du mir gesagt hast, und den ich liebe, weil du ihn liebst?"

„Liebe ihn nicht, Colombe, liebe ihn nicht!" rief Ascanio.

„Warum soll ich ihn nicht lieben?" flüsterte das junge Mädchen.

„Weil er dich liebt, und zwar in einer Weise liebt, daß wir nicht mehr auf ihn bauen können. Er ist unser Feind geworden, den wir bekämpfen müssen, unser furchtbarster Feind!"

Und Ascanio erzählte ihr, wie Benvenuto in dem Augenblick, als er sich ihm anvertrauen wollte, ihm seine ideale Liebe geraubt hatte, wie der von Franz I. so geschätzte Goldschmied im Vertrauen auf das Wort des Königs alles verlangen könnte, wenn er den Guß der Jupiterstatue vollendet habe. Und Benvenuto wollte ja Colombes Hand vom König erbitten!

„Mein Gott, so bleibst uns du als einziger Schutz," rang Colombe ihre weißen Hände und blickte gen Himmel. „Alle unsere Verbündeten sind zu Feinden geworden. Weißt du bestimmt, daß wir in dieser Hinsicht verlassen und verraten sind?"

„Ach, ich weiß es leider nur zu gewiß. Mein Meister ist für uns ebenso gefährlich wie dein Vater. Ja, ja, Colombe, ich muß mich fast dazu zwingen, meinen Benvenuto, meinen Freund, meinen Meister, meinen Beschützer und Vater zu hassen!" krampfte Ascanio die Hände zusammen. „Aber warum muß ich es tun, Colombe? Weil er dich liebt, wie ich dich liebe. Sein Verbrechen ist auch das meine. Doch du liebst nur mich, Colombe, und das spricht mich frei von Schuld und Fehle. Mein Gott, was soll ich tun? Seit zwei Tagen frage ich mich schon und ich weiß doch noch nicht, ob ich ihn verabscheuen oder lieben soll wie bisher. Gewiß, er liebt dich, aber er hat doch auch mich so sehr geliebt. Meine arme Seele bebt und zittert in dieser Verwirrung wie eine Rose im Sturm. Was wird er tun? Ich will ihm die Pläne des Grafen Orbec enthüllen und ich hoffe, daß er uns von ihm befreit. Was aber dann, wenn wir uns als Feinde gegenüberstehen, wenn ich ihm sage, daß sein Schüler zugleich sein Nebenbuhler ist — ach, sein Wille, der allmächtig ist wie das Schicksal, ist vielleicht auch ebenso blind! Vielleicht wird er Ascanio vergessen, um nur noch an Colombe zu denken, er wird sein Auge von demjenigen abwenden, den er bisher liebte, um nur noch das Weib zu sehen, das er liebt, denn ich fühle ja selbst, daß ich nicht zögern werde, wenn ich zwischen ihm und dir wählen muß. Ich opfere ohne Bedauern die Vergangenheit der Zukunft, die Erde dem Himmel! Weshalb sollte er anders handeln? Er ist doch auch nur ein Mensch, und seiner Liebe entsagen geht über Menschenkraft hinaus. Wir werden also einander bekämpfen, aber wie kann ich ihm widerstehen, da ich allein und verlassen bin? Ach, Colombe, und wenn ich auch den Mann, den ich solange und aufrichtig liebte, erst hassen gelernt habe, so kann ich ihm doch nicht um alles in der Welt die grausamen Folterqualen bereiten, die er mich erdulden ließ, als er mir vorgestern seine Liebe zu dir gestand."

Benvenuto fühlte, während er unbeweglich wie eine Statue hinter dem Baum stand, kalte Schweißtropfen über seine Stirn rieseln und seine Hand krampfte sich auf dem Herzen zusammen."

„Armer Ascanio," erwiderte Colombe, „du hast schon soviel gelitten und mußt noch soviel durchmachen. Und doch wollen wir der Zukunft mit Ruhe und Zuversicht entgegensehen. Noch ist nicht alles verloren, wir wollen daher unsern

Schmerz nicht unnütz vergrößern. Mit Gottes Beistand sind wir zu dritt, um Unglück und Schicksal Trotz zu bieten. Du würdest lieber sehen, wenn ich Benvenuto gehörte als Orbec? Aber noch lieber wäre es dir doch, wenn ich Gott angehören würde statt Benvenuto? Nun, wenn ich nicht die Deine sein kann, so will ich wenigstens Gott gehören. Entweder werde ich deine Frau in dieser Welt oder ich bleibe deine Braut für die Ewigkeit. Das verspreche ich dir und ich werde es halten, sei unbesorgt, Ascanio."

„Dank, Engel des Himmels, Dank!" rief Ascanio. „Laß uns die weite Welt ringsum vergessen und unser Leben auf die kleine Laube beschränken, in der wir uns jetzt befinden. Colombe, du hast mir noch immer nicht gesagt, daß du mich liebst. Mich dünkt fast, als gehörtest du mir, weil du nicht anders handeln kannst."

„Schweig, Ascanio, du siehst doch, daß ich mein Glück heiligen will, indem ich es zur Pflicht erhebe. Ich liebe dich, Ascanio, ich liebe dich!"

Benvenuto vermochte sich nicht länger zu bezähmen. Er sank auf die Knie und lehnte sein Haupt an den Stamm des Baumes; sein verstörter Blick starrte ins Weite, während er mit allen Fiebern seines Herzens das Gespräch der Liebenden belauschte.

„Colombe, ich liebe dich," begann Ascanio wieder. „Eine Stimme sagt mir, daß wir glücklich werden, daß Gott seinen schönsten Engel nicht verlassen wird. Ach, in dieser himmlischen Umgebung denke ich nicht an die Welt der Schmerzen, in die ich zurückkehren muß, wenn ich dich jetzt verlasse."

„Dennoch mußt du daran denken," sagte Colombe. „Wir wollen einander beistehen, damit Gott uns weiter hilft. Es wäre nicht recht, wenn du deinem Meister Benvenuto unsere Liebe verheimlichen würdest, denn er würde sich wohl einer großen Gefahr aussetzen, wenn er Frau von Etampes und den Grafen Orbec bekämpft. Du mußt ihm daher alles offenbaren, Ascanio."

„Ich will es tun, liebe Colombe, denn ein Wort von dir ist für mich ein Befehl. Und außerdem sagt mir mein Herz, daß du recht hast wie immer. Aber der Schlag, den ich ihm versetzen muß, ist schrecklich. Ach, ich beurteile es nach meinem Herzen. Vielleicht wird seine Liebe zu mir sich in Haß verwandeln und er wird mich verstoßen. Wie soll ich dann als armer, obdachloser Ausländer den Kampf mit so mächtigen Feinden wie der Herzogin von Etampes und dem Schatzmeister des Königs aufnehmen? Wer wird mir beistehen, den Plan dieses furchtbaren Paares zu durchkreuzen? Wer soll mein Bundesgenosse in diesem ungleichen Kampf sein? Wer wird meine Hand führen . . .?"

„Ich!" rief hinter den jungen Leuten eine ernste, tiefe Stimme.

„Benvenuto!" fuhr der Jüngling zurück, unfähig, sich umzuwenden.

Colombe stieß einen Schrei aus und sprang in die Höhe.

Zwischen Zorn und Liebe schwankend sah Ascanio unentschlossen den Meister an.

„Ja, ich bin es, Benvenuto Cellini," fuhr der Goldschmied fort. „Ich, den Ihr nicht liebt, Fräulein, und den du nicht mehr liebst, Ascanio, und der doch gekommen ist, um euch beide zu retten."

„Was sagt Ihr da?" rief Ascanio.

„Ich sage, daß ihr euch zu mir setzen sollt, denn wir müssen uns verständigen. Ich brauche keine Erklärung, denn ich habe jedes Wort eures Gespräches gehört. Verzeiht, daß ich euch zufällig überrascht habe, aber es ist besser, daß ich alles weiß. Was ihr gesagt habt, war wohl traurig und schlimm für mich, aber doch auch wieder gut. Ascanio hatte bisweilen unrecht und doch auch wieder recht. Es ist wahr, daß ich Euch ihm streitig machen wollte, Fräulein. Aber da Ihr ihn liebt, ist alles gut und Ihr dürft glücklich sein. Er hat Euch zwar verboten mich zu lieben, aber ich werde Euch doch dazu zwingen, indem ich ihn Euch gebe."

„Lieber Meister!" rief Ascanio.

„Ihr leidet, Herr," sagte Colombe.

Benvenutos Augen verschleierten sich, obwohl er sich bezwang. „Dank, Ihr seht es, daß ich leide. Er hätte es nicht bemerkt, der Undankbare. Aber einer Frau entgeht nichts. Ja, ich kann nicht lügen, ich leide. Das ist erklärlich, denn ich verliere ja Euch, aber zugleich bin ich doch froh, daß ich Euch helfen kann. Der Gedanke, daß Ihr mir alles verdanken sollt, tröstet mich etwas. Du täuscht dich, Ascanio: meine Beatrix ist eifersüchtig und duldet keine Nebenbuhlerin, deshalb sollst du die Statue der Hebe vollenden, Ascanio. Lebewohl, mein schönster Traum . . . Es war der letzte . . ."

Benvenuto konnte nur mit Anstrengung sprechen; stockend und ruckweise stieß er die Worte hervor. Colombe neigte sich zärtlich zu ihm herab, legte ihre Hand in die seine und sagte weich: „Weint, mein Freund, weint."

„Ja, Ihr habt recht," brach Cellini in Schluchzen aus.

So verharrte er einige Zeit, geschüttelt von innerem Schmerz. Seine natürliche Kraft fand sich wieder in den Tränen, die er solange gewaltsam unterdrückt hatte. Ascanio und Colombe betrachteten ehrfurchtsvoll diesen aufrichtigen Schmerz.

„Zwanzig Jahre habe ich nicht mehr geweint, bis auf den Tag, an dem ich dich verwundet hatte und dein Blut fließen sah, Ascanio," raffte er sich dann wieder zusammen. „Ach, der Schlag war zu schwer für mich! Hier hinter diesen Bäumen habe ich so furchtbar gelitten, daß ich fast der Versuchung erlag, mich auf der Stelle zu erdolchen. Ihr habt mir also das Leben gerettet. Nun ist alles in Ordnung. Ascanio kann Euch zwanzig Jahre des Glücks mehr geben als ich, Colombe. Ihr werdet glücklich sein, und das freut mich wie einen Vater, denn er ist ja gewissermaßen mein Kind. Benvenuto wird über sich selbst triumphieren wie ihr über eure Feinde. Das Leid ist das Los aller Kreatur und jede meiner Tränen wird sich vielleicht in eine herrliche Statue verwandeln, wie aus Dantes Tränen erhabene Gesänge hervorgingen. Seht, Colombe, ich komme schon wieder auf meine alte Liebe, auf meine geliebte Bildhauerei zurück; sie soll mich nie mehr verlassen. Es war recht, daß Ihr mich weinen ließet, denn alle Bitternis meines Herzens ist mit meinen Tränen von mir gewichen. Ich bleibe wohl betrübt, aber ich bin wieder ein guter Mensch geworden und ich werde mein Leid vergessen, indem ich euch rette."

Ascanio schüttelte die rechte Hand des Meisters, während Colombe die linke an ihre Lippen preßte. Benvenuto atmete tief auf, dann erhob er sich und schüttelte den Kopf.

„Macht mich nicht schwach, Kinder," lächelte er. „Am besten sprechen wir nicht mehr von diesen Dingen. Für die Zukunft will ich weiter nichts sein als Euer Freund, Colombe, Euer Vater. Jetzt wollen wir beraten, wie wir der Gefahr vorbeugen können, die euch bedroht. Sagt mir, was ihr vorhabt und erzählt mir von euren Plänen. Ihr seid ja noch so jung und kennt das Leben noch nicht. Wehrlos bietet ihr euch den Schicksalsschlägen dar und hofft mit eurer Güte und eurem Lächeln Schlechtigkeit und Begierde und alle andern Leidenschaften zu überwinden. Nun, ich will stark, schlau und unversöhnlich sein an eurer Stelle. Ich bin daran gewöhnt, aber euch, meine schönen Engel, hat Gott nur für Glück und Frieden geschaffen. Ich werde dafür sorgen, daß ihr eure Bestimmung erfüllen könnt.

Ascanio, der Zorn soll deine weiße Stirn nicht verzerren, der Schmerz nicht die reinen Züge deines Gesichtes entstellen, Colombe. Ich schließe euch in meine Arme, glückliches Paar mit leuchtenden Augen, ich will euch durch alle Sorgen und alles Leid des Lebens tragen und euch heil und unversehrt am Ufer der Freude absetzen, und wenn ich euch dann betrachte, werde ich fröhlich sein mit euch. Nur müßt ihr mir blindlings vertrauen, ich pflege zwar etwas derb und sonderbar zu handeln, aber das darf euch nicht abschrecken, Colombe. Ich gehe geradeswegs auf mein Ziel los, ohne mich darum zu kümmern, was mir unterwegs begegnet. Ich achte mehr die Reinheit meiner Absichten, als den äußeren Wert meiner Mittel. Wenn ich eine schöne Statue formen will, mache ich mir wenig daraus, wenn der Ton meine Finger beschmutzt. Wenn die Figur fertig ist, wasche ich meine Hände und alles ist wieder gut. Laßt mich also meine Taten ruhig vor Gott verantworten, die Hauptsache ist, daß wir uns gegenseitig verstehen. Ich werde es nicht leicht haben — der Graf ist ehrgeizig, der Prevot habgierig und die Herzogin verschlagen: alle drei sind allmächtig. Ihr seid in ihrer Gewalt und in ihren Händen; zwei von ihnen haben sogar Macht über euch. Wir müssen also wohl auch Arglist und Gewalt anwenden. Aber ich werde es schon so einrichten, daß ihr von einem Kampf verschont bleibt, der euer unwürdig ist. Colombe, bist du bereit die Augen zu schließen und dich von mir führen zu lassen? Wenn ich sage: ‚Tue das!' wirst du es dann auch tun? und wenn ich sage: ‚Bleibe da!' wirst du bleiben, oder gehen, wenn ich es verlange?"

„Was meint Ascanio dazu?“ fragte Colombe.

„Benvenuto ist gut und groß, Colombe,“ erwiderte der Jüngling. „Er liebt uns und verzeiht, was wir ihm angetan haben. Wir wollen ihm also folgen, ich bitte dich darum.“

„Befiehl, Meister, und ich werde dir gehorchen, als wenn du der Bote Gottes wärest,“ sagte Colombe.

„Gut, mein Kind. Und damit ihr mir noch mehr Vertrauen schenkt und nicht zögert, euch einem Mann zu überlassen, dessen Leben vielleicht nicht rein von manchen Flecken, dessen Herz aber doch unversehrt geblieben ist, will ich euch die Geschichte meiner Jugend erzählen. Ascanio, ich will dir sagen, wie meine Beatrix, der Engel, von dem ich dir schon erzählt habe, in mein Leben getreten ist; du sollst wissen, wer sie war, denn du wirst dich gewiß weniger wundern, daß ich für dich auf Colombe verzichte, wenn du weißt, daß ich damit nur dem Kind die Schuld der Tränen zurückzahle, die ich mit deiner Mutter eingegangen bin. Deine Mutter war eine Heilige, Beatrix die Glückselige, Stephana die Gekrönte.“

„Ihr habt mir oft gesagt, daß Ihr mir einmal diese Geschichte erzählen wollt, Meister,“ erwiderte Ascanio.

„Ja, und der Augenblick ist nun gekommen, da du sie erfahren sollst. Es wird dir noch mehr Vertrauen zu mir verleihen, Colombe, wenn du alle Gründe kennst, warum ich unsern Ascanio liebe.“

Und Benvenuto legte seine Hände in die der beiden Kinder, und begann mit ernster, klangvoller Stimme unter dem flimmernden Sternenhimmel und in der Stille der Nacht seine Erzählung.

---

21. Kapitel.

Stephana.

„Ich war zwanzig Jahre alt wie du, Ascanio, und arbeitete bei dem Goldschmied Raffael del Moro in Florenz. Er war ein tüchtiger und geschickter Meister, aber er zog die Ruhe der Arbeit vor und gab sich mit verhängnisvollem Leichtsinn dem Vergnügen hin und vertat, da er selbst nicht bemittelt war, sogar das Edelmetall seiner Werkstatt. Oft blieb ich allein zu Hause, um singend eine begonnene Arbeit zu vollenden. Natürlich kamen alle Nichtstuer und Bummler zu Meister Raffael, um Unterhaltung zu suchen, denn er stand in dem Ruf, viel zu gutmütig zu sein, um jemand abzuweisen. Auf diese Weise aber wurde er nicht reicher, war vielmehr immer sehr knapp bei Kasse und bald hatte er in Florenz überhaupt kein Ansehen mehr.

Er hatte einen Kollegen, der noch weniger Kundschaft hatte, aber aus einer angesehenen Künstlerfamilie stammte. Nicht weil er etwa unpünktlich zahlte, war Gismondo Gaddi verrufen, sondern weil er sehr ungeschickt und vor allem schmutzig geizig war. Da man alles, was man ihm anvertraute, beschädigt und verdorben zurückbekam und kein Kunde, wenn er nicht zufällig Ausländer war, sich in seinen Laden verirrte, lebte Gismondo vom Wucher und von beträchtlichen Darlehen, die er Söhnen aus guten Familien gab. Mit diesem Geschäft hatte er besseren Erfolg als mit seiner Kunst, zumal Gaddi sich hohe Zinsen zahlen ließ und niemals unsichere Geschäfte abschloß. Im übrigen war er, wie er selbst sagte, äußerst klug und freigebig: er lieh jedermann Geld, Einheimischen und Fremden, Christen und Juden. Ja, er hätte selbst die Himmelsschlüssel des heiligen Petrus und die Hölle des Teufels beliehen.

Auch meinem armen Raffael del Moro lieh er Geld, der von der Hand in den Mund lebte, im übrigen aber von peinlicher Rechtschaffenheit und Redlichkeit war. Die gegenseitigen Geschäftsverbindungen, das schiefe Ansehen, in dem beide standen, und die Nachbarschaft führte die beiden Goldschmiede zusammen. Del Moro fühlte sich der unerschöpflichen Bereitwilligkeit seines Kollegen, mit dem dieser ihm beständig Geld vorstreckte, immer mehr verpflichtet. Gaddi seinerseits schätzte einen so ehrbaren und gefälligen Schuldner. So wurden sie die besten Freunde und Gismondo fehlte bei keinem fröhlichen Gelage, das Raffael del Moro gab.

Del Moro war Witwer, aber er hatte eine Tochter von sechzehn Jahren, die Stephana hieß.

Stephana war nicht gerade hübsch, aber ihr Anblick war doch bezaubernd. Unter der für ein Weib etwas zu hohen und breiten Stirn sah man förmlich die Gedanken hervorquellen. Ihre großen feuchten Augen, die ein schwarzer Samtstreifen umrahmte, ließen Achtung und Rührung empfinden, wenn man sie auf sich gerichtet fühlte. Eine ambraartige Blässe hüllte ihre Gestalt wie in eine Wolke, die gleich dem schwachen Strahl der Herbstsonne ein trauriger und entzückender Blick verklärte.

Stephana ging gewöhnlich etwas gebeugt wie eine vom Sturm geknickte Lilie. Man hätte sie für eine Statue der Melancholie halten können. Wenn sie sich erhob, wenn ihre schönen Augen aufleuchteten, ihre Nüstern sich weiteten und sie den Arm ausstreckte, um einen Befehl zu erteilen, war sie anbetungswürdig wie der Erzengel Gabriel. Sie glich dir, Ascanio, du hast ihre Schwäche und ihr leidendes Aussehen. Del Moro, der seine Tochter fast ebenso fürchtete, wie er sie liebte, sagte oft, daß er nur den Leib seiner Frau zu Grabe getragen habe, denn Stephana wäre der Geist der Verstorbenen.

Ich war damals ein unternehmender, temperamentvoller junger Mann. Ich liebte vor allem die Freiheit; das Blut kochte noch in mir und ich tobte mich am liebsten in tollen Streichen und Liebesabenteuern aus. Gleichwohl arbeitete ich mit derselben Leidenschaft wie ich dem Vergnügen nachjagte und trotz meiner Ausgelassenheit war ich Raffaels bester Arbeiter und der einzige, der ihm noch etwas Geld einbrachte. Deshalb war es auch, wie ich später erfuhr, der geheime Wunsch des Meisters, mir seine Tochter zur Frau zu geben.

Aber ich dachte damals noch nicht an die Ehe; ich dürstete nach Unabhängigkeit, nach Vergessen und freier Luft. Oft blieb ich ganze Tage aus und obwohl ich erschöpft und müde heimkehrte, hatte ich mich doch in wenigen Stunden wieder erholt und leistete mehr als die übrigen Arbeiter Raffaels. Ich schlug mich wegen eines Wortes, aber ein Blick aus schönen Augen konnte mich betören.

Die innere Erregung, die ich in Stephanas Gegenwart empfand, glich in keiner Weise den Gefühlen, die mich in Gesellschaft der schönen Mädchen der Porta del Prato oder des Borgo Pinti beseelten. Ich fürchtete mich fast vor ihr; ich hätte jeden ausgelacht, der behauptet hätte, daß ich sie anders denn als eine ältere Schwester liebte. Wenn ich von meinen Abenteuern heimkehrte, wagte ich Stephana nicht anzusehen. Sie war mehr als ernst, sie war traurig. Wenn dagegen Müdigkeit oder Arbeitseifer mich zu Hause hielten, suchte ich Stephanas zarten Blick und ihre süße Stimme. Meine Zuneigung zu ihr war ernst und geheiligt; ich konnte mir nicht erklären, wie mich das entzückte. Oft durchzuckte mich inmitten meiner ausgelassenen Freuden der Gedanke an Stephana und man fragte mich, warum ich plötzlich so nachdenklich wurde; oft, wenn ich den Degen oder Dolch zückte, flüsterte ich ihren Namen wie den einer Schutzheiligen, und wenn ich das tat, ging ich stets unverletzt aus dem Kampf hervor. Aber diese zarte Zuneigung zu dem geliebten, unschuldigen Kind schloß ich in meinem Herzen wie ein Heiligtum ein.

Während sie im Umgang mit meinen faulen Kameraden kühl und zurückhaltend war, gab sie sich mir gegenüber freundlich und gütig. Oft setzte sie sich in die Werkstatt neben mich und über meiner Arbeit fühlte ich ihren Blick auf mich gerichtet. Diese Bevorzugung, die ich mir nicht erklären konnte, machte mich glücklich und stolz. Wenn ein Arbeiter aus Schmeichelei sagte, die Tochter des Meisters wäre in mich verliebt, gab ich ihm im Zorn eine so derbe Antwort, daß er mir kein zweitesmal mehr damit kam.

Ein Unfall, der Stephana zustieß, offenbarte mir erst, wie tief sie in meinem Herzen Wurzel geschlagen hatte.

Als sie wieder einmal in der Werkstatt war, verletzte sie ein ungeschickter Arbeiter mit dem Meißel am kleinen Finger der rechten Hand. Das arme Kind schrie laut auf, beherrschte sich aber sofort und lächelte, da sie sich ihrer Schwäche schämte, während ihre Hand sich mit Blut färbte. Ich glaube, ich hätte den Arbeiter umgebracht, wenn ich nicht völlig mit ihr beschäftigt gewesen wäre.

Gismondo Gaddi, der dabei war, eilte sogleich fort, um einen Arzt aus der Nachbarschaft zu holen. Dieser verband Stephana und besuchte sie jeden Tag, um nach der Wunde zu sehen, aber er verstand so wenig und war so nachlässig, daß die Wunde brandig wurde. Nun erklärte der Esel, daß Stephanas rechte Hand trotz seiner Bemühungen wahrscheinlich steif würde.

Raffael del Moro befand sich bereits in so mißlichen Verhältnissen, daß er keinen anderen Arzt hinzuziehen konnte. Da ich nichts von dem Bescheid des Kurpfuschers hielt, rannte ich in meine Kammer, raffte meine ganzen Ersparnisse zusammen und eilte zu Giacomo Rastelli von Perusa, dem Leibarzt des Papstes, der im Rufe des geschicktesten Chirurgen von ganz Italien stand. Da die Summe, die ich ihm anbieten konnte, hoch genug war, schenkte er meinem Flehen Gehör und folgte mir, indem er meinte: ‚Ach, diese Verliebten!' Nachdem er die Wunde untersucht hatte, versicherte er, Stephana könne in wenigen Tagen die rechte Hand wieder wie früher gebrauchen. Ich hätte den würdigen Mann vor Freude fast umarmt. Er verband den Finger aufs neue und Stephana fühlte sich sofort besser.

Einige Tage später mußte das brandige Stück des Knochens entfernt werden. Sie bat mich, dabei zu sein, damit sie mutiger wäre. Meister Giacomo packte seine wuchtigen Instrumente aus, die Stephana sichtlichen Schauer einflößten, der auch auf mich überging. Kalter Schweiß trat mir auf die Stirn. Ich bat den Arzt, mit der Operation noch eine kleine Weile zu warten.

Unterdessen ging ich in die Werkstatt, wo ich rasch aus feinem Stahl ein Instrument anfertigte, das wie ein Rasiermesser schnitt. Ich gab es dem Arzt, der damit die Operation so geschickt ausführte, daß die arme Kranke dabei fast gar keinen Schmerz empfand.

Stephana war nicht glücklich. Die mißlichen Verhältnisse ihres Vaters bekümmerten sie und ihr einziger Trost war die Religion, denn sie war fromm wie alle Unglücklichen. Oft, wenn ich in die Kirche kam, sah ich Stephana in einer Ecke weinen und beten.

In ihrer Not hatte sie wiederholt mit einem Vertrauen, das mich bezauberte, ihre Zuflucht zu mir genommen. In der Einfalt ihres edlen Herzens sagte sie zu mir: ‚Benvenuto, bleibe heute nacht auf, damit die angefangene Arbeit fertig wird, denn wir haben kein Geld mehr'.

Ach, wie mächtig sind doch die Erinnerungen an schöne Jugendtage! Die schöne Plauderstunde, die wir jetzt hier verbringen, ruft mir so manchen Abend ins Gedächtnis, wo ich an Stephanas Seite auf der Bank vor dem Hause ihres Vaters saß; sie blickte gen Himmel und ich sah sie an. Zwanzig Jahre sind seitdem vergangen, und doch ist's mir, als wäre es erst gestern gewesen — ich strecke meine Hand aus und fühle die ihre —, doch nein, es ist die eure, meine Kinder.

Wenn ich sie in ihrem weißen Kleid sah, fühlte ich Ruhe und Frieden in mein Herz einziehen. Oft hatten wir kein Wort miteinander gesprochen und doch erfüllte mich diese stumme Aussprache stets mit einer Fülle edler Gedanken, die mich besser machten.

Doch es nahm ein Ende wie jedes Glück auf dieser Welt.

Raffael del Moro schuldete seinem lieben Nachbar Gismondo Gaddi 2000 Dukaten und wußte nicht mehr, wie er sie zurückzahlen sollte. Dieser Gedanke brachte den ehrbaren Mann zur Verzweiflung. Er wollte wenigstens seine Tochter retten und weihte einen seiner Arbeiter in seinen Plan ein, offenbar in der Erwartung, daß dieser es mir mitteilen werde.

Aber das war einer von denen, die ich etwas unsanft angepackt hatte, als sie mir meine brüderliche Zuneigung zu Stephana wie eine Verleumdung vorgeworfen hatten. Der Tölpel ließ Raffael nicht einmal ausreden. ‚Gebt den Plan nur auf, Meister,‘ sagte er, ‚Ihr habt keinen Erfolg damit, ich bürge Euch dafür.‘

Der Goldschmied war stolz; er dachte, ich würde ihn wegen seiner Armut verachten und ließ fortan über seine Absicht kein Wort mehr fallen.

Einige Zeit darauf verlangte Gismondo Gaddi sein Geld zurück und als Raffael noch um eine letzte Frist bat, meinte er: ‚Eure Tochter ist klug und sparsam — gebt mir ihre Hand und Ihr sollt eine Quittung über alles haben.‘

Del Moro war außer sich vor Freude. Gaddi galt zwar als Geizhals, er war auch ein wenig derb und eifersüchtig, aber er war doch reich, und Reichtum schätzen und beneiden die Armen doch am meisten. Als Raffael diesen unerwarteten Vorschlag seiner Tochter mitteilte, antwortete sie nichts. Als wir aber am Abend von unserer Bank aufstanden, um ins Haus zu gehen, sagte sie: ‚Benvenuto, Gismondo Gaddi will mich heiraten und mein Vater hat ihm seine Einwilligung gegeben.‘

Mit diesen schlichten Worten verließ sie mich. Von namenloser Wut gepackt rannte ich fort und irrte planlos auf dem Felde umher, jammernd und klagend, weinend und fluchend, während eine Flut wahnwitziger Gedanken durch mein Gehirn raste. Schließlich kam ich zu der Einsicht, daß Stephana an der Seite Gaddis wohl glücklicher werden könnte als bei mir, da ich als armer Künstler ihr doch nicht viel zu bieten hatte. Und außerdem war ich auch kein Engel; ich hatte Leidenschaften, die mich beherrschten und von denen ich mich ebensowenig freimachen konnte wie Gaddi von seiner Habsucht. Ich war entschlossen, meine hochfliegenden Träume aufzugeben und mich einsam und verzweifelt in mein Schicksal zu fügen, das mir Stephana raubte.

Einigermaßen beruhigt kehrte ich am andern Morgen in die Werkstatt zurück. Stephana schien völlig gefaßt, nur war sie blasser als sonst. So verging ein Monat. Da sagte Stephana eines Abends zu mir: ‚In einer Woche werde ich Gismondo Gaddis Frau sein.‘ Sie war niedergeschlagen und gebeugt unter ihrer Last; ihre Hand preßte sie auf das stürmisch klopfende Herz. Ihr schönes Lächeln war traurig. Sie sah mich voll Schmerz an, aber es lag kein Vorwurf in ihrem Blick. Mein Engel, der im Begriff war, die Erde zu verlassen, schien mir Lebewohl zu sagen. So verharrte sie stumm und unbeweglich einige Augenblicke, dann kehrte sie ins Haus zurück.

Ich sollte sie in dieser Welt nicht mehr wiedersehen. Ohne Hut rannte ich aus der Stadt, aber diesmal kam ich nicht mehr am andern Morgen in die Werkstatt zurück, sondern lief immer zu, bis ich Rom erreichte.

Dort blieb ich fünf Jahre und begründete meinen Ruf. Ich gewann die Freundschaft des Papstes, ich hatte Duelle, Liebschaften und Erfolge als Künstler, aber ich war doch nicht zufrieden, denn mir fehlte etwas. Inmitten dieser Stürme verging keine Nacht, in der ich nicht nach der Richtung blickte, wo Florenz lag. Und stets sah ich im Traum Stephana bleich und traurig unter der Tür ihres Vaterhauses stehen und nach mir ausschauen.

Nach fünf Jahren erhielt ich einen schwarzumränderten Brief aus Florenz. Ich habe ihn immer wieder gelesen, bis sich jedes Wort meinem Herzen eingeprägt hatte.

Stephana schrieb: ‚Im Angesicht des Todes erkläre ich Dir, daß ich Dich liebte. Als ich mich von Dir verlassen sah, unterwarf ich mich Gottes Willen und dem Deinen und nahm mein Schicksal als Pflicht auf mich. Mein Vater zwang mich zu einer Ehe, die ihm Schande ersparte, und so gehorchte ich. Mein Gatte war roh, gewalttätig, unerbittlich; er begnügte sich nicht mit meiner Ergebung, sondern verlangte eine Liebe, die über meine Kräfte ging; in rohester Weise bestrafte er mich für meine unabsichtliche Verdrießlichkeit. Ich ertrug alles mit Geduld. Ich glaube, daß ich eine unbescholtene, ehrbare Gattin gewesen bin, wenn ich auch beständig traurig und mißmutig war. Gott hat mich dafür schon in dieser Welt belohnt, indem er mir einen Sohn gab. Die Küsse meines Kindes ließen mich vier Jahre lang Schmach, Schläge und zuletzt auch noch das Elend vergessen. Seine Habgier wurde meinem Mann zum Verhängnis; er verlor alles und starb vor einem Monat aus Kummer über seinen Zusammenbruch. Möge ihm Gott verzeihen, wie ich ihm selbst alles vergeben habe . . .

Unter der Last meiner Leiden werde auch ich jetzt sterben, heute noch, vielleicht schon in einer Stunde. Dir, Benvenuto, vermache ich mein Kind.

Vielleicht ist es besser, daß alles so gekommen ist. Wer weiß, ob meine weibliche Schwäche der Rolle gewachsen gewesen wäre, die ich als deine Gattin spielen wollte. Mein Ascanio, der mein Ebenbild ist, wird Dir ein stärkerer und entschlossenerer Lebensgefährte sein und dich mehr lieben. Doch ich bin deswegen nicht eifersüchtig auf ihn. Tue alles für mein Kind, was ich für Dich getan hätte.

Lebewohl, mein Freund. Ich habe Dich immer geliebt und liebe Dich heute noch — ohne Scham und ohne Gewissensbisse darf ich es selbst im Angesicht der Ewigkeit bekennen, denn meine Liebe war heilig. Lebewohl! Werde ein großer Mann — und erhebe bisweilen Deine Augen gen Himmel, damit ich Dich sehen kann. Deine Stephana.‘

Nun, Colombe und Ascanio, schenkt ihr mir jetzt Vertrauen und wollt ihr alles tun, wozu ich euch rate?“

Ein einstimmiges Ja war die Antwort.

---

22. Kapitel.

Wo ist Colombe?

Am Morgen nach dieser Nacht, in der Benvenuto seine Geschichte im Park des kleinen Nesle unterm sternenbesäten Himmelszelt erzählt hatte, hatte die Werkstatt wieder ihr gewöhnliches Aussehen. Der Meister arbeitete an dem goldenen Salzfaß, dessen kostbares Metall er so tapfer gegen die vier Banditen verteidigt hatte, die es auf sein Gold und auf sein Leben abgesehen hatten. Ascanio ziselierte die Lilie der Frau von Etampes, während Jacques Aubry sich behaglich in seinem Sessel streckte und Cellini mit tausend Fragen bestürmte, die der Meister nicht beachtete, so daß der Schüler sie selbst beantworten mußte. Pagolo schielte nach Katharina, die ihrer Hausarbeit nachging. Hermann und die übrigen Arbeiter feilten, hämmerten, schweißten und ziselierten und Scozzones Gesang ermunterte ihr geschäftiges Treiben.

Im kleinen Nesle dagegen sah es ganz anders aus. Colombe war verschwunden.

Hier war alles in Aufregung; man suchte und rief, Perrine schrie dazwischen, und der Prevot, den man in aller Eile geholt hatte, suchte aus dem Gejammer der braven Haushälterin einen Anhaltspunkt herauszufinden, um wenigstens eine Spur der Verschwundenen und wahrscheinlich Entflohenen zu entdecken.

„Ihr sagt doch, daß Ihr sie gestern abend, wenige Augenblicke, nachdem ich fortgegangen war, zum letztenmal gesehen habt?“ fragte der Prevot.

„Ach ja, Herr. Das arme Kind sah etwas betrübt aus; sie legte ihre kostbare Hoftoilette ab und zog ein einfaches weißes Hauskleid an; dann wollte sie in den Garten gehen. Es war etwa sieben Uhr. Pulcheria,“ deutete sie auf die Zofe, die man ihr als Hilfe oder vielmehr als Aufsicht gegeben hatte, „war wie immer in ihre Kammer gegangen, offenbar um ein schönes Kleid herzurichten, worauf sie sich so gut versteht, während ich noch unten im Saal nähte. Ich weiß nicht mehr, wie lange ich arbeitete, jedenfalls bis meine ermüdeten Augen sich schlossen und ich ein wenig einnickte.“

„Wie das so Eure Gewohnheit ist,“ unterbrach Pulcheria sie scharf.

Perrine würdigte diese boshafte Verleumdung keiner Antwort, sondern fuhr fort: „Jedenfalls stand ich gegen zehn Uhr auf und ging in den Garten, um zu sehen, ob Colombe noch dort war. Ich rief sie, aber niemand meldete sich. Nun dachte ich, sie wäre vielleicht schon in ihr Zimmer gegangen und hätte sich schlafen gelegt. ohne mich zu stören, wie sie das oft tat. Hilf, Himmel, wer hätte das gedacht . . .! Ach, Herr Prevot, ich kann Euch versichern, daß sie keinem Liebhaber gefolgt ist, sondern einem Entführer. Ich hatte sie ja in Grundsätzen erzogen . . .“

„Und heute morgen?“ fragte der Prevot ungeduldig.

„Heute morgen, als ich sah, daß sie nicht herunterkam ... Heilige Jungfrau, hilf uns!“

„Zum Teufel mit Euren Litaneien!“ rief Messire d’Estourville. „Erzählt doch klipp und klar ohne dieses Gejammer. Was war heute morgen?“

„Ach, Herr Prevot, Ihr könnt mir nicht verbieten, daß ich weine, bis sie wieder da ist. Da ich sie heute früh nicht sah — Colombe war ja immer so früh auf — wurde ich unruhig und klopfte an ihre Tür, um sie zu wecken. Da sie nicht antwortete, öffnete ich die Tür. Niemand war da, das Bett war unberührt. Nun rief und schrie ich, ach, ich habe den Kopf verloren und Ihr verbietet mir, daß ich weine!“

„Perrine, habt Ihr während meiner Abwesenheit jemand hereingelassen?“ fragte der Prevot streng.

„Wen denn zum Beispiel?“ rief die Duenna verständnislos, während sie doch ihr Gewissen schlagen hörte. „Habt Ihr mir das nicht ausdrücklich verboten, Messire? Wann habe ich jemals gewagt, Eure Befehle zu mißachten? Ein Fremder hier — noch schöner!“

„Nun, hat dieser Benvenuto, der sich erfrechte meine Tochter schön zu finden, nicht versucht, Euch zu bestechen?“

„Ei, da wäre er lieber auf den Mond hinaufgeklettert. Ich hätte ihn schon gut empfangen!“

„Ihr habt auch sonst keinen Mann in den kleinen Nesle gelassen, etwa einen jungen Mann?“

„Einen jungen Mann! Ei du himmlische Güte! Warum nicht gleich den Teufel?“

„Nun vielleicht den netten Jungen, der schon zehnmal angeklopft hat, seitdem ich hier bin, dem ich aber ebensooft die Tür vor der Nase zugeworfen habe?“ mischte sich Pulcheria ein.

„Einen netten Jungen? Ich glaube, Ihr seid blind, meine Beste, wenn Ihr damit den Grafen Orbec meint. Ach, du lieber Gott, jetzt verstehe ich: Ihr denkt an Ascanio. Ihr wißt doch, Herr, Ascanio ist der Jüngling, der Euch das Leben gerettet hat. Gewiß, ich habe ihm meine silbernen Schuhschnallen zum Ausbessern gegeben. Aber dieser Lehrling soll ein junger Mann sein? Setzt eine Brille auf, Beste. Außerdem können die Mauern und Wände Euch sagen, daß sie ihn niemals gesehen haben.“

„Schon gut,“ unterbrach der Prevot streng. „Perrine, wenn Ihr mein Vertrauen mißbraucht habt, so sollt Ihr mir dafür büßen. Ich gehe jetzt zu Benvenuto. Gott weiß, wie der Bauer mich empfangen wird, aber es muß sein.“

Benvenuto nahm den Prevot aber wider Erwarten aufs beste auf. Als Messire d’Estourville seine Kaltblütigkeit, seine gute Laune und sorglose Miene sah, wagte er gar nicht von seinem Verdacht zu sprechen. Er sagte nur, seine Tochter Colombe wäre in der vergangenen Nacht so furchtbar erschrocken, daß sie wie eine Wahnsinnige geflohen wäre; vielleicht könnte sie, ohne daß Benvenuto es wüßte, sich irgendwo im großen Nesle versteckt haben oder auch dabei ohnmächtig geworden und zusammengebrochen sein. Kurz er log so ungeschickt als möglich.

Cellini aber hörte seine Märchen und Vorwände höflich an und erwiderte, daß er nichts bemerkt habe. Er bedauerte den Prevot von ganzem Herzen und versicherte ihm, daß er glücklich wäre, wenn er einem Vater seine Tochter zurückgeben könnte, die dieser immer mit so rührender Liebe und Sorgfalt umgeben habe. Die Entflohene habe das schwerste Unrecht begangen und müsse sich beeilen, so rasch wie möglich unter den Schutz ihres Vaters zurückzukehren. Als Beweis für seine Teilnahme, die er dem Prevot entgegenbrachte, bot er Messire d'Estourville an, ihn bei seinen Nachforschungen zu unterstützen und mit ihm im großen Nesle und auch sonst überall zu suchen.

Der Prevot, der bereits halb überzeugt war und sich durch das Lob geschmeichelt fühlte, das er, wie er recht gut wußte, gar nicht verdiente, begann mit Benvenuto eine genaue Durchsuchung seiner früheren Wohnung im großen Nesle, wo ihm jeder Winkel bekannt war. Er klopfte an jede Tür, öffnete jeden Schrank und untersuchte jede Truhe und Kiste. Nachdem er so das ganze Haus durchstöbert hatte, ging er in den Garten und prüfte ebenso sorgfältig Arsenal, Gießerei, Stall und Keller. Benvenuto half ihm, seinem Versprechen getreu, dabei nach besten Kräften, er stellte ihm sämtliche Schlüssel zur Verfügung und machte Messire d'Estourville selbst auf jeden Gang und jede Tür aufmerksam, die er übersehen hatte. Er gab ihm sogar den Rat, in jedem Saal einen Posten aufzustellen, damit Colombe nicht unbemerkt von Zimmer zu Zimmer flüchten könnte.

Nachdem sie zwei Stunden lang vergebens gesucht hatten, verließ Messire d'Estourville unter endlosem Dank und verbindlichen Entschuldigungen den großen Nesle. Er war überzeugt, daß er nichts vergessen und daß Benvenuto sich tadellos benommen hatte.

„Wenn Ihr wieder kommen und Eure Nachforschungen fortsetzen wollt," sagte der Goldschmied, „so steht Euch mein Haus zu jeder Stunde offen, denn es gehört Euch und außerdem ist es Euer gutes Recht, Messire. Haben wir nicht vereinbart, daß wir gute Nachbarschaft halten wollen?"

Da der Prevot nicht recht wußte, wie er Benvenuto für diese Liebenswürdigkeit danken sollte, lobte er die riesenhafte Marsstatue, die der Künstler eben ausführte. Benvenuto zeigte ihm das Modell und machte ihn auf die ungeheuren Größenverhältnisse aufmerksam; die Statue war ja mehr als zwanzig Meter hoch und ihr Fuß hatte allein einen Umfang von nahezu sechs Meter.

Messire d'Estourville ging entmutigt und trostlos fort. Da er seine Tochter im großen Nesle nirgends gefunden hatte, war er überzeugt, daß sie irgendwo in der Stadt eine Zuflucht gefunden haben mußte. Aber Paris war damals schon so groß, daß selbst der Polizeipräsident sich darin nicht mehr zurechtfand. Und dann: war sie entführt worden oder freiwillig geflohen? War sie das Opfer eines gewaltsamen Überfalles oder hatte sie aus eigenem Antrieb gehandelt? Diese Ungewißheit ließ sich durch keinen Anhaltspunkt entscheiden. Im ersten Fall hoffte er, daß sie entkommmen könnte, und im zweiten, daß sie von selbst zurückkehrte. Er wartete also zunächst geduldig ab, fragte aber doch täglich mehr als zwanzigmal Frau Perrine, die ihm bei allen Heiligen des Paradieses schwor, daß sie keinen Menschen eingelassen habe, so daß schließlich auch auf Ascanio kein Verdacht mehr fallen konnte.

So vergingen zwei Tage, ohne daß man etwas erfuhr. Nun setzte der Prevot seine Leute in Bewegung — er hatte das bisher absichtlich nicht getan, um jeden Skandal zu vermeiden, der seinem Ansehen schaden konnte. Aber auch diese Nachforschungen, die mit allem Eifer betrieben wurden, verliefen ergebnislos.

Er war seiner Tochter zwar niemals ein zärtlicher Vater gewesen, aber er ärgerte sich doch und sein Stolz litt an Stelle des Herzens; er dachte mit Entrüstung an die gute Partie, die das dumme Ding sich vielleicht verscherzte, und an den Spott, mit dem die Hofgesellschaft dieses Abenteuer aufnehmen würde.

Schließlich mußte er die Geschichte auch Colombes Bräutigam mitteilen. Graf Orbec nahm die Nachricht wie ein Kaufmann entgegen, der erfährt, daß seine Waren Schiffbruch erlitten haben. Als Philosoph versprach der wackere Graf seinem würdigen Freund, daß die Ehe nicht darunter leiden werde, wenn der Fall nicht allzu großes Aufsehen errege. Und da er ein Mann war, der die Gelegenheit auszunutzen verstand, entlockte er dem Prevot einige Worte über die Pläne, die Frau von Etampes mit Colombe vorhatte.

Der Prevot war ganz geblendet von der Ehre, zu der er berufen war, und sein Ärger verdoppelte sich und er verfluchte die Undankbare, die sich selbst einer so glänzenden und schönen Zukunft beraubte.

Im übrigen hatten die beiden vereinbart, den traurigen Fall vor der Gesellschaft geheimzuhalten. Die Herzogin von Etampes war jedoch ihre vertraute Freundin und interessierte Mitwisserin, die man unbedingt in das Geheimnis einweihen mußte. Und das war sehr angebracht, denn sie erfaßte die Sache mehr mit dem Herzen als der Vater und Bräutigam, und außerdem konnte sie den Prevot am besten aufklären und seine Nachforschungen auf die richtige Spur leiten.

Sie kannte Ascanios Liebe zu Colombe; der junge Mann, der die Ehre seiner Geliebten bedroht sah, hatte vielleicht eine verzweifelte Tat begangen. Aber Ascanio hatte ihr ja selbst gesagt, daß Colombe ihn nicht liebe, und wenn dies der Fall war, dann konnte er sich kaum zu einer solchen Handlung hinreißen lassen. Obwohl aller Wahrscheinlichkeit nach Ascanio unschuldig war, sagte ihr doch die weibliche Eifersucht, daß man Colombe im Hotel de Nesle suchen und Ascanio festnehmen müsse.

Freilich konnte Frau von Etampes ihren Freunden nicht verraten, wie sie zu dieser Überzeugung kam, denn sie hätte dann ihre Liebe zu Ascanio eingestehen und bekennen müssen, daß sie in ihrer Leidenschaft dem Jüngling ihre Pläne mit Colombe anvertraut hatte. Sie versicherte ihnen also nur, daß sie sich sehr täuschen müsse, wenn Benvenuto nicht der Schuldige, Ascanio der Mitwisser und der große Nesle das Versteck des Mädchens wäre. Der Prevot hatte gut widersprechen und schwören, daß er selbst alles gesehen und durchsucht habe, die Herzogin beharrte auf ihrer Vermutung und sie wußte dafür so schlagende Gründe anzuführen, daß Messire d'Estourville allmählich Bedenken kamen, obwohl er überzeugt war, daß er sorgfältig nachgeforscht hatte.

„Ich werde Ascanio selbst holen lassen," fügte die Herzogin hinzu. „Ich will ihn sehen und fragen, seid unbesorgt."

„Madame, Ihr seid zu liebenswürdig," sagte der Prevot. — „Und Ihr zu dämlich," dachte Frau von Etampes.

Während sie noch überlegte, wie sie es anfangen müsse, um Ascanio rufen zu lassen, wurde er selbst gemeldet. Alles ging also nach dem Wunsch der Herzogin.

Sie richtete einen durchdringenden Blick auf ihn, als wollte sie in den geheimsten Falten seines Herzens lesen, aber Ascanio schien selbst gar nicht darauf zu achten.

„Madame," verneigte er sich, „ich möchte Euch die Lilie zeigen, die nahezu beendet ist; es fehlt nur noch der Tautropfen im Wert von 200 000 Talern, den Ihr mir besorgen wolltet."

„Schön. Und was macht deine Colombe?" gab Frau von Etampes zur Antwort.

„Wenn Ihr damit Mademoiselle d'Estourville meint," erwiderte Ascanio gewichtig, „so flehe ich Euch auf meinen Knien an, ihren Namen nicht mehr in meiner Gegenwart zu nennen. Ja, Madame, ich bitte Euch inständigst, diesen Gegenstand nie wieder zu berühren."

„Aha, es hat also Verdruß gegeben!" sagte die Herzogin, deren Blick immer noch auf Ascanio gerichtet war.

„Welches Gefühl mich auch beherrschen mag und sollte ich mir selbst Eure Ungnade zuziehen, Madame, so habe ich doch den Mut, Euch jede weitere Aussprache über diesen Gegenstand zu verweigern. Ich selbst habe mir gelobt, daß jede Erinnerung daran für mein Herz künftig tot und begraben sein soll."

„Sollte ich mich am Ende doch getäuscht haben und Ascanio an der Sache unbeteiligt sein?" dachte die Herzogin. „Sollte das junge Ding freiwillig oder gewaltsam einem anderen Entführer gefolgt und für meine ehrgeizigen Pläne verloren sein? Oder sollte sie durch ihre Flucht erst recht meiner Liebe nützen?"

„Ascanio," fuhr sie dann fort, „ich soll mit dir nicht mehr von ihr sprechen; aber ich darf mich mit dir über mich unterhalten? Du siehst, daß ich über deine Bitte nicht ungehalten bin, aber wer weiß, ob nicht auch der zweite Gegenstand unserer Unterhaltung dir ebenso unangenehm ist wie der erste? Wer weiß . . ."

„Verzeiht, wenn ich Euch unterbreche, Madame," sagte der Jüngling, „aber die Güte, mit der Ihr mir die Gunst bewilligen wollt, um die ich Euch bitte, ermutigt mich, Euch um noch etwas zu bitten. Obwohl aus gutem Hause, bin ich doch nur ein armes unbekanntes Kind, das im Dämmerlicht einer Goldschmiedewerkstatt aufgewachsen ist. Nun werde ich plötzlich aus dieser klösterlichen Abgeschiedenheit in einen strahlenden Kreis versetzt, komme in Berührung mit den Schicksalen der Reiche, mächtige Herren werden meine Feinde, ein König ist mein Nebenbuhler, Franz I., einer der mächtigsten Fürsten der Christenheit. Und wer liebte mich, großer Gott? Ihr, eine der edelsten und schönsten Frauen der Erde! Das alles verwirrt und betört, beunruhigt und vernichtet mich, Madame!

Ich komme mir vor wie ein Zwerg, der sich plötzlich unter Riesen befindet; über keinen Gedanken und kein Gefühl kann ich mir mehr Rechenschaft geben, ich bin wie verloren inmitten dieses schrecklichen Hasses, der unversöhnlichen Liebschaften, des glänzendsten Ehrgeizes. Madame, laßt mich wieder aufatmen, ich beschwöre Euch, erlaubt dem Schiffbrüchigen wieder zu sich zu kommen, dem Genesenden seine Kräfte zu sammeln. Die Zeit wird, wie ich hoffe, meine Seele und mein Leben wieder ins Gleichgewicht bringen. Gönnt mir also Zeit, Madame, und seht aus Erbarmen heute in mir nur den Künstler, der Euch fragen will, ob seine Lilie Euch gefällt."

Die Herzogin heftete auf Ascanio einen zweifelnden und erstaunten Blick; sie hatte nicht erwartet, daß der Jüngling, dieses halbe Kind so poetisch, ernst und streng zugleich sprechen könnte. Sie fühlte sich gewissermaßen verpflichtet, ihm zu folgen und indem sie fortan nur noch von ihrer Lilie sprach, lobte sie Ascanio und gab ihm Ratschläge und versprach ihm recht bald den großen Diamanten zu besorgen, damit er seine Arbeit vollenden könnte. Ascanio dankte ihr und verabschiedete sich mit aufrichtiger Dankbarkeit und Hochachtung.

„Ist das wirklich noch Ascanio?" fragte sich die Herzogin, als er fort war. „Er scheint um ein Jahrzehnt gealtert. Woher kommt dieser eindrucksvolle Ernst? Leidet er, ist er glücklich? Fühlt er sich sicher, weil der verdammte Benvenuto ihn beraten hat? Spielt er als erfahrener Schauspieler eine überlegene Rolle oder gibt er sich wirklich rückhaltlos und ehrlich?"

Sie kam zu keinem Entschluß. Sie ließ Ascanio belauschen und auf seinen seltenen Spaziergängen beobachten, aber auch auf diese Weise konnte sich nichts entdecken. Schließlich empfahl sie Orbec nochmals eine unerwartete Nachsuchung im großen Nesle vorzunehmen.

Sie taten es, aber obwohl sie Benvenuto inmitten seiner Arbeit überraschten, empfing er sie noch liebenswürdiger und sicherer als damals den Prevot allein. Er gab sich so frei und liebenswürdig, als wäre der Zweck des Besuches der beiden für ihn nicht im geringsten beleidigend gewesen. Auch jetzt erklärte er sich wieder bereit, die Herren durch alle Räume des Schlosses zu führen und die Vaterrechte des Prevot geltend zu machen. Er gab seiner Freude Ausdruck, daß sie ihn noch zu Hause angetroffen hätten, denn in zwei Stunden müsse er sich nach Romorantin begeben, wohin Franz I. die Künstler eingeladen habe, um sie dem Kaiser vorzustellen.

„Wenn er mit dem ganzen Hof Paris verläßt," flüsterte der Graf dem Prevot zu, „so hat er Colombe wahrscheinlich doch nicht entführt und wir haben hier nichts mehr zu suchen."

„Das habe ich Euch ja schon gesagt, bevor wir hierher gingen," erwiderte der Prevot.

Gleichwohl untersuchten sie nochmals aufs genaueste jeden Winkel und Benvenuto ließ sie dabei allein, indem er sich entschuldigte, er müsse seinen Leuten noch Anordnungen wegen des Gusses der Jupiterstatue geben, da er in einer Viertelstunde bereits abreise.

Benvenuto ging in die Werkstatt, teilte die Arbeit seiner Leute ein und bat sie, Ascanio ebenso zu gehorchen wie ihm, sprach mit diesem noch ein paar Worte auf Italienisch und schickte sich dann an, das Schloß zu verlassen. Im Hof wartete bereits der kleine Jehan mit einem fertig gesattelten Pferd auf ihn.

Da eilte die Scozzone auf Benvenuto zu und zog ihn zur Seite. „Wißt Ihr, Meister, daß Eure Reise mich in eine sehr schwierige Lage versetzt?" fragte sie wichtig. — „Wieso denn, Kind?" — „Pagolo liebt mich immer mehr; er liegt mir damit den ganzen Tag in den Ohren." — „Und was antwortest du ihm?" — „Ei, wie Ihr befohlen habt: Er solle abwarten, die Sache würde sich dann schon geben." — „Sehr gut!" — „Warum sehr gut? Benvenuto, Ihr wißt ja nicht, daß er alles, was ich sage, für ernst nimmt, und daß ich auf diese Weise eine tatsächliche Verpflichtung dem jungen Mann gegenüber eingehe. Nicht wahr, es sind jetzt vierzehn Tage, daß Ihr mir diese Verhaltungsmaßregeln gegeben habt?" — „Ja, ich glaube, genau weiß ich es nicht mehr." — „Aber ich habe ein besseres Gedächtnis. Die ersten Tage machte ich ihm zarte Andeutungen: er solle sich zu beherrschen suchen und seiner Liebe zu mir entsagen. Dann hörte ich ihn ruhig an — und diese Antwort war viel gefährlicher als die erste, aber Ihr wolltet es so haben und so tat ich es. In den letzten Tagen machte ich ihn auf meine Pflicht gegen Euch, lieber Meister, aufmerksam und gestern bat ich ihn großmütig zu sein und mir ein Geständnis zu machen."

„Ah, das ist freilich etwas anderes!" sagte Benvenuto. „Nun gib acht, was du tun mußt, Kleine. Die ersten Tage meiner Abwesenheit läßt du ihn ruhig in dem Glauben, daß du ihn liebst, und dann gestehst du ihm deine Liebe." — „Wie, und das sagt Ihr mir, Benvenuto?" rief die Scozzone aufs tiefste verletzt ob des allzu großen Vertrauens, das der Meister ihr schenkte.

„Beruhige dich. Du brauchst dir ja nichts vorzuwerfen, da ich dich dazu ermächtige." — „Mein Gott, nichts, ich weiß es," erwiderte die Scozzone. „Aber Gott weiß, daß ich ihn schließlich wirklich lieben werde, wenn ich beständig so zwischen Eurer Gleichgültigkeit und seiner Liebe stehe."

„Es sind doch nur sechs Tage! Fühlst du dich denn nicht

stark genug, um so kurze Zeit auszuhalten?" — „Gut, es sei. Aber bleibt wenigstens nicht sieben Tage aus." — „Habe keine Angst, mein Kind, ich werde schon rechtzeitig zurück sein. Lebe wohl, Scozzone." — Lebt wohl, Meister," schmollte, lachte und weinte Katharina zu gleicher Zeit.

Während Benvenuto Cellini der Scozzone seine letzten Anweisungen gab, kamen der Prevot und Orbec zurück. Ihre Gesichter waren lebhaft gerötet, denn sie hatten mit wahrem Feuereifer das ganze Haus durchstöbert und keinen Winkel vergessen, ohne indes die geringste Spur der Flüchtigen zu finden.

„Nun, meine Herren, Ihr habt also nichts gefunden?" stieg Benvenuto zu Pferd. „Schade, denn ich begreife, daß das sehr schmerzlich für Ihre empfindsamen Herzen ist, aber trotz aller Teilnahme an Eurem Leid und ungeachtet meiner Bereitwilligkeit, Euch zu helfen, muß ich jetzt fort. Wenn Ihr jedoch während meiner Abwesenheit im großen Nesle zu tun habt, so kommt nur ungeniert und tut, als wenn Ihr hier zu Hause wärt. Mich tröstet wenigstens die Hoffnung, daß Ihr mir bei meiner Rückkehr die frohe Botschaft machen könnt, daß Ihr, Herr Prevot, Eure geliebte Tochter, und Ihr, Herr Graf, Eure schöne Braut wiedergefunden habt. Gott befohlen, meine Herren!" Dann wandte er sich an seine Leute, die alle bis auf Ascanio, der offenbar seinem Nebenbuhler nicht ins Gesicht schauen wollte, auf der Treppe standen, und sagte: „Lebt wohl, Kinder. Wenn der Herr Prevot zum drittenmal kommen sollte, so vergeßt nicht, ihn als den früheren Herrn des Hauses zu empfangen."

Der kleine Jehan öffnete das Tor und Benvenuto sprengte im Galopp hinaus.

„Ihr seht also, daß wir Esel sind, mein Lieber," sagte Orbec zu dem Prevot, „denn wenn man ein Mädchen entführt, reist man nicht mit dem ganzen Hof nach Romorantin!"

---

23. Kapitel.

Karl V. in Fontainebleau.

Nicht ohne heftiges Zögern und bange Befürchtungen hatte Karl V. den Boden Frankreichs betreten, das ihm so feindlich gesinnt war, da er seinen König unwürdig behandelt und, wie es allgemein hieß, den Dauphin vergiftet hatte. Europa erwartete von Franz I. furchtbare Vergeltung, sobald sich sein Gegner in seinen Händen befände. Aber Karls Kühnheit erlaubte ihm nicht mehr zurückzuweichen, und nachdem er sorgfältig alle Vorbereitungen getroffen hatte, überschritt er tapfer die Pyrenäen. Immerhin hoffte er am französischen Hofe ergebene Freunde zu finden und sich auf den Ehrgeiz der Herzogin von Etampes, auf die rücksichtslose Verwegenheit des Konnetabel Anne de Montmorency und auf die ritterliche Gesinnung des Königs verlassen zu können.

Gleichwohl konnte der Kaiser nicht völlig seiner Bedenken und Befürchtungen Herr werden, als er den Boden Frankreichs betreten hatte. Bei allen glänzenden Empfängen und Veranstaltungen, womit jede Stadt ihn auf dem Wege nach Paris im Namen des Königs willkommen hieß, zeigte der Kaiser ein sorgenvolles und ernstes Gesicht, denn er dachte beständig daran, ob die betreffende Stadt sich nicht plötzlich in sein Gefängnis verwandeln würde.

In Chatellerault traf der unglückliche Kaiser, der sich beständig für einen Gefangenen hielt, endlich mit Franz I. zusammen, der ihn wie einen Bruder empfing und ihm tags darauf in Romorantin seinen Hof vorstellte, den tapferen und galanten Adel, den Ruhm des Landes, und die Künstler und Gelehrten, die den Ruhm des Königs selbst bildeten. Der Kaiser zeigte allen ein freundliches Gesicht, während sein Herz erbebte und er sich heftige Vorwürfe ob seines unklugen Verhaltens machte. Kaum war er zwei Tage in Paris, als ihm einfiel, welche Qual für den König von Frankreich der Aufenthalt in Madrid gewesen war. Für einen Kaiser schien die Hauptstadt das ehrenvollste und zugleich sicherste Gefängnis zu sein. Er bat deshalb den König, ihn sogleich nach Fontainebleau zu führen, von dem er soviel gehört hatte. Dieser Wunsch durchkreuzte zwar die Pläne Franz I., aber der König war doch zu gastfreundlich, um seine Verstimmung merken zu lassen und beeilte sich daher, die Königin und ihre Damen nach Fontainebleau zu bescheiden.

Die Gegenwart seiner Schwester Eleonore und das Vertrauen, das sie ihrem Gemahl entgegenbrachte, beruhigte einigermaßen den besorgten Kaiser. Zu Ehren seiner Ankunft wurde im Wald von Fontainebleau eine Jagd veranstaltet, an der Franz I. leidenschaftlichen Anteil nahm, während Karl V. sich von der Hofgesellschaft fernhielt, um nach Herzenslust im Walde herumzureiten und sich zu überzeugen, daß er nirgends bewacht wurde und also nicht der Gefangene, sondern der Gast des Königs war. Nachdem zum Halali geblasen war, blieben die beiden Herrscher noch lange beisammen, um über die schwebenden Fragen der Politik zwischen beiden Ländern zu sprechen. Außer ihnen nahm auch der spanische Gesandte Herzog von Medina Sidonia und der Konnetable Anne de Montmorency an dieser Unterredung teil, die sich um den künftigen Besitz des Herzogtums Mailand drehte.

Die Herzogin von Etampes, die man in dieser Gesellschaft vermißte, goß inzwischen ihren unerbittlichen Spott über Marmagne aus, über dessen nächtliche Abenteuer sie sich in Gegenwart des Prevot lustig machte.

„Von Euren Leuten, Herr von Marmagne," sagte die Herzogin, „erzählt dieser Benvenuto eine höchst erbauliche Geschichte: vier Banditen griffen ihn an, während er nur einen Arm frei hatte, um sich zu verteidigen. Da ließ er sich kurzerhand von diesen Herren nach Hause begleiten. Wart Ihr vielleicht einer von diesen tapferen und höflichen Kavalieren, Vicomte?"

„Madame," erwiderte der arme Marmagne ganz bestürzt, „die Sache hat sich etwas anders zugetragen, und Benvenuto erzählt sie viel zu vorteilhaft für sich."

„Gewiß, ich gebe gern zu, daß er die Geschichte ausschmückt und die Einzelheiten ein wenig verändert, aber in der Hauptsache ist die Geschichte doch wahr, und darauf kommt es eben in solchen Fällen an."

„Madame, ich verspreche Ihnen, daß ich Revanche nehme und diesmal mehr Glück habe."

„Verzeihung, Vicomte, aber Ihr braucht hier nicht mehr Revanche zu nehmen, sondern müßt die Sache von vorn anfangen, denn Cellini hat, wie mir scheint, die beiden ersten Gänge gewonnen."

„Jawohl, dank meiner Abwesenheit," erwiderte Margmagne im höchsten Grade betroffen, „ich war nicht dabei, und da nahmen die elenden Feiglinge die Gelegenheit war und rissen aus."

Oh," meinte der Prevot, „ich rate Euch, Euch in diesem Punkt für geschlagen zu bekennen; Ihr habt eben mal kein Glück mit Cellini."

„Na, ich dächte, in dieser Hinsicht könnten wir uns gegenseitig trösten, mein lieber Prevot," erwiderte Marmagne, „denn wenn man zu den geheimnisvollen Gerüchten, die im Umlauf sind, die wirklichen Tatsachen hinzurechnet, nämlich die Eroberung des großen Nesle und das Verschwinden einer seiner Bewohnerinnen, so hat Euch Cellini auch nicht mehr Glück gebracht, Messire d'Estourville. Wahrlich, er beschäftigt sich auf Kosten Eures Glückes etwas sehr eingehend mit dem Eurer Familie."

„Herr von Marmagne, Ihr werdet mir noch Rechenschaft geben, was Ihr mit diesen Worten sagen wollt!" fuhr der Prevot ihn wütend an, daß sein väterliches Mißgeschick in die Öffentlichkeit drang.

„Aber meine Herren, vergeßt bitte nicht, daß ich da bin," wandte die Herzogin ein. „Ihr habt beide unrecht. Herr Prevot, es steht Leuten, die nicht zu suchen verstehen, nicht zu, andere zu tadeln, die nichts zu finden wissen. Herr von Marmagne, wenn man eine Niederlage erlitten hat, muß man sich gegen den gemeinsamen Feind verbünden, nicht aber ihm die Freude machen, daß er sieht, wie die Besiegten sich gegenseitig an die Gurgel springen. Doch wir wollen zu Tisch gehen, reicht mir Euren Arm, Marmagne. Nun, da Manneskraft Cellini nichts anhaben konnte, wollen wir sehen, ob Frauenlist ihn nicht zu besiegen vermag. Ich habe Bündnisse stets für Hindernisse gehalten und vorgezogen, allein und auf eigene Faust Krieg zu führen. Die Gefahr ist wohl größer, aber dafür braucht man auch die Ehre des Sieges mit niemand zu teilen."

„Der Unverschämte!" rief Marmagne. „Seht nur, wie vertraulich er mit unserm großen König spricht! Man könnte glauben, er wäre ein Edelmann, während er doch nur ein elender Ziseleur ist!"

„Was sagt Ihr da, Vicomte? Er ist ein Edelmann vom reinsten Wasser," lachte die Herzogin. „Kennt Ihr etwa viele unter unseren ältesten Familien, die von einem Feldherrn Julius Cäsar abstammen und die drei Lilien und den Turnierkragen des Hauses Anjou im Wappen führen?“ *) Nicht der König erhebt den Ziseleur, indem er mit ihm spricht, meine Herren, sondern der Ziseleur ehrt den König, indem er das Wort an ihn richtet.“

In der Tat unterhielten sich Franz I. und Cellini eben mit der Vertraulichkeit, an die die Großen der Erde den gottbegnadeten Künstler gewöhnt hatten.

„Nun, Benvenuto, wie weit sind wir mit Unserm Jupiter?“ fragte der König.

„Ich bereite alles zum Guß vor.“ — „Und wann wird das große Werk fertig?“ — „Sobald ich wieder in Paris bin, Sire.“ — „Nehmt meinen besten Gießer, Cellini, und tut alles, damit der Guß gelingt. Und wenn Ihr Geld braucht, wißt Ihr, daß ich da bin.“ — „Ich weiß, daß Ihr der größte, edelste und großmütigste König auf Erden seid,“ antwortete Benvenuto, „und dank der Beträge, die Eure Majestät mir auszahlen läßt, bin ich reich. Was den Guß der Statue anlangt, über den Ihr Euch zu beunruhigen scheint, so wollt Ihr mir erlauben, daß ich mich allein mit der Vorbereitung und Ausführung befasse. Ich habe kein rechtes Zutrauen zu Euren französischen Gießern, nicht etwa, weil es keine tüchtigen Leute sind, sondern weil ich befürchte, sie möchten aus Nationalstolz ihre Geschicklichkeit nicht gern in den Dienst eines ausländischen Meisters stellen. Und ich versichere Euch, ich lege viel zu großen Wert auf das Gelingen meines Jupiter, als daß ich zugeben könnte, daß ein anderer als ich Hand daran legt.“

„Bravo, Cellini, bravo, das heißt als echter Künstler gesprochen,“ sagte der König.

„Ferner bitte ich um das Recht mich auf das Versprechen, das mir Eure Majestät gegeben hat, berufen zu dürfen,“ fuhr Benvenuto fort.

„Das ist durchaus gerecht, mein Lieber. Wenn Wir zufrieden sind, schulden Wir Euch ein Geschenk. Wir haben es nicht vergessen, zumal Wir uns in Gegenwart von Zeugen dazu verpflichtet haben, nicht wahr, Montmorency, nicht wahr, Poyet? Unser Konnetabel und Unser Schatzmeister werden Uns an Unser Wort erinnern.“

„Ach, Eure Majestät ahnt nicht, welchen Wert dieses Wort für mich bekommen hat, seitdem es mir gegeben wurde.“

„Gut, es soll gehalten werden, Herr. Aber der Saal öffnet sich. Zu Tisch, meine Herren!“

Franz I. ging auf Karl V. zu und eröffnete mit dem Kaiser den Reigen der erlauchten Gäste. Die beiden Herrscher betraten zugleich den Saal und nahmen einander gegenüber Platz, Karl V. zwischen der Königin Eleonore und Frau von Etampes

---

*) Benvenuto Cellini führt seine Abstammung auf den römischen General und Adjutanten Caesars, Florinus Cellinus zurück, der Florenz begründet haben soll — eine in der Renaissance beliebte genealogische Namenspielerei, die sich keineswegs auf glaubwürdige Urkunden, sondern nur auf zufällige etymologische Analogien stützt.

und Franz I. zwischen Katharina von Medici und Margarete von Navarra.

Das Mahl verlief in der fröhlichsten Stimmung. Franz I. vergnügte sich inmitten der Feste und Vorstellung wie ein König und lachte aus vollem Halse wie ein Bauer zu den Geschichten, die Margarete von Navarra zum besten gab, während Karl V. Frau von Etampes mit Galanterien und Aufmerksamkeit überhäufte.

Beim Dessert brachten, wie üblich, die Pagen Waschwasser. Frau von Etampes nahm dem Diener die goldene Kanne und das Becken, das für Karl V. bestimmt war, aus der Hand, während Margarete von Navarra dasselbe für Franz I. tat, goß Wasser in das Becken und reichte es nach spanischer Etikette in knieender Stellung dem Kaiser. Dieser benetzte seine Fingerspitzen und ließ, indem er seine schöne und edle Dienerin betrachtete, mit leichtem Lächeln einen kostbaren Ring von seiner Hand in das Becken gleiten.

„Eure Majestät verliert Ihren Ring," sagte die Herzogin. Sie tauchte ihre reizenden Finger in das Wasser und holte vorsichtig das Kleinod heraus, das sie Karl V. überreichte.

„Behaltet den Ring, Madame," sagte der Kaiser leise, „er befindet sich in zu schönen und edlen Händen, als daß ich ihn zurückfordern dürfte. Er ist ein Vorschuß auf das Herzogtum Mailand," fügte er leise hinzu.

Die Herzogin lächelte und schwieg.

Als der Hof sich nach dem Diner zum Ball begab, sprach Frau von Etampes Benvenuto Cellini an, der in ihrer Nähe vorüberging. „Messire Cellini," reichte sie ihm den Ring, der das Unterpfand ihres Bündnisses mit dem Kaiser war, „ich bitte Euch, diesen Diamanten Eurem Schüler Ascanio zu geben, damit er meine Lilie kröne. Es ist der Tautropfen, den ich ihm versprochen habe."

„Und er fällt in der Tat von den Fingern der Morgenröte, Madame," erwiderte der Künstler mit gezwungener Galanterie und spöttischem Lächeln.

Als er dann den Ring näher betrachtete, erbebte er vor Freude, denn er erkannte den Diamant wieder, den er früher einmal für Papst Clemens VII. gefaßt und später im Auftrag des Papstes dem Kaiser selbst überbracht hatte.

Wenn Karl V. dieses Kleinod verschenkte, und noch dazu einer Frau, mußte ein geheimes Einverständnis und ein dunkles Bündnis zwischen Frau von Etampes und dem Kaiser bestehen...

---

24. Kapitel.

Der gespenstische Mönch.

Das ganze Hotel de Nesle befand sich in Aufregung: der gespenstische Mönch, der alte, geheimnisvolle Gast des Klosters, auf dessen Ruinen Amaurys Palast sich erhob, ging seit einigen Tagen wieder um. Perrine hatte ihn nächtlicherweile im Garten des großen Nesle gesehen, in seine lange weiße Kutte gekleidet und so leicht und geräuschlos daherschwebend, daß sein Fuß keine Spur auf der Erde hinterließ.

Wie konnte Perrine, die doch den kleinen Nesle bewohnte, den gespenstischen Mönch um drei Uhr morgens im Garten des großen Nesle umgehen sehen? Perrine war seit dem Verschwinden Colombes, das die Anwesenheit der Zofe Pulcheria überflüssig machte, ohne Beschäftigung und seit der Abreise des Prevot die alleinige Herrin des kleinen Nesle, denn der Gärtner Raimbault war ebenso wie seine Gehilfen aus Sparsamkeitsrücksichten nur als Taglöhner angestellt. Perrine, die nun die unbestrittene Königin des kleinen Nesle war, starb am Tage fast vor Langweile und nachts vor Furcht.

Da fiel ihr ein, daß sie wenigstens für den Tag ein Mittel gegen dieses Übel besaß: ihre freundschaftlichen Beziehungen zu Ruperta öffneten ihr die Tore des großen Nesle. Sie bat, ihre Nachbarn besuchen zu dürfen, und diese Erlaubnis wurde ihr bereitwilligst erteilt.

Auf diese Weise trat Perrine natürlich in nähere Fühlung mit ihrer Nachbarschaft. Sie war eine stattliche, behäbige Frau von sechsunddreißig Jahren, aber noch so frisch und jugendlich von Aussehen, daß man sie kaum auf neunundzwanzig geschätzt hätte. Ihr Erscheinen war also ein Ereignis für die Werkstatt, in der zwölf fröhliche Gesellen schmiedeten, hämmerten, meißelten und ziselierten, lauter lebensfrohe Burschen, die Spiel und Wein und vor allem das schönere Geschlecht liebten. Auch drei unserer alten Bekannten gehörten dazu: der kleine Jehan, Simon der Linkshänder und Hermann der Deutsche.

Nur Ascanio, Jacques Aubry und Pagolo hielten sich abseits, da sie anderweitig beschäftigt waren.

Der kleine Jehan liebte wie ein Cherubim, das heißt er war vor allem in die Liebe selbst verliebt. Perrine aber war sich ihrer fraulichen Würde viel zu sehr bewußt, als daß sie sich um diese kindliche Liebesfeuer gekümmert hätte. Simon der Linkshänder dagegen konnte eine gesicherte Zukunft bieten und versprach eine Liebe von längerer Dauer, aber Frau Perrine war eine im höchsten Grade abergläubische Person. Sie hatte nämlich gesehen, wie Simon sich mit der linken Hand bekreuzte; sie dachte nun, er müßte auch seinen Hochzeitskontrakt mit der linken Hand unterschreiben. Sie war überzeugt, daß die Seele eher verloren als gerettet würde, wenn man sich mit der Linken bekreuzte. Und ein mit der Linken unterschriebener Ehevertrag konnte nach ihrer Auffassung den Beteiligten nur Unglück bringen. Ohne ihm indes ihre Bedenken zu verraten, hatte Perrine Simons erste Annäherungsversuche in einer Weise aufgenommen, die ihm jede Hoffnung für die Zukunft raubte.

Bleibt noch Hermann übrig. O, das war eine andere Sache!

Hermann war weder ein unschuldiges Maiglöckchen wie der kleine Jehan noch ein von der Natur so stiefmütterlich behandeltes Kind wie Simon der Linkshänder. Seine ganze

Erscheinung hatte vielmehr etwas Ehrbares und Festes, das Perrines Herzen wohlgefiel. Außerdem bediente sich Hermann, statt die Linke an Stelle der Rechten zu benutzen und umgekehrt, beider Hände so vorzüglich, daß er zwei rechte Hände zu besitzen schien. In den Augen des gewöhnlichen Volkes war er sogar eine brillante Erscheinung. Weshalb Frau Perrine sich auch für Hermann entschieden hatte.

Aber Hermann besaß, wie wir wissen, eine geradezu verliebte Naivität. Daher scheiterten auch Perrines erste Batterien, das heißt die ersten Plänkelein mit Mienen und Blicken, vollkommen an der angeborenen Schüchternheit des wackeren Deutschen. Er begnügte sich Perrine mit seinen großen Augen anzusehen, aber wie die Blinden im Evangelium Augen haben und doch nicht sehen, so sah er nur die Gesamterscheinung der würdigen Perrine, ohne die Einzelheiten zu beachten. Sie schlug nun gemeinsame Spaziergänge auf dem Quai des Augustins oder im Garten des Hotel de Nesle vor und jedesmal wählte sie dabei Hermann als Kavalier. Das beglückte ihn innerlich ungemein. Sein deutsches Herz schlug stets höher, wenn Perrine sich auf seinen Arm stützte. Aber sei es, daß ihm die Aussprache des Französischen noch etwas schwer fiel oder daß er es vorzog, den Gegenstand seiner geheimen Gedanken sprechen zu hören, Perrine konnte selten mehr aus ihm herausholen als die beiden stereotypen Ausdrücke: „Guten Tag" und „Auf Wiedersehen!", die Hermann gewöhnlich im Verlauf von zwei Stunden über die Lippen brachte — das erste Wort, wenn er ihren Arm nahm, und das zweite, wenn er sich verabschiedete. Obwohl er sie dabei stets Fräulein nannte, was eine sehr schmeichelhafte Auszeichnung für Perrine war, und sie die gewiß verlockende Gelegenheit hatte, zwei Stunden lang tapfer drauflosreden zu können, ohne ein einzigesmal unterbrochen zu werden, so hätte die gute Perrine doch lieber gesehen, wenn er ihren Monolog wenigstens hin und wieder mit einigen Ausrufen begleitet hätte, aus denen sie beurteilen konnte, welche Fortschritte sie im Herzen ihres stummen Begleiters gemacht hatte.

Aber diese Fortschritte waren nichtsdestoweniger vorhanden. Das Feuer, das im Herzen des ehrbaren Deutschen brannte, wurde allmählich ein wahrer Vulkan, da es täglich durch Perrines Gegenwart aufs neue angefacht wurde. Hermann erkannte allmählich, welch bevorzugte Stellung er bei Perrine einnahm und er wollte mit seiner Erklärung nur noch solange warten, bis er sich etwas sicherer fühlte.

Die gute Perrine verstand dieses Zögern. Als er sich eines Abends vor dem Tor des kleinen Nesle von ihr verabschiedete, fiel ihr auf, daß er sonderbar erregt war. Da glaubte sie ein gutes Werk zu tun, indem sie ihm herzhaft die Hand schüttelte. Außer sich vor Freude vergalt Hermann gleiches mit gleichem, aber zu seiner nicht geringen Verwunderung stieß Perrine einen furchtbaren Schrei aus. In seiner Begeisterung hatte Hermann nämlich nicht den Druck seiner Hand berechnet und um ihr vielleicht einen Begriff von der Heftigkeit seiner Liebe geben, die Hand der guten Haushälterin so kräftig gedrückt, daß sie fast zerbrochen wäre.

Ihr Schreien machte Hermann ganz bestürzt, aber Perrine, die schon Angst hatte, er könnte just in dem Augenblick, wo er seinen ersten schüchternen Versuch wagen wollte, den Mut verlieren, zwang sich zum Lachen und sagte, indem sie ihre fast plattgedrückten Finger freimachte: „Es ist nichts, gar nichts, mein lieber Herr Hermann."

„Ich bitte tausendmal um Verzeihung, Fräulein Perrine," stammelte der Deutsche, „es geschah nur, weil ich Euch so sehr liebe. Deshalb habe ich Euch so wahnsinnig gedrückt."

„Das macht nichts, Herr Hermann. Aber hoffentlich ist Eure Liebe auch eine ehrbare Liebe, über die keine Frau zu erröten braucht."

„Bei Gott, Fräulein Perrine," sagte Hermann, „ich glaube wohl, daß meine Liebe ehrbar ist, ich habe nur nicht gewagt, sie Euch zu gestehen. Aber da das Wort nun einmal gefallen ist, so liebe ich Euch, ich liebe Euch sehr, Fräulein Perrine!"

„Und ich, Herr Hermann," erwiderte Perrine mit reizendem Mienenspiel, „kann Euch wohl sagen, denn ich glaube doch, daß Ihr ein anständiger junger Mann seid, der nicht fähig ist, ein Mädchen zu hintergehen, daß ich . . . Ach Gott, wie soll ich es nur sagen?"

„O sprecht, sprecht!" rief Hermann. — „Nun, daß . . . daß ich . . . Nein, ich darf es doch nicht gestehen . . ." — „O Ihr habt unrecht, redet!" — „Nun, ich gestehe Euch, daß ich keineswegs gleichgültig gegen Eure Leidenschaft geblieben bin."

„Sakrament!" jubelte der Deutsche überglücklich.

Eines Abends, als die Julia des kleinen Nesle ihren Romeo vom Spaziergang heimbegleitet und sich unter dem Tor von ihm verabschiedet hatte, sah sie in der Nähe der Gartentür die gespenstische Erscheinung des vermummten Mönchs. Halbtot vor Schreck rannte Perrine heim und verbarrikadierte sich in ihrer Kammer.

Am andern Morgen erzählte sie allen Insassen der Werkstatt ihre nächtliche Vision. Den ganzen Tag über war im großen Nesle nur von dem vermummten Mönch die Rede. Die einen glaubten an das Gespenst, die andern machten sich darüber lustig. Auch Ascanio sprach sich gegen die Erscheinung aus und wurde der Wortführer der Ungläubigen, zu denen noch der kleine Jehan, Simon der Linkshänder und Jacques Aubry gehörten, während die Gläubigen Ruperta, Scozzone, Pagolo und Hermann waren.

Am Abend versammelten sich alle im zweiten Hof des kleinen Nesle. Perrine, die den ganzen Tag über mit Fragen nach dem vermummten Mönch bestürmt worden war, hatte um Frist gebeten, um ihre Erinnerungen zu sammeln und bei Anbruch der Dunkelheit erklärte sie endlich, daß sie jetzt bereit wäre, die schauerliche Sage zu erzählen. Sie wußte recht gut, daß eine Gespenstergeschichte ihre Wirkung verliert, wenn man sie bei Tageslicht vorträgt, während der Eindruck doppelt so stark ist, wenn man sie in der Dunkelheit erzählt.

Ihre Zuhörer waren Hermann, der zu ihrer Rechten, Ruperta, die zu ihrer Linken saß, Pagolo und Scozzone, die sich aneinander schmiegten, und Jacques Aubry, der zwischen seinen beiden Freunden, dem kleinen Jehan und Simon dem Linkshänder, im Grase lag. Ascanio hatte erklärt, er verachte derartige dumme Weibergeschichten und wolle sie nicht einmal mit anhören.

„Ihr wollt uns also die Geschichte des vermummten Mönches erzählen, Fräulein Perrine?“ fragte Hermann, nachdem jeder Zuhörer eine möglichst bequeme Stellung eingenommen hatte.

„Gewiß,“ erwiderte die würdige Perrine, „doch muß ich Euch im voraus sagen, daß es eine schauerliche Geschichte ist, die man lieber nicht zu dieser Stunde erzählen sollte. Da wir aber alle fromme Menschen sind, obwohl es auch unter uns Ungläubige gibt, und da Herr Hermann gewiß stark genug ist, um nötigenfalls den Gottseibeiuns selbst in die Flucht zu schlagen, falls er uns erscheinen sollte, so will ich Euch dennnoch diese Geschichte erzählen.“

„Verzeihung, Fräulein Perrine,“ unterbrach Hermann, „aber wenn der Satan kommt, könnt Ihr nicht auf mich rechnen. Ich schlage mich wohl mit Menschen, und zwar soviel Ihr wollt, aber nicht mit dem Teufel.“

„Gut, dann werde ich es eben mit ihm aufnehmen, wenn er sich sehen läßt, Frau Perrine,“ sagte Jacques Aubry. „Habt also keine Angst und legt los.“

„Ihr müßt wissen,“ begann Perrine, „daß früher an derselben Stelle, wo wir uns jetzt befinden, lange bevor das Hotel de Nesle erbaut wurde, ein Mönchskloster stand, das von lauter ausnehmend hübschen Männern bewohnt war, deren kleinster etwa die Figur des Herrn Hermann hatte. Besonders der Prior Enguerrand war eine prachtvolle Erscheinung. Alle Mönche hatten glänzende schwarze Bärte und schwarze leuchtende Augen, aber der Bart und die Augen des Priors waren noch dunkler und strahlender als die der übrigen. Außerdem waren die Mönche von einer Frömmigkeit und Strenge ohnegleichen, ihre Stimmen waren so harmonisch und süß, daß die Leute viele Meilen weit herbeieilten, sie zur Vesper singen zu hören.

Eines Tages kam zum Prior ein schöner junger Mann, der als Novize in das Kloster eintreten wollte. Er hatte zwar noch keinen Bart, aber seine Augen waren schwarz wie Ebenholz und leuchteten wie Gagat, so daß er ohne Umstände aufgenommen wurde. Der hübsche Jüngling hieß Antonio; er bat den Prior bedienen zu dürfen, was ihm auch ohne weiteres bewilligt wurde. Antonio hatte eine herrliche, klangvolle Stimme. Als er am nächsten Sonntag sang, waren alle Zuhörer entzückt. In seiner Stimme lag ein Ton, der in den Herzen mehr irdische als himmlische Gefühle weckte, aber die Mönche waren ja alle so rein und unschuldig, daß nur die Laien unter den Zuhörern diese Erregung empfanden. Don Enguerrand, der dies nicht bemerkt hatte, war so begeistert von Antonios Stimme, daß er ihn künftig die Litaneien zur Orgelbegleitung singen ließ.

Der Novize führte sich musterhaft und diente dem Prior mit unermüdlichem Eifer und größter Hingabe. Das einzige, was man ihm vorwerfen konnte, war seine beständige Zerstreutheit; überall und immer folgte er dem Prior mit seinen glühenden Augen. „Was betrachtet Ihr denn, Antonio?“ fragte ihn Don Enguerrand. — „Euch, mein Vater,“ antwortete der Jüngling. — „Schaut in Euer Gebetbuch, Antonio. Wo blickt Ihr denn schon wieder hin?“ — „Ich sehe Euch an, mein Vater.“ — „Antonio, blickt empor zum Bilde der heiligen Jungfrau.“ — „Ich sehe zu Euch empor, mein Vater.“ — „Richtet Eure Augen auf das Kruzifix, das wir anbeten, Antonio.“

Als Don Enguerrand sein Gewissen prüfte, bemerkte er, daß er seit der Aufnahme Antonios in das Kloster mehr denn je durch sündhafte Gedanken heimgesucht wurde. Früher hatte er im Tage höchstens sieben Sünden begangen, was bekanntlich selbst die Heiligen tun, ja manchmal waren es sogar nur fünf gewesen, während jetzt die Zahl seiner täglichen Sünden auf zehn, zwölf, ja bisweilen sogar auf fünfzehn gestiegen war. Er hoffte sich am andern Tage zu bessern, er betete, fastete, meditierte, aber es war alles vergebens, die Zahl seiner Sünden stieg statt abzunehmen diesmal sogar auf zwanzig! Der arme Don Enguerrand wußte sich nicht mehr zu helfen, er fühlte, daß er sich wider seinen Willen in die Verdammnis stürzte und mußte sogar noch feststellen, daß selbst seine tugendhaftesten Mönche demselben unheimlichen und unbegreiflichen Einfluß unterlagen, so daß ihre Beichte, die früher zwanzig Minuten gedauert hatte, jetzt nahezu mehrere Stunden in Anspruch nahm.

Seit einem Monat lief ein Gerücht durch das ganze Land und drang schließlich auch bis ins Kloster: Ein Schloßherr aus der Nachbarschaft hatte seine Tochter Antonia verloren. Eines abends war sie verschwunden, just wie jetzt meine Colombe, nur mit dem Unterschied, daß meine Colombe ein Engel ist, während Antonia vom Teufel besessen war. Der unglückliche Edelmann hatte Berg und Tal nach ihr absuchen lassen, genau wie der Herr Prevot nach Colombe. Es blieb nur noch das Kloster übrig und da er wußte, daß der böse Feind sich oft in den Klöstern versteckt, um besser der Verfolgung zu entgehen, ließ der Ritter durch seinen Kaplan Don Enguerrand bitten, seinem Kloster einen Besuch abstatten zu dürfen, was der Prior auch gern gestattete. Vielleicht kam er dabei selbst hinter das Geheimnis dieser magischen Macht, die seit einem Monat auf ihm und seinen Mönchen lastete. Aber alle Nachforschungen waren vergebens und der Edelmann wollte voll Verzweiflung schon wieder fortgehen, als gerade sämtliche Mönche, die sich zum Abendgottesdien in die Kapelle begaben, an ihm und Don Enguerrand vorüberschritten. Der Ritter betrachtete alle, doch als der letzte kam, schrie er laut auf: ‚Allmächtiger Gott, das ist meine Tochter Antonia!‘

Antonia, denn sie war es wirklich, wurde weiß wie eine Lilie.

‚Was tust du hier in diesem geheiligten Kleid?‘ fragte der Edelmann. — ‚Was ich hier tue, Vater? Ich liebe Don Enguerrand‘, erwiderte Antonia. — ‚Unglückliche, verlasse sofort das Kloster!‘ — ‚Ich werde es nur als Tote verlassen, Vater,‘ gab Antonia zur Antwort.

Und sie folgte den übrigen Mönchen in die Kapelle und setzte sich auf ihren gewöhnlichen Platz im Chor. Der wütende Ritter wollte seiner Tochter nacheilen, aber Don Enguerrand bat ihn, die geheiligte Stätte nicht durch einen Skandal zu entweihen und lieber das Ende des Gottesdienstes abzuwarten. Der Vater gab sich damit zufrieden und folgte dem Prior in die Kapelle.

Wie Gottes Stimme erklang feierlich das Vorspiel der Orgel. Ein wunderbarer, jedoch höhnischer und schauerlicher Gesang antwortete auf die Klänge des Instrumentes: Antonia sang und alle Herzen erschauerten. Ruhig und erhaben fiel die Orgel wieder ein, als wollte sie durch ihre himmlische Klangfülle den schrillen Schrei übertönen, der sie aus der Tiefe verhöhnte. Aber als nähme sie die Herausforderung an, erhob sich Antonias Stimme noch lauter, wütender, verzweifelter und gottloser als zuvor. Alle warteten erstaunt und bestürzt auf das Ergebnis dieser schrecklichen Zwiesprache zwischen Gebet und Spott, dieses Kampfes zwischen Gott und Satan. Da brach inmitten eines beklemmenden Schweigens die himmlische Musik wie Donnerhall los und entlud über die Mönche, die alle, bis auf Antonia, sich demütig zur Erde geneigt hatten, ihren Groll, gleich der niederschmetternden Stimme, die den Sündern am Tage des jüngsten Gerichts in den Ohren gellen wird. Antonia versuchte gleichwohl noch weiterzukämpfen, aber ihr Gesang klang nur wie das schrille Lachen eines Verdammten und starr und bleich sank sie auf das Pflaster der Kapelle. Als man sie aufhob, war sie tot.“

„Jesus Maria!“ rief Ruperta. — „Arme Antonia!“ sagte Hermann offen. — „Närrisches Weib!“ murmelte Jacques Aubry. Die übrigen schwiegen, so sehr hatte Perrines schauerliche Geschichte selbst die Ungläubigen ergriffen; nur Scozzone trocknete eine Träne ab, während Pagolo sich bekreuzigte.

„Als der Prior den Gesandten der Hölle durch Gottes Zorn zerschmettert am Boden liegen sah,“ fuhr Perrine fort, „glaubte er für immer von den Heimsuchungen des bösen Feindes befreit zu sein. Aber er hatte nicht mit seinem Gast gerechnet. Schon in der folgenden Nacht, als er kaum eingeschlafen war, wurde er durch Kettengerassel geweckt. Er schlug die Augen auf und blickte unwillkürlich nach der Tür — — da sah er, wie sie sich in den Angeln drehte, obwohl sie verschlossen war. Ein Gespenst, das die weiße Kutte der Novizen trug, ging auf sein Bett zu, ergriff seinen Arm und sagte: ‚Ich bin Antonia, die dich liebt. Gott hat mir alle Macht über dich gegeben, weil du in Gedanken gesündigt hast.‘ Und unerbittlich stets um Mitternacht kam das schauerliche Gespenst, bis Don Enguerrand eine Wallfahrt nach dem Heiligen Lande machte. Als er gerade vor dem Grabe des Heilands niederkniete, durfte er durch die besondere Gnade Gottes in Frieden sterben.

Gleichwohl gab sich Antonia noch nicht zufrieden. Sie suchte jetzt die Mönche heim, und da es unter ihnen viele gab, die gleich dem Prior gesündigt hatten, erschien sie ihnen, weckte sie und rief: ‚Ich bin Antonia, die dich liebt!‘

Wenn ihr des abends über die Straße geht und eine graue oder weiße Kutte heftet sich an eure Sohlen, so macht, daß ihr heimkommt, denn euch verfolgt der verschleierte Mönch, der eine Beute sucht.

Das Kloster verfiel und machte dem Schlosse Platz, aber der Mönch blieb da und ließ sich nicht vertreiben. Zu verschiedenen Zeiten wurde er gesehen. Gott sei uns gnädig, da der unglückliche Verdammte wieder erscheint!“

„Amen!“ sagten die Zuhörer; Ruperta, indem sie sich bekreuzte, Hermann, indem ihn schauerte und Aubry, indem er lachte.

---

25. Kapitel.

Was man nachts von einer Pappel aus sehen kann.

Am andern Tage erklärte Frau Ruperta derselben Versammlung, daß nun auch sie ein wichtiges Geheimnis mitzuteilen habe. Auf diese Kunde hin fand sich, wie man sich wohl denken kann, alles wieder zur selben Stunde an derselben Stelle ein. Man hatte ja um so mehr Zeit, als Benvenuto geschrieben hatte, daß er ein paar Tage länger ausbleiben werde, da er noch den Saal herrichten müsse, in dem er seinen Jupiter aufstellen wollte. Der Prevot war nur einmal in den großen Nesle gekommen, um zu fragen, ob man etwas von Colombe gehört habe. Als Perrine ihm aber erwiderte, daß alles noch beim alten sei, hatte er sich sogleich wieder ins Châtelet begeben.

Da die beiden Herren abwesend waren, erfreuten sich also die Bewohner des Schlosses vollkommener Freiheit.

Obwohl Jacques Aubry an diesem Abend ein Stelldichein mit Gervaise hatte, war seine Neugier doch größer als seine Liebe, oder er hoffte vielmehr, Rupertas Erzählung wäre gewiß kürzer als Perrines Gespenstergeschichte, so daß er sie anhören und doch noch rechtzeitig zu seiner Geliebten kommen könnte.

Perrines Geschichte war der guten Ruperta die ganze Nacht durch den Kopf gegangen, und als sie erst in ihrer Kammer war, zitterte sie am ganzen Leib, Antonias Gespenst könnte trotz der heiligen Reliquien, die zu Häupten ihres Bettes hingen, ihr einen Besuch machen.

Sie verbarrikadierte ihre Tür, aber das war nur eine ungenügende Sicherheitsmaßregel, denn die alte Duenna war mit den Gepflogenheiten der Gespenster nur zu gut vertraut, um zu wissen, daß es für Geister keine verschlossenen Türen gab. Sie hätte gleichwohl auch das Fenster verstellt, das auf den Garten des großen Nesle ging, aber leider hatte es keine Läden. So mußte sie sich ganz einfach mit den Vorhängen begnügen, aber ein unglücklicher Zufall wollte, daß diese sich ausgerechnet in der Wäsche befanden. So wurde das Fenster also nur durch eine durchsichtige Scheibe verteidigt.

Ruperta schaute unter das Bett, durchwühlte alle Schränke und sah in allen Ecken und Enden nach, denn sie wußte, daß der Teufel nur wenig Platz braucht, um seinen Schwanz und seine Hufe und Hörner zu verstecken und daß Asmodeus sogar viele Jahre in einer Flasche eingeschlossen war.

Aber die Kammer war wirklich leer, und nirgends fand sich eine Spur des vermummten Mönches.

Ruperta legte sich also einigermaßen beruhigt zu Bett, aber vorsichtshalber ließ sie doch ihre Lampe brennen. Dann warf sie noch einen scheuen Blick auf das Fenster und sah davor einen ungeheuren Schatten, der sich von dem dunklen Hintergrund abhob und die Sterne verdeckte, während der Mond gerade im letzten Viertel stand und somit überhaupt nicht sichtbar war.

Die gute Ruperta bebte vor Furcht, und sie war schon nahe dran zu klopfen oder zu rufen, als ihr die riesige Marsstatue einfiel, die sich gerade vor ihrem Fenster erhob. Sie sah sich also die angebliche Erscheinung nochmals genauer an und erkannte tatsächlich die Umrisse des Kriegsgottes. Diese Feststellung beruhigte Ruperta sogleich, und sie beschloß nun endgültig zu einzuschlafen.

Aber der Schlaf, dieser Schatz, um den der Reiche so oft den Armen beneidet, stellt sich leider nicht auf Befehl ein, sondern sucht mit Vorliebe diejenigen auf, die ihn nicht erwarten. Ruperta rief ihn daher lange vergebens an, ehe er sie erhörte.

Gegen Mitternacht übermannte sie endlich die Müdigkeit. Allmählich schwanden der wackeren Duenna die Sinne und ihre Gedanken, die ohnedies nicht allzu fest miteinander verbunden waren, zerrissen den schwachen Faden, der sie zusammenhielt, und sie zerstreuten sich wie die Blätter einer Rose. Nur ihr Herz, das die Furcht antrieb, blieb noch wach, bis es endlich auch einschlief und nur noch die Lampe wachte.

Aber wie alle irdischen Dinge nahm auch die Lampe ein Ende. Etwa zwei Stunden, nachdem Ruperta ihre Augen zum Schlummer des Gerechten geschlossen hatte, begann sie unter dem Vorwand, daß es ihr an Öl fehle, schwächer zu werden, dann flackerte sie, leuchtete noch einmal und erlosch schließlich für immer.

Gerade in diesem Augenblick hatte Ruperta einen schrecklichen Traum: Sie träumte, daß sie am Abend, als sie von Perrine kam, von dem vermummten Mönch verfolgt wurde. Aber zum Glück hatte Ruperta ganz im Gegensatz zu den gewöhnlichen Träumen plötzlich wieder die Beine einer Fünfzehnjährigen bekommen, und sie lief so schnell, daß das Gespenst, obwohl es über die Erde dahinschwebte, sie erst einholen konnte, als sie ihm schon die Tür vor der Nase zugeworfen hatte. Ruperta hörte den Geist klagen und klopfen, aber es fiel ihr gar nicht ein, ihm zu öffnen; sie hatte ihre Lampe angezündet und war die

Treppe hinaufgeeilt, indem sie vier Stufen auf einmal nahm, hatte glücklich ihr Zimmer erreicht, sich ins Bett gelegt und die Lampe ausgelöscht.

In diesem Augenblick aber sah sie den Kopf des Mönches vor ihrem Fenster; das Gespenst war wie eine Eidechse an der Mauer emporgeklettert und versuchte nun durch die Fensterscheiben in die Kammer zu dringen. In ihrem Traum hörte Ruperta ganz deutlich die Nägel der Geisterhand an den Scheiben kratzen und klopfen.

Auch der tiefste Schlaf vermag einem solchen Traum nicht standzuhalten. Ruperta erwachte also schweißgebadet und mit gesträubten Haaren. Entsetzt und starr waren ihre Augen geöffnet und unwillkürlich auf das Fenster gerichtet. Da stieß sie einen schrecklichen Schrei aus, denn sie hatte wirklich etwas gesehen — — —.

Sie sah, wie der Kopf der riesigen Marsstatue aus Augen, Nase, Mund und Ohren Feuer spie. Im ersten Augenblick glaubte sie noch zu schlafen und zu träumen, aber als sie sich überzeugt hatte, daß sie wirklich wach war, bekreuzigte sie sich und betete drei Vaterunser und zwei Ave, — aber die Erscheinung verschwand nicht.

Ruperta ermannte sich, den Arm auszustrecken, ihren Besen zu ergreifen und mit aller Kraft mit dem Stiel an die Decke zu klopfen. Über ihr schlief nämlich Hermann, und so hoffte sie, der starke Deutsche würde erwachen und ihr zu Hilfe eilen.

Aber Ruperta hatte gut klopfen — — Hermann gab kein Zeichen seiner Anwesenheit.

Nun änderte sie die Richtung und statt an die Decke zu klopfen und Hermann zu wecken, trommelte sie auf den Boden, um Pagolo zu wecken. Dieser schlief unter ihr, aber er war ebenso taub wie Hermann und nichts rührte sich.

Da vertauschte sie die vertikale Richtung mit der horizontalen. Ascanio war ihr Zimmernachbar und sie polterte nun mit dem Besen an die Zwischenwand.

Aber auch bei Ascanio blieb alles stumm wie vorher bei Hermann und Pagolo. Offenbar war keiner von ihnen zu Hause und Ruperta glaubte einen Augenblick, der vermummte Mönch hätte alle drei geholt.

Da dieser Gedanke sie indes keineswegs beruhigte und sie einsah, daß niemand ihr zu Hilfe kommen konnte, steckte sie ihren Kopf unter die Decke und wartete.

Sie wartete eine Stunde, sie wartete anderthalb, ja zwei Stunden, und als sie kein Geräusch hörte, faßte sie wieder Mut, schob vorsichtig die Decke zurück und öffnete schließlich ein Auge nach dem andern. Die Erscheinung war verschwunden, der Kopf des Mars erloschen und wieder in tiefe Finsternis gehüllt.

So beruhigend auch diese Stille und Finsternis wirken mußte, so begreift man andrerseits doch, daß Ruperta für den Rest der Nacht keinen Schlaf mehr finden konnte. Die Ärmste lag mit weitaufgerissenen Augen und angehaltenem Atem auf der Lauer, bis die ersten Strahlen des Tages durch die Scheiben glitten und ihr verkündeten, daß die Stunde der Gespenster vorüber war.

Das erzählte Ruperta, und man muß ihr die Ehre lassen, daß ihr Bericht vielleicht noch wirkungsvoller war als Perrines Gespenstergeschichte. Vor allem machte sie auf Hermann und Perrine, Pagolo und Scozzone tiefen und sichtlichen Eindruck. Die beiden Männer entschuldigten sich, daß sie Ruperta nicht gehört hätten, aber ihre Stimmen klangen so schüchtern und verlegen, daß Jacques Aubry hell auflachen mußte. Perrine und Scozzone sprachen kein Wort. Sie wurden nur abwechselnd rot und blaß, daß wenn es heller Tag gewesen wäre und man den Widerschein dessen, was in ihrem Innern vorging, hätte verfolgen können, man im Verlauf von kaum zehn Sekunden geglaubt hätte, sie würden an einem Blutandrang oder am Herzschlag sterben.

Die Scozzone faßte sich zuerst. „Frau Perrine, Ihr wollt also wirklich den vermummten Mönch im Garten des großen Nesle gesehen haben?“

„Wie ich Euch jetzt sehe, liebes Kind,“ versicherte Perrine.

„Und Ihr, Ruperta, habt Feuer aus dem Kopf des Mars auflodern sehen?“

„Ich sehe es jetzt noch.“

„Das verdammte Gespenst hat demnach den Kopf der Statue zu seiner Wohnung ausersehen, und da es wie jeder Geist in natürlicher Gestalt spazieren gehen muß, so steigt es zu gewissen Stunden herab, macht seine Runde und kehrt dann, wenn es das Herumlaufen satt hat, wieder in den Kopf zurück,“ erklärte Perrine. „Geister und Götzen verstehen sich gegenseitig recht gut, denn beide sind Bewohner der Hölle, und so gewährt der schreckliche Heidengott Mars dem schauerlichen vermummten Mönch Gastfreundschaft.“

„Glaubt Ihr wirklich, Frau Perrine?“ fragte der ehrliche Deutsche.

„Mit voller Gewißheit, Herr Hermann,“ warf sich Perrine in die Brust.

„Auf Ehre, da bekommt man ja die Gänsehaut!“ überlief Hermann ein kalter Schauer.

„Ihr glaubt also auch an Gespenster, Hermann?“ fragte Aubry.

„Gewiß.“

Jacques Aubry zuckte verächtlich die Schulter. Gleichzeitig beschloß er aber dieser geheimnisvollen Sache auf den Grund zu gehen. Das war für ihn sehr einfach, da er im großen Nesle zu jeder Tages- und Nachtzeit ein- und ausgehen konnte, als wenn er dort wohnte. Er nahm sich also vor, Gervaise erst am andern Tage zu besuchen und dafür bis zehn Uhr im Nesle bleiben. Um diese Zeit wollte er sich von allen verabschieden und tun, als wenn er tatsächlich fortginge; in Wirklichkeit wollte er aber dableiben und auf eine Pappel klettern, um hinter den Zweigen versteckt das Gespenst kennen zu lernen.

Alles verlief, wie der Student es gewünscht hatte. Er verließ allein und ohne Begleitung wie gewöhnlich die Werkstatt und öffnete mit lautem Geräusch die Tür nach dem Kai, als ginge er tatsächlich fort. Dann lief er rasch nach der Pappel, schwang sich auf den ersten Ast und war wenige Augenblicke später bis in die Krone des Baumes geklettert. Dort befand er sich dem Kopf der Statue fast gegenüber und konnte zugleich das ganze Schloß übersehen, in dessen Höfen und Gärten nichts geschehen konnte, was er nicht sah.

Während Jacques Aubry sich in seiner Warte häuslich einrichtete, fand im Louvre, dessen Fensterreihen hell erleuchtet waren, große Festtafel statt. Karl V. war endlich bereit, Fontainebleau zu verlassen und sich in die Hauptstadt zu begeben, und so waren die beiden Herrscher gegen Abend nach Paris zurückgekehrt.

Boote mit bunten Laternen glitten über die Seine und hielten unter klingendem Spiel im Halbkreis vor dem berühmten Balkon, von dem aus dreißig Jahre später Karl IX. auf sein Volk schoß, während gleichzeitig blumengeschmückte Boote die Gäste aus dem Faubourg St. Germain über den Fluß setzten.

Zu diesen Gästen gehörte natürlich auch der Vicomte von Marmagne, der als junger Kavalier große Aussichten bei den Damen hatte. In der Tat glaubte er zu bemerken, daß eine entzückende kleine Gräfin, deren Gatte sich gerade bei der Armee in Savoyen befand, ihm einen vielsagenden Blick zugeworfen hatte. Er hatte daraufhin mit ihr getanzt und es schien ihm, als wäre die Hand seiner Tänzerin nicht unempfindlich gegen den Druck der seinen gewesen. Kurz, als er die Dame fortgehen sah und sie ihm noch einen Blick zuwarf, bildete er sich ein, daß sie wie Galathea in der Erwartung flüchtete, daß sie verfolgt würde. Marmagne hatte sich daher sofort auf die Spur der Gräfin gemacht und da sie in der Rue Hautefeuille wohnte, mußte er vom Louvre aus am Nesleturm vorüber. Er ging gerade am Kai entlang um über die Rue des Grands-Augustins die Rue Saint-André zu erreichen, als er Schritte hinter sich hörte.

Es war gegen ein Uhr, und da der Mond im letzten Viertel stand, war die Nacht stockfinster. Außerdem spielte unter den wenigen moralischen Vorzügen, mit denen die Natur den guten Marmagne ausgestattet hatte, der Mut keineswegs die erste Rolle. Die Schritte beunruhigten ihn also nicht wenig und er beschleunigte seinen Gang, indem er sich fester in seinen Mantel hüllte und die Hand unwillkürlich an den Griff seines Degens legte.

Sein rascher Lauf half ihm aber nicht viel, denn die Schritte in seinem Rücken verdoppelten sich gleichfalls und kamen immer näher auf ihn zu. Er fühlte, daß sein Begleiter ihn in wenigen Augenblicken einholen müßte, wenn er sich nicht durch schleunige Flucht seinem Verfolger entziehe. Gerade wollte er zum Laufschritt übergehen, als sich in das Geräusch der Schritte eine Stimme mischte.

„Heda, Herr Edelmann," ließ sich die Stimme vernehmen, „Ihr tut wirklich gut, Euch so zu beeilen, denn diese Gegend ist um diese Zeit nicht geheuer. Gerade hier ist ja, wie Ihr wohl wißt, erst unlängst mein würdiger Freund Benvenuto überfallen worden, der große Künstler, der augenblicklich in Fontainebleau ist und sicher keine Ahnung davon hat, was zur Stunde in seinem Hause vorgeht. Aber da wir offenbar die gleiche Richtung haben, können wir ja zusammen gehen. Wenn uns dann ein paar Diebe begegnen, werden sie sich's wohl zweimal überlegen, ehe sie uns anfassen. Ich biete Euch also den Schutz meiner Begleitung an, wenn Ihr mir die Ehre der Euren bewilligen wollt."

Bei den ersten Worten des Studenten hatte Marmagne bereits eine befreundete Stimme erkannt und als er dann noch den Namen Benvenuto Cellini hörte, fiel ihm sogleich der gefällige Schwätzer ein, der ihm schon einmal so wertvolle Aufschlüsse über die Verhältnisse im großen Nesle gegeben hatte. Er hemmte also seine Schritte, denn die Gesellschaft des Meisters Jacques Aubry gewährte ihm ja doppelten Vorteil. Der Student diente ihm zunächst als Schutz, und dabei konnte er ihm über seinen verhaßten Feind einige weitere Neuigkeiten verraten.

„Guten Abend, mein junger Freund," antwortete Marmagne auf die liebenswürdigen Worte, die Aubry in der Dunkelheit an ihn gerichtet hatte. „Was erzählt Ihr da von dem teuren Benvenuto, den ich im Louvre treffen wollte, während der Duckmäuser in Fontainebleau geblieben ist?"

„Ei, das nenne ich aber ein Glück!" rief Jacques Aubry. „Wie, Ihr seid's, mein lieber Vicomte . . . von . . . Ihr habt vergessen, mir Euren Namen zu nennen, oder mir ist er entfallen. Ihr kommt vom Louvre? Gewiß war es dort recht schön, es ging wohl auch recht galant und verliebt zu? Sicher hattet Ihr Glück, Schlingel von einem Herzensbrecher, der Ihr seid!"

„Meiner Treu," erwiderte Marmagne herablassend, „Ihr seid ein wahrer Zauberer. Ich komme in der Tat aus dem Louvre, wo der König mir die schmeichelhaftesten Dinge gesagt hat. Und ich wäre jetzt noch dort, wenn nicht eine entzückende kleine Gräfin mir verraten hätte, daß sie die Einsamkeit diesem großen Trubel entschieden vorziehe. Und woher kommt denn Ihr? Laßt hören!"

„Woher ich komme?" lachte Aubry über's ganze Gesicht. „Ach, Ihr erinnert mich wieder daran. Mein Lieber, ich habe tolle Sachen gesehen. Armer Benvenuto! Er hat das wirklich nicht verdient!"

„Was ist denn Eurem lieben Freund passiert?"

„Da Ihr aus dem Louvre kommt, müßt Ihr zunächst wissen, daß ich aus dem großen Nesle komme, wo ich zwei volle Stunden wie ein Papagei auf einem Ast gesessen habe."

„Teufel, das war gewiß keine bequeme Lage!"

„O, das macht nichts! Ich bedaure wirklich nicht, daß ich dabei den Krampf bekommen habe, denn ich habe Sachen gesehen, Dinge, mein Lieber, daß ich platze vor Lachen, wenn ich nur daran denke."

Und Aubry lachte so herzlich und frei, daß Marmagne

selbst mitmachte, obwohl er gar nicht wußte, um was es sich handelte. Aber da er den Grund dieser Ausgelassenheit des Studenten nicht kannte, hörte er natürlich auch zuerst auf zu lachen.

„Nun, mein lieber Freund," sagte er, „nachdem ich jetzt hingerissen von Eurer Heiterkeit selbst von Herzen mitgelacht habe, darf ich wohl auch erfahren, was für wunderliche Dinge Euch so freudig stimmen? Ihr wißt ja, daß ich zu Benvenutos Vertrauten gehöre, obwohl Ihr mich nie bei ihm angetroffen habt, aber das mag daher kommen, daß ich immer nur wenig Zeit für solche Besuche übrig habe, da mich meine Geliebten mehr in Anspruch nehmen als meine Freunde. Aber dennoch berührt mich alles, was ihn angeht, ebenso gut. Ach, der liebe Benvenuto! Was geschieht denn in seiner Abwesenheit im großen Nesle? Das interessiert mich weiß Gott mehr, als ich Euch sagen kann."

„Was dort geschieht? Nun, das ist ein Geheimnis," erwiderte Aubry.

„Ein Geheimnis für mich, der ich Benvenuto von ganzem Herzen liebe und erst heute abend noch das Lob überbot, das der König ihm spendete! Ach, das ist nicht schön von Euch," sagte Marmagne halb beleidigt.

„Wenn ich sicher wäre, daß Ihr es nicht weitererzählt, mein Lieber . . . zum Teufel, wie heißt Ihr doch gleich wieder . . . wollte ich Euch alles verraten."

„Nun so legt denn los," drängte Marmagne. — „Ihr sagt aber niemand etwas davon?" — „Keinem Menschen, ich schwöre es Euch!" — „Auf Ehre?" — „Auf Edelmannswort." —

„Stellt Euch also vor . . . Aber zunächst, mein lieber Freund, kennt Ihr doch die Geschichte vom vermummten Mönch?"

„Ja, ich habe davon gehört. Ein Gespenst, das im großen Nesle umgehen soll, wie es heißt."

„Ganz recht. Gut, da Ihr das wißt, kann ich Euch den Rest sagen. Stellt Euch also vor, daß Frau Perrine . . ."

„Colombes Duenna?"

„Ganz recht. Da sieht man, daß Ihr wirklich zu den Freunden des Hauses gehört. Stellt Euch also vor, daß Frau Perrine auf einem nächtlichen Spaziergang, den sie aus Gesundheitsrücksichten machen mußte, den vermummten Mönch im Garten des großen Nesle sah, während zur selben Zeit Frau Ruperta . . . Ihr kennt doch Ruperta?"

„Ist das nicht Cellinis alte Haushälterin?"

„Ganz recht . . . Während Frau Ruperta in ihrer Schlaflosigkeit Feuer aus Augen, Nase und Mund der großen Marsstatue sprühen sah, die Ihr gewiß schon im Garten des großen Nesle gesehen habt."

„Ja, ein wahres Meisterwerk!" sagte Marmagne.

„Meisterwerk, das ist das richtige Wort. Cellini macht nichts anderes . . . Perrine und Ruperta waren der Ansicht, daß diese beiden Erscheinungen ein und dieselbe Ursache hätten und das Gespenst, das nachts im Gewand des vermummten

Mönches im Garten spazieren ging, beim ersten Hahnenschrei in den Kopf des Kriegsgottes zurückkehrte, der ein würdiges Asyl für einen Verdammten sei. Dort habe es ein solches Feuer entfacht, daß die Flammen aus Nase, Mund und Augen loderten."

„Was für ein Teufelsmärchen erzählt Ihr mir da, lieber Freund," rief Marmagne, der nicht wußte, ob der Student spottete oder im Ernst sprach.

„Eine Gespenstergeschichte, weiter nichts, mein Lieber."

„Und ein geistreicher Mensch wie Ihr kann an solchen Unsinn glauben?"

„O, ich glaube durchaus nicht daran," erwiderte Jacques Aubry. „Deshalb habe ich ja auch die Nacht auf der Pappel zugebracht, um die Sache aufzuklären und zu sehen, wer das Gespenst in Wirklichkeit war, das das ganze Schloß in Aufregung versetzte. Ich tat also, als wollte ich fortgehen, aber statt die Tür des großen Nesle hinter mir zuzumachen, warf ich sie vor mir ins Schloß und kletterte ungesehen auf eine in der Nähe stehende Pappel. Fünf Minuten später saß ich oben in der Krone, gerade in der Höhe des Kopfes der Marsstatue. Nun stellt Euch vor, was ich gesehen habe."

„Wie soll ich mir das vorstellen können?" fragte Marmagne.

„Das ist wahr; dazu müßtet Ihr schon ein Zauberer sein. Zuerst sah ich, wie das große Tor nach der Treppe sich öffnete. Ein Mensch streckte die Nase heraus, um sich zu überzeugen, ob niemand im Hofe war. Dieser Mensch war Hermann, der starke Deutsche."

„Ja, Hermann, der starke Deutsche," bestätigte Marmagne.

„Als er sich überzeugt hatte, daß die Luft sauber war und nach allen Seiten geschaut hatte, nur nicht nach dem Baum, wo er, wie Ihr Euch denken könnt, mich gewiß nicht vermutete, ging er hinaus, schloß das Tor hinter sich, eilte die Treppe hinab und ging geradeaus auf den Hof des kleinen Nesle zu, wo er dreimal anklopfte. Auf dieses Zeichen kam sogleich eine Frau aus dem kleinen Nesle und öffnete die Tür. Diese Frau war unsere Freundin Perrine, dieselbe, die es offenbar liebt bei Sternenschein in Gesellschaft unseres Goliath spazierenzugehen."

„Ist das wirklich wahr? Ach, der arme Prevot!"

„Wartet nur, das ist noch lange nicht alles! Ich folgte ihnen mit den Augen, bis sie in den kleinen Nesle gingen. Da hörte ich plötzlich zu meiner Linken den Riegel eines Fensters knarren. Ich wandte mich um, das Fenster öffnete sich und ich sehe Pagolo — dieser Spitzbube! wer hätte das von ihm bei seinen Vaterunser und Aves geglaubt —. Nachdem er sich mit derselben Vorsicht wie Hermann umgeschaut hatte, schwang er sich auf die Brüstung, ließ sich dann an der Dachtraufe herabgleiten, bis er die Brüstung des Fensters erreichte . . . Wißt Ihr, welches Fenster, Vicomte?"

„Was weiß ich! Wohl das Kammerfenster Rupertas?"

„Nein, sondern das Fenster der Scozzone, des vielgeliebten

Modells unseres Benvenuto. Übrigens eine entzückende Brünette. Begreift Ihr den Schlingel, Vicomte!"

„Das ist wirklich köstlich," versicherte Marmagne. „Und das ist alles, was Ihr gesehen habt?"

„Wartet nur, mein Lieber! Ich hebe das Beste bis zuletzt auf. Wartet nur, wir sind noch nicht so weit, aber wir kommen schon noch dazu."

„Ich höre," sagte Marmagne. „Auf Ehre, es kann wirklich nicht besser sein."

„Ich betrachtete also meinen Pagolo, der von Balkon zu Balkon kletterte, auf die Gefahr hin, seinen Hals zu brechen, als ich ein anderes Geräusch vernahm, das fast vom Fuße des Baumes kam, auf dem ich saß. Ich sah nach unten und erblickte Ascanio, der wie ein Wolf aus der Gießerei geschlichen kam."

„Ascanio, der Lieblingsschüler Benvenutos?"

„Er selbst, mein Lieber, er selbst. Sieht dabei wie ein Chorknabe aus, den man ohne Beichte absolvieren möchte. Da gebe einer noch was auf das Aussehen!"

„Und in welcher Absicht kam Ascanio?"

„In welcher Absicht, hahah! Das fragte auch ich mich zuerst, aber bald gab es für mich nichts mehr zu fragen, denn nachdem Ascanio sich genau so wie Hermann und Pagolo versichert hatte, daß ihn niemand sehen konnte, holte er aus der Gießerei eine lange Leiter, lehnte sie gegen die Schulter des Mars und stieg hinauf. Da sich die Leiter gerade auf der entgegengesetzten Seite von mir befand, verlor ich ihn in der Mitte seines Aufstieges aus den Augen, als ich plötzlich die Augen der Statue aufleuchten sah."

„Was erzählt Ihr da?" rief Marmagne.

„Die reine Wahrheit, mein Lieber, und ich gestehe, wenn ich nicht gewußt hätte, was vorausgegangen war, hätte ich mich auf meinem Horchposten gewiß nicht recht wohl gefühlt. Aber ich hatte Ascanio verschwinden sehen und war daher nicht im Zweifel, daß er dieses Licht angezündet hatte."

„Aber was hatte Ascanio denn zu dieser Stunde im Kopf des Mars zu tun?"

„Genau dasselbe fragte auch ich mich, und da niemand da war, der mir darauf Antwort geben konnte, wollte ich der Sache von selbst auf den Grund kommen. Ich schaute mir bald die Augen aus und so konnte ich schließlich durch die Augen der Statue einen Geist entdecken, ein weißgekleidetes Frauengespenst, zu deren Füßen Ascanio ehrerbietig wie vor einer Madonna kniete. Leider kehrte mir die Madonna den Rücken zu, so daß ich nicht ihr Gesicht, wohl aber ihren Hals sehen konnte. Ach, Vicomte, was haben doch die Gespenster für wunderschöne Hälse! Stellt Euch einen Schwanenhals vor. weiß wie Schnee. Auch der gottlose Ascanio betrachtete ihn mit wahrer Verzückung, was mir schließlich die Überzeugung beibrachte, daß das Gespenst ganz einfach ein Weib war. Was sagt Ihr dazu, mein Lieber? Ist das nicht ein köstlicher Einfall, seine Geliebte im Kopf einer Statue verstecken?"

„Ja, das ist wirklich originell," lachte und überlegte Marmagne zugleich. „Und wißt Ihr nicht, wer dieses Weib sein könnte?"

„Auf Ehre, ich wüßte wirklich nicht. Und Ihr?"

„Ich noch viel weniger. Und was habt Ihr dann gemacht, nachdem Ihr das alles gesehen hattet?"

„Ich mußte so heftig lachen, daß ich das Gleichgewicht verlor und mir den Hals gebrochen hätte, wenn ich mich nicht noch rechtzeitig an einem Ast festgehalten hätte. Da es nichts mehr zu sehen gab, stieg ich vollends herab, erreichte ohne Geräusch das Tor und wollte nach Hause gehen, als ich Euch begegnete und Ihr mich veranlaßtet, Euch die ganze Geschichte zu erzählen. Nun müßt Ihr mir auch einen Rat geben, da Ihr ja zu Benvenutos Freunden gehört. Wie soll ich mich jetzt ihm gegenüber verhalten? Um Frau Perrine kümmere ich mich nicht, die ist alt genug und folglich Herrin ihres Willens, anders aber steht es mit der Scozzone und der Venus, die im Kopf des Mars wohnt."

„Mein Rat ist, daß Ihr darüber schweigen müßt. Schlimm genug, wenn die Leute so dämlich sind und sich täuschen lassen. Mein lieber Jacques Aubry, ich danke Euch für Eure gute Gesellschaft und für Eure liebenswürdige Unterhaltung, aber ich bin jetzt in der Rue Hautefeuille, und Vertrauen gegen Vertrauen: hier wohnt der Gegenstand meiner Liebe."

„Gott befohlen, mein lieber, ausgezeichneter Freund," schüttelte Jacques Aubry die Hand des Vicomte. „Euer Rat ist klug und ich will ihn befolgen. Und nun noch viel Glück, Cupido sei mit Euch!"

Die beiden Gefährten trennten sich. Marmagne ging die Rue Hautefeuille hinauf, während Jacques Aubry die Rue de la Harpe einschlug, an deren äußerstem Ende er wohnte.

Marmagne hatte gelogen, als er dem Studenten versicherte, daß er keinen Verdacht habe, wer der weibliche Dämon sei, den Ascanio auf den Knien anbetete. Sein erster Gedanke war, die Bewohnerin des Mars wäre niemand anders als Colombe, und diese Annahme wurde zur Gewißheit, je mehr er darüber nachdachte. Marmagne wollte dem Prevot, wie Orbec und Benvenuto eins auswischen. Nun befand er sich aber in einer recht fatalen Lage, denn wenn er dem einen etwas antat, so machte er damit dem andern eine Freude. Schwieg er jedoch, so blieben der Prevot und Orbec auch weiterhin in ihrer Verlegenheit, während andererseits Benvenuto triumphierte. Verriet er die Entführung, so war wohl Benvenuto geschlagen, aber der Prevot fand seine Tochter und Orbec seine Braut wieder. Er wollte daher die Sache für sich behalten, bis er erkannte, welche Partei ihm den größten Vorteil versprach.

Marmagnes Unentschlossenheit dauerte indes nicht lange. Ohne die genauen Beweggründe zu kennen, wußte er, welchen Anteil Frau von Etampes an der geplanten Verbindung zwischen Orbec und Colombe nahm. Er dachte, daß er durch die Entdeckung des Geheimnisses in den Augen der Herzogin an Scharfsinn gewinnen könnte, was er in bezug auf Mut verloren hatte. Er beschloß daher, am andern Morgen sich bei ihrem

Lever einzufinden und ihr haarklein die ganze Geschichte zu erzählen.

Infolge eines glücklichen Zufalls, der so oft eine schlechte Tat fördert, befanden sich alle Kavaliere im Louvre, um Franz I. und Karl V. den Hof zu machen. Frau von Etampes sah daher bei ihrem Lever nur ihre beiden Getreuen um sich, nämlich den Prevot und den Grafen Orbec, als ihr der Vicomte von Marmagne gemeldet wurde.

Der Vicomte grüßte ehrerbietig die Herzogin, die ihm mit ihrem Lächeln dankte, das zugleich Hochmut, Protektion und Verachtung ausdrückte. Aber Marmagne beunruhigte sich deshalb nicht, denn er kannte schon dieses maliziöse Lächeln, das nicht nur ihm, sondern noch vielen andern galt, und schließlich besaß er ja ein Mittel, um durch ein einziges Wort das verächtliche Lächeln der Herzogin in ein Lächeln huldvoller Gnade zu verwandeln.

„Nun, Messire d'Estourville," wandte er sich zuerst an den Prevot, „das verlorene Kind ist also wieder heimgekehrt?"

„Auch noch diesen Spott, Vicomte!" rief Messire d'Estourville drohend, indem er rot vor Zorn wurde.

„O, regt Euch nicht auf, mein würdiger Freund," erwiderte Marmagne. „Ich sage Euch das nur für den Fall, daß, wenn Ihr die entführte Colombe noch nicht gefunden habt, ich weiß, wo sie ihr Nest gebaut hat."

„Ihr wißt es?" rief die Herzogin im Ton zärtlichster Freundschaft. „Wo soll das sein? Geschwind, geschwind, sagt es mir bitte, mein lieber Marmagne."

„Im Kopf der Marsstatue, die Benvenuto Cellini im Garten des großen Nesle modelliert hat."

---

26. Kapitel.

Mars und Venus.

Zweifellos hat der Leser ebenso wie Marmagne die Wahrheit begriffen, so sonderbar sie auch auf den ersten Blick erscheinen mußte. Colombe hatte im Kopf des Kolosses Zuflucht gefunden, Mars beherbergte Venus, wie Jacques Aubry sich ausdrückte. Zum zweitenmal ließ Benvenuto seine Kunst in sein Lebensschicksal eingreifen, rief der Künstler den Mann zu Hilfe und verband außer seinem Geist auch sein Schicksal mit seinen Statuen. Früher hatte er seine Fluchtpläne darunter verborgen, jetzt versteckte er darin Colombes Freiheit und Ascanios Glück.

Um die bisherigen Vorgänge verständlicher zu machen, müssen wir etwas zurückgreifen.

Als Benvenuto die Geschichte seiner Stephana beendet und Colombe erklärt hatte, daß sie in jeder Hinsicht seinen Maßnahmen folgen werde, fragte er sie nochmals: „Wirst du aber auch mutig und entschlossen sein?" — „Ascanio wird für mich antworten," blickte Colombe lächelnd auf den Jüngling. — „Seid unbesorgt, Meister, Colombe wird Mut haben," erwiderte er.

„Nun, Colombe, wirst du im Vertrauen auf unsere Ergebenheit und auf deine Unschuld unbekümmert dieses Haus verlassen und uns folgen?"

Ascanio fuhr erstaunt in die Höhe, Colombe aber schwieg einen Augenblick und betrachtete Cellini und Ascanio, dann stand sie auf und sagte nur: „Wohin soll ich gehen?"

„Colombe, du bist ein edles und heiliges Wesen," rief Benvenuto, gerührt von solchem Vertrauen. „Alles hing von deiner Antwort ab. Jetzt sind wir gerettet, aber wir dürfen keinen Augenblick verlieren. Diese Stunde ist die letzte, benutzen wir sie also mit Gottes Hilfe. Gib mir deine Hand, Colombe, und folge."

Das Mädchen zog ihren Schleier über das Gesicht, um ihre Röte zu verbergen, und folgte dann Ascanio und dem Meister. Die Verbindungstür nach dem großen Nesle war verschlossen, aber Benvenuto besaß den Schlüssel und öffnete.

Vor der Tür blieb Colombe einen Augenblick stehen, um auf der Schwelle des Hauses, das sie verließ, weil es ihr keine Zuflucht mehr bieten konnte, niederzuknien und zu beten. Gewiß bat sie Gott um Verzeihung für das, was sie jetzt tun wollte. Dann stand sie ruhig und entschlossen auf und ließ sich von Cellini weiterführen. Ascanio schwieg; er sah ihrem weißen Kleid nach, das in der Dunkelheit leuchtete. So gingen sie durch den Garten des großen Nesle; der Gesang und das Lachen der Arbeiter, die frohen Mutes speisten, drang herüber zu ihnen.

Als sie die große Statue erreicht hatten, ließ Cellini Colombe einen Augenblick allein und ging in die Gießerei. Gleich darauf kam er mit einer langen Leiter zurück, die er an dem Koloß aufrichtete. Der Mond, der himmlische Wächter, beleuchtete diese Szene mit seinem bleichen Schimmer. Nachdem der Meister sich überzeugt hatte, daß die Leiter feststand, beugte er das Knie vor Colombe und sagte: „Mein Kind, lege deinen Arm um mich und halte dich fest."

Colombe gehorchte, ohne ein Wort zu sagen, und Benvenuto hob das Mädchen empor, als wäre es leicht wie eine Feder.

„Der Bruder läßt den Vater seine geliebte Tochter hinauftragen," sagte er zu Ascanio.

Mit seiner kostbaren Last auf der Schulter stieg der kraftvolle Goldschmied so leicht die Leiter hinauf, als trage er nur einen Vogel. Durch ihren Schleier betrachtete Colombe, deren Kopf auf der Schulter des Meisters ruhte, die männliche und edle Gestalt ihres Retters und empfand für ihn ein wahrhaft kindliches Vertrauen, das das arme Kind bisher nicht gekannt hatte. So stark war der Wille dieses eisernen Mannes, daß er jetzt in seinen Armen das Mädchen trug, für das er vor zwei Stunden noch sein Leben aufs Spiel gesetzt hätte, ohne daß seine Hand zitterte, noch sein Herz rascher schlug und seine Stahlmuskeln zuckten. Er hatte seinem Herz befohlen, ruhig zu sein und es hatte gehorcht.

Als er den Hals der Statue erreicht hatte, öffnete er eine kleine Tür, stieg in den Kopf des Mars und setzte darin Colombe nieder.

Das Innere des ungeheuren Kopfes dieser Riesenstatue bildete eine kleine kreisrunde Kammer, die etwa acht Fuß breit und zehn Fuß hoch war; Luft und Licht drangen durch Augen, Ohren, Nase und Mund herein. Cellini hatte diese Kammer eingerichtet, als er am Kopf arbeitete, um darin seine Werkzeuge unterzubringen, die er täglich benötigte, damit er nicht mehrmals am Tage hinauf- und hinuntersteigen mußte, um sie zu holen. Oft hatte er auch sein Frühstück mitgebracht und es an dem kleinen Tisch verzehrt, der inmitten des Raumes stand, ja schließlich nahm er darin sogar seine Mittagsmahlzeit ein. Diese bequeme Neuerung hatte er allmählich gemütlich eingerichtet: auf den Tisch folgte ein schmales Feldbett, und schließlich hielt Benvenuto im Kopf des Mars nicht nur seine Mahlzeit, sondern auch seinen Mittagsschlaf. Der Gedanke war also naheliegend, Colombe in dem sichersten Versteck unterzubringen, über das er verfügte.

„Hier mußt du bleiben, Colombe,“ sagte er. „Nur nachts darfst du herunterkommen. Warte in diesem Asyl unter Gottes Schutz und unserer Freundschaft ab, was ich erreichen werde. Jupiter wird hoffentlich vollenden, was Mars begonnen hat,“ meinte er in Anspielung auf das Versprechen des Königs. „Vertraut voll Hoffnung auf Gott und mich. Bis zum Tage des Erfolges wirst du mich jetzt nicht mehr sehen. Dein Bruder Ascanio, der weniger verdächtig ist als ich, wird dich besuchen und über dich wachen — er soll diese Werkstatt in eine Klosterzelle verwandeln. Was auch geschehen mag, denke immer daran, daß du auch in noch so verzweifelter Lage, selbst wenn du vor den Altar geschleppt würdest und das verhängnisvolle Ja sprechen müßtest, das dich für immer mit dem Grafen Orbec vereint, nicht an deinem Freund Benvenuto zweifeln darfst. Baue auf Gott und uns — ich werde schon zur rechten Zeit da sein. Hast du dieses Vertrauen?“

„Ja,“ erwiderte Colombe fest.

„So lebe denn wohl in deiner Einsiedelei. Wenn alles schläft, bringt dir Ascanio, was du noch brauchst.“

Cellini reichte ihr die Hand, aber Colombe bot ihm ihre Stirn zum Kuß, wie sie es von ihrem Vater gewohnt war. Zitternden Herzens drückte Benvenuto auf ihre reine Stirn einen väterlichen Kuß und flüsterte: „Lebe wohl, teure Tochter meiner Stephana!“

Er stieg mit Ascanio herab und sie gingen zu den Arbeitern, die nach dem Essen jetzt die Becher kreisen ließen.

Für Colombe begann ein sonderbares neues Leben. Ascanio brachte noch einen Sessel, einen Spiegel und ein paar Erbauungsbücher, dann ein Kruzifix und eine silberne Vase, deren Blumen er jede Nacht erneuerte.

Bei Tag schlief Colombe, wie ihr Ascanio geraten hatte, damit sie sich nicht durch eine unbedachte Bewegung verrate, wenn aber die Sterne entflammten und die Nachtigallen schlugen, erwachte sie, kniete vor dem Kruzifix nieder und betete, dann kämmte sie ihr langes, schönes Haar und träumte, bis eine Leiter sich an die Statue lehnte und Ascanio an die kleine Pforte klopfte. Dann öffnete sie ihm und sie blieben oft bis Mitternacht beisammen. Um diese Zeit stieg Colombe herab und ging im Garten spazieren, während Ascanio in den großen Nesle zurückkehrte, um zu schlafen. Nach zwei Stunden begab sich die nächtliche Erscheinung wieder in ihren Schlupfwinkel, wo sie sich niederlegte, wenn vom Pré-aux-Clercs der erste Hahnenschrei erscholl.

Kurz vor Tagesanbruch brachte Ascanio ihr Lebensmittel für den Tag und plauderte noch mit ihr oder betrachtete sie verzückt, ohne ein Wort zu reden, in stummer Verehrung.

Wenn die ersten Strahlen der Morgensonne die Dächer vergoldeten, schickte Colombe ihren Freund mit schmerzlicher Entsagung fort, während sie sich niederlegte und in seligen Gedanken an Ascanio entschlummerte. Für die Vögel streute sie jeden Tag Brotkrumen in den Mund der Statue; dann kamen die gefiederten Sänger der Lüfte und bezahlten die Mahlzeit, die Colombe ihnen spendete, mit ihren Liedern. Ein kühner Fink wagte sich sogar in das Innere und gewöhnte sich schließlich daran, dem Mädchen aus der Hand zu fressen. An einem kalten regnerischen Abend ließ er sich von Colombe greifen und die junge Gefangene bettete ihn an ihrem Busen, wo er trotz Ascanios Besuch bis zum Morgen schlief. Jeden Tag kam der Fink wieder und mit ihm die andern Vögel. So vertrieb sich Colombe die Zeit im Kopf der Statue.

Nur zwei Ereignisse warfen ihren Schatten auf dieses friedliche Stilleben, das waren die Haussuchungen, die der Prevot vornahm. Einmal erwachte Colombe, als sie die Stimme ihres Vaters hörte; es war kein Traum, er befand sich unten am Fuß der Statue und Benvenuto sagte gerade zu ihm: „Ihr fragt mich, was der Koloß darstellt, Messire d'Estourville? Es ist die Statue des Mars, die Seine Majestät für Fontainebleau zu bestellen die Güte hatte. Ein Kleinod von sechzig Fuß Höhe, wie Ihr seht."

„Wirklich grandios und großartig," bestätigte der Prevot, „aber gehen wir weiter, denn das suche ich nicht."

Colombe lag derweil auf den Knien und wollte schon rufen: „Vater, Vater, da bin ich!" Der Greis suchte seine Tochter, er weinte vielleicht um sie, aber der Gedanke an Orbec, die schändlichen Pläne der Frau von Etampes und die Erinnerung an das Gespräch, das Ascanio mit angehört hatte, brachten sie wieder zur Besinnung und Ruhe. Bald darauf hatte sie ein ähnliches Erlebnis, als sie die Stimme des verhaßten Grafen neben der ihres Vaters hörte.

„Das ist eine sonderbare Statue, sie sieht ja wie ein Haus aus," blieb Orbec vor dem Koloß stehen. „Wenn sie dem Winter standhält, können im Frühjahr die Schwalben darin nisten."

An diesem Tag, da die Stimme ihres Bräutigams der armen Colombe so großen Schrecken eingejagt hatte, brachte ihr Ascanio einen Brief von Cellini.

„Mein liebes Kind," schrieb er, „ich muß verreisen, aber sei deshalb unbesorgt, denn ich bereite alles für Deine Befreiund und Dein Glück vor. Ein Wort des Königs verbürgt mir den Erfolg, und der König hat noch stets sein Wort gehalten. Verzweifle nicht. Tue alles, was man von Dir verlangt, die Vorsehung wird schon im rechten Augenblick eingreifen, verlaß Dich darauf. Gottbefohlen   Dein Vater Benvenuto Cellini."

Dieser Brief, der Colombe mit Freude erfüllte, da er ihre Hoffnungen belebte, wiegte leider die armen Kinder in verhängnisvoller Sicherheit. Die Jugend kennt noch keine gemäßigten Gefühle, sie geht von der Verzweiflung zum höchsten Vertrauen über, für sie ist der Himmel immer bewölkt oder stets klar und strahlend. Da sie sich durch die Abwesenheit des Prevot wie durch Cellinis Brief völlig sicher und ungestört wähnten, hörten sie mehr auf ihre Liebe als auf die Stimme der Klugheit. Colombe achtete nicht mehr so genau auf ihre Bewegungen und wurde dabei von Perrine gesehen, die sie zum Glück für den vermummten Mönch hielt. Ascanio zündete die Lampe an, ohne die Vorhänge zuzuziehen, was zur Folge hatte, daß Ruperta das Licht erblickte. Die Erzählungen der beiden Frauen weckte die Neugierde Jacques Aubrys und der indiskrete Student enthüllte alles ausgerechnet demjenigen, dem er es hätte verschweigen müssen. Was er damit anrichtete, wissen wir.

Nun kehren wir wieder ins Hotel d'Etampes zurück.

Als Marmagne gefragt wurde, wie er zu dieser wertvollen Entdeckung gekommen sei, wollte er nichts verraten und spielte den Geheimnisvollen. Die Wahrheit war indes sehr einfach und gereichte seinem Scharfsinn nicht sonderlich zur Ehre. Die Herzogin strahlte vor Freude und bestürmte den Vicomte mit Fragen; endlich hatte man also die kleine Rebellin, die soviel Aufsehen erregt hatte! Frau von Etampes wollte selbst ins Hotel de Nesle gehen, um sich mit eigenen Augen vom Glück ihrer Freunde zu überzeugen. Nach der Flucht oder vielmehr nach der Entführung Colombes konnte man das junge Mädchen nicht mehr im kleinen Nesle lassen. Die Herzogin erklärte sich bereit, sie in ihr Hotel zu führen, sie wollte sie dort schon besser bewachen als die Duenna und der Bräutigam, nämlich wie eine Nebenbuhlerin.

Die Herzogin ließ sofort ihre Sänfte holen.

„Der Fall ist fast völlig geheim geblieben," sagte sie. „Graf Orbec, Ihr seid nicht der Mann, der an einem solchen Kinderstreich Anstoß nimmt. Ich wüßte also wirklich nicht, was die Hochzeit und die Ausführung unserer Pläne aufhalten sollte."

„Es bleibt also bei unseren alten Bedingungen?" erkundigte sich Orbec vorsichtig.

„Gewiß, mein lieber Graf. Und was Benvenuto anlangt, den Schuldigen oder Mitwisser dieser niederträchtigen Entführung, so seid unbesorgt, lieber Vicomte, ich werde mich schon für Euch an ihm rächen."

„Aber wie ich höre, soll der König in seiner Begeisterung für die Kunst ihm gegenüber im Falle des Gelingens des Gusses der Jupiterstatue solche Verpflichtungen eingegangen haben, daß er mit der Erfüllung aller seiner Wünsche rechnen kann,“ wandte Marmagne ein.

„Seid unbesorgt, ich werde ihm schon auflauern und noch heute für eine Überraschung sorgen, die er sicherlich nicht erwartet hat. Vertraut nur mir und laßt mich alles machen,“ erwiderte die Herzogin.

Schon lange hatte sich Frau von Etampes nicht mehr so lebhaft und fröhlich gezeigt. In aller Eile befahl sie dem Prevot, seine Häscher zu holen. Und es dauerte nicht lange, da klopften der Prevot, Orbec und Marmagne an der Spitze einer bewaffneten Schar an das Tor des großen Nesle. In einiger Entfernung war ihnen Frau von Etampes gefolgt und wartete auf sie am Kai, zitternd vor Ungeduld schaute sie unablässig aus dem Fenster ihrer Sänfte.

Die Arbeiter machten gerade Mittag, so daß nur Ascanio, Pagolo, der kleine Jehan und die Frauen im großen Nesle waren. Benvenuto wurde erst für morgen abend oder übermorgen früh zurückerwartet. Ascanio, der die Besucher empfing, glaubte, sie wollten eine dritte Haussuchung vornehmen und da er in dieser Hinsicht ausdrückliche Befehle von seinem Meister erhalten hatte, leistete er nicht geringsten Widerstand und empfing die Besucher vielmehr mit größter Höflichkeit.

Der Prevot ging mit seinen Freunden und Leuten geradeswegs auf die Gießerei zu. „Macht die Tür auf,“ befahl d'Estourville Ascanio. Das Herz des Jünglings schlug in verzweifelter Ahnung. Aber er konnte sich ja täuschen und da das geringste Zögern Verdacht erregen mußte, händigte er unverweilt dem Prevot den Schlüssel aus.

„Nehmt die Leiter dort,“ befahl dieser seinen Leuten.

Sie gehorchten und geführt von Messire d'Estourville gingen sie nach der Statue. Dort stellte der Prevot die Leiter selbst auf und schickte sich an hinaufzusteigen, aber bleich vor Schrecken und Zorn setzte Ascanio seinen Fuß auf die erste Sprosse.

„Was maßt ihr euch an, ihr Herren?“ rief er. „Diese Statue ist Cellinis Meisterwerk; ihr Schutz ist mir anvertraut und der erste, der Hand an sie legt, zu welchem Zweck es auch sei, ist ein Mann des Todes. Ich warne euch!“

Und er zog aus seinem Gürtel einen feinen und zierlichen Dolch, dessen Klinge aber so scharf war, daß sie mit einem einzigen Stoß ein Goldstück durchbohrte.

Der Prevot gab ein Zeichen und seine Leute stürzten sich mit erhobenen Piken auf Ascanio. Dieser wehrte sich verzweifelt und verwundete zwei Mann, aber er vermochte nicht über acht Menschen Herr zu werden, ganz abgesehen von dem Prevot, Orbec und Marmagne. So mußte er schließlich der Übermacht erliegen; er wurde zu Boden geworfen, geknebelt und gefesselt, während der Prevot die Leiter hinaufstieg, gefolgt von mehreren Bewaffneten, um gegen Überraschungen gesichert zu sein.

Colombe hatte alles gesehen und gehört; ihr Vater fand sie

ohnmächtig, denn als sie Ascanio fallen sah, glaubte sie, er wäre tot.

Außer sich vor Zorn und Unruhe nahm der Prevot Colombe auf seine kräftigen Schultern und stieg mit ihr herab. Dann kehrten sie nach dem Kai zurück, während die Scharwache Ascanio abtransportierte, den Orbec aufmerksam betrachtete. Pagolo ließ seinen Kameraden ruhig abführen, ohne sich von der Stelle zu rühren. Der kleine Jehan war verschwunden. Nur Scozzone, die nicht begriff, was hier vorging, versuchte das Tor zuzusperren, indem sie rief: „Was soll diese Gewalttat, ihr Herren? Weshalb wird Ascanio verhaftet? Wer ist dieses Weib?“

In diesem Augenblich verschob sich der Schleier, der Colombes Gesicht bedeckte und Scozzone erkannte das Mädchen, dessen edle Züge Benvenuto als Modell für seine Hebe gedient hatten. Da erbleichte sie vor Eifersucht und ließ ohne ein Wort zu sagen den Prevot mit seinen Freunden, seinen Leuten und Gefangenen hinausgehen . . .

„Was soll das bedeuten? Weshalb mißhandelt ihr den jungen Mann so?“ fragte Frau von Etampes, als sie Ascanio geknebelt, bleich und blutend sah. „Löst seine Fesseln!“

„Madame,“ sagte der Prevot, „dieser junge Mann hat uns verzweifelten Widerstand geleistet und zwei meiner Leute verwundet; er scheint mir der Mitwisser seines Meisters zu sein und ich halte es daher für dringend notwendig, ihn in sicherem Gewahrsam zu halten.“

„Übrigens,“ wandte sich Orbec leise an die Herzogin, „gleicht er so auffallend dem italienischen Pagen, den ich bei Euch sah und der unserer Unterredung beiwohnte, daß wenn er nicht anders gekleidet wäre und Französich spräche, was er, wie Ihr sagtet, nicht versteht, ich bei meiner Ehre schwören würde, daß er es ist!“

„Ihr habt recht, Herr Prevot,“ sagte die Herzogin rasch, „Ihr habt recht, der junge Mann könnte gefährlich werden. Bringt ihn also in Sicherheit.“

„Führt den Gefangenen ins Châtelet,“ befahl der Prevot seinen Leuten.

„Und wir begeben uns ins Hotel d'Etampes,“ schlug die Herzogin vor, der man die ohnmächtige Colombe anvertraut hatte.

Einen Augenblick später vernahm man auf dem Pflaster des Kais Pferdegetrabe. Es war der kleine Jehan, der mit verhängten Zügeln dahinsprengte, um seinen Meister von den Vorgängen im Hotel de Nesle zu benachrichtigen.

Ascanio wurde ins Châtelet eingeliefert, ohne daß er die Herzogin gesehen noch erfahren hatte, welchen Anteil sie an dem Ereignis hatte, das seine ganze Hoffnung vernichtete.

27. Kapitel.

Nebenbuhlerinnen.

Frau von Etampes, die so sehr Colombe zu sehen wünschte, seitdem sie von ihrer Entführung gehört hatte, war endlich befriedigt: das arme Kind lag bewußtlos vor ihr.

Auf dem Weg zu ihrem Palast betrachtete die eifersüchtige Herzogin ohne Unterlaß ihr Opfer. Ihre Augen, die vor Zorn funkelten, als sie sah, wie schön Colombe war, erforschten und prüften ihre Züge bis ins kleinste und studierten die edlen Formen des bleichen jungen Mädchens, das jetzt in ihrer Gewalt und Hand war. Die beiden Frauen, die um eine Liebe kämpften und um dasselbe Herz stritten, standen sich nun gegenüber. Die eine gehaßt und allmächtig, die andere schwach, aber geliebt, die eine in ihrer vollen Reife, die andere in ihrer Jugend, die eine voll Leidenschaft, die andere voll Unschuld. Die beiden Frauen, die durch so viele Hindernisse voneinander getrennt waren, stießen jetzt unmittelbar aufeinander und der schwere Velours der Herzogin lastete schwer auf Colombes einfachem weißen Kleid.

Aber obwohl Colombe bewußtlos war, war die Herzogin doch noch blasser. Gewiß hatte diese stumme Betrachtung ihren Stolz zur Verzweiflung gebracht und ihre Hoffnungen zerstört, denn während sie für sich sprach: „Man hat mich nicht getäuscht, sie ist wirklich sehr schön!“ drückte sie Colombes Hand so fest, daß das junge Mädchen durch den Schmerz aus der Ohnmacht erwachte, ihre großen Augen aufschlug und rief: „Ach, Madame, Ihr tut mir weh!“

Als Frau von Etampes sah, daß Colombe wieder zu sich kam, ließ sie sogleich ihre Hand los. Erstaunt betrachtete diese eine Weile die Herzogin, ohne ihre Lage zu begreifen. Dann sagte sie nach kurzem Besinnen: „Wer seid Ihr, Madame? Wohin bringt Ihr mich?“ Gleich darauf sank sie aber wieder zurück, indem sie noch sagte: „Ach, Ihr seid die Herzogin von Etampes! Ich besinne mich!“

„Schweigt!“ befahl die Herzogin gebieterisch. „Gleich werden wir allein sein und Ihr könnt Euch dann wundern und schreien, soviel es Euch Spaß macht!“

Diese Worte waren von einem harten und hochmütigen Blick begleitet, aber es war das Bewußtsein der eigenen Würde und nicht der Blick, was Colombe Schweigen auferlegte. Sie sprach also kein Wort mehr, bis sie das Hotel d'Etampes erreicht hatte, und dort folgte sie der Herzogin auf ein Zeichen in ihr Zimmer.

Als die beiden Nebenbuhlerinnen allein waren und sich gegenüberstanden, musterten sie sich wortlos einige Augenblicke, aber mit ganz verschiedenem Gesichtsausdruck. Colombe war ruhig, denn ihre Hoffnung auf die Vorsehung und ihr Vertrauen auf Benvenuto hielten sie aufrecht, während Anna über diese Ruhe wütend war. Doch diese Erregung, die sich in ihren verzerrten Zügen aussprach, kam noch nicht zum Ausbruch, denn sie baute auf ihren allmächtigen Willen und auf ihre Macht, um dieses schwache Geschöpf zu bändigen.

Sie brach zuerst das drückende Schweigen. „Nun, meine junge Freundin," sagte sie in einem Ton, der trotz der freundlichen Worte keinen Zweifel über die Bitterkeit ihrer Gedanken zuließ, „Ihr seid also endlich wieder unter die väterliche Obhut zurückgekehrt! Das ist recht so, aber laßt mich Euch zuerst meine Anerkennung für Eure Bravour aussprechen: Ihr seid ... kühn für Euer Alter, mein Kind."

„Das kommt, weil Gott für mich ist," erwiderte Colombe einfach.

„Welchen Gott meint Ihr da, Fräulein? Ah, gewiß den Gott Mars," erwiderte die Herzogin mit boshaftem Blinzeln, das sie sooft bei Hofe anwandte.

„Ich kenne nur einen Gott, Madame, den lieben, gütigen, allmächtigen Gott, der von den Glücklichen Mildtätigkeit und von den Großen Demut verlangt. Wehe denen, die den Gott, von dem ich spreche, nicht erkennen, denn er wird dann eines Tages auch sie nicht kennen."

„Gut, Fräulein, sehr gut. Der Augenblick ist wirklich sehr glücklich gewählt, um zu moralisieren und ich würde Euch zu Eurem Erguß beglückwünschen, wenn ich nicht wüßte, daß Ihr Eure Schamlosigkeit mit Eurer Unverschämtheit entschuldigen wollt."

„Madame," erwiderte Colombe ruhig, indem sie nur die Schulter zuckte, „ich suche mich durchaus nicht vor Euch zu entschuldigen, da ich ja noch gar nicht weiß, mit welchem Recht Ihr mich anklagt. Wenn mein Vater mich fragt, werde ich ihm ehrerbietig und demütig antworten und wenn er mir Vorwürfe macht, werde ich mich zu rechtfertigen suchen. Bis dahin aber, Frau Herzogin, laßt mich schweigen."

„Ich verstehe, meine Stimme ist Euch lästig und Ihr würdet gewiß vorziehen, mit Euren Gedanken allein zu sein, um nach Herzenslust Euch mit dem zu beschäftigen, den Ihr liebt ..."

„Nichts soll mich hindern, an ihn zu denken, zumal er unglücklich ist, Madame."

„Ihr wagt also doch zu gestehen, daß Ihr ihn liebt?"

„Madame, der Unterschied zwischen uns besteht darin, daß Ihr ihn liebt, ohne es gestehen zu wollen."

„Die Unkluge! Ich glaube, sie will mir Trotz bieten!" rief die Herzogin.

„Nein," erwiderte Colombe weich, „ich trotze Euch nicht, sondern antworte Euch nur, weil Ihr mich dazu zwingt. Laßt mich allein mit meinen Gedanken, und ich lasse Euch allein mit Euren Plänen."

„Gut, da du dich mir widersetzt, Kind, da du dich stark genug glaubst, um mit mir zu kämpfen und deine Liebe eingestehst, so will ich auch die meine bekennen, aber zugleich auch meinen Haß. Ja, ich liebe Ascanio, und hasse dich! Wozu soll ich mich vor dir verstellen, da du doch die einzige bist, der ich alles sagen kann: gewiß, ich liebe Ascanio."

„Dann muß ich Euch beklagen, Madame, denn Ascanio liebt mich," erwiderte Colombe.

„Gewiß, Ascanio liebt dich. Aber durch Verführung, wenn ich kann, durch Lüge, wenn ich muß, und durch ein Verbrechen, wenn es nicht anders geht, will ich dir diese Liebe rauben, verstehst du. Ich bin Anna von Heilly, Herzogin von Etampes."

„Und doch wird Ascanio nur diejenige lieben, die ihn am meisten liebt, Madame."

„Ah, hört sie nur!" rief die Herzogin voll Verzweiflung über solches Vertrauen. „Sollte man nicht glauben, ihre Liebe wäre alles auf der Welt, das keinen Vergleich aushält!"

„Das sage ich nicht, Madame. Da ich so liebe, kann ein anderes Herz wohl ebenso lieben, nur zweifle ich, daß es das Ihre ist."

„Und was kannst du denn für ihn tun, da du dich deiner Liebe so rühmst, als könnte ihr die meine nicht gleichkommen? Was hast du ihm bisher geben können? Das Dunkel deines Daseins, die Langeweile der Einsamkeit?"

„Das nicht, Madame, aber meine Ruhe."

„Wem hast du ihn denn vorgezogen? Etwa der lächerlichen Liebe des Grafen Orbec?"

„Nein, Madame, aber meinem Gehorsam als Tochter."

„Was kannst du ihm denn sonst bieten? Kannst du ihn etwa reich und groß machen?"

„Nein, Madame, wohl aber glücklich."

„Nun, da vermag ich anderes zu bieten," sagte die Herzogin. „Ich opfere ihm die Liebe des Königs; Reichtum, Würde und Ehre lege ich ihm zu Füßen, ein Königreich lasse ich ihn regieren."

„Ja, Eure Liebe gibt ihm alles, was keine Liebe ist," erwiderte Colombe lächelnd.

„Genug, mit diesem beleidigenden Vergleich!" rief die Herzogin heftig, da sie fühlte, daß sie Schritt für Schritt an Boden verlor.

Ein Augenblick des Schweigens trat ein, das Colombe keineswegs in Verlegenheit brachte, während die Herzogin ihre Verwirrung nur durch ihren Zorn zu verbergen suchte. Doch allmählich entspannten sich ihre Züge, ein weicher milderer Ausdruck breitete sich über ihr Gesicht, das ein Strahl echten oder auch nur geheuchelten Wohlwollens langsam aufzuklären begann. Schließlich kam sie zuerst wieder auf diesen Kampf zurück, den sie mit aller Gewalt durch ihren Triumph beenden wollte.

„Nun, Colombe," sagte sie fast zärtlich, „wenn man sagen würde: opfere dein Leben für ihn! Was würdest du tun?"

„O, Madame, ich würde es mit Wonne für ihn hingeben!"

„Aber auch ich!" rief die Herzogin mit einem Ton, der weniger ihren festen Entschluß, als die Heftigkeit ihrer Liebe bestätigte. „Aber würdest du deine Ehre ebenso leicht für ihn hingeben wie dein Leben?"

„Wenn Ihr mit meiner Ehre mein Ansehen meint, gewiß; versteht Ihr aber darunter meine Tugend, dann nein."

„Wie? Gehörst du ihm denn nicht? Ist er denn nicht dein Liebhaber?“

„Er ist lediglich mein Bräutigam, Madame.“

„Ah, sie liebt ihn doch nicht! Sie zieht ihm die Ehre vor, ein leeres Wort!“ dachte die Herzogin.

Colombe ließ sich durch Annas zärtlichen Ton täuschen. „Wenn man nun von Euch verlangte: Verzichte für ihn auf Rang und Stellung; opfere ihm den König, nicht im geheimen, denn das wäre sehr leicht, sondern vor aller Öffentlichkeit, vertausche deinen Palast, deinen Reichtum und deine Günstlinge mit seiner armseligen Werkstatt?“

„Ich würde mich in seinem eigenen Interesse weigern,“ erwiderte die Herzogin, als wäre es ihr unmöglich unter dem durchdringenden Blick ihrer Nebenbuhlerin zu lügen.

„Ihr würdet Euch weigern?“ — „Gewiß.“

„Ah, sie liebt ihn nicht!“ frohlockte Colombe. „Sie zieht ihm Ehre und Glanz vor!“

„Aber wenn ich dir sage, daß ich nur für ihn meinen Rang behaupten will!“ fuhr die Herzogin auf, da der neue Triumph ihrer Gegnerin sie zur Verzweiflung trieb. „Wenn ich mein Ansehen nur behaupten will, um es mit ihm zu teilen? Denn alle Männer lieben früher oder später Glanz und Ehre.“

„Gewiß, aber Ascanio gehört nicht zu diesen.“

„Schweige!“ rief Anna wütend und stampfte vor Zorn mit dem Fuß. Trotz ihrer List und Macht vermochte die Herzogin dieses Mädchen nicht zu bezwingen, das sie nur noch durch ihre Stimme einschüchtern konnte. Bei diesem heftigen und spöttischen Verhör hatte Colombe stets mit solcher Ruhe und Bescheidenheit geantwortet, daß Frau von Etampes völlig aus der Fassung geriet. Die Herzogin fühlte, daß ihr blinder Haß sie auf einen falschen Weg geführt hatte. Sie änderte also ihre Taktik. Sie hatte wirklich nicht mit soviel Schönheit und Geistesgegenwart gerechnet, und da sie ihre Rivalin nicht beugen konnte, wollte sie sie jetzt überraschen.

Colombe hatte sich durch den zweifachen Zornesausbruch der Herzogin keineswegs einschüchtern lassen, sondern sich nur in kühles und würdevolles Schweigen gehüllt. Im Vertrauen auf ihren neuen Kriegsplan näherte sich ihr die Herzogin jetzt mit einem verlockenden Lächeln und ergriff geziert ihre Hand. „Verzeihe mir, mein Kind,“ sagte sie. „Ich habe mich zu sehr fortreißen lassen. Du bist mir aber in so vielen Stücken überlegen, daß es wohl verständlich ist, wenn ich eifersüchtig werde. Ach, du hältst mich gewiß auch für eine boshafte Frau! Aber in Wirklichkeit ist mein Schicksal boshaft, nicht ich. Verzeihe mir also; es besteht kein Grund, uns gegenseitig zu hassen, da wir beide Ascanio lieben. Da er dich allein liebt, ist es deine Pflicht, nachsichtig gegen mich zu sein. Laß uns also Schwestern sein, willst du? Wir wollen offen miteinander reden und ich will versuchen, dir den schmerzlichen Eindruck vergessen zu machen, den mein sinnloser Zorn vielleicht in deinem Innern hinterlassen hat.“

Colombe zog wie durch eine instinktive Eingebung rasch

ihre Hand zurück; es war aber nur eine plötzliche Aufwallung; dann sagte sie ruhig: „Madame, sprecht, ich höre."

Frau von Etampes begriff diese Zurückhaltung des jungen Mädchens. „Sei unbesorgt, kleine Wilde," sagte sie freundlich. „Ich bitte dich nicht um deine Freundschaft, ohne dir auch eine Sicherheit zu bieten. Damit du weißt, wer ich bin und du mich ebenso genau kennst wie ich mich selbst, will ich dir kurz mein Leben schildern. Mein Herz gleicht nicht meiner Geschichte, wir armen Frauen, die man die großen Damen nennt, werden ja so oft verleumdet. Wie beurteilst du mich? Sei offen, mein Kind. Wie eine gefallene Frau, nicht wahr?"

Colombe machte eine Bewegung, die ihre Verlegenheit ausdrückte, auf eine solche Frage antworten zu müssen.

„Nun, wenn ich wirklich gefallen bin, so ist das wohl meine Schuld," fuhr die Herzogin fort. „Du bist glücklich, Colombe, und deshalb solltest du nicht eine Frau verachten, die soviel gelitten hat. Du hast bisher in keuscher Zurückgezogenheit gelebt und kannst daher auch nicht wissen, was es heißt, aus Ehrgeiz erhöht zu werden, denn der Frau, der man diese Folter auferlegt, zeigt man nur die Lichtseiten des Lebens. Von Liebe ist da keine Rede, es handelt sich nur darum zu gefallen. So waren meine Gedanken von Jugend an nur darauf gerichtet, den König zu verführen; die Schönheit, die Gott dem Weib verleiht, um sie für eine echte Liebe einzutauschen, mußte ich für einen Titel hingeben. Aus einem Reiz haben die Menschen eine Schlinge gemacht. Nun sage selbst, Colombe, was soll aus einem armen Kind werden, dem man in einem Alter, wo es noch nicht gut und böse unterscheiden kann, sagt: das Gute ist schlecht, das Schlechte aber gut? Und wenn auch andere an mir verzweifeln, ich tue es doch nicht. Gott wird mir wohl verzeihen, denn niemand stand mir zur Seite, der mich an ihn erinnerte. Was sollte ich tun, da ich so allein und schwach ohne Rückhalt dastand? List und Trug füllten seitdem mein ganzes Leben aus. Und doch war ich nicht für diese schändliche Rolle geschaffen, und der Beweis dafür ist, daß ich Ascanio liebte und mich dabei zugleich glücklich und beschämt fühlte. Verstehst du mich nun, du reines, unschuldiges Kind?"

„Ja," antwortete Colombe, da sie sich gutgläubig durch diesen Schein der Wahrheit täuschen ließ.

„Dann wirst du auch Erbarmen mit mir haben," rief die Herzogin. „Laß mich Ascanio aus der Ferne lieben, allein, ohne Hoffnung; ich kann deine Nebenbuhlerin nicht sein, da er mich ja nicht liebt. Und da ich die trügerische Welt mit ihrer List und ihren Fallstricken kenne, will ich dir dafür deine verstorbene Mutter ersetzen und dich führen und beschützen. Nun siehst wohl, daß du mir vertrauen kannst, denn du kennst ja mein Leben. Ein Kind, in dessen Herz man den Samen weiblicher Leidenschaft streute, das ist meine Vergangenheit. Meine Gegenwart ist die Schande, vor aller Welt die Mätresse des Königs zu sein, meine Zukunft meine Liebe zu Ascanio, nicht die seine, denn du hast es mir ja selbst gesagt und ich habe es mir oft genug wiederholt, daß Ascanio mich niemals lieben wird. Aber gerade weil diese Liebe ewig rein bleibt, wird sie auch mich läutern. Nun ist die Reihe an dir; sprich ebenso freimütig und ehrlich. Erzähle mir deine Geschichte, liebes Kind!"

„Meine Geschichte ist sehr kurz, Madame, und vor allem sehr einfach," erwiderte Colombe. „Sie umfaßt eine dreifache Liebe. Ich habe geliebt, liebe und werde immer lieben — Gott, meinen Vater und Ascanio. In der Vergangenheit war meine Liebe zu Ascanio, den ich noch nicht näher kannte, ein Traum, in der Gegenwart ist sie ein Leid, und in der Zukunft eine Hoffnung."

„Sehr gut," sagte die Herzogin, indem sie ihre Eifersucht in ihrem Herzen einschloß und dafür Tränen in ihren Augen heuchelte. „Aber du mußt dich mir ganz anvertrauen, Colombe. Was willst du jetzt tun? Wie kannst du als armes, schwaches Kind den mächtigen Willen deines Vaters und des Grafen Orbec bekämpfen? Ganz abgesehen davon, daß der König dich gesehen hat und dich liebt."

„Ach, mein Gott!" flüsterte Colombe.

„Da aber diese Leidenschaft das Werk deiner Rivalin, der Herzogin von Etampes, war, wird Anna von Heilly, deine Freundin, dich davon befreien. Der König scheidet also für uns aus, aber es bleibt uns noch dein Vater und der Graf. Ihr Ehrgeiz ist nicht so leicht zu überwinden wie die leere Zärtlichkeit des Königs."

„Ach, haltet mit Eurer Güte nicht auf halbem Wege inne," rief Colombe. „Rettet mich auch vor ihnen wie vor dem König!"

„Ich wüßte nur ein Mittel," sagte die Herzogin, indem sie nachzudenken schien. — „Welches?" — „Aber du wirst dich entsetzen, und es nicht anwenden wollen." — „O, wenn es nur auf den Mut dazu ankommt, so sprecht." — „Komm her und höre mir zu," zog die Herzogin Colombe zärtlich auf einen Stuhl neben ihrem Sessel und schlang ihren Arm um ihre Hüften. „Erschrecke vor allem nicht über die ersten Worte, die ich dir sagen muß. Du bist rein und makellos, liebes Kind, aber wir leben in einer Zeit, wo diese rührende Unschuld nur eine Gefahr mehr bedeutet, denn sie liefert dich wehrlos deinen Feinden aus, denen du nur mit denselben Waffen Widerstand leisten kannst, mit denen sie dich selbst angreifen. Gut, gib dir also selbst einen Stoß, steige herab aus den Höhen deines Traumes in die Niederungen der Wirklichkeit. Du sagtest eben, daß du dein ganzes Ansehen Ascanio opfern würdest. Soviel verlange ich gar nicht; opfere ihm nur scheinbar deine Treue. Allein und hilflos gegen dein Geschick ankämpfen, als Tochter eines Edelmanns von einer Ehe mit einem Goldschmiedgehilfen zu träumen, ist Wahnsinn. Folge dem Rat einer aufrichtigen Freundin: widersetze dich nicht, laß dich von ihr führen, indem du in deinem Herzen die reine Braut, die Frau Ascanios bleibst, während du deine Hand dem Grafen Orbec reichst. Seine ehrgeizigen Pläne verlangen, daß du ihm deinen Namen gibst. Wenn du erst Gräfin Orbec bist, kannst du leicht seine niederträchtigen Pläne durchkreuzen, denn du brauchst dich dann nur zu beklagen. Wer würde dir jetzt in deinem Kampf recht geben?

Kein Mensch; nicht einmal ich kann dir gegen die rechtmäßigen Ansprüche deines Vaters beistehen, während ich sofort dabei bin, wenn es sich darum handelt, die Berechnungen deines Gatten zu hintertreiben. Bedenke das wohl. Um deine eigene Herrin zu bleiben, mußt du gehorchen; um unabhängig zu werden, mußt du tun, als würdest du deine Freiheit aufgeben. Im festen Bewußtsein, daß Ascanio dein rechtmäßiger Gatte und jede andere Verbindung ein Verbrechen ist, wirst du tun, was dein Herz dir befiehlt; dein Gewissen wird schweigen und die Welt, in deren Augen der Schein gewahrt bleibt, wird dir recht geben."

„Madame, Madame!" flüsterte Colombe, indem sie aufstand und sich dem Arm der Herzogin entzog, die sie zurückhalten wollte, „Madame, ich weiß nicht, ob ich Euch recht verstehe, aber ich glaube, daß Ihr mir zu einer gemeinen Handlung raten wollt."

„Was sagst du?" rief die Herzogin.

„Ich sage, daß die Tugend nicht so spitzfindig ist und Eure Gedanken mich statt Eurer beschämen. Unter dem Schein der Freundschaft verbirgt sich Euer Haß und ich sehe die Schlinge, die Ihr mir stellt. Ihr wollt mich in Ascanios Augen entehren, weil Ihr genau wißt, daß er niemals ein Weib lieben kann, das er verachtet."

„Gut, es ist so. Ich bin es müde, länger die Maske zu tragen," platzte die Herzogin heraus. „Du wirst aber nicht in eine Schlinge geraten, die ich dir stelle, sondern in den Abgrund stürzen, in den ich dich hinabstoße, höre also: ob du willst oder nicht, du wirst dennoch Orbec heiraten!"

„In diesem Falle wird die Gewalt, deren Opfer ich bin, mich entschuldigen und wenn ich ihr erliege, habe ich wenigstens nicht den Glauben meines Herzens entehrt."

„Du willst also den Kampf versuchen?"

„Mit allen Waffen, die einem armen Mädchen zur Verfügung stehen. Ich habe Euch schon gesagt, daß ich mich bis zum letzten Augenblick weigern werde. Ihr könnt meine Hand in die des Grafen legen, mich vor den Altar schleppen und zwingen, vor dem Priester niederzuknien, und dennoch werde ich Nein sagen!"

„Einerlei, Ascanio wird trotzdem glauben, daß du in die Ehe eingewilligt hast." — „Ich hoffe, daß ich mich dieser Ehe nicht zu unterwerfen brauche, Madame." — „Auf wessen Hilfe rechnest du denn noch?" — „Auf Gott im Himmel und auf einen Mann in dieser Welt." — „Aber dieser Mann ist doch im Gefängnis!" — „Nein, dieser Mann ist frei, Madame." — „Wer ist das?" — „Benvenuto Cellini."

Die Herzogin knirschte mit den Zähnen, als sie den Namen dessen hörte, den sie für ihren Todfeind hielt. In dem Augenblick, wo sie den Namen wiederholen wollte, erschien im Türvorhang ein Page und meldete den König.

Die Herzogin eilte sogleich hinaus und mit einem Lächeln auf den Lippen trat sie vor Franz I.

28. Kapitel.

Benvenuto Cellini vor verschlossenen Türen.

Eine Stunde nach Ascanios Verhaftung und Colombes Entführung ritt Benvenuto Cellini über den Quai des Augustins. Er kam vom König und dem Hof, den er durch die Erzählung seiner Abenteuer unterhalten hatte. Als er aber allein war, verflogen die leichten Schnurren und machten ernsten Gedanken Platz. Er beschäftigte sich mit dem Guß der Jupiterstatue, von deren Gelingen nicht nur sein Ruhm als Künstler sondern auch Ascanios Glück abhing.

Vor dem Tor des Nesle hielt er einen Augenblick an, da er sich wunderte, daß er nicht die Schläge der Meißel hörte; düster und stumm lag das altersgraue Schloß da, als sei es völlig unbewohnt. Zweimal klopfte der Meister, ohne daß eine Antwort erfolgte; erst beim dritten Schlag ließ sich endlich Scozzone sehen. „Ach, Ihr seid es, Meister," rief sie, als sie Cellini erkannte. „Ach, warum seid Ihr nicht zwei Stunden früher gekommen?"

„Was ist denn geschehen?" — „Der Prevot, Graf Orbec und die Herzogin von Etampes waren da." — „Und?" — „Sie haben eine Haussuchung vorgenommen." — „Weiter . . ." — „Und dabei fanden sie Colombe im Kopf der Marsstatue." — „Nicht möglich!" — „Die Herzogin von Etampes nahm Colombe mit sich, während der Prevot Ascanio ins Châtelet abführen ließ."

„Ah, wir sind also verraten worden!" rief Benvenuto, indem er sich vor die Stirn schlug und den Boden stampfte. Da aber seine erste Bewegung der Rache galt, brachte er sein Pferd in den Stall und rannte dann in die Werkstatt. „Alle Leute sollen sofort hierher kommen!" befahl er.

Die Arbeiter fanden sich auf der Stelle ein. Jeder wurde einem eingehenden Verhör unterzogen, aber keiner hatte von Colombes Versteck eine Ahnung noch wußte er, wie die Feinde des Mädchens dieses Geheimnis erfahren hatten, selbst Pagolo nicht, den der Meister anfangs im Verdacht hatte. Er konnte sich aber so gut rechtfertigen, daß Benvenuto nicht länger an seiner Schuldlosigkeit zweifelte.

Als er sah, daß er von seinen Leuten weder etwas erfahren noch an ihnen Rache nehmen konnte, vergewisserte er sich, ob sein Degen an seiner Seite hing und der Dolch leicht im Gürtel saß und befahl seinen Leuten, sich bereit zu halten, damit er sie im Notfall sofort zur Hand hätte. Er verließ die Werkstatt und begab sich auf die Straße.

Tausend Gedanken, Pläne und Schmerzen kreuzten sich in seinem Gehirn. Gerade in dem Augenblick, wo er ihn am notwendigsten brauchte, fehlte ihm Ascanio, denn beim Guß des Jupiter war er wichtiger als alle übrigen Gehilfen. Colombe war entführt worden und inmitten ihrer vielen Feinde konnte sie leicht den Mut verlieren.

Aus der Verwirrung seiner Gedanken tauchte plötzlich klar und deutlich eine Erinnerung auf. Als er Ascanio einmal darauf aufmerksam gemacht hatte, welch grausame Rache die Herzogin von Etampes an ihm nehmen könnte, hatte dieser lächelnd geantwortet: „Sie wird nicht wagen mich zu vernichten, denn ich kann sie mit einem Wort von ihr vernichten.“ Benvenuto wollte das Geheimnis gern wissen, aber der Jüngling erwiderte ausweichend: „Heute wäre es Verrat, Meister. Wartet ab, bis es Verteidigung ist.“

Cellini hatte diese Zurückhaltung begriffen und gewartet. Jetzt aber mußte er Ascanio sehen, das war für ihn zunächst das wichtigste. Er begab sich daher ungesäumt nach dem Châtelet und klopfte ans Tor. Der Schalter öffnete sich und ein Wachtmeister des Prevot fragte nach Cellinis Begehr. Im Hintergrund stand ein anderer Mann, der sich im Schatten verbarg.

„Ich will einen Gefangenen namens Ascanio sehen, der sich hier in Haft befindet.“ — „Ascanio ist in Einzelhaft und darf niemand sehen.“ — „Und warum?“ — „Weil er eines Verbrechens beschuldigt wird, auf dem Todesstrafe steht.“ — „Das ist ein Grund mehr, weshalb ich ihn sehen muß,“ rief Benvenuto.

„Ihr habt eine eigenartige Logik, Herr Cellini,“ ließ sich die höhnische Stimme des Mannes im Hintergrund vernehmen.

„Wer lacht, wenn ich frage? Wer spottet, wenn ich bitte?“ rief Benvenuto.

„Ich, Robert d'Estourville, der Prevot von Paris,“ erwiderte die Stimme. „Jeder nach der Reihe, Herr Cellini. Ihr habt den ersten Gang gewonnen, der zweite gehört mir. Ihr habt mir auf ungesetzlichem Wege mein Haus genommen, ich habe dafür auf rechtmäßige Weise Euren Gehilfen genommen. Ihr wolltet mir das eine nicht zurückgeben, seid unbesorgt, ich werde Euch auch den andern nicht geben. Doch Ihr seid kühn und unternehmungslustig, Ihr habt eine Schar ergebener Leute um Euch, gut, Festungsstürmer, Mauernbezwinger, Toresprenger, kommt also und erobert auch das Châtelet! Ich erwarte Euch!“

Und damit wurde der Schalter geschlossen.

Benvenuto rannte brüllend gegen das feste Tor an, aber trotz der verzweifelten Anstrengung seiner Füße und Hände gab es nicht nach.

„Ei, klopft nur, lieber Freund,“ höhnte der Prevot von innen, „Ihr macht damit nur Lärm und wenn Ihr es zu toll treibt, rufe ich die Wache und die Bogenschützen. Das Châtelet ist kein Hotel de Nesle, müßt Ihr wissen, sondern es gehört unserm Herrn, dem König. Und wir werden schon sehen, ob Ihr in Frankreich mehr Macht habt als der König!“

Benvenuto sah sich nach einer Waffe um und erblickte auf dem Kai einen Markstein, den zwei starke Männer nur mit Mühe heben konnten. Er ging auf den Stein zu und hob ihn ebenso leicht auf seine Schulter wie ein Kind einen gewöhnlichen Pflasterstein.

Aber kaum hatte er einige Schritte gemacht, als er einsah, daß er auf die Scharwache stoßen würde, wenn er das Tor eingeschlagen hätte, und auf diese Weise schließlich selbst gefangen würde, und zwar gerade in dem Augenblick, wo Ascanios Freiheit von der seinen abhing. Da ließ er den Stein zu Boden fallen, in den er sich durch sein Gewicht ein paar Zoll tief eingrub.

Gewiß hatte der Prevot ihn durch einen Spalt beobachtet, denn er hörte abermals sein höhnisches Lachen.

Benvenuto eilte fort, um nicht der Versuchung zu erliegen, seinen Kopf an diesem verdammten Tor einzurennen.

Geradenwegs begab er sich nach dem Hotel d'Etampes.

Noch war nicht alles verloren, denn wenn er auch Ascanio nicht sprechen konnte, so konnte er schließlich doch Colombe sehen. Vielleicht hatte Ascanio seiner Braut das Geheimnis anvertraut, das er dem Meister nicht verraten wollte.

Zunächst ging alles gut. Das Tor des Palastes stand offen, er ging über den Hof und trat in das Vorzimmer, wo er auf einen Lakaien in voller Livree stieß, einen großen stämmigen Mann, der vier Fuß breit und sechs Fuß lang sein mochte.

„Wer seid Ihr?" maß der Diener den Goldschmied vom Kopf bis zu den Füßen.

In jeder anderen Lage hätte Benvenuto den unverschämten Blick des Lakaien mit seiner gewohnten Gewalttätigkeit beantwortet, aber da es sich darum handelte Colombe zu sehen und Ascanio zu retten, beherrschte er sich.

„Ich bin Benvenuto Cellini, der Florentiner Goldschmied," erwiderte er. „Ich möchte Fräulein Colombe sehen." — „Das ist unmöglich." — „Und warum?" — „Weil ihr Vater, Messire d'Estourville, der Prevot von Paris, sie unter den Schutz der Frau Herzogin gestellt und sie gebeten hat, über sie zu wachen." — „Aber ich komme als Freund." — „Um so mehr seid Ihr verdächtig." — „Ich sage Euch, daß ich sie trotzdem sehen muß," erwiderte Benvenuto, der bereits in Wut geriet.

„Und ich sage Euch, daß Ihr sie nicht sehen werdet," rief der Lakai. — „Aber dann kann ich doch wenigstens die Herzogin von Etampes sprechen?" — „Noch weniger als Fräulein Colombe." — „Auch ich nicht, ihr Goldschmied?" — „Ihr noch viel weniger als jeder andere." — „Weißt du, daß ich einfach hineingehe, wo man mich nicht einlassen will?" sagte Cellini mit seinem schrecklichen Gelächter, das gewöhnlich dem Ausbruch seines Zornes vorausging. — „Ei, da möchte ich doch gern sehen, wie Ihr das macht." — „Wenn es sich zum Beispiel um eine Tür handelt, vor der ein Schafskopf wie du stehst . . ." — „Nun?" fragte der Lakai. — „Nun," ließ Benvenuto die Tat aufs Wort folgen, „werfe ich den Kerl über den Haufen und stoße die Tür ein."

Und zugleich schleuderte Benvenuto mit einem Faustschlag den Lakai vier Schritte von sich und stieß mit einem Fußtritt die Tür ein.

„Zu Hilfe! Zu Hilfe!" schrie der Diener. Der Notruf des armen Teufels war indes überflüssig, denn schon tauchten sechs Diener auf, die offenbar Benvenuto erwartet hatten. Er sah ein, daß die Herzogin seine Rückkehr erfahren und alle Vorsichtsmaßregeln zu seinem Empfang getroffen hatte.

Unter anderen Umständen und im Vertrauen auf seinen Degen und Dolch wäre Cellini über die Dienerschaft hergefallen und gewiß leichten Kaufes Herr über sie geworden, aber eine solche Gewalttat im Palast der Mätresse des Königs konnte schlimme Folgen für ihn haben.

Zum zweitenmal siegte, ganz gegen seine Gewohnheit, die Vernunft über seinen Zorn und da er überzeugt war, daß er wenigstens zum König gelangen konnte, bei dem er zu jeder Zeit Zutritt hatte, stieß er seinen Degen, den er schon zur Hälfte gezogen hatte, wieder in die Scheide zurück und verließ, indem er bei jedem Geräusch, das er vernahm, wie ein Löwe, der sich zurückzieht, stehen blieb, langsam das Hotel d'Etampes und begab sich nach dem Louvre.

Jetzt hatte Benvenuto wieder sein ruhiges Wesen angenommen und seine Schritte gemäßigt, aber diese Ruhe war nur Schein. Dicke Schweißtropfen perlten auf seiner Stirn und finsterer Zorn ballte sich in ihm zusammen. Nichts vertrug sich mit dieser gewalttätigen Natur weniger als untätige Verzögerung, als das elende Hindernis einer verschlossenen Tür und die Weigerung eines unverschämten Lakaien. Solche Kraftmenschen, denen der Gedanke gehorcht, geraten in tiefste Verzweiflung, wenn sie sich zwecklos an einem materiellen Widerstand stoßen. Zehn Jahre seines Lebens hätte er dafür gegeben, wenn ein Mensch ihn jetzt in den Weg getreten wäre, und bisweilen erhob er den Kopf und richtete seinen furchtbaren Blick auf die Passanten, als wollte er sie fragen: ‚Ist unter euch ein Unglücklicher, der lebensmüde ist? Er braucht sich nur an mich zu wenden, ich bin sein Mann!'

Eine Viertelstunde später war Benvenuto im Louvre. Im Pagensaal verlangte er auf der Stelle Seine Majestät zu sprechen. Er wollte Franz I. alles erzählen und sich an seinen Edelmut wenden, und wenn er auch Ascanios Freilassung nicht durchsetzen konnte, wenigstens erreichen, daß er ihn sehen durfte. Er hatte jedes Wort überlegt, das er an den König richten wollte, und da es ihm an Beredsamkeit nicht gebrach, war er mit der kleinen Ansprache, die er sich zurechtgelegt hatte, vollauf zufrieden.

In dieser Hoffnung wandte er sich an den Pagen und bat zu Seiner Majestät vorgelassen zu werden.

„Der König ist nicht zu sprechen," erwiderte der Page. — „Kennt Ihr mich denn nicht?" erwiderte Benvenuto erstaunt. — „O gewiß." — „Ich bin Benvenuto Cellini und Seine Majestät ist für mich stets zu sprechen." — „Aber gerade weil Ihr Benvenuto Cellini seid, kann ich Euch nicht vorlassen," beharrte der Page.

Benvenuto war sprachlos.

„Ah, Ihr seid es, Herr von Termes?" wandte sich der Page an einen Kavalier, der mit Benvenuto gekommen war. „Bitte, tretet ein, Graf de la Faye, bitte sehr, Herr Marquis des Prés."

„Nun und ich?" rief Benvenuto und erblaßte vor Zorn.

„Als der König vor zehn Minuten zurückkam, sagte er: ‚Wenn dieser unverschämte Florentiner sich meldet, so laßt ihn wissen, daß ich ihn nicht sehen will. Ratet ihm, sich hübsch zu fügen, wenn er nicht Vergleiche zwischen der Engelsburg und dem Châtelet anstellen will‘.“ — „Geduld, stehe mir bei,“ flüsterte Benvenuto, „denn ich bin nicht gewohnt, daß die Könige mich warten lassen. Der Vatikan gilt gewiß ebensoviel wie der Louvre und Leo X. ebensoviel wie Franz I. Und doch brauchte ich nie weder vor dem Tor des Vatikans noch vor der Tür Leos X. zu warten. Aber ich verstehe: der König war bei Frau von Etampes, er kommt von seiner Mätresse und gewiß hat sie ihn gegen mich eingenommen. Ja, das ist es. Geduld für Ascanio und Colombe!“

Aber trotz seines Entschlusses, sich mit Geduld zu wappnen, mußte Benvenuto sich an eine Säule lehnen; sein Herz raste, seine Knie wankten. Diese Beleidigung, die er eben erduldet hatte, traf nicht nur seinen Stolz, sondern sie verletzte auch seine Freundschaft. Seine Seele war erfüllt mit Bitterkeit und Verzweiflung und seine zuckenden Lippen, sein starrer Blick und die geballten Fäuste bezeugten die Heftigkeit seines Schmerzes.

Doch schon nach wenigen Augenblicken hatte er sich wieder gefaßt. Mit einer energischen Bewegung seines Kopfes warf er die Haare zurück, die ihm in die Stirn hingen, und ging festen und entschlossenen Schrittes fort. Die Anwesenden blickten ihm voll Achtung und Ehrfurcht nach.

Doch Benvenuto war nur dank seiner ungeheuren Selbstbeherrschung ruhig, denn in Wirklichkeit befand er sich in ärgerer Aufregung und Verwirrung als ein von den Hunden zu Tode gehetzter Hirsch. Eine Weile achtete er nicht einmal darauf, wohin er ging; sein Blick war nur auf eine Wolke gerichtet, er hörte nur das Hämmern seiner Pulse und vergebens fragte er sich, ob er wache oder träume.

Zum drittenmal seit einer Stunde hatte man ihm die Tür gewiesen. Zum drittenmal hatte der Günstling der Päpste und Könige diese Schmach erduldet, vor dem sich sonst die Türen weit öffneten und jedes Geräusch verstummte, wenn er eintrat. Und trotzdem durfte er seinem Zorn nicht freie Bahn lassen, er mußte seine Empörung bezwingen und seine Schmach verleugnen, bis er Colombe und Ascanio gerettet hatte. Die sorglose, friedliche und geschäftige Menge um ihn schien auf seiner Stirn die dreifache Beschimpfung zu lesen, die er eben erduldet hatte. Es war wohl der erste Augenblick seines Lebens, in dem seine große erniedrigte Seele an sich selbst zweifelte.

Nachdem er eine Viertelstunde planlos umhergeirrt war, raffte er sich wieder zusammen. Seine Niedergeschlagenheit wich von ihm, das Fieber legte sich.

„Mögen sie auch den Menschen beugen, den Künstler sollen sie nicht zu Boden werfen. Sie sollen ihre Tat bereuen, wenn sie das Werk des Bildhauers bewundern. Jupiter, beweise, daß du auch heute noch der König der Götter und der Gebieter der

Menschen bist," rief Cellini laut, so sehr beherrschten ihn seine Gedanken.

Mit diesen Worten lenkte er, einer Eingebung folgend, die stärker war als sein Wille, seine Schritte nach dem Palais des Tournelles, der alten Königsresidenz, die der Konnetabel Anne de Montmorency bewohnte.

Benvenuto mußte eine volle Stunde warten, bis er zu dem Minister Franz I. vorgelassen wurde, den eine Menge von Höflingen und Bittstellern umlagerte.

Anne de Montmorency war ein Mann von hohem Wuchs, den die Last der Jahre kaum gebeugt hatte, von lebhaftem Blick, kühl, steif und kurz in seinem Wesen. Er brummte beständig und nie hatte man ihn guter Laune gesehen. Er hätte es als eine Erniedrigung empfunden, wenn man ihn beim Lachen überrascht hätte.

Als Benvenuto vorgelassen wurde, ging der Konnetabel mit großen Schritten eilig im Zimmer auf und ab, wie das eine Gewohnheit war. Cellinis Gruß erwiderte er mit einem kurzen Nicken, dann richtete er einen durchdringenden Blick auf ihn und fragte rasch nach Namen und Beruf.

„Ah," brummte der Konnetable, „ich kenne Euch. Was wollt Ihr, mein Lieber? Soll ich Euch einen Auftrag geben? Wenn Ihr damit rechnet, so habt Ihr Eure Zeit verloren, das will ich Euch gleich sagen. Auf Ehre, ich verstehe nichts von dieser Kunstmanie, die sich jetzt überall bemerkbar macht. Alle hat diese Epidemie angesteckt, nur mich nicht. Nein, die Bildhauerei ist durchaus nicht mein Fall, Meister Goldschmied; verstanden? Wendet Euch also an andere und laßt mich ungeschoren." Benvenuto machte eine Bewegung. „Ach Gott, laßt Euch nicht verdrießen," fuhr der Konnetabel fort, „es fehlt Euch sicher nicht an Höflingen, die den König nachäffen wollen, und an Eseln, die sich einbilden, Kenner zu sein. Was mich anlangt, so halte ich mich an meinen Soldatenberuf, und ich sage Euch ganz offen, daß mir ein derbes Bauernmensch, das jedes Jahr ein Kind, das heißt einen Soldaten zur Welt bringt, entschieden lieber ist als so ein Teufel von Bildhauer, der seine Zeit damit verschwendet, daß er mir einen Haufen Bronzemänner herstellt, aus denen man viel besser Kanonen gießen könnte."

Benvenuto hatte diesen langen Erguß mit einer Geduld angehört, über die er sich selbst wunderte. „Gnädigster Herr," sagte er dann, „ich bin nicht gekommen, um mit Euch über Kunstangelegenheiten zu sprechen, sondern in Sachen der Ehre." — „Ah, das ist etwas anderes. Was wünscht Ihr von mir? Sprecht." — „Ihr erinnert Euch wohl, gnädigster Herr, daß der König, als ich ihm das Modell der Jupiterstatue zeigte, mir die Gunst bewilligte, um die ich ihn bat, und daß er Euch, gnädigster Herr, und den Kanzler Poyet beauftragte, ihn an sein königliches Versprechen zu erinnern, falls Seine Majestät es vergessen sollte." — „Ich erinnere mich. Und?" — „Nun, gnädigster Herr, der Augenblick ist gekommen, wo ich Euch beschwöre, den König daran zu erinnern." — „Ah, deshalb seid Ihr also da, Herr!" rief der Konnetabel. „Um mich zu bitten, daß ich tun soll, was meine Pflicht ist, belästigt Ihr mich!" — „Gnädigster Herr . . . !" — „Ihr seid unverschämt, Herr Goldschmied. Wisset, daß man den Konnetabel Anne de Montmorency nicht erst daran zu erinnern braucht, ein Mann von Ehre zu sein. Der König hat mir gesagt, daß ich für ihn mein Gedächtnis haben soll, gut, ich werde das jederzeit tun, auch wenn dieses Gedächtnis ihm nicht angenehm wäre. Gott befohlen, Meister Cellini, macht andern Platz!"

Der Konnetabel kehrte Benvenuto den Rücken und gab ein Zeichen, daß ein anderer Besucher eintreten könnte.

Benvenuto grüßte den Konnetabel, dessen derber Freimut ihm gefiel, und immer noch beherrscht von demselben Fieber und demselben Gedanken, begab er sich zu dem Kanzler Poyet, der in der Nähe bei der Porte St. Antoine wohnte.

Der Kanzler Poyet lebte mit dem Konnetabel beständig auf gespanntem Fuß, dessen körperliches und geistiges Gegenteil er war. Er war höflich, spitzfindig, beständig in einen weiten Hermelinpelz gehüllt und man sah von ihm eigentlich nur den kahlen, grauen Schädel, seine geistvollen, unruhigen Augen, seine schmalen Lippen und weißen Hände. Er war gewiß ein ebenso ehrenwerter Mann wie der Konnetabel, nur war er weniger aufrichtig.

Hier mußte Benvenuto eine halbe Stunde warten, aber er hatte sich schon daran gewöhnt.

„Gnädigster Herr," sagte er, als er endlich vorgelassen wurde, „ich möchte Euch an ein Wort erinnern, das der König mir in Eurer Gegenwart gab und dessen Zeuge und Bürge Ihr seid."

„Ich weiß wohl, was Ihr damit sagen wollt, Messire Benvenuto," unterbrach ihn Poyet, „und ich bin bereit, Seiner Majestät ihr Versprechen ins Gedächtnis zurückzurufen, wenn Ihr es wünscht. Aber ich muß Euch im voraus sagen, und zwar als Jurist, daß es sich um eine unverbindliche Zusage handelt, die keinerlei Rechtsanspruch begründet und auf deren Erfüllung nicht geklagt werden kann. Wenn der König Eurem Verlangen entspricht, so geschieht das nur aus Gnade und ritterlicher Gesinnung."

„Es ist so, wie Ihr sagt, gnädigster Herr," erwiderte Benvenuto, „und ich bitte Euch nur, zur gegebenen Stunde den Auftrag des Königs zu vollziehen, indem Ihr alles weitere dem Wohlwollen Seiner Majestät anheimstellt."

„Viel Glück, mein lieber Herr. In diesem Sinne werde ich stets gerne zu Eurer Verfügung stehen," verabschiedete Poyet seinen Besucher.

Benvenuto verließ den Kanzler ruhigeren Sinnes, während sein Blut noch immer kochte und seine Hände im Fieber zuckten. Während er eiligen Schrittes nach Hause ging, fühlte er übermenschliche Kraft in sich und es war ihm, als gehörte er bereits nicht mehr dieser Erde an. In dieser seltsamen Erregung kehrte er in das Hotel de Nesle zurück. Die Gesellen erwarteten ihn bereits.

„Auf zum Guß des Jupiter, meine Kinder!“ begrüßte er sie unter der Tür und ging nach der Werkstatt.

„Guten Tag, Meister,“ meldete sich Jacques Aubry, der seelenvergnügt hinter Cellini eingetreten war. „Habt Ihr mich noch nicht bemerkt? Vor fünf Minuten lief ich Euch noch auf dem Kai nach und rief Euch, aber Ihr hattet es so eilig, daß ich Euch nicht einholen konnte. Aber was habt ihr denn alle, ihr seid ja ernst und traurig wie Richter?“

„Auf zum Guß!“ fuhr Cellini fort, ohne Aubry zu antworten, den er indes wohl gesehen und gehört hatte. „Gütiger Gott, wird uns das Werk gelingen? Ah, mein Freund,“ wandte er sich endlich an Aubry, „ach, mein lieber Jacques, welch traurige Nachricht erwartete mich bei meiner Rückkehr! Wie gut haben sie meine Abwesenheit ausgenutzt!“

„Was habt Ihr denn, Meister?“ rief Aubry sichtlich beunruhigt über Cellinis Erregung und die tiefe Niedergeschlagenheit seiner Leute.

„Schafft vor allem trockenes Tannenholz herbei; ich habe es schon ein halbes Jahr dafür aufgehoben . . . Was ich habe, mein lieber Jacques? Mein Ascanio ist im Châteletgefängnis und Colombe, die Tochter des Prevot, die er liebte, das reizende junge Mädchen, ist in der Gewalt der Herzogin von Etampes, ihrer Feindin. Sie haben sie in der Statue des Mars gefunden, wo ich sie versteckt hatte. Aber wir werden sie retten . . . Hermann, wohin willst du? Das Holz ist nicht im Keller, sondern dort im Schuppen.“

„Ascanio verhaftet, Colombe entführt!“ rief Aubry.

„Ja, ein elender Spion hat den armen Kindern aufgelauert und das Geheimnis entdeckt, das ich selbst Euch, mein lieber Jacques, verschwiegen hatte. Aber wenn ich den Kerl erwische . . . Doch das ist noch nicht alles: der König will mich nicht mehr sehen, mich, den er seinen Freund genannt hat. Da glaube einer noch an die Freundschaft der Menschen! Vergebens bin ich in den Louvre gegangen, ich wurde nicht vorgelassen, konnte kein Wort mit ihm sprechen. Ah, meine Statue soll statt meiner zu ihm sprechen . . . Haltet die Form bereit, Leute! Wir dürfen keine Minute verlieren . . . Dieses infame Weib, das die arme Colombe beschimpft! Der elende Prevot, der mich verspottet! Der Kerkermeister, der Ascanio foltert! Ach, ich habe heute schon Furchtbares durchgemacht, mein lieber Jacques! Seht, zehn Jahre meines Lebens würde ich dem schenken, der bis zu dem Gefangenen gelangen, mit ihm sprechen und mir das Geheimnis verraten könnte, mit dessen Hilfe ich die hochmütige Herzogin bändigen kann. Ascanio besitzt ein Geheimnis, das diese Macht hat, aber er wollte es mir nicht anvertrauen. Stephana, sei ohne Sorge um dein Kind, ich werde es bis zum letzten Atemzug verteidigen und retten! Ja, ich werde es retten! Ah, wo ist der elende Verräter, damit ich ihn mit eigener Hand erwürgen kann! Nur drei Tage lasse mich noch leben, Stephana, denn ich fürchte, daß das Feuer, das in mir rast, meine Lebenskraft verzehrt.

O, wenn ich sterben sollte, bevor mein Jupiter beendet wäre . . . Auf zum Guß, Leute, vorwärts!"

Bei Cellinis Worten war Jacques Aubry aschfahl geworden, denn er ahnte, daß er der Schuldige war. Allmählich wurde dieser Argwohn zur Gewißheit. Offenbar war ihm plötzlich ein Gedanke gekommen, denn er machte sich schweigend aus dem Staub, während Cellini nach der Gießerei rannte und gefolgt von seinen Arbeitern wie ein Wahnsinniger schrie: „Vorwärts! Auf zum Guß, Kinder!"

29. Kapitel.

Ein ehrbarer Mann hat es nicht leicht, ins Gefängnis zu kommen.

Der arme Jacques Aubry hatte in tiefster Verzweiflung den großen Nesle verlassen. Er konnte nicht länger im Zweifel sein, es war kein anderer als er, der ungewollt Ascanios Geheimnis verraten hatte. Es war gewiß nicht der wackere Edelmann, dessen Namen er nicht kannte, sondern Henriet oder Robin oder auch Charlot oder Guillaume. Der arme Aubry zerbrach sich den Kopf mit allen möglichen Vermutungen. Tatsache war, daß er die Geschichte etwa einem Dutzend seiner Freunde anvertraut hatte, unter denen er den Schuldigen nur schwer herausfinden konnte. Aber einerlei — der erste, der einzige und wirkliche Verräter war er, der elende Spion, den Benvenuto anklagte, war wiederum er. Statt das Geheimnis seines Freundes im tiefsten Schrein seines Herzens einzuschließen, hatte er es an zwanzig Stellen ausgestreut und durch seine verdammte Zunge Ascanio ins Verderben gestürzt. Jacques raufte sich die Haare, schlug sich ins Gesicht und überhäufte sich mit den furchtbarsten Flüchen ob seiner schmählichen Handlungsweise.

Seine Gewissensbisse trieben ihn bis zur Verzweiflung, und vielleicht zum erstenmal in seinem Leben begann Aubry mit sich zu Rate zu gehen. Wenn er auch seinen Kopf kahl raufte, seine Brust blutig schlug, so gewann Ascanio dadurch doch nicht die Freiheit wieder. Er mußte vor allem das Übel wieder gutzumachen suchen, statt die Zeit zwecklos mit Klagen zu vergeuden.

Immer wieder kamen dem ehrlichen Jacques Benvenutos Worte ins Gedächtnis: „Ich würde zehn Jahre meines Lebens demjenigen schenken, der in Ascanios Gefängnis gelangen, mit ihm sprechen und von ihm das Geheimnis erfahren könnte, mit dem ich die hochmütige Herzogin auf die Knie zwingen kann". Er überlegte, und das Ergebnis war, daß er um jeden Preis ins Châtelet gelangen mußte; wenn er erst dort war, würde er Ascanio schon erreichen.

Als Besucher zu kommen wie Benvenuto, war von vornherein zwecklos und Jacques Aubry gab sich keiner Täuschung hin, daß er eine Sache, in der Cellini gescheitert war, besser durchführen könnte. Aber wenn er nicht als Besucher ins Châtelet gelangen konnte, so glaubte er, wäre es entschieden leichter als Gefangener hineinzukommen. Wenn er erst darin war, wollte er schon mit Ascanio sprechen und alles von ihm erfahren; dann hätte er nichts mehr im Châtelet zu suchen; er würde also wieder ausbrechen, zu Benvenuto gehen und nicht nur die versprochenen zehn Jahre verlangen, sondern ihm auch sein Verbrechen gestehen und ihn um Verzeihung bitten.

Begeistert von diesem geistreichen Einfall und stolz auf seine Ergebenheit ging er sogleich nach dem Châtelet.

Kräftig und entschlossen pochte er an das Tor. Der Schalter öffnete sich und der Pförtner fragte mit rauher Stimme, was er wolle.

„Ich verlange eine Zelle in Eurem Gefängnis," erwiderte Aubry düster. — „Eine Zelle?" versetzte der Schließer erstaunt. — „Gewiß, und zwar die dunkelste und tiefste, und selbst die ist noch zu gut für mich." — „Warum?" — „Weil ich ein Schwerverbrecher bin." — „Welches Verbrechen habt Ihr denn begangen?" — „Ach, welches Verbrechen ich begangen habe?" fragte sich Jacques, der ganz vergessen hatte, sich auf eine entsprechende Antwort vorzubereiten. „Erratet es," sagte er dann. „Der Schlingel kennt sich darin besser aus als ich," dachte er. „Er soll mir nur eine Liste vorlegen, ich werde mir dann schon ein passendes Verbrechen aussuchen."

„Habt Ihr einen Mord begangen?" fragte der Schließer. — „Ei, wofür haltet Ihr mich denn, Freund?" rief der Student, dessen Gewissen sich bei dem Gedanken empörte, für einen gemeinen Mörder zu gelten. — „Habt Ihr gestohlen?" — „Gestohlen? Was denn?" — „Aber zum Teufel was habt Ihr denn sonst begangen?" verlor der Schließer allmählich die Geduld. „Es genügt nicht, sich schuldig zu bekennen, man muß auch sagen, was man getan hat." — „Aber wenn ich Euch doch sage, daß ich ein elender Verbrecher bin, der Rad und Galgen verdient hat . . .?" — „Euer Verbrechen? Euer Verbrechen?" beharrte der Schließer unerbittlich. — „Mein Verbrechen? Ich habe einen Freund verraten." — „Das ist kein Verbrechen. Gute Nacht!" fiel der Schalter zu. — „Das ist kein Verbrechen? Aber was ist es denn sonst?" Und Jacques Aubry begann aufs neue zu klopfen. — „Was ist denn da draußen schon wieder los?" ließ sich eine andere Stimme vernehmen. — „Das ist ein Verrückter, der ins Châtelet will," erklärte der Schließer. — „Für Narren ist kein Platz im Châtelet, die gehören ins Hospital," sagte der Fremde.

„Ins Hospital? Teufel, dort habe ich nichts zu tun," machte Jacques Aubry sich schleunigst aus dem Staub. „Ins Châtelet will ich, nicht ins Hospital. Bettler und Lumpen gehören in Hospital, aber nicht Leute, die dreißig Sous in der Tasche haben wie ich! Hat man schon so einen elenden Schließer gesehen, der behauptet, es wäre kein Verbrechen, einen Freund zu verraten? Um also die Ehre zu haben ins Gefängnis zu kommen, muß man einen Mord begangen oder gestohlen haben . . . Aber warum habe ich nicht irgendein Mädchen verführt? Das wäre weiter nicht entehrend. Ja, aber welches Mädchen? Etwa Gervaise . . . ?“ Und trotz seines ernsten Nachdenkens brach der Student in helles Lachen aus. „Nein, die ist es nicht und doch könnte sie es sein. Ah, jetzt kenne ich mein Verbrechen: ich habe Gervaise verführt!“

Und Jacques Aubry rannte sogleich die sechzig Stufen zu der Kammer der kleinen Arbeiterin hinauf. Die reizende Grisette war halb entkleidet und gerade damit beschäftigt, ihr Kleid aufzubügeln.

„Ach,“ rief Gervaise, „wie bin ich erschrocken!“ — „Gervaise, meine liebe Gervaise,“ eilte Jacques mit offenen Armen auf seine Geliebte zu, „du mußt mir das Leben retten, mein Kind!“ — „Einen Augenblick,“ sagte Gervaise, indem sie das Bügeleisen als Schild vorhielt, „was willst du von mir? Ich habe dich schon drei Tage nicht mehr gesehen.“ — „Ich habe unrecht getan, Gervaise, ich bin unglücklich. Aber der Beweis für meine Liebe ist, daß ich in meiner Not zu dir eile. Ich sage dir nochmals, du mußt mir das Leben retten.“ — „Ja, ich verstehe. Du hast dich in einer Kneipe ausplündern lassen oder hast einen Streit gehabt. Du wirst verfolgt, man will dich ins Gefängnis stecken, und da bittest du die arme Gervaise um Unterschlupf. Geh nur ins Gefängnis und laß mich ungeschoren!“ — „Das verlange ich ja gerade, liebe Gervaise; ich will ins Gefängnis, aber die elenden Kerle lassen mich nicht hinein.“ — „Mein Gott, bist du verrückt geworden?“ sagte das junge Mädchen voll Mitgefühl. — „Ja, sie sagen, ich wäre verrückt und sie wollen mich ins Hospital schicken, während ich doch ins Châtelet will!“ — „Du willst ins Châtelet? Und warum? Das ist ein schlimmes Gefängnis — wer erst mal drin ist, weiß nicht, wann er wieder herauskommt.“ — „Und doch muß ich ins Châtelet. Das ist der einzige Ausweg, um ihn zu retten.“ — „Wen willst du denn retten?“ — „Ascanio.“ — „Wie, Ascanio? Der junge Mann, der Schüler deines Freundes Benvenuto?“ — „Derselbe, Gervaise. Er ist im Châtelet, und zwar durch meine Schuld. Ich muß deshalb zu ihm, um ihn zu retten.“ — „Aber warum sitzt er denn?“ — „Weil er die Tochter des Prevot liebte und sie verführte.“ — „Armer junger Mann! Wird man denn deshalb eingesperrt?“ — „Gewiß, Gervaise. Er hielt sie versteckt, ich kam dahinter und erzählte es in meiner Dummheit jedermann.“ — „Habe ich es dir wirklich nicht erzählt, Gervaise?“ — „Kein Wort hast du mir davon gesagt. Bei allen andern bist du gesprächig, nur bei mir nicht. Hierher kommst du bloß, um zu trinken, mich zu küssen und bei mir zu schlafen. Merke dir, eine Frau will sich unterhalten.“ — „Aber was tun wir denn jetzt, liebe Gervaise? Ich dächte, wir unterhielten uns.“ — „Jawohl, weil du mich brauchst.“ — „Gewiß, du kannst mir einen großen Dienst erweisen, indem du sagst, daß ich dich verführt habe.“ — „Natürlich hast du mich verführt, böser Schlingel!“ — „Ich? Soll ich dich wirklich verführt haben?“ rief Aubry erstaunt. — „Jawohl, verführt, das ist das richtige Wort. Verführt durch deine schönen Worte, durch leere Versprechungen. Hast du nicht gesagt, ich wäre das schönste Mädchen im ganzen Viertel Saint Germain-des-Prés?“ — „Das behaupte ich auch heute noch.“ — „Und sagtest du nicht auch, du würdest vor Liebeskummer sterben, wenn ich dicht nicht erhörte?“ — „Das soll ich wirklich gesagt haben? Sonderbar, ich entsinne mich nicht mehr.“ — „Während du mich heiraten würdest, wenn ich dich liebe.“ — „Gervaise, das habe ich bestimmt nicht gesagt! Niemals!“ — „Und doch hast du es gesagt.“ — „Niemals, Gervaise, auf keinen Fall. Mein Vater ließ mich einen Eid schwören, als Junggeselle zu leben und zu sterben.“ — „O,“ rief Gervaise, indem sie mit der Leichtigkeit, mit der die Frauen über ihre Gefühle gebieten, durch ihre Tränen ihre Worte unterstrich. „Ach, so sind alle Männer: schöne Versprechen kosten sie nichts, und wenn sie das arme Mädchen erst verführt haben, denken sie nicht mehr daran. O, ich schwöre, es war das letztemal, daß ich so hereingefallen bin.“ — „Da hast du recht, Gervaise,“ meinte der Student. — „Wenn man bedenkt, daß es Gesetze gibt für Diebe und Beutelschneider, aber nicht für die schlechten Kerle, die arme unschuldige Mädchen unglücklich machen!“ — „Auch für sie gibt es Gesetze, Gervaise,“ bestätigte Aubry. „Du siehst ja, daß Ascanio ins Châtelet kam, weil er Colombe verführt hatte. — „Das ist nur gerecht,“ sagte Gervaise, die den Verlust ihrer Ehre nie so tief empfunden hatte, als sie wußte, daß Jacques Aubry gar nicht daran dachte, ihr als Entschädigung dafür seinen Namen zu geben. „Ja, ihm ist recht geschehen und ich wünschte nur, du säßest auch bei ihm im Châtelet.“ — „Aber das will ich ja gerade,“ rief der Student. „Und wie ich dir schon sagte, rechne ich dabei auf deine Mitwirkung.“ — „Du rechnest dabei auf mich?“ — „Gewiß.“ — „Lache nur, Undankbarer.“ — „Ich lache durchaus nicht, Gervaise . . . Ich sage, wenn du den Mut hättest, mich vor Gericht anzuklagen, daß ich dich verführt habe . . . Aber du wagst es ja doch nicht.“ — „Warum sollte ich mir nicht getrauen, die Wahrheit zu sagen?“ — „Bedenke, Gervaise, daß du schwören mußt, daß ich dich verführt habe.“ — „O, das kann ich hundertfach beschwören!“ — „Nun, dann geht alles gut,“ sagte der Student fröhlich. „Ich hatte nur Angst, denn der Eid ist eine ernste Sache.“ — „O, ich leiste ihn auf der Stelle, und dann kommst du ins Châtelet, wo du deinen Ascanio wiederfindest.“ — „Das ist ja wunderbar.“ — „Und dort habt ihr Zeit, gemeinsam eure Schuld abzubüßen.“ — „Das ist ja alles, was ich verlange.“ — „Wo ist der Kriminalleutnant?“ — „Im Palais-de-Justice.“ — „Gut, ich gehe hin.“ — „Wir wollen gemeinsam hingehen, Gervaise.“ — „Auch recht; so wird die Sache wenigstens nicht lange auf sich warten lassen.“ — „Nimm meinen Arm, Gervaise,“ drängte der Student. Und mit demselben Eifer, wie sie sonst Sonntags ausgingen, machten sie sich jetzt auf den Weg nach dem Palais-de-Justice.

Je näher sie aber dem Tempel der Themis kamen, wie Jacques Aubry das fragliche Gebäude poetisch nannte, mäßigte

Gervaise zusehends ihren Schritt. Kaum konnte sie die Treppen hinaufsteigen und vor der Tür des Kriminalleutnants wankten ihre Knie dergestalt, daß der Student ihr ganzes Gewicht an seinem Arm hängen fühlte.

„Nun, Gervaise, verlierst du den Mut?“ fragte er.

„Nein,“ erwiderte sie, „aber vor einem Kriminalleutnant wird es einem doch ein wenig bange.“ — „Du lieber Gott, das ist ein Mann wie jeder andere!“ — „Schön, aber man muß ihm Dinge erzählen . . .“ — „Gut, so erzähle sie ihm!“ — „Aber dann muß man auch schwören . . .“ — „Gut, tue es nur.“ — „Jacques, bist du auch ganz sicher, daß du mich verführt hast?“ bekam Gervaise ernste Bedenken. — „Und ob ich das weiß! Hast du es mir nicht seit einer Stunde beständig wiederholt?“ — „Gewiß, aber sonderbar, seitdem ich hier bin, sehe ich die Dinge auf einmal ganz anders als vor einer Stunde . . .“

„Ah, du wirst schon schwach, ich wußte es ja,“ sagte Jacques. — „Mein lieber Jacques, bringe mich nach Hause,“ drängte Gervaise. — „Gervaise, das hast du mir nicht versprochen!“ — „Jacques, ich werde dir keine Vorwürfe mehr machen und von nichts mehr sprechen. Ich habe dich geliebt, weil du mir gefallen hast, weiter nichts.“ — „Ich befürchtete es ja, doch jetzt ist es zu spät.“ — „Wieso zu spät?“ — „Du bist hierher gekommen, um mich anzuklagen. Du mußt es nun auch tun.“ — „O, das werde ich niemals tun, Jacques, niemals! Du hast mich nicht verführt, ich war die Schuldige.“ — „Geh doch!“ drängte der Student. — „Außerdem kann man nur einmal verführt werden,“ schlug Gervaise die Augen nieder. — „Wie, nur einmal?“ — „Gewiß, wenn man zum erstenmal liebt.“ — „Gut, und du wolltest mir vormachen, du hättest nie geliebt!“ — „Jacques, wir wollen lieber heimgehen!“

„Nein, nur das nicht!“ rief Aubry verzweifelt über Gervaises Weigerung und über den Grund, auf den sie sich berief. „Nein, nein!“ Und er klopfte entschlossen an die Tür des Richters.

„Was machst du?“ rief Gervaise. — „Du siehst es ja: ich klopfe an.“

„Herein!“ rief eine näselnde Stimme.

„Ich kann nicht,“ suchte Gervaise sich von Aubrys Arm loszumachen. „Ich will nicht hineingehen.“

„Herein!“ ließ sich die Stimme jetzt kräftiger vernehmen.

„Jacques, ich schreie!“ sagte Gervaise.

„Aber so kommt doch endlich herein!“ näherte sich die Stimme und zugleich ging die Tür auf.

„Nun, was wollt ihr?“ fragte ein großer hagerer Mann, der ganz in Schwarz gekleidet war und bei dessen bloßem Anblick Gervaise vom Kopf bis zu den Füßen erbebte.

„Das Fräulein da will Klage gegen einen schlechten Kerl erheben, der sie verführt hat,“ erklärte Jacques Aubry.

Und er schob Gervaise in das kahle, entsetzliche Zimmer, das den Vorraum des Kabinetts des Kriminalleutnants bildete. Zugleich schloß sich die Tür hinter ihr.

Gervaise stieß vor Entsetzen und halb vor Überraschung

einen leisen Schrei aus und sank auf eine Bank. Aubry war aus Furcht, das junge Mädchen konnte ihn zurückrufen oder ihm nachlaufen, durch das Labyrinth der Gänge gerannt, erreichte den Hof Sainte-Chapelle und kam dann gemächlich auf den Pont St. Michel, über den Gervaise bestimmt zurückkehren mußte.

Eine halbe Stunde später sah er sie kommen.

„Nun, wie ist es ergangen?“ schloß er sich ihr an.

„Ach, du hast mich zu einer schönen Lüge gezwungen, aber ich hoffe, daß Gott sie mir um des Zweckes willen vergeben wird.“

„O, das will ich gern auf mich nehmen. Na, wie war's?“

„Weiß ich es?“ erwiderte Gervaise. „Ich war so beschämt, daß ich nicht mehr weiß, wovon überhaupt die Rede war. Der Kriminalleutnant hat mich verhört und ich habe seine Fragen teils bejaht, teils verneint; ich weiß aber nicht, ob die Antwort immer richtig war.“

„Ach, die Unglückliche wird sich selbst angeklagt haben, daß sie mich verführt hat!“ rief Jacques.

„O, das habe ich wohl nicht getan,“ verteidigte sich Gervaise.

„Aber wissen sie wenigstens meine Adresse, damit sie mich benachrichtigen können?“ erkundigte sich der Student.

„Ja, ich habe sie ihnen gegeben,“ flüsterte Gervaise.

„Recht so! Jetzt wollen wir hoffen, daß Gott das übrige tut.“

Nachdem er Gervaise heimgebracht und sie so gut es ging über ihre falsche Anzeige beruhigt hatte, ging Jacques Aubry voll Zuversicht auf die Vorsehung nach Hause.

Sei es, daß die Vorsehung sich wirklich ins Zeug legte oder der Zufall alles bewirkte, genug, Jacques Aubry erhielt bereits am andern Tag eine Vorladung vor den Kriminalleutnant.

Obwohl dieses Schreiben Aubrys höchste Wünsche erfüllte, bemerkte er doch, wie ihm bei der Lektüre des Schriftstücks ein kalter Schauer durch die Adern rieselte. Aber die Gewißheit Ascanio wiederzusehen und der Wunsch den Freund zu retten, den er ins Unglück gebracht hatte, ließ den Studenten bald diese kleine Anwandlung von Schwäche vergessen.

Er war auf Mittag vorgeladen, und es war kaum neun Uhr; er ging also zu Gervaise, die er ebenso beschäftigt wie tags zuvor antraf.

„Nun?“ fragte sie. — Jacques Aubry schwang triumphierend das mit Hieroglyphen bedeckte Papier in der Hand. „Ich bin auf Mittag vorgeladen. Das ist alles, was ich entziffern konnte,“ sagte er. — „Du weißt also gar nicht, wessen du beschuldigt wirst?“ — „Nun, ich dachte, daß ich dich verführt habe, liebe Gervaise.“ — „Vergiß nicht, daß du selbst an allem schuld bist.“ — „Ei, ich bin gern bereit, dir im voraus zu bestätigen, daß du dich dagegen gesträubt hast.“ — „Es ist dir also gar nicht recht, daß ich dir gehorcht habe?“ — „Im Gegenteil, ich kann dir gar nicht dankbar genug dafür sein.“ — „Was auch geschehen mag?“ — „Was es auch sei!“ — „Wenn ich also alles angegeben habe, so geschah es nur, weil ich dazu gezwungen wurde?" — „Ohne Zweifel." — „Und wenn ich in meiner Aufregung etwas anderes gesagt habe, als ich eigentlich wollte, so verzeihst du mir?" — „Gewiß, göttliche Gervaise, ich vergebe es dir im voraus!" — „Ach, du Schlingel, mit solchen Worten hast du mich auch unglücklich gemacht."

Man sieht daraus, daß Gervaise wirklich verführt worden war.

Erst gegen dreiviertel Zwölf fiel es Aubry ein, daß er auf Mittag vorgeladen war. Er verabschiedete sich also von Gervaise und begab sich nach dem Gericht. Schlag zwölf Uhr klopfte er an die Tür des Kriminalleutnants.

„Herein!" rief dieselbe näselnde Stimme. Sie brauchte diese Einladung nicht zu wiederholen, denn Jacques Aubry trat mit lächelndem Mund, kecker Nase und die Müße aufs Ohr gedrückt in das Gemach des langen schwarzen Mannes.

„Wie heißt Ihr?" fragte dieser. — „Jacques Aubry." — „Was seid Ihr?" — „Student." — „Was treibt Ihr?" — „Ich verführe junge Mädchen." — „Aha, da ist eine Klage gegen Euch eingelaufen von . . . von . . ."

„Von Gervaise-Perrette Popinot."

„Stimmt. Setzt Euch dorthin und wartet, bis Ihr dran kommt."

Jacques setzte sich und wartete.

Fünf oder sechs Leute von verschiedenem Alter, Aussehen und Geschlecht warteten gleich ihm, und da sie alle vor ihm gekommen waren, wurden sie natürlich auch alle vor ihm aufgerufen. Einige gingen allein fort, und das waren gewiß diejenigen, gegen die nichts Belastendes vorlag, während andere wieder in Begleitung von zwei Polizisten hinausgeführt wurden. Jacques Aubry wünschte sich sehnlichst das Schicksal dieser Leute, denn sie wurden ja ins Châtelet gebracht, wohin er so gern wollte.

Endlich wurde der Student Jacques Aubry aufgerufen.

Er stand sogleich auf und trat so wohlgemut ins Zimmer des Kriminalleutnants, als handelte es sich um irgendein höchst angenehmes Vergnügen.

Zwei Männer waren in diesem Zimmer: einer, der noch größer, noch schwärzer und noch magerer und vertrockneter aussah als der im Vorzimmer; das war der Schreiber, der Jacques fünf Minuten lang unbeweglich anstarrte. Der andere war klein, untersetzt, behäbig, seine Augen blinzelten gemütlich, sein Mund lächelte, kurz ein Mann von sympathischem Äußern: das war der Kriminalleutnant.

Aubry und er lächelte einander an und der Student wollte ihm fast die Hand schütteln, so sympathisch hatte ihn das joviale Aussehen des ehrenwerten Beamten berührt.

„Hehe," meinte der Kriminalleutnant, „Ihr seid fürwahr ein flotter Bursch. Nehmt einen Stuhl und setzt Euch."

Jacques Aubry kam dieser Einladung sogleich nach, schlug die Beine übereinander und schaukelte sich gemütlich hin und her.

Der Kriminalleutnant rieb sich die Hände. „Herr Sekretär,"

wandte er sich an den Schreiber, „holt mal das Protokoll der Klägerin.“

Der Schreiber stand auf und dank seines langen Oberkörpers erreichte er, indem er einen Halbkreis beschrieb, die andere Seite des Tisches, wo er von einem Stoß Papiere den auf Jacques Aubry bezüglichen Akt nahm. „Hier ist es,“ sagte er. — „Laßt hören, wer die Klägerin ist,“ fragte der Kriminalleutnant. — „Gervaise-Perrette Popinot,“ las der Schreiber. — „Stimmt,“ bestätigte der Student durch zustimmendes Nicken.

„Minderjährig, neunzehn Jahre alt,“ las der Schreiber weiter.

„O weh, minderjährig!“ rief Aubry schmerzlich.

„Wie sie selbst zu Protokoll gibt.“

„Arme Gervaise!“ flüsterte Jacques. „Sie hatte also doch recht, als sie sagte, sie wäre so verwirrt gewesen, daß sie nicht wußte, was sie antwortete. Mir hat sie nämlich zwanzig Jahre zugestanden. Doch meinetwegen sollen es nur neunzehn sein.“

„Nun, mein Herr Luftikus, Ihr seid also wegen Verführung einer Minderjährigen angeklagt,“ lachte der Kriminalleutnant.

„Hahaha!“ teilte Aubry die gute Laune des Richters.

„Unter erschwerenden Umständen,“ übertönte das kreischende Organ des langen Schreibers die fröhlichen Stimmen des Beamten und des Studenten.

„Unter erschwerenden Umständen,“ wiederholte der Richter.

„Teufel, diese erschwerenden Umstände möchte ich wirklich gern kennen,“ meinte Aubry.

„Da die Klägerin sechs Monate lang allen Bitten und Verführungskünsten des Angeklagten ernsthaften Widerstand entgegenbrachte . . .“

„Sechs Monate? Verzeihung, Herr Sekretär, ich glaube, das stimmt nicht ganz,“ erwiderte Jacques.

„Sechs Monate steht hier, Herr,“ erklärte der schwarze Mann in einem Ton, der keinen weiteren Einwand mehr zuließ.

„Gut, meinetwegen sechs Monate,“ erwiderte Jacques Aubry. „Aber Gervaise hätte eher Grund gehabt zu sagen . . .“

„Durch ihren Widerstand aufgebracht bedrohte sie genannter Jacques Aubry . . .“

„Oho!“ rief Jacques.

„Oho!“ wiederholte der Richter.

„Aber,“ fuhr der Schreiber fort, „genannte Gervaise-Perrette Popinot behauptete sich so mutig, daß der kühne Angreifer sein Vorgehen bereute und sie um Verzeihung bat.“

„Aha!“ murmelte Jacques.

„Aha!“ schmunzelte der Kriminalleutnant.

„Wo hatte die arme Gervaise nur ihren Kopf?“ dachte der Student und zuckte die Schulter.

„Aber diese Reue war nur Schein,“ fuhr der Schreiber fort. „In ihrer Unschuld und Reinheit ließ die Klägerin sich leider durch diese Reue betören und eines Abends beging sie die Unklugheit, eine Erfrischung anzunehmen, die der Angeklagte ihr anbot. Genannter Jacques Aubry schüttete in ihr Wasser . . .“

„In ihr Wasser?“ unterbrach der Student.

„Die Klägerin hat ausdrücklich zu Protokoll gegeben, daß sie niemals Wein trinkt,“ fuhr der Schreiber fort. „Genannter Jacques Aubry schüttete in ihr Wasser ein berauschendes Pulver . . .“

„Was zum Teufel lest Ihr denn da für ein Zeug vor, Herr Sekretär?“ rief der Student.

„Das Protokoll der Klägerin.“ — „Nicht möglich.“ — „Steht das wirklich drin?“ fragte der Kriminalleutnant. — „Gewiß, so steht es wörtlich da,“ bestätigte der Schreiber. — „Gut, dann fahrt fort.“

„Nun,“ dachte Aubry, „je ärger ich beschuldigt werde, desto mehr Aussicht habe ich zu Ascanio ins Châtelet zu kommen. Lest nur weiter, Herr Sekretär.“ — „Ihr gesteht also?“ fragte der Richter. — „Jawohl, ich gestehe alles!“ erwiderte der Student. — „Haha, der Galgenstrick!“ rieb der Kriminalleutnant sich lachend die Hände.

„So daß die arme Gervaise die Besinnung verlor und schließlich ihrem Verführer gestand, daß sie ihn liebe,“ las der Sekretär weiter.

„Aha!“ rief Jacques. — „Glücklicher Schlingel!“ blinzelten die kleinen Augen des Kriminalleutnants.

„Aber an der ganzen Geschichte ist ja kein einziges wahres Wort!“ rief Jacques Aubry.

„Ihr leugnet also?“ — „Vollkommen.“ — „Schreibt: Der Angeklagte erklärt, keines der ihm zur Last gelegten Delikte begangen zu haben,“ diktierte der Kriminalleutnant.

„Einen Augenblick!“ unterbrach ihn der Student, denn ihm fiel gerade noch ein, daß er ja nicht ins Gefängnis käme, wenn er jede Schuld leugnete.

„Ihr leugnet also doch nicht alles?“ fragte der Richter.

„Ich gebe zu, daß etwas davon wahr ist, freilich nicht in der Form, wie es im Protokoll steht.“

„O, da Ihr das berauschende Pulver zugebt, könnt Ihr auch ruhig die daraus entstandene Folgen auf Euch nehmen,“ meinte der Richter.

„Da ich also das berauschende Pulver eingestanden habe,“ erklärte Aubry, „gestehe ich, Herr Sekretär, gestehe ich . . . Aber der Wahrheit gemäß hätte Gervaise sagen sollen . . .“ fuhr er leise fort.

„Das ist aber noch nicht alles,“ unterbrach ihn der Schreiber. — „Wieso noch nicht alles?“ — „Das Verbrechen, dessen sich der Angeklagte schuldig bekennt, hatte traurige Folgen. Die unglückliche Gervaise fühlt sich Mutter . . .“

„Ah, das ist aber doch zu stark!“ begehrte Jacques auf. — „Ihr leugnet also die Vaterschaft?“ — „Ich leugne nicht nur die Vaterschaft, sondern daß sie überhaupt schwanger ist.“ — Der Richter diktierte dem Schreiber die Angaben des Studenten. Doch dieser sah ein, daß die ganze Geschichte fehlschlagen müßte, wenn er Gervaise in diesem einzigen Punkt der Lüge bezichtete. „Einen Augenblick!“ rief er rasch dazwischen. „Hat

Gervaise wirklich gesagt, was der Herr Sekretär eben vorgelesen hat?" — „Wort für Wort," bestätigte der Schreiber.

„Gut, dann muß es wohl so sein!" — „Schreibt: Der Angeklagte bekennt sich in allen Punkten schuldig."

Und die Feder kratzte über das Papier.

„Wenn Ascanio acht Tage Gefängnis bekommt, weil er Colombe nur ganz einfach den Hof gemacht hat," dachte sich Aubry, „so kann ich, der ich Gervaise betrogen, berauscht und verführt habe, wenigstens auf drei Monate rechnen. Ich muß Gervaise wahrlich mein Kompliment machen!"

„Ihr gesteht also alle Verbrechen, die Euch zur Last gelegt werden?" unterbrach der Richter seinen Gedankengang.

„Jawohl, ich gestehe sie ein, Messire," antwortete Aubry ohne Zögern. „Diese und noch andere, wenn Ihr wollt. Ich bin wirklich ein schlimmer Verbrecher, Herr Kriminalleutnant, Ihr braucht mich also nicht zu schonen!"

„Schamloser Galgenstrick!" murmelte der Richter im gönnerhaften Ton eines Komödienonkels.

Dann ließ er seinen dicken, hochroten Kopf tief auf seine Brust sinken und überlegte das Urteil; nach einer Weile richtete er sich wieder auf und diktierte, indem er den Zeigefinger seiner rechten Hand ausstreckte: „Herr Sekretär, schreibt also: ‚In Anbetracht dessen, daß genannter Jacques Aubry, Student der Rechte, zugibt, die ledige Gervaise-Perrette Popinot durch leere Versprechungen und falsche Liebesgeständnisse verführt zu haben, verurteilen wir genannten Jacques Aubry zu einer Geldstrafe von zwanzig Sous und zu den Unterhaltungskosten für das Kind, falls es männlichen Geschlechts ist, ferner zu den aus gegenwärtigem Verfahren erwachsenen Kosten'."

„Und wie steht's mit dem Gefängnis?" fragte Aubry.

„Wie, mit dem Gefängnis?" rief der Richter erstaunt.

„Ei gewiß. Solltet Ihr mich zufällig nicht zu einer Gefängnisstrafe verurteilen?" — „Nein." — „Ihr laßt mich also nicht ins Châtelet abführen wie Ascanio?" — „Wer ist denn dieser Ascanio?" — „Ein Schüler des Meisters Benvenuto Cellini." — „Und was hat er getan?" — „Er hat auch ein junges Mädchen verführt, Fräulein Colombe d'Estourville, die Tochter des Prevot von Paris." — „Nun?" — „Nun, ich sage, daß es eine Ungerechtigkeit ist, einen Unterschied in unserer Strafe zu machen, da wir beide dasselbe Verbrechen begangen haben. Wie, ihn steckt Ihr ins Gefängnis und mich verurteilt Ihr nur zu zwanzig Sous Geldstrafe. Gibt es denn auf dieser Welt gar keine Gerechtigkeit mehr?"

„Im Gegenteil," erwiderte der Richter, „das Urteil ist durchaus gerecht." — „Inwiefern?" — „Ehre und Ehre ist zweierlei, mein junger Fant. Die Ehre einer jungen Dame von Stand ist eine Gefängnisstrafe wert, während die Ehre einer Grisette nur zwanzig Sous gilt. Wenn Ihr durchaus ins Châtelet wollt, müßt Ihr schon eine Herzogin verführen, dann geht es ganz von selbst."

„Aber das ist ja schändlich, unsittlich, unerhört!" rief der Student.

„Zahlt Eure Strafe, lieber Freund, und macht, daß Ihr fortkommt," mahnte der Richter.

„Fällt mir gar nicht ein! Ich zahle keine Strafe und gehe auch nicht von hier fort."

„Gut, dann lasse ich zwei Polizisten holen, die Euch ins Gefängnis bringen, bis Ihr die Strafe bezahlt." — „Das verlange ich ja!"

Der Richter ließ zwei Beamte rufen. „Führt den Burschen da ins Gefängnis Grands-Carmes."

„Wie, nach Grands-Carmes? Und warum nicht ins Châtelet?"

„Weil das Châtelet kein Schuldgefängnis, sondern eine königliche Festung ist, mein Lieber, und weil man ein Staatsverbrechen begangen haben muß, um dorthin zu kommen. Man wird Euch schon noch Châtelet geben, wartet nur, junger Herr!"

„Einen Augenblick, einen Augenblick!" rief Aubry. „Wenn ich doch nicht ins Châtelet komme, dann will ich lieber die Strafe bezahlen."

„Gut, wenn Ihr bezahlt, ist alles in Ordnung. Die Polizisten können wegtreten, der junge Mann bezahlt."

Die Beamten gingen hinaus, während Jacques Aubry seinen Geldbeutel aus der Tasche zog und zwanzig Sous auf den Tisch des Richters legte.

„Seht nach, ob es stimmt," wandte sich der Kriminalleutnant an den Schreiber.

Dieser stand auf und um den Befehl zu vollziehen, krümmte er sich zum Halbkreis und beugte sich über den Tisch und die Akten, so daß er, die Füße am Boden und die Arme auf dem Schreibtisch des Richters, einem düsteren Regenbogen glich.

„Das Geld stimmt," erklärte er.

„Nun geht nach Hause, junger Tunichtgut," sagte der Kriminalleutnant. „Die Justiz kann sich nicht nur mit Euch allein beschäftigen, andere wollen auch noch drankommen."

Jacques Aubry sah ein, daß er hier nichts mehr zu suchen hatte und ging verzweifelt hinaus.

---

30. Kapitel.

Jacques Aubry als Held.

Als Jacques Aubry das Palais-de-Justice verließ und über den Pont-aux-Moulins geradeaus auf das Châtelet zuging, dachte er sich: „Ich wäre weiß Gott neugierig, was für ein Gesicht Gervaise machen würde, wenn sie wüßte, daß ihre Ehre auf zwanzig Sous geschätzt wurde! Sie würde sagen, ich hätte aus der Schule geplaudert und würde mir gewiß die Augen auskratzen . . . Aber was sehe ich denn da . . . ?"

Was der Student sah, war ein Page des liebenswürdigen Edelmanns, dem er seine Geheimnisse anzuvertrauen pflegte und den er für seinen besten Freund hielt. Der Page saß am Ufer und belustigte sich damit, mit Kieselsteinen zu jonglieren.

„Ei, das trifft sich ja gut!“ rief der Student. „Mein Freund, dessen Namen ich nicht weiß, der dafür bei Hofe aber um so besser bekannt ist, hat sicher soviel Einfluß, daß er mich ins Gefängnis bringen kann. Die Vorsehung selbst schickt mir seinen Pagen, damit ich ihn fragen kann, wo er zu treffen ist.“

Er ging also auf den Pagen zu, der seine drei Kieselsteine in die Hand zurückfallen ließ, die Beine übereinander schlug und dem Studenten ins Gesicht sah. „Grüß Gott, Herr Page,“ rief er schon von weitem. „Ich suchte etwas, das ich wohl gefunden habe, da ich Euch treffe. Ich möchte gern die Adresse meines ausgezeichneten Freundes erfahren . . . des Grafen . . . Baron . . . Vicomte, . . . na, kurz die Adresse Eures Herrn . . .“ — „Ihr wollt ihn also sprechen?“ — „Natürlich, auf der Stelle, wenn es möglich ist.“ — „Nun, da seid Ihr nach Wunsch bedient, denn er ist gerade beim Prevot im Châtelet und muß gleich wiederkommen.“ — „Der Glückliche! Er kann ins Châtelet, wann er will! Er ist also mit Messire d'Estourville bekannt, mein Freund Graf . . . Baron . . . Vicomte . . .“ — „Vicomte de Mar . . .“ — „Ah!“ ließ Aubry den Pagen nicht ausreden, da er Marmage unter dem Tor sah. „Ah, lieber Vicomte, da seid Ihr ja. Ich suche und erwarte Euch.“ — „Guten Tag, mein Lieber,“ erwiderte Marmagne sichtlich betroffen von dieser Begegnung. „Ich würde gern mit Euch plaudern, habe aber leider keine Zeit. Auf Wiedersehen also.“ — „Einen Augenblick!“ hielt Aubry seinen Freund am Arm fest, „einen Augenblick, wenn ich bitten darf. Ich muß Euch um eine große Gefälligkeit bitten.“ — „Na, was ist's? Macht rasch!“ — „Laßt mich ins Châtelet kommen . . .“ — „Als was denn?“ — „Ganz einfach als Gefangener.“ — „Als Gefangener? Ein sonderbares Verlangen, meiner Treu! Weshalb wollt Ihr denn ins Châtelet?“ fragte Marmagne, der hinter diesem Wunsch des Studenten ein neues Geheimnis witterte, das er gern erfahren wollte. — „Einem andern als Euch würde ich es nicht verraten, lieber Freund,“ erwiderte Jacques, „denn ich lerne auf meine Kosten, oder vielmehr auf die des armen Ascanio, daß man den Mund halten muß. Bei Euch ist das jedoch anders. Ihr wißt, daß ich vor Euch keine Geheimnisse habe. Wollt Ihr mich also ins Châtelet bringen, wenn ich es Euch sage?“ — „Auf der Stelle.“ — „Gut. Stellt Euch vor, ich war so unvorsichtig und vertraute andern Leuten an, daß ich im Kopf der Marsstatue ein hübsches junges Mädchen gesehen hatte. Die einfältigen Burschen haben die Geschichte ausgeplaudert, so daß sie dem Prevot zu Ohren kam. Da nun der Prevot seit einigen Tagen seine Tochter vermißte, so vermutete er, daß sie diese Zufluchtsstätte gewählt habe. Während Benvenuto Cellini in Fontainebleau war, hielt er mit Graf Orbec eine Haussuchung im Nesle. Colombe wurde mitgenommen und Ascanio ins Gefängnis gesteckt. Und wer ist an allem schuld? Ein gewisser Vicomte de Marmagne.“

Der Vicomte sah mit einer gewissen Besorgnis seinen Namen immer wieder über Aubrys Lippen kommen. „Aber Ihr sagt mir immer noch nicht, zu welchem Zweck Ihr ins Châtelet wollt.“ — „Nun, weil Ascanio dort ist. Niemand, außer der

Herzogin von Etampes, Cellini und mir weiß, daß Ascanio einen gewissen Brief besitzt, der ein Geheimnis enthält, das die Herzogin vernichten kann. Deshalb will ich ins Châtelet, mir von Ascanio den Brief geben oder sein Geheimnis sagen lassen, und dann zu Benvenuto gehen und mit ihm beraten, wie Colombes Tugend und Ascanios Liebe triumphieren können, zum größten Ärger von Marmagne und Orbec, dem Prevot, der Herzogin von Etampes und der ganzen Gesellschaft!" — „Das ist wirklich genial," sagte Marmagne. „Ich danke Euch für Euer Vertrauen, mein lieber Student. Ihr sollt es nicht bereuen." — „Ihr versprecht mir also, daß ich ins Châtelet komme, wie ich Euch gebeten habe?" — „Gewiß. Wartet nur hier auf mich." — „Und wohin geht Ihr derweil?" — „Ich hole den Befehl zu Eurer Verhaftung." — „Ach, mein lieber Freund, Baron, Graf ... Aber sagt mir doch Euren Namen und Eure Adresse, falls ich Euch noch einmal brauche." — „Das ist unnötig, ich komme gleich wieder." — „Ja, beeilt Euch nur, und wenn Euch unterwegs der verdammte Marmagne begegnet, so sagt ihm, daß ich geschworen habe, ihn mit eigener Hand zu töten." — „Auf Wiedersehen; wartet auf mich!" entfernte sich Marmagne.

Aubry plauderte noch eine Weile mit dem Pagen, bis dieser sich auch auf den Weg machte, um seinem Herrn zu folgen. Jacques hielt ihn noch einen Augenblick zurück, um nach dem Namen seines Freundes zu fragen.

„Mein Herr ist der Vicomte de Marmagne," erklärte der Page. — „Marmagne!" rief Aubry. „Der Freund Orbecs, des Prevot und der Frau von Etampes?" — „Derselbe." — „Und der Feind Benvenuto Cellinis?" — „Gewiß." — „Ah!" rief Aubry, dem auf einmal alles klar wurde. „Marmagne!" Da der Student unbewaffnet war, ergriff er rasch den kurzen Degen, den der Page an der Seite trug, riß ihn aus der Scheide und rannte auf Marmagne zu, der eben aus dem Châtelet kam.

Als dieser Aubry wütend auf sich zurennen sah, wurde ihm klar, daß der Student alles wußte. Es blieb ihm nur die Wahl zu fliehen oder stand zu halten. Marmagne war indes nicht tapfer genug, um sich zu stellen, aber andererseits auch nicht feig genug, um zu fliehen. Er wählte also einen Zwischenweg und ging ins nächste Haus, dessen Tür offen stand, indem er hoffte, sie von innen schließen zu können. Leider war die Tür jedoch mit einer Kette angelegt, die er nicht losmachen konnte. So kam es, daß Aubry, der ihm in kurzem Abstand folgte, ihn im Hof einholte, bevor er die Treppe erreichte.

„Ah, Marmagne! Verdammter Vicomte! Verfluchter Spion! Du bist es also! Jetzt kenne ich dich und habe dich. Zieh den Degen, Elender!" — „Herr," erwiderte Marmagne mit der Geste eines großen Herrn, „glaubt Ihr denn, der Vicomte de Marmagne würde dem Studenten Jacques Aubry die Ehre antun mit ihm den Degen zu kreuzen?" — „Wenn der Vicomte dem Studenten diese Ehre verweigert, wird der Student die Ehre haben, seinen Degen dem Vicomte durch den Leib zu rennen."

Und um es nicht bei der bloßen Drohung bewenden zu

lassen, setzte Aubry dem Vicomte den Degen auf die Brust und ließ ihn durch das Wams hindurch die Spitze der Klinge fühlen.

„Mörder!“ rief Marmagne. „Zu Hilfe!“

„O, schreie nur, soviel du willst; du wirst schon ruhig werden, bis Hilfe kommt,“ erwiderte Jacques. „Wehr dich lieber deiner Haut, Vicomte!“

Marmagne war von Natur nicht tapfer, aber er hatte wie alle Edelleute seiner Zeit militärische Ausbildung genossen und wußte daher von Kind auf mit den Waffen Bescheid. Freilich zog er vor, diese Kenntnis für die allerdringendsten Fälle aufzusparen. Doch da er sich jetzt von Jacques allen Ernstes bedroht sah und ihm kein anderer Ausweg blieb, zog er den Degen und legte nach allen Regeln der Kunst aus.

Aubry war bei den Studenten als hervorragender Fechter bekannt und schlug sich ebenso gewandt wie der Vicomte, nur war er diesem gegenüber dadurch im Nachteil, da seine Klinge um ein gutes Drittel kürzer war als die des Vicomte. Das hätte bei der Verteidigung wohl nicht viel ausgemacht, während es für den Angriff ein großer Nachteil war.

Marmagne war ihm also überlegen und Aubry mußte sich darauf beschränken, die Hiebe seines Gegners aufzufangen und abzuwehren. Aber schließlich ging der ungestüme Student doch zur Offensive über, schlug die Klinge des Vicomte durch einen geschickten Hieb beiseite und stieß ihm im nächsten Augenblick seinen kurzen Pagendegen bis zum Griff in die Brust. Marmagne stieß einen lauten Schrei aus, senkte seinen Arm, ließ den Degen fallen und brach zusammen.

In diesem Augenblick erschien eine Patrouille, die durch Marmagnes Rufen, durch die Zeichen des Pagen und durch die Menge, die sich vor der Tür angesammelt hatte, herbeigelockt worden war. Als Aubry gerade seinen blutigen Degen aus der Brust seines Gegners zog, wurde er verhaftet.

Er wollte zwar erst Widerstand leisten, als aber der Führer der Wache seinen Leuten befahl: „Entwaffnet den Burschen und bringt ihn ins Châtelet!“ übergab er seinen Degen und folgte willig den Häschern nach dem so heiß ersehnten Gefängnis, indem er die Beschlüsse der Vorsehung bewunderte, die ihm zwei seiner heißesten Wünsche auf einmal bewilligte, nämlich an Marmagne Rache zu nehmen und in Ascanios Nähe zu gelangen.

Diesmal machte man keine Schwierigkeit mehr, ihn in die königliche Festung aufzunehmen. Nur fand, da das Gefängnis im Augenblick offenbar überfüllt war, eine lange Unterredung zwischen Schließer und Inspektor über die Unterbringung des neuen Gefangenen statt. Endlich schienen sich die beiden ehrenwerten Herren zu einigen, denn der Schließer gab Aubry einen Wink, ihm zu folgen, ließ ihn zweiunddreißig Stufen hinabsteigen, öffnete eine Tür, stieß ihn in ein finsteres Verließ und schloß die Tür hinter ihm ab.

———

31. Kapitel.

Es ist für einen ehrbaren Mann nicht leicht, wieder aus dem Gefängnis zu kommen.

Der Student blieb einen Augenblick erstaunt über den plötzlichen Wechsel von Hell und Dunkel stehen. Wo war er? Befand er sich in Ascanios Nähe? Er wußte es nicht. In dem Gang, durch den er gekommen war, hatte er außer der Tür, die sich für ihn geöffnet hatte, noch zwei weitere Türen bemerkt, er wußte jedoch nicht, wohin sie führten; aber sein erster Zweck war doch erfüllt: er befand sich unter demselben Dach wie sein Freund.

Da man indes nicht ewig auf demselben Platz stehen bleiben kann und da er außerdem am andern Ende des Verließes, etwa fünfzehn Schritte vor sich, einen matten Schimmer gewahrte, der durch einen Luftschacht hereinfiel, tastete er sich vorsichtig weiter, um die helle Stelle zu erreichen. Aber schon beim zweiten Schritt schien der Boden unter seinen Füßen nachzugeben; er taumelte ein paar Schritte, fiel mit dem Kopf gegen die Mauer, während seine Füße wider einen Gegenstand stießen, der ihn ins Schwanken brachte. Dieser Gegenstand stieß einen tiefen Seufzer aus.

„Verzeihung," richtete Jacques sich auf und zog höflich seine Mütze, „ich glaube, daß ich auf jemand trete, was ich mir gewiß nicht erlaubt hätte, wenn ich sehen würde." — „Ihr seid auf jemand getreten," ließ sich eine Stimme vernehmen, „der sechzig Jahre lang ein Mensch gewesen ist und bald für die Ewigkeit ein Leichnam sein wird." — „Um so mehr bedaure ich, Euch in dem Augenblick gestört zu haben, da Ihr gewiß wie jeder gute Christ Eure Rechnung mit dem Himmel abschließt." — „Meine Rechnung ist längst gemacht, Herr Student; ich habe als Mensch gesündigt und als Märtyrer gelitten, und ich hoffe, Gott wird, wenn er meine Fehler und meine Leiden abwiegt, sehen, daß die letzteren in der Mehrzahl sind." — „Amen," sagte Aubry, „das wünsche ich Euch von ganzem Herzen. Aber wenn es Euch nicht unangenehm ist, so sagt mir doch, woher Ihr wißt, daß ich Student bin." — „Weil ich Eure Kleidung und vor allem das Tintenfaß sehe, das Ihr am Gürtel tragt, wo sonst bei Edelleuten der Dolch steckt." — „Weil Ihr das an meiner Kleidung und meinem Tintenfaß seht? Aber mein lieber Kamerad, wenn ich mich nicht täusche, habt Ihr mir doch eben gesagt, daß Ihr in Euren letzten Zügen liegt?" — „Ich hoffe endlich am Ziel meiner Leiden zu sein und heute auf Erden einzuschlafen, um morgen im Himmel zu erwachen." — „Ich habe durchaus nichts dagegen," erwiderte Jacques, „nur möchte ich Euch sagen, daß Eure augenblickliche Lage wenig geeignet ist, um zu spaßen." — „Wer sagt Euch denn, daß ich Spaß mache?" murmelte der Sterbende seufzend. — „Wie, Ihr sagt, daß Ihr mich an meiner Kleidung und an dem Tintenfaß an meinem Gürtel erkannt habt, während ich mir die Augen ausschaue, ohne meine beiden Hände zu sehen." — „Das glaube ich gern," erwiderte der Gefangene, „wenn Ihr aber erst mal fünfzehn Jahre in der Zelle seid wie ich, werden Eure Augen in der Dunkelheit ebensogut sehen wie vorher beim hellen Tageslicht." — „Lieber soll sie mir der Teufel auskratzen, als daß ich diese Lehrzeit durchmache," rief der Student. „Ihr seid also schon fünfzehn Jahre im Gefängnis?" — „Fünfzehn oder sechzehn, es können auch mehr oder weniger sein, denn ich habe schon lange aufgehört, die Tage zu zählen und die Zeit zu messen." — „Aber Ihr müßt doch sicher ein ganz ungeheures Verbrechen begangen haben, weil Ihr so grausam bestraft worden seid?" — „Ich bin unschuldig," erwiderte der Gefangene.

„Ach, auch ich bin unschuldig!" rief Jacques schaudernd.

„Dann möge Euch Gott beschützen," sagte der Sterbende, „denn der Schuldige kann wohl hoffen, daß man ihm verzeiht, der Unschuldige aber niemals!" — „Aber schließlich habt Ihr Euch doch irgendeine Schuld vorzuwerfen; erzählt es mir."

Jacques, der allmählich die Gegenstände um sich in der Dunkelheit unterscheiden konnte, schob eine Bank an das Bett des Sterbenden und ließ sich darauf nieder, indem er sich mit dem Rücken an die Wand lehnte.

„Ah, Ihr schweigt, lieber Freund, weil Ihr kein Zutrauen zu mir habt. Ich verstehe, fünfzehn Jahre Gefängnis haben Euch mißtrauisch gemacht. Gut, ich heiße Jacques Aubry, bin 22 Jahre alt und Student, wie Ihr gesehen habt. Aus bestimmten Gründen, die nur mich angehen, ließ ich mich ins Châtelet stecken; seit zehn Minuten bin ich erst hier, wo ich eben die Ehre hatte, Euch kennen zu lernen. Das ist meine ganze Geschichte, die Ihr jetzt ebenso genau kennt wie ich selbst. Nun erzählt aber Ihr, mein lieber Kamerad, ich höre Euch zu."

„Ich bin Etienne Raymond," begann der Gefangene. — „Etienne Raymond . . . den Namen kenne ich nicht," murmelte der Student. — „Das glaube ich, denn Ihr wart ja noch ein Kind, als es Gott gefiel, mich von der Oberfläche der Erde verschwinden zu lassen; außerdem habe ich keine bedeutende Rolle gespielt und auch nicht viel von mir reden gemacht, so daß meine Abwesenheit niemand aufgefallen ist." — „Aber was war denn Euer Beruf?" — „Ich war Vertrauensmann des Konnetabel von Bourbon*)." — „O, dann habt Ihr Hochverrat getrieben

*) Charles de Montpensier-Bourbon (geb. 17. Februar 1849), vermählt 1505 mit der erst vierzehnjährigen Susanne aus dem Hause Bourbon-Clermont, zeichnete sich in der Schlacht bei Marignano und bei der Verteidigung Mailands gegen Maximilian I. aus. Von Franz I. zum Konnetabel ernannt, wurde die Herzogin von Angoulême, die verwitwete Mutter des Königs, seine Todfeindin, da er ihre Liebe nicht erwiderte — sie hoffte, Bourbon würde sie nach dem Tode seiner Gemahlin Susanne (1521) heiraten. Auf dem Feldzug in der Picardie kam es durch die Intrigen der Königinmutter zum offenen Bruch zwischen Bourbon und Franz I. Bald darauf schloß der Konnetabel mit Karl V. einen Geheimvertrag, der Bourbon die Hälfte Frankreichs zusicherte. Sein Abfall wurde entdeckt und der Konnetabel mußte fliehen. Er trat nun offen auf die Seite des Kaisers und übernahm den Oberbefehl über die verbühdeten Truppen in Italien. Mit Frundsberg führte er bei Pavia (1525) die deutschen Landsknechte gegen Franz I. und trug wesentlich zur Niederlage und Gefangen-

wie er. Nun wundere ich mich allerdings nicht mehr." — „Nein, ich weigerte mich nur, meinen Herrn zu verraten, das war mein ganzes Verbrechen." — „Wie ist das zugegangen?" — „Ich befand mich in Paris im Palais des Konnetabel, während dieser sich in seinem Schloß Bourbon-Archambaut aufhielt. Eines Tages kam ein Hauptmann seiner Wache und brachte mir einen Brief des Herrn. Es war der Befehl, dem Boten unverzüglich ein kleines Paket auszuhändigen, das sich im Schlafzimmer des Herzogs in einem kleinen Wandschrank zu Häupten des Bettes befand. Ich ging mit dem Hauptmann in das Schlafgemach, öffnete den Schrank und fand das Paket an der angegebenen Stelle und übergab es ihm. Eine Stunde später kam ein Offizier mit einer Abteilung Soldaten aus dem Louvre; sie verlangten nun gleichfalls in das Schlafzimmer geführt zu werden. Ich gehorchte; sie öffneten den Schrank, aber ihre Mühe war vergebens: was sie suchten, war das Paket, das der Bote des Herzogs bereits mitgenommen hatte. Fluchend ging der Offizier mit seinen Leuten wieder fort. Nach einer halben Stunde kam er bereits mit dem Befehl, mich in die Festung Pierre-en-Scise nach Lyon zu bringen; ich wurde in Ketten gelegt und in einem Wagen von zwei Soldaten eskortiert. Fünf Tage später befand ich mich in einem Gefängnis, das nicht so düster und ungemütlich war wie diese Zelle. Drei Tage und drei Nächte vergingen; in der vierten Nacht wurde ich plötzlich durch ein leises Geräusch geweckt. Ich schlug die Augen auf und sah, wie die Tür sich öffnete; eine verschleierte Frau trat in Begleitung des Schließers in meine Zelle. Dieser stellte eine Lampe auf den Tisch und ging dann auf ein Zeichen meiner nächtlichen Besucherin demütig hinaus. Sie näherte sich meinem Bett und schlug den Schleier zurück — ich stieß einen Schrei aus.

Es war Luise von Savoyen, die Herzogin von Angoulême, die Regentin von Frankreich und Mutter des Königs.

„Ah, was wollte sie denn bei einem armen Teufel wie Euch suchen?" fragte Aubry neugierig.

„Sie wollte das geheime Paket suchen, das ich dem Boten des Herzogs ausgehändigt hatte. Es enthielt nämlich die Liebesbriefe, die die unvorsichtige Herzogin dem Mann geschrieben hatte, den sie jetzt verfolgte."

„Sieh da," flüsterte Aubry, „diese Geschichte gleicht aufs Haar der der Herzogin von Etampes und Ascanios." — „Ach, alle Geschichten von liebestollen Prinzessinnen sind sich gleich," meinte der Gefangene, der ein ebenso feines Gehör wie Gesicht zu haben schien, „wehe den Kleinen, die darin verwickelt werden!"

---

nahme des Königs bei. Am 6. Mai 1527 ging Bourbon an der Spitze seiner deutschen Landsknechte zum Sturm auf Rom vor. Als er mit eigener Hand eine Sturmleiter anlegte und auf die Bresche in der Mauer stieg, trafen ihn zwei Kugeln ins Herz. Benvenuto Cellini, der an der Verteidigung der ewigen Stadt rühmlichen Anteil genommen hatte, behauptet in seinen Memoiren, er habe den Konnetabel durch einen wohlgezielten Schuß aus seiner Arkebuse getötet. Die Leiche des großen Condottiere wurde in Gaëta beigesetzt. (Vgl. St. Frh. von Schwartzenau, Der Konnetable Karl von Bourbon. Bilder aus seinem Leben und seiner Zeit. Berlin 1852.)

„Einen Augenblick, Unglücksprophet," rief Aubry, „was zum Teufel sagt Ihr da? Auch ich bin in die Geschichte einer liebestollen Prinzessin verwickelt." — „Wenn es so ist, dann sagt dem Tag und dem Licht Lebewohl!" — „Geht zum Teufel mit Euren Prophezeiungen aus dem Jenseits! Bin ich denn deswegen da? Nicht ich werde geliebt, sondern Ascanio." — „Wurde ich etwa geliebt?" erwiderte der Gefangene. „Nein, ich stand nur zwischen hoffnungsloser Liebe und leidenschaftlicher Rache, und deshalb wurde ich beim Zusammenstoß der beiden vernichtet." — „Weiß Gott, Eure Geschichte ist wenig erfreulich, mein lieber Mann. Aber kommen wir auf die Prinzessin zurück, denn gerade weil mir Eure Erzählung Angst macht, fesselt sie mich außerordentlich."

„Sie wollte also diese Briefe, wie ich Euch schon sagte," fuhr der Sterbende fort. „Dafür versprach sie mir ihre Gunst, Würden und Auszeichnungen. Ich antwortete, daß ich diese Briefe weder besäße noch kenne. Nun folgten Drohungen auf ihre Versprechungen, aber sie konnte mich weder einschüchtern noch verführen, denn ich hatte ja die Wahrheit gesagt. Wütend ging sie fort. Ein Jahr verging, ohne daß ich etwas von dieser Angelegenheit hörte. Dann kam sie wieder und spielte dieselbe Szene. Nun flehte ich sie im Namen meiner Frau und meiner Kinder an, mich freizulassen, aber es war umsonst. Ich sollte ihr die Briefe ausliefern oder im Gefängnis sterben.

Eines Tages fand ich in meinem Brot eine Feile. Mein edler Herr hatte an mich gedacht; im Ausland, verbannt und flüchtig, konnte er mich weder durch Bitten noch mit Gewalt befreien. Er schickte also einen seiner Diener nach Frankreich, der den Wärter bestach, daß er mir die Feile zusteckte und mir zugleich sagte, von wem sie kam. Ich feilte also das Gitter meiner Zelle durch. Aus meinem Bettzeug machte ich mir einen Strick und ließ mich hinab. Als aber das Seil zu Ende war, suchte ich vergebens den Boden unter meinen Füßen. Ich rief den Namen Gottes an und sprang hinab, aber dabei brach ich mir das Bein und die Runde griff mich auf.

Nun wurde ich in das Schloß Châlons-sur-Sâone übergeführt. Dort blieb ich etwa zwei Jahre, dann erschien die Herzogin abermals in meiner Zelle. Die Briefe, immer wieder die Briefe führten sie zu mir. Diesmal kam sie mit dem Folterknecht; sie ließ mich peinlich befragen, aber sie konnte nichts erreichen. Ich wußte weiter nichts, als daß ich die Briefe dem Boten des Herzogs übergeben hatte.

Eines Tages fand ich auf dem Boden meines Wasserkruges ein Säckchen voll Gold: noch immer gedachte mein edler Herr seines armen Dieners. Ich bestach damit den Schließer, oder dieser stellte sich vielmehr, als ließe er sich bestechen. Um Mitternacht öffnete er die Tür meiner Zelle. Ich ging hinaus und folgte ihm durch die Gänge; schon wehte mir die Luft der Lebenden entgegen und ich glaubte frei zu sein, da stürzten sich Soldaten auf uns und fesselten uns. Mein Schließer wollte sich nur meines Goldes bemächtigen; er hatte mich verraten.

Nun kam ich ins Châtelet in diese Zelle hier. Hier sah ich Luise von Savoyen zum letztenmal; sie brachte jetzt den Henker mit. Aber auch die Anwesenheit des Todes vermochte ebensowenig zu erreichen wie vordem Versprechungen, Drohungen und Folter. Ich gab dieselbe Antwort und fügte nur noch hinzu, daß meine Feindin mir meinen liebsten Wunsch erfüllen würde, wenn sie mir den Tod bewilligte, denn ich hätte genug von diesem Gefängnisleben. Aber gerade deshalb ließ sie mich wohl am Leben. Sie ging hinaus und der Henker folgte ihr. Seitdem habe ich sie nicht mehr wiedergesehen. Was ist aus meinem edlen Herzog, was aus der grausamen Herzogin geworden? Ich weiß es nicht, denn seitdem, und das sind wohl fünfzehn Jahre her, habe ich nur ein einziges Wort mit einer lebenden Seele gewechselt."

„Sie sind beide tot," erwiderte Aubry.

„Beide tot! Mein edler Herzog tot! Aber er war ja noch so jung und wäre heute höchstens zweiundfünfzig Jahre alt. Wie alt ist er denn gestorben?"

„Er ist bei der Belagerung von Rom gefallen, wahrscheinlich . . ." Jacques Aubry wollte hinzufügen: durch einen meiner Freunde, aber er befürchtete, daß diese Mitteilung den Greis peinlich berühren könnte. „Wahrscheinlich durch die Hand eines Goldschmieds namens Benvenuto Cellini," beendete er seinen Satz.

„Vor zwanzig Jahren hätte ich den Mörder verflucht, heute segne ich ihn von ganzem Herzen . . . Und meine Feindin?"

„Sie ist vor neun Jahren gestorben." — „So ist es. Nachts sah ich einmal einen Schatten in meiner Zelle knien und beten. Ich rief und der Schatten verschwand. Gewiß war es sie, die mich um Verzeihung bat."

„Aber nun hätte man Euch doch eigentlich freilassen sollen . . .?"

„Vielleicht hatte sie es auch noch verlangt, aber ich war ja so unbedeutend, daß man mich inmitten der großen Umwälzungen vergaß." — „Und nun verzeiht Ihr beiden im Angesicht des Todes?" — „Richtet mich auf, junger Mann, damit ich für sie bete."

Der Sterbende richtete sich mit Aubrys Hilfe empor und schloß in sein Gebet seinen Beschützer und seine Verfolgerin ein, den Mann, der seiner stets in treuer Dankbarkeit gedacht, und die Frau, die ihn nie in ihrem Haß vergessen hatte: den Konnetabel und die Herzogin.

Der Gefangene hatte recht. Aubrys Augen begannen sich an die Dunkelheit zu gewöhnen; er konnte bereits im Finstern die Gestalt des Sterbenden unterscheiden. Es war ein schöner Greis mit weißem Bart und kahler Stirn, abgemagert durch langes Leid. Während er betete, stieß er einen Seufzer aus und sank ohnmächtig zurück. Jacques glaubte, er wäre gestorben. Aber er holte doch den Krug und besprengte die Züge des Greises mit Wasser. Der Sterbende kam wieder zu sich.

„Du hast wohlgetan, daß du mir halfst, junger Mann, hier

ist dein Lohn," sagte der Greis. — „Was ist das?" — „Ein Dolch." — „Wie ist dieser Dolch in Eure Hände gekommen?" — „Als der Schließer mir mein tägliches Wasser und Brot brachte, stellte er einmal seine Laterne auf die Bank vor der Wand. In der Mauer befand sich ein etwas vorspringender Stein, in den mit dem Messer einige Buchstaben eingeritzt waren. Beim Schein der Laterne konnte ich sie lesen: ‚Ultor.' Was sollte das Wort ‚Rächer' bedeuten? Ich versuchte den Stein aus der Wand zu lösen. Nach langer Mühe gelang es mir, ihn herauszubrechen. Ich griff in das Loch und fand einen Dolch. Das fast erloschene Verlangen nach Freiheit erwachte plötzlich wieder in mir und ich beschloß, mir mittels des Dolches einen Gang nach der nächsten Zelle zu graben, um gemeinsam mit deren Insassen einen Fluchtplan zu vereinbaren. Ich machte mich sogleich ans Werk und es ging in der Tat leichter, als ich gedacht hatte. Ich befand mich ja schon zehn oder zwölf Jahre hier und so dachte gewiß niemand mehr daran, daß ich ausbrechen könnte, man wußte ja vielleicht gar nicht mehr, wer ich überhaupt war. Der Konnetabel und die Herzogin waren tot, und sie allein erinnerten sich noch meiner; wer weiß heute, wen ich meine, wenn ich den Namen Etienne Raymond ausspreche? Kein Mensch!"

Aubry fühlte kalten Schweiß über seine Stirn rieseln, als er an die Vergessenheit dachte, der dieser Unglückliche anheimgefallen war.

„Etwa seit einem Jahr grabe ich den Boden aus und habe unter der Mauer ein Loch ausgehöhlt, durch das ein Mensch kriechen kann. Die Erde, die ich herausschaffte, streute ich über den Sand in meiner Zelle und trat sie in den Boden. Das Loch befindet sich unter meinem Bett; in den zwölf Jahren, seit ich hier bin, ist es niemand eingefallen, das Bett abzurücken. Der Aufseher kommt nur einmal im Tag in meine Zelle. Wenn sich die Tür hinter ihm geschlossen hatte und seine Schritte im Gang verhallt waren, schob ich mein Bett zur Seite und begann zu arbeiten; wenn die Stunde des Besuchs nahte, stellte ich das Bett wieder an seinen Platz und legte mich.

Vorgestern legte ich mich nieder, um nicht mehr aufzustehen. Ich war am Ende meiner Kräfte. Sei gesegnet, junger Mann, daß du mir in meiner Sterbestunde beistehst; ich will dich dafür zu meinem Erben einsetzen."

„Ich soll Euch beerben?" fragte Aubry erstaunt.

„Gewiß, ich vermache dir den Dolch. Du lächelst. Kann dir aber ein Gefangener eine wertvollere Erbschaft hinterlassen? Dieser Dolch verschafft dir vielleicht die Freiheit."

„Ihr habt recht, ich danke Euch. Aber wohin führt das Loch, das Ihr gegraben habt?" — „Ich war noch nicht bis ans Ende gekommen, aber ich war doch nahe am Ziel. Gestern vernahm ich in der anstoßenden Zelle eine Stimme. Ich glaube, wenn Ihr noch ein paar Stunden arbeitet, könnt Ihr mein Werk vollenden . . . Doch jetzt ruft einen Priester," bat der Sterbende. — „Geduld, mein Vater; sie werden gewiß eine solche Bitte einem Sterbenden nicht versagen."

Und Aubry eilte an die Tür, ohne diesmal zu stolpern, denn seine Augen hatten sich an die Dunkelheit gewöhnt, und donnerte mit Händen und Füßen dagegen.

Der Schließer stieg die Treppe hinab. „Was macht Ihr solchen Lärm?“ fragte er ärgerlich. „Was wollt Ihr denn?“ — „Der Greis, der bei mir in der Zelle ist, liegt im Sterben; er verlangt nach einem Priester. Wollt Ihr ihm das verweigern?“ erklärte Aubry. — „Hm,“ brummte der Schließer. „Ich weiß nicht, wozu diese Burschen immer Priester verlangen. Gut, ich werde ihm einen schicken.“

Wirklich erschien zehn Minuten später der Geistliche, der das heilige Viaticum trug, mit zwei Chorknaben in der Zelle. Die Beichte des Märtyrers, der nur die Sünden anderer angeben konnte, und statt für sich um Verzeihung für seine Feinde bat, war ein feierliches Schauspiel. So wenig Aubry für derartige Eindrücke auch empfänglich war, so sank er doch auf die Knie und besann sich auf seine Kindergebete, die er längst vergessen geglaubt hatte. Als der Gefangene seine Beichte beendet hatte, neigte der Priester sein Haupt vor ihm und bat den Sterbenden um seinen Segen. Der Greis legte mit verklärtem Lächeln eine Hand auf das Haupt des Priesters und streckte die andere nach Aubry aus, dann stieß er einen tiefen Seufzer aus und sank auf sein Lager zurück. Er war tot.

Der Priester ging mit den beiden Chorknaben wieder hinaus, und die Zelle, die einen Augenblick durch das zitternde Licht der Kerzen erleuchtet worden war, sank wieder in die frühere Finsternis zurück.

Jacques Aubry befand sich allein mit dem Toten. Das war eine traurige Gesellschaft, zu der sich noch recht düstere Gedanken gesellten. Dieser Mann, der hier gehaust hatte, war unschuldig ins Gefängnis gekommen und fünfzehn Jahre darin geblieben, um es erst als Toter wieder zu verlassen.

Aber doch begann sich in Aubrys Herz ein egoistischer Gedanke zu regen: er dachte wie auch er unschuldig in die Leidenschaften der Fürsten verwickelt worden war, die so leicht ein Menschenleben zerbrechen und vernichten. Ascanio und er konnten ebensogut verschwinden wie Etienne Raymond — wer würde sich um sie kümmern, wer an sie denken?

Vielleicht Gervaise, bestimmt Benvenuto Cellini.

Aber Gervaise konnte weiter nichts tun als weinen, während Cellini selbst seine Machtlosigkeit eingestanden hatte, als er nach dem Brief begehrte, den Ascanio besaß.

Als einzige Rettung und Hoffnung blieb ihm also nur das Erbe des Verstorbenen, ein alter Dolch, der bereits die Hoffnung seiner beiden ersten Besitzer getäuscht hatte.

Jacques Aubry hatte ihn auf seiner Brust verborgen; jetzt griff seine Hand danach, um sich zu überzeugen, daß er noch da war.

Da öffnete sich die Tür und die Aufseher kamen, um die Leiche zu holen.

„Wann bekomme ich mein Essen?“ fragte Jacques. „Ich habe Hunger.“ — „In zwei Stunden,“ erwiderte der Schließer.

Und der Student befand sich allein in seiner Zelle.

32. Kapitel

Erlaubter Diebstahl.

Aubry saß zwei Stunden auf seinem Schemel, ohne sich von der Stelle zu rühren, so sehr beherrschten ihn seine Gedanken. Zur angegebenen Zeit kam der Schließer, brachte ihm frisches Brot und Wasser und ging dann wieder hinaus. Der Student erinnerte sich der Worte des Toten, daß die Tür der Zelle sich erst nach vierundzwanzig Stunden wieder öffnen würde. Gleichwohl verharrte er noch eine Weile auf seinem Platz, denn er dachte, der Tod des Greises könnte Anlaß zu nochmaligen Nachforschungen geben.

Allmählich sah er durch den Luftschacht, daß die Nacht hereinbrach. Ein abwechslungsreicher Tag ging für ihn zur Neige. Um Mittag das Verhör vor dem Richter und gleich darauf das Duell mit Marmagne; ein Uhr war er bereits im Gefängnis, um drei Uhr starb der alte Gefangene und jetzt traf er seine ersten Anstalten zur Flucht.

Langsam stand Aubry auf, ging an die Tür und horchte: auf der Treppe wie auf den Gängen ließ sich kein Geräusch vernehmen. Um die Spur zu verwischen, breitete er seine Kleider auf den Boden und stellte das Bett darauf — wirklich fand er dahinter das Loch, das der Gefangene gegraben hatte.

Wie eine Schlange glitt er in den Schacht, der etwa acht Fuß tief war, unter dem Fundament der Mauer herführte und auf der andern Seite wieder nach oben anstieg. Beim ersten Schlag, den Aubry mit dem Dolch gegen die Erde führte, hörte er am Klang des Gesteins, daß er bald am Ziel sein mußte. Wohin ging aber diese Öffnung? Nur ein Zauberer hätte es ihm sagen können.

Eifrig fuhr er in seiner Arbeit fort, indem er dabei möglichst wenig Geräusch machte. Bisweilen schaffte er die losgebrochene Erde in seine Zelle zurück und trat sie fest, dann kroch er aufs neue in den Schacht.

Während Aubry so an seiner Befreiung arbeitete, dachte Ascanio traurig an Colombe. Auch er war ins Châtelet gebracht und in ein Verlies geworfen worden, aber seine Zelle war, sei es durch Zufall oder auf Fürsprache der Herzogin, weniger kahl und unfreundlich als die des Studenten.

Doch was lag Ascanio an etwas mehr oder weniger Annehmlichkeit. Seine Zelle blieb doch eine Zelle und seine Gefangenschaft eine Trennung von Colombe. Sie vermißte er mehr als Licht, Freiheit und Leben. Wäre Colombe bei ihm gewesen, dann hätte sich auch das düsterste Verlies für ihn in ein Zauberschloß verwandelt.

Doch auch sie befand sich jetzt wohl in einem Gefängnis, vielleicht in einem Kloster, aus dem man sie in die Kapelle führte, wo bereits der Gatte auf sie wartete, den man ihr mit Gewalt aufdrängen wollte. Zwei furchtbare Leidenschaften hielten vor dem Gefängnis der beiden Wacht: die Liebe der Frau von Etampes und der Ehrgeiz des Grafen Orbec.

Am ersten Tag hatte sich Ascanio keine Sorgen um die Zukunft gemacht. Benvenuto wachte ja über sie beide und so gab er sich ruhig seinen Träumen hin. Aber Cellini kam nicht, um seinen geliebten Schüler zu trösten; vielleicht war er wieder in Fontainebleau und seine Feinde benutzten diese Gelegenheit, um seine Maßnahmen zu durchkreuzen.

So verbrachte Ascanio den Rest des Tages und die Nacht voll Unruhe und Sorge. Er ging in der Zelle auf und ab, setzte sich auf den Schemel, stand wieder auf und warf sich auf das Bett, dessen frische Wäsche darauf schließen ließ, daß der Gefangene von besonderer Seite empfohlen worden war. Aber die Nacht und der ganze nächste Vormittag verging, ohne daß sich jemand außer dem Schließer sehen ließ, der ihm das Essen brachte.

Gegen zwei Uhr nachmittags schien er in seiner Nähe sprechen zu hören; es war ein leises, undeutliches Murmeln, das er nicht verstehen konnte, aber es waren auf alle Fälle menschliche Stimmen. Ascanio horchte auf und folgte der Richtung des Geräusches: es kam aus einem Winkel seiner Zelle. Er legte das Ohr an die Wand und auf den Boden — der Lärm kam aus der Tiefe der Erde.

Ascanio hatte also offenbar Nachbarn, die von ihm vielleicht nur durch den Fußboden getrennt waren.

Mit Anbruch der Nacht erwachte das Geräusch wieder, nur waren es diesmal nicht mehr zwei Menschen, die miteinander sprachen, sondern der dumpfe Schall von Schlägen eines Steinhauers. Der Lärm kam noch aus derselben Stelle, er ließ keinen Augenblick nach, sondern wurde zusehends lauter und deutlicher.

So sehr Ascanio auch mit seinen eigenen Gedanken beschäftigt war, so schenkte er dem seltsamen Geräusch doch volle Aufmerksamkeit und richtete seinen Blick unverwandt auf die Stelle, woher es kam. Obwohl es darüber Mitternacht geworden war, empfand Ascanio keine Spur von Müdigkeit und dachte nicht ans Schlafen.

Das Geräusch hielt an, und da es nicht die gewöhnliche Arbeitszeit war, mußte es offenbar von einem Gefangenen herrühren, der sich mit seiner Flucht beschäftigte. Ascanio lächelte traurig bei diesem Gedanken, denn der Gefangene, der sich in wenigen Augenblicken bereits frei und gerettet glauben würde, hätte doch nur seine Zelle gewechselt.

Schließlich wurde das Geräusch so laut, daß Ascanio mit seiner Lampe in den Winkel leuchtete, wo er es vernahm. Fast zur selben Zeit hob sich das Pflaster empor und ein menschlicher Kopf kam zum Vorschein.

Ascanio stieß erst einen Schrei der Verwunderung, dann der Freude aus, auf den ein nicht minder lebhafter Ruf antwortete. Es war Aubry, dem dieser Kopf gehörte, und es dauerte nicht mehr lange, da lagen sich die beiden Freunde in den Armen.

Nach der ersten freudigen Begrüßung und den ersten erstaunten Fragen, die beide aneinander richteten, erzählte der

Student Ascanio, was während seiner Verhaftung geschehen und wie er selbst ins Châtelet gekommen war. Nach einer nochmaligen Umarmung ob des unverhofften Wiedersehens, sagte Aubry: „Nun höre mich an, Ascanio, denn wir haben keine Zeit zu verlieren. Es handelt sich um den Brief, den dir die Herzogin von Etampes geschrieben hat.“ — „Wer hat dir denn gesagt, daß ich einen Brief von der Herzogin besitze?“ — „Benvenuto Cellini. Er muß ihn unbedingt haben, und deshalb habe ich mich hierher begeben, um ihn zu holen.“ — „Aber was will Benvenuto mit diesem Brief anfangen?“ fragte Ascanio. — „Was weiß ich! Das geht mich nichts an. Ich ließ mich ins Gefängnis stecken, um den Brief zu bekommen. Da bin ich nun, gib ihn mir und ich will dafür sorgen, daß Benvenuto ihn erhält. Nun, was hast du denn?“ fragte Aubry erstaunt, als er sah, wie Ascanios Gesicht sich verfinsterte.

„Mein armer Aubry, deine Mühe war umsonst.“ — „Wieso? Hast du denn den Brief etwa nicht mehr?“ — „Doch, hier ist er!“ legte Ascanio die Hand auf seinen Gürtel. — „Gott sei Dank also doch! Dann gib ihn mir, damit ich ihn Benvenuto bringen kann.“ — „Jacques, den Brief gebe ich nicht her, denn ich weiß nicht, was Benvenuto damit machen will.“ — „Er braucht ihn, um dich zu retten.“ — „Und vielleicht auch, um die Herzogin von Etampes zu vernichten. Nein, Aubry, ich will keine Frau unglücklich machen.“ — „Aber diese Frau will dich vernichten. Sie verabscheut dich, doch nein, ich täusche mich, sie betet dich an . . .“ — „Und ich sollte sie zum Dank dafür . . .“ — „Aber das ist doch genau so, als wenn sie dich haßte, denn du liebst sie ja nicht. Sie ist außerdem an allem schuld: sie ließ dich verhaften und Colombe entführen.“ — „Einerlei, ich will lieber umkommen als eine feige Tat begehen, Aubry.“ — „Aber von einer feigen Tat kann doch keine Rede sein, da Benvenuto selbst sie begehen will.“ — „Du kannst aber den Brief verlieren oder in der besten Absicht damit eine unüberlegte Handlung begehen. Aubry, der Brief bleibt also besser wo er ist.“ — „Aber lieber Freund,“ rief der Student, „bedenke doch, Benvenuto hat selbst gesagt, daß nur dieser Brief dich retten kann!“ — „Benvenuto wird mich auch ohne ihn retten. Er hat das Wort des Königs, das der ihm an dem Tage, wo der Guß der Jupiterstatue beendet ist, jede Gunst bewilligt, die er verlangt.“ — „Gewiß, aber der Guß dauert doch mindestens drei Tage und bis Benvenuto dem König die fertige Statue zeigen kann, vergehen nochmals drei Tage. Das ist also rund eine Woche. Und wenn inzwischen Frau von Etampes Colombe zwingt den Grafen Orbec zu heiraten?“ — „Frau von Etampes hat kein Recht über Colombe. Colombe wird sich weigern.“ — „Schön, aber der Prevot hat Macht über Colombe, da sie seine Tochter, und Franz I., da sie seine Untertanin ist. Wenn also der Prevot und der König befehlen . . .“

Ascanio wurde aschfahl.

„Wenn also Benvenuto deine Freilassung erreicht und Colombe bereits die Frau eines andern ist — was nützt dir dann deine Freiheit?“

Ascanio wischte die Schweißtropfen von seiner Stirn, die Aubrys Worte hervorlockten, während seine Rechte krampfhaft nach dem Gürtel griff, in dem der Brief steckte, von dem seine Befreiung abhing. Aber in dem Augenblick, als Aubry schon hoffte, er würde nachgeben, schüttelte er den Kopf, als wollte er die aufsteigenden Gedanken verscheuchen.

„Nein!“ sagte er entschlossen. „Ich muß mich allein auf Benvenuto verlassen.“

„Gut,“ faßte Aubry seinerseits einen geheimen Entschluß, „sprechen wir also nicht mehr davon. Doch ich glaube, wir sind für heute schon zu lange beisammen gewesen, morgen früh oder im Laufe des Tages wollen wir unsern Besuch erneuern. Ich bin müde von den Aufregungen des Tages und von meiner nächtlichen Arbeit, so daß ich gern ein wenig ausruhen möchte. Bleibe also hier, ich kehre in meine Zelle zurück. Wenn du Lust hast, mich wieder zu sehen, so brauchst du mich nur zu rufen. Lege aber diese Matte über das Loch, damit man nicht unsere Verbindung abschneidet. Gute Nacht! Guter Rat kommt über Nacht — ich hoffe, du wirst also morgen früh vernünftiger sein.“

Ohne auf Ascanios Bemühungen zu achten, der ihn zurückzuhalten suchte, kroch Aubry in seine Zelle zurück. Kaum waren die Beine des Studenten verschwunden, da breitete Ascanio dem Rat seines Freundes gemäß seine Matte über das Loch.

Dann löste er seinen Gürtel und legte ihn auf den Stuhl, warf sich auf sein Bett und schlief trotz seiner inneren Erregung bald ein — die Müdigkeit des Körpers siegte über den unruhigen Geist.

Obwohl auch Aubry der Ruhe bedurfte, folgte er doch nicht dem Beispiel seines Freundes. Er setzte sich auf seinen Schemel und begann nachzudenken, was er gewöhnlich nur dann tat, wenn es sich um ein wichtiges Unternehmen handelte.

Der Student blieb etwa eine halbe Stunde ruhig sitzen, dann stand er langsam auf und ging wie ein Mann, der einen festen Entschluß gefaßt hat, auf das Loch zu, stieg hinab und kroch diesmal vorsichtig und lautlos in die andere Zelle. Als er mit dem Kopf leise die Matte hochhob, sah er, daß er seinen Freund nicht im Schlaf gestört hatte.

Das war alles, was der Student verlangte. Mit noch größerer Vorsicht kletterte er langsam aus seinem unterirdischen Gang und ging mit angehaltenem Atem auf den Stuhl zu, über dem Ascanios Gürtel hing. Den Blick fest auf den Schläfer gerichtet, nahm er aus der Tasche den kostbaren, von Cellini so sehr begehrten Brief und steckte dafür einen gewöhnlichen Brief seiner Gervaise hinein, den er genau so faltete, wie der Brief der Herzogin zusammengelegt war. Wenn Ascanio nachsah, sollte er ruhig glauben, daß die Botschaft der schönen Anna von Heilly noch immer in seinem Besitz wäre.

Dann kroch er wieder in sein Loch, zog vorsichtig die Matte darüber und verschwand in dem Schacht wie die Theatergespenster in der Versenkung.

Es war Zeit, denn kaum hatte Aubry seine Zelle wieder erreicht, als er hörte, wie Ascanios Tür in ihren Angeln ächzte und sein Freund mit der Stimme eines Menschen, der eben in tiefem Schlaf gestört wird, rief: „Wer ist da?"

„Fürchtet nichts, ich bin es, eine Freundin," erwiderte eine zärtliche Stimme.

Beim Klang dieser Stimme, die ihm bekannt vorkam, erhob sich Ascanio halb entkleidet von seinem Lager und sah beim Schein seiner Lampe eine verschleierte Frau, die langsam auf ihn zuging und dann ihren Schleier lüftete. Er hatte sich nicht getäuscht — es war die Herzogin von Etampes.

---

33. Kapitel.

Der Brief einer Grisette gibt nicht mehr Feuer und Asche als der Brief einer Herzogin.

Die Züge der schönen Anna von Heilly drückten soviel Mitgefühl und Traurigkeit aus, daß Ascanio sich täuschen ließ und in dem Glauben bestärkt wurde, die Herzogin wäre an der Katastrophe, deren Opfer er und Colombe geworden waren, vollkommen unschuldig.

„Ihr seid hier, Ascanio, Euch, dem ich Paläste geben wollte, muß ich im Gefängnis wiederfinden!" sagte sie. — „Madame, Ihr steht also wirklich der Verfolgung fern, der wir ausgesetzt sind?" rief der Jüngling. — „Hattet Ihr denn überhaupt auch nur einen Augenblick Verdacht gegen mich, Ascanio? Dann habt Ihr freilich Grund mich zu hassen, während mir nichts übrig bleibt, als im stillen zu beklagen, daß mich jemand so wenig kennt, den ich doch so gut verstehe."

„Nein, nein, Madame," sagte Ascanio. „Ich hörte wohl, daß Ihr an allem schuld seid, allein ich wollte es nicht glauben."

„Ich weiß, Ascanio, Ihr liebt mich nicht, aber Euer Haß verleitet Euch wenigstens nicht zur Ungerechtigkeit. Ihr habt recht, ich war an der ganzen Sache nicht nur völlig unbeteiligt, sondern wußte überhaupt nichts davon. Der Prevot dagegen hat alles erfahren — wie, das ist mir unbekannt — er meldete es dem König und erhielt von ihm den Befehl, Euch zu verhaften und Colombe zu entführen."

„Colombe ist also wieder bei ihrem Vater?" fragte Ascanio lebhaft. — „Nein, sie ist bei mir." — „Bei Euch? Warum bei Euch?" fragte der Jüngling erstaunt. — „Sie ist sehr hübsch, Ascanio," flüsterte die Herzogin, „und ich verstehe, warum Ihr sie allen Frauen bevorzugt, selbst der geliebtesten von allen, die Euch das schönste Herzogtum anbot." — „Ich liebe Colombe," sagte Ascanio, „und Ihr wißt, daß man die Liebe, dieses Geschenk des Himmels, allen Gütern der Erde vorzieht." — „Ja, Ihr liebt sie über alles, Ascanio. Einen Augenblick hoffte ich, Eure Leidenschaft für sie wäre nur eine gewöhnliche Liebschaft. Aber ich täuschte mich. Ach, ich sehe jetzt selbst ein, daß es sich Gottes Willen widersetzen hieße, wollte man Euch noch länger von ihr trennen," fügte sie seufzend hinzu.

„Madame," rief Ascanio mit gefalteten Händen, „Gott verlieh Euch die Macht, uns zu vereinigen. Zeigt Euch deshalb auch groß und edelmütig bis zum Ende und macht zwei Kinder glücklich, die Euch ihr ganzes Leben hindurch lieben und segnen werden." — „Ja, Ascanio, ich bin besiegt und bereit Euch zu beschützen und zu verteidigen. Aber ach, vielleicht ist es jetzt schon zu spät . . ." — „Zu spät? Was wollt Ihr damit sagen?" — „Vielleicht bin ich zu dieser Stunde schon verloren . . . verloren, weil ich Euch geliebt, weil ich Euch geschrieben habe . . ." — „Wieso? Ich verstehe Euch nicht, Madame." — Begreift Ihr denn nicht, daß der Prevot, gestützt auf die Vollmacht des Königs, eine Haussuchung im Hotel de Nesle vorgenommen hat, die sich fast ausschließlich auf Euer Zimmer beschränkte, da es ihm um alle Beweise Eurer Liebe zu Colombe zu tun war? In Eurer Kammer wurde nun der Brief gefunden, den ich Euch in einem Augenblick leidenschaftlicher Verblendung geschrieben hatte. Begreift Ihr nun, daß meine ganze Macht in dem Augenblick zusammenbricht, wo dieses Schreiben dem König zu Gesicht kommt? Seht Ihr ein, daß ich dann nichts mehr für Euch und für Colombe tun kann, daß ich verloren bin?" — „O, beruhigt Euch, Madame, es besteht keine Gefahr, denn der Brief ist da, hier ist er, er hat mich niemals verlassen."

Die Herzogin atmete erleichtert auf und ihre Angst wich der Freude.

„Ihr habt ihn also noch!" rief sie. „Und welchem Gefühl verdanke ich es, daß der Brief Euch nie verlassen hat?" — „Der Klugheit, Madame."

„Ach, nur der Klugheit! Ich habe mich also doch getäuscht . . . Doch haltet Ihr es etwa für klug, hier im Gefängnis, wo Ihr jeden Augenblick durchsucht werden könnt, ein solches Schreiben bei Euch zu haben, das, wenn es in andere Hände fällt, mich außerstand setzt, Euch und Colombe zu helfen?" — „Madame, ich weiß nicht, ob Euer Herz ebenso denkt wie Eure Lippen reden und ob Ihr wirklich Colombe und mich retten wollt. Ich weiß auch nicht, ob lediglich das Verlangen, diesen Brief wiederzubekommen, der Euch vernichten kann, Euch hierher geführt hat und ob Ihr nicht später wieder unsere Feindin werdet, aber ich weiß, daß dieser Brief Euch gehört, Madame, und daß ich in dem Augenblick, wo Ihr ihn zurückverlangt, nicht mehr das Recht habe, ihn länger behalten zu dürfen."

Ascanio stand auf, ging auf den Stuhl zu, auf dem sein Gürtel lag, und zog aus der Tasche einen Brief, den die Herzogin auf den ersten Blick am Umschlag erkannte. „Hier ist das Papier, das Euch so sehr am Herzen liegt, Madame, und das Euch schaden kann, ohne daß ich einen Nutzen davon habe. Nehmt es, zerreißt, vernichtet es. Ich habe getan, was ich sollte, tut Ihr, was Euch beliebt."

„Ah, Ihr habt wirklich ein edles Herz, Ascanio!" rief die Herzogin in froher Aufwallung.

„Horch, es kommt jemand, Madame, seid auf der Hut!“ rief Ascanio.

„Ihr habt recht,“ sagte die Herzogin. Und beim Geräusch der Schritte, die sich in der Tat der Zelle näherten, streckte die Herzogin rasch die Hand nach der Lampe aus und brachte das Papier an die Flamme, die es sofort ergriff und in einem Augenblick verzehrte. Frau von Etampes hielt es jedoch fest, bis die Flamme fast an ihre Finger leckte und der Brief von allen Seiten verbrannt zu Boden fiel, wo sie die Asche mit ihren Füßen austrat.

In diesem Augenblick erschien der Prevot unter der Tür.

„Ich erfuhr eben, daß Ihr hier seid, Madame,“ sagte er aufgeregt und sah abwechselnd nach Ascanio und der Herzogin. „Ich beeilte mich daher, mich Euch zur Verfügung zu stellen. Braucht Ihr mich oder meine Leute?“

„Nein, Messire,“ sagte die Herzogin, die nicht das Gefühl tiefer Freude verbergen konnte, das sich auf ihrem Gesicht spiegelte, „ich danke Euch aber darum nicht minder für Eure Bereitwilligkeit und Euren guten Willen. Ich wollte nur diesen jungen Mann, den Ihr verhaftet habt, verhören, um zu sehen, ob er wirklich so schuldig ist, wie es hieß.“

„Und das Ergebnis dieses Verhörs?“ fragte der Prevot in einem Ton, der einen gewissen spöttischen Klang verriet.

„Nun, Ascanio ist weniger schuldig als ich dachte. Messire, ich empfehle ihn Eurer besonderen Fürsorge. Der arme Junge ist hier sehr schlecht untergebracht. Könnt Ihr ihm nicht ein besseres Zimmer geben?“

„Ich werde es morgen früh sofort veranlassen, Madame, denn Eure Wünsche sind für mich Befehle, wie Ihr wißt. Verlangt Ihr sonst noch etwas oder wollt Ihr Euer Verhör fortsetzen?“

„Nein, Messire; ich weiß alles, was ich wissen wollte.“

Damit verließ die Herzogin die Zelle, indem sie Ascanio noch einen letzten Blick voll Dankbarkeit und Leidenschaft zuwarf.

Der Prevot folgte ihr und die Tür schloß sich hinter ihnen.

„Weiß Gott, es war höchste Zeit!“ dachte Aubry, dem kein Wort des Gesprächs zwischen der Herzogin und Ascanio entgangen war.

. . . Als Marmagne das Bewußtsein wiedererlangt hatte, war es seine erste Sorge, die Herzogin von seiner Verwundung zu benachrichtigen und ihr sagen zu lassen, daß er ihr vor seinem Tod ein Geheimnis anvertrauen müsse, das für sie von größter Wichtigkeit wäre. Die Herzogin kam sofort und Marmagne erzählte ihr, daß er von einem Studenten namens Jacques Aubry angegriffen und verwundet worden sei — dieser suche um jeden Preis ins Châtelet zu gelangen, um sich von Ascanio einen Brief geben zu lassen, den Cellini haben wollte.

Die Herzogin hatte sofort alles begriffen. Sie verfluchte ihre Leidenschaft, die sie diesmal ihre sonstige Klugheit vergessen ließ, und obwohl es zwei Uhr morgens war, eilte sie ins Châtelet und ließ sich Ascanios Zelle öffnen.

Es war wirklich Zeit gewesen, wie Aubry sagte.

Aber er hatte erst die Hälfte seiner Aufgabe erfüllt — der zweite und entschieden schwierigere Teil stand ihm noch bevor. Der Student besaß wohl den Brief, der wenige Augenblicke später für immer vernichtet worden wäre, aber er hatte erst wirklichen Wert, wenn er in Cellinis Hände gelangte.

Jacques Aubry war indes Gefangener und er wußte von seinem Vorgänger, daß es nicht leicht war, das Châtelet wieder zu verlassen, wenn man erst einmal darin war. Es ging ihm daher wie dem Hahn in der Fabel, der eine Perle gefunden hatte: er war in größter Verlegenheit, was er mit seinem Reichtum anfangen sollte.

Jeder gewaltsame Fluchtversuch war ein Ding der Unmöglichkeit. Mit seinem Dolch konnte Jacques Aubry wohl den Schließer töten und ihm seine Schlüssel und Kleider abnehmen, aber abgesehen davon, daß dieses Mittel dem Charakter des Studenten widerstrebte, bot es ihm auch keine hinreichende Sicherheit. Es war zehn gegen eins zu wetten, daß er erkannt, seines kostbaren Briefes beraubt und wieder ins Verlies geworfen wurde.

Auf gut Glück zu entfliehen, war noch unsicherer, denn die Zelle lag mindestens zehn Fuß unter der Erde und die Öffnung des Luftschachts war durch mächtige Eisengitter versperrt. Er hätte Monate gebraucht, um nur eine dieser Stangen durchzufeilen, und dann erreichte er höchstens einen von hohen Mauern umgebenen Hof, in dem er am andern Tag von der Wache aufgegriffen wurde.

Es blieb ihm somit nur noch die Bestechung — aber dank des Urteils des Kriminalleutnants, das Gervaise zwanzig Sous für den Verlust ihrer jungfräulichen Ehre zubilligte, besaß der Gefangene als ganzes Vermögen nur noch zehn Sous, und das war entschieden viel zu wenig, um den Kerkermeister des berüchtigtesten Gefängnisses zu bestechen.

Jacques Aubry befand sich also in furchtbarster Verlegenheit. Er dachte nicht mehr ans Schlafen; er rannte in seiner Zelle hin und her, setzte sich nieder und sprang wieder auf. Es war das erstemal, daß er wachte, um zu überlegen und nachzudenken; früher war er nur aufgeblieben um zu trinken, zu spielen oder zu lieben.

Mit Tagesanbruch schien sich sein aufgeregtes Gemüt jedoch zu beruhigen, denn Jacques Aubry stieß einen kläglichen Seufzer aus und warf sich wie ein völlig erschöpfter Mensch auf sein Lager.

Kaum war er eingeschlafen, da vernahm er Schritte auf der Treppe. Sie kamen näher, der Schlüssel knirschte im Schloß, die Angeln ächzten, die Tür öffnete sich und zwei Gerichtsbeamte erschienen auf der Schwelle: der Kriminalleutnant und sein Schreiber.

Jacques Aubry erkannte in ihnen alte Freunde, was das Peinliche der Szene wenigstens einigermaßen milderte.

„Ah, Ihr seid es, junger Mann," rief der Kriminalleutnant, als er Aubry erkannte, „hier muß ich Euch wiederfinden — Ihr seid also doch ins Châtelet gekommen? Teufel, was macht Ihr aber auch für Streiche! Junge Mädchen verführt Ihr und jungen Edelleuten stoßt Ihr Euern Degen in die Brust! Doch diesmal heißt es auf der Hut sein, denn das Leben eines Edelmannes steht höher im Preis als die Ehre einer Grisette — da kommt Ihr nicht mit zwanzig Sous davon."

So furchtbar auch die Worte des Richters waren, so beruhigte der Ton, in dem sie gesprochen wurden, doch einigermaßen den Gefangenen. Dieser Mann mit dem gutmütigen Gesicht, in dessen Hände er jetzt wieder gefallen war, schien ein so lieber Geselle zu sein, daß man von ihm eigentlich gar nichts Unangenehmes erwarten konnte. Das konnte man indes von dem Schreiber nicht gerade behaupten, denn bei jeder Drohung, die der Kriminalleutnant aussprach, nickte er zustimmend mit dem Kopf.

Das Verhör begann. Jacques Aubry verheimlichte nichts, er erklärte, er habe in dem Vicomte von Marmagne einen Edelmann erkannt, der ihn mehrmals verraten hatte; dann nahm er dem Pagen den Degen ab, forderte den Vicomte und stach ihn nieder. Mehr wußte er nicht.

„Mehr wißt Ihr nicht!" meinte der Richter, indem er die Aussagen des Studenten dem Schreiber diktierte. „Na, ich dächte, das wäre schon genug. Pest, Eure Sache ist klar wie der Tag, zumal der Vicomte von Marmagne ein besonderer Günstling der Herzogin von Etampes ist. Übrigens scheint sie Euch noch besonders empfohlen zu haben, mein wackerer Gesell."

„Teufel!" meinte der Student besorgt: „Sagt, Herr Richter, steht denn meine Sache wirklich so schlecht?" — „O, noch viel schlechter, mein Lieber, obwohl es nicht meine Gewohnheit ist, meine Klienten einzuschüchtern. Aber ich mache Euch darauf aufmerksam, falls Ihr noch einige Anordnungen zu treffen habt." — „Wie, Herr Kriminalleutnant," rief der Student, „glaubt Ihr denn, daß es mir ans Leben geht?" — „Ei gewiß," erwiderte der Richter, „Ihr greift auf offener Straße einen Edelmann an, zwingt ihn, sich mit Euch zu schlagen und stoßt ihm den Degen in den Leib — und da fragt Ihr noch, ob es Euch ans Leben geht? Natürlich, und zwar verdammt scharf." — „Aber solche Fälle kommen doch jeden Tag vor, ohne daß meines Wissens die Schuldigen verfolgt werden." — „Gewiß, wenn es sich dabei um Edelleute handelt, junger Freund. Wenn es ihnen beliebt, sich gegenseitig die Gurgel abzuschneiden, so ist das ein Vorrecht ihres Standes und geht den König nichts an. Wenn es aber eines Tages den Bauern einfallen sollte sich mit den Edelleuten zu schlagen, so gäbe es, da die Bauern in der Mehrzahl sind, bald keine Aristokraten mehr, und das wäre doch schade." — „Und wie lange wird mein Prozeß wohl dauern?" — „Vielleicht fünf bis sechs Tage." — „Wie, nur fünf bis sechs Tage?" — „Gewiß, denn der Fall ist doch ganz einfach: ein Mensch stirbt und Ihr gebt zu, daß Ihr ihn getötet habt. Wenn Euch indes ein paar Tage mehr erwünscht sind," fuhr der Richter mit noch freundlicherer Miene fort, „so werde ich die

Schreibereien etwas in die Länge ziehen und wir gewinnen Zeit. Ihr seid im Grunde doch ein guter Mensch und ich würde mich freuen, wenn ich etwas für Euch tun könnte." — „Danke," sagte der Student. — „Habt Ihr sonst noch Wünsche?" stand der Richter auf.

„Wäre es möglich, daß ich einen Priester sprechen könnte?" — „Gewiß, es ist Euer gutes Recht." — „Nun, Herr Richter, dann veranlaßt bitte, daß einer zu mir kommt."

„Herr Student," wandte sich der Schreiber leise an Aubry, „würdet Ihr mir wohl eine kleine Gefälligkeit erweisen?" — „Gern; und das wäre?" — „Herr, ich bin ein armer Familienvater, der fünf Kinder hat. In meinem Beruf, den ich pünktlich und gewissenhaft erfülle, hatte ich gleichwohl niemals Glück. Bei meinen Kollegen ist das anders. Und warum? Weil sie in ihrer Tasche den Strick eines Gehenkten haben: Versteht Ihr mich?" — „Nein." — „Nun, Ihr seid etwas schwer von Begriff. Ihr macht sicher doch ein Testament." — „Ein Testament? Warum?" — „Ei, damit Eure Erben nachher nicht prozessieren. Gut, erwähnt in Eurem Testament, daß Ihr Marc-Boniface Grimoineau, Schreiber beim Herrn Kriminalleutnant, ermächtigt, vom Henker ein Stück Eures Strickes zu fordern . . ." — „Ah," rief Aubry entsetzt, „ich verstehe." — „Junger Mann, vergeßt nicht, was Ihr mir versprochen habt. Schon mancher wollte dasselbe tun, aber hintennach ist er ohne Testament gestorben, oder er hatte meinen Namen Marc-Boniface Grimoineau falsch oder undeutlich geschrieben, wieder andere sind, obwohl sie schuldig waren, schließlich begnadigt worden und haben sich anderswo hängen lassen, so daß ich schon in Verzweiflung geriet, als Ihr in unsere Hände gefallen wart."

„Gut, Herr Sekretär," sagte Jacques, „seid unbesorgt. Wenn ich gehangen werde, sollt Ihr Euren Strick bekommen." — „O, Ihr werdet es, habt keine Angst!" — „Nun, Grimoineau?" fragte der Richter. — „Ich bin bereit, Herr Kriminalleutnant . . . Es ist also abgemacht, Herr Student?" — „Gewiß." — „Diesmal werde ich es wohl erreichen," dachte der Schreiber beim Hinausgehen. „Die frohe Botschaft will ich gleich meiner Frau und meinen Kindern mitteilen."

Und vergnügt folgte er dem Kriminalleutnant.

---

34. Kapitel.

Wahre Freundschaft ist selbst der Ehe fähig.

Als Aubry allein war, versank er noch tiefer in seine Gedanken, denn die Unterhaltung mit dem Kriminalleutnant gab ihm reichlichen Anlaß zu ernsten Erwägungen. Aber mehr als an sich dachte er an Ascanio und Colombe, deren Schicksal von dem Brief abhing, den er in Händen hatte.

Während er so hin und her überlegte, öffnete sich abermals die Tür seiner Zelle und der Schließer erschien in der Begleitung eines Geistlichen.

„Ihr habt mich rufen lassen, mein Sohn?“ ging dieser auf den Gefangenen zu. „Wollt Ihr beichten?“ — „Das gerade nicht, aber ich möchte mich mit Euch gern über eine Gewissensfrage unterhalten.“ — „Redet, mein Sohn,“ setzte sich der Priester auf die Bank, „und wenn mein bescheidenes Wissen Euch helfen kann . . .“ — „Ich möchte Euch um einen Rat bitten. Ach, mein Vater, ich bin nicht nur ein großer Sünder, ich habe auch andere zur Sünde verleitet.“

„Gibt es eine Wiedergutmachung für den Schaden, den Ihr angerichtet habt?“ — „O, ich denke es, mein Vater . . . Ich habe ein junges unschuldiges Mädchen in den Abgrund der Sünde gestoßen . . .“ — „Ihr habt sie also verführt?“ — „Ja, mein Vater, verführt, das ist das richtige Wort.“ — „Es besteht nur eine Möglichkeit, diese Sünde wiedergutzumachen.“ — „Ich weiß es und deshalb konnte ich mich lange nicht dazu entschließen. Wenn es zwei Möglichkeiten gäbe, hätte ich bestimmt die andere gewählt.“ — „Ihr wünscht sie also zu heiraten?“ — „Einen Augenblick . . . Nein, ich will nicht lügen, mein Vater . . . ich wünsche es nicht, aber ich füge mich darein. Mein Beruf war, Junggeselle zu bleiben, und nur meine traurige Lage . . .“ — „Nun, mein Sohn, da Ihr wieder auf Eure guten Absichten zurückkommen könnt, rate ich Euch dies möglichst bald zu tun.“ — „Und wann wäre das wohl?“ — „Nun, da es sich um eine Heirat in extremis handelt, erhaltet Ihr ohne weiteres die erforderliche Dispens, und ich denke, daß übermorgen . . . „Gut, dann also übermorgen,“ seufzte der Student. — „Aber wird das junge Mädchen auch mit der Ehe einverstanden sein?“ — „Und ob! Mit Kußhand. Denn ein solcher Vorschlag wird ihr wahrlich nicht jeden Tag gemacht.“ — „Wie heißt sie?“ — „Gervaise-Perrette Popinot.“ — „Und Ihr ermächtigt mich, ihr diese Nachricht zu überbringen?“ — „Wenn Ihr Euch dieser Mühe unterziehen wollt, mein Vater, wäre ich Euch sehr dankbar.“ — „Noch heute soll sie es erfahren.“ — „Sagt, mein Vater, könntet Ihr Gervaise nicht einen Brief zustellen?“ — „Nein, mein Sohn, denn wir Gefängnisgeistlichen dürfen unter Eid keinerlei Nachrichten der Gefangenen an ihre Angehörigen besorgen, außer nach dem Tod. Erst nach der Hinrichtung kann ich alles tun, was Ihr wünscht.“ — „Danke, das wäre zwecklos. Halten wir uns also an die Ehe,“ flüsterte Aubry.

„Sonst habt Ihr mir nichts mehr zu sagen?“ — „Nichts. Wenn Ihr jedoch an der Wahrheit meiner Angaben zweifelt, und man deshalb meine Bitte nicht bewilligen wollte, so braucht Ihr Euch nur vom Kriminalleutnant den Klageakt der genannten Gervaise-Perrette Popinot zeigen zu lassen, der alles bestätigt, was ich Euch gesagt habe.“ — „Verlaßt Euch nur auf mich, mein Sohn, ich werde schon alle Hindernisse aus dem Weg räumen, und in zwei Tagen werdet Ihr dem jungen Mädchen seine Ehre wiedergeben, die Ihr ihm genommen habt.“ — „Ach,“ murmelte der Student. — „Gut, mein Sohn; je schwerer uns ein Opfer fällt, desto angenehmer ist es Gott.“ — „Nun, da muß der liebe Gott mir besonders dankbar sein. Doch geht jetzt, mein Vater, geht!“

Nicht ohne heftiges Widerstreben hatte sich Jacques Aubry zu diesem bitteren Entschluß durchgerungen und nur sein Verlangen, seinen Freund Ascanio zu retten, der durch seine Schuld ins Gefängnis geraten war, konnte seine angeborene Abneigung gegen die Ehe überwinden.

Was Ascanio wohl machte? Jacques Aubry vernahm Lärm in seiner Zelle und dachte, der Schließer würde ihm gerade das Essen bringen. Er wartete also, bis das Geräusch verhallt und alles wieder still war; dann kroch er in seinen Schacht und hob die Matte mit dem Kopf in die Höhe.

Ascanios Zelle war in tiefstes Dunkel gehüllt. Aubry rief ihn: niemand antwortete — die Zelle war vollkommen leer.

Aubrys erste Empfindung war ein aufrichtiges Gefühl der Freude. Ascanio war frei, und wenn dies der Fall war, dann hatte es keine Not . . . Aber sogleich fiel ihm ein, daß der Prevot der Herzogin von Etampes versprochen hatte, Ascanio am andern Tag in eine bessere Zelle zu bringen. Der Lärm, den Aubry vernommen hatte, kam also von Ascanios Umzug . . .

Er ließ die Matte zurückfallen und kehrte in seine Zelle zurück. Jeder Trost war ihm geraubt, sogar die Gegenwart seines Freundes, für den er sich aufopferte.

Verzweifelt, enttäuscht und erschöpft warf sich Jacques Aubry auf sein Lager und schlief trotz seiner begreiflichen Erregung bald ein.

Er träumte, er wäre zum Tode verurteilt und gehängt worden. Aber der Henker hatte seine Sache schlecht besorgt und so war er nur scheintot begraben worden. Da kam der Schreiber, der seinen Strick holen wollte, schaufelte das Grab wieder auf und schenkte ihm Leben und Freiheit.

Ach, es war leider nur ein Traum, und als der Student aufwachte, sah er, daß Leben und Freiheit verwirkt waren.

Der Abend, die Nacht und der nächste Tag vergingen, ohne daß sich außer dem Schließer jemand in seiner Zelle sehen ließ.

Gegen Mitternacht, als Jacques gerade im besten Schlafe lag, hörte er, wie seine Tür sich öffnete.

„Steht auf und zieht Euch an," vernahm er die rauhe Stimme des Schließers und sah hinter ihm den Schein von Fackeln, die von zwei Soldaten gehalten wurden.

Da Jacques sich mit seinen Kleidern niedergelegt hatte, war er sogleich auf den Beinen. „Wohin wollt Ihr mich führen?" fragte er schlaftrunken. — „Ihr seid recht neugierig," meinte der Schließer. „Vorwärts, nicht lange gefragt, folgt mir!"

Da jeder Widerstand vergebens war, gehorchte Aubry willig. Der Schließer ging voraus, dann kam Aubry, während die beiden Soldaten den Zug beschlossen. Der Student sah sich mit einer Unruhe, die er nicht verbergen konnte, nach allen Seiten um. Er befürchtete eine nächtliche Hinrichtung, aber ein Umstand tröstete ihn: er sah weder Henker noch Priester.

Wenige Minuten später befand sich Aubry wieder in demselben Saal, in den man ihm bei seiner Einlieferung gebracht hatte. Statt ihn aber von hier aus nach dem Tor zu führen, wie der Student einen Augenblick gehofft hatte, öffnete der

Schließer eine Seitentür, die nach dem Hof ging. Als er hier den freien Himmel wieder über sich sah, atmete er tief auf. Da fiel sein Blick auf die bunten Fenster der Kapelle am andern Ende des Hofes und nun ahnte er, worum es sich handelte. Seine Kraft schien zu versagen. Nur der Gedanke an Ascanio und Colombe und an die große Tat, die er vollbringen wollte, hielt ihn in seiner Verzweiflung aufrecht.

Festen Schrittes ging er also mutig auf die Kirche zu.

Am Altar stand bereits der Priester; im Chor wartete eine verschleierte Frau — Gervaise.

„Ihr wolltet vor dem Tode die Ehre dieses Mädchens wiederherstellen," sagte der Gouverneur. „Die Bitte war gerecht und sie wird Euch bewilligt."

Ein Schleier legte sich über die Augen des Studenten, aber er preßte seine Hand auf den Brief der Herzogin von Etampes und faßte Mut.

„Ach, mein armer Jacques!" sank Gervaise schluchzend in seine Arme. „Wer hätte mir wohl gesagt, daß ich diese so heiß ersehnte Stunde unter solchen Verhältnissen erleben müßte!"

„Was willst du, liebe Gervaise?" drückte Aubry sie an seine Brust. „Gott weiß, wen er belohnen und wen er strafen muß; fügen wir uns also in Gottes Willen." Rasch ließ er den Brief in Gervaises Hand gleiten und fügte leise hinzu: „Für Benvenuto, für ihn allein!"

„He, was ist das?" eilte der Gouverneur auf die beiden Gatten zu. — „Nichts; ich sagte Gervaise nur, daß ich sie liebe." — „Da sie wahrscheinlich keine Zeit mehr hat, sich vom Gegenteil zu überzeugen, so sind derartige Versicherungen überflüssig. Vorwärts jetzt zum Altar!"

Ohne noch weiter ein Wort zu sprechen, gingen Jacques und Gervaise auf den Priester zu und knieten vor ihm nieder. Die Messe begann.

Jacques hätte gern noch ein paar Worte mit Gervaise gewechselt und auch sie brannte vor Verlangen, ihm ihre Dankbarkeit auszudrücken, aber neben dem Ehepaar standen zwei Soldaten, die jede Unterhaltung verhinderten und ihre Bewegungen und Gesten scharf beobachteten. Es war schon ein großes Glück, daß der Gouverneur in einer Anwandlung von Mitgefühl ihnen die erste zärtliche Begrüßung bewilligt hatte, wobei Jacques den Brief in Gervaises Hände gleiten ließ. Wenn er diese Gelegenheit versäumt hätte, wäre sein Opfer umsonst gewesen.

Der Priester hatte offenbar Befehl, sich kurz zu fassen. Auch dachte er wohl selbst, daß langatmige eheliche und väterliche Ermahnungen bei einem Mann, der in zwei bis drei Tagen gehenkt werden sollte, überflüssig wären.

Als die Trauung vorüber war, hoffte das junge Paar wohl, wenigstens einen Augenblick allein bleiben zu dürfen. Aber trotz Gervaises Tränen, die über ihr Gesicht strömten, wurden sie von den Soldaten auseinandergerissen. Sie konnten nur noch einen flüchtigen Blick wechseln, durch den Jacques seiner Frau zu verstehen gab: Denke an deinen Auftrag, worauf ihre

Augen antworteten: Sei unbesorgt, ich werde es noch heute nacht oder spätestens morgen früh besorgen.

Dann wurde Gervaise galant zum Tor geleitet, während Jacques in seine Zelle zurückgeführt wurde. Als sich die Tür hinter ihm schloß, stieß er einen tiefen Seufzer aus — er war verheiratet!

---

34. Kapitel.

Der Guß der Jupiterstatue.

Doch jetzt wollen wir das Châtelet verlassen und ins Hotel de Nesle zurückkehren.

Auf Benvenutos Ruf waren die Arbeiter herbeigeeilt und dem Meister in die Gießerei gefolgt.

Alles war bereit: Das Wachsmodell, mit Ton umkleidet und von eisernen Reifen zusammengehalten, wartete in dem kuppelförmigen Ofen auf den Brand. Hoch war ringsum das Holz aufgeschichtet, trockene Fichtenscheiter, die Cellini an vier Stellen zugleich anzündete, so daß nach wenigen Augenblicken ein mächtiges Feuer die Gußform umloderte. Das Wachs begann zu schmelzen und aus den Abflußöffnungen hervorzuquellen, während die Gußform gebrannt wurde.

Anderthalb Tage vergingen mit dieser Arbeit, und während die Arbeiter sich in dieser Zeit gegenseitig ablösten, gönnte Benvenuto sich keine Ruhe. Unermüdlich bediente er den Ofen, schürte das Feuer und hielt seine Leute zur Arbeit an. Endlich war das Wachs vollends geschmolzen und abgelaufen und die Form gebrannt; damit war der zweite Teil seiner Arbeit beendet. Er brauchte jetzt nur noch die Bronze zu schmelzen und die Statue zu gießen.

Als man so weit war, forderten die Arbeiter, die Benvenutos übermenschliche Kraft und leidenschaftliche Tätigkeit nicht begriffen, den Meister auf, sich ein paar Stunden Erholung und Ruhe zu gönnen. Aber damit hätte er Ascanios Gefangenschaft und Colombes Bedrängnis nur um einige Stunden verlängert, und so weigerte er sich, seine Arbeit zu verlassen.

Die Arbeiter hatten unterdessen einen Graben ausgehoben, in den die fertige Form vorsichtig hinabgelassen wurde; die flüssige Bronzemasse sollte dann durch einen schmalen Kanal in die Form geleitet werden. Mit diesen Vorbereitungen verging der Rest des Tages. Benvenuto hatte seit achtundvierzig Stunden nicht mehr geschlafen, nichts gegessen, ja sich nicht einmal niedergesetzt. Alle Bitten Scozzones und der Arbeiter waren vergeblich; er schien aus demselben Metall zu bestehen, aus dem er einen Gott schaffen wollte.

Noch in der Nacht wollte er mit dem Guß beginnen. Alles war bereit; die Kupfer- und Zinnbarren waren aufgeschichtet, so daß die Glut sie gleichmäßig durchdringen und schmelzen konnte. Er selbst legte Feuer an den Holzstoß, der mit Teer durchtränkt, im nächsten Augenblick bis zum Dach der Gießerei emporprasselte. Das Dach, das aus Holzsparren bestand, fing

Feuer. Bei diesem Anblick des Brandes und unter der Einwirkung der furchtbaren Hitze versagten die Arbeiter, nur Hermann blieb bei dem Meister. Sie nahmen Beile zur Hand und fällten die Pfosten, die das brennende Dach trugen, so daß dieses in die Flammen herabstürzte. Die qualmenden Trümmer schaufelten sie in den Ofen, um die Glut noch mehr zu schüren. Das Metall begann flüssig zu werden.

So weit waren sie, als Cellinis Kräfte infolge der maßlosen Überanstrengung versagten. Ein Fieberschauer durchrieselte seine Glieder — die Hitze seines Gesichts wich fahler Blässe. In der glühenden Hitze, die jedermann aus seiner Nähe vertrieb, fühlte er, wie seine Beine und Zähne vor Frost schauerten, als befände er sich in den Eisregionen des Nordens. Noch wollte er sich bezwingen, denn auch vor Unmöglichem zurückzuweichen, hielt er für Schande, aber schließlich mußte er sich doch für besiegt erklären.

Zum Glück war das Metall inzwischen geschmolzen und damit der schwierigste Teil der Arbeit getan; was jetzt noch übrig blieb, war eine verhältnismäßig leichte mechanische Aufgabe. Cellini rief Pagolo, aber dieser kam erst, als seine Kameraden ihn holten. Er entschuldigte sich damit, daß er für das glückliche Gelingen des Gusses gebetet hätte.

„Jetzt ist keine Zeit zum Beten," fuhr Benvenuto ihn an. „Der Herr hat gesagt: Bete und arbeite. Jetzt heißt es arbeiten, Pagolo. Ich fühle, daß ich sterbe, aber einerlei, die Hauptsache ist, daß mein Jupiter lebt. Dir vertraue ich die Leitung des Gusses an, da ich glaube, daß du es ebensogut machen wirst wie ich selbst. Das Metall ist fertig. Sobald es sich rötet, stellst du Hermann und Simon an die beiden Steinrinnen. Sie schlagen dann die Wände des Ofens auf und das flüssige Metall läuft in die Form. Wenn ich dann tot bin, so sagt dem König, daß er mir eine Gunst bewilligen wollte, die ihr nun in meinem Namen von ihm verlangt, daß er nämlich . . . Ach Gott, es fällt mir nicht mehr ein . . . Was wollte ich denn vom König verlangen . . . ? Ah . . . Ascanio . . . Herr von Nesle . . . Colombe, die Tochter des Prevot . . . Orbec . . . Frau von Etampes . . . Ach, ich verliere den Verstand!"

Und Benvenuto sank in Hermanns Arme, der ihn wie ein Kind in seine Kammer trug, während Pagolo den Fortgang der Arbeit überwachte.

Ein wahres Delirium hatte sich Cellinis bemächtigt. Scozzone, die offenbar auch gebetet hatte wie Pagolo, wollte ihm beistehen, aber er rief: „Ich sterbe! . . . Ascanio . . . Was soll aus Ascanio werden!"

Drei Stunden dauerte dieser schreckliche Zustand, als Pagolo plötzlich bleich und verstört ins Zimmer stürzte und rief: „Jesus und die Madonna mögen uns beistehen, Meister, denn alles ist verloren! Nur der Himmel kann uns noch helfen!"

So erschöpft und elend Benvenuto sich auch fühlte, diese Worte drangen doch wie ein spitzer Stahl tief in sein Herz. Der Schleier, der sich über sein Bewußtsein gebreitet hatte, zerriß und wie Lazarus, als er die Stimme des Herrn vernahm, richtete er sich in seinem Bett auf und schrie: „Wer behauptet da, alles sei verloren, solange Benvenuto noch lebt?"

„Ach, ich, Meister," sagte Pagolo.

„Zweifach Elender!" tobte Benvenuto. „Du verrätst mich also ohne Unterlaß? Aber sei unbesorgt, Jesus und die Madonna, die du anrufst, helfen den Menschen, die guten Willens sind, während sie die Verräter bestrafen . . ."

In diesem Augenblick hörte er die Arbeiter jammern und verzweifelt schreien: „Benvenuto! Benvenuto!"

„Da bin ich!" rief der Künstler und rannte bleich, aber wieder völlig bei Kraft und Verstand aus seinem Zimmer. „Da bin ich! Wehe denen, die ihre Pflicht nicht getan haben!"

In zwei Sätzen war er in der Gießerei. Er fand die Arbeiter, die er frisch und munter verlassen hatte, verstört und erschöpft wieder. Hermann, der große, starke Deutsche, wankte und mußte sich an dem Rest eines noch stehengebliebenen Dachpfostens anklammern, um nicht umzusinken.

Wie der Blitz fuhr Benvenutos mächtige Stimme unter sie. „Noch weiß ich nicht, was hier geschehen ist, aber bei meiner Seele, ich sage euch im voraus, daß es sich wieder gutmachen läßt. Folgt mir, da ich wieder bei der Arbeit bin, aber verhaltet euch dabei ruhig, ohne ein Wort zu sagen oder eine Miene zu verziehen. Den ersten, der sich weigert, töte ich. Das gilt für die Schlechten unter euch. Den Guten aber sage ich nur eines: Es gilt die Freiheit und das Glück eures lieben Kameraden Ascanio. Nun vorwärts!"

Damit untersuchte Cellini den Ofen, um sich von dem Vorgefallenen zu überzeugen. Das Holz war ausgebrannt und das Metall wieder kalt und zäh geworden. Pagolo hatte offenbar die Aufsicht vernachlässigt und so hatte die Glut nachgelassen. Benvenuto mußte also das Feuer schüren, um das Metall wieder in Fluß zu bringen.

„Schafft Holz herbei!" rief er. „Sucht es überall, wo es welches gibt, lauft zu den Bäckern und kauft es ihnen pfundweise ab, wenn es sein muß, bringt den letzten Span, den ihr im Hause findet. Hermann, schlage das Tor des kleinen Nesle ein, wenn Perrine dir nicht gutwillig aufmachen will; hier ist alles gute Prise, denn wir sind in Feindesland. Holz! Schafft Holz herbei!"

Um mit gutem Beispiel voranzugehen, nahm Benvenuto ein Beil und hieb auf die beiden letzten Pfosten los, die bald mit dem Rest des verbrannten Daches zusammenstürzten. Inzwischen kamen auch die Arbeiter und brachten Holz.

„Seid ihr jetzt also bereit, mir zu gehorchen?" fragte Cellini.

„Ja, in allem, was Ihr uns befehlt; bis zum letzten Atemzug gehören wir Euch!" riefen alle einstimmig.

„Sucht alles Eichenholz heraus, das gibt die beste Hitze und die brauchen wir in erster Linie!" Er selbst warf es ins Feuer und fachte die halb erloschene Glut aufs neue an. Die ungeheure Energie dieses Mannes ging auf alle über; jeder Befehl, jedes Zeichen wurde sofort verstanden und unverzüglich ausgeführt. Nur Pagolo murmelte bisweilen: „Ihr wollt Unmögliches vollbringen, Meister. Das heißt Gott versuchen!“

Cellini antwortete darauf nur mit einem Blick, der bedeuten sollte: Sei unbesorgt, wir beide sind noch nicht fertig.

Trotz Pagolos pessimistischer Prophezeiung begann das Metall wieder flüssig zu werden, und um diesen Prozeß zu beschleunigen, warf Benvenuto Bleibarren in den Ofen und rührte die Masse mit einer langen Eisenstange um.

Endlich fing das Metall wieder zu kochen und aufzusteigen an. Nun öffnete Benvenuto die Mündung der Form und befahl die Wand des Ofens einzuschlagen, aber er mußte feststellen, daß die Masse noch zu dickflüssig und außerdem für den Guß nicht ausreichend war. Einer plötzlichen Eingebung, wie sie nur dem Künstler zuteil wird, folgend, rief er: „Die Hälfte von euch bleibt da, um den Ofen zu heizen, die andern folgen mir!“

Mit fünf Gehilfen begab er sich in das Haus; gleich darauf kamen sie beladen mit halbfertigen Kunstgegenständen zurück. Benvenuto gab das Beispiel und nun warfen alle ihre kostbare Last in die Glut, die sofort mit derselben Gleichgültigkeit Bronze, Blei, Silber und wunderbare Ziselierarbeiten verzehrte.

Durch diese Zugabe wurde schließlich die erforderliche Flüssigkeit des Materials erreicht; in dicken Strömen floß es nun durch die Rinnen in die Form. Ein Augenblick ängstlicher Spannung, die sich fast zum Schrecken steigerte, trat ein, als Benvenuto sah, daß die Bronze die Form nicht bis zur Mündung füllte. Mit einer Stange sondierte er, aber er fand, daß das Metall den Kopf vollkommen ausgegossen hatte.

Jetzt sank auch er auf die Knie und dankte Gott, daß ihm sein Werk gelungen war, das Ascanio und Colombe retten sollte. Würde Gott zugeben, daß er auch das vollbrächte?

Benvenuto konnte das erst am andern Tag erfahren.

Trotz seiner Müdigkeit gönnte er sich nur kurze Rast. Doch der Schlaf mied ihn; wilde, verworrene Gedanken jagten durch sein fieberhaft erregtes Gehirn. War der Guß nicht gelungen? Hatte das Werk künstlerische Fehler, die er beim Anfertigen der Form übersehen hatte? Aber sein Jupiter steckte ja noch in der Form wie das Kind im Mutterleib. Und außerdem hatte er alle Vorsichtsmaßregeln getroffen. Endlich fand er etwas Ruhe und schlief bis zum Morgengrauen.

Im Augenblick hatte er sich angekleidet, dann eilte er in die Gießerei. Die Bronze war noch zu warm, um sie schon jetzt der Luft auszusetzen, aber Benvenuto wollte um jeden Preis sich davon überzeugen, was er zu hoffen oder zu befürchten habe. Er begann also den Kopf von der umhüllenden Form zu befreien. Durch einen wunderbaren Zufall war er vollkommen ausgegossen. Hätte Benvenuto nicht sein ganzes Silberzeug und seine angefangenen Arbeiten in den Ofen geworfen, wäre der Guß mißlungen, denn die Masse hätte für den Kopf nicht mehr ausgereicht. So aber war er in vollendeter Schönheit herausgekommen.

Dieser Anblick ermutigte den Meister, die ganze Statue freizulegen. Stück für Stück fiel die Umhüllung und majestätisch und erhaben stieg Jupiter hervor, wie es sich für den König des Olymp gebührte. Ein einziger Ruf des Entzückens und der Bewunderung ließ sich vernehmen, denn die Arbeiter waren inzwischen herbeigeeilt und hatten sich neugierig um Cellini geschart, der sie in seinem Eifer kaum beachtet hatte.

Jetzt warf er den Kopf mit stolzem Lächeln zurück und sagte: „Nun wollen wir doch sehen, ob der König von Frankreich dem Mann, der ihm ein solches Werk geschaffen hat, seine erste Bitte abzuschlagen wagt."

Doch als empfände er Reue über diese erste, wenn auch begreifliche Regung des Stolzes, sank er auf die Knie und flehte mit gefaltenen Händen die Gnade Gottes auf seiner Hände Werk herab.

Kaum hatte er sein Gebet beendet, da meldete ihm Scozzone, daß Frau Jacques Aubry ihn unter vier Augen sprechen wolle; sie hätte einen Brief ihres Mannes, den sie Benvenuto persönlich übergeben müsse.

Zweimal mußte Scozzone den Namen wiederholen, denn Cellini wußte nicht, daß der Student eine legitime Gattin besaß. Gleichwohl verließ er sogleich seine Gefährtin und begab sich in das Haus, um der sonderbaren Einladung zu folgen.

---

35. Kapitel.

Jupiter vor Franz I.

Noch am gleichen Tage teilte Benvenuto dem König mit, daß der Guß der Statue gelungen sei und fragte, an welchem Tage es ihm beliebe, daß der König des Olymp sich dem König von Frankreich vorstelle.

Franz I. erwiderte, daß er mit dem Kaiser am Dienstag zur Jagd in Fontainebleau sei, und Cellini daher an diesem Tage seine Statue in der großen Galerie des Schlosses aufstellen könnte.

Die Antwort war trocken und kurz. Gewiß hatte die Herzogin von Etampes den König gegen seinen sonst so bevorzugten Künstler eingenommen.

Benvenuto ließ am Montag den Jupiter aufladen und begleitete zu Pferd den Transport seiner Statue, damit ihr unterwegs kein Unfall zustoße. Am Dienstagvormittag kamen sie nach Fontainebleau. In Benvenutos Zügen spiegelte sich edler Stolz und siegesfrohe Hoffnung. Sein Künstlergewissen sagte ihm, daß er ein Meisterwerk vollbracht habe, und sein Herz, daß er eine edle Tat begehe. Er war also doppelt froh und trug seinen Kopf stolz und hoch wie ein Mann, der weder Haß noch Furcht kennt. Der König wird seinen Jupiter sehen und ihn gewiß großartig finden; Montmorency und Poyet werden ihn an sein Wort erinnern; der ganze Hof ist versammelt — Franz I. muß sein gegebenes Wort einlösen.

Aber Frau von Etampes spann unterdessen voll glühender Leidenschaft ihre Pläne. Sie hatte den ersten Vorstoß abgewiesen, als Benvenuto bei ihr und dann beim König vorsprechen wollte. Die erste Gefahr war wohl glücklich überstanden, aber sie fühlte, daß noch eine zweite in dem Versprechen des Königs lag, dessen Erfüllung sie um jeden Preis verhindern wollte. Sie war also einen Tag vor Cellini nach Fontainebleau gekommen und hatte ihre Vorbereitungen mit wahrhaft genialer Frauenlist getroffen.

Benvenuto sollte das bald erfahren.

Kaum hatte er die Galerie betreten, in der er seinen Jupiter aufstellen sollte, als er auch schon den Schlag spürte und die Hand erkannte, die ihn führte. Diese Galerie strahlte von den Gemälden Rossos, die allein schon geeignet waren, die Aufmerksamkeit des Besuchers von jedem andern Kunstwerk auf sich zu lenken; außerdem war sie in den letzten Tagen noch mit den Statuen angefüllt worden, die Primaticcio aus Rom geschickt hatte. Die Meisterwerke der antiken Bildhauerei ließen keinen Vergleich und keine Rivalität zu. Venus, Herkules, Apollo und der olympische Zeus, diese Idealgestalten bildeten eine überirdische Versammlung, ein erhabenes Tribunal, dessen Urteil jeder Künstler fürchten mußte.

Indem Benvenuto einen neuen Zeus dem olympischen an die Seite stellte, warf er gewissermaßen Phidias den Handschuh hin. Außerdem hatten die unsterblichen Statuen, wie es sich gebührte, die besten Plätze eingenommen. Bellinis armer Jupiter mußte sich mit dunklen Winkeln begnügen, zu denen man erst gelangte, nachdem man an den antiken Statuen vorübergegangen war, die ihren majestätischen Blick auf den Beschauer hefteten.

„Messire Antoine Le Maçon," wandte Benvenuto sich traurig an den Sekretär des Königs, der ihn begleitete, „ich muß auf der Stelle meinen Jupiter wieder fortschaffen; der Schüler darf nicht die Meister in die Schranken fordern, das Kind nicht gegen seine Ahnen kämpfen — — Stolz und Bescheidenheit verbieten es mir —."

„Benvenuto, glaubt einem aufrichtigen Freund," erwiderte der Sekretär. „Ihr vernichtet Euch selbst, wenn Ihr das tut. Im Vertrauen gesagt: man hofft Euch dadurch zu entmutigen, damit es wie ein Geständnis Eures Unvermögens aussehen soll. Der König brennt vor Ungeduld, Euer Werk zu sehen; wenn ich ihm Eure Gründe anführe, wird er nicht darauf hören, und da Frau von Etampes ihn beeinflußt, wird er Euch sofort sein Wohlwollen und seine Gunst entziehen. Ich fürchte, daß man damit rechnet. Nicht mit den Toten, sondern mit den Lebenden habt Ihr einen gefährlichen Kampf zu bestehen, Benvenuto."

„Ihr habt recht, Messire, ich folge Euch," erwiderte der Goldschmied. „Habt Dank für Eure Lehre; es steht mir nicht zu, hier aus verletzter Eigenliebe zu handeln."

„Viel Glück, Benvenuto. Hört noch einen letzten Rat: Frau von Etampes ist heute zu entzückend und liebenswürdig, als daß sie nicht irgendeine Gemeinheit plante; sie hat den Kaiser und den König mit unwiderstehlicher Liebenswürdigkeit zu einem Spaziergang in den Wald eingeladen — ich fürchte, sie findet das Geheimnis, die Majestäten bis zum Einbruch der Nacht zu Eurem Schaden zurückzuhalten."

„Glaubt Ihr das?" fragte Benvenuto erbleichend. „Dann bin ich verloren, denn in der Dämmerung verliert meine Statue die Hälfte ihres Wertes."

„Hoffentlich habe ich mich nicht getäuscht," antwortete Le Maçon. „Warten wir ruhig ab, was kommt."

Cellini wartete in der Tat in angstvoller Sorge. Er hatte seinen Jupiter so vorteilhaft als möglich aufgestellt, aber er verhehlte sich nicht, daß in der Dämmerung die Statue kaum, und bei völliger Dunkelheit überhaupt nicht zur Geltung kommen würde. Voll Verzweiflung sah er die Sonne am Horizont herabsinken. Bis auf die Dienerschaft war das Schloß verlassen, und nichts deutete auf die bevorstehende Rückkehr der Majestäten.

Es schlug drei Uhr. Die Absicht der Herzogin war erwiesen, ihr Erfolg nicht mehr zweifelhaft. Völlig gebrochen sank Cellini in einen Sessel.

Alles war verloren, sein Ansehen an erster Stelle. Dieser fieberhafte Kampf, in dem er nahezu unterlegen war und den er schon fast vergessen hatte, da er ihn zum Sieg führen sollte, endete für ihn also mit Schande. Traurig betrachtete er seine Statue, die schon von den Schatten der hereinbrechenden Nacht umflossen wurde und deren Umrisse schon weniger klar und deutlich erschienen.

Plötzlich kam ihm ein Gedanke. Er sprang auf, rief den kleinen Jehan, der mit ihm gekommen war, und eilte fort. Noch war kein Anzeichen der Rückkehr des Königs zu bemerken. Benvenuto begab sich zu einem Tischler, mit dessen Hilfe in kaum einer Stunde ein Sockel angefertigt wurde, der auf vier Rädern stand.

Er zitterte, der Hof könnte jetzt kommen, aber um fünf Uhr war seine Arbeit beendet, und es wurde Nacht, ohne daß sich die Majestäten sehen ließen. Frau von Etampes wollte triumphieren.

Benvenuto stellte seine Statue auf den unter dem Piedestal fast unsichtbaren Sockel. Jupiter hielt in seiner Linken die Erdkugel, während die etwas über den Kopf erhobene Rechte den Blitz schleuderte. Benvenuto hatte darin eine Kerze angebracht.

Kaum waren seine Vorbereitungen beendet, als Trompetensignale die Rückkehr des Kaisers und des Königs verkündeten. Benvenuto zündete die Kerze an und stellte den kleinen Jehan hinter die Statue, die ihn nahezu verdeckte. Nicht ohne heftiges Herzklopfen erwartete er den König.

Zehn Minuten später erschien Franz I. an der Seite Karls V. Ihnen folgten der Dauphin und die Dauphine, der König von Navarra und der ganze Hof; der Prevot, seine Tochter und Graf Orbec beschlossen den Zug. Colombe war bleich und niedergeschlagen, als sie aber Benvenuto Cellini erblickte, hob sie ihren Kopf, und ein Lächeln voll tiefsten Vertrauens erschien auf ihren Lippen und verklärte ihre Züge.

Benvenuto wechselte rasch einen Blick mit ihr, um ihr zu sagen: Sei unbesorgt, was auch geschehen mag; verzweifle nicht, denn ich wache über dich!

In dem Augenblick, da das Tor sich öffnete, gab Cellini dem kleinen Jehan ein Zeichen; dieser stemmte sich gegen die Statue, die sich auf ihrem Sockel langsam vorwärts bewegte und die antiken Skulpturen hinter sich lassend, wie lebend auf den König zuschritt. Das milde Kerzenlicht, das von oben herabfiel, erwies sich als viel wirkungsvoller als das helle Tageslicht.

Frau von Etampes biß sich ärgerlich auf die Lippen.

„Diese Schmeichelei kommt mir etwas plump vor, Sire," sagte sie. „Der König der Erde müßte eigentlich dem König des Himmels entgegengehen."

Der König lächelte, aber man sah, daß diese Schmeichelei ihm nicht mißfiel, nur vergaß er seiner Gewohnheit gemäß den Künstler über seinem Werk. Er ging auf die Statue zu und betrachtete und prüfte sie lange und schweigend. Karl V., der mehr Politiker als Künstler war, obwohl er einst Tizians Pinsel aufgehoben hatte, wartete mit seinem Urteil ebenso wie die Höflinge, bis der König sich geäußert hatte.

Ein Augenblick angstvollen Schweigens folgte, während Benvenuto und die Herzogin einen haßerfüllten Blick wechselten.

Dann rief der König: „Schön, sehr schön! Meine Erwartung ist wirklich weit übertroffen."

Nun erging sich alles, der Kaiser an der Spitze, in Lob und schmeichelhafter Anerkennung. „Wenn man Künstler wie Städte erobern könnte," meinte Karl V. zu Franz I., „würde ich Euch auf der Stelle den Krieg erklären, um Cellini zu gewinnen, Herr Bruder."

„Aber bei alledem sehen wir nicht einmal die schönen antiken Statuen dahinter," unterbrach Frau von Etampes wütend. „Ich dächte, sie sind doch mehr wert als unser ganzer moderner Flitterkram."

Der König näherte sich den antiken Skulpturen, die von unten nach oben durch die Fackeln beleuchtet wurden, so daß fast die ganze obere Hälfte dunkel blieb, was entschieden einen weniger großartigen Effekt erzeugte als die Beleuchtung des Jupiter.

„Phidias ist freilich erhaben," sagte Franz I., „aber es kann auch im Jahrhundert Franz I. und Karls V. einen Phidias geben wie im Zeitalter des Perikles."

„Oh, man muß das bei Tag sehen," meinte die Herzogin bitter. „Schein ist nicht Wirklichkeit, Lichteffekt keine Kunst. Was soll übrigens der Schleier da? Er soll wohl irgendeinen Fehler verdecken? Wie? Seid ehrlich, Meister Cellini."

Um der Statue mehr Hoheit zu verleihen, hatte Cellini um ihre Schultern ein Tuch gebreitet.

Benvenuto war bis jetzt neben seiner Statue geblieben, unbeweglich, kalt und stumm wie sie. Bei den Worten der Herzogin lächelte er verächtlich, und seine dunklen Augen flammten auf. Dann riß er mit kräftiger Hand den Schleier herab.

Er dachte, Frau von Etampes würde zerspringen. Aber mit erstaunlicher Selbstbeherrschung lächelte sie und reichte dem erstaunten Cellini graziös die Hand. „Ich hatte wirklich unrecht," sagte sie herablassend wie ein verzogenes Kind, „Ihr seid doch ein großer Bildhauer, Cellini. Verzeiht meine Kritik; gebt mir Eure Hand, wir wollen Freunde sein. Ja?" Und leise fügte sie hinzu: „Denkt daran, was Ihr verlangen wollt, Cellini. Fordert nicht Ascanios Ehe mit Colombe, oder ich schwöre Euch, Ascanio, Colombe und Ihr seid verloren!"

„Und wenn ich etwas anderes verlange, werdet Ihr mir dann beistehen, Madame?" — „Gewiß, ich schwöre Euch, der König wird alles bewilligen, was Ihr verlangt."

„Ich brauche Ascanios Verbindung mit Colombe nicht mehr zu verlangen," erwiderte Benvenuto, „denn darum werdet Ihr selbst bitten, Madame!"

Die Herzogin lächelte verächtlich.

„Was erzählt Ihr da so leise?" fragte Franz I.

„Die Frau Herzogin hatte die Güte, mich daran zu erinnern, daß Eure Majestät mir eine Gunst versprochen hatte, falls Sie zufrieden wären," antwortete Benvenuto.

„Und Eure Majestät hat dieses Versprechen in meiner und des Kanzlers Poyet Gegenwart gemacht," trat der Konnetabel vor. „Ihr habt uns beauftragt, Euch daran zu erinnern . . ."

„Gewiß, Konnetabel," unterbrach ihn der König gutgelaunt, „falls ich es vergessen sollte. Aber auf Edelmannswort, ich erinnere mich sehr gut daran. Somit ist Eure Vermittlung, so angenehm sie mir auch war, doch überflüssig. Ich habe Benvenuto versprochen, ihm alles zu bewilligen, was er verlangen würde, vorausgesetzt, daß der Guß des Jupiter gelingt. Ist es so, Konnetabel? Habe ich ein gutes Gedächtnis, Herr Kanzler? Sprecht also, Meister Cellini, ich stehe zu Eurer Verfügung, nur bitte ich Euch, weniger an Euer Verdienst zu denken, das unendlich ist, sondern an meine Macht, die begrenzt ist, und mir wenigstens die Krone und meine Mätresse zu lassen."

„Nun, Sire," erwiderte Cellini, „da Eure Majestät Ihrem unwürdigen Diener so wohlgesinnt ist, so bitte ich einfach und bescheiden um die Begnadigung eines armen Studenten, der mit dem Vicomte von Marmagne in Streit geriet und ihm dabei in Notwehr den Degen in die Brust stieß."

Alles war erstaunt ob dieser geringfügigen Bitte, und am meisten die Herzogin von Etampes, die Benvenuto betroffen anblickte, als hätte sie nicht richtig gehört.

„Ei, Ihr bittet mich wohl oder übel von meinem Begnadigungsrecht Gebrauch zu machen, denn ich hörte gestern schon vom Kanzler, daß es sich um eine Hinrichtung handle," sagte Franz I.

„O, Sire," rief die Herzogin, „ich wollte selbst mit Euch über den Jüngling sprechen. Marmagne teilt mir mit, daß es ihm besser geht; ich soll Euch sagen, daß er selbst Streit gesucht hat, während der Student . . . Wie heißt er doch, Meister Benvenuto?"

„Jacques Aubry, Frau Herzogin." — „Während der Student durchaus im Recht war. Bewilligt also Benvenuto diese Bitte auf der Stelle, damit er nicht bereut, so wenig von Euch verlangt zu haben."

„Gut," sagte Franz I., „was Ihr wünscht, sei gewährt, und da, wie das Sprichwort sagt, zweimal gibt, wer rasch gibt, so soll der Befehl, den jungen Mann in Freiheit zu setzen, noch heute abend vollzogen werden. Habt Ihr mich verstanden, mein lieber Kanzler?" — „Jawohl, Majestät, es wird geschehen." — „Ihr, Meister Benvenuto," fuhr Franz I. fort, „kommt Montag zu mir in den Louvre. Wir müssen verschiedene Angelegenheiten in Ordnung bringen, die mein Schatzmeister seit einiger Zeit etwas vernachlässigt hat."

„Aber Sire, Eure Majestät weiß doch, daß mir der Zutritt zum Louvre . . ."

„Schon gut! Wer den Befehl gegeben hat, kann ihn auch wieder aufheben. Es war nur eine Kriegsmaßnahme, und da Ihr nur noch Freunde um mich habt, so leben wir auch wieder auf Friedensfuß."

„Nun, da Eure Majestät gerade dabei ist, Gunst zu erweisen," sagte die Herzogin, „so bewilligt auch mir eine kleine bescheidene Bitte, wenn ich auch keinen Jupiter geschaffen habe."

„Nein, aber dafür seid Ihr oft genug die Danae gewesen," meinte Benvenuto leise.

„Und was wünscht Ihr?" fragte Franz I., der Benvenutos Bemerkung nicht gehört hatte. „Sprecht, Frau Herzogin, es ist mir eine Freude, Euch eine Gefälligkeit erweisen zu können."

„Nun, Sire, dann bewilligt Messire d'Estourville die Gnade, am Montag den Heiratskontrakt meiner kleinen Freundin Colombe mit dem Grafen Orbec zu unterzeichnen."

„Ei, das ist keine Gunst, die ich Euch damit gewähre," erwiderte Franz I., „sondern ein Vergnügen, das ich mir selbst vorbehalte. Ich bin also noch weiterhin Euer Schuldner."

„Es bleibt also dabei, Montag?" fragte die Herzogin. — „Gewiß, Montag," bestätigte der König.

„Frau Herzogin," begann Benvenuto leise, „bedauert Ihr bei dieser Feier nicht, daß die schöne Lilie, die Ascanio anfertigen sollte, nicht fertig ist?"

„Gewiß bedaure ich das," erwiderte die Herzogin, „aber es ist unmöglich, denn Ascanio ist im Gefängnis."

„Aber ich bin frei, und ich werde sie daher fertigmachen und der Frau Herzogin bringen." — „O, auf Ehre, wenn Ihr das tut, werde ich sagen, daß Ihr wirklich ein entzückender Mann seid."

Und sie reichte Benvenuto galant die Hand, auf die dieser einen Kuß drückte, nachdem er mit einem Blick den König um Erlaubnis dazu gefragt hatte.

In diesem Augenblick vernahm man einen leichten Schrei.

„Was gibt es?" fragte der König.

„Ich bitte Eure Majestät um Verzeihung," sagte der Prevot, „meine Tochter ist unwohl."

„Armes Kind," dachte Benvenuto, „sie glaubt, ich hätte sie verraten."

---

36. Kapitel.

Eine Vernunftehe.

Benvenuto wollte noch am selben Abend nach Paris zurückkehren, aber der König hielt ihn bis zum andern Morgen bei sich im Schloß.

Mit der ihm eigenen Plötzlichkeit des Entschlusses wollte er am andern Tag eine Sache zu Ende führen, die er schon längere Zeit unternommen hatte. Dies mußte er noch erledigen, bevor er sich ganz Ascanio und Colombe widmete.

Gegen Mittag verabschiedete sich Benvenuto vom König und der Herzogin und machte sich mit dem kleinen Jehan auf den Weg. Obwohl sie gut beritten waren, hatte es der Meister doch nicht eilig; offenbar wollte er nicht früher als zu einer bestimmten Stunde in Paris sein. Wirklich stieg er auch erst gegen sieben Uhr in der Rue de la Harpe vom Pferd.

Statt sich gleich nach Hause zu begeben, klopfte er an die Tür eines Freundes, des Florentiner Arztes Guido, und als dieser daheim war, befahl er Jehan, allein in das Hotel de Nesle zu gehen und den Leuten zu sagen, daß der Meister erst am andern Tag zurückkäme. Er sollte sich aber gleichwohl bereithalten, um sofort das Tor zu öffnen, sobald er anklopfen würde.

Benvenuto fragte seinen Freund, ob er ihm sofort einen ehrbaren und zuverlässigen Notar beschaffen könnte, der einen unanfechtbaren Vertrag ausarbeiten müsse. Guido empfahl seinen Schwiegersohn und ließ ihn sogleich rufen.

Eine halbe Stunde später, als die beiden Freunde gespeist hatten, war der Notar zur Stelle. Benvenuto zog sich mit ihm zurück und ließ einen Ehekontrakt ausfertigen, in dem die Namen freigelassen waren. Dann prüften sie das Schriftstück nochmals genau durch, ob nichts übersehen war, worauf Benvenuto den Notar bezahlte und das Papier in die Tasche steckte. Beim Abschied bat er seinen Freund noch um einen Degen, der genau so lang war wie der seine, verbarg ihn unter seinem Mantel und ging, da es inzwischen Nacht geworden war, nach dem Hotel de Nesle.

Auf sein leises Klopfen meldete sich sofort der kleine Jehan. Die Arbeiter aßen und erwarteten den Meister erst am andern Tag zurück. Benvenuto befahl Jehan nichts von seiner Ankunft verlauten zu lassen und ging nach Katharinas Kammer, zu der er einen zweiten Schlüssel besaß. Leise öffnete er die Tür, schloß sie von innen wieder ab und verbarg sich hinter einem Vorhang.

Eine halbe Stunde später vernahm er Schritte auf der Treppe. Die Tür ging abermals auf und Scozzone trat mit einer Lampe in der Hand ins Zimmer; sie zog den Schlüssel von innen ab, stellte die Lampe auf den Kamin und setzte sich in einen Sessel, so daß Benvenuto ihr gerade ins Gesicht sehen konnte.

Zu seiner größten Verwunderung war ihr sonst so offenes,

fröhliches und lachendes Gesicht nachdenklich und traurig geworden. Die arme Scozzone empfand Gewissenbisse, da sie Benvenuto wirklich liebte. Solange sie dieses Gefühl des Wohlwollens im Herzen ihres Geliebten fand, und in ihren Träumen wie eine goldene Wolke die Hoffnung schwebte, sie könnte eines Tages die Frau des Künstlers werden, war ihre Vergangenheit durch diese Liebe geläutert worden. Als sie aber sah, daß die scheinbare Leidenschaft Cellinis nur eine vorübergehende Laune war, hatte sie ihre Hoffnungen nach und nach aufgegeben; Benvenutos Lächeln, das ihre welke Seele wieder aufblühen ließ, hatte sich von ihr abgewandt, und sie hatte dadurch abermals ihre Frische verloren.

Pagolo machte ihr schon lange den Hof; sie erzählte es Cellini, da sie seine Eifersucht erregen wollte. Aber sie täuschte sich — statt darüber ungehalten zu sein, lachte Cellini, und statt ihr das Zusammensein mit Pagolo zu verbieten, befahl er ihr, ihn zu empfangen. Nun wußte sie, daß er sie aufgegeben hatte, und sie überließ ihre Zukunft gleichgültig dem Zufall; wie ein vom Sturm zerzaustes Blatt ließ sie sich willenlos dahintragen.

So hatte Pagolo allmählich ihre Gleichgültigkeit besiegt. Schließlich war er ein junger Mann und abgesehen von seinem scheinheiligen Wesen doch ein fröhlicher Gesell; er war verliebt und versicherte ohne Unterlaß der armen Scozzone, daß er sie liebe, während Cellini gar nicht mehr daran dachte.

So hatte sie in einer müßigen Stunde des Verdrusses Pagolo gesagt, daß sie ihn liebe, ohne daß es eigentlich der Wahrheit entsprach; sie hatte es gesagt, während sie Cellinis Bild im Herzen und seinen Namen auf den Lippen hatte.

Sie dachte, der Meister würde sich eines Tages ihr doch wieder zuwenden, und wenn er sie standhaft fand, für ihre Hingabe belohnen, wenn auch nicht durch die Ehe, denn daran wagte das arme Ding nicht mehr zu denken, so doch mit einem Rest von Achtung und Mitgefühl, und so ihre alte Liebe wieder aufleben lassen.

Diese Gedanken stimmten Scozzone traurig und nachdenklich und bereiteten ihr Gewissensbisse.

Inmitten ihrer Träumereien zitterte sie plötzlich und hob den Kopf empor: von der Treppe her ließ sich ein Geräusch vernehmen und gleich darauf knirschte ein Schlüssel im Schloß und die Tür öffnete sich.

„Wie kommst du herein? Wer hat dir den Schlüssel gegeben, Pagolo?“ sprang Scozzone auf. „Es gibt nur zwei Schlüssel zu meiner Kammer: der eine hängt dort und den andern hat Cellini.“

„Ach, liebe Katharina,“ lachte Pagolo, „du bist recht launisch. Einmal läßt du deine Tür offen, dann schließt du sie wieder zu, und wenn man mit Gewalt herein will, wozu du selbst Anlaß gibst, drohst du zu schreien und um Hilfe zu rufen. Gut, da muß man also List gebrauchen.“

„Gut, sage mir, daß du den Schlüssel Cellini weggenommen hast, ohne daß er es merkte, daß er nicht weiß, daß du ihn hast, denn wenn du ihn von ihm selbst bekommen hättest, würde ich vor Scham und Ärger sterben."

„Beruhige dich nur, schöne Katharina," schloß Pagolo die Tür zweimal ab und setzte sich neben Scozzone, die er in den Sessel niederdrückte. „Benvenuto liebt dich allerdings nicht mehr, aber er ist ein Geizhals, der sich nichts aus seinem Schatz macht, ihn aber gleichwohl jedermann verschließt. Nein, diesen Schlüssel habe ich mir selbst gemacht. Wer großes kann, kann auch kleines, und so ist der Goldschmied Schlosser geworden. Da siehst du, ob ich dich liebe, Katharina, da meine Hände, die sonst gewöhnt sind Perlen und Diamanten an goldenen Stielen erblühen zu lassen, sich dazu herabließen, ein gewöhnliches Stück Eisen zu bearbeiten. Allerdings war dieses Eisen ein Schlüssel, und zwar der Schlüssel zum Paradies."

Damit wollte Pagolo Katharinas Hand ergreifen, aber zu Cellinis größter Verwunderung, dem kein Wort und keine Bewegung dieser Szene entgangen war, stieß sie ihn zurück.

„Nun, wird diese Laune noch lange dauern?" meinte Pagolo.

„Halt, Pagolo," sagte Katharina mit so trauriger Stimme, daß es Benvenuto tief ins Herz drang, „ich weiß wohl, daß eine Frau sich nicht mehr Lügen strafen kann, wenn sie erst einmal nachgegeben hat. Wenn aber der Mann, vor dem sie sich schwach gezeigt hat, edelmütig ist, und sie ihm sagt, daß sie im guten Glauben war, denn sie hatte die Vernunft verloren, aber daß sie sich getäuscht hat, so ist es die Pflicht dieses Mannes, nicht einen Augenblick der Schwäche zu mißbrauchen. Nun, Pagolo, ich habe dir nachgegeben, obwohl ich dich nicht liebte, denn ich liebte einen andern, ich liebte Cellini. Meinetwegen verachte mich deshalb, du kannst und darfst es sogar, aber quäle und peinige mich nicht länger."

„Ei," sagte Pagolo, „du legst dir das wunderschön zurecht. Nachdem du mir diese Gunst bewilligt hast, die du mir jetzt vorwirfst, glaubst du, ich würde dir eine Verpflichtung erlassen, die du schließlich doch durchaus freiwillig eingegangen hast? Und wenn ich bedenke, daß du das alles nur um Benvenutos willen tust, der doppelt so alt ist wie du und ich, der dich nicht liebt, sondern dich verachtet und dich wie eine Dirne behandelt!"

„Halte ein, Pagolo!" rief Scozzone, rot vor Scham, Eifersucht und Zorn, „Benvenuto liebt mich zwar heute nicht mehr, aber er hat mich früher geliebt und achtet mich jetzt noch!"

„Nun, und warum hat er dich denn nicht geheiratet, nachdem er es dir doch versprochen hat?"

„Versprochen? Niemals! Niemals hat Benvenuto mir versprochen, daß ich seine Frau werden sollte, denn wenn er es versprochen hätte, hätte er es auch getan. Ich hatte wohl den Wunsch, es zu werden, aber da ich diese Hoffnung nicht verwirklichen konnte, habe ich sie längst aufgegeben. Nein, Pagolo, nein," ließ Katharina ihre Hand traurig in die Hände des Gesellen sinken, „Benvenuto hat es mir niemals versprochen."

„Ei, da siehst du, wie undankbar du bist, Scozzone!" rief Pagolo. „Mich, der dir verspricht und anbietet, was Benvenuto, wie du selbst zugibst, dir nie versprochen und angeboten hat, mich, der dich liebt, stößt du zurück, während du ihm, der dich verraten hat, wie ich bestimmt weiß, alles bewilligst, das du mir versagst, obwohl ich dich liebe."

„O, wenn es so war, Pagolo, so erinnere dich, daß du ihn aus Haß verraten hast, während ich es aus Liebe tat, und schäme dich!"

„Und warum das, wenn ich bitten darf?" rief Pagolo, den Benvenutos Abwesenheit sicher machte. „Hat nicht jeder Mann das Recht, sich von einer Frau lieben zu lassen, wenn sie keinem andern gehört? Wenn es so wäre, würde ich zu ihm sagen: ‚Ihr habt Katharina verlassen und verraten, die arme Katharina, die Euch so sehr geliebt hat. Sie war deshalb verzweifelt, bis sie einen guten und braven Burschen fand, der ihren Wert erkannte, der sie liebte und ihr versprach, was Ihr ihr nicht versprechen wolltet, nämlich sie zu seiner Frau zu machen. Er hat Eure Rechte geerbt, und ihm gehört jetzt diese Frau.' Nun, was würde wohl dein Cellini darauf antworten, Katharina?"

„Nichts, gar nichts!" sagte hinter dem begeisterten Pagolo eine harte männliche Stimme.

Und eine kräftige Hand sank auf seine Schulter, daß seine Beredsamkeit jäh erstarb, und diese Hand schleuderte ihn zu Boden, daß er ebenso bleich wurde, wie er kurz zuvor noch übermütig gewesen war.

Es war ein einzigartiges Bild: Pagolo lag auf den Knien und krümmte sich, bleich und bestürzt, die Scozzone verharrte unbeweglich und stumm auf die Arme des Sessels gestützt, während Benvenuto mit halb spöttischer, halb drohender Miene aufrecht dastand, in den untergeschlagenen Armen einen entblößten Degen und einen zweiten in der Scheide haltend.

Einen Augenblick herrschte lähmendes Schweigen; Pagolo und Scozzone versagten die Worte angesichts der finster zusammengezogenen Stirn des Meisters.

„Verrat! Verrat!" flüsterte Pagolo endlich.

„Gewiß, Verrat deinerseits, Elender!" erwiderte Cellini.

„Nun, so frage ihn doch, Pagolo, er ist jetzt da," sagte Scozzone.

„Ja, da ist er," erwiderte der Geselle, der sich schämte, sich so vor einer Frau demütigen zu lassen, der er gefallen wollte, „aber er ist bewaffnet, während ich wehrlos bin."

„Ich habe eine Waffe für dich mitgebracht," trat Cellini einen Schritt zurück und ließ den Degen aus seiner Linken vor Pagolos Füße niederfallen.

Der starrte die Waffe an, ohne ein Wort zu sagen.

„Nun, nimm den Degen und stehe auf," befahl Cellini.

„Ein Duell?" klapperten Pagolos Zähne vor Furcht. „Besitze ich etwa Eure Kraft, um mich mit Euch schlagen zu können?"

„Ei, ich schlage mich eben mit der Linken, und dann ist die Sache schon ausgeglichen," ließ Cellini seine Waffe in die andere Hand gleiten.

„Ich soll mich mit Euch schlagen, mit meinem Wohltäter, dem ich alles verdanke? Nein, niemals!“ rief Pagolo

Ein Lächeln tiefer Verachtung trat auf Benvenutos Züge, während Scozzone einen Schritt zurückwich, ohne ihren Ekel zu verbergen, der sich in ihrem Gesicht aussprach.

„Du hättest an meine Wohltaten denken sollen, bevor du mir das Weib stahlst, das ich dir und Ascanio anvertraut hatte,“ sagte Benvenuto. „Jetzt fällt es dir zu spät ein. Vorwärts, lege aus, Pagolo!“

„Nein, nein!“ sank der Feigling wimmernd in die Knie.

„Nun, da du dich weigerst, dich wie ein tapferer Mann zu schlagen, so werde ich dich wie einen Verbrecher bestrafen.“

Und er stieß seinen Degen in die Scheide und zog den Dolch. Ohne daß sich auf seinem Gesicht das geringste Mitleid oder irgendwelcher Zorn kundgab, ging er auf den Gesellen zu.

Scozzone warf sich schreiend zwischen beide; aber ohne Gewalt, nur mit einer Geste, die unwiderstehlich war, als hätte eine Bronzestatue ihren Arm ausgestreckt, wies er das arme Mädchen zurück, das halbtot in den Sessel sank. Pagolo war bis an die Wand zurückgewichen; dort holte der Meister ihn ein und setzte ihm den Dolch an die Gurgel. „Befiehl deine Seele Gott, du hast noch fünf Minuten zu leben!“ sagte er.

Gnade!“ stammelte Pagolo. „Bringt mich nicht um, Gnade! Gnade!“

„Wie, du kennst mich, und doch hast du das Weib verführt, das mir gehörte? Ich weiß alles, ich habe alles entdeckt, und da hoffst du noch auf Gnade? Du machst dich lustig, Pagolo!“

Und Benvenuto lachte dabei so furchtbar, daß es Pagolo eiskalt durch den Körper rieselte.

„Meister, Meister!“ schrie er, als er die Spitze des Dolches fühlte, „nicht ich war es, sie hat mich verführt!“

„Verrat, Feigheit und Verleumdung! Sie soll dich verführt haben, Elender! Vergißt du, daß ich hier war und alles gehört habe?“

„O, Benvenuto,“ rang Scozzone die Hände, „Ihr wißt doch, daß er lügt, wenn er so etwas behauptet!“

„Ja, ich weiß, daß er lügt, wenn er das sagt, ebenso wenn er behauptet, er würde dich heiraten. Aber sei unbesorgt, er soll für seine doppelte Lüge bestraft werden.“

„Ja, straft mich,“ rief Pagolo, „aber habt Erbarmen! Straft mich, aber bringt mich nicht um!“

„Du gibst also zu, daß du gelogen hast, indem du sagtest, sie hätte dich verführt?“

„Ja, ich habe gelogen, ich allein bin der Schuldige. Ich liebte sie wahnsinnig, und Ihr wißt, Meister, wozu die Liebe verleiten kann.“

„Und hast du auch gelogen, als du sagtest, du wärest bereit, sie zu heiraten?“

„Nein, nein, Meister, diesmal habe ich nicht gelogen!“

„Also liebst du die Scozzone wirklich?“

„Ja, ich liebe sie, Meister!“ rief Pagolo, da er einsah, daß er weniger schuldig in Cellinis Augen erscheinen würde, wenn

er sein Vergehen mit seiner leidenschaftlichen Liebe entschuldigte. „Nein, ich habe nicht gelogen, Meister."

„Du hättest sie also wirklich zu deiner Frau gemacht?"

„Gewiß, wenn sie nicht Euch gehört hätte."

„Nun, so nimm sie, ich gebe sie dir!"

„Was sagt Ihr? Scherzt Ihr nicht?"

„Ich habe nie ernster gesprochen, und wenn du daran zweifelst, so sieh mich an."

Pagolo warf einen scheuen Blick auf Cellini und erkannte, daß er ganz danach aussah, als würde der Richter sich jeden Augenblick in einen Henker verwandeln. Seufzend senkte er den Kopf.

„Pagolo, stecke diesen Ring an deinen, und den andern an Katharinas Finger." Pagolo folgte willenlos. Benvenuto gab Scozzone einen Wink und sie eilte herbei. „Strecke deine Hand aus, Scozzone," befahl er. Sie tat es. „Vorwärts, Pagolo." Der Geselle schob den Ring über Katharinas Finger.

„Nun sind wir mit der Verlobung fertig," sagte Cellini. „Jetzt können wir Hochzeit halten."

„Hochzeit?" flüsterte Pagolo. „So einfach heiratet man nicht. Dazu braucht man einen Notar und einen Priester."

„Man braucht vor allem einen Vertrag," zog Benvenuto das Papier aus der Tasche. „Hier ist ein völlig ausgefertigter Ehekontrakt, in dem nur die Namen fehlen."

Er legte das Schriftstück auf den Tisch, nahm eine Feder und reichte sie Pagolo: „Vorwärts, unterschreibe!"

„Ah, ich bin in eine Falle geraten," murmelte der Geselle.

„Eine Falle? Was soll das heißen?" erwiderte Benvenuto mit unheilverkündender Stimme. „Worin soll denn die Falle bestehen? Habe etwa ich dir geheißen, in Scozzones Zimmer zu gehen und ihr zu sagen, daß du sie heiraten willst? Gut, mache sie zu deiner Frau, und wenn du ihr Mann bist, werden die Rollen vertauscht: komme ich dann zu ihr, so darfst du mich bedrohen und ich muß mich fürchten."

„O, das wäre aber drollig!" ging Scozzone von größter Angst in ausgelassene Freude über und lachte von ganzem Herzen über diese Idee des Meisters.

Bei der Wendung, die Cellinis Drohung genommen hatte und bei Scozzones Lachen begann Pagolo die Sache etwas ruhiger und vernünftiger zu betrachten. Er sah ein, daß man ihn mit Gewalt zu einer Ehe zwingen wollte, an der ihm eigentlich nicht viel gelegen war, und das schien ihm doch ein etwas zu tragischer Schluß für diese Komödie zu sein. So hoffte er, sich mit etwas sicherem Auftreten am wohlfeilsten aus der Patsche ziehen zu können.

„Ja, ich gebe zu, daß das recht spaßig wäre," ging Pagolo auf Scozzones Lachen ein, „aber leider wird es nicht so weit kommen."

„Wie? So weit wird es nicht kommen?" rief Benvenuto erstaunt wie ein Löwe, gegen den sich ein Fuchs auflehnen will.

„Nein, es wird auch nicht so weit kommen," beharrte Pagolo. „Lieber will ich sterben. Bringt mich um."

Kaum hatte er das gesagt, als Cellini auf ihn losstürzte. Pagolo sah den Dolch aufblitzen und wandte sich zum Glück noch rechtzeitig zur Seite, so daß der für ihn bestimmte Stoß nur seine Schulter streife und der Stahl, den Benvenutos kräftige Hand führte, sich tief in die Holzverkleidung der Wand eingrub.

„Gnade! Ich gebe nach, Meister, ich gebe nach!" rief Pagolo. „Ich bin zu allem bereit." Und während der Meister nur mit Mühe den Dolch, der durch die Holzvertäfelung bis in die Mauer gedrungen war, herauszog, eilte er an den Tisch, auf dem der Kontrakt lag, ergriff rasch die Feder und unterzeichnete. Es ging so schnell, daß Scozzone sich gar nicht einmischen konnte.

Sie trocknete die Tränen, die über ihre Wangen liefen, und unterdrückte ein leichtes Kichern. „Ich danke dir für die Ehre, die du mir erweisen willst, mein lieber Pagolo," sagte sie. „Aber da wir uns jetzt am besten einmal klar aussprechen, so höre mich an: Noch eben wolltest du nichts von mir wissen, und nun will ich dich nicht haben. Ich sage das nicht, um dich zu töten, weil ich dich nicht mehr liebe. Ich will für mich bleiben wie bisher, Pagolo."

„Nun, wenn du ihn nicht haben willst, Scozzone, so muß er eben sterben," erwiderte Benvenuto kaltblütig.

„Aber diesmal bin es ja ich, die sich weigert!" rief Katharina.

„Er muß sterben," sagte Benvenuto. „Es soll nicht heißen, daß ein Mann, der mich beschimpfte, ungestraft blieb. Bist du bereit, Pagolo?"

„Katharina," rief der Gesell, „Katharina, um Himmels willen habe Mitleid mit mir! Katharina, ich liebe dich! Ich werde dich ewig lieben! Unterschreibe, Katharina, werde meine Frau, ich flehe dich auf den Knien an!"

„Vorwärts, entscheide dich, Scozzone!" drängte Cellini.

„O, gegen mich, die ich von ganz anderen Dingen träumte, seid Ihr nicht so streng, Meister," schmollte die Scozzone. „Ach, seht nur," lachte sie wieder hell auf, „was Pagolo für eine Leichenbittermiene macht! Ei, gib dein trauriges Wesen auf, Pagolo, ich werde doch niemals damit einverstanden sein, daß du mein Mann wirst. Du bist doch wahrlich zu dämlich dazu!"

„Rette mich erst, Katharina," jammerte Pagolo, „dann wollen wir schon lachen, wenn es dir recht ist."

„Nun, mein armer Junge, wenn du es durchaus haben willst . . ."

„O gewiß, ich will es!" rief Pagolo.

„Du weißt, was ich früher gewesen bin und was ich jetzt bin?"

„Ja, ich weiß es!"

„Ich täusche dich also nicht?"

„Nein."

„Und es fällt dir nicht allzu schwer . . .?

„Nein, nein!"

„Ich war wirklich nicht darauf gefaßt. Nun, um so schlimmer, ich bin deine Frau!"

Und sie nahm die Feder und, wie es sich für eine ehrbare Frau geziemte, schrieb sie ihren Namen unter den ihres Gatten.

„Dank, meine liebe Katharina," rief Pagolo, „du wirst sehen, daß ich dich glücklich mache."

„Wenn er diesen Schwur vergißt, so schreibe mir nur, und wo ich auch bin, Scozzone, ich komme, um ihn daran zu erinnern," sagte Benvenuto.

Damit stieß er den Dolch langsam in die Scheide, während sein Blick auf Pagolo gerichtet war; dann nahm er den von beiden unterschriebenen Kontrakt, faltete ihn sorgfältig viermal zusammen und steckte ihn in die Tasche.

„Nun, Freund Pagolo," sagte er spöttisch, „seid ihr wohl vor den Menschen rechtmäßige Eheleute, aber noch nicht vor Gott. Erst morgen wird die Kirche euren Bund segnen. Bis dahin würde deine Anwesenheit hier gegen jedes göttliche und menschliche Recht verstoßen. Gute Nacht, Pagolo."

Pagolo wurde bleich wie der Tod, aber da Benvenuto gebieterisch auf die Tür deutete, ging er langsam rückwärts hinaus.

„Wahrlich nur Ihr könnt auf solche Einfälle kommen, Cellini," lachte Katharina aus vollem Hals. „Höre, mein armer Pagolo," rief sie ihrem Mann noch unter der Tür nach, „ich lasse dich gehen, weil es recht ist, aber ich schwöre dir bei der heiligen Jungfrau, daß ich von dem Augenblick an, wo du mein Gatte bist, jedermann, und auch Benvenuto, mich als anständige Frau achten soll."

Und als sich die Tür wieder geschlossen hatte, meinte sie fröhlich: „Cellini, du gibst mir einen Gatten, aber du befreist mich für heute von ihm — weiß Gott, du warst mir diese Entschädigung wohl schuldig!"

37. Kapitel.

Der Krieg geht weiter.

Drei Tage später spielte sich im Louvre eine andere Szene ab.

Es war Montag, der für die Unterzeichnung von Colombes Ehevertrag bestimmte Tag. Gegen elf Uhr vormittags verließ Benvenuto das Hotel de Nesle, ging nach dem Louvre und stieg klopfenden Herzens, aber doch festen Schrittes die große Treppe hinauf.

Im Wartesaal traf er den Prevot und Orbec, die in einer Ecke sich mit einem Notar besprachen. Bleich und unbeweglich wie eine Statue saß Colombe auf der andern Seite, ohne auf ihre Umgebung zu achten.

Cellini ging an ihr vorbei und sagte leise: „Habe Mut, ich bin da!"

Colombe erkannte seine Stimme und erhob mit freudigem Aufschrei den Kopf. Aber bevor sie noch ihren Beschützer fragen konnte, war er schon in den anstoßenden Saal gegangen.

Ein Diener hob vor dem Goldschmied den Türvorhang, und er trat in das Gemach des Königs . . .

Es bedurfte nichts weniger als dieser Worte der Hoffnung, um Colombes Mut wieder zu beleben, denn das arme Kind glaubte sich verlassen und folglich auch verloren. Trotz ihres lebhaften Vertrauens auf Gott und auf Benvenuto war sie doch halb tot hierhergekommen. Als sie ihrem Vater in den Louvre folgen sollte, war sie so verzweifelt, daß sie ihren Stolz vergaß und Frau von Etampes anflehte, sie ins Kloster gehen zu lassen, da sie auf Ascanio verzichten wollte, um von Orbec verschont zu bleiben. Die Herzogin aber gab sich mit einem halben Sieg nicht zufrieden; um ihr Ziel zu erreichen, mußte Ascanio glauben, seine Geliebte habe ihn verraten. Sie hatte daher die Bitte der armen Colombe abgewiesen. Nun erinnerte sie sich, daß Benvenuto ihr gesagt hatte, sie solle tapfer und ruhig bleiben, selbst bis zum Altar. So hatte sie sich mit einem Mut, der bisweilen freilich ins Wanken geriet, in den Louvre führen lassen, wo der König um Mittag ihren Ehevertrag unterzeichnen sollte.

Dort hatte ihre Kraft sie einen Augenblick aufs neue verlassen, denn es blieben ihr nur noch drei Möglichkeiten: Benvenuto zu sehen, das Herz des Königs zu rühren oder vor Schmerz zu sterben.

Benvenuto war gekommen; er hatte ihr Hoffnung gemacht, und so faßte sie wieder Mut . . .

Als Cellini in das Gemach des Königs trat, fand er nur Frau von Etampes. Das war alles, was er wünschte; wenn die Mätresse nicht da gewesen wäre, hätte er sie auf der Stelle zu sprechen verlangt.

Trotz ihres Sieges war die Herzogin etwas bekümmert; sie hatte zwar eigenhändig den verhängnisvollen Brief verbrannt und war überzeugt, daß er ihr nicht mehr schaden konnte. Aber nachdem sie ihre Macht wieder befestigt hatte, prüfte sie schaudernd die Gefahren ihrer Liebe. So ging es der Herzogin immer: wenn die Sorgen ihres Ehrgeizes ruhten, geschah dies auf Kosten ihres liebeglühenden Herzens. Ihr aus Stolz und Leidenschaft geborener Traum war, Ascanio groß zu machen durch sein Glück; aber Ascanio verlangte, obwohl er vornehmer Abkunft war, keinen andern Ruhm, als seiner Kunst zu leben.

Er begehrte Perlen und Diamanten nur, um sie in Gold zu fassen, Ehre und Auszeichnungen halfen ihm nichts, wenn sie nicht seinem Talent als Künstler gezollt wurden. Was nützte also der Herzogin dieser Träumer? Der erste Sturm mußte diese zarte Pflanze samt ihren bereits erschlossenen und künftigen Blüten knicken. Aus Mutlosigkeit, vielleicht auch aus Gleichgültigkeit ließ er sich in die Pläne seiner königlichen Gönnerin verstricken, aber wie ein bleicher, trauriger Schatten zehrte er nur von seinen Erinnerungen. Ascanio erschien der Herzogin als zartes, entzückendes Wesen, aber nur, wenn er beständig in einer reinen und ruhigen Umgebung leben konnte. Er war ein anbetungswürdiges Kind, das niemals ein Mann werden sollte. Gefühlen konnte er sich weihen, aber nie Ideen, er war nur für die zärtlichen Ergüsse eines gleichartigen Wesens geschaffen und mußte dem furchtbaren Stoß der Ereignisse und Kämpfe erliegen. Er entsprach wohl der Liebe, aber nicht dem Ehrgeiz der Frau von Etampes.

Mit diesen Betrachtungen beschäftigte sich die Herzogin, als Benvenuto vor ihr erschien; die Wolken ihrer Gedanken verdüsterten ihre Stirn.

Die beiden Gegner maßen sich mit dem Blick, und ein spöttisches Lächeln umschwebte zugleich ihre Lippen. Ein gleicher Blick flammte aus ihren Augen und verkündete, daß jeder kampfbereit war.

„Das ist ein grimmiger Kämpfer, den man zu besiegen wünscht, ein Gegner, der meiner würdig ist," dachte die Herzogin. „Aber heute hat er soviele Hindernisse gegen sich, daß mein Sieg über ihn mir keinen großen Ruhm bringen kann."

„Frau Herzogin," sagte Benvenuto, „Ihr seid entschieden eine männliche Frau, und kein Streit mit einem Mann hat mir je solche Mühe gekostet wie der Kampf, den ich gegen Euch führte. Aber seid unbesorgt, ich werde Euch mit meinen sämtlichen Waffen bekämpfen."

Ein kurzes Schweigen folgte, das die Herzogin zuerst unterbrach. „Ihr seid pünktlich, Cellini," sagte sie. „Um Mittag wird Seine Majestät den Ehevertrag des Grafen Orbec unterzeichnen, und jetzt haben wir erst ein Viertel nach elf. Ich entschuldige den König; er hat sich nicht verspätet, aber Ihr seid etwas zu früh gekommen."

„Das freut mich, Madame, denn diese Voreiligkeit verschafft mir die Ehre eines Beisammenseins mit Euch; diese Auszeichnung hätte ich begehrt, falls der Zufall nicht meinen Wünschen entgegengekommen wäre."

„Oho, Benvenuto," meinte die Herzogin, „machen die Niederlagen Euch zum Schmeichler?"

„Meine Niederlagen? Nein, Madame, aber die der andern... Ich genoß stets die eigenartige Tugend, der Höfling der Ungnade zu sein, und hier ist der Beweis dafür."

Mit diesen Worten zog Benvenuto unter seinem Mantel Ascanios goldene Lilie hervor, die er am Morgen selbst beendet hatte. Die Herzogin stieß einen Schrei der Überraschung und Freude aus. Nie hatte sie ein so wunderbares Kleinod gesehen, nie hatte eine Blume der Zaubergärten aus Tausendundeiner Nacht die Augen einer Peri oder Fee derart geblendet.

„Ah," griff die Herzogin nach der goldenen Blume, „Ihr hattet es mir wohl versprochen, aber ich gestehe, daß ich nicht damit gerechnet hatte."

„Warum konntet Ihr nicht auf mein Wort bauen?" lächelte Cellini. „Ihr beleidigt mich, Madame."

„Oh, wenn Euer Wort mir eine Rache statt einer Galanterie versprochen hätte, wäre ich Eurer Erfüllung sicherer gewesen."

„Und wer sagt Euch, daß nicht das eine beides ist?" zog Benvenuto seine Hand zurück, um immer noch Herr über das Kleinod zu bleiben.

„Ich verstehe Euch nicht," sagte die Herzogin.

Benvenuto zeigte der Herzogin den Diamant, der inmitten des Blumenkelches erstrahlte und den sie der verschwenderischen Freigebigkeit Karls V. verdankte. „Findet Ihr nicht," sagte er, „daß das Handgeld eines gewissen Geschäftes, daß das Herzogtum Mailand Frankreich rauben sollte, sich recht gut macht, nachdem es sich in Tautropfen verwandelt hat?"

„Ihr sprecht in Rätseln, mein lieber Goldschmied. Doch der König kommt, so daß es mir leider an Zeit fehlt, sie zu lösen."

„Gut, dann will ich Euch die Lösung sagen. Ein altes Sprichwort sagt: Verba volant, scripta manent — Wort vergeht, Schrift besteht."

„Ah, Ihr irrt Euch, mein lieber Goldschmied. Die Schrift ist verbrannt; denkt also nicht, daß Ihr mich wie ein Kind einschüchtern könnt, sondern gebt mir die Lilie, die mir gehört."

„Gleich, Madame, aber vorher muß ich Euch sagen, daß die Lilie in meinen Händen ein Talisman ist, während sie in den Euren ihren ganzen Wert verliert. Meine Arbeit ist nämlich wertvoller als Ihr denkt. Wo der Laie nur ein Kleinod sieht, verbergen wir Künstler oft einen Gedanken. Soll ich Euch diese Idee zeigen, Madame . . . ? Das ist ganz einfach: ein Druck auf diese fast unsichtbare Feder genügt; der Stiel der Blume öffnet sich, wie Ihr seht, und in der Tiefe des Kelches findet man statt eines Wurmes, der manche natürliche Blumen und manche falschen Herzen zernagt, etwas ähnliches, vielleicht noch Schlimmeres, nämlich die Schmach der Herzogin von Etampes, geschrieben und unterzeichnet von ihrer eigenen Hand."

Mit diesen Worten drückte Benvenuto auf die Feder, öffnete den Stiel und zog den Brief aus der funkelnden Blumenkrone. Langsam faltete er ihn auseinander und hielt ihn der Herzogin hin, die bleich vor Zorn und stumm vor Erstaunen war.

„Nicht wahr, Madame, damit hattet Ihr nicht gerechnet?" faltete Benvenuto das Billet zusammen und verbarg es wieder in der Lilie. „Wenn Ihr meine Gewohnheiten besser kennen würdet, wäret Ihr gewiß weniger überrascht. Vor einem Jahr verbarg ich eine Strickleiter in einer Figur, vor einem Monat ein junges Mädchen in einer Statue, und heute verstecke ich darin ganz einfach ein Papier."

„Aber diesen infamen Brief habe ich doch mit eigener Hand verbrannt!" rief die Herzogin. „Ich sah die Flamme, die ihn verzehrte und ich zertrat die Asche mit meinen Füßen."

„Habt Ihr auch den Brief gelesen, den Ihr verbranntet?"

„Nein! Ich Wahnsinnige habe ihn nicht gelesen!"

„Das ist schade, denn sonst wüßtet Ihr jetzt, daß der Brief einer Grisette ebensoviel Feuer und Asche gibt wie der Brief einer Herzogin."

„Aber dann hat mich dieser feige Ascanio getäuscht!"

„O, mäßigt Euch, Madame. Verdächtigt nicht auch dieses reine unschuldige Kind, das Euch nur mit denselben Waffen bekämpft hätte, die Ihr gegen es anwandtet, wenn es Euch wirklich getäuscht hätte. Aber das hat Ascanio gar nicht getan; er würde weder sein noch Colombes Leben durch einen Betrug erkaufen. Nein, er ist vielmehr selbst betrogen und getäuscht worden."

„Und von wem? Das möchte ich gern wissen."

„Von einem Studenten, von demselben, der Euren Freund Marmagne verwundet hat, von Jacques Aubry, von dem Marmagne Euch etwas verraten hat."

„Ja," flüsterte die Herzogin, „Marmagne hat mir allerdings gesagt, daß dieser Student Aubry zu Ascanio ins Gefängnis wollte, um ihm einen Brief zu rauben."

„Daraufhin seid Ihr selbst zu Ascanio gegangen, aber die Studenten sind flink, wie Ihr wißt, und unser Mann war Euch schon zuvorgekommen. Während Ihr Euern Palast verließt, schlüpfte er in die Zelle seines Freundes, und als Ihr kamt, ging er gerade hinaus."

„Aber ich habe doch niemand gesehen!"

„Man denkt nicht daran, überall hinzusehen. Wenn Ihr das getan hättet, hättet Ihr eine Matte aufgehoben und darunter ein Loch gefunden, das nach der anstoßenden Zelle führte."

„Aber Ascanio . . . ?

„Nicht wahr, er schlief, als Ihr in seine Zelle kamt?"

„Gewiß."

„Nun, während seines Schlafes hatte Aubry, dem er den Brief nicht geben wollte, ihn in seine Tasche gesteckt und ihm dafür einen andern Brief hineingelegt. Ihr ließet Euch durch den Umschlag täuschen und glaubtet den Brief der Herzogin von Etampes zu verbrennen. In Wirklichkeit habt Ihr jedoch nur einen Brief von Fräulein Gervaise Perrette Popinot verbrannt."

„Aber dieser Aubry, der Marmagne verwundet, dieser Bauer, der beinahe einen Edelmann ermordet hat, soll für seine Unverschämtheit büßen. Er ist im Gefängnis und zum Tode verurteilt."

„Er ist frei, Madame, und verdankt gerade Euch seine Freiheit.

Er ist der arme Gefangene, um dessen Begnadigung Ihr mit mir König Franz gebeten habt."

„O, ich war wahnsinnig!" biß sich die Herzogin auf die Lippen. Dann richtete sie einen scharfen Blick auf Benvenuto. „Und unter welcher Bedingung würdet Ihr mir diesen Brief zurückgeben?" stieß sie hervor.

„Ich dächte, das könntet Ihr erraten, Madame."

„Ich kann schlecht raten; redet."

„Ihr sollt den König um Colombes Hand für Ascanio bitten."

„Ah, dann kennt Ihr die Herzogin von Etampes schlecht, Herr Goldschmied," rief sie mit gezwungenem Lachen, „wenn Ihr damit gerechnet habt, daß meine Liebe vor einer Drohung zurückweichen würde."

„Ihr habt Eure Antwort nicht überlegt, Madame."

„Gleichwohl widerrufe ich sie nicht."

„Gestattet, daß ich mich ohne Feierlichkeit setze und mich einen Augenblick ohne lange Umschweife mit Euch unterhalte," sagte Benvenuto vertraulich. „Ich bin zwar nur ein bescheidener Bildhauer, während Ihr eine große Herzogin seid, aber ich darf Euch wohl sagen, daß wir trotz des Standesunterschiedes, der uns trennt, dazu geschaffen sind, einander zu verstehen. Gebärdet Euch jetzt nicht als Königin, denn es wäre zwecklos; ich will Euch nicht beleidigen, sondern aufklären; Euer Stolz ist nicht in Gefahr, da es sich um ganz andere Dinge handelt."

„Ihr seid wahrlich ein einzigartiger Mann," sagte die Herzogin wider Willen. „Sprecht, ich höre Euch zu."

„Ich sagte also," fuhr Benvenuto ruhig fort, „daß wir uns zum Ausgleich für den Unterschied unserer gegenseitigen Stellung ungefähr in der gleichen Lage befinden und uns daher auch gegenseitig verstehen und dienen können. Ihr wart empört, als ich Euch vorschlug, auf Ascanio zu verzichten; das erschien Euch unmöglich und wahnsinnig, während ich Euch doch das Beispiel dazu gab."

„Das Beispiel ... ?"

„Gewiß, Madame, denn wie Ihr Ascanio liebtet, liebte ich Colombe."

„Ihr?"

„Jawohl, ich. Ich liebte sie, wie ich nur einmal in meinem Leben eine Frau geliebt hatte. Ich hätte für sie mein Blut, mein Leben und meine Seele hingegeben, und doch ließ ich sie Ascanio."

„Das ist wahrlich eine selbstlose Leidenschaft," meinte die Herzogin spöttisch.

„O, macht meinen Schmerz nicht zum Gegenstand Eures Spottes, Madame. Ich habe viel durchgemacht, aber Ihr seht, ich habe erkannt, daß Colombe ebensowenig für mich geschaffen war wie Ascanio für Euch. Versteht mich recht, Madame, wir gleichen einander, wir gehören zu den außergewöhnlichen und seltsamen Naturen, die sich selten mit andern vertragen. Wir beide dienen einer hohen und mächtigen Gottheit, deren Kult unser Herz begeistert und uns über die Menschheit erhebt. Euch, Madame, ist der Ehrgeiz alles, mir die Kunst. Unsere Götter dulden keine Nebenbuhler und sie beherrschen uns stets und überall. Ihr habt Ascanio wie eine Krone begehrt, ich Colombe wie Galathea. Ihr habt als Herzogin geliebt, ich als Künstler, Ihr habt verfolgt, ich gelitten. Glaubt nicht, daß ich Euch in Gedanken verleumde — ich bewundere Eure Tatkraft und freue mich Eurer Kühnheit. Mag der Pöbel denken, was er will, von Eurem Standpunkt aus ist es großartig, die Welt aus den Angeln zu heben, um Platz für den Mann zu schaffen, den man liebt. Ich erkenne darin eine meisterhafte, starke Leidenschaft und liebe Charaktere, die solcher heldenmütiger Verbrechen fähig sind, aber ich liebe ebenso alle Übermenschen, denn alles, was sich über den normalen Durchschnitt erhebt, ist mein Fall. Als ich Colombe liebte, erwog ich, daß meine ungestüme, hochfliegende Natur schlecht zu diesem reinen Engel passen würde. Colombe liebte Ascanio, meinen liebenswürdigen Schüler, während mein rauhes, kraftvolles Wesen ihr Furcht eingejagt hätte. Da gebot ich meiner Liebe zu schweigen, und als sie nicht nachgeben wollte, rief ich meine göttliche Kunst zu Hilfe. Uns beiden gelang es schließlich, diese rebellische

Liebe zu überwinden. Da preßte die Bildhauerei, meine einzige und wahre Geliebte, ihre glühenden Lippen auf meine Stirn und ich war getröstet. Macht es wie ich, Madame: laßt diesen Kindern ihre reine Liebe und stört sie nicht in ihrem Himmel. Unser Reich ist die Erde mit ihrem Leid, ihrem Kampf und Rausch. Entschädigt Euch für den Schmerz durch Euren Ehrgeiz, stürzt Reiche zu Eurer Zerstreuung und spielt zu Eurer Erholung mit den Königen und den Herren der Erde. Dann handelt Ihr recht und ich werde Euch freudig Beifall spenden und recht geben. Aber trübt nicht den Frieden und die Freude dieser armen unschuldigen Kinder, die sich unter Gottes und der heiligen Jungfrau Augen so innig lieben."

„Wer seid Ihr denn, Meister Benvenuto Cellini? Wahrlich, ich kenne Euch nicht," sagte die Herzogin erstaunt.

„Bei Gott, ein Herrenmensch, wie Ihr ein Mannweib seid, Madame," lachte der Goldschmied, „und wenn Ihr mich auch nicht kennt, so seht Ihr doch, daß ich einen großen Vorteil vor Euch voraus hatte: Ich kannte Euch, Madame."

„Ich bin jedoch der Ansicht, daß ein Mannweib größerer und stärkerer Liebe fähig sein kann als ein Herrenmensch, denn das Weib verachtet Eure übermenschliche Entsagung und verteidigt ihren Geliebten mit Schnabel und Krallen bis zum letzten Atemzug."

„Ihr beharrt also darauf, Ascanio seine Colombe zu verweigern?"

„Ich will ihn für mich allein haben und lieben."

„Gut; da Ihr nicht freiwillig nachgeben wollt, so seht Euch vor! Ich habe eine rauhe Hand und kann sie Euch schmerzlich fühlen lassen. Ihr habt also alles überlegt? Und weigert Euch entschieden, Ascanios Verbindung mit Colombe gutzuheißen?"

„Gewiß," erwiderte die Herzogin.

„Nun, so mag der Kampf beginnen."

In diesem Augenblick öffnete sich die Tür und der Diener meldete den König.

---

38. Kapitel.

Eine Liebesheirat.

Franz I. reichte seinen Arm Diana von Poitiers, mit der er gerade von seinem kranken Sohn kam. In ihrem leidenschaftlichen Haß ahnte Diana, daß ihrer Rivalin eine Demütigung drohte, und so wollte sie diesem angenehmen Schauspiel nicht fernbleiben.

Der König war vollkommen ahnungslos, er sah und argwöhnte nichts, sondern glaubte, Benvenuto und Frau von Etampes hätten sich wirklich versöhnt, und da er sie vertraulich beisammen sah, begrüßte er sie mit demselben Lächeln und mit derselben Verbeugung.

„Guten Tag, meine Königin der Schönheit, guten Tag, mein König der Kunst," sagte er. „Worüber unterhaltet Ihr Euch? Ihr seht ja beide so angeregt aus."

„Wir unterhalten uns über die Politik, Sire,“ erwiderte Benvenuto.

„Und welche Frage fesselt Euern Scharfsinn? Sagt es mir bitte.“

„Die Frage, die augenblicklich jedermann beschäftigt, Sire.“

„Ah, das Herzogtum Mailand . . .“

„Jawohl, Sire.“

„Nun, was haltet Ihr davon?“

„Wir waren geteilter Meinung, Sire. Eines von uns sagte, der Kaiser könnte Euch wohl das Herzogtum verweigern, indem er es Eurem Sohn Karl verleiht und sich so seines Versprechens entledigen.“

„Und wer von Euch war dieser Meinung?“

„Ich glaube, die Herzogin von Etampes.“

Die Herzogin wurde totenbleich.

„Wenn der Kaiser das tun würde, wäre es schmählicher Verrat,“ rief Franz I., „aber er wird es nicht tun.“

„Und wenn er es auch nicht tut,“ mischte sich nun auch Diana von Poitiers in die Unterhaltung, „so entspricht das gewiß nicht dem Rat, den man ihm gegeben hat.“

„Wer hat ihm das geraten? Ich will es wissen!“ rief Franz I.

„Erregt Euch nicht so, Sire,“ erwiderte Benvenuto. „Wir sprachen davon wie von jeder andern Sache und bauten nur Luftschlösser. Die Frau Herzogin und ich sind schlechte Politiker, Sire. Obwohl sie es nicht nötig hätte, ist die Frau Herzogin doch zu sehr Frau, als daß sie sich um andere Dinge als um ihre Toilette kümmern würde, und ich bin Künstler, den nur die Kunst interessiert. Nicht wahr, Frau Herzogin?“

„Ihr beide, mein lieber Cellini, habt das bessere Teil erwählt, als daß Ihr andere um etwas beneiden braucht, und wäre es auch das Herzogtum Mailand,“ sagte der König. „Die Frau Herzogin ist Königin durch ihre Schönheit, und Ihr seid König durch Euer Genie.“

„Ich wäre König, Sire?“

„Gewiß, und wenn Ihr auch nicht wie ich drei Lilien in Eurem Wappen führt, so habt Ihr doch eine in der Hand, die mich herrlicher dünkt als jede andere, die im hellsten Sonnenstrahl oder im schönsten Wappenschild leuchtet.“

„Sire, diese Lilie gehört indes nicht mir, sondern Frau von Etampes. Sie hatte sie bei meinem Schüler Ascanio bestellt, aber da dieser sie nicht mehr ausführen konnte und ich wußte, daß die Frau Herzogin dieses Kleinod gern haben wollte, so habe ich es selbst beendet. Ich wünschte, es möge das Symbol des Friedens sein, den wir uns gegenseitig gestern in Fontainebleau in Gegenwart Eurer Majestät geschworen haben.“

„Ein wunderbares Kleinod,“ streckte Franz I. seine Hand nach der Lilie aus.

„Nicht wahr, Sire?“ zog Benvenuto sie unauffällig zurück, „und sie verdient gewiß, daß die Herzogin von Etampes den jungen Künstler für dieses Meisterwerk fürstlich belohnt.“

„Das ist auch meine Absicht,“ sagte die Herzogin, „und

ich habe eine Belohnung für ihn, um die ihn ein König beneiden könnte."

„Aber Ihr wißt auch, Madame, daß er etwas anderes begehrt als diese kostbare Belohnung. Wir Künstler haben unsere Launen und oft würdigen wir etwas, das den Neid eines Königs erwecken könnte, wie Ihr sagt, nicht einmal eines Blickes."

Der Herzogin stieg die Zornesröte ins Gesicht. „Und doch muß er damit zufrieden sein, denn ich habe Euch schon gesagt, daß ich ihm nur im äußersten Falle eine andere Entschädigung bewilligen würde," sagte die Herzogin.

„Vertraue mir an, was er wünscht," streckte Franz I. abermals die Hand nach der Lilie aus, „und wenn es nicht zu schwierig ist, will ich es schon in Ordnung bringen."

„Betrachtet das Kleinod nur genau, Sire," legte Benvenuto den Stiel der Blume in die Hand des Königs. „Prüft alle Einzelheiten und dann wird Eure Majestät erkennen, daß keine Belohnung dem Preis entspricht, den dieses Meisterwerk verdient."

Mit diesen Worten richtete Benvenuto einen durchdringenden Blick auf die Herzogin, die sich jedoch so zu beherrschen wußte, daß sie ohne mit den Wimpern zu zucken ruhig zusah, wie Cellini die Lilie dem König überreichte.

„Wirklich wunderbar," sagte der König. „Aber wo habt Ihr denn den prachtvollen Diamanten gefunden, der im Kelch der schönen Blume strahlt?"

„Nicht ich habe ihn gefunden," erwiderte Benvenuto treuherzig, „sondern Frau von Etampes hat ihn meinem Schüler geliefert."

„Ich habe den Stein nie bei Euch gesehen, Herzogin," sagte der König. „Woher habt Ihr ihn?"

„Nun, wahrscheinlich von dort, woher die Diamanten eben kommen, aus den Minen von Guzarate oder Golconda."

„Ach, dieser Diamant hat seine eigene Geschichte, Sire," sagte Benvenuto, „und wenn Eure Majestät sie gern wissen will, werde ich sie erzählen, denn es ist jetzt gerade das drittemal, daß der Diamant in meine Hände kommt. Zuerst brachte ich ihn an der Tiara des heiligen Vaters an, dann auf Befehl Clemens VII. auf dem Einband eines Meßbuches, das Seine Heiligkeit dem Kaiser Karl V. überreichte. Da der Kaiser den Stein immer bei sich haben wollte, offenbar als einen Rückhalt in der äußersten Not, faßte ich den Diamanten in einen Ring. Hat ihn Eure Majestät nicht an der Hand des Kaisers bemerkt?"

„Gewiß, ich erinnere mich, es war am ersten Tag unserer Begegnung in Fontainebleau," sagte der König. „Aber wie ist der Diamant in Euren Besitz gelangt, Herzogin?"

„Ja, sagt, wie ein Diamant von solchem Wert aus der Hand des Kaisers in die Eure gelangt ist," rief Diana freudestrahlend.

„Wenn diese Frage an Euch gerichtet wäre, Madame, würde Euch die Antwort gewiß nicht schwer fallen," erwiderte die Herzogin, „vorausgesetzt, daß Ihr gewisse Dinge anderen Ohren als denen Eures Beichtvaters anvertrauen wollt."

„Ihr antwortet indes nicht auf die Frage des Königs, Madame," sagte Diana.

„Ja, wie kommt der Diamant in Eure Hände?" fragte Franz I.

„Fragt Benvenuto, er wird es Euch sagen," erwiderte die Herzogin mit einer letzten Herausforderung ihres Feindes.

„Nun, Majestät, ich muß gestehen, daß mir beim Anblick dieses Diamanten ebenso sonderbare Vermutungen gekommen sind wie Euch," sagte Cellini. „Ihr wißt, Frau von Etampes und ich waren damals noch Feinde, es wäre mir also durchaus erwünscht gewesen, irgendein kleines Geheimnis zu erfahren, das sie in den Augen Eurer Majestät bloßstellen konnte. Ich habe mich also umgesehen und erfahren . . ."

„Was hast du erfahren . . . ?"

Benvenuto warf einen raschen Blick auf die Herzogin und sah, daß sie lächelte. Diese Widerstandskraft ihres Charakters gefiel ihm und statt den Kampf gewaltsam mit einem Schlag zu beenden, suchte er ihn in die Länge zu ziehen wie ein Ringkämpfer, der seines Sieges gewiß ist, dabei aber seine ganze Kraft und Gewandtheit zeigen will, weil er einen Gegner gefunden hat, der seiner würdig ist.

„Was hast du erfahren?" wiederholte der König.

„Daß sie ihn ganz einfach von dem Juden Manasse gekauft hat. Der Kaiser scheint, seit er den Boden Frankreichs betreten hat, soviel Geld ausgegeben zu haben, daß er seine Diamanten verpfänden mußte, während Frau von Etampes mit wahrhaft königlicher Großzügigkeit aufraffte, was die kaiserliche Armut nicht behalten konnte."

„Auf Edelmannswort, das ist köstlich!" rief Franz I., der sich in seiner Eitelkeit als Liebhaber und in seiner Eifersucht als König doppelt geschmeichelt fühlte. „Aber ich denke, schöne Dame," wandte er sich an die Herzogin, „daß Ihr Euch ruinieren mußtet, um einen solchen Einkauf zu machen, weshalb es meine Pflicht ist, die Bresche wieder auszubessern, die dieser Diamant in Eure Kasse geschlagen hat. Denkt also daran, daß ich Euer Schuldner im Wert des Steines bin, denn er ist wirklich so schön, daß, da er nicht aus der Hand eines Kaisers stammte, wenigstens aus der Hand eines Königs an Euch kommen soll."

„Dank, Benvenuto," flüsterte die Herzogin. „Ich glaube allmählich, daß wir doch geschaffen sind, um einander zu verstehen, wie Ihr behauptet."

„Was sagt Ihr da?" fragte der König.

„O, weiter nichts, Sire; ich entschuldige mich nur bei der Herzogin wegen meines ersten Verdachtes, den sie mir verzeihen will. Das ist ihrerseits um so großmütiger, als diese Lilie noch einen zweiten Verdacht erwecken könnte."

„Und das wäre?" fragte Franz I., während Diana ihre triumphierende Nebenbuhlerin mit den Augen verschlang.

Die Herzogin erkannte, daß der Kampf mit ihrem unermüdlichen Feind noch nicht zu Ende war und eine leichte Wolke der Furcht glitt über ihre Stirn, um aber sogleich wieder zu verschwinden. Sie versuchte sogar die Gelegenheit wahrzunehmen, um die Lilie aus der Hand des Königs zu nehmen, der noch über Benvenutos Worte nachdachte; aber dieser stellte sich scheinbar unabsichtlich zwischen sie und den König.

„O, dieser zweite Verdacht war so schändlich, daß ich fast glaube, es wäre für mich noch schmählicher, ihn zu gestehen, nachdem er mir überhaupt gekommen war. Ich erkläre daher, daß es erst eines ausdrücklichen Befehls Eurer Majestät bedarf, wenn ich es wagen soll ..."

„Wagt es nur, Cellini, ich befehle es!" sagte der König.

„Nun, ich gebe in meinem naiven Künstlerstolz zu, daß ich etwas erstaunt war, als die Herzogin den Gesellen mit einer Arbeit beauftragte, deren Ausführung den Meister stolz und glücklich gemacht hätte. Ihr erinnert Euch doch meines Gehilfen Ascanio, Sire? Ein junger reizender Mensch, der wahrlich als Modell für einen Endymion dienen könnte."

„Nun, weiter," drängte der König, dessen Brauen sich bei dem Verdacht, der sein Herz erschütterte, drohend zusammenzogen.

Trotz ihrer Selbstbeherrschung befand sich diesmal doch die Herzogin auf der Folter. In den Augen der Diana von Poitiers las sie eine tückische Neugier und außerdem wußte sie, daß Franz I. vielleicht einen Verrat gegen den König, aber niemals eine Treulosigkeit gegen den Liebhaber verzeihen würde. Doch Benvenuto fuhr ruhig fort, als bemerke er ihre Qual gar nicht: „Ich dachte also, daß meinem hübschen Ascanio ein Gefühl, das der Kunst fremd ist ... Verzeihung, meine Dame, falls dieser Gedanke für Franzosen beleidigend sein sollte, aber ich kenne eben nur unsere italienischen Prinzessinnen, die in Liebesangelegenheiten gewöhnlich recht schwache Sterbliche sind ..."

„Meister, überlegt, was Ihr da sagt," kniff Franz I. die Augen zusammen.

„Deshalb habe ich ja auch im voraus um Entschuldigung für meine Verwegenheit gebeten und wollte lieber schweigen."

„Ich bin Zeuge, daß Ihr ihm befohlen habt zu sprechen, Sire, und daß er jetzt beginnen soll," eiferte Diana.

„Noch ist es Zeit innezuhalten, wenn man weiß, daß das, was man sagen will, eine Lüge ist," sagte die Herzogin.

„Wenn Ihr es wünscht, werde ich schweigen, Madame," erwiderte Benvenuto. „Ihr wißt, daß Ihr in diesem Falle nur ein Wort zu sagen braucht."

„Gewiß, aber ich selbst will, daß er es erzählt. Ihr habt recht, Diana, es gibt Dinge, die bis auf den Grund geklärt sein wollen. Sprecht also, Herr," streifte der König mit einem Blick den Bildhauer und die Herzogin.

„Meine Vermutungen gingen also ihren Weg, als eine unglaubliche Entdeckung ihnen eine ganz neue Aussicht eröffnete."

„Welche?" rief Diana von Poitiers und der König zugleich.

„Ich gehe weiter," wandte Cellini sich leise an die Herzogin.

„Sire, Ihr braucht nicht die Lilie festzuhalten, um diese ganze Geschichte anzuhören," sagte die Herzogin. „Eure Majestät ist gewöhnt, ein Zepter in der geschlossenen Hand zu halten, so daß ich befürchte, diese Blume könnte zwischen Euren Fingern zerbrechen."

Und mit ihrem eigentümlichen Lächeln streckte sie die Hand nach dem Kleinod aus.

„Verzeihung, Frau Herzogin," fiel Cellini ein, „aber da diese Lilie eine wichtige Rolle in meiner Geschichte spielt, so erlaubt Ihr wohl, daß ich sie zur Erläuterung meiner Erzählung..."

„Wie, die Lilie spielt eine wichtige Rolle in der Geschichte, die Ihr uns erzählen wollt, Meister," fragte Diana von Poitiers und nahm dem König mit einer gedankenschnellen Bewegung das Kleinod aus der Hand. „Dann hat Frau von Etampes recht, Eure Majestät könnte sie vielleicht zerbrechen und so ist es wohl besser, ich behalte solange das Kleinod in meiner Hand."

Frau von Etampes wurde totenbleich, sie hielt sich schon für verloren. Rasch ergriff sie Benvenutos Hand und ihre Lippen öffneten sich um zu sprechen, aber im selben Augenblick besann sie sich; sie ließ die Hand des Künstlers wieder los und ihre Lippen schlossen sich.

„Nun, so erzählt, was Ihr wißt," stieß sie hervor. Dann sagte sie ganz leise, so daß nur Benvenuto sie hören konnte: „Wenn Ihr es wagt!"

„Jawohl, redet, aber achtet auf Eure Worte, Meister," warnte der König.

„Und Ihr, Madame, achtet auf Euer Schweigen," erwiderte Benvenuto.

„Wir warten!" rief Diana, die ihre Ungeduld nicht länger bezähmen konnte.

„Nun, Sire, stellt Euch vor, Ascanio und die Frau Herzogin standen in Briefwechsel."

Die Herzogin sah sich um, ob kein Dolch zur Hand wäre, mit dem sie den Goldschmied durchbohren könnte.

„Wie, sie standen in Briefwechsel?" fragte der König.

„Gewiß, sie korrespondierten, und was das wunderlichste dabei war: in dem Briefwechsel der Frau Herzogin von Etampes mit dem armen Goldschmiedgehilfen war von der Liebe die Rede."

„Beweise, Meister! Hoffentlich habt Ihr Beweise dafür!" rief der König wütend.

„O gewiß, Sire, habe ich sie: Eure Majestät begreift wohl, daß ich sonst nicht einen derartigen Verdacht äußern würde."

„Nun, so gebt uns die Beweise auf der Stelle, da Ihr sie habt."

„Wenn ich sage, daß ich sie habe, so ist das nicht ganz richtig, denn Eure Majestät hatte sie eben selbst in Händen."

„Ich?" rief der König erstaunt.

„Und jetzt hat sie Frau von Poitiers."

„Ich?" rief Diana betroffen.

Benvenuto, der zwischen dem Zorn des Königs und dem Haß der beiden mächtigsten Damen des Hofes stand, bewahrte seine unerschütterliche Ruhe. „Jawohl," sagte er, „denn die Beweise befinden sich in der Lilie."

„In der Lilie?" rief der König und nahm die Blume aus

Dianas Hand und betrachtete sie mit einer Aufmerksamkeit, die nichts mit Kunstsinn gemein hatte. „In der Lilie?“

„Jawohl, Sire,“ sagte Benvenuto und wandte sich dann an die bebende Herzogin. „Ihr wißt, worin sie bestehen, Madame.“

„Wir wollen uns einigen,“ sagte sie, „Colombe soll Orbec nicht heiraten.“

„Das genügt nicht,“ flüsterte Cellini. „Ascanio muß Colombe bekommen.“

„Niemals!“ erwiderte die Herzogin.

Unterdessen drehte der König die verhängnisvolle Lilie mit schmerzlicher Angst und voll Zorn zwischen den Fingern, da er seine Erregung nicht verraten wollte.

„Die Beweise sollen sich in der Lilie befinden, aber ich sehe doch nichts davon,“ sagte er.

„Das kommt daher, daß Eure Majestät nicht das Geheimnis kennt, wie sie sich öffnet.“

„Es handelt sich also um ein Geheimnis: Zeigt es mir auf der Stelle,“ rief der König, „oder . . .“

Franz I. machte eine Bewegung, als wollte er die Blume zerbrechen; die beiden Frauen schrien auf und der König hielt inne.

„O, Sire, es wäre schade um das entzückende Kleinod,“ sagte Diana. „Gebt es lieber mir, und wenn es ein Geheimnis besitzt, so werde ich es schon herausbekommen.“

Und ihre zarten Finger nestelten zitternd vor Haß an allen Erhöhungen und Ausbuchten des Schmuckstückes, während die Herzogin von Etampes, die einer Ohnmacht nahe war, mit scheuem Blick diesen vergeblichen Bemühungen ihrer Nebenbuhlerin folgte. Endlich fand Diana den Knopf am Stengel.

Die Blüte öffnete sich.

Beide Frauen stießen gleichzeitig einen Schrei voll Freude und Entsetzen aus. Die Herzogin stürzte sich auf Diana, um ihr den Schmuck aus der Hand zu reißen, aber Benvenuto hielt sie zurück, indem er ihr den Brief zeigte, den er aus dem Versteck genommen hatte. Ein flüchtiger Blick auf den Kelch zeigte ihr, daß er leer war.

„Ich bin mit allem einverstanden,“ sagte die Herzogin, die nicht mehr die Kraft besaß, diesen Kampf länger zu ertragen.

„Schwört Ihr es beim Evangelium?“

„Gewiß.“

„Nun, Meister, wo sind die Beweise?“ drängte der König ungeduldig. „Ich sehe nur das leere Innere der Blume, das sehr geschickt gearbeitet ist, aber sonst nichts.“

„Nein, Sire, es ist auch nichts darin,“ erwiderte Benvenuto.

„Aber es konnte doch etwas darin sein,“ meinte Diana.

„Madame hat recht,“ bestätigte Benvenuto.

„Meister!“ rief der König mit zusammengebissenen Zähnen, „wißt Ihr, daß es gefährlich für Euch werden kann, wenn Ihr noch länger Euern Spaß fortsetzt und Ihr es bitter bereuen müßt, mit meinem Zorn gespielt zu haben?“

„Ich wäre untröstlich, wenn ich mir Euern Zorn zuziehen würde, Sire," erwiderte Cellini gelassen, „aber dazu besteht indes kein Anlaß und ich hoffe, daß Eure Majestät meine Worte nicht ernst genommen hat. Hätte ich wohl gewagt, so leichthin eine so schwere Anklage zu erheben? Frau von Etampes kann Euch den Brief zeigen, den die Lilie enthielt, wenn er Euch interessiert. Er bezieht sich allerdings auf die Liebe, aber auf die Liebe meines armen Ascanio zu einem Edelfräulein. Diese Liebe erscheint auf den ersten Blick gewiß sinnlos und unmöglich, aber Ascanio bildete sich als Künstler ein, daß ein kostbarer Schmuck eine hübsche junge Dame wert sein kann, und so wandte er sich eben an die Herzogin wie an die Vorsehung und machte die Lilie zu seinem Boten. Ihr wißt, Sire, daß die Vorsehung alles vermag, und ich denke, Ihr werdet nicht eifersüchtig auf sie sein, denn da sie ein gutes Werk tut, teilt sie ihr Verdienst mit Euch. Das ist die Lösung des Rätsels, Sire, und wenn das ganze Drum und Dran, an dem ich mich ergötzte, Eure Majestät beleidigt haben sollte, so wollet Ihr mir verzeihen, indem Ihr des vertraulichen Umgangs gedenkt, mit dem Eure Majestät mich bisher auszuzeichnen geruhte."

Diese geradezu akademische Rede änderte die ganze Szene. Bei Benvenutos Worten verfinsterte sich die Stirn der Diana von Poitiers, während das Gesicht der Frau von Etampes sich aufklärte und der König sein Lachen und seine gute Laune wiederfand.

„Ich bitte Euch tausendmal um Verzeihung, meine schöne Herzogin, daß ich Euch auch nur einen Augenblick verdächtigte," sagte Franz I. „Sagt, was ich tun kann, um meinen Fehler wieder gut zu machen und Eure Vergebung zu verdienen?"

„Gewährt der Frau Herzogin von Etampes die Bitte, die sie an Euch richten wollte, wie Eure Majestät bereits die Bitte erfüllt hat, die ich an Allerhöchstdieselbe richtete."

„Sprecht für mich, Meister Cellini, da Ihr meinen Wunsch kennt," sagte die Herzogin gnädiger, als Benvenuto erwartet hatte.

„Nun, Sire, da die Frau Herzogin mich zu Ihrem Dolmetscher macht, so wisset, daß ihr Wunsch ist, Euer allmächtiger Wille möge der Liebe des armen Ascanio zum Sieg verhelfen."

„Gern," lachte der König. „Von ganzem Herzen bin ich bereit, den galanten Gesellen glücklich zu machen. Wie heißt seine Geliebte?"

„Colombe d'Estourville, Sire."

„Colombe d'Estourville . . . ?" rief Franz I.

„Sire, Eure Majestät wolle daran denken, daß Frau von Etampes Euch um diese Gunst bittet. Steht mir bei, Madame," wandte Benvenuto sich dann an die Herzogin, indem er abermals ein Stück des Briefes aus seiner Tasche zog, „denn wenn Ihr länger schweigt, glaubt Seine Majestät, Ihr würdet aus bloßer Gefälligkeit gegen mich darum bitten."

„Wünscht Ihr wirklich diese Ehe, Madame?“ fragte Franz I.

„Jawohl, Sire,“ flüsterte Frau von Etampes, „ich wünsche sie . . . von ganzem Herzen.“

Ein noch weiteres Hervorziehen des Briefes hatte diesen Zusatz bewirkt.

„Wird aber der Prevot mit einem Schwiegersohn ohne Namen und Vermögen einverstanden sein?“ fragte der König.

„Fürs erste dürft Ihr versichert sein, Sire, wird der Prevot als getreuer Untertan keinen andern Willen haben als den seines Königs. Zum andern ist Ascanio nicht ohne Namen. Er heißt Gaddo Gaddi und seine Ahnen waren Patrizier von Florenz. Gewiß, er ist Goldschmied, aber in Italien ist die Ausübung eines künstlerischen Berufes keineswegs entehrend. Und wenn er auch nicht von altem Adel gewesen wäre, so wäre er doch dadurch geadelt worden, daß ich mir erlaubte, seinen Namen unter das Patent zu setzen, das Eure Majestät mir ausgestellt hat. Haltet diese Abtretung meinerseits nicht für Frevel, Sire! Meinen Ascanio belohnen, heißt mich doppelt auszeichnen. So ist er also Herr von Nesle und ich werde dafür sorgen, daß es ihm nicht an Geld fehlen soll — wenn er will, kann er seine Goldschmiedewerkstatt zumachen und sich eine Kompanie Landsknechte oder eine Stelle am Hofe kaufen. Ich werde schon für das erforderliche Geld sorgen.“

„Und wir wollen dafür sorgen, daß Eure Großmut Eure Börse nicht zu stark in Anspruch nimmt,“ erwiderte Franz I.

„Also soll . . .“ erwiderte Benvenuto.

„Ascanio Gaddo Gaddi Herr von Nesle heißen!“ rief der König aus vollem Halse lachend, so fröhlich hatte ihn die Gewißheit der Treue der Herzogin gestimmt.

„Madame,“ wandte Cellini sich leise an die Herzogin, „Ihr könnt daher auch Herrn von Nesle nicht länger im Châtelet lassen; das ginge allenfalls noch für Ascanio.“

Frau von Etampes rief einen Offizier der Wache herbei und gab ihm mit leiser Stimme einen Befehl, dessen letzte Worte lauteten: „Im Namen des Königs!“

„Was macht Ihr, Madame?“ erkundigte sich Franz I.

„Nichts, Sire. Die Frau Herzogin läßt nur Herrn von Nesle holen.“

„Und wo ist er?“

„Dort, wo Frau von Etampes, die die Güte des Königs kennt, ihn gebeten hatte, die Einwilligung Seiner Majestät zu erwarten.“

Eine Viertelstunde später öffnete sich die Tür des Gemaches, in dem Colombe, der Prevot, Orbec, der spanische Gesandte und der ganze Hof, mit Ausnahme des noch kranken Marmagne, auf den König warteten.

Franz I. erschien an der Seite der Diana von Poitiers, gefolgt von Benvenuto, der in der Mitte zwischen der Herzogin von Etampes und Ascanio ging, die beide bleich und angegriffen aussahen.

Der ganze Hof war sprachlos, als diese sonderbare Gruppe erschien. Colombe glaubte ohnmächtig zu werden.

Das allgemeine Erstaunen wurde noch größer, als Franz I. den Bildhauer vor sich treten ließ und mit lauter Stimme verkündigte:

„Meister Benvenuto, nehmt einen Augenblick unsern Platz und Rang ein: Sprecht, als wenn Ihr der König wäret, und jedermann hat Euch wie dem König zu gehorchen."

„Seid auf Eurer Hut, Sire," erwiderte der Goldschmied, „denn um Eure Rolle würdig zu spielen, muß ich mich großartig zeigen."

„Gut, Benvenuto, jeder Zug von Pracht und Herrlichkeit wird eine Schmeichelei für mich sein."

„Nun, Sire, ich werde Euch loben und preisen, so gut ich kann. Vergeßt nicht, alle, die Ihr mir zuhört," wandte sich Benvenuto an den versammelten Hof, „daß durch meinen Mund der König zu Euch spricht. Meine Herren Notare, habt Ihr den Kontrakt vorbereitet, den Seine Majestät zu unterzeichnen geruht? Schreibt die Namen der Gatten."

Die beiden Notare nahmen ihre Federn zur Hand.

„Auf der einen Seite die edle und vornehme Jungfrau Colombe d'Estourville."

„Colombe d'Estourville," widerholten die Notare mechanisch, während die Höflinge mit größtem Erstaunen zuhörten.

„Auf der andern Seite," fuhr Cellini fort, „der edle und vornehme Ascanio Gaddi, Herr von Nesle."

„Ascanio Gaddi?" riefen der Prevot und Orbec zu gleicher Zeit.

„Ein Arbeiter!" wandte sich der Prevot entrüstet an den König.

„Ascanio Gaddi, Herr von Nesle," fuhr Benvenuto ruhig fort, „dem Seine Majestät die Naturalisation und den Rang eines Intendanten der königlichen Schlösser bewilligt."

„Wenn Seine Majestät dies befiehlt, werde ich gehorchen," sagte der Prevot, „dennoch . . ."

„Ferner," ließ Benvenuto sich wieder vernehmen, „bewilligt Seine Majestät in Ansehung dessen Messire Robert d'Estourville, Prevot von Paris, den Rang eines Kammerherrn."

„Sire, ich bin bereit zu unterzeichnen," gab d'Estourville sich endlich besiegt.

„Mein Gott, mein Gott, ist das alles nicht nur ein Traum?" sank Colombe in ihren Sessel zurück.

„Und ich?" rief Orbec. .

„Was Euch anlangt, Graf Orbec," fuhr Benvenuto in seiner königlichen Rolle fort, „so will ich in Gnaden von der Untersuchung absehen, zu der Euer Verhalten Anlaß gegeben hat. Nachsicht ist eine königliche Tugend, ebenso wie die Großmut, nicht wahr, Sire? Aber der Kontrakt ist nun fertig; unterschreibt, meine Herren!"

„Er hat die Majestät wunderbar gespielt!" meinte Franz I., der sich glücklich fühlte wie ein beurlaubter König.

Er unterschrieb und gab die Feder Ascanio, dessen Hand

zitterte. Dann kam Colombe an die Reihe — Diana von Poitiers hatte sich ihrer angenommen und stützte sie.

Darauf folgten die Unterschriften der Frau Diana, der Herzogin von Etampes, des Prevot, Orbecs und des spanischen Gesandten.

Unter alle diese klangvollen und mächtigen Namen setzte Cellini mit fester Schrift den seinen. Und doch war sein Opfer vielleicht das größte und schwerste von allen . . .

Als der spanische Gesandte unterschrieben hatte, näherte er sich der Herzogin von Etampes. „Es bleibt also bei unserm Plan, Madame?" fragte er.

„Ach Gott, macht, was Ihr wollt!" erwiderte die Herzogin. „Was liegt mir an Frankreich und der ganzen Welt!"

Der Herzog verneigte sich.

„So wird also nicht Franz I., sondern sein Sohn Herzog von Mailand?" fragte den Gesandten sein Neffe, der als junger Diplomat noch nicht in die Pläne des Kaisers eingeweiht war.

„Keiner von beiden," erwiderte der Gesandte.

Während noch die übrigen Herren des Hofes ihre Namen unter den Ehevertrag setzten, der Ascanios und Colombes Glück begründete, beugte Benvenuto sein Knie vor Franz I.

„Sire," sagte er, „nachdem ich eben als König befohlen habe, richte ich jetzt als untertäniger und demütiger Diener eine Bitte an Eure Majestät. Will Eure Majestät mir eine letzte Gnade bewilligen?"

„Laß hören, Benvenuto, was wünschest du?"

„Ich will heimkehren nach Italien, Sire."

„Was soll das bedeuten?" rief der König. „Ihr wollt mich verlassen, wo Ihr doch noch so viele Meisterwerke für mich schaffen sollt? Das gebe ich nicht zu."

„Sire, ich komme wieder, ich schwöre es," erwiderte Benvenuto. „Aber laßt mich jetzt reisen, laßt mich meine Heimat wiedersehen. Ich muß fort: ich kann nicht sagen, was ich erdulde," neigte er schwermütig das Haupt. „Die Luft meiner Heimat allein vermag mein verwundetes Herz zu heilen. Ihr seid ein großer, edler König, den ich liebe. Ich komme wieder, Sire, aber erlaubt, daß ich vorher erst unter der Sonne Italiens genese. Ich lasse Euch Ascanio, meinen Geist, und Pagolo, meine Hand: sie können Eure Künstlerträume befriedigen, bis ich wieder da bin, und wenn ich erst den Kuß meiner Vaterstadt Florenz empfangen habe, kehre ich zu Euch, mein König, zurück, und nur der Tod soll uns dann wieder scheiden."

„So geht denn," sagte Franz I. traurig. „Die Künstler müssen frei sein wie die Schwalben."

Und er reichte Benvenuto seine Hand, die dieser in tiefer Dankbarkeit küßte.

Beim Hinausgehen traf er die Herzogin von Etampes. „Zürnt Ihr mir noch, Madame?" fragte er und ließ in ihre Hand den verhängnisvollen Brief gleiten, der wie ein Talisman Wunder vollbracht hatte.

„Nein," erwiderte die Herzogin froh, daß sie ihn endlich hatte. „Nein, obwohl Ihr mich mit Waffen geschlagen habt . . ."

„Ei, Madame, ich habe Euch damit nur bedroht. Glaubt Ihr denn, daß ich mich im Ernstfall dieses Briefes bedient hätte . . .?“

„Gott, das ist ja dasselbe, was ich gedacht hatte!“ ging der Herzogin plötzlich ein Licht auf.

Am andern Tag wurden Ascanio und Colombe in der Kapelle des Louvre getraut. Gegen alle Gesetze der Etikette erreichten die jungen Neuvermählten, daß Jacques Aubry und seine Frau der Feier beiwohnen durften.

Das war eine hohe Auszeichnung, aber der arme Student hatte sie wahrlich verdient.

* *
*

Eine Woche später wurde Perrine Hermanns Gattin. Sie brachte ihm eine Mitgift von zehntausend Livres und die Gewißheit mit, daß er demnächst Vater werden sollte. Diese letzte Aussicht hatte den wackeren Deutschen noch mehr als die zehntausend Livres zu seinem Entschluß bestimmt.

Am Abend nach Ascanios und Colombes Trauung reiste Benvenuto nach kurzem Abschied nach Florenz.

Dort goß er seine Perseusstatue, die noch heute den Platz vor dem Palazzo vecchio schmückt. Sie wurde sein schönstes Werk, da er sie in seinem tiefsten Schmerz schuf.

Don Bernardo de Zuniga

1. Kapitel.

Die heilige Quelle.

Nach achthundertjährigem Kampf waren die Mauren unterlegen. Am Dreikönigstage des Jahres 1492 hatte Al-Shagir-Abu-Abdallah die Festung Granada, das letzte Bollwerk arabischer Macht auf spanischer Erde, Ferdinand und Isabella von Kastilien und Leon übergeben.

Die Kunde von diesem Sieg verbreitete sich jetzt über ganz Spanien. Überall läuteten die Glocken wie am heiligen Osterfest, an dem unser Heiland von den Toten auferstanden ist, und das Volk jubelte: „Hoch Ferdinand und Isabella! Hoch Kastilien und Leon!“

Die Siegesbotschaft drang auch bis nach Estramadura, der nordwestlichsten Provinz Spaniens, die hart an der portugiesischen Grenze liegt. Sie war bereits im Jahre 1240 von Ferdinand III. den Mauren entrissen worden und gehörte seitdem zum Königreich Leon, dessen Erbin Isabella die Katholische war.

Am 25. Januar 1492 hatte sich eine zahlreiche Menschenmenge im Hof des Schlosses Bejar eingefunden, in das eben Don Bernardo de Zuniga, der dritte Sohn Pedros de Zuniga, Grafen von Bagnares und Marquis von Ayamonte, der Herr dieses Schlosses, eingezogen war. Niemand konnte bessere und zuverlässigere Nachrichten über den siegreichen Kampf gegen die Araber heimbringen als gerade Don Bernardo. Hatte er doch als Ritter im Heere Isabellas an der Belagerung von Granada teilgenommen — er war bei einem Ausfall der Mauren in Gefangenschaft geraten und erst an dem Tage befreit worden, an dem die Stadt ihre Tore den siegreichen Christen öffnete.

Nach zehnjähriger Abwesenheit war Don Bernardo jetzt in das Schloß seiner Väter heimgekehrt. Er war 35 Jahre alt, abgemagert durch die Strapazen des Feldzuges und durch empfangene Wunden. Er wäre bleich gewesen, wenn sein von der Sonne des Südens verbranntes Gesicht nicht braun geworden wäre, so daß man ihn für einen Landsmann der Araber halten konnte, gegen die er gekämpft hatte.

Diese Ähnlichkeit war um so auffallender, da er den weiten weißen Mantel des Alcantaraordens trug, den er zum Schutz gegen den kalten Nordwind über sein Gesicht gezogen hatte. Nur das grüne Kreuz, das die Ritter dieses heiligen Ordens auf der linken Brust trugen, unterschied Don Bernardos Mantel von dem Burnus der Araber.

Vasallen, Diener und Leibeigene begleiteten ihn, seit er vor den Toren der Stadt erschienen war, denn auf den ersten Blick hatten sie erkannt, daß dieser Mann mit dem finsteren Blick, seiner kühnen, stolzen Haltung und dem halb frommen, halb kriegerischen Mantel aus dem Feld käme. Er hatte ihnen die Siegesbotschaft mitgeteilt und die Leute aufgefordert, ihn in den Schloßhof zu begleiten, wo er vom Pferd gestiegen war.

Er warf einem Knappen die Zügel zu, ging die Freitreppe zum Hauptportal des Schlosses hinan und betrat, nur von wenigen vertrauten Dienern begleitet, das Schloß seiner Väter.

Nicht ohne tiefe innere Erregung sah Don Bernardo nach zehnjähriger Abwesenheit die Räume wieder, in denen er seine Jugend verlebt hatte. Jetzt waren Säle und Zimmer leer, denn sein Vater hielt sich in Burgos auf, und von seinen beiden älteren Brüdern war der eine gestorben, während der andere noch beim Heere Ferdinands weilte.

Schweigend und traurig durchwanderte Don Bernardo die Gemächer. Man sah ihm an, daß auf dem Grunde seines Herzens eine Frage liegen mußte, die er nicht auszusprechen wagte. Endlich blieb er vor dem Bild eines kleinen Mädchens von etwa neun bis zehn Jahren stehen und fragte zögernd, wen es darstelle.

Der Diener, an den diese Frage gerichtet war, blickte Don Bernardo erstaunt an, als habe er ihn nicht verstanden. „Dieses Bild?“ fragte er.

„Gewiß, dieses Bild,“ wiederholte Don Bernardo bestimmt.

„Ei, gnädiger Herr,“ erwiderte der Diener, „das ist das Bild Eurer Base Anna von Niebla. Eure Gnaden haben gewiß die junge Waise nicht vergessen, die im Schloß aufgewachsen ist und die Eurem älteren Bruder als Gattin bestimmt war.“

„Ach, es ist wahr,“ sagte Don Bernardo. „Was ist aus ihr geworden?“

„Als Euer älterer Bruder im Jahre 1488 starb, befahl Euer Vater, daß Anna von Niebla in das Kloster der unbefleckten Empfängnis des Calatravaordens gehen und das Gelübde ablegen sollte, da Euer zweiter Bruder bereits verheiratet und Eure Gnaden Ritter eines Ordens waren, der das Zölibat vorschreibt.“

Don Bernardo seufzte. „Es stimmt,“ sagte er. Und er fragte nicht weiter.

Da Anna von Niebla in Bejar aber allgemein beliebt war, versuchte der Diener das Gespräch über die junge reiche Erbin fortzusetzen.

Doch bei dem ersten Wort, das der Diener an den Herrn richtete, befahl ihm dieser zu schweigen, da er alles erfahren habe, was er wissen wollte.

Übrigens wußte man bald, zu welchem Zweck Don Bernardo in das Schloß seiner Väter heimgekehrt war. Bejar lag in der Nähe einer heilkräftigen Quelle, der ohne Zweifel die Nachbarschaft des Klosters der unbefleckten Empfängnis das Vorrecht verdankte, Wunder zu tun.

Der Quelle schrieb man besondere Heilkräfte für Wunden

zu und Don Bernardo war mager und bleich und litt noch an den schweren Verwundungen, die er im Kampf gegen die Mauren von Granada davongetragen hatte. Er wollte daher schon am nächsten Tage mit der Kur beginnen, von der er in seinem frommen Glauben eine baldige Genesung erhoffte. Die Vorschrift war leicht und einfach zu befolgen. Don Bernardo mußte tun, was der ärmste Landmann tat, der den Beistand der heiligen Jungfrau anflehte, unter deren Schutz die Quelle stand. Über der Quelle erhob sich ein kleiner Felshügel, den ein Kreuz überragte. Der Pilger mußte barfuß den Felsen hinansteigen, vor dem Kreuz niederknien und fünf Vaterunser und fünf Ave Maria beten; dann ging er an die Quelle, trank ein Glas Wasser und kehrte nach Hause zurück. Diese Kur mußte einen ganzen Monat hindurch täglich wiederholt werden.

Am andern Morgen ließ Don Bernardo sein Pferd vorführen und da er in seiner Jugend oft an der Quelle war, brach er allein auf.

An der Quelle band er sein Pferd an einen Baum, zog seine Stiefel aus, ging barfuß auf den Felsen, verrichtete seine Gebete, trank Wasser, zog dann seine Stiefel wieder an, stieg zu Pferd und kehrte mit einem frommen Blick auf das Kloster, dessen Mauern durch die Bäume schimmerten, in das Schloß zurück.

Don Bernardo wiederholte diese Wallfahrt jeden Tag und das wundertätige Wasser wirkte sichtlich auf seinen siechen Körper, wenn er auch traurig, verschlossen und menschenscheu blieb.

Fast einen ganzen Monat hindurch hatte Don Bernardo Tag für Tag seine Kur in der vorgeschriebenen Weise vorgenommen. Er war tatsächlich von seinen Wunden genesen und hatte bereits seine bevorstehende Abreise zum Heer des Königs bekanntgegeben, als er am 27. Tage, während er vor dem Kreuz sein letztes Ave Maria betete, einen Zug Nonnen herankommen sah, der ohne weiteres einen Mann fesseln mußte, der stets einen Blick auf das Kloster warf, wenn er die Quelle verließ.

Es waren Nonnen, die eine offene, von Bauern getragene Sänfte begleiteten. In der Sänfte lag eine Nonne, die offenbar nach der Quelle gebracht wurde. Statt hinabzugehen und zu trinken, wartete Bernardo auf dem Felsen, denn er war neugierig, was die Prozession der Nonnen zu bedeuten habe. Er vergaß darüber sogar sein letztes Ave Maria zu beten.

Der Zug hielt an der Quelle. Die Nonne verließ die Sänfte, zog ihre Schuhe aus und stieg wankenden Schrittes den Felsen hinauf. Sie kniete vor dem Kreuz nieder, verrichtete ihr Gebet und ging dann wieder zu ihren Begleiterinnen hinab. Es war wohl nur eine Täuschung, aber es schien Don Bernardo, als habe die Nonne in dem Augenblick, da sie niederkniete und wieder aufstand, durch den Schleier rasch zu ihm hinübergesehen.

Auch seiner bemächtigte sich beim Anblick der Nonne eine sonderbare Gemütsbewegung. Seine Augen waren wie geblendet und er mußte sich an einen Baum lehnen, als wankte der Felsen unter ihm.

Erst als die Nonne sich wieder entfernte, atmete Don Bernardo freier und ruhiger. Um sie länger sehen zu können, hatte er sich über den Rand des Felsens gebeugt, der sich senkrecht über der Quelle erhob. Die Nonne stand vor dem heiligen Wasser, schob ihren Schleier beiseite und wollte eben trinken.

Da geschah etwas, was niemand erwartet hatte: die kristallklare Flut verwandelte sich in einen Spiegel und Don Bernardo konnte deutlich das Gesicht der Nonne sehen.

Sie war trotz ihrer Blässe von solcher Schönheit, daß der Ritter unwillkürlich seine Überraschung und Bewunderung äußerte, und zwar so laut, daß die Kranke erbebte, als sie kaum ihre Lippen ins Wasser getaucht hatte. Rasch schlug sie ihren Schleier zurück und stieg wieder in die Sänfte, aber noch einmal blickte sie nach dem unvorsichtigen Edelmann zurück.

Don Bernardo stieg rasch die Stufen des Felsen hinab. Unten fragte er einen Zuschauer: „Weißt du, wer diese Frau ist, die eben an der Quelle getrunken hat und die jetzt ins Kloster zurückgebracht wird?"

Der Mann wußte Bescheid. „Es ist eine Nonne, die eine schwere Krankheit überstanden hat. Sie war schon länger als eine Stunde tot, aber die wunderbare Kraft des heiligen Wassers rief sie wieder ins Leben zurück. Heute konnte sie zum erstenmal wieder ausgehen, um ihr Gelübde zu erfüllen und selbst aus der Quelle zu trinken, deren Wasser ihr gestern noch gebracht wurde."

„Weißt du auch, wie die Nonne heißt?" fragte Don Bernardo erregt.

„Gewiß, gnädiger Herr. Sie heißt Anna von Niebla und ist die Nichte Pedros de Zuniga, dessen Sohn vor etwa einem Monat aus dem Felde heimkehrte und die frohe Nachricht von der Eroberung von Granada mitbrachte."

„Anna von Niebla . . ." murmelte Don Bernardo. „Ich habe sie gleich erkannt. Aber ich hätte niemals gedacht, daß sie so schön würde . . ."

---

2. Kapitel.

Annas Rosenkranz.

Don Bernardo hatte also das Mädchen wiedergesehen, das er als Kind in Schloß Bejar zurückgelassen hatte und deren Bild ihm auch während seiner zehnjährigen Abwesenheit überallhin gefolgt war.

Während dieser langen Zeit einsamer Träume, während Don Bernardos Gedanken dem Übergang Annas in den ersten Frühling des Lebens folgten, war das Mädchen zur Frau herangereift. Sie war zwanzig Jahre alt geworden, während Don Bernardo sein fünfunddreißigstes Lebensjahr erreichte. Sie hatte den Schleier der Nonne genommen, während er den Mantel der Alcantararitter trug. Sie war die Braut des Heilands, er war Christusritter geworden.

Den beiden jungen Menschen, die zusammen aufgewachsen waren, war seit ihrem Scheiden aus dem Schloß jede Verbindung durch das Wort, jeder Austausch eines Blickes untersagt.

Deshalb hatte auch das Bild seiner Base, deren Züge er im Spiegel des Wassers erkannt hatte, in Don Bernardos Herz eine so tiefe Bewegung hervorgerufen.

Ernster, düsterer und schweigsamer als sonst kehrte er ins Schloß zurück und begab sich sogleich in das Zimmer, in dem er das Jugendbildnis Annas gesehen hatte. Er suchte die Züge wiederzuerkennen, die er in der Quelle zittern sah, er wollte ihrer Entwicklung während der letzten zehn Jahre folgen und sie durch den Hauch des Lebens aufblühen sehen wie die Blume in der Sonne.

Der Ritter, der fünfzehn Jahre lang auf den Schlachtfeldern, bei der Erstürmung feindlicher Städte gegen die Todfeinde seines Vaterlandes und seines Glaubens gekämpft hatte, versuchte nicht einmal einen Augenblick diesem weit schrecklicheren Feind zu widerstehen, der ihn angegriffen hatte und ihn beim ersten Ansturm zu Boden warf.

Don Bernardo de Zuniga, der Alcantararitter, liebte Anna von Niebla, die Nonne der unbefleckten Empfängnis.

Er mußte fliehen, fliehen, ohne einen Augenblick zu zaudern, er mußte sich ins Kampfgetümmel stürzen, wo körperliche Wunden seiner warteten, die nur den Leib töten. Aber Don Bernardo fand nicht mehr den Mut dazu.

Obgleich er seine Andacht an der Quelle bis auf ein einziges Ave Maria beendet hatte, ging er doch schon wieder am nächsten Tage dorthin, aber er betete nicht mehr, denn die Liebe hatte sich seines Herzens bemächtigt und keinen Platz für das Gebet mehr freigelassen. Er saß auf der Höhe des Felsens, den Blick auf das Kloster gerichtet und wartete auf den Zug der Nonnen, der aber nicht mehr kam.

Drei Tage wartete er ruhelos, ohne Schlaf, indem er beständig um das Kloster streifte, dessen Pforten ihm unbarmherzig verschlossen blieben. Am vierten Tage, der ein Sonntag war, wußte er, daß sich die Türen der Kirche öffnen würden, da jedermann sie betreten durfte.

Die Nonnen befanden sich im Chor und sangen, aber sie waren durch Vorhänge von der Außenwelt getrennt; man hörte sie, aber man konnte sie nicht sehen.

Don Bernardo erwartete diesen Sonntag zu einem ganz unheiligen Zweck. Ihm fiel nicht ein, daß es der Tag wäre, an dem er sich dem Herrn nahen konnte, er dachte nur daran, in Annas Nähe zu gelangen.

In der Nacht zum Sonntag war er schon gegen zwei Uhr in den Stall gegangen, hatte sein Pferd gesattelt und war ausgeritten, ohne seine Leute davon zu verständigen. Von zwei Uhr bis acht Uhr war er an der Quelle umhergeirrt — er hatte seine Stirn nicht mehr in den Mantel gehüllt, um sein Gesicht gegen den kalten Nordwind der Berge zu schützen, sondern den Kopf entblößt, als sollten alle Nachtwinde die Glut löschen, die ihm das Gehirn zu verzehren drohte.

In der Kirche ließ sich Don Bernardo so nahe als möglich vor dem Chor nieder, — die Knie auf den Steinplatten, die Stirn auf den Marmor gebeugt wartete er.

Der Gottesdienst begann. Aber Don Bernardo dachte nicht an den Heiland, dessen heiliges Opfer dargebracht wurde. Seine Seele war offen wie eine Vase, um den Gesang der Nonnen aufzunehmen, mit dem auch die Stimme Annas gen Himmel steigen mußte.

Wenn er eine Stimme hörte, die reiner, klangvoller und bebender war als die der andern Nonnen, ging ein Zucken durch Don Bernardos Leib und er erhob unwillkürlich beide Arme, als wollte er sich an diese Töne klammern und sich mit ihnen über die Erde zum Himmel aufschwingen.

Als die Stimme sich mit den andern vermischte oder in seiner eigenen Begeisterung erloschen war, sank er seufzend zurück, als habe er nur von diesem lieblichen Klang gelebt.

Der Gesang verstummte, die letzten Akkorde der Orgel erstarben, die Gläubigen verließen die Kirche, die Priester kehrten ins Kloster zurück. Die Kirche glich einer stummen, regungslosen Leiche; das Gebet, das ihre Seele war, war zum Himmel aufgestiegen.

Don Bernardo war allein; er blickte sich um. Vor sich sah er ein Gemälde, das den englischen Gruß darstellte; in einer Ecke kniete mit gefalteten Händen die Stifterin.

Ein Ruf des Erstaunens kam über Don Bernardos Lippen. Die Stifterin, die mit gefalteten Händen in der Ecke des Gemäldes kniete, war Anna von Niebla.

Er rief den Meßner, der die Kerzen auslöschte, und fragte ihn. Das Gemälde war eine Stiftung Annas von Niebla; sie hatte sich nach dem frommen Brauch jener Zeit bescheiden in einer Ecke der geweihten Leinwand darstellen lassen.

Der Meßner wollte die Kirche abschließen, Don Bernardo mußte sich entfernen.

Nun wollte er das Gemälde für sich erwerben und jeden geforderten Preis dafür bezahlen. Aber alle Angebote, die er dem Kloster machte, wurden zurückgewiesen; man antwortete, daß Geschenke nicht verkauft werden könnten.

Da schwur Don Bernardo, daß er das Gemälde trotzdem in seinen Besitz bringen werde. Er raffte alles Geld zusammen, das er besaß; es waren 20 000 Realen, weit mehr, als der wirkliche Wert des Gemäldes. Am nächsten Sonntag wollte er wieder in die Kirche gehen, sich aber nach dem Gottesdienst in einem Winkel verstecken und dann in der Nacht die Leinwand abnehmen und aufrollen und für das geraubte Gemälde 20 000 Realen auf dem Altar niederlegen.

Er hatte beobachtet, daß die Fenster in einer Höhe von zwölf Fuß angebracht waren und auf den Friedhof führten; wenn er ein paar Stühle aufeinander stellte, konnte er also die Kirche ungehindert verlassen. Dann wollte er seinen Schatz in das Schloß bringen, das Gemälde mit einem prachtvollen Rahmen umgeben, es dem Jugendbildnis Annas gegenüber hängen und seine Tage in diesem Zimmer beschließen, das sein ganzes Leben umfaßte. Tage und Nächte verflossen in ungeduldiger Erwartung des Sonntags, der endlich kam.

Don Bernardo war einer der ersten, der die Kirche betrat. In seiner Tasche führte er einen Beutel mit 20 000 Realen in Gold bei sich.

Beim ersten Blick aber erstaunte er, daß die ganze Kirche Trauer angelegt hatte. Durch die Gitter des Chores glänzten die Kerzen, die eine Totenbahre beleuchteten. Don Bernardo erkundigte sich und erfuhr, daß am Morgen eine Nonne gestorben war, für die jetzt eine Totenmesse gehalten werden sollte.

Aber Don Bernardo kam ja nicht wegen der Messe, sondern um seinen Plan auszuführen. Das Gemälde hing noch immer über dem Altar der Kapelle der heiligen Jungfrau.

Das niedrigste Fenster war zehn bis zwölf Fuß hoch; wenn er Bänke und Stühle übereinander stellte, konnte er die Kirche ohne Mühe verlassen.

Diese Gedanken beschäftigten Don Bernardo während der ganzen Dauer des Gottesdienstes. Er fühlte wohl, daß er eine sündhafte Tat begehen wollte, aber er hoffte, daß der Herr ihm zugunsten seines bisherigen Lebens, das er im Kampfe gegen die Ungläubigen zugebracht hatte, und zugunsten der ungeheuren Summe, die er für das Gemälde zurücklassen wollte, verzeihen würde.

Er hörte auf den Trauergesang, aber vergebens suchte er unter den frischen, reinen Stimmen der Nonnen den Klang der einen Stimme, deren himmlischer Ton am vorigen Sonntag alle Fibern seiner Seele erweckt hatte und sie wie eine himmlische Harfe unter den Fingern eines Seraphims ertönen ließ. Doch diese Saite blieb heute stumm . . .

Die Messe war zu Ende. Don Bernardo ging an einem Beichtstuhl vorüber, öffnete ihn und trat rasch hinein. Niemand hatte ihn gesehen.

Die Türen knarrten in ihren Angeln, rostige Schlösser kreischten. Der Meßner ging an dem Beichtstuhl vorüber, in dem Don Bernardo sich versteckt hatte, und entfernte sich.

Hin und wieder hörte der Ritter noch das Rauschen eines Schrittes auf den Steinfliesen und das Murmeln eines Gebetes, das eine Nonne an der Bahre der Toten sprach.

Der Abend kam, die Kirche sank in Dunkelheit, nur der in eine Trauerkapelle umgewandelte Chor blieb beleuchtet.

Dann ging der Mond auf; seine Strahlen fielen durch die Fenster und erhellten mit bleichem Licht das Innere der Kirche.

Das Geräusch des Lebens erstarb allmählich. Gegen elf Uhr hörten auch die letzten Gebete an der Totenbahre auf und alles wich vor diesem frommen Schweigen, das Kirchen, Klöster und Friedhöfe umgibt.

Nur in traurigen Zwischenräumen erscholl der Schrei einer Eule, die auf einem Baum vor der Kirche saß.

Don Bernardo glaubte, jetzt wäre der Augenblick gekommen, um seinen Plan auszuführen. Er öffnete die Tür des Beichtstuhles. In diesem Augenblick schlug es Mitternacht.

Er wartete, bis die zwölf Schläge langsam verhallt waren, und ging dann nach dem Chor; er wollte sich überzeugen, daß niemand mehr bei der Toten wache und ihn bei der Ausführung seines Vorhabens störe.

Als er auf den Chor zuschritt, öffnete sich langsam das Gitter und eine Nonne erschien.

Don Bernardo schrie laut auf — es war Anna von Niebla. Sie hatte den Schleier zurückgeschlagen, so daß er ihr offen ins Gesicht sehen konnte. Weiße Rosen gürteten den Schleier um die Stirn. Durch ihre Finger glitt ein Rosenkranz, der gelb schien gegen die Hand, die ihn hielt.

„Anna!" rief der Ritter.

„Don Bernardo!" flüsterte die Nonne.

Er ging auf sie zu.

„Du nennst meinen Namen, du hast mich also erkannt?"

„Ja," antwortete die Nonne, „an der heiligen Quelle."

Don Bernardo umschlang sie mit seinen Armen. Sie wehrte sich nicht dagegen.

„Doch verzeihe, ich werde wahnsinnig vor Freude und Glück . . . Was wolltest du hier zu dieser Stunde?"

„Ich wußte, daß du da bist."

„Und suchtest mich?"

„Ja."

„Du weißt also, daß ich dich liebe . . .?"

„Ich weiß es . . ."

„Und liebst du mich auch?"

Die Lippen der Nonne blieben stumm.

„Anna, Anna, nur ein Wort, ein einziges Wort! Bei unserer Jugend, bei meiner Liebe, bei Christo — liebst du mich?"

„Ich habe die Gelübde abgelegt," flüsterte die Nonne.

„Was scheren mich deine Gelübde? Habe ich nicht auch welche abgelegt und sie doch gebrochen?" rief Don Bernardo.

„Ich bin tot für die Welt," sagte die bleiche Braut Christi.

„Und wärest du tot für das Leben, Anna, ich würde dich doch wieder aufwecken!"

„Du würdest mich nicht zu neuem Leben erwecken," schüttelte die Nonne den Kopf. „Und ich, Bernardo, würde dich sterben lassen . . ."

„Es ist besser, in demselben Grabe zu schlafen, als getrennt zu sterben!"

„Was willst du tun, Bernardo?"

„Dich entführen, Anna, dich mit mir nehmen bis ans Ende der Welt, über das Meer, wenn es sein muß."

„Und wann?"

„Sofort, auf der Stelle!"

„Aber die Türen sind verschlossen . . ."

„Du hast recht . . . Bist du morgen frei?"

„Ich bin immer frei."

„Erwarte mich morgen hier um dieselbe Stunde. Ich werde mir bis dahin einen Schlüssel zur Kirche verschaffen."

„Ich werde dich erwarten . . . Aber wirst du auch kommen?"

„Ich schwöre es dir bei meinem Leben. Aber schwörst du auch? Hast du ein Pfand?"

„Nimm," sagte sie, „hier ist mein Rosenkranz." Und sie hing ihm den Rosenkranz von Elfenbein um den Hals. Da umarmte Bernardo Anna von Niebla und drückte sie mit beiden Händen an seine Brust; ihre Lippen begegneten sich in einem langen Kuß.

Aber statt glühend wie der erste Kuß der Liebe, war die Berührung der Lippen der Nonne eisigkalt; ein Frostschauer rollte durch Don Bernardos Adern und ließ sein Herz erstarren.

„Es ist gut," sagte Anna. „Jetzt wird uns keine irdische Macht mehr trennen können. Auf Wiedersehen, Bernardo!"

„Auf Wiedersehen, liebe Anna. Auf morgen!"

Die Nonne machte sich aus den Armen ihres Geliebten los, ging langsam zurück und blickte ihm nach, bis sich das Gitter des Chores wieder hinter ihr verschloß.

Bernardo hatte die Arme nach ihr ausgestreckt; starr, bewegungslos verharrte er auf seinem Platz, bis sie verschwunden war, dann verließ er die Kirche.

Er stellte vier Bänke aufeinander und einen Stuhl darauf und verließ die Kirche durch das Fenster. Auf dem Friedhof wuchs hohes Gras; er konnte also, ohne sich einen Schaden zuzufügen, hinabspringen.

Das Bild brauchte er nicht mitzunehmen — Anna von Niebla würde ihm am andern Tage ja für immer angehören.

---

3. Kapitel.

Der lebende Leichnam.

Der Tag begann zu dämmern, als Don Bernardo sein Pferd in dem Wirtshaus abholte, wo er es eingestellt hatte.

Ein sonderbares Unbehagen hatte sich seiner bemächtigt. Obwohl er sich in seinen weiten Mantel hüllte, fühlte er, wie der Frost durch seine Glieder rieselte.

Er ließ sich vom Stallknecht sagen, wo der Schlosser des Klosters wohnte. Das war am andern Ende des Dorfes. Um sich zu erwärmen, ließ Don Bernardo sein Pferd in scharfem Trab gehen. Bald hörte er die Hammerschläge auf dem Ambos erklingen und sah durch die offene Tür und das Fenster die glühenden Funken der Schmiede bis auf die Straße sprühen.

Er stieg vom Pferd; aber er fror noch mehr und wunderte sich über die Schwerfälligkeit und Steifheit seiner Glieder.

Der Schlosser war mit erhobenem Hammer stehen geblieben, als er den edlen Ritter im Ordensgewand vor seiner Werkstatt absteigen und wie einen gewöhnlichen Kunden hereinkommen sah. Dann legte er den Hammer beiseite, zog die Mütze und fragte höflich: „Was steht zu Euren Diensten, gnädiger Herr?"

„Du bist der Schlosser des Klosters zur unbefleckten Empfängnis", erkundigte sich der Ritter, „du hast also auch die Schlüssel der Kirche?"

„Gewiß, Herr."

„Gut. Ich will den Kirchenschlüssel."

„Verzeiht, gnädiger Herr, aber es ist meine Pflicht, Euch zu fragen, was Ihr damit machen wollt."

„Ich will meine Hunde damit brennen, um sie vor Tollwut zu schützen."

„Das ist ein Recht des Grundherrn. Seid Ihr der Herr des Bodens, auf dem die Kirche steht?"

„Ich bin Don Bernardo de Zuniga, der Sohn Pedros de Zuniga, des Grafen von Bagnares und des Marquis von Ayamonte. Hundert Krieger stehen unter meinem Befehl und ich bin Ritter des Alcantaraordens, wie du an meinem Mantel sehen kannst."

„Das ist nicht möglich, Herr!" rief der Schlosser mit sichtlichem Entsetzen.

„Und warum nicht?"

„Weil Ihr lebendig, wirklich lebendig seid, obgleich Ihr offenbar friert, während Don Bernardo de Zuniga heute nacht gegen ein Uhr gestorben ist."

„Und wer hat dir diese schöne Neuigkeit gesagt?" fragte der Ritter.

„Ein Knappe, der ein Wams mit dem Wappen von Bejar trug. Der kam vor einer Stunde vorüber, um im Kloster der unbefleckten Empfängnis eine Totenmesse zu bestellen."

Don Bernardo lachte laut auf.

„Nimm," sagte er. „Hier sind einstweilen zehn Goldstücke für den Schlüssel. Ich werde ihn heute mittag abholen und dir nochmals zehn Goldstücke dafür geben."

Der Schlosser verneigte sich zum Zeichen der Einwilligung. Zwanzig Goldstücke für einen Schlüssel — das war mehr, als er in einem ganzen Jahr verdiente. Da lohnte es sich schon, sich einem Verweis auszusetzen.

Wer sollte ihm überhaupt deshalb Vorwürfe machen? Es war ja Sitte, die Hunde mit dem Kirchenschlüssel zu brennen, um sie gegen die Tollwut zu schützen. Und ein Ritter, der ihn so freigebig bezahlte, konnte gewiß kein Dieb sein.

Don Bernardo stieg wieder zu Pferd. Er hatte versucht, sich am Feuer der Schmiede zu wärmen, aber es wollte ihm nicht gelingen. Er hoffte mehr von der Sonne, die bereits hell und strahlend am Himmel stand.

Er galoppierte über die Felder, aber er fror immer mehr und eisige Schauer überliefen seinen ganzen Körper.

Er schien an das Kloster gefesselt zu sein; wohin er sein Pferd auch lenkte — immer beschrieb er einen Kreis, dessen Mittelpunkt der Kirchturm bildete.

Als er gegen elf Uhr durch einen Wald ritt, sah er einen Schreiner, der Eichenbretter zurecht schnitt. Das hatte er oft gesehen, aber doch fühlte er unwillkürlich das Verlangen, den Mann nach seiner Arbeit zu fragen.

„Was machst du da?" wandte er sich an den Schreiner.

„Ihr seht es wohl, gnädiger Herr: ich mache einen Sarg."

„Von Eichenholz? Du arbeitest also für einen vornehmen Herrn?"

„Der Sarg ist für den Ritter Don Bernardo de Zuniga bestimmt."

„Ist der Ritter denn gestorben?"

„Heute nacht gegen ein Uhr," antwortete der Schreiner.

„Der Mensch ist verrückt," dachte Don Bernardo und ritt achselzuckend fort.

Als er sich dem Dorf näherte, wo er den Kirchenschlüssel bestellt hatte, begegnete er einem Mönch, der auf einem Maultier ritt, und dem zu Fuß ein Meßner folgte, der Kruzifix und Weihkessel trug.

Don Bernardo lenkte sein Pferd zur Seite, um den frommen Mann vorüber zu lassen. Aber gleich darauf besann er sich eines andern und gab dem Mönch einen Wink, daß er ihn sprechen wolle. Der Mönch hielt sein Maultier an.

„Woher kommt Ihr, Pater?" fragte der Ritter.

„Von Schloß Bejar, gnädiger Herr."

„Von Schloß Bejar?" wiederholte Don Bernardo erstaunt. „Und was habt Ihr dort getan?"

„Ich war dort, um Don Bernardo de Zuniga Absolution für seine Sünden und die letzte Ölung zu erteilen. Als er heute nacht sich dem Tode nahe fühlte, ließ er mich holen, aber obwohl ich sofort aufbrach, bin ich doch zu spät gekommen."

„Wieso zu spät?"

„Gewiß, denn bei meiner Ankunft war Don Bernardo bereits gestorben. Und zwar ohne Beichte. Möge Gott sich seiner Seele erbarmen!"

„Wann ist er gestorben?"

„Gegen ein Uhr nachts," antwortete der Mönch.

„Das muß eine Wette sein," dachte der Ritter unwillig. „Die Leute haben gewettet, mich wahnsinnig zu machen."

Und er sprengte davon.

Zehn Minuten später hielt er vor der Werkstatt des Schlossers.

„Was fehlt Euer Gnaden?" fragte der Mann erstaunt. „Ihr seid so bleich."

„Mich friert," erwiderte Don Bernardo.

„Hier ist Euer Schlüssel."

„Und hier ist dein Geld." Don Bernardo warf ihm zehn Goldstücke in die Hand.

„Jesus!" rief der Schlosser. „Wohin steckt Ihr denn Euern Geldbeutel? Euer Gold ist ja kalt wie Eis . . . Im übrigen vergeßt nicht, Euch dreimal zu bekreuzen, ehe Ihr den Schlüssel benutzt."

„Warum?"

„Weil der Teufel das Feuer anbläst, wenn man einen Kirchenschlüssel schmiedet."

„Gut, ich werde es tun. Und vergiß du nicht für die Seele Don Bernardos de Zuniga zu beten," erwiderte der Ritter, indem er zu lächeln versuchte.

„Sehr gern," meinte der Schlosser, „aber ich fürchte, daß meine Gebete zu spät kommen, da er bereits tot ist."

Obgleich Don Bernardo die verschiedenen Erzählungen von seinem angeblichen Tod ruhig und lächelnd angehört hatte, hatte doch alles, was er seit dem Morgen gesehen und gehört hatte, einen tiefen Eindruck auf ihn gemacht, so tapfer er auch sonst war. Besonders diese tödliche Kälte, die beständig zunahm und selbst das Klopfen seines Herzens und das Mark seiner Knochen erstarren ließ, jagte ihm Furcht ein. Er stemmte die Füße auf die Steigbügel, aber er fühlte die Stütze nicht, auf der er stand. Er rieb seine Hände aneinander, aber er fühlte ihren Druck nicht mehr.

Der Abendwind wehte um seine Ohren und pfiff wie eisiger Nordwind durch seinen Mantel, als wäre er nur ein dünnes Spinnengewebe.

Als es Nacht wurde, ritt er in den Friedhof und band sein Pferd an den Stamm einer Platane. Weder er noch sein Pferd hatten den ganzen Tag über daran gedacht, Nahrung zu sich zu nehmen.

Er legte sich in das hohe Gras, um dem eisigen Wind zu entgehen, der ihn erstarren ließ. Aber der Boden, der voll Miasmen des Todes war, dünkte ihn noch kälter als eine Marmorplatte.

So sehr er sich auch bemühte, der Kälte zu widerstehen, so versank er allmählich doch in eine Art Starrkrampf, aus dem er durch ein Geräusch in seiner Nähe geweckt wurde. Er sah zwei Männer, die ein Grab aushoben.

Don Bernardo raffte seine ganze Kraft zusammen und stützte sich auf die Ellbogen. Die beiden Totengräber, die einen Mann erblickten, der aus dem Grabe zu kommen schien, schrien vor Entsetzen laut auf.

„Bei Gott, ich danke Euch, daß Ihr mich geweckt habt. Es war Zeit," wandte er sich an die Totengräber.

„Gewiß, dankt uns, gnädiger Herr, denn wenn man hier einschläft, wacht man selten wieder auf."

„Was macht Ihr zu dieser Stunde auf dem Friedhof?"

„Wir graben ein Grab, wie Ihr seht."

„Und für wen denn?"

„Für Don Bernardo de Zuniga."

„Wie, für Don Bernardo de Zuniga?"

„Gewiß. Der Herr hat offenbar in seinem Testament verlangt, daß er im Kirchhof des Klosters der unbefleckten Empfängnis beigesetzt werden soll. Wir bekamen erst heute abend den Befehl, das Grab zu schaufeln; nun müssen wir die verlorene Zeit wieder einholen."

„Und wann ist er denn gestorben?"

„Gestern nacht gegen ein Uhr. Jetzt ist das Grab fertig; nun kann Don Bernardo kommen, wenn es ihm beliebt. Gott befohlen, gnädiger Herr!“

„Warte,“ sagte der Ritter, „jede Mühe verdient ihren Lohn. Da, nimm, das ist für dich und deinen Kameraden.“

Und er warf ein paar Goldstücke auf den Boden, die die Totengräber begierig aufrafften.

„Heilige Jungfrau!“ rief der eine, „ich hoffe, daß der Wein, den wir auf Eure Gesundheit trinken wollen, nicht auch so kalt ist wie Euer Gold, denn sonst müßte wahrlich die Seele im Leib erfrieren.“

Und sie verließen eilig den Kirchhof.

Eben hatte es halb zwölf geschlagen. Don Bernardo ging noch eine halbe Stunde spazieren, aber er mußte alle Kraft aufbieten, um sich aufrecht zu halten, so sehr fühlte er sein Blut in den Adern gerinnen. Endlich schlug es Mitternacht.

Beim ersten Glockenschlag steckte Don Bernardo den Schlüssel ins Schloß und öffnete die Tür.

Erstaunt blieb der Ritter einen Augenblick auf der Schwelle stehen: die Kirche war hell erleuchtet, der Chor geöffnet, Pfeiler und Gewölbe schwarz behangen, zahllose Kerzen brannten in der Trauerkapelle.

In der Mitte war eine Bahre errichtet und darauf lag eine weiß gekleidete Nonne; den Kopf bedeckte ein weißer Schleier, den ein Kranz weißer Rosen auf der Stirn zusammenhielt.

Eine seltsame Ahnung durchzuckte das Herz Don Bernardos. Er trat an die Bahre, neigte sich über die Leiche und hob den Schleier auf. Mit jähem Aufschrei wich er zurück: Er hatte Anna von Niebla erkannt.

Er wandte sich um, als suche er jemand, den er fragen konnte. Da sah er den Meßner auf sich zukommen.

„Wer ist die Tote?“ fragte Don Bernardo.

„Anna von Niebla.“

„Wann ist sie gestorben?“

„Sonntag früh.“

Don Bernardo fühlte, wie die Kälte zunahm, die seinen Körper erstarren ließ. Er griff an seine Stirn.

„Gestern um Mitternacht war sie also tot?“ fragte er weiter.

„Gewiß.“

„Und wo war sie um diese Zeit?“

„Wo sie auch heute nacht um dieselbe Stunde ist. Nur war gestern die Kirche noch nicht ausgeschlagen, es brannten nur die Kerzen an der Bahre und der Chor war geschlossen.“

„Wenn also gestern nacht zu dieser Stunde jemand Anna von Niebla auf sich zukommen gesehen hätte, hätte er also einen Schatten gesehen? Und wer mit ihr gesprochen hätte, hätte mit einem Phantom gesprochen?“

„Gott behüte einen Christen vor solchem Unheil, denn er hätte wirklich mit einem Gespenst gesprochen, er hätte einen Schatten gesehen.“

Don Bernardo wankte.

Jetzt begriff er alles: er hatte sich mit einem Schatten verlobt, er hatte den Kuß eines Phantoms empfangen. Deshalb war dieser Kuß auch so kalt, deshalb rollte ein eisiger Strom durch seinen ganzen Körper . . .

In diesem Augenblick fiel ihm die Nachricht seines eigenen Todes ein, die ihm der Schlosser, der Schreiner, der Priester und der Totengräber gemacht hatte. Sie sagten übereinstimmend, er wäre um ein Uhr nachts gestorben.

Um ein Uhr hatte er den Kuß Annas empfangen . . .

War er tot oder lebte er noch . . .?

Oder trennte sich die Seele bereits vom Körper . . .?

Irrte seine Seele um das Kloster der unbefleckten Empfängnis, während sein toter Leib im Schloß Bejar lag?

Don Bernardo ließ den Schleier wieder über das Antlitz der Toten fallen und eilte aus der Kirche; ihn schwindelte.

Es schlug ein Uhr.

Gebeugten Hauptes und beklommenen Herzens rannte Don Bernardo auf den Friedhof, stolperte über das offene Grab, stand wieder auf, band sein Pferd los, schwang sich in den Sattel und sprengte nach Bejar fort.

Dort allein konnte er das schreckliche Rätsel lösen und sich Gewißheit verschaffen, ob er noch lebte oder schon tot war.

Aber sonderbar — seine Gefühle waren fast erstorben. Kaum fühlte er das Pferd, das ihn forttrug, zwischen den Beinen. Er empfand nur die zunehmende Kälte, die ihn wie ein Hauch des Todes überfiel.

Die Mähne des Pferdes schien zu wachsen, seine Hufe berührten kaum die Erde, denn der Boden erdröhnte nicht mehr unter ihnen. Er saß auf einem Gespensterroß.

Plötzlich tauchten zu beiden Seiten des Pferdes lautlos zwei schwarze Hunde auf; ihre Augen sprühten Flammen, ihr Rachen war blutigrot.

Sie sprengten neben dem Pferd dahin, sie glitten, sie flogen wie dieses über den Boden.

Alle Gegenstände, die sich am Wegrand zeigten, verschwanden vor den Augen des Ritters, als habe sie ein Orkan weggeblasen. Endlich erblickte er in der Ferne die Mauern, Türme und Tore des Schlosses.

Dort mußten sich ja alle Zweifel lösen. Das Schloß schien ihm entgegenzukommen. Das Tor stand offen, er sprengte hinein, er überschritt die Schwelle, befand sich im Hof.

Niemand achtete auf ihn und doch war der Hof voll Menschen.

Er sprach und fragte, aber niemand antwortete, niemand sah ihn.

Da erschien ein Herold auf der Freitreppe. „Hört," verkündete er, „der Herr dieses Schlosses Don Bernardo de Zuniga wird jetzt seinem letzten Willen gemäß auf dem Friedhof des Klosters der unbefleckten Empfängnis beigesetzt. Wem das Recht zusteht, ihn mit Weihwasser zu besprengen, folge mir."

Der Herold ging ins Schloß zurück.

Auch der Ritter wollte ihm bis ans Ende folgen. Er stieg vom Pferd, aber er fühlte den Boden nicht mehr unter seinen Füßen; er sank auf die Knie, indem er sich mit der Hand an die Steigbügel zu klammern suchte.

In diesem Augenblick sprangen die beiden schwarzen Hunde ihm an die Gurgel und erwürgten ihn.

Er wollte schreien, aber er hatte nicht mehr die Kraft dazu. Kaum vermochte er noch einmal zu seufzen.

Die Anwesenden sahen zwei Hunde, die einander zu beißen schienen, während ein Pferd wie ein Schatten verschwand.

Sie wollten die Hunde fortjagen, aber diese trennten sich erst, als sie ihr unsichtbares Werk vollendet hatten. Dann rannten sie nebeneinander aus dem Hof und verschwanden in der Nacht . . .

An der Stelle aber, wo sie vorher gekämpft hatten, fand man unter formlosen Überresten den Rosenkranz Annas von Niebla . . .

In diesem Augenblick trugen die Pagen und Knappen des Schlosses den Leichnam Don Bernardos de Zuniga die Freitreppe herab.

Am andern Morgen wurde er auf dem Friedhof des Klosters der unbefleckten Empfängnis an der Seite seiner Base Anna von Niebla prunkvoll beigesetzt.

Gott sei seiner Seele gnädig!
